Volker Klüpfel, Michael Kobr
Erntedank

W0332983

SERIE PIPER

Zu diesem Buch

Wie ein Schock trifft den Allgäuer Kriminalkommissar Kluftinger der Anblick eines toten Mannes in einem Waldstück bei Kempten: Auf der Brust der Leiche liegt, sorgfältig drapiert, eine tote Krähe. Im Lauf der Ermittlungen, bei denen der Kommissar tief in die mystische Vergangenheit des Allgäus eintaucht, stößt er auf weitere rätselhafte Hinweise – der Beginn eines Katz-und-Maus-Spiels, bei dem die Zeit gegen Kluftinger arbeitet. Denn alle Zeichen sprechen dafür, dass das Morden weitergeht. Zu allem Überfluss quartiert ihn seine Frau wegen eines Wasserrohrbruchs auch noch beim ungeliebten Arzt Dr. Langhammer ein … Spannend, humorvoll und mit viel Lokalkolorit.

Volker Klüpfel, geboren 1971 in Kempten, studierte Politologie und Geschichte und ist heute Redakteur in der Kultur-/Journal-Redaktion der Augsburger Allgemeinen. Er lebt in Augsburg.

Michael Kobr, geboren 1973 in Kempten, lebt mit seiner Frau und seiner Tochter in Memmingen und ist Lehrer für Deutsch und Französisch.

Nach den großen Erfolgen »Milchgeld«, »Erntedank« und »Seegrund« erschien zuletzt Kluftingers neuer Fall, der Bestseller »Laienspiel«.

Weiteres zu den Autoren unter: www.kommissar-kluftinger.de

Volker Klüpfel, Michael Kobr

Erntedank

Kluftingers zweiter Fall

Piper München Zürich

Mehr über unsere Autoren und Bücher:
www.piper.de

Von Volker Klüpfel und Michael Kobr liegen bei Piper im Taschenbuch vor:
Milchgeld
Erntedank
Seegrund

Taschenbuchsonderausgabe
Januar 2009
© 2006 Piper Verlag GmbH, München
Erstausgabe: Maximilian Dietrich Verlag, Memmingen 2004
Umschlaggestaltung: Cornelia Niere, München
Umschlagfoto: Getty Images
Autorenfotos: Peter von Felbert
Satz: EDV-Fotosatz Huber/Verlagsservice G. Pfeifer, Germering
Druck und Bindung: CPI – Clausen & Bosse, Leck
Printed in Germany ISBN 978-3-492-26292-7

Prolog

Als er an diesem kühlen Herbstmorgen die Haustüre öffnete und nach draußen trat, blieb er für einen Augenblick auf der Schwelle stehen. Wie ein ausgewaschenes Leintuch spannte sich der Nebel über die Felder, eine Decke, die die Erde noch nicht dem Tag preisgeben wollte. Er legte den Kopf in den Nacken und blickte in den dämmrigen, von grauen Wolkenfetzen übersäten Himmel. Durch die Nase sog er die frische Morgenluft in seine Lungen, streckte sich und entblößte seine verfaulten Zähne. Dann knöpfte er den obersten Knopf seiner groben Filzjacke zu, zog sich seinen speckigen, zerschlissenen Hut tief ins Gesicht, griff sich die Axt, die in einem Baumstumpf gleich neben der Eingangstüre steckte, und stapfte los.

Es war kalt, aber er ging schnell, und schon bald hatten sich kleine Schweißtropfen auf der Stirn des stämmigen, breitschultrigen Mannes gebildet. Er hatte seinen Blick starr auf den Boden gerichtet, beobachtete, wie sich die Nebelschwaden teilten, wenn er sie mit seinen Stiefeln durchschritt, wie sie kleine Wirbel bildeten, die um seine Knöchel tanzten. Er mochte den Nebel.

Er hatte sich noch keine zweihundert Schritte vom Haus entfernt, da blieb er stehen. Er dachte, er hätte ein Geräusch gehört, aber jetzt, als er stand, war es absolut still um ihn herum. Die wenigen Geräusche, mit denen die Natur zu solch früher Stunde ihr Erwachen ankündigte, wurden vom Nebel beinahe gänzlich verschluckt. Er sah an seinem Haus vorbei auf den Hang. Dort war kein Nebel mehr. Als sein Blick auf den großen, gelblich-weißen Tuffstein fiel, verzogen sich seine Lippen zu einem spöttischen Grinsen. »Nicht mit mir«, flüsterte er leise. Da könnten sie ihm noch so oft mit dem Tod drohen. Er hatte keine Angst. Dann setzte er sich wieder in Bewegung.

Nur das Schmatzen seiner Schuhe, die bei jedem Schritt ein wenig in den schlammigen, vom Dunst aufgeweichten Boden einsanken, begleitete ihn. Als er den Waldrand erreicht hatte, blickte er sich noch einmal um. Irgendetwas war heute anders. Er konnte es nicht erklären, denn alles schien wie immer. Wie gestern und vorgestern. Und den Tag davor. Alle Tage davor. Doch so plötzlich, wie das Gefühl gekommen war, verschwand es auch wieder. Er machte einen Schritt nach vorn und die Dunkelheit des Waldes verschluckte ihn.

Er hatte wie immer Mühe, sich den Weg durch das dämmrige Dickicht zu bahnen. Seine Augen waren nicht mehr die besten. Als ob es etwas nützen würde, rieb er mit seinen schmutzigen, rissigen Fingern über seine Lider. Dann sah er vor sich die Lichtung. Er beschleunigte seinen Schritt etwas. Schnell fand er den Baum, den er tags zuvor mit einem Kreuz markiert hatte. Er blieb stehen, zog die Jacke aus und breitete sie neben sich auf dem Boden aus. Dann löste er den Knoten seines Halstuchs und legte es auf die Jacke.

So machte er es immer.

Anschließend schnappte er sich die Axt mit beiden Händen, holte weit aus und schlug zu. Er war ein kräftiger Mann und schon beim ersten Hieb drang die Schneide tief ins Holz der Tanne. Die Rinde splitterte mit solcher Wucht, dass er kurzzeitig die Augen schließen musste. Er holte erneut aus. Die Axt pfiff durch die Luft, und noch bevor sie den Stamm traf, hörte er hinter sich ein Knacken. Als habe jemand im Gehen einen Zweig zertreten. Dann wurden die Geräusche vom Krachen der Axt übertönt, die nun, etwas schräger angesetzt, einen dicken Keil aus dem Baumstamm heraushieb.

Er ließ die Axt stecken und drehte sich um. Normalerweise hätte er dem Ganzen keine Aufmerksamkeit geschenkt, denn der Wald kannte viele Geräusche und nur Menschen, die nicht dauernd hier zu tun hatten, fanden sie unheimlich. Aber heute war es anders. Wieder meldete sich dieses merkwürdige Gefühl. Als er sich umdrehte, meinte er, einen Schatten hinter dem Stamm einer Fichte zu erkennen. Doch er hatte keine Zeit mehr, darüber nachzudenken, denn ihr Stamm kam mit rasender Geschwindigkeit auf ihn zu. Er machte nicht einmal mehr einen Schritt zur Seite. Sein Mund öffnete sich, aber er kam nicht mehr dazu, zu schreien. Das letzte, was er in seinem Leben sah, war das Splittern der Rinde, als der Baum seinen Schädel spaltete.

Man schrieb das Jahr des Herrn 1657.

Es ist ein Schnitter, der heißt Tod,
Er mäht das Korn, wenn's Gott gebot;
Schon wetzt er die Sense,
Daß schneidend sie glänze,
Bald wird er dich schneiden,
Du mußt es nur leiden;
Mußt in den Erntekranz hinein,
Hüte dich schöns Blümelein!

»Mei, schau, Erika, jetzt hab ich auch magische Kräfte«, sagte Kluftinger spöttisch zu seiner Frau, als er die Türe ihres Hauses in Altusried aufschloss. »Ich steck den Schlüssel ins Schloss und – Abrakadabra schwuppdiwupp – ist die Türe auf!« Er drehte sich zu ihr, blickte sich in beide Richtungen um, neigte seinen Kopf und flüsterte verschwörerisch: »Das kommt von der Kraft des Illerwassers.«

Seine Frau seufzte. »Ja, ja. Mach du dich ruhig über mich lustig. Macht mir nix aus. Ob du das jetzt glaubst oder nicht, ist mir rechtschaffen egal.«

Erika Kluftinger ließ sich von den Spötteleien ihres Mannes nicht die Laune verderben: Immerhin hatte sich der Kemptener Kriminalkommissar einen Bonus erwirtschaftet, weil er – freilich nachdem sie einige Überzeugungsarbeit geleistet hatte – mitten unter der Woche einen Tag frei genommen hatte, um mit ihr zum Einkaufen nach Immenstadt zu fahren. Dort konnte man das nach Erikas Überzeugung viel gemütlicher als in Kempten, wo es – erst recht jetzt, nachdem das große neue Einkaufszentrum gebaut worden war – ziemlich hektisch zuging. Positiv schlug sich auf seinem Bonus-Konto außerdem die Tatsache nieder, dass er sich recht kooperativ gezeigt hatte, als es darum gegangen war, drei neue Hosen – darunter sogar zwei Jeans –, mehrere Hemden, zwei Pullover und eine wetterfeste Übergangsjacke zu kaufen.

Und was Erika nicht minder froh machte, war, dass auch sie einige Kleidungsstücke gefunden hatte, die, so versicherte sie glaubhaft, absolute Schnäppchen waren, was nun wiederum ihn sehr froh machte.

Anschließend hatte sie die Idee gehabt, noch beim so genannten »Ort der Kraft« am Illerwehr bei Martinszell vorbeizufahren. Ihren Ehemann dazu zu überreden, war für sie ein Akt der Kraft gewesen, aber schließlich hatte er eingewilligt. Dass sie es tatsächlich geschafft hatte, erfüllte sie zu einem Drittel mit Freude, zum anderen Drittel mit dem sicheren Gefühl, ihren Gatten ganz gut dorthin lenken zu können, wo sie ihn haben wollte, und zum letzten Drittel mit blanker Verwunderung.

Denn er rühmte immer seine – beruflich bedingte – Rationalität und hielt ihr gerne lange Vorträge darüber, dass die Donnerstags-Horoskope in der Zeitung, die sie für besonders zutreffend hielt, auch nicht besser waren als der ganze andere »Astrologie-Schmarrn«. Vielleicht lag seine Nüchternheit daran, dass er als Kripo-Kommissar beruflich damit beschäftigt war, Rätsel zu entschlüsseln und nur an das zu glauben, was er sah.

Der »Ort der Kraft« war für Kluftinger also ein rotes Tuch und das nicht erst, seit die Medien das Thema vor einigen Jahren entdeckt hatten. Laufend war damals über Menschen berichtet worden, die zu dem kleinen Wehr am Fluss pilgerten, weil dort am Wasser angeblich ein besonderes Kraftfeld bestehe, das Kranke heilen und auch sonst für Entspannung und mehr Lebenskraft sorgen würde. Er hatte als Kind oft an der Iller gespielt, weniger Schnupfen als andere Kinder hatte er deswegen aber nicht gehabt. Kluftinger tat solche »Spintisierereien« in Diskussionen gerne mit der lapidaren Feststellung ab, dass er Heilung entweder in bewährten Hausmitteln oder gleich in Penicillin finde, Entspannung beim Bergsteigen oder gleich vor dem Fernseher suche und Lebenskraft ihm vor allem seine geliebten Kässpatzen mit Zwiebeln oder gleich der abendliche halbe Liter Bier aus seinem Steingutkrug verleihe.

Aber nun hatte er sich extra für seine Frau frei genommen, was kostete es ihn da schon, noch an diesem Kraftort vorbeizufahren? Außerdem boten sich dort zahlreiche Gelegenheiten, sie mit ihrem »Geistermist« aufzuziehen.

Erika schob ihn durch die Haustür in den Flur und lehnte ihre beiden Einkaufstüten an das alte Nussbaumbüffet, das bei Kluftingers einfach »Gangschrank« hieß und Platz für allerlei Zettel, das Telefon und sonstige »wichtige Dinge« bot und somit das organisatorische Zentrum ihres Haushalts bildete. Mit dem Zwetschgendatschi, den sie auf dem Heimweg gekauft hatten, ging Erika in die Küche und stellte das Päckchen neben die Kaffeemaschine.

»Jetzt gibt's dann einen Kaffee, ich zieh bloß noch schnell die Jacke aus«, rief sie ihrem Mann zu, der an der Garderobe stand und seine Hausschuhe anzog, hölzerne Clogs mit Kuhfellkappen.

»Soll ich Sahne schlagen?«, fragte Erika, obwohl sie die Antwort ihres Mannes bereits wusste, der sagen würde, ein Zwetschgendatschi ohne Sahne sei wie Kässpatzen ohne Zwiebeln.

»Ja freilich. Ein Zwetschgendatschi ohne Sahne ist ja wie ein Kraftort ohne Kraft.«

»Du wirst schon noch merken, dass da was dran ist«, sagte sie und hielt die Kaffeekanne in die Spüle. Doch als sie das Wasser aufdrehte, tat sich nichts. Der Hahn gab lediglich ein dumpfes Röcheln und Gurgeln von sich. »Du, da geht kein Wasser!«, rief Erika.

»Was? Gibt's doch gar nicht. Schau doch mal im Bad.«

»Schau du doch mal, bitte.«

Kluftinger stand seufzend auf, schlurfte mit seinen Holzpantinen zum Badezimmer, öffnete die Tür und trat ein. Er war noch keine zwei Schritte gelaufen, da spürte er, wie es ihm die Beine wegzog. Er klammerte sich an die Klinke, um nicht hinzufallen. Als er wieder sicher stand, sah er den Grund für sein Manöver: Der ovale, eigentlich beige Baumwollteppich hatte eine bräunliche Farbe angenommen, eine leere Shampooflasche, die Kluftinger am Morgen neben den Abfalleimer gestellt hatte, trieb neben der ganz und gar mit Wasser bedeckten Waage.

»Kreuzkruzifix!«, schrie Kluftinger, als er sich des Ausmaßes der kleinen Katastrophe bewusst wurde. Ihm war ganz schlecht. Diese Sauerei! Unter dem Waschbecken hatten sich bereits einige Fliesen abgelöst, aus der Wand dahinter plätscherte noch immer Wasser auf den Boden. Das Bad, für das sie eigentlich eine Fußbodenheizung vorgesehen hatten, die aber wegen Kluftingers Furcht vor einem Bruch der Heizungsrohre nie eingebaut worden war, war gegenüber den anderen Räumen etwa fünf Zentimeter abgesenkt. Das dadurch entstandene Bassin war komplett mit Wasser voll gelaufen.

Wie gelähmt starrte Kluftinger auf den überschwemmten Boden. Dann drehte er sich hastig um und stürzte an der Küchentür vorbei in den Keller. Wieder rutschte er beinahe aus, diesmal auf den dunkelgrünen Fliesen der Treppe.

»Kruzifix, im Bad … « war die einzige Information, die er seiner Frau im Vorbeieilen zukommen ließ.

Erika eilte zum Badezimmer. Nachdem ihr Mann den Haupthahn zugedreht hatte, gesellte er sich zu ihr. Wortlos standen sie an der Tür und blickten hinein. Wenigstens plätscherte kein Wasser mehr, vor ihnen lag ein stiller, beschaulicher See. Kluftinger hatte vorsichtshalber auch den Hauptschalter im Sicherungskasten umgelegt, schließlich standen Waschmaschine und Trockner bei ihnen im Bad, nicht im Keller, wo, wie Kluftinger fand, Hochwassergefahr immer gegeben war.

»Das darf doch nicht wahr sein«, sagte Erika schließlich mit jammervoller Stimme und lehnte sich an die Schulter ihres Mannes, der aus dem Keller bereits zwei Eimer und ein Kehrblech mitgebracht hatte. Er tätschelte Erika kurz den Kopf und bückte sich dann, um Schuhe und Socken auszuziehen und sich die Hose hochzukrempeln.

»Jetzt wird erst mal das Wasser aufgeputzt, dann schau ma weiter«, sagte er mit fester Stimme. Er ächzte leicht, als er in die Knie ging, die erste Schaufel durchs Wasser gleiten ließ und die Flüssigkeit, die sich in der Kehrschaufel gesammelt hatte, in den Eimer schüttete. Erika folgte ihm ein wenig zögerlich und trat mit den Hausschuhen in ihren hausgemachten Badesee.

Kluftinger schüttete gerade den ersten Eimer grau-bräunlichen Wassers in die Toilette, als er ein leises Klingeln hörte, das aus seiner Windjacke kam. Als er keine Anstalten machte, darauf zu reagieren, sagte seine Frau auffordernd: »Dein Handy … «

»Da werd ich jetzt grad rangehen, ja wahrscheinlich! Das wird schon wieder aufhören.« Kluftinger bückte sich wieder und begann, den zweiten Eimer mit Wasser zu füllen. Aber das Telefon hörte nicht auf und trällerte weiterhin *Toccata und Fuge in d-Moll* von Bach. Kluftinger selbst hätte gar nicht gewusst, dass der eigentlich ganz ansprechende Klingelton vom berühmten Barockkomponisten stammte, aber Dr. Martin Langhammer, der Altusrieder Arzt, dessen Frau mit Erika befreundet war und den er wegen seiner Wichtigtuerei stets nur als »Zwangsbekanntschaft« bezeichnete, hatte den Kommissar einmal darauf hingewiesen.

»Ja Herrschaftszeiten!« Schimpfend schob sich Kluftinger an seiner Frau vorbei und ging, um mit seinen nassen Füßen möglichst wenig Spuren zu hinterlassen, auf Zehenspitzen zur Garderobe, zog umständlich das Telefon heraus und blaffte ein missmutiges »Ja, was gibt's denn?« ins Handy.

Mehr hörte seine Frau nicht von ihm. Nur »Ja um Gottes Willen« und dann einige gebrummte »mhm« deuteten darauf hin, dass sich am anderen Ende der Leitung noch ein Gesprächspartner befand. Mit einem »Bin sofort da« beendete er das Gespräch.

Sichtlich betroffen zog er sich seine Strümpfe wieder an und schlüpfte in die Schuhe. Seine Frau, die ihn die ganze Zeit aus dem Türrahmen des Badezimmers beobachtet hatte, fragte ihn nicht, wohin er wolle. Sie sagte nur: »Was Schlimmes?«

Kluftinger erhob sich, ging langsam zum Bad und antwortete angespannt: »Ich muss unbedingt weg.« Dann drehte er sich um und ging. Nach ein paar Schritten wandte er sich noch einmal um: »Tut mir Leid, dass ich dich mit dem … «, er ließ seine Hand unbestimmt in der Luft kreisen, » … allen allein lassen muss. Glaub mir, es geht nicht anders.«

Erika spürte, dass es ernst war.

***

Die Fahrt nach Rappenscheuchen dauerte nur etwa zehn Minuten, aber Kluftinger kam die Zeit länger vor. Sein schlechtes Gewissen plagte ihn. Nicht nur, weil er seine Frau in dieser prekären Lage allein gelassen hatte, sondern vor allem, weil er regelrecht erleichtert war, dass er sich mit dieser Situation jetzt nicht mehr herumschlagen musste.

Sein schlechtes Gewissen sollte ihn jedoch nicht lange beschäftigen. Als er die letzten Kurven vor dem kleinen Weiler Zollhaus zwischen Krugzell und Kempten nahm, sah er schon von weitem die Polizeiwagen rechts oberhalb der Straße. Blaulichter zuckten hektisch, ein Krankenwagen stand mit geöffneten Türen in der Einfahrt des ersten Bauernhofes auf dem kleinen Hügel, mindestens ein Dutzend Polizisten lief geschäftig zwischen den Autos umher. Neben den uniformierten Beamten schien auch die Spurensicherung bereits vor Ort zu sein. Als Kluftinger seinen Blick wieder auf die Straße richtete, erschrak er. Mit aller Kraft stieg er aufs Bremspedal und stemmte seine Arme gegen das Lenkrad. Die Reifen quietschten, als das Auto schlagartig an Geschwindigkeit verlor. Die vor ihm fahrenden Autos bewegten sich nur noch im Schritttempo. Offenbar waren die Fahrer sehr interessiert an dem, was oberhalb der Straße vor sich ging.

Die Zornesröte stieg Kluftinger ins Gesicht. Wütend hämmerte er mit der Faust auf die Hupe. Wenn es etwas gab, was er hasste, waren es Gaffer. Sein Vordermann deutete ihm mit einigen Handbewegungen an, was er von seinem Gehupe hielt, beschleunigte dann aber seine Fahrt wieder. Wenn Kluftinger Zeit gehabt hätte, hätte er ihn gerne für die eben begangene Beleidigung zur Kasse gebeten.

Auf der Höhe der großen Gewächshäuser, bei denen er sich immer fragte, ob man für die dort kultivierten Pflanzen keinen besseren Platz hatte finden können als direkt neben einer viel befahrenen Straße, bog der Kommissar rechts ab.

Er zog die Brauen nach oben bei dem Gedanken, dass er Rappenscheuchen, an dem er ungezählte Male auf dem Weg nach Kempten vorbei gefahren war, nun auf diese Weise kennen lernen würde. Der etwas beleibte, grauhaarige Polizist, der an der Abzweigung dafür sorgte, dass sich keine Unbefugten mehr nach oben verirrten, winkte den Kommissar durch. Sie kannten sich von vielen gemeinsamen Dienstjahren und so nahm Kluftinger es ihm auch nicht übel, als er ihm ein »Das war aber ganz schön knapp grad!« durchs offene Fenster zurief. Obwohl die Ortschaft, die eigentlich nur eine Ansammlung weniger Höfe war, erst etwa hundertfünfzig Meter oberhalb der Abzweigung begann, dort, wo die Straße nach links in die hügelige Landschaft bog, musste Kluftinger seinen Wagen schon nach wenigen Metern abstellen. Bis hier unten standen die Polizeiautos.

Wortlos, nur mit einem Kopfnicken als Gruß, schob sich der Kommissar zwischen den Fahrzeugen an den Beamten vorbei. Er versuchte, leise zu schnaufen, denn er wollte nicht, dass die Kollegen merkten, dass ihm schon dieser kleine Aufstieg zu schaffen machte. Obwohl er sich seit Jahren zu keiner Diät durchringen konnte, wollte er nicht als unsportlich oder gar dick gelten.

Eine vertraute Stimme riss ihn aus seinen Gedanken.

»So, haben wir dich bei der Kneippkur erwischt?«, fragte Maier, der ihn von oben hatte kommen sehen und ihm entgegengelaufen kam.

Kluftinger verstand nicht. Erst als er Maiers Blick an seinen Beinen entlang nach unten wandern sah, war ihm klar, was sein Kollege meinte. Er hatte seine Hose umgeschlagen, damit sie beim Abschöpfen des häuslichen Hochwassers, dem er gerade entkommen war, nicht nass wurde. Das Wasser hatte sich aber doch einige Zentimeter nach oben gesogen, wie er jetzt bemerkte. Kluftinger ging in die Hocke, um das Beinkleid wieder auf die gesellschaftlich erwünschte Länge zu bringen.

Von unten blickte er Maier an und fragte, dessen Scherz ignorierend: »Was gibt's denn?«

Er horchte den Worten nach und fand auf einmal, dass sie irgendwie deplatziert klangen. So fragte er auch zu Hause, wenn er sich nach dem Essen erkundigte.

Maier blickte seinen Chef von oben herab an. Er blähte erst die Backen auf und stieß dann hörbar die Luft aus, bevor er ihm antwortete. Sein Grinsen war verschwunden; der hagere Mann mit dem gezimmerten Scheitel wirkte nun noch blasser als sonst. Kluftingers Magen krampfte sich zusammen. Er merkte, dass es ernst war. Schnell stand er auf. Zu schnell, denn es wurde ihm kurzzeitig schwarz vor Augen. Seine Knie drohten nachzugeben, und um nicht das Gleichgewicht zu verlieren, hielt er sich an Maier fest. Als er sich wieder im Griff hatte, ließ er seinen Kollegen schleunigst wieder los.

»Also … ?«, hakte er ungeduldig nach und ging weiter zwischen den Polizeiwagen in Richtung der Menschentraube, die sich auf dem Hof versammelt hatte.

»Ganz ehrlich, du kennst mich. Ich neige doch nicht zu Übertreibungen … «

Kluftinger fand, dass jetzt nicht der passende Zeitpunkt war, um Charakterfragen zu diskutieren. Deswegen antwortete er Maier mit einem gelogenen »Nein«.

»Genau. Aber das, also wirklich … da ist sogar mir schlecht geworden.«

Kluftinger prüfte misstrauisch das Gesicht seines Kollegen. Er war sich nicht sicher, was er mit dem »sogar mir« hatte andeuten wollen. Vielleicht überinterpretierte er die Äußerung auch. Kluftinger bog jetzt in den Hof ein. Das Bauernhaus und die Ställe lagen links von ihm, nach rechts öffnete sich der Hof auf eine Wiese, an die sich ein kleines Waldstück anschloss.

Nur noch einen kleinen Hügel musste er erklimmen, dann war er bei der Menschenansammlung angelangt. In der Mitte erkannte er die blaue Baseballkappe von Georg Böhm, dem Pathologen. Und sah, wie sie wieder verschwand. Offenbar hatte sich der Arzt gebückt, zur Leiche, die der Kommissar dort vermutete.

»Liegt sie da?«, fragte er. Als er keine Antwort bekam, blickte er sich um. Maier war nicht mehr zu sehen. Kluftinger hatte gar nicht gemerkt, dass er am Zaun stehen geblieben war. Er sprach etwas in sein Diktiergerät.

Kluftinger ging noch ein paar Schritte, dann machte er mit einem Räuspern die Beamten auf sich aufmerksam. Als sie sich umwandten, erschrak er. Ihre Gesichter waren blass, einige atmeten schwer. Sie gingen auseinander, so dass in der Mitte eine Gasse frei wurde. Kluftinger sah jetzt, dass vor ihnen am Boden eine leblose Gestalt auf dem Rücken lag. Die Beine steckten in grauen Flanellhosen, die über und über mit Dreck besudelt waren. Der Blick auf den Oberkörper war ihm noch von Georg Böhm versperrt, der sich über den Toten gebeugt hatte. Als er merkte, dass die Umstehenden zurückwichen, wandte er den Kopf. Die blauen Augen unter der Baseballkappe wirkten trüb. Er stand auf und klopfte dem Kommissar im Vorbeigehen kraftlos auf die Schulter. Der Blick, der ihn traf, war voller Mitleid. Das verwirrte den Kommissar, doch er hatte keine Zeit, weiter darüber nachzudenken. Sein Blickfeld war nun frei. Und was er sah, raubte ihm für einen Moment den Atem.

Er presste die Zähne zusammen und blickte starr auf das Bild, das sich ihm bot. Vor ihm lag ein Mann, nur mit einer Hose, Strümpfen und einem ehemals weißen, jetzt ziemlich verdreckten Hemd bekleidet. Sein Kragen war von verkrustetem Blut dunkelrot, fast schwarz gefärbt. Eine tiefe, klaffende Wunde zog sich quer über den Hals des Mannes. Auf der Stirn klebte ebenfalls eingetrocknetes Blut. Doch das war es nicht, was den Kommissar und offenbar auch die anderen Kollegen so aus der Fassung brachte. Auf der Brust des Mannes lag, mit ausgebreiteten Flügeln, ein toter, pechschwarzer Vogel.

Kluftinger wollte schlucken, doch sein Mund war zu trocken. Er wartete darauf, dass ihm schlecht wurde, doch selbst dafür war er zu geschockt. Ihm war sofort klar, dass ihn diese Geschichte noch lange in Atem halten würde. Sie alle.

Er drehte sich um. Die anderen waren ein paar Schritte zurückgewichen. Er blickte in fragende Gesichter. Es schien ihm, als erwarteten sie, dass er irgendetwas sagte. Etwas, das die Situation weniger bedrückend erscheinen lassen würde. Aber ihm fiel nichts ein. Er drehte sich wieder zur Leiche. Schloss kurz die Augen. Zum einen, um die Fassung wieder zu gewinnen. Zum anderen, um endlich seinen Verstand arbeiten zu lassen. Das würde ihm auch helfen, das grausige Bild in den Hintergrund zu drängen. Aber er fand nichts, wo er hätte einhaken können. Die Todesursache schien offensichtlich: die aufgeschnittene Kehle, das viele Blut, das ... Er stockte: Er hatte einen Punkt gefunden, an dem er ansetzen konnte. Er öffnete die Augen. »Das Blut ... «, sagte er leise zu sich selbst.

»Respekt. Wir haben wesentlich länger gebraucht, um uns von dem Anblick zu erholen.«

Der Kommissar zuckte zusammen, als er die Worte dicht neben seinem Ohr vernahm. Georg Böhm, der Pathologe, war unbemerkt neben ihn getreten. Er nahm seine Baseballkappe ab, fuhr sich mit der Hand durch sein dichtes, dunkelbraunes Haar und zeigte mit der Kappe in Richtung der Leiche.

»Wir meinen doch beide dasselbe, oder?«, fragte er.

»Das Blut. Wo ist das Blut?«, antwortete Kluftinger mit Blick auf den Toten.

Böhm schnalzte anerkennend mit der Zunge. »Abgesehen von dem, womit sich sein Kragen voll gesogen hat, haben wir nichts gefunden.«

Kluftinger sah ihn entgeistert an.

»Keinen Tropfen«, schob Böhm nach.

Der Kommissar musterte den jungen Arzt. In seinen verwaschenen Jeans, seinen weißen Turnschuhen und der abgewetzten Cordjacke wirkte er irgendwie deplatziert. Ein Grund mehr, ihn sympathisch zu finden, dachte er.

»Er ist also nicht hier ermordet worden«, folgerte er. Er überlegte kurz und fragte dann: »Gibt es irgendwelche Spuren? Von einem Wagen oder so? Irgendwie muss er ja hergekommen sein.«

»Ist jetzt zwar nicht mein Metier, aber so viel ich weiß, hat man nichts gefunden.« Böhm hatte die Hände in den hinteren Hosentaschen vergraben und deutete mit dem Kopf auf die Leiche. »Willst du ihn dir nicht mal genauer anschauen? Ich würde ihn dann gern mitnehmen …«

Kluftinger nickte. Er würde sowieso nicht darum herum kommen, also konnte er es genauso gut schnell hinter sich bringen. Seine Knie knackten, als er rechts von dem Toten in die Hocke ging. Mordopfer waren nichts allzu Ungewöhnliches für ihn, aber auch nicht tägliches Brot für einen Kriminaler im in dieser Hinsicht wirklich recht ruhigen Allgäu. Der Anblick einer Leiche brachte ihn jedenfalls immer aufs Neue aus der Ruhe. Das hier war außerdem anders als alles, was er bislang gesehen hatte. Er kämpfte eine Weile mit sich, dann gestand er es sich ein: Es war unheimlich. Der tote Vogel verlieh der Szenerie eine gespenstische Stimmung. Dazu kam, dass es ein zwar trockener, aber dunstiger Herbsttag war. Die trübe Atmosphäre mit den zaghaften Nebelschlieren, die langsam aus dem Boden krochen, ließen alles noch düsterer erscheinen.

Kluftingers Blick wanderte das verschmutzte Hemd des Mannes weiter nach oben. Die rechte Hand ruhte auf einem viereckigen Blech, das offenbar einem großen Stein als Abdeckung diente. Sein Hemd sah aus, als hätte ihn jemand durch den Dreck gezogen. Die Spuren hätten allerdings auch von einem Kampf stammen können. Der Kommissar erhoffte sich von der Obduktion Aufschluss über diese Frage. *Eine* Antwort allerdings würde sie nicht geben können: Was sollte der Vogel, eine Krähe, auf der Brust des Opfers? Jemand hatte ihn dort sorgfältig drapiert: mit gespreizten Flügeln, den Kopf zur Seite gedreht. Was hatte das zu bedeuten? Kluftinger schüttelte den Kopf. Ihn beschlich das ungute Gefühl, dass das hier eine Nummer zu groß für ihn war.

Er betrachtete nun die Halswunde. Ein sauberer Schnitt war das. Und ziemlich tief. Jemand musste ein scharfes Messer zur Hand gehabt haben. Das Gesicht des Mannes wies einige Schürfwunden auf, auf der Stirn hatte er eine kleine Platzwunde und in den schütteren, dunklen Haaren klebte Dreck. Weitere Einzelheiten konnte er nicht erkennen, denn der Kopf der Leiche war von ihm abgewandt. Er näherte sich mit seiner Hand dem Gesicht, um den Kopf herumzudrehen, machte aber mitten in der Bewegung halt. Er wollte den Mann nicht anfassen. Er hätte das bei keiner Leiche machen wollen. Und bei dieser hier schon gar nicht.

Er blickte sich Hilfe suchend um. Böhm stand ein paar Schritte hinter ihm. Er verstand und nickte dem Kommissar zu. Als er sich auf der anderen Seite der Leiche ebenfalls hingehockt hatte, griff er ans Kinn des Toten. Mit einem »Nicht erschrecken« drehte er das Gesicht des Mannes nach oben.

Es nützte nichts, der Kommissar erschrak trotzdem. Das heißt: Eigentlich krampfte sich sein Magen so stark zusammen, dass er Mühe hatte, seinen Inhalt nicht Preis zu geben. Das rechte Auge des Toten war nicht mehr vorhanden. Jedenfalls war das, was davon übrig war, als Auge kaum mehr zu identifizieren. Kluftinger wandte sich ab. Er stand auf und ging schnell ein paar Schritte in Richtung der Bäume. Er tat so, als würde er den Tatort inspizieren, aber er war sich sicher, dass er niemandem etwas vormachen konnte. Direkt hinter den Bäumen fiel das Gelände stark ab, genau wie er es vermutet hatte. Er lehnte sich an einen Baum und atmete tief durch. Nach wenigen Atemzügen glaubte er, sich wieder im Griff zu haben.

»Kannst ihn mitnehmen«, sagte er zu Böhm. Als er sah, wie die Beamten den Vogel von der Brust des Toten hoben und ihn in einen durchsichtigen Plastiksack steckten, stellten sich seine Nackenhaare auf. Zum ersten Mal seit vielen Jahren hätte er jetzt gern wieder eine Zigarette geraucht.

Er sah sich um. Erst langsam machte der Anblick des Toten den weiteren Eindrücken des Fundorts Platz. Kluftinger suchte nach seinen Kollegen. Maier stand noch immer verloren in der Hofeinfahrt. Strobl hatte er noch nicht entdeckt. Aber auf den wollte er jetzt auf gar keinen Fall verzichten. Er ließ seinen Blick so lange über das Gelände wandern, bis er seinen strohblonden Haarschopf sah. Er stand an der Ecke des Bauernhauses und war in ein Gespräch mit einem bärtigen Mann in Arbeitshose und Gummistiefeln vertieft. Kluftinger winkte, um auf sich aufmerksam zu machen, doch Strobl bemerkte ihn nicht. Stattdessen fühlte sich Maier von seinem Winken angesprochen und ging zögernd auf den Kommissar zu. Dabei huschte sein Blick immer wieder in Richtung der Leiche, die gerade von vier Beamten auf eine Trage gehoben wurde. Kluftinger seufzte und setzte sich ebenfalls in Bewegung, allerdings in Richtung Strobl.

Als er an der Leiche vorbeikam, drehte sich sein Kopf wie ferngesteuert in Richtung des Toten. Der Kopf des Mannes lag nun so, dass seine Halswunde noch weiter auseinander klaffte. Kluftinger wandte sich mit Grausen wieder ab. Doch das Bild vor seinen Augen blieb. Der Kommissar stoppte. Er konnte es sich nicht erklären, aber die Einzelheiten fielen ihm oft erst auf, wenn er den Blick schon abgewandt hatte. Als würde sein inneres Auge viel schärfer sehen. Auch jetzt war es so: Etwas lag in der Wunde.

Er machte kehrt. »Halt, wartet, noch nicht«, rief er den Kollegen zu, die gerade den Reißverschluss des dunklen Plastiksacks zuziehen wollten, in den sie den Toten gelegt hatten. Er beugte sich über den Toten und neigte seinen Kopf hin und her. Er war so konzentriert, dass er gar nicht darüber nachdachte, was er da eigentlich tat. Ohne den Vogel hatte der Anblick des Toten außerdem etwas von seinem Schrecken verloren. Verdutzt sahen ihn die Beamten an. Böhm, der bereits auf dem Weg zum Wagen gewesen war, hatte die Szene mitbekommen und machte kehrt.

»Suchst du was Bestimmtes?«, fragte er.

»Ich weiß nicht. Irgendwas ist da, schau doch mal.«

»Wo? Ich seh nichts!«

Kluftinger zeigte mit dem Finger auf eine Stelle am Hals. Dabei drehte er den Kopf angewidert etwas zur Seite. Jetzt sah Böhm es auch.

Er pfiff anerkennend. »Du musst ja Adleraugen haben.«

Er streifte sich einen Gummihandschuh über und näherte sich der Wunde. Kluftinger ging zwei Schritte zurück und beobachtete, wie Böhm ein pfenniggroßes, weißes Stück Plastik hervorzog. Er stand auf, betrachtete es von allen Seiten und hielt es dann ratlos Kluftinger unter die Nase, was diesen veranlasste, noch weiter zurückzuweichen.

»Was meinst du … ?«

Kluftinger runzelte die Stirn. »Sieht aus wie ein Stück … Papier … vielleicht auch Folie oder so.«

Böhm zuckte mit den Achseln. »Ich schau mir das mal an.«

Mit diesen Worten steckte er seinen Fund in eine Plastiktüte und ließ einen skeptisch dreinblickenden Kommissar zurück.

***

Als Kluftinger bei seinem Kollegen Strobl ankam, stand dieser noch immer bei dem bärtigen Mann. Der saß kreidebleich auf der Bank neben der Eingangstür zum Wohnhaus. Seinen Kopf hatte er in die Hände gestützt, seinen Blick starr auf den Boden gerichtet. Strobl schien etwas ratlos, was er mit ihm anfangen sollte.

Kluftinger fasste ihn an der Schulter und zog ihn ein paar Meter zur Seite.

»Wer ist das?«, fragte er.

»Der Bauer. Er hat ihn gefunden. Scheint ziemlich durch den Wind zu sein. Ich hab versucht mit ihm zu reden, aber bis jetzt ist nicht viel dabei rausgekommen.«

»Ich versuch's mal.«

Kluftinger ließ sich ebenfalls auf der Bank nieder. Er betrachtete ihn von der Seite. Die Latzhose des Mannes, der vielleicht ein paar Jahre älter als er selbst, also knappe sechzig, sein musste, steckte in dunkelgrünen Stiefeln. Ein grobes, schmutziges Hemd mit Stehkragen schaute darunter hervor, die Ärmel waren hochgekrempelt. Auf seinem Kopf saß ein viel zu kleiner Cordhut. Er sah fast ein bisschen lächerlich aus, wäre da nicht sein Gesicht gewesen. Es war gezeichnet vom Schock. Die Furchen, die sich über die lederne Haut zogen, wurden durch die Blässe des Gesichtes noch betont.

»Einen schönen Hof haben Sie da«, sagte Kluftinger.

Langsam drehte der Mann seinen Kopf in Richtung des Kommissars. Er musterte ihn lange. Kluftinger hielt seinem Blick stand. »Hat schon meinem Großvatter g'hört«, sagte der Bauer leise. »Einer der ersten Höf, die hier g'standen sind.«

»Wie viel Hektar sind's denn?«

Der Mann überlegte. Sein Gesicht nahm wieder etwas Farbe an. »So dreiundzwanzig, wenn man den kleinen Wald mitzählt.«

Der Kommissar nickte anerkennend. »Kluftinger.« Er streckte ihm die Hand hin.

»Gassner, Albert«, antwortete der.

Kluftinger lächelte. Er hatte nie verstanden, warum die Allgäuer ihren Nachnamen so gerne vor den Vornamen setzten.

Sein Gegenüber nahm an, das Lächeln habe ihm gegolten und verzog ebenfalls das Gesicht. Wie ein Lächeln sah das zwar nicht aus, aber Kluftinger wusste, wie es gemeint war. Der Mann stand unter Schock, das konnte er auch ohne Arzt diagnostizieren. Wenn er erst einmal etwas Ruhe hätte, würden die Ausläufer der Schockwellen auch ihn erreichen, fürchtete er.

»Haben Sie ihn gefunden?«

Die Miene des Mannes verdunkelte sich wieder. »Ja.« Er machte eine lange Pause, dann sagte er: »Sowas hab ich noch nie gesehen. Und ich hab schon viel gesehen.«

»Kennen Sie ihn?«

»Nein. Der war noch nie da.«

»Wie haben Sie ihn denn gefunden?«

»Also, des hat sich so zugetragen«, fuhr er, als er bemerkte, dass Strobl seinen Schreibblock gezückt hatte, in umständlichem Deutsch und dem ihm sichtlich schwer fallenden Bemühen fort, möglichst nach der Schrift zu reden. »Ich war gerade unterwegs zum Mähen da heroben.« Er streckte seine Hand aus und zeigte mit dem Finger auf die Stelle, an der der Tote gelegen hatte.

»Als ich hinkam, lag er dort.« Er sah bei seinen Worten nicht Kluftinger, sondern Strobl an. Deswegen gab der Kommissar seinem Kollegen ein Zeichen, sich zu entfernen. Er wollte mit dem Mann allein reden, die geballte Anwesenheit der Obrigkeit machte ihn offenbar nervös. Strobl verstand und wandte sich mit einem Nicken ab.

»Also, Sie wollten zum Mähen … «, nahm Kluftinger den Faden wieder auf.

Etwas entspannter fuhr Gassner fort: »Jawoll. Ich hab mir gleich gedacht, als ich aus dem Stall rauskommen bin, dass da irgendwas liegt. Ich bin heut den ganzen Tag im Haus und im Stall g'wesen, sonst hätt ich ihn ja schon früher g'sehen.«

»Woher wissen Sie denn, dass er schon früher da gelegen hat?«, unterbrach ihn Kluftinger.

Der Bauer sah ihn mit großen Augen an. »Also … ich … des

hab ich mir halt gedacht. Weil den bei Tag doch niemand da umbracht hätt. Des hätten mir doch g'hört. Oder g'sehen. Es kommen zwar nicht viel Leut da vorbei, aber die Straße ist ja auch gleich da unten, oder?«

Es klang, als wollte sich Gassner verteidigen. Kluftinger kannte dieses Phänomen: Selbst der unschuldigste Mensch konnte bei einem polizeilichen Verhör ein schlechtes Gewissen bekommen. Er legte dem Mann deswegen beruhigend seine Hand auf die Schulter. »Schon gut, ich wollt's ja nur wissen. Alles, was Sie gehört oder gesehen haben, kann für uns wichtig sein. Der Mann scheint wirklich schon länger tot zu sein, die Ärzte meinen, seit letzter Nacht. Für uns wäre halt wichtig zu wissen, wann und wie er hierher gekommen ist.«

»Ach so.« Gassner schien erleichtert. »Ich hab schon gedacht … Ja, also mei Frau und ich, mir haben nix g'hört, in der Nacht. Aber wie g'sagt: Als ich dann naus bin zum Mähen, da hab ich ihn glei g'sehen, wie er auf'm Denkstein g'legen ist.«

»Was für ein Stein?«

»Denkstein, haben wir immer g'sagt. Weil der steht hier schon lang, ich glaub, schon bevor mein Opa den Hof baut hat. ›Denkt's dran, dass hier mal eine Burg war, Buben‹, hat er immer g'sagt zu uns. Und deswegen haben wir immer Denkstein g'sagt.«

Kluftinger sah noch einmal zu der Stelle hinüber. Sie war etwas erhöht und unter den Bäumen lagen vereinzelt, aber doch so, dass noch eine rudimentäre Linie erkennbar war, große Steine. Er konnte sich gut vorstellen, dass hier einmal eine Burg gestanden hatte. Es hatte früher hier viele solcher Bauwerke gegeben, sein Heimatdorf Altusried führte sogar eine Ruine im Wappen.

Damit war nun auch die Frage geklärt, was der große Stein zu bedeuten hatte, der ihm vorher aufgefallen war.

»Ich habe jetzt erst mal keine Frage mehr an Sie. Aber es kann natürlich sein, dass wir noch mal kommen oder Sie zu uns kommen müssen. Falls Ihnen also noch was einfällt, melden Sie sich.« Der Kommissar wusste nicht, wie oft er dieses Sprüchlein schon aufgesagt hatte.

»Jetzt kümmern Sie sich wieder um Ihre Frau.«

Gassner blickte nach links. Seine Frau saß mit einer geblümten

Kittelschürze über einem dunkelblauen Kleid in der offenen Tür eines Krankenwagens und redete mit einer Sanitäterin in weißen Hosen und orangefarbener Weste. Das heißt: Eigentlich redete sie nicht, sie schluchzte ununterbrochen in ein Taschentuch, das sie sich vors Gesicht presste. Gassner sah zu Kluftinger, zuckte mit den Achseln und stand auf.

***

Etwa eine Dreiviertelstunde später saßen Maier, Strobl und Hefele im Büro ihres Chefs. Keiner sagte ein Wort. Alle standen noch unter dem Eindruck des grausigen Fundes. Was Kluftinger hier gesehen hatte, würde ihm für einige Zeit den Appetit rauben, da war er sicher. Im Moment jedenfalls konnte er sich nicht vorstellen, überhaupt jemals wieder einen Bissen hinunterzubringen.

Eine Frage lag in der Luft, doch keiner wollte sie stellen.

Sandra Henske, Kluftingers hübsche, wenn auch manchmal etwas zu grell geschminkte Sekretärin, steckte den Kopf zur Tür herein. Sie wollte fragen, ob sie einen Kaffee machen sollte, schwieg aber ebenfalls, als sie die gedrückte Stimmung bemerkte. Die gebürtige Dresdnerin wusste zwar noch keine Details über den Fall, war aber darüber informiert worden, dass eine Leiche gefunden worden war. Der »Bürosonnenschein«, wie Kluftinger sie einmal genannt hatte, hätte gerne mehr Details erfahren. Sie liebte spektakuläre Fälle im Kommissariat, denn dann lief das Telefon heiß, die Presse rief an, es rührte sich was. Im Moment traute sie sich aber nicht, die Stille mit einer Frage nach Einzelheiten zu durchbrechen. »So schlimm?«, fragte sie deswegen verständnisvoll in Kluftingers Richtung.

»Schlimmer, Fräulein Henske, glauben Sie mir. Viel schlimmer«, antwortete er mit leiser Stimme.

Als sie die Tür wieder geschlossen hatte, räusperte sich der Kommissar, blickte von seinem Schreibtisch aus auf die Kollegen in der Sitzgruppe und stellte endlich die Frage: »Was hat das mit dem Vogel zu bedeuten?«

Sie schauten sich ratlos an. Maier ergriff das Wort: »Ich habe mal einen Film gesehen, da … «

»Ach, hör mir doch auf mit deinen Filmen«, fiel ihm Hefele ins Wort.

»Lass Richard doch ausreden«, schaltete sich Kluftinger ein.

Alle Augen waren nun auf Maier gerichtet, der am Rande der Couch saß und nervös mit den Knöpfen seines Cordsakkos spielte.

»Also, da waren auch so komische Morde und der Täter hat immer einen Hinweis zurückgelassen. So denk ich mir das halt.« Er blickte seine Kollegen unsicher an. Zwei, drei Sekunden war es still, dann sagte Hefele: »Das war jetzt ja ein ganz wichtiger Beitrag.«

»Jeder muss hier sagen können, was er denkt. Und es stimmt schon, was Richard sagt«, verteidigte Kluftinger halbherzig seinen Kollegen.

»Es sieht aus wie ein Rätsel«, fühlte sich nun auch Strobl zu einem Beitrag ermutigt.

»Ein Rätsel, ja«, sagte Kluftinger nachdenklich und spürte, wie er eine Gänsehaut bekam. Dann stand er ruckartig auf und sagte: »Das müssen wir jetzt lösen.«

In geschäftigem Tonfall fuhr er fort: »Zuerst müssen wir natürlich rausfinden, um wen es sich handelt. Gibt es von den Vermisstenanzeigen schon was Neues?«

»Ich kümmere mich gleich mal darum«, sagte Hefele und stand ächzend auf. Kluftinger bemerkte zum ersten Mal, dass sein rundlicher Kollege im Stehen kaum größer wirkte als im Sitzen. »Gut. Ihr zwei setzt euch gleich mal mit der Spurensicherung in Verbindung. Macht denen ein bisschen Druck. Irgendwas müssen die doch finden. Reifenspuren, Fußabdrücke oder so. Ich steig dem Pathologen mal auf die Zehen, dass wir die Ergebnisse möglichst schnell kriegen.«

Als sich alle erhoben hatten und das Zimmer verlassen wollten, fiel Kluftinger noch etwas ein. »Ach ja, das mit dem Vogel halten wir vorerst mal unter Verschluss. Bis wir genau wissen, was es damit auf sich hat, sind wir mit derartigen Informationen vorsichtig. Alles klar?«

Die Kollegen nickten. Sie waren zwar nicht schlauer als vorher, Kluftingers Aktionismus hatte ihnen aber doch das Gefühl gegeben, etwas tun zu können, anstatt ratlos auf bessere Zeiten warten zu müssen.

***

Es war keine halbe Stunde vergangen, da wurde Kluftingers Bürotür kraftvoll aufgestoßen. Hefele kam hereingelaufen. Seine schwarzen Locken wippten mit jedem seiner flinken Schritte. »Ich glaub, ich hab was«, sagte er mehrmals, bis er den Schreibtisch seines Chefs erreicht hatte. Dann legte er ihm wortlos einen Stapel Papier auf die Arbeitsplatte.

Kluftinger sah sich die Blätter an, alles Vermisstenanzeigen: Eine nur mit Bademantel und Nachthemd bekleidete vierundachtzigjährige Frau war aus dem Altersheim im Freudental in Kempten verschwunden, da recherchierten die Kollegen bereits bei den Kindern der Dame. Bereits geklärt hatte sich das Verschwinden eines vierzehn Jahre alten Jungen, der im Internat in Hohenschwangau am gestrigen Dienstag nicht zum Abendessen erschienen war, allerdings noch im Laufe der Nacht in einem Stadel unterhalb der Königsschlösser durchgefroren und von Heimweh geplagt, ansonsten aber völlig unversehrt gefunden worden war.

Der Kommissar hob den Kopf. Er zog die Augenbrauen nach oben und blickte seinen Kollegen fragend an. Dessen stolzes Grinsen verschwand sofort, als er die Ungeduld des Kommissars sah. Er blätterte die Zettel durch, die Kluftinger in den Händen hielt, zog einen bestimmten heraus und sagte: »Den mein ich.« In schwungvoller Handschrift hatte jemand einen Namen und eine Adresse darauf notiert: Gernot Sutter, Stuibenweg 3, Durach.

»Ist er das?«, fragte Kluftinger, der jetzt etwas aufgeregt war.

»Ich weiß es nicht. Seine Frau hat vor kurzem angerufen. Für eine Vermisstenanzeige ist es zwar noch zu früh gewesen, aber der Kollege am Telefon hat sich trotzdem mal die Beschreibung aufgeschrieben. Aussehen, Kleidung – passt alles.«

»Dann nix wie hin«, sagte Kluftinger, schnappte sich den Zettel und eilte mit Hefele aus dem Zimmer.

***

Als Hefele den Dienstwagen aus der Einfahrt des Präsidiums in Kempten Richtung Illerbrücke lenkte, musterte Kluftinger seinen

Kollegen von der Seite. Es war sonderbar: Mit ihm war er so gut wie nie unterwegs. Meist nahm er Strobl mit, wenn es auf Dienstfahrt ging, Maier drängte sich ab und zu auf, aber Hefele? Dabei war er ein guter Polizist. Vielleicht blieb er auch lieber im Präsidium: Durch seine geringe Körpergröße und seine ganz und gar nicht geringe Breite wirkte er irgendwie träge. Dennoch wusste Kluftinger nicht, ob er nicht vielleicht gerne öfter vor Ort wäre. Beklagt hatte er sich jedenfalls noch nie. Eigentlich wusste er überhaupt nicht viel über seinen schnauzbärtigen Kollegen. Er nahm sich vor, das zu ändern. Allerdings nicht gerade jetzt, denn der mysteriöse Leichenfund beanspruchte zu viel seiner Aufmerksamkeit.

Da Hefele in Durach aufgewachsen war und seine Eltern noch immer dort wohnten, konnte er seinen Chef zielsicher zum Neubaugebiet unterhalb des Dorfbergs dirigieren.

Sutters Haus lag an einer Wendeplatte, die das Ende einer gepflasterten Spielstraße bildete. Eine Doppelgarage war in den Hang gebaut, darüber lag ein großzügig geschnittenes Haus, dessen Front nur aus Glas und Holz zu bestehen schien. Rechts neben der Garage befand sich ein kleines Mäuerchen, an dem die Zahl 3 in Form einer großen Edelstahlziffer prangte, etwas kleiner darunter stand der Name des Hausherrn.

»Wenn der es ist: Versteckt hat er sich mal nicht!«

Der Kommissar parkte vor dem Garagentor.

Kluftinger läutete. Zu seinem Erstaunen tönte im Haus kein Gong oder eine Orgelsinfonie, er hörte lediglich eine schlichte, mechanische Klingel. Im Haus rührte sich nichts. Noch einmal drückte er den Klingelknopf.

»Ja?«, meldete sich eine leise Frauenstimme über die Sprechanlage. Nun musste er Taktgefühl beweisen, musste einfühlsam sein, psychologisch vorgehen. Die Äderchen an Kluftingers Nase wurden tiefrot. Er fühlte sich nicht wohl, seine Kopfhaut juckte. Todesnachrichten zu überbringen gehörte ganz und gar nicht zu seinen Stärken.

»Kluftinger, Kripo Kempten. Frau Sutter, es geht um ihren Mann«, sagte der Kommissar und bückte sich dabei, um den Mund ganz nah an die Sprechanlage zu bringen. »Würden Sie uns bitte kurz reinlassen?«

Sofort surrte der Türöffner und Kluftinger und Hefele stiegen die grob behauenen Natursteintreppen zum Haus hinauf.

Kluftinger wollte gerade das Hauseck passieren, als ihm ein Basketball vor die Füße rollte. Er hielt kurz inne und dem Ball folgte ein etwa acht- oder neunjähriges Mädchen.

»Oh, zu wem wollen Sie denn? Mein Vater ist nicht da«, begrüßte die Kleine die beiden Beamten und schob gleich eine Frage hinterher. »Wer sind Sie denn eigentlich?«

»Du, wir wollen kurz zu deiner Mama.«

»Ach so, die ist da«, sagte sie und schnappte sich mit einem vorwurfsvollen Blick auf den Kommissar den Ball, den der inzwischen aufgehoben hatte. »Spielst du mit mir?«, fragte sie wesentlich freundlicher in Richtung Hefele, was Kluftinger ärgerte. Mit Kindern konnte er nicht so recht umgehen, er wusste auch nicht wieso.

»Sonst gern, aber jetzt geht das gerade nicht«, erwiderte sein Kollege und erntete von dem Mädchen ein enttäuschtes »Schade!«.

»Na ja, vielleicht ganz kurz«, ließ er sich doch noch erweichen, als er daran dachte, welch schwere Zeit dem Mädchen bevorstand.

Die Kleine ging Hefele und Kluftinger voran zur Haustür, über der ein Basketballkorb angebracht war und vor der ein vielleicht vierzehnjähriger Junge saß. Er hob den Kopf, sah zu den Polizisten auf und grüßte mit einem ernsten »Hallo«.

Noch eine Halbwaise, dachte Kluftinger und fühlte, wie sein Mund trocken wurde.

»Kommen Sie wegen meinem Vater?«

Am Gesicht des Jungen war abzulesen, dass er durchaus mit einer schlechten Nachricht rechnete.

»Ja, wir müssen mit deiner Mutter reden.«

Der Junge nickte und fragte nicht weiter nach.

In diesem Moment öffnete sich die Haustür, vor der allerdings noch ein Schmiedeeisengitter angebracht war, das Frau Sutter aufschloss.

»Kommen Sie … « Frau Sutter war in den Vierzigern, sehr gepflegt und attraktiv. Sie war schlank, hatte dunkelbraunes, schulterlanges Haar und trug einen dünnen schwarzen Rollkragenpullover. Auf ihrer Brust hing ein großer Bernsteinanhänger an einer Goldkette. Auf Kluftinger wirkte sie wie die Zahnarztfrauen im Fernsehen, die irgendwelche Kosmetika anboten. Frau Sutter passte bei genauerer Betrachtung dann aber doch nicht in dieses Klischee: Sie war blass, um die Augen lagen tiefe Schatten, sie wirkte sehr nervös, fast aufgelöst.

Wortlos geleitete sie Kluftinger ins Wohnzimmer und deutete auf eine honigfarbene Ledercouch, auf der er sich niederließ. Hefele war zurückgeblieben, um wenigstens ein paar Körbe mit der Kleinen zu werfen.

»Endlich! Es wird wirklich Zeit, dass sich mal jemand um die Sache kümmert. Das ist ja bodenlos, mein Mann ist verschwunden und keiner fühlt sich dafür zuständig!«

Damit hatte Kluftinger nicht gerechnet: Sie wollte nicht etwa zuerst wissen, ob man etwas über ihren Mann herausgefunden hatte, sie beschwerte sich vielmehr lautstark über die Trägheit der Polizei. Und damit war sie noch nicht fertig.

»Was meinen Sie, wie es mir geht? Können Sie sich das vorstellen? Und die Kinder fragen, was mit ihrem Papa ist. Wir machen uns solche Sorgen, verstehen Sie das? Wir haben Angst!« Frau Sutter hatte sich in Rage geredet, ihre Tonlage stieg mit der Lautstärke.

»Tun Sie doch endlich was«, schrie sie schließlich heraus, bevor sie heftig zu weinen begann.

»Frau Sutter, beruhigen Sie sich bitte, wir sind ja jetzt da.«

»Jetzt, ja, jetzt, nach ewiger Zeit mal.«

Kluftinger war nicht wohl. Er hatte beinahe Angst. Vor hysterischen Frauen, das wusste er, musste man sich in Acht nehmen. In dem Zustand, in dem Frau Sutter sich befand, konnte man nicht vorhersagen, wie sie als Nächstes reagieren würde.

»Hätten Sie vielleicht ein Bild Ihres Mannes?«

Wortlos, die Lippen aufeinandergepresst, ging sie zu einem weißen Sideboard, auf dem ein großes Foto in einem Edelstahlrahmen stand. Ohne ihn anzusehen, reichte sie es ihm.

Es war der Moment der Gewissheit: Das Foto zeigte das Mordopfer mit seiner Frau und den beiden Kindern, die er im Garten gesehen hatte, am Markusplatz in Venedig. Jetzt wurde es ernst.

Wie sollte er dieser Frau nur die Wahrheit sagen, ohne dass sie völlig zusammenbrach? Er war Polizist, klar, aber im Überbringen von Todesnachrichten hatte er wenig Übung. Er hätte sich besser gefühlt, wenn sein Kollege das übernommen hätte.

Verzweifelt und ein wenig beschämt über seine schwach ausgeprägten psychologischen Fähigkeiten, fing er an: »Frau Sutter, ich muss Ihnen eine traurige Mitteilung machen.« Noch bevor er beim Wort traurig angekommen war, verfluchte er sich innerlich dafür. Was ihn aber völlig überraschte, war die Reaktion der Ehefrau.

»Tot? Er lebt nicht mehr, oder? Autounfall?«

Auf einmal war Frau Sutter gefasst, wischte sich die Tränen ab, setzte sich ruhig an den Esstisch in der anderen Ecke des Wohnzimmers.

»Warum hat man ihn nicht gefunden, wenn etwas mit dem Auto passiert ist?«

Kluftinger konnte nicht einmal gleich reagieren, so perplex war er. Er sah die Frau einen Augenblick entgeistert an.

»Kein Unfall, Frau Sutter.«

Die Türglocke tönte. Ausgerechnet jetzt kam der Depp!

»Mein Kollege, ich … «

»Jacqueline, die Tür!«

Noch ein Kind? Kluftinger wurde ganz heiß. Es wäre ihm nicht unrecht gewesen, wenn er selbst aufstehen und zur Tür hätte gehen können.

»Warum kein Unfall? Was ist passiert? Sagen Sie endlich, was ist denn los?«, drängte ihn die Frau unruhig.

»Wir müssen annehmen, dass Ihr Mann einem Verbrechen … «

»Verbrechen? Mein Gott!«

Hefele betrat den Raum, gefolgt von einem jungen Mädchen, das aber sofort wieder hinausging.

»Hefele, entschuldigen Sie … «, wollte sich der Polizist vorstellen, Kluftinger bedeutete ihm aber mit einer Geste, dass dies nun nicht angebracht wäre. Schnell setzte er sich neben seinen Chef. Der begann erneut:

»Aller Wahrscheinlichkeit nach wurde Ihr Mann umgebracht, Frau Sutter.«

Kluftinger sah zu ihr hinüber. Sie sah ihn starr an und schüttelte den Kopf.

»Nein«, versetzte sie bestimmt. »Nein, da müssen Sie sich täuschen. Gernot kann nicht … «

»Wir haben ihn gerade in der Nähe von Hirschdorf tot aufgefunden und glauben Sie mir, alles deutet auf ein Verbrechen hin.« Kluftinger wollte der Frau zumindest heute noch die Einzelheiten zum Tode ihres Ehemanns ersparen. Frau Sutter stützte ihren Kopf in die Hände und begann wieder zu weinen. Dem Kommissar bot sich eine Pause, in der ihm ein Bedürfnis bewusst wurde, das er unterdrückt hatte, seit er in dieses Haus gekommen war. Jetzt aber wurde es beinahe übermächtig: Wenn er nicht sofort auf die Toilette käme, würde es einen weiteren Wasserschaden an diesem Tag geben. Aber er konnte unmöglich eine Frau, die gerade vom Mord an ihrem Mann erfahren hatte und so bitterlich weinte, mit einer so profanen Frage wie der nach dem Klo behelligen. Nervös rutschte Kluftinger hin und her. Er begann zu schwitzen. Er suchte Blickkontakt zu seinem Kollegen, der aber gerade in die andere Richtung sah.

»Gsst!« Hefele reagierte nicht. »Gssst!«, gab der Kommissar nun etwas lauter von sich. Hefele drehte sich um, während Frau Sutter den Kopf weiterhin in ihren Händen vergraben hatte. Mit zusammengezogenen Brauen zuckte Hefele fragend mit den Schultern.

»Mss bisln!«, zischte der Kommissar.

Hefele runzelte die Stirn.

»Mss bisln!«, wiederholte Kluftinger. Sein Kollege hatte noch immer nicht verstanden. Hefele rutschte zu seinem Chef, so dass dieser ihm ins Ohr flüstern konnte: »Ich muss zum Biseln, aber schon dermaßen dringend! Ich lass euch kurz allein. Weißt du, wo hier ein Klo ist?«

Frau Sutter sah auf und sagte mit monotoner, brüchiger Stimme: »Nach dem Eingang, die erste Türe rechts«, und ließ den Kopf wieder in die Hände fallen.

»Oh, danke«, hauchte Kluftinger, dessen Gesichtsfarbe sich innerhalb einer einzigen Sekunde in ein leuchtendes Rot verwandelt hatte, und fügte in Gedanken ein ›Kreuzkruzifix‹ hinzu. Ihm war so schnell nichts peinlich, aber das hätte es jetzt nicht gebraucht. Hätte er sich ja auch denken können: In vielen Häusern war die Toilette die erste Türe nach dem Eingang.

Andererseits … die Frau hatte im Moment andere Probleme, als sich über den Kommissar zu wundern, beruhigte er sich selbst. Und schließlich konnte er nicht einfach in einem fremden Haus herumlaufen und das Klo suchen. Er erhob sich leise und verließ den Raum.

Als er das Wohnzimmer des Mordopfers wieder betrat, saß Hefele mit Frau Sutter am Esstisch auf der mit Sicherheit maßgefertigten Eckbank aus hellem Holz, die nahtlos in die Ofenbank überging, die wiederum zu einem alten Kachelofen gehörte. Kluftinger fiel der Ofen auf, weil sie damals, als sie ihren nachträglich hatten einbauen lassen, keinen alten bekommen hatten und neue Industriekacheln verwenden mussten. Stil hatte der Sutter, keine Frage. Zeitlos schön war auch die Eckbank, in deren Zentrum ein großer, quadratischer Tisch stand, wie man ihn früher in Wirtshäusern gehabt hatte. Dieser allerdings war nachgebaut.

Hefele hielt eine Packung Papiertaschentücher in der Hand und zog eines heraus, um es Frau Sutter zu geben, die sich etwas gefasst hatte.

»So«, sagte Kluftinger entschlossen, zog seine Hosenbeine etwas hoch und setzte sich an den Kachelofen. Er hatte nicht vor, die Frau des Toten lange zu behelligen, da es ihr aber etwas besser zu gehen schien, wollte er ihr doch einige Fragen stellen, um wenigstens Ansatzpunkte für die ersten Ermittlungsschritte zu haben.

»Frau Sutter, wenn Sie können, wäre es gut, wenn Sie uns von Ihrem Mann erzählen würden.«

»Natürlich, ich verstehe.« Die Frau bemühte sich nach Kräften, Fassung zu bewahren. »Was wollen Sie wissen?«

»Was macht Ihr Mann beruflich?«, fragte Kluftinger, der bewusst auf die Vergangenheitsform verzichtete: Das Präsens würde ihr möglicherweise weniger bewusst machen, dass ihr Ehemann nicht mehr am Leben war. Das immerhin war von einer Fortbildung hängen geblieben, in der es um Fragetechniken bei Mord- oder Unfallopfern nahestehenden Personen ging. Sonst wusste er von diesem Seminar eigentlich nur noch, dass es damals gute Wienerle gegeben hatte.

»Er ist Reiseveranstalter«, sagte sie. Kluftinger sah sie nur an. Nach ein paar Sekunden Pause fuhr sie von sich aus fort. Auch eine Technik, die er einmal bei einem Seminar gelernt hatte.

»Er organisiert Tagesfahrten, vor allem für ältere Leute. Die bekommen so einen Tag Urlaub für wenig Geld und haben Gelegenheit, nützliche Dinge zu kaufen.«

»Was sind das für Dinge?«

»Nun, Resonanzgeräte, Magnetfelddecken, Materialien für die Aromatherapie. Das Neueste sind Strahlen-Neutralisatoren.«

Der Kommissar fragte nicht nach, worum es sich dabei handelte. Sie würden noch genug Zeit haben, solche Details zu klären. »Kaffeefahrten also?«, resümierte er stattdessen.

»Tagesfahrten, Herr Kluftinger. Ich hasse den Ausdruck ›Kaffeefahrten‹ und mein Mann auch. Die Leute müssen da nichts kaufen, verstehen Sie?« Sie klang, als habe sie diese Rechtfertigung nicht zum ersten Mal benutzt.

Kluftinger versuchte sofort, das Gespräch wieder in ruhigere Bahnen zu lenken: »Frau Sutter, gehen die Geschäfte Ihres Mannes gut?«

»Nun, sonst hätten wir uns dieses Haus kaum leisten können. Ja, ich denke, sie gehen sehr gut. Aber übers Geschäft sprechen wir kaum.«

Augenscheinlich war es die richtige Taktik, in der Gegenwartsform von Sutter zu sprechen. »Wo befindet sich die Firma?«

»In Ursulasried, im Gewerbegebiet. Gernot, mein Mann, braucht Platz zum Lagern der Waren, die er verkauft.«

»Wie heißt der Betrieb?«

»Steinbock-Touristik. Das Sternzeichen von Gernot.«

»Führt Ihr Mann die Firma allein?«

»Ja. Er hat eine Mitarbeiterin, eine Art Sekretärin und einige Verkäufer – ich meine Reisebegleiter, die auf den Fahrten dabei sind. Aber die sind nicht fest angestellt … Ansonsten macht er alles selbst.«

Kluftinger wunderte sich. Die Kaffeefahrten passten nicht in das Bild, das Sutter ihm mit seinem Haus bot. Alles wirkte gediegen und stilvoll, nicht neureich, nicht aufgesetzt, nicht übertrieben.

Arzt, Rechtsanwalt, irgendein anderer Akademiker, das hätte er erwartet, aber ein Kaffeefahrten-Heini?

»Ihr Mann muss sicher viel arbeiten. Hat er da noch Zeit für die Familie und die Kinder?«

»Er nimmt sie sich. Er liebt Melvin und Alina über alles. Wir unternehmen jedes Wochenende etwas zusammen, gehen zum Baden, machen Ausflüge, im Winter zum Skifahren. Wenn man es sich richtig einteilt, geht das schon. Obwohl Gernot auch sonst viele Verpflichtungen hat. Er ist Elternbeiratsvorsitzender an der Grundschule; Alina ist jetzt neun, Melvin geht ja schon aufs Gymnasium in Kempten. Mein Mann ist Kassier im Tennisclub, da ist er natürlich auch eingespannt«, sagte Frau Sutter, der scheinbar immer weniger präsent war, was geschehen war.

»Sie arbeiten nicht?«

»Stundenweise in einer Boutique in Kempten. Aber mehr, um mir die Zeit zu vertreiben. Und jetzt, wo auch Jacqueline sich um die Kinder kümmert … «

Auf Kluftingers fragenden Blick erklärte Frau Sutter » … ein Au-pair-Mädchen aus unserer französischen Partnergemeinde, die für ein Jahr bei uns ist.«

Nobel, nobel, dachte sich Kluftinger. Und wie gut der Name zu Melvin und Alina passte …

»Frau Sutter, hatte Ihr Mann Feinde, war er in seinen letzten Tagen anders als sonst, war er verschlossener?« Kluftinger verfluchte sich innerlich. Nun war er doch ins Imperfekt abgerutscht. Wenn das mal gut ging.

»Ob er Feinde hat? Hatte … Feinde, Sie meinen, ob … «, war alles, was sie herausbrachte, bevor ihre Stimme in Tränen erstickte.

Priml, dachte sich Kluftinger, das haben wir ja wieder gut hingebracht. Er verzieh sich aber den kleinen Fehler. Wenigstens hatte er nun einige Dinge erfahren. Er gab Hefele ein Zeichen, dass es nun an der Zeit war, abzubrechen. Der ging auf die Witwe zu, legte ihr eine Hand auf die Schulter und fragte in leisem Ton, ob sie jemanden hätte, der sich um sie und die Kinder kümmern könnte.

Ihre Eltern wohnten in Bechen, fünf Minuten zu Fuß entfernt, stammelte Frau Sutter.

Kluftinger ging in den Hausgang. Er suchte Jacqueline, das Au-pair-Mädchen. Sie war nicht zu sehen. »Fräulein Jacqueline? Hallo?«, rief er.

Wenig später öffnete sich die Küchentür und Jacqueline trat heraus. Kluftinger schätzte sie auf etwa achtzehn Jahre. Der Kommissar wurde beinahe verlegen. Nicht, dass sie eine ausgesprochene Schönheit gewesen wäre. Sie hatte sogar eine leichte Hakennase. Aber in ihrem Wesen lag Charme. Sie hatte eine sportliche Figur, schulterlanges, braunes Haar und strahlte ihn aus tiefblauen Augen an.

»Msjö?«

Er wollte ihr etwas in ihrer Sprache erwidern, aber Französisch kannte er nur aus Filmen. »Bonndschur«, fiel ihm ein, als er aber am fragenden Blick des Mädchens erkannte, dass sie ihn nicht verstanden hatte, wurde er rot und fügte schnell sachlich hinzu: »Mein Name ist Kluftinger, von der Polizei. Es ist etwas mit Herrn Sutter passiert, aber das soll Ihnen Frau Sutter selbst erklären. Können Sie bitte ihre Eltern verständigen?«

»Die Öltarn von Sophie? Isch rufe sie gleisch an, Msjö«, sagte das Mädchen, das etwas erschrocken wirkte.

Der Kommissar fand ihren Akzent zum Niederknien. Er kam sich unbeholfen vor, weil er nicht einmal ein französisches Wort herausgebracht hatte, und – was noch schlimmer war in diesem Moment – er fühlte sich alt. Vor dreißig Jahren, ja, da hätte er auf Teufel komm raus mit dem Mädchen geflirtet. So beschränkte er sich aber auf ein verlegenes Lächeln und ein »Vielen Dank, Fräulein Jacqueline«. Erst als sie bereits am Telefon war, fiel es ihm ein: Merci. Das kannte er. Er drehte sich noch einmal um, doch die junge Französin sprach bereits. Er senkte den Kopf und ging zurück ins Wohnzimmer.

***

Als Kluftinger etwa eine Stunde später in Altusried den Passat in seine Hofeinfahrt lenkte, merkte er erst, wie sehr ihn dieser Tag geschafft hatte. Dabei war er nicht einmal besonders lang gewesen. Aber der furchtbare Anblick hatte ihm eine Seite seines Berufes offenbart, die er bisher nicht kennen gelernt hatte. Je mehr er versuchte, die Erinnerung wenigstens für einen Augenblick loszuwerden, desto öfter sah er das grausige Bild der Leiche mit der toten Krähe vor sich.

Er stellte sein Auto vor der Garage ab und ging langsam zur Eingangstür. Er hoffte, dass Erika mit dem Wasser klargekommen war, denn er wollte nur noch ins Bett. Als er die Tür aufschloss, wurde ihm aber sofort klar, dass daraus so schnell nichts werden würde. Das erste, was er erblickte, waren zwei Koffer, die mitten im Hausgang standen. Darauf lag zusammengefaltet Erikas Mantel.

Sofort fühlte er sich schuldig. Hätte er sie doch nicht so einfach allein lassen sollen? O je, das würde wieder Hundeblicke, Engelszungen und Geduld brauchen, bis das in Ordnung gebracht wäre. Dabei standen ihm eben diese Mittel gerade jetzt nicht zur Verfügung.

Er hörte, wie die Tür zum Schlafzimmer geöffnet wurde. Gleichzeitig fühlte er, wie sein Herz schneller schlug und die Äderchen auf seinen Wangen sich mit Blut füllten.

Noch bevor seine Frau im Hausflur zu sehen war, setzte er schon zu einer Entschuldigung an: »Erika? Erika, horch, ich meine, das war … « Reiß dich zusammen!, schrie er sich in Gedanken an. Seine Frau hatte es über die Jahre geschafft, ihn in solchen Fällen zu einem stotternden Kleinkind zu degenerieren.

Als sie um die Ecke bog, ballte er die Hände in seinen Taschen zu Fäusten zusammen. »Also, das war so … «

Weiter kam er nicht. Seine Frau ging auf ihn zu, nahm seinen Kopf in beide Hände, gab ihm einen Schmatz auf den Mund und sagte: »Gut, dass du endlich da bist. Ich hab schon alles arrangiert.«

Jetzt war er baff. Seine Frau war offenbar überhaupt nicht sauer. Und er hätte sich beinahe bei ihr entschuldigt. Hätte ihr sein schlechtes Gewissen offenbart und reumütig versucht, ihr die Situation zu erklären. Hätte sich vielleicht sogar zu einer Entschädigungs-Essenseinladung hinreißen lassen. Er biss sich auf die Lippen. Er musste lernen, sich in diesen Situationen besser in den Griff zu bekommen.

Dann fielen ihm die Koffer wieder ein. »Warum … ?«

Seine Frau ahnte die Frage bereits und unterbrach ihn: »Ich hab alles so gut wie irgend möglich trocken gelegt. Dann hab ich beim Siggi angerufen, aber der ist nicht da. Ich hab ihn nur über Handy erreicht.«

Siggi war ein Schulfreund von Kluftinger und ihr Klempner.

»Er ist ganz kurz zwischen zwei Terminen vorbei gekommen und hat sich das Ganze angeschaut. Ist wohl was Größeres, hat er gemeint, jedenfalls konnte er es auf die Schnelle nicht beheben. Er kommt zwar gleich morgen noch mal, aber vorläufig haben wir kein Wasser mehr.« Sie machte eine Pause. »Und jetzt stell dir vor, wer zufällig bei mir angerufen und uns ein Nachtlager angeboten hat, während ich noch beim Badschrubben war?«

Den letzten Satz hatte sie schon etwas fröhlicher gesagt als die Schilderungen der häuslichen Katastrophe.

»Meine Mutter?«, versuchte er es mit dem schlimmsten Szenario, das ihm auf die Schnelle in den Sinn kam.

»Die Annegret«, sagte sie und lächelte ihn an. »Und jetzt kommt die gute Nachricht: Sie hat gesagt, dass wir selbstverständlich bei ihr wohnen können, solange das Wasser bei uns nicht läuft.«

Kluftinger schluckte. Er war bis jetzt nur einmal in Langhammers Flachdach-Bungalow zu Gast gewesen. Lediglich zum Abendessen, was ihm aber völlig gereicht hatte. Und jetzt wollte seine Frau, dass er sich dort einquartieren sollte? In ein und derselben Wohnung, Tür an Tür mit dem quasselnden Mediziner? Nein, das konnte unmöglich ihr Ernst sein. Ausgerechnet heute, nach diesem Tag. Er wollte schon protestieren, wollte sagen, dass sie doch auch zu seinen Eltern hätten gehen können, da ihm diese Lösung im Vergleich auf einmal gar nicht mehr so schlimm vorkam, als sie sagte: »Ich hab gleich zugesagt. Ich konnte dich ja vorher nicht mehr fragen, schließlich warst du nicht da.«

Ob sie den letzten Teil mit einem leichten Vorwurf in der Stimme gesagt hatte oder nicht, konnte Kluftinger nicht mit Sicherheit sagen. Was er aber mit Sicherheit sagen konnte, war, dass er lieber in der Leichenhalle übernachtet hätte als bei Doktor Langhammer. Ein Blick in die Augen seiner Frau, die momentan offenbar zwischen Erschöpfung und Dankbarkeit gegenüber Langhammers schwankte, zeigte ihm aber, dass er diese Gedanken besser unausgesprochen lassen würde.

★★★

Schon kurz nachdem sie bei Langhammers angekommen waren und der Doktor sein Begrüßungszeremoniell beendet hatte, das jede Menge »Mein-Lieber«-Ausrufe, mitleidiges Seufzen und nicht enden wollendes Schulterklopfen beinhaltete, verzog sich Kluftinger ins Gästebett. Und das nicht einmal, weil er die Gesellschaft des Doktors meiden wollte, sondern weil er wirklich erschöpft war. Natürlich wusste er, dass er nicht gut schlafen würde, das würden die fremde Umgebung und die Erlebnisse des heutigen Tages verhindern. Dennoch fiel er schnell in einen unruhigen Schlummer. Bis zum nächsten Morgen träumte er wirres Zeug von riesigen dunklen Krähen, die sich gegenseitig die Federn ausrupften und die im Flug mit ihren Schatten die Landschaft verdunkelten.

Was heut noch frisch und blühend steht,
Wird morgen schon hinweggemäht,
Ihr edlen Narzissen,
Ihr süßen Melissen,
Ihr sehnenden Winden,
Ihr Leid-Hyazinthen,
Müßt in den Erntekranz hinein,
Hüte dich schöns Blümelein!

Früh am nächsten Morgen wurde er wach. Es begann gerade zu dämmern und er entschloss sich, noch im Bett zu bleiben. Erikas Atem ging ruhig und regelmäßig. Kluftinger sah sich im Zimmer um. Ein richtiges Gästezimmer hatte der Doktor. Nicht etwa ein ehemaliges Kinderzimmer. Er musste die Möbel dafür extra gekauft haben: Ein Bett aus massiver Buche, einen Spiegelschrank, zwei passende Nachtkästchen. Ein antiker Tisch stand in einer Ecke, darauf frische Blumen in einer offenbar selbst getöpferten Vase. Und an der Wand Bilder, die Landschaften der Toskana zeigten, die bestimmt Annegret gemalt hatte, als sie, um sich die Langeweile zu vertreiben, einen Aquarellkurs in Italien gemacht hatte.

Kluftinger wurde unruhig, seine Blase zwickte ihn. Sogar ihr eigenes Gästebad hatten sie hier, Gott sei Dank, es wäre ihm peinlich gewesen, wenn der Doktor irgendwann nach ihm in die Toilette gegangen wäre und sich möglicherweise über strengen Geruch oder einen nicht heruntergeklappten Klodeckel mokiert hätte.

Langsam drehte sich Kluftinger um, schlug seine Decke wie in Zeitlupe zurück und setzte sich fast lautlos auf. Nicht, dass er aus bloßer Rücksicht auf Erika auf keinen Fall ihren Schlaf stören wollte: Vielmehr genoss er die Minuten, in denen er morgens ganz allein war und seine Frau noch schlummerte. Er liebte sie, auch wenn er ihr das vermutlich schon viel zu lange nicht mehr gesagt hatte, weil er über »so was« nicht gern redete. Aber die morgendliche Stille genoss er am liebsten allein.

Er hoffte inständig, dass auch seine Gastgeber noch in ihren Betten lagen und schliefen. Seine Hoffnung schien sich zu erfüllen, alles war ruhig, als er ins Bad ging. Nachdem er Zähne geputzt und das mit einem Porzellandeckel versehene Gästepissoir benutzt hatte, bei dem er aber geradezu aus Trotz den Deckel offen ließ, zog er sich den Frotteemorgenmantel über, den Erika in weiser Voraussicht am Abend mit den Kulturtaschen ins Bad gelegt hatte, und machte sich auf den Weg in die Langhammer'sche Küche. Sie schliefen noch, Gott sei Dank. Er sah aus dem Fenster ins Zwielicht des anbrechenden Tages. Hinter dem Küchenfenster begann eine Wiese, die noch unbebaut war, was in diesem Neubaugebiet aber nicht mehr lange so bleiben würde. Es schmerzte Kluftinger manchmal ein bisschen, wenn er in diese Siedlungen kam, die eigentlich nichts mehr mit seinem Heimatort zu tun hatten. Er kannte weder die Namen der Straßen noch die der Menschen, die in ihnen wohnten. Manchmal beschlich ihn das wehmütige Gefühl, dass sie ihm »sein« Altusried wegnahmen. Immerhin waren das einmal alles Wiesen gewesen, auf denen er als Kind mit seinen Freunden gespielt hatte.

Der Anblick dreier Krähen und einer Elster auf der Wiese vor ihm beendete seine nostalgische Stimmung. Sofort war Kluftinger in Gedanken wieder bei seinem Fall. Er verfluchte die Vögel, die dem jungen Morgen seine Unschuld genommen hatten. Der Kommissar blickte sich um: Irgendwie hatte er Hemmungen, sich hier in einer fremden Küche selbst zu bedienen und die Schränke zu öffnen. Die Küche war beherrscht von mattem Edelstahl, mit dem alle Fronten der Einrichtung verkleidet waren. In der Mitte des Raumes befanden sich der Backofen und drei Kochfelder: Elektroherd, Gasfeld und sogar eine eigene Kochstelle, auf der ein riesiger schwarzer Wok stand. Und nirgends lag etwas herum. Kluftinger wunderte sich, wo wohl Langhammers ihre wichtigen Zettel lagerten, die er und Erika in einem Körbchen neben dem Kühlschrank aufbewahrten. Dinge wie Lohnsteuerkarten für das kommende Jahr, Sterbebildchen, Telefonnummern des Kundendienstes der Waschmaschine und Ansichtskarten mussten ja irgendwo archiviert werden. Aber hier: wie aus dem Katalog. Er hatte Hemmungen, in dieser sterilen Umgebung etwas anzufassen.

Aber sein Verlangen nach einer Tasse Kaffee, verbunden mit dem Duft, der dann den Raum erfüllte und der anzeigte, dass ein neuer Tag begann, war größer. Allerdings hatten Langhammers offenbar keine »richtige« Kaffeemaschine. Alles, was er sah, war einer dieser Vollautomaten, denen Erika jedes Mal, wenn sie beim Elektrodiscounter waren, sehnsuchtsvolle Blicke zuwarf. Kluftinger rechnete ihr dann immer vor, wie teuer eine einzige Tasse käme, würde man den Preis von rund vierhundert Euro umlegen. Und dafür würde man nicht einmal echten Kaffee, sondern nur Espresso bekommen. Den man aus Tassen trinken musste, die so klein waren, dass sie aussahen, als wären sie beim Spülen eingelaufen.

Aber Kluftinger wollte Kaffee. Jetzt. Ob Langhammers vielleicht ein bisschen Pulver hätten? Ein Wasserkocher stand ja auf der Arbeitsplatte.

Er öffnete einen Hängeschrank über der Spüle. Darin fanden sich aber nur diverse Tupperdosen mit verschiedenfarbigen Körnern und Flocken. Nachdem Kluftinger zwei weitere Fächer geöffnet hatte, wobei er einmal nur auf italienische Nudeln, dann auf schätzungsweise dreißig verschiedene Teesorten und die dazugehörigen Glastassen und Filter gestoßen war, gab er auf. Kein Kaffee also, bis Langhammers aufgestanden waren. Vielleicht würde er als kleinen Ersatz wenigstens auf ein Rädle Wurst stoßen, hoffte er, und öffnete den Kühlschrank.

Ein bisschen fühlte er sich wie ein Einbrecher, als er die schwere Tür des auf Fünfzigerjahre getrimmten Geräts öffnete. Er schüttelte den Kopf. Priml. Im Prinzip hatte er es ja erwartet: Kein Gramm Wurst lag in den akribisch geordneten Fächern. Stattdessen standen in der obersten Etage eine Menge kleiner Joghurtfläschchen, die nicht etwa »Erdbeere« oder »Banane« hießen, sondern mit dem kryptischen Kürzel »LC1!« versehen waren. Darunter befand sich, geschützt unter einer Glas-Glocke, eine Lage Käse. Saftflaschen lagen in der untersten Reihe und aus dem Gemüsefach schaute eine Menge Grünzeug heraus. Mit bitterer Miene schloss Kluftinger die Tür und ging gesenkten Hauptes ins Bad.

Nach seiner selbst im fremden Bad wie gewohnt ablaufenden Morgentoilette – wenn man davon absah, dass er das Duschhandtuch erst gefunden hatte, nachdem er sich aus Mangel an anderen Hilfsmitteln mit fünf Waschlappen abgetrocknet hatte – holte er sich aus dem Gästezimmer einige Kleidungsstücke. Ganz langsam und leise öffnete er den Schrank, denn Erika schlief noch immer. Als er alles zusammen hatte, versetzte er beim Zurückschleichen der Schranktür aus Versehen einen Stoß, so dass diese mit Krachen an die Wand stieß. Kluftingers erster Blick ging zu Erika.

»Ahhh, mein altes Trampeltier!«, sagte sie gähnend. Kluftinger musste sich eingestehen, dass seine Zeitlupen-Gräuschlos-Aktion umsonst gewesen war. Ohne sich anzuziehen, machte er sich im Morgenmantel abermals auf den Weg in die Küche. Er brauchte jetzt wirklich seinen Kaffee und er war sogar bereit, es dafür mit der Espressomaschine aufzunehmen.

Nachdem er sie lange betrachtet hatte, drückte er auf den größten, roten Knopf an der Maschine, von dem er vermutete, dass es sich dabei um den Einschalter handelte. Er zuckte ein wenig zusammen, als sich knackend und mahlend die Maschine in Gang setzte. Als nichts auseinander fiel und auch nirgendwo Flammen aus dem Gerät schlugen, entspannte er sich. Doch seine Gelassenheit schwand, als schon nach wenigen Sekunden Zischen und Knurren braune Flüssigkeit aus den Düsen strömte. Fieberhaft machte er sich auf die Suche nach einer Tasse, riss Schranktüren auf, blickte in Schubladen und schob schließlich einfach ein Glas unter die Düse. Etwa vier Sekunden später versiegte der Strom, das meiste hatte sich bereits aufs Büffet ergossen. »Kruzifix«, schimpfte er, schnappte sich einen Lappen aus der Spüle und begann, die dunkelbraune Pfütze aufzuwischen. Im selben Moment wurde von außen ein Schlüssel ins Haustürschloss gesteckt. Eine Sekunde später erkannte er durch den Türspalt die Glatze des Doktors. Kluftingers Wangen begannen zu leuchten. Er kam sich vor wie ein Kind, das beim heimlichen Naschen erwischt wird. Er hatte gerade noch Zeit, mit dem Lappen zwei-, dreimal über die Arbeitsplatte zu wischen, ihn in die Spüle zu werfen und sich zu fragen, wo der Doktor so früh überhaupt herkam, da stand bereits ein verschwitzter, breit grinsender Langhammer im Türrahmen. Er trug eine hautenge, blau-glänzende Sporthose, weiße Turnschuhe und einen neongelben Blouson.

»Na, schon wieder im Dienst, mein Lieber? Gut so, der frühe Vogel fängt den Wurm, was?«

Mein Lieber ... Kluftinger verzog das Gesicht, hielt sich mit einer entsprechenden Antwort aber zunächst zurück. Schließlich war er ja hier zu Gast und außerdem fühlte er sich irgendwie unsicher, hier im Morgenmantel in Langhammers Küche. »Ja, ja, genau, Morgen, Herr Langhammer. Waren Sie schon beim Dauerlauf heut früh?«

»Wie jeden Morgen, egal, ob es stürmt oder schneit. Kluftinger, mein Lieber, das sollten Sie auch machen. Nicht nur wegen der Figur!« Langhammer lachte kurz auf und warf einen Blick auf

Kluftingers Bauch. »Allein fürs Herz ist das irrsinnig gesund. Und für mich ist es ein Jungbrunnen, wie eine Frischzellenkur, wissen Sie? Da ist der Tag gleich dein Freund!«

»Alles klar«, versetzte der Kommissar kurz, und als er merkte, dass das etwas unfreundlich geklungen hatte, fügte er ein »Ich mein, das ist mir schon klar, ja, ja. Sicher gesund!« hinzu.

»So, und jetzt machen wir unseren Damen mal ein richtig gesundes Fitness-Frühstück, was? Wir trinken morgens nur Rooibuschtee, Vitamin C satt und kein Koffein. Aber wenn Sie einen Kaffee mögen, machen Sie sich einfach einen. Die Maschine ist sozusagen allzeit bereit für Sie. Mi máquina, su máquina, wie der Spanier sagt!«

Kluftinger kochte. Er wusste weder, was Rooibuschtee war, noch, was der ausländische Satz bedeutete, den der Doktor gerade geträllert hatte. Am meisten ärgerte er sich aber darüber, dass der ihm innerhalb einer Minute das Gefühl geben konnte, ein ungebildeter Trampel zu sein.

»Ich hatte schon einen, danke«, erwiderte Kluftinger kleinlaut.

»Ach, wissen Sie was, mein Freund, holen Sie mal Ihre Holde und ich mache das Frühstück. Sie wollen sich sicher auch erst mal anziehen.«

Erleichtert über die Fluchtmöglichkeit, die ihm der Doktor bot, verließ er mit großen Schritten die Küche.

Als das Ehepaar Kluftinger sie zehn Minuten später wieder betrat, stellte Langhammer gerade eine Tasse Kaffee auf den Tisch. Wenigstens etwas.

Was Kluftinger dann aber sah, ließ sein Stimmungsbarometer gleich wieder sinken. Auf der Tafel befand sich nichts außer Obst und einer Menge Tupperdosen, die Kluftinger als die wiedererkannte, die er vorher im Hängeschrank entdeckt hatte. Ihm schwante Böses.

»Erika, einen wunderschönen guten Morgen. So früh und schon wie aus dem Ei gepellt! Da geht doch gleich die Sonne auf«, empfing Langhammer seine Gäste.

Das auch noch, dachte sich Kluftinger. Morgens schon gut gelaunt und charmant. Zwei weitere Gründe, den Doktor unsympathisch zu finden.

Kaum hatten sich alle gesetzt, wurde Kluftinger ungefragt eine große Schüssel mit allerlei Körnern und klein geschnittenem Obst gereicht. Zu jeder Sorte Körner hatte der Doktor einen Kommentar parat und erklärte darüber hinaus die getrockneten Aprikosen am Tisch sogar zur reinsten »Powernahrung«.

Doch es kam noch schlimmer. Gerade als Kluftinger das Milchkännchen griff und über seinen Kaffee hielt, schnappte sich der Doktor ebenfalls die Milchpackung und goss damit die Müslischalen auf. Kluftingers Bewegung gefror, als Langhammer beiläufig erwähnte, dass es sich dabei um Sojamilch handelte. Innerlich rief er sich selbst Durchhalteparolen zu. Selten hatte er sich so auf seine Arbeit gefreut.

Auf alles gefasst tauchte er schließlich seinen Löffel in die Masse vor sich, die inzwischen eine breiige Konsistenz angenommen hatte, führte ihn zum Mund, lächelte, als er merkte, dass der Doktor ihn beobachtete, und schob ihn sich zwischen die Lippen. Es war schlimmer als erwartet. Die Körner, die von den Zähnen zermahlen wurden, fühlten sich an wie Sägemehl. Schnell schlucken das Zeug, dachte sich Kluftinger, aber mit jedem Kauvorgang schien der Brei in seinem Mund mehr zu werden. Er wollte das Ganze mit einem Schluck Kaffee hinunterspülen, erinnerte sich aber, dass er in die Tasse diesen synthetischen Milchersatz gekippt hatte. Er bekam einen knallroten Kopf. Er konnte die Schüssel unmöglich auslöffeln, das war ihm klar. Sein Magen knurrte, aber es ging einfach nicht. Es half nichts: Er nahm einen kräftigen Schluck Kaffee und führte die restlichen Körner ungekaut seinem Verdauungstrakt zu. Wider Erwarten schmeckte der Kaffee ganz exzellent. Besser als Filterkaffee. Kluftinger schob das auf den Kontrast zum mehligen Geschmack des Müslis.

Er blickte auf seine Schüssel. Immer noch stand sie fast bis zum Rand gefüllt vor ihm, die Körner schienen ihn aus ihrem Sojabad grau-bräunlich anzuglotzen. Er bekam eine Gänsehaut. Fieberhaft suchte er nach einem Ausweg.

Auf einmal sprang er auf und eilte mit den Worten »Mein Handy« aus dem Zimmer. Erika runzelte die Stirn. Sie hatte nichts gehört.

»Hat er's streng, dein Mann, hm? Gibt's einen neuen wichtigen Fall?«, fragte Annegret, Erika hielt sich aber zurück und sagte nur: »Du, ich weiß gar nicht so recht.«

Aus dem Hausgang war inzwischen deutlich Kluftingers Stimme zu vernehmen. Offenbar telefonierte er mit seiner Sekretärin. Zum Frühstückstisch drangen Wortfetzen wie »Ja, das ist schon dringend, Frau Henske« und »Hmmm, gute Frage« und »Auf jeden Fall, unbedingt«. Kluftinger sprach laut, lauter als es normalerweise bei Telefongesprächen der Fall war. Noch bevor sich Erika darüber wundern konnte, läutete das Langhammer'sche Telefon. Der Doktor, der sein Mobilteil immer am Gürtel bei sich trug – schließlich erreichten ihn ab und zu medizinische Notrufe – nahm den Anruf an, hielt nach zehn Sekunden die Hand vor die Sprechmuschel und sagte: »Erika, das ist für deinen Mann. Sein Büro. Eine Frau Henske.« Erika verstand nicht. »Aber ich dachte … «, begann sie, brach den Satz aber ab, griff sich das Telefon und sagte schnell »Ich bring's ihm«.

Langhammer stand auf, nahm den Hörer wieder an sich und erwiderte: »Bleib du mal schön sitzen, ich mach das schon.« Er ging in den Hausgang und stellte sich neben den Kommissar. »Das ist ganz wichtig«, schrie der gerade regelrecht in sein Handy und zuckte zusammen, als er die Anwesenheit seines Gastgebers bemerkte. Hastig und abrupt beendete er den Anruf: »Ja, ich komme sofort ins Büro. Ich fahre sofort los. Bis gleich dann.«

Langhammer streckte Kluftinger nun sein Telefon hin.

»Ihr Bü-ro-ho, Herr Kluftinger«, flüsterte er.

Kluftingers Wangen röteten sich schlagartig.

»Ja, gut … danke, ja, Herr … « war alles, was er herausbrachte.

»Was gibt's denn noch?«, fragte er nun wesentlich leiser, fast im Flüsterton in den Hörer.

Sandy Henske am anderen Ende war irritiert. »Ich wollte Ihnen doch nur sagen, dass … «, fing sie an, wurde aber von Kluftinger unterbrochen. »Ich hab doch gesagt, dass ich gleich komme.« Sandy verstand die Welt nicht mehr. Eigentlich hatte sie sich gefreut, dass sie diejenige war, die ihrem Chef eine sensationelle Miteilung mache durfte: Man hatte Gernot Sutters Auto gefunden. Es stand verlassen in der Nähe des Bachtelweihers.

»Na ja, wenn Sie gleich kommen, kann ich es Ihnen ja auch im Büro sagen«, antwortete Sandy kleinlaut und es tat dem Kommissar leid, dass er ausgerechnet seine Sekretärin in seine Scharade einbeziehen musste. Er würde ihr später alles erklären. Zum zweiten Mal schloss Kluftinger mit den Worten, dass er gleich da sein würde. Und schob noch extra laut und deutlich nach, dass es auch die beiden Frauen in der Küche hören konnten: »Ach, und Sandy, wenn Sie mir bitte noch zwei Leberkässemmeln und ein Nusshörnle holen würden, bis ich ins Büro komme, ja? Und eine schöne Tasse Kaffee. Ich habe heute noch gar nichts gefrühstückt … « Sandy sagte überhaupt nichts mehr. Sie machte jeden Tag Kaffee und stellte immer etwas zum Essen bereit, das wusste der Kommissar.

Der wiederum war ob der Tatsache, dass er sich doch noch so elegant aus der Affäre gezogen hatte, geradezu beschwingt. Er wäre noch fröhlicher gewesen, hätte er seine Sekretärin zu Wort kommen lassen und erfahren, was sie ihm hatte sagen wollen.

Dr. Langhammer war die ganze Zeit über im Hausgang geblieben und hatte das Gespräch neugierig mitverfolgt. Derartige Indiskretionen konnte Kluftinger überhaupt nicht leiden. Aber er sah darüber hinweg: sein kleiner Gegenschlag hatte ihm sein Selbstbewusstsein zurückgegeben.

»Ich muss weg. Dringend. Habe die Ehre! Ich ruf dich nachher daheim an, Erika«, rief er in die Küche und schnappte sich seine Jacke. Vom Gang aus fügte er noch an: »Danke fürs Wohnen, gell … « und schlug die Tür zu.

***

Kluftinger fühlte sich erleichtert, als er im Büro ankam. Und das war angesichts der Umstände nicht zu erwarten gewesen. Er war Langhammer, den er in Gedanken nur noch abschätzig »den Doktor« nannte, deswegen fast ein bisschen dankbar. Vielleicht war es auch ein wenig ungerecht von ihm, sein Unbehagen allein auf Langhammer zu schieben. Denn eigentlich fühlte er sich immer unwohl, wenn er in einem anderen Bett schlafen, in einer anderen Küche essen und – vor allem – auf ein anderes Klo gehen musste.

Jede zu Hause absolut selbstverständliche Handlung musste hinterfragt werden: Welches der Handtücher neben dem Waschbecken kann man nehmen? Hat sich damit gerade jemand den Intimbereich getrocknet? Spritzt es zu Hause beim Pinkeln auch so? Wie kann ich geräuschlos mein Geschäft verrichten? Kann ich mich ins Wohnzimmer setzen und einfach nur was lesen oder muss ich mich mit den Gastgebern unterhalten?

All das waren Fragen, die ihm dann durch den Kopf schossen und ihn vorsichtig und alles andere als souverän durch die fremde Wohnung staksen ließen. Ganz zu schweigen von dem fremden Bett, das immer zu weich ist.

Als er die Tür zum Büro-Vorzimmer öffnete, konnte ihm seine Sekretärin endlich berichten, dass man Sutters BMW gefunden hatte. Dann wies er sie an, ihm die Post gleich sortiert und geöffnet auf den Schreibtisch zu legen, und verschwand erst einmal eine Viertelstunde auf der Toilette.

Als er zurückkam, warteten bereits seine drei Mitarbeiter auf ihn. Er sah ihnen an, dass sie von ihm nun irgendeine Information erwarteten, die die verworrene Lage etwas klarer erscheinen lassen würde. Kluftinger war froh, dass er eine solche Information zu bieten hatte.

»Gut, dass ihr schon da seid«, sagte er. »Der Wagen unseres Mordopfers ist gefunden worden.« Ihre Mienen hellten sich merklich auf.

»Der Eugen und ich werden gleich mal hinfahren.« Strobl zog sich wortlos seine Jacke an. Die anderen standen noch etwas ratlos im Zimmer, bis Kluftinger auch ihnen eine Aufgabe zuwies. »Ihr könnt euch ja so lange mal um Sutters Umfeld kümmern. Ich würde vorschlagen … «, er machte eine kurze Pause, in der er sich die Aufgabenverteilung durch den Kopf gehen ließ: »Richard, du klopfst die geschäftliche Seite ab. Und du, Roland, schaust mal, was du über sein Privatleben so rauskriegen kannst. An die Arbeit.«

***

Keine zehn Minuten später parkte Kluftinger seinen Passat am Straßenrand mitten in einem Waldstück am östlichen Ortsrand von Kempten. Mehrere Polizisten in Uniform hatten sich vor und hinter einem Wagen postiert, der in einer kleinen Haltebucht stand und von dem Kluftinger annahm, dass es sich dabei um Gernot Sutters BMW handele. Der Förster hatte ihn auf einem Kontrollgang entdeckt und die Polizei alarmiert. Zwei Beamte leiteten den spärlichen Verkehr an dem Auto vorbei und forderten die neugierigen Fahrer durch Winken auf, die Stelle zügig zu passieren.

»Dann schau ma uns die Sache mal an«, sagte Kluftinger zu Strobl und setzte sich in Bewegung.

»Schlecht scheint sein Geschäft ja nicht gelaufen zu sein«, sagte Strobl nach ein paar Schritten mit Blick auf das Auto. Kluftinger nickte. Es war ein neuer Siebener-BMW; wirklich nicht ganz billig. Gleichzeitig erkannten die beiden Kriminalbeamten, die von hinten auf das Fahrzeug zugingen, dass sich über die Windschutzscheibe unzählige feine Sprünge zogen. Sie sahen sich wortlos an und beschleunigten ihren Schritt.

Die Fahrertüre stand offen, im Wagen lag ein Mann, der seine Füße nach draußen gestreckt hatte. Der Rest des Körpers lag seltsam verrenkt im Auto, der Kopf entzog sich dem Blick, weil er im Fußraum des Beifahrersitzes verschwunden war. Kluftinger, der zuerst gestutzt hatte, weil es beinahe so ausgesehen hatte, als würde hier noch ein Toter auf sie warten, erkannte schnell, dass das Beinpaar zu Wilhelm Renn gehörte. Nur Renn trug diese albernen karierten Golfhosen. Und nur Renn war an Tatorten in solchen Verrenkungen anzutreffen – wenn man von den Leichen einmal absah. Für alle hieß er deswegen »Willi, der Wühler«, weil er sich als leitender Beamter des Erkennungsdienstes nicht zu fein war, selbst vor Ort nach den verborgensten Spuren zu suchen.

»Na, Willi, was gefunden?«, rief Kluftinger in den Wagen, nachdem er die Hupe der Limousine kurz gedrückt hatte.

Zuerst hörte Kluftinger einen dumpfes Poltern, dann folgten ein paar Flüche und schließlich kam ein haarloser Schädel zum Vorschein. Kluftinger blickte in ein rotes, schmerzverzerrtes Gesicht; Renn rieb sich mit behandschuhten Fingern die Stirn. »Vielen Dank auch«, sagte er mit krächzender Stimme. »Du weißt genau, wie schreckhaft ich bin«, beklagte er sich weiter.

»Du? Schreckhaft?«, Kluftinger blickte zu Strobl und fuhr mit unüberhörbarer Ironie fort: »Also, Eugen, hast du das gewusst? Der Willi ist schreckhaft. Ein so gestandenes Mannsbild?« Damit spielte der Kommissar auf einen weiteren wunden Punkt bei Renn an – er war klein und dürr und mit seiner Glatze und seiner Hornbrille mit den zentimeterdicken Gläsern wirkte er wie der Prototyp dessen, was die Allgäuer ein »Krischpele« nannten.

»Ja ja, schon gut. Hauptsache, ihr habt euern Spaß. Aber zum Leichenfleddern bin ich schon recht, da macht ihr euch die Finger nicht schmutzig«, gab Renn beleidigt zurück, stieg aus dem Wagen und verstaute das Pinselchen, das er gerade noch in der Hand gehalten hatte, in einem kleinen Koffer. Dann strich er sich seinen dunkelgrünen Trenchcoat glatt, der so gar nicht zu seinem roten Sweatshirt und der karierten Hose passen wollte.

»Aber dafür hab ich auch nix für euch«, sagte er und klang dabei ein wenig schadenfroh.

»Wie – nix?« Kluftingers Blick wanderte in den Wagen. Er sah die eingedrückte Windschutzscheibe, die zwar gesplittert, aber bis auf ein paar kleine Scherben, die auf dem Armaturenbrett lagen, ganz geblieben war.

»Keine Fingerabdrücke?«, fragte der Kommissar.

Renn sah ihn mitleidig an. »Natürlich haben wir Fingerabdrücke. Aber wenn du mich fragst, werden die dir nicht viel nützen. So wie sich der Tathergang darstellt … «

Kluftinger wartete ein paar Sekunden. Als Renn aber nicht fortfuhr, drängte er ihn mit einem »Wie denn?« zum Weitersprechen.

»Also gut. Ist jetzt aber nur meine Meinung«, fing Renn an und lief mit kleinen Trippelschritten an dem Auto vorbei nach vorn. Kluftinger und Strobl folgten ihm. Auch wenn Renn sagte, dass es sich bei der nun folgenden Rekonstruktion dessen, was sich vermutlich vorletzte Nacht hier abgespielt hatte, nur um seine Meinung handelte, waren sich die beiden sicher, eine detaillierte Darstellung der tatsächlichen Vorgänge zu erhalten. Die beiden kannten ihn und hatten Respekt vor seiner Fachkompetenz; seine schnellen Tatortanalysen waren legendär.

»Euer Mann … also der … «

»Sutter«, ergänzte Strobl.

» … danke. Also euer Sutter ist hier langgefahren, vorgestern Nacht wohl, wenn ich das richtig mitbekommen habe. Er fährt die Straße entlang und plötzlich kracht es gewaltig. Die Windschutzscheibe zerspringt, noch bevor er irgendwas erkennen kann. Vielleicht denkt er, es sei ein Reh oder ein Vogel gewesen. Er ist geschockt und weiterfahren kann er mit der Scheibe eh nicht. Also steigt er aus.«

Renn ging ein paar Schritte weiter und trat auf den schmalen Grasstreifen zwischen der Straße und der ersten Baumreihe.

»Er läuft hierher um zu sehen, was seinen schönen Siebener da so zugerichtet hat und findet das hier.« Renn zeigte auf einen runden Stein von etwa zwanzig Zentimetern Durchmesser, der neben der Fahrbahn lag. Kluftinger kam etwas näher, um ihn sich genauer anzusehen. Dann sah er das Blut. Viel Blut. Sofort wich er wieder einen Schritt zurück.

Renn grinste. »Ja, das war dann vermutlich auch das Letzte, was euer Sutter gesehen hat.«

Kluftinger wusste nicht, warum Renn das Opfer immer mit »euer Sutter« bezeichnete. Er wollte den Redefluss des Kollegen allerdings nicht bremsen und verkniff sich eine Frage.

»Er sieht also den Stein und dann – ratsch. Und das war's.«

»Wie: ratsch?«, fragte Strobl.

»Na, irgendjemand hat ihm doch die Kehle aufgeschlitzt, oder? Und das war genau hier, das sieht ja ein Blinder mit Krückstock.«

Renn hatte Recht. Die Erde war auf einem guten Quadratmeter getränkt von dunkelrotem, eingetrocknetem Blut. Auch auf die Straße war etwas gesickert. Auf dem Fleck tummelten sich noch ein paar Fliegen. Kluftinger schüttelte es. Die Eindrücke der letzten beiden Tage gingen ganz entschieden über das hinaus, was er zu ertragen im Stande war. Bei ihm, der, seit er Leiter des Kommissariats geworden war, so gut wie nie mehr zu den so genannten »Polizeileichen« ging, den Verstorbenen, bei denen eine unnatürliche Todesursache nicht ausgeschlossen werden konnte und die deswegen die Kriminalpolizei zu untersuchen hatte, war nie ein Gewöhnungseffekt an Tote eingetreten.

»Der Mörder oder die Mörderin hat ihm das Ding ins Fenster geworfen, weil er oder sie wollte, dass euer Sutter anhält«, lenkte

Renn seine Gedanken wieder auf den aktuellen Fall. »Und an den Kopf hat er es auch noch gekriegt.«

Kluftinger dachte an die Platzwunde, die er an der Leiche gesehen hatte.

Und noch etwas war ihm aufgefallen. Renn hatte gesagt: »Der Mörder oder die Mörderin.« Er wunderte sich darüber; meist sprachen er und seine Kollegen nur von *dem* Mörder oder *dem* Täter. Die weibliche Form wurde nur selten verwendet. Vielleicht, weil 90 Prozent aller Gewaltverbrechen von Männern begangen wurden, auch wenn der Anteil der Frauen zunahm. Aber eigentlich hatten sie sich mit dieser Formulierung geistig schon immer auf einen männlichen Täter eingeschossen.

»Übrigens, da hab ich doch was für euch. Ich will mal nicht so sein. Hier, an dem Stein hab ich eine Faser gefunden, die schätzungsweise von einer Jacke oder einem Mantel stammt. Könnte sich später noch als hilfreich herausstellen.«

Kluftinger nickte anerkennend. Er wunderte sich jedes Mal, was für Kleinigkeiten die Kollegen vom Erkennungsdienst immer wieder entdeckten. Und oft waren es eben diese Kleinigkeiten, die zur Lösung des Falles führten. Eigentlich fast immer, musste er sich bei genauerem Nachdenken eingestehen. Eine scharfe Kombinationsgabe war zwar nicht von Nachteil, aber tatsächlich wurden die meisten Fälle aufgrund akribischer Recherche- und Untersuchungsarbeit gelöst. Die vielen Kisten mit Asservaten, mit meterweise Tesafilm, auf dem die Fasern oder Fingerabdrücke gesichert wurden, waren aus dem Polizeialltag nicht mehr wegzudenken. Genauso wenig wie die Computer-Datenbanken. Das war meilenweit entfernt von der Krimiromantik, die im Fernsehen oft verbreitet wurde.

»Ich hab das alles schon zum Asservieren eingepackt«, riss ihn Renn aus seinen Gedanken. »Ach ja, das Beste habt ihr ja noch gar nicht gesehen. Der Mörder hat euch was dagelassen.« Kluftinger vermutete, dass Renn damit eine besonders deutliche Spur meinte und freute sich schon ein wenig, doch Renn dämpfte diese Vorfreude postwendend.

»Nein, wirklich, ich meine, er hat für euch was hinterlassen.«

Kluftinger schluckte. Nicht schon wieder. Nicht noch ein Zeichen. Die Krähe hatte ihm schon völlig gereicht. Er versuchte, sich innerlich auf alles gefasst zu machen.

Renn ging um das Auto herum und machte vor der Beifahrertüre halt.

»Einen Moment«, sagte er. Dann öffnete er noch einmal sein Köfferchen, nahm einen Pinsel heraus, bestrich damit den Türgriff und legte ihn wieder zurück. Anschließend griff er sich ein breites, durchsichtiges Klebeband, riss einen Streifen ab und befestigte ihn auf der eben bepinselten Stelle. Sofort zog er ihn wieder ab, klebte ihn auf ein Stück Pappe und beschriftete das Ganze mit schwarzem Filzstift. Strobl und Kluftinger sahen interessiert zu. Sie beneideten Renn und seine Kollegen nicht um ihre Arbeit, denn sie trugen eine große Verantwortung. Nichts durfte übersehen werden. Aber manchmal hatten sie es auch einfacher. Denn sie sammelten zwar die Spuren und analysierten sie; aus den Ergebnissen mussten sich die Kommissare aber dann selbst einen Reim machen.

»Bitte«, sagte Renn, nachdem er das Köfferchen wieder geschlossen hatte, und hielt Kluftinger einen durchsichtigen Plastikhandschuh vor die Nase. Der Kommissar fragte nicht, sondern zog ihn sich einfach an. Er wartete, was weiter passieren würde. Renn öffnete die Beifahrertür, machte eine einladende Geste und sagte: »Für dich.« Und nach einer kurzen Pause fügte er noch hinzu: »Glaube ich wenigstens.«

Kluftinger blickte ins Wageninnere. Er sah sofort, was Renn meinte. Auf dem Beifahrersitz lag ein Zettel. Er sah Strobl an, doch der starrte wie gebannt auf das Stück Papier. Es war etwa so groß wie eine Zigarettenschachtel. Und der Kommissar erkannte auch gleich den Grund dafür, dass Renn annahm, der Mörder habe ihn für sie hinterlassen: An dem Zettel klebte Blut. Kluftinger streckte die rechte Hand mit dem Handschuh aus, griff sich das Papier und hielt es sich mit fast durchgestreckten Armen vor die Augen. Er würde bald eine Brille brauchen, fürchtete er, in letzter Zeit hatte er immer mehr Schwierigkeiten beim Lesen. Aber noch ging es so.

Das Papier war auf zwei Seiten ausgerissen, als habe jemand ganz schnell einen Schmierzettel gebraucht. Kluftinger las das, was jemand dort mit blauem Kugelschreiber hinterlassen hatte: »V/7:3.(22)«.

Kluftinger seufzte. Das hatte ihm gerade noch gefehlt. Aber jetzt gab es keinen Zweifel mehr. Jemand spielte mit ihnen Katz und Maus. Er blickte zu seinen Kollegen. Strobl wirkte geschockt. Renn dagegen nickte Kluftinger mit einem Lächeln zu.

»Zu viel versprochen?«, fragte Renn.

Unzählige Gedankenfetzen schossen Kluftinger durch den Kopf und verdichteten sich zu einem großen Fragezeichen. Selten hatte er sich so ratlos gefühlt. Er reichte Renn das Papier kommentarlos, ging an ihm vorbei und stapfte in den Wald, als würde er nach etwas Ausschau halten. Eigentlich wollte er aber vor den Kollegen nur seine momentane Hilflosigkeit verbergen.

Er sah sich um. Die dichten Nebelschwaden des Herbstmorgens hatten sich fast überall verzogen, nur hier im Wald hielten sich noch ein paar hartnäckige Schlieren. Sie krochen über den Boden und ließen das Laub, das sich dort schon angesammelt hatte, grau aussehen. Links führte ein kleiner Feldweg tiefer in den Wald hinein und wurde bereits nach wenigen Metern vom Dunst verschluckt. Genau an dieser Stelle, nur noch schemenhaft erkennbar, stand ein Wegkreuz, ein Marterl, wie man hier sagte. Es mochte etwa einen Meter hoch sein, schätzte Kluftinger, und stand genau zwischen zwei Laubbäumen. Der Kommissar bekam eine Gänsehaut. Er schlug den Kragen seines Mantels hoch, vergrub die Hände in den Taschen und ging zurück zum Wagen.

***

Wieder in seinem Büro, gab sich der Kommissar wortkarg. Auf die Frage, ob er irgendetwas habe, gab er seiner Sekretärin nur ein Seufzen zur Antwort. Er setzte sich an seinen Schreibtisch, drehte sich mit dem Bürostuhl um hundertachtzig Grad und starrte auf die Regalwand. Er las die beschrifteten Rücken der grauen Leitzordner, die dort nebeneinander standen. Wie sehr er sich doch wünschte, einen der vermeintlich langweiligen Fälle, über die er oft so schimpfte, auf dem Tisch zu haben. »Wenn doch nur mal was Richtiges los wäre!«, pflegte er oft zu sagen. Jetzt war etwas Richtiges los, und er hätte einiges darum gegeben, wenn es nicht so gewesen wäre.

Das Klingeln des Telefons riss ihn derart abrupt aus seinen trüben Gedanken, dass er zusammenzuckte. Auf dem Display konnte er lesen, dass es Georg Böhm war, der anrief. Deswegen zögerte er auch nicht und nahm den Hörer noch vor dem zweiten Klingeln ab. »Georg? Servus, was gibt's?«

»Ich hab hier ein paar Sachen, die solltest du dir unbedingt ansehen ... «

Kluftinger stutzte. Böhm klang ungewöhnlich ernst. Allerdings war er über eine andere Tatsache gestolpert. Er wollte, dass er sich etwas ansah. Wusste er denn nicht ... ?

»Kommst du nach Kempten?«, fragte der Kommissar zur Sicherheit nach.

»Nein, sorry, da müsstest du schon zu mir kommen. Wenn es dir irgendwie möglich ist, dann fahr her. Du musst dir das ansehen. Du weißt ja, wo du mich findest«, antwortete Böhm und legte auf.

Ja, Kluftinger wusste, wo er den Pathologen fand. In Memmingen, im Keller des dortigen Klinikums, bei den Leichen, also genau an dem Ort, den er fürchtete wie der Teufel das Weihwasser. Dort arbeitete Böhm, der als Pathologe dem Landgericht Memmingen zugeordnet war – eine Organisationsstruktur, über die sich Kluftinger wie über vieles andere bei staatlichen Behörden im Allgemeinen und der Polizei im Besonderen schon lange nicht mehr wunderte.

Es gab nur zwei Möglichkeiten: Böhm wusste nichts von Kluftingers Leichenunverträglichkeit. Eine denkbare Variante, immerhin war der junge Arzt erst seit ein paar Jahren als Pathologe in Memmingen. Andererseits bezweifelte Kluftinger diese These doch stark, denn er wusste, dass, auch wenn – oder gerade weil – niemand darüber redete, seine Pathologie-Phobie geradezu legendär war. Das führte ihn zu These zwei: Böhm wusste es und wollte den Kommissar gezielt provozieren. Auch das war eine durchaus denkbare Variante, denn die beiden zogen sich gegenseitig gerne auf. Kluftinger konnte einem Kollegen kaum ein größeres Kompliment machen, denn nur mit jemandem, der ihm wirklich sympathisch war, ließ er sich auf solche Spielchen ein. Und er hatte Georg Böhm vom ersten Augenblick an gemocht.

Er erinnerte sich noch genau an ihr erstes Zusammentreffen: Es musste so vor drei oder vier Jahren gewesen sein. Ein Betrunkener hatte sich in seiner Wohnung verbarrikadiert und ballerte mit einem Gewehr um sich. Erst hatte man eine Geiselnahme vermutet, weil er immer wieder von einer Frau sprach, die angeblich bei ihm war; später stellte sich jedoch heraus, dass er damit seine Freundin meinte, die ihn kurz zuvor verlassen hatte. Jedenfalls waren sie mit einigen Streifenwagen vor Ort. Auch Kluftingers damaliger Vorgesetzter, Polizeirat Reitemann, sein Vorgänger im Amt des Leiters des »K1«, des Kommissariats, das die Gewalt- und Tötungsdelikte zu behandeln hatte, war dabei gewesen. Kluftinger hatte schon einige Zeit versucht, den Betrunkenen, mit dem er Telefonkontakt hatte, zur Aufgabe zu bewegen. Und er hatte es tatsächlich geschafft. Als der Mann dann rauskam, hielt er die Waffe weit über den Kopf gestreckt. Da rief Kluftinger ihm zu, er solle sie wegwerfen. Nicht langsam weglegen oder dergleichen. Einfach wegwerfen. Bei dieser Aktion löste sich ein Schuss – und traf seinen Vorgesetzten. Nur ein harmloser Streifschuss, nicht einmal eine Fleischwunde. Es blutete leicht, das war alles. Allerdings nicht für seinen Chef. Nachdem er sich von dem ersten Schock erholt hatte, ergoss sich aus seinem Mund eine Schimpftirade über den Kommissar, die selbst dem um einen Fluch selten verlegenen Altusrieder die Schamesröte ins Gesicht trieb. Sein Chef hatte ihm diesen Zwischenfall nie verziehen und selbst bei seiner offiziellen Verabschiedung kurze Zeit später mit den Worten »Nachdem ich jetzt ja doch lebendig aus dem Dienst ausscheiden darf ... « darauf angespielt. Insofern war Kluftinger wirklich froh gewesen, dass er dann an seine Stelle getreten war und eigentlich nur noch Lodenbacher über sich hatte, auch wenn er ihn manchmal im Geiste mit ebenfalls nicht zitierfähigen Ausdrücken belegte.

Jedenfalls war Böhm damals auch vor Ort gewesen, weil er auf seinem standardmäßigen Ausbildungsweg durch die verschiedenen Abteilungen auch bei den Streifenbeamten Station machte. Als einziger Arzt am Unfallort oblag ihm natürlich die Erstversorgung des wie ein Rohrspatz schimpfenden Chefs. Nachdem er ihm einen Verband angelegt hatte, erhob er sich, lupfte seine Baseballkappe, kratzte sich am Kopf und sagte im Vorbeigehen leise zu Kluftinger: »Ich fürchte, er wird durchkommen.«

Damit hatte er sofort das Eis gebrochen und Kluftinger freute sich seither immer, mit Böhm zusammenzuarbeiten.

Weswegen er ihm die Fahrt nach Memmingen und den Gang in die Leichenkammer zumuten wollte, begriff der Kommissar allerdings nicht. Eigentlich war es auch egal: Wusste er nicht von seiner Schwäche, hatte Kluftinger kein Interesse daran, an diesem Zustand etwas zu ändern. Wusste er es und wollte den Kommissar nur herausfordern und sehen, wie er mit der Situation fertig werden würde, so war er bereit, als Sieger aus diesem Zweikampf hervorzugehen.

Entschlossen, aber sehr, sehr langsam erhob sich der Kommissar und machte sich auf den Weg nach Memmingen.

***

Die Pathologie befand sich im Keller des Klinikums und mit jeder Stufe, die der Kommissar hinunterging, glaubte Kluftinger stärkeren süßlichen Geruch wahrzunehmen. Natürlich konnte man die Leichen nicht riechen, aber er bildete es sich ein. Alles, was tatsächlich wahrnehmbar war, war der starke, fast beißende Geruch von Desinfektionsmitteln.

Hier hätte man sicher bedenkenlos vom Boden essen können, so sauber war es. Kluftinger schluckte zweimal, um die Übelkeit, die diese Vorstellung bei ihm hervorrief, zu unterdrücken. Vor der schweren Türe aus gebürstetem Metall blieb er stehen, holte noch einmal tief Luft und ging mit dem breitesten Grinsen, zu dem er fähig war, hinein.

Im Innern des weiß gekachelten Raumes erstarb sein Grinsen schon nach wenigen Sekunden. Das erste, was er wahrnahm, waren die Edelstahltische, die, wie er wusste, in der Mitte einen Ablauf hatten, um Flüssigkeiten aufzunehmen. Sein Magen krampfte sich zusammen. Drei solcher Tische standen in dem Raum, zwei davon leer. Auf dem mittleren aber lag ein mit einem Tuch bedeckter Körper. Neonröhren leuchteten den Raum bis in den letzten Winkel aus, überall standen Wagen mit allerlei Skalpellen und Zangen herum. Weiße Medizinschränke mit Milchglasscheiben säumten die Wände des quadratischen Raumes.

Am gegenüberliegenden Ende saß ein Mann mit dem Rücken zu Kluftinger, der sich offenbar über ein Instrument beugte, von dem Kluftinger annahm, dass es ein Mikroskop sei. Er erkannte Böhm sofort, denn selbst hier trug der Pathologe seine Baseballkappe. Sie hatte dieselbe Farbe wie seine grüne Mediziner-Kleidung, was Böhm offenbar für einen gelungenen Mode-Gag hielt.

Kluftinger räusperte sich, um auf sich aufmerksam zu machen. »Komm ruhig her«, sagte Böhm, ohne seine Tätigkeit zu unterbrechen. Kluftinger setzte sich langsam in Bewegung, seinen Blick starr geradeaus gerichtet. Als er auf der Höhe der mittleren Liege ankam, wanderten seine Pupillen nach links und hefteten sich auf das Tuch, das einen leblosen Körper verbarg. Kluftinger verfluchte sich, dass er sich auf dieses Spiel eingelassen hatte. Er hatte einfach nicht die Nerven dafür. Besonders nicht nach dem letzten Tag. Er schwitzte, und das, obwohl es in dem sterilen Raum sehr kühl war.

Er zwang sich, wieder geradeaus zu sehen, und überbrückte die letzten Meter zu Böhm mit drei großen Schritten.

»Danke, dass du gleich gekommen bist«, sagte der, nachdem er Kluftinger neben sich bemerkte. Endlich drehte er sich um und grinste ihn mit einer makellos weißen Zahnreihe an.

Kluftinger musterte ihn misstrauisch, konnte aber keine Anzeichen dafür erkennen, dass er ihn absichtlich und in vollem Bewusstsein von Kluftingers Problem hierher gelotst hatte. »Schon gut, was gibt's denn?«, fragte der Kommissar und versuchte, wieder sein unbekümmertes Grinsen aufzusetzen, was ihm aber nur mit einem Mundwinkel gelang und so zu einer einigermaßen verunglückten Grimasse entglitt, die er noch dazu einen Augenblick zu lange aufrecht erhielt.

»Du erinnerst dich doch noch an gestern, als wir den Toten schon verpacken wollten … «

›Verpacken‹ – das Wort hallte in Kluftingers Kopf nach. Das lange Zusammensein mit Leichen schien auch bei Böhm Spuren zu hinterlassen. Ihm wurde heiß. Dennoch schaffte er es, den zweiten Mundwinkel zum ersten zu gesellen und so seinem Grinsen die Symmetrie wiederzugeben.

»Natürlich kann ich mich daran erinnern«, antwortete er lauter und fröhlicher, als er eigentlich wollte.

Böhm stutzte kurz und fuhr dann fort: »Also, da hast du doch was gefunden.«

Kluftinger lächelte und nickte. Böhm holte Luft, um die nächste Frage zu stellen, hielt dann aber inne und sagte: »Sag mal, was grinst du eigentlich die ganze Zeit so dämlich?«

Kluftinger schluckte. Er hatte Mühe, sein eingefrorenes Lächeln wieder aufzutauen.

»Wieso? Ich bin halt gut gelaunt. Ich hab Bayern 1 gehört«, gab er mit nur wenig abgemildertem Lächeln zurück. Was im Moment aus dem kleinen Radio tönte, hörte sich dagegen wenig nach Patrick Lindner an, sondern für Kluftingers Ohren eher nach Hardrock. Nur gut, dass die Toten das nicht mitanhören mussten.

Böhm zog die Augenbrauen nach oben. Er schien zu überlegen, ob er erwidern sollte, dass gute Laune bei der Musik und zudem der Örtlichkeit nicht gerade auf der Hand liege, entschied sich aber dagegen. Stattdessen sagte er: »Dann schau dir das mal an«, deutete auf das Gerät, das Kluftinger zunächst als Mikroskop identifiziert hatte, das sich nun aber als beleuchtete Lupe entpuppte, und stand auf.

Kluftinger trat an den Tisch. Er beugte sich über die Lupe und blickte hinein. Zunächst sah er nur einen dunstigen Schleier mit einigen undefinierbaren dunklen Punkten darin.

»Hier kannst du die Höhe der Lupe verstellen«, erklärte ihm der Pathologe. Der Kommissar legte seine Hand auf das Einstellrad und drehte daran. Langsam bekam der Nebel vor ihm Konturen. Farbige Formen schälten sich aus dem Dunst, wurden klarer und formten sich schließlich zu Buchstaben.

Kluftinger hob den Kopf und blickte zu Böhm. Der nickte nur. Der Kommissar war aufgeregt. Die Schriftzeichen waren im Halbkreis angeordnet. Der Aufkleber war auf der linken Seite abgerissen, so dass das Wort, das die Buchstaben bildeten, nur teilweise lesbar war. Außerdem klebte überall verkrustetes Blut. »dan«, las der Kommissar laut. Der Buchstabe vor dem »d« war nicht mehr zu erkennen, es könnte ein »e« oder ein »a« sein, vermutete Kluftinger. Die Buchstaben waren in dunklem Grün auf gelbem Grund gehalten.

In diesem Moment fiel Kluftinger wieder ein, dass das Ding, das er da unter der Lupe sah, gestern noch in der Halswunde der Leiche gesteckt hatte. Ihm wurde ganz flau im Magen. Ohne seinen Blick vom Objekt zu lösen, holte er sich mit seiner linken Hand den Schreibtischstuhl heran und setzte sich. Er atmete schwer, versuchte das aber dadurch zu kaschieren, dass er die Lippen spitzte und tat, als pfeife er vor sich hin. Allerdings brachte er aus seinen trockenen Lippen keinen richtigen Ton hervor, sondern nur ein Zischen. Sein Ausbilder auf der Polizeischule hatte das auch immer gemacht: einfach so vor sich hin gezischt. Kluftinger hatte das immer verächtlich als ein Zeichen fortschreitender Senilität angesehen. Im Moment wollte er aber im Zweifelsfall lieber als senil gelten.

Er räusperte sich und blickte auf. »Was glaubst du? ›dan‹ oder ›adan‹, was könnte denn das heißen?«

»Sag du's mir«, erwiderte Böhm. »Ich hab's dir nur gezeigt. Du bist das brain.«

Kluftinger ging nach Böhms Tonfall davon aus, dass es sich bei dem Begriff um ein Kompliment handelte. Er war nicht besonders gut in Englisch und nahm sich vor, das Wort zu Hause nachzuschlagen. Einstweilen nickte er nur.

»Kannst du es nicht sauber machen? Dass man mehr lesen kann?«

Böhm schüttelte den Kopf. »Sorry, da muss erst die Spurensicherung ran. Danach kann ich schon versuchen, die Konturen chemisch noch deutlicher hervorzuheben. Dafür müsste ich halt noch ein bisschen in die Trickkiste greifen. Das ist aber sowieso noch nicht alles. Die eigentliche Sensation, für die du herfahren musstest, kommt noch«, sagte Böhm und ging auf die mittlere Liege zu. Kluftinger blieb mehrere Meter hinter ihm.

»Du kannst dich doch noch an das Auge erinnern«, sagte der Pathologe und schlug das dunkelgrüne Leichentuch ein wenig zurück. Kluftinger nickte. Er versuchte, sich an die Liedzeile von den Flippers zu erinnern, die er gerade noch im Auto gehört hatte, um sich von dem Anblick abzulenken: ›Die rote Sonne von Barbados, für dich und mich scheint sie immer noch … ‹

»Also, ich war mir zunächst nicht sicher, wie das genau passiert ist. Sah ja ziemlich wüst aus. Aber jetzt weiß ich es. Das war der Kamerad hier.« Mit diesen Worten blickte Böhm in Richtung des kleinen Metalltischchens, das neben der Eingangstür stand. Kluftinger folgte seinem Blick. Er bemerkte eine chromglänzende Schale. In ihr lag etwas. Etwas Schwarzes. Als er erkannte, was es war, jagte eine Gänsehaut über seine Arme aufwärts und sträubte ihm die Nackenhaare. Es war die Krähe.

›Nur du und ich im Palmenhain, leise Musik und roter Wein … ‹

»Jemand hat ihren Schnabel benutzt, um dem Toten das Auge auszu … «

Das reichte. Kluftinger konnte nicht mehr. Er musste raus.

»O je, ich muss ja dringend weg«, rief er, verließ, ohne sich noch einmal umzudrehen, die Pathologie, warf die Tür hinter sich ins Schloss, rannte die paar Meter bis zur nächsten Toilette, hastete in eine Kabine und knallte die Türe hinter sich zu.

***

Kluftinger hatte die Tür zum Sekretariat in seinem Büro noch nicht geschlossen, da kam Hefele schon zielstrebig auf ihn zu.

»Bist du krank? Du bist so blass um die Nase. Du, ich fahr jetzt nach Ursulasried, in Sutters Firma.«

»Ja, alles klar. Servus.«

Wenige Augenblicke später aber machte Kluftinger kehrt und rief Hefele im Treppenhaus nach, er solle warten.

»Ich fahr mit, man weiß ja nie.«

Nicht, dass sich Kluftinger besonders viel von einem Besuch in Sutters Firma versprach, aber so war er wenigstens an der frischen Luft, das würde nicht schaden.

Als Hefele in Kluftingers Passat stieg, verzog er das Gesicht.

»Uh, das ist ja ein heftiges Gschmäckle hier. Hast du einen Weißlacker an Bord?«

Kluftinger musste zugeben, dass es heute besonders streng roch im Auto. Auch er hatte in den letzten Tagen einen säuerlich-käsigen Geruch bemerkt. Er hatte aber bis jetzt nicht ausfindig machen können, woher er kam. Das heißt, er hatte zumindest einen leisen Verdacht: Als er neulich auf Erikas Geheiß auf dem Nachhauseweg noch Einkaufen gegangen war, war ihm dummerweise ein Sahnebecher unter einen Kopf Weißkraut geraten und dabei geplatzt. Die Einkäufe hatten lose auf dem Rücksitz gelegen, weil er sich das Geld für eine Tüte hatte sparen wollen. Als er das Malheur bemerkt hatte, war das meiste schon im Polster versickert. Allerdings hatte er das ganze gleich mit Spülmittel und Schwamm bearbeitet, so dass es daran eigentlich nicht liegen konnte. Oder doch? Kluftinger nahm sich vor, der Ursache noch nachzugehen, und bog in den Adenauerring ein. Die Fahrt tat ihm gut, das Fenster hatte er wegen der schlechten Luft weit geöffnet. Und als sie den Berliner Platz passiert hatten, bereitete es ihm kindliche Freude, als Polizeibeamter mit achtzig statt mit sechzig Kilometern zu fahren, um noch über die nächste Ampel zu kommen.

»Wo ist denn das genau?«, fragte Kluftinger seinen Kollegen, als er den Passat ins Kemptener Industriegebiet lenkte.

»Warte mal«, sagte Hefele und zog einen Zettel aus der Innentasche seiner weinroten Windjacke. »Porschestraße 37, Rückgebäude«.

Kluftinger kannte sich hier nicht besonders gut aus, nur selten führte sein Weg hier vorbei.

»Das muss da nach der Brücke sein, weil hier sind nur die ganzen Autohäuser.«

Porschestraße 37 war ein seltsames Gebäude, das auf Kluftinger einen etwas schäbigen Eindruck machte: Es schien alle möglichen Arten von Firmen zu beherbergen, wie an einer Tafel an der Einfahrt abzulesen war. Ein kleiner Verlag fand sich da ebenso wie eine offenbar türkische Teppichreinigung, während die Firma Baikal Impex Handelsbeziehungen nach Russland zu pflegen schien. Das Dentallabor schien Kluftinger überhaupt nicht in diese Umgebung zu passen. Dann schon eher »Steinbock Touristik«, deren Namen sich ebenfalls auf dem Schild fand. Scheinbar waren hier draußen, im Schatten der großen Müllverbrennungsanlage, die Mieten für Geschäftsräume noch erschwinglich.

Unten im Rückgebäude war ein Lager mit einer Laderampe. Die Räume von Baikal Impex. Kluftinger drückte gegen die Glastür zum Treppenhaus, auf der ein Aufkleber von Sutters Firma prangte. Sie sprang auf und die beiden Polizisten stiegen die Kunststeintreppe mit vergilbten und etwas verschrammten Wänden nach oben.

Die beiden Beamten blickten sich skeptisch um. Als sich ihre Blicke trafen, sagte Kluftinger: »Ein leichter Unterschied zu seinem Privathaus, oder? Da geht's nobler zu.«

Hefele nickte. »Vielleicht läuft das hier doch nicht so rasend.«

Im ersten Stock befand sich eine Zwischentür, die zu Sutters Firma führte. Darauf klebte das Firmenlogo: Die Zeichnung einer grotesk wirkenden Mischung aus einem Steinbock und einem Omnibus. Darunter prangte ein weiteres Etikett mit dem Namen eines anderen Unternehmens: »Resona – Magnetfeld- und Wellnessprodukte«.

»Zwei Firmen?«, murmelte Kluftinger und drückte den Klingelknopf.

Nach etwa einer Minute und erneutem Klingeln meldete sich eine Frauenstimme aus der Sprechanlage und fragte, worum es gehe. Kluftinger bückte sich und sagte »Kripo Kempten« in den Lautsprecher. Sofort surrte der Türöffner.

Eine Frau Anfang vierzig erwartete die beiden Polizisten in den Firmenräumen. Der Kommissar stellte sich und Hefele mit einem gebrummten »Kluftinger, mein Kollege Hefele, Grüß Gott Frau … « vor. Dass er nicht eben freundlich auftrat, lag an der Erscheinung der Dame: Sie war gertenschlank, Kluftinger würde später sagen »klepperdürr«, etwas zu stark und zu grell geschminkt, etwas zu braun gebrannt, etwas zu aufgebrezelt in ihrem Kostümchen.

»Guten Tag, Gerda Grenzmann, ich bin die Mitarbeiterin von Herrn Sutter und führe im Moment gezwungenermaßen die Geschäfte weiter. Was kann ich für Sie tun, meine Herren?«

Schnippisch. Das war das erste Wort, das Kluftinger nach ihrer Vorstellung in den Sinn kam. Dazu sprach sie auch noch extremes Hochdeutsch, indem sie das »r« hinten am Gaumen rollte, wie es die Franzosen tun. »Wir hätten uns gern mal hier umgesehen und uns mit Ihnen unterhalten. Wenn Sie uns zunächst die Räumlichkeiten zeigen würden … « Um eventuellen Widerstand von Frau

Grenzmann zu vermeiden, schlug er seinen Amtston an, der jede Diskussion überflüssig machte.

»Haben Sie denn einen Durchsuchungsbefehl? Ich habe hier das Hausrecht und weiß nicht, ob es im Sinne der Firma ist ... « Damit kam sie Kluftinger gerade recht. Er fiel ihr abrupt ins Wort. »Zu viele Krimis geschaut, was, Frau Grenzmann? Durchsuchungsbefehl, ja? Ich sage Ihnen eines, wenn Sie versuchen, hier die Ermittlungen zu blockieren, dann kann es für Sie sehr schnell unangenehm werden. Ich würde Ihnen jedenfalls empfehlen, mit uns zusammenzuarbeiten.«

Die Sekretärin verstummte. Ein Blick in Hefeles verdutztes Gesicht zeigte Kluftinger, dass er es vielleicht etwas zu heftig angegangen war.

»Jedenfalls sind wir befugt, hier zu ermitteln, und Sie werden uns nicht daran hindern«, sagte Kluftinger etwas milder.

»Mag sein, dass Sie das sind. Sie haben also einen Durchsuchungsbefehl, den Sie mir jetzt sicher zeigen.« Die Dame hatte offenbar nichts von ihrer Selbstsicherheit eingebüßt. Kluftinger musste sich eingestehen, dass er nicht recht wusste, wie er nun reagieren sollte. Durchsuchungsbefehl für die Firma des Mordopfers, das war ja geradezu absurd. Den hatte er in seinem Berufsleben wirklich noch nie gebraucht. Und somit hatte er natürlich auch keinen beantragt. Er sah zu Hefele, der scheinbar unbeteiligt in der Tasche seines etwas zu großen schwarzen Sakkos kramte. Der würde ihm jetzt auch keine Hilfe sein.

»Erstens, Frau Grenzmann, heißt das, wovon Sie sprechen nicht Durchsuchungsbefehl, sondern Durchsuchungsbeschluss ... und zweitens haben wir einen, Frau Grenzmann, bitte.« Der Kommissar zog ein Schriftstück aus seiner Jackentasche, reichte es ihr, um es ihr etwa fünf Sekunden später wieder aus der Hand zu nehmen und sie völlig ruhig darauf hinzuweisen, dass sie nun die Polizeiarbeit nicht über Gebühr verzögern solle, um nicht Schritte gegen ihre Person zu riskieren.

Kluftinger war gespannt, wie sie nun reagieren würde. Als Frau Grenzmann schließlich missmutig die Hand hob, in Richtung der Büroräume deutete und damit zwar nicht gerade einladend, aber doch deutlich zu erkennen gab, dass sie ihren Widerstand aufgegeben hatte, entspannte er sich innerlich ein wenig. Mit dem Anflug eines Grinsens zwinkerte Kluftinger Hefele zu, der ratlos zurückblickte.

Das erste Zimmer, in das sie die gereizte, nun aber zwangsweise kooperierende Frau führte, war bei genauerer Betrachtung eher ein Lager. An der Fensterseite fand sich reichlich Verpackungsmaterial, etwa ein großer Sack mit gelblichen Styroporchips, eine Folienrolle, gefaltete Kartons und Klebeband. Ansonsten war der Raum vollgestopft mit Kisten. Kisten, in denen sich, wie Kluftinger den Erklärungen von Frau Grenzmann entnehmen konnte, die Versandartikel der Firma Resona, einer Tochterfirma der »Steinbock-Reisen«, befanden. Kluftinger besah sich die Gegenstände, wusste aber beim besten Willen nicht, worum es sich handelte.

Er sah goldglänzende Metallkugeln; auf einer Palette befanden sich Marmorfliesen, die einzeln in Folie verpackt und mit einer Gebrauchsanweisung versehen waren. In der linken Hälfte des Zimmers standen Kunststoffboxen, aus denen Kissen, Federbetten und Wolldecken quollen.

»Wir vertreiben vor allem Hilfsmittel für die Magnetresonanztherapie, haben aber auch Nahrungsergänzungsmittel und Tees im Programm. Hier lagern die Therapiegeräte. Der Renner sind noch immer unsere Salzkristalllampen aus dem Himalaja und unsere Resonanzdecken«, erklärte die Mitarbeiterin ungefragt. »Und Sie versenden auf Bestellung?«, wollte Kluftinger wissen, der im Moment nicht das Bedürfnis verspürte, tiefer in die esoterischen Geheimnisse einzudringen, die sich hinter den Dingen verbargen.

»Unsere Reisegäste bestellen auf den Informationsveranstaltungen und hier werden dann die Artikel versandt, ja«, gab sie in kühlem, geschäftsmäßigem Ton Auskunft.

Kluftinger wollte sich nicht mehr damit aufhalten, sich über sie zu ärgern. Es gab jetzt wichtigere Dinge.

»Was sind denn Resonanzdecken, Frau Grenzmann?«, schaltete sich plötzlich Hefele ins Gespräch ein. Kluftinger verdrehte die Augen: Genau damit hatte er sich eigentlich nicht aufhalten wollen.

Die Frau nahm sich eine weiße Decke aus einer der Schachteln und erklärte, dass es sich um spezielle Baumwolldecken mit Hohlfaserfüllung handeln würde, in die Magnetfolien eingenäht seien. Nun wurde auch Kluftinger hellhörig. »Und was bewirken Ihre … Dings-Decken genau?«, fragte er mit verächtlichem Unterton.

»Sie sind für die Resonanztherapie.«

» … und das heißt?«, insistierte Kluftinger und drehte ihr den Rücken zu, um sich die Artikel genauer zu betrachten.

» … das heißt, dass sie die Körperschwingungen günstig beeinflussen und so allerlei Beschwerden lindern. Fettleibigkeit beispielsweise.«

Wie von der Tarantel gestochen drehte sich der Kommissar um. Er versuchte, aus ihrem Gesicht eine Gefühlsregung herauszulesen, doch er wurde nicht fündig. Er atmete kurz und hörbar aus und brummte: »Allerlei Beschwerden, soso.«

Dann wandte er sich seinem Kollegen zu, der ebenfalls leicht betroffen dreinblickte.

Sie ließen sich noch die übrigen Räume zeigen: Sutters Büro war ein kahler Raum ohne jeglichen Schnickschnack, mit einem grauen Schreibtisch in der Mitte und einer kunstledernen Sitzgruppe im Eck. Nur ein Terminkalender zierte die Wand. Nebenan stand Frau Grenzmanns Schreibtisch, der hinter einer kleinen Theke platziert war, auf der Prospekte der Reisefirma lagen, in denen die »Kaffeefahrten« beworben wurden.

Diese Zettel sahen immer gleich aus: schmales Format, große Landschaftsbilder und noch größere Versprechungen. Es ging für einen Tag an den Bodensee oder zu den Königsschlössern oder sonstwohin – zu einem »sensationellen Niedrigpreis« natürlich. Kluftinger hatte allerdings schon länger keine Prospekte dieser Art mehr gesehen, seit er den Aufkleber »Bitte keine Werbung einwerfen« am Briefkasten angebracht hatte. Er steckte sich einen Flyer in die Tasche. Schließlich ließ er sich die Geschäftsunterlagen und die Bücher der Firma aushändigen, die Frau Grenzmann zwar widerwillig, aber dennoch vollständig herausgab.

***

»Da sieht man halt, warum du der Kappo bist, ich hätt da nicht dran gedacht«, sagte Hefele, als sie wieder im Auto saßen.

»Hm?«, brummte Kluftinger, der gerade darüber nachdachte, ob er sich nicht zu weit aus dem Fenster gelehnt hatte.

»Der Durchsuchungsbeschluss! Ich hatte ja keinen beantragt und du hast einen in der Tasche, obwohl du zuerst gar nicht mitfahren wolltest in die Firma. Respekt, das nenn ich Planung.«

»Also komm, so was weiß man doch. Das kann einem immer passieren, dass sich bei einer solchen Aktion jemand querstellt. Auch wenn es selten vorkommt. Das muss ich dir doch nicht erklären! Da hat man besser immer ein Dokument dabei.«

Kluftinger langte in seine Jackentasche und zog das Schriftstück heraus.

»Leg das doch bitte ins Handschuhfach«, bat er seinen Kollegen.

»Ins Handschuhfach? Nicht zu den Akten?«

Hefele faltete das Blatt auf und überflog es kurz. Er schüttelte den Kopf:

»Du bisch ein wilder Hund, Klufti!«, flüsterte er ehrfürchtig, bevor er Kluftingers aktuelle Gehaltsabrechnung ins Handschuhfach legte.

»Die hat nicht mal nach dem Dienstausweis gefragt, der hätten wir auch ein Kochrezept unter die Nase halten können«, erwiderte Kluftinger ohne jeglichen Anflug von Triumph. Denn so ganz wohl war ihm nicht in seiner Haut und er hoffte, dass sein eigenmächtiges Handeln ihm keine Schwierigkeiten bereiten würde.

Während sie auf den Parkplatz der Polizei einbogen, überlegte Hefele immer noch, ob ihn nun ein echter Durchsuchungsbeschluss mehr beeindruckt hätte als die Dreistigkeit seines Vorgesetzten. Den Geruch im Auto nahm er darüber überhaupt nicht mehr wahr.

***

Kluftingers Fahrt nach Hause war geprägt von der Vorfreude auf seine eigenen vier Wände, die er gestern Abend und vor allem heute Morgen so schmerzlich vermisst hatte. Seine Frau hatte ihn per Handy verständigt, dass er gar nicht erst zu Langhammers fahren sollte, sondern gleich nach Hause. Dort versperrte noch der

Lieferwagen des Klempners die Hofeinfahrt. Kluftinger wunderte sich, denn er dachte, dass bereits alles erledigt sei. Er parkte auf der Straße und ging ins Haus, während er misstrauisch das Auto beäugte.

»Bin da-hei-im«, rief er im Hausgang. Diese launigen Worte kamen ihm eigentlich sonst nur selten über die Lippen, aber heute brach sich die Freude über seine Heimkehr hörbar Bahn. »Mei, Schatzi, des isch aber schön«, antwortete eine krächzende Männerstimme aus dem Badezimmer. Er erkannte sie sofort: Sie gehörte Siggi, dem Klempner. Siggi, der, da war sich Kluftinger sicher, diesen Beruf nur ergriffen hatte, um ungehindert Witze übers »Rohrverlegen« machen zu können. Als der Kommissar die paar Schritte bis zur Badezimmertür gelaufen war, erwartete ihn dessen unrasierter, spärlich behaarter Schädel bereits mit einem breiten Grinsen.

»Wie war dein Tag?«, fragte er spöttisch und sein Grinsen wurde dabei noch breiter. Er trug wie immer seine dunkelblaue Latzhose und sein wirres Resthaar klebte entweder am Kopf oder stand in alle Richtungen ab. Kluftinger verzog das Gesicht. Er und Siggi kannten sich schon seit der Schulzeit. Trotzdem waren sie nie gute Freunde geworden, auch wenn sie so manche Nacht zusammen durchgezecht hatten. Auf jeden Fall war er der Klempner seines Vertrauens – und gleichzeitig der einzige am Ort.

»Wo ist meine Frau?«, fragte Kluftinger und ärgerte sich im selben Moment über die Frage. Damit hatte er Siggi nur eine neue Steilvorlage geliefert, die dieser sofort treffsicher verwandelte: »Deine Frau? Woher soll ich wissen, wo deine Frau ist. Also, du, wenn ihr Probleme habt, dann können wir gern drüber reden … «

Kluftinger winkte ab. »Schon gut, lass stecken. Wie sieht's denn da aus?«, fragte er und deutete mit dem Kopf in Richtung Waschbecken. Erst jetzt entdeckte er, dass an der Stelle, an der gestern das Wasser ausgetreten war, ein Loch in der Wand prangte. Einige Putz- und Mauerteile lagen auf dem Boden davor.

»Schlecht, wenn du so fragst«, antwortete Siggi nun zum ersten Mal ernst. »Da isch ein Haufen hin«, schob er den Satz nach, für den er berüchtigt war, und blickte dann prüfend in Kluftingers Gesicht.

Auch wenn er nicht viel von handwerklichen Dingen verstand, etwas genauer als »ein Haufen hin« wollte er es schon wissen. Und vor allem wollte er wissen, was das finanziell für ihn bedeuten würde.

»Und das heißt … ?«

»Also«, Siggi holte tief Luft, als setze er zu einem längeren Vortrag an, »die Rohre … also deine Rohre sind nix mehr. Da müss ma ran, des hilft nix. Sonst hascht gleich wieder Läscht.« Auch das noch, stöhnte Kluftinger innerlich.

Er hörte, wie die Tür zum Keller geöffnet wurde. Das musste seine Frau sein. Schnell nahm er Siggi beiseite und flüsterte ihm verschwörerisch zu: »Hör zu, mach, was du machen musst, aber mach es schnell. Das Geld spielt keine Rolle.«

Bei seinen letzten Worten bemerkte er ein Funkeln in den Augen des Klempners und erschrak ein wenig über die Formulierung, die sich nach einem Achtziger-Jahre-Mafiafilm anhörte. Er zweifelte kurz, ob es richtig gewesen war, ihm das zu sagen, aber auch wenn sie keine dicken Freunde waren, vertraute er seinem alten Schulkameraden doch. Er war das, was man im Allgäu eine »ehrliche Haut« nannte.

»Was spielt keine Rolle?«, hörte er Erika auch schon fragen, die mit einem Wäschekorb im Türrahmen stand.

»Es … es spielt keine Rolle, wie lange es dauert, Hauptsache die Reparatur wird gut, hab ich dem Siggi grad gesagt«, versuchte Kluftinger auszuweichen. Seine Frau blickte die beiden ein paar Sekunden lang skeptisch an, dann hellte sich ihre Miene auf. »Ja, das find ich auch. Ich hab schon alles zusammengepackt, wir können dann gleich fahren«, sagte sie und er merkte ihr deutlich an, dass sie sich über die Verlängerung ihres Aufenthaltes bei den Langhammers irgendwie freute.

»Ja ja, ich komm auch gleich. Geh ruhig schon mal vor.« Kluftinger folgte Erika nach draußen, machte aber einen Abstecher in die Abstellkammer und schnappte sich den kleinen Schwarz-Weiß-Fernseher, den sie für »Notfälle« dort abgestellt hatten. Als er mit Siggi ebenfalls nach draußen ging, steckte er ihm einen Zwanzig-Euro-Schein zu und zischte: »So schnell es geht, versteh'n wir uns?«

Siggi ließ den Schein in der Gesäßtasche verschwinden und grinste breit über das ganze Gesicht. Dann stieg er in seinen Lieferwagen, nickte Erika Kluftinger zu, sagte »Keine Angst. Des krieg ma schon« und fuhr davon.

Einigermaßen beruhigt drehte sich die Hausherrin nach ihrem Mann um. Als sie sah, was er dabei hatte, zog sie ungläubig die Augenbrauen hoch. »Was soll jetzt das sein?«

»Wieso? Nur der Fernseher. Ich hab gedacht … «

»Ja, spinnst jetzt du? Wir können doch nicht unseren eigenen Fernseher mit zur Annegret und zum Martin mitnehmen. Am besten packst du noch unsere Matratzen ein!«

Wären sie nicht so umständlich zu transportieren gewesen, Kluftinger hätte es in Erwägung gezogen. In Langhammers Betten fand er jedenfalls keinen richtigen Schlaf.

»Aber der Fernseher … «

»Kommt nicht in Frage. Wenn du den Fernseher mitnimmst, dann sind wir geschiedene Leut. Ich mach mich doch nicht lächerlich mit dir!«

Jetzt wurde es eng. Er wollte unbedingt diesen Fernseher mitnehmen. So könnte er sich frühzeitig von der Abendgesellschaft zurückziehen und müsste nicht die senfgelb gestrichene Wohnzimmerdecke der Langhammers anstarren. Erikas Schimpftirade hatte ihm genügend Zeit gelassen, sich eine überzeugende Begründung zurechtzulegen.

»Es ist so«, hob er selbstsicher an, »die bringen heute wahrscheinlich in verschiedenen Sendern was über den Fall. Das sollt ich schon sehen.«

Seine Frau blickte ihm prüfend in die Augen. »Aber das kannst du doch auch beim Martin … «

Diesmal ließ er sie nicht ausreden. »Ich kann ja wohl schlecht die ganze Zeit ihren Fernseher belegen. Ich weiß ja nicht mal, ob sie überhaupt einen haben. Gesehen hab ich jedenfalls keinen.«

Ohne ihre Antwort abzuwarten, stapfte er an ihr vorbei auf den Passat zu. Er rechnete jeden Augenblick mit einem weiteren Einspruch ihrerseits, doch der blieb aus. Ohne sich seinen Triumph anmerken zu lassen, öffnete er den Kofferraum und stellte das Gerät hinein.

Als sie schon im Auto saßen und er gerade den Zündschlüssel drehen wollte, fiel ihm noch etwas ein.

»Bin gleich wieder da«, sagte er und rannte noch einmal ins Haus. Dort griff er sich seine lederne Aktentasche, ging in die Küche, öffnete den Kühlschrank und nahm sich die Tupperdose mit dem Wurstsalat heraus, die dort seit vorgestern stand. Mit einem zufriedenen Lächeln schob er sie in die Tasche, ging nach draußen und zog die Tür hinter sich zu.

***

Als sie das Auto vor Langhammers Doppelgarage parkten, bat Erika ihren Mann, den Fernseher wenigstens erst später aus dem Auto zu holen. Vielleicht würden es ihre Gastgeber ja gar nicht bemerken. Kluftinger war anstandslos zu diesem Zugeständnis bereit. Immerhin würde er auch ganz gerne auf eine Bemerkung Langhammers über seinen TV-Transport verzichten.

»Das Glockengeläut von Big Ben« – so hatte der Doktor ihn gestern stolz über die Melodie der Türglocke aufgeklärt – war noch nicht ganz verklungen, da öffnete sich bereits die Tür. Das Ehepaar Langhammer strahlte sie erwartungsfroh an.

»Wir haben schon auf euch gewartet«, sagte der Doktor und winkte sie in den Flur. Kluftinger fiel auf, dass beide recht elegant gekleidet waren. Annegret trug eine samtige, schwarze Hose mit einem wollweißen Pulli, darüber eine Perlenkette und der Doktor ein Tweed-Sakko über einer dunkelbraunen Cordhose.

»Geht's ihr noch weg?«, fragte Kluftinger mit ehrlichem Interesse. Der Aufzug seiner Gastgeber hatte in ihm die Hoffnung geweckt, einen unverkrampften Abend allein mit seiner Frau verbringen zu können. Doch Langhammers sahen sich nur fragend an.

»Ich mein … wegen eurem G'wand«, fügte Kluftinger erklärend hinzu.

Wieder blickten sich die beiden an und fingen dann gleichzeitig an zu lachen: »Nicht doch, nicht doch, mein Bester. Das ist doch nur unsere Homewear. Was Legeres für den Feierabend.« Kluftinger bekam einen roten Kopf. Das fing ja schon gut an. Was Legeres für den Feierabend. Homewear! Na, damit konnte er auch dienen. Er grinste bei dem Gedanken, dass er in wenigen Minuten mit seiner in jeder Beziehung formlosen hellblauen Jogginghose im Wohnzimmer der Langhammers erscheinen würde. Mit seinem »Daheimrumgwand«, wie die »Homewear« bei ihm hieß.

Kurze Zeit später betraten Erika Kluftinger und ihr Mann das Wohnzimmer. Kluftinger trug eine dunkelbraune Stoffhose zu einem beigen Hemd mit Hirschhornknöpfen – seine Sporthose war nicht unter den Sachen, die seine Frau zu Hause eingepackt hatte. Natürlich hatte sie ganz bewusst darauf verzichtet, sie mitzunehmen, denn es gab aus ihrer Sicht nur zwei Möglichkeiten, wie sich ihr Mann verhalten würde: Entweder, er würde als Gast in einem fremden Haus gar keinen Gedanken daran verschwenden, in einem derart schlampigen Aufzug herumzulaufen; in diesem Fall würde er die Hose überhaupt nicht vermissen. Oder er würde tatsächlich auf die Schnapsidee kommen und ihre Gastgeber, vor allem aber sie selbst, mit dem Tragen dieser Hose düpieren – in diesem Fall war es um so wichtiger, dass die Hose zu Hause geblieben war.

Auch der gemütliche, unverkrampfte Abend, der kurzzeitig als realistische Möglichkeit in den Gedankenspielen des Kommissars aufgetaucht war, war rasch in weite Ferne gerückt. Die Langhammers hatten ihre Hausgäste zwar zunächst in ihr Zimmer entlassen, allerdings nur kurz, denn es stünden einige Häppchen bereit und man habe sich gedacht, ein gemütlicher Spieleabend wäre doch genau der richtige Ausklang eines stressigen Arbeitstages.

Spieleabend. Ja priml, dachte der Kommissar. Den letzten Spieleabend hatten Kluftingers gemacht, als ihr Sohn Markus einmal in den Semesterferien da gewesen war, und erst viel später hatte sich herausgestellt, dass jeder mit dieser familiären Gemeinschaftsaktion dem anderen nur einen Gefallen hatte tun wollen. Tatsächlich war es vielmehr so, dass derartige, eigentlich zur Harmoniesteigerung gedachten Aktivitäten meist in einem Eklat geendet hatten. Wie damals, beim gemeinsamen Minigolfen, bei dem Markus als Kind irgendwann immer den Schläger auf die Bahn gepfeffert hatte, weil sein Vater ihn lautstark ermahnt hatte, seinen Ärger über verpatzte Schläge nicht so laut zu äußern, dass es die anderen anwesenden Familien hören konnten. Erst später hatte ihm sein Sohn erklärt, dass es Kluftingers Aggression über seine eigene Insuffizienz als Erzieher in direkter Komparation mit den anderen, scheinbar glücklichen Minigolf-Familien gewesen war, die er da lautstark an seinem Sohn abreagierte.

Kluftinger hatte dieser Analyse nicht widersprochen, was vor allem daran lag, dass er erst ein paar Wörter hatte nachschlagen müssen, ehe er sie verstanden hatte. Gegen diese These seines Sohnes sprachen aber die zahlreichen Mensch-Ärgere-Dich-Nicht-Partien im trauten Familienkreis, die regelmäßig damit endeten, dass sich irgendjemand doch ganz furchtbar ärgerte und wahlweise Markus oder er selbst mit dem Arm die Figuren vom Spielbrett fegte. Für Kluftinger verhieß die eher negativ aufgeladene Vokabel »Spieleabend« also nichts Gutes.

Sein mühevoll etabliertes Höflichkeitsgrinsen, das ihm seine Frau abverlangt hatte, erstarb gänzlich, als er sah, welches Spiel seine Gastgeber aufgebaut hatten: »Trivial Pursuit. Das große Wissensquiz«. Kluftinger war sich sicher, dass dieses Spiel von Menschen wie Dr. Langhammer erfunden worden war, um Menschen wie ihn zu ärgern.

Als er am gläsernen Esstisch Platz nahm, versteifte sich sein Körper in Erwartung des Triumphgeheuls, das der Doktor bei einem Sieg mit Sicherheit anstimmen würde. Er hatte nämlich keinerlei Zweifel daran, dass es ein solches Ende nehmen würde, denn – da machte er sich keine Illusionen – Langhammer verfügte über das größere Allgemeinwissen. Schließlich hatte er studiert, auch wenn das nicht immer etwas heißen musste. Gerade bei Ärzten.

Die mutmaßliche Überlegenheit Langhammers ging schon beim Wortschatz los, der im Falle des Doktors offensichtlich wesentlich größer war als der des Kommissars. Immerhin nannte er seine Gartenliegen »Relax-Chairs«, nahm gerne mal ein »Convenience-Essen« zu sich, wenn Kluftinger einfach nur Brotzeit machte und sprach auch gerne seinen gesamten Denkvorgang mit, während Kluftinger nur das Ergebnis bekannt gab. Von Langhammers rudimentären Latein-, Französisch-, Spanisch- und Italienischkenntnissen ganz zu schweigen. Obwohl Kluftinger überzeugt war, dass er die Sprachen nicht perfekt beherrschte – ihm fehlte es an der Fähigkeit und vor allem an der Bereitschaft, derartiges »Name-Dropping« zu betreiben wie der Doktor. Und auch die Tatsache, dass er tatsächlich einen Ausdruck wie »Name-Dropping« gedacht hatte, zeigte ihm, dass er schon viel zu lange hier war. Zu Hause hätte er es einfach »Klugscheißerei« genannt.

Wie sehnte sich der Kommissar jetzt nach einer zünftigen Schafkopfrunde. Kluftinger war sich sicher, dass Langhammer die Geheimnisse dieses Kartenspiels bis jetzt verborgen geblieben waren. Vielleicht würde er sich eines Tages einen Spaß daraus machen und ihn in der hohen Kunst dieses Spiels unterweisen. Bei einem hochdeutschen Wissensquiz würden ihn seine Kenntnisse aber erst einmal nicht weiterbringen.

»Ich hab extra Bier gekauft, Sie mögen ja keinen Wein. Darum ein Gläschen Gerstensaft für Sie«, sagte Langhammer und schob dem Kommissar ein Weizenglas an dessen Platz. Kluftinger verkniff sich eine Bemerkung darüber, dass ein Weizen ja nun eigentlich kein Bier sei, ein Gerstensaft schon gar nicht – schließlich wurde es aus Weizen gebraut – denn er wollte die Kampfeslust des Hausherrn nicht schon so früh wecken. Schließlich war die Waffe in Form des Spiels ja bereits gewählt und Kluftinger fühlte sich schon vor Beginn unterlegen. Abgesehen davon freute er sich auch ein bisschen darüber, dass sich der Doktor seine Vorliebe für Bier gemerkt hatte. Deswegen beließ er es bei einem ehrlich gemeinten »Danke«.

Als das Spielbrett auf dem Tisch lag, hob Dr. Langhammer sein Weinglas und sagte »Auf unsere Gäste. Santé!«

Kluftinger stieß mit dem Doktor, der ihm gegenüber saß, an. Er nahm einen großen Schluck, denn er hatte Hunger und er dachte, damit seinen Magen zumindest ein wenig besänftigen zu können. Nach seinem Zwischenfall in der Leichenhalle war ihm zunächst der Appetit vergangen und er hatte tagsüber nicht mehr viel zu sich genommen. Das machte sich jetzt in einem flauen Gefühl bemerkbar.

Als hätte der Doktor seine Gedanken erraten, sagte er zu seiner Frau: »Ach, bist du so gut und holst noch das Essen aus der Küche? Die beiden werden bestimmt hungrig sein.«

»Allerdings«, nickte Kluftinger voller Vorfreude darauf, dass er nun etwas zwischen die Zähne bekommen würde. Sein Lächeln gefror jedoch, als er sah, was Annegret da ins Wohnzimmer trug. Sie hielt ein Tablett in den Händen, auf dem sich winzig kleine Brötchen mit allerlei buntem Belag und Verzierungen befanden.

»Was Leichtes für den Abend«, kommentierte der Doktor das Tablett seiner Frau.

Kluftinger rechnete sich blitzschnell aus, dass sich darauf höchstens fünf »leichte« Häppchen für jeden von ihnen befanden, die zusammengesetzt etwa die Größe eines Wurstbrotes ergaben, von denen Kluftinger beim Abendessen schon mal vier bis fünf verdrücken konnte.

»Keine Angst, es ist genug da«, sagte Annegret und Kluftinger errötete aus Scham darüber, dass man ihm seine Gedanken möglicherweise angesehen hatte. Die Röte in seinem Gesicht wich aber schnell wieder einer dezenten Blässe, als Annegret nachschob, dass sich exakt noch ein solches Tablett in der Küche befinde. Machte bestenfalls zwei Wurstbrote, überschlug Kluftinger in Gedanken – viel zu wenig für einen anstrengenden Tag.

»Meine Frau ist berühmt für ihre Canapés«, jauchzte der Doktor und drückte seiner Frau auch gleich einen Kuss auf die Wange.

Kluftinger runzelte die Stirn. Was sollte schon dabei herauskommen, wenn man die Brotzeit nach einem Sitzmöbel benannte. Nachdem er sich drei von den Dingern einverleibt hatte, zwang er sich, eine Höflichkeitspause einzulegen. Seine Gedanken wanderten sehnsüchtig zu dem Wurstsalat oben im Gästezimmer. Die Brötchen schmeckten ja wirklich nicht schlecht. Aber eben nach dem Abendessen, nicht stattdessen.

»So, jetzt geht's aber los. Faites vos jeux, wie der Lateiner sagt«, lachte der Doktor.

Kluftinger nickte ihm zu. Das wird ein langer Abend, dachte er.

***

»Hallo! Du bist dran!« Erika versetzte ihrem Mann einen Stoß in die Rippen.

»Ich … ach so, natürlich.« Mit einem Seufzen griff sich Kluftinger den Würfel und ließ ihn lustlos auf die Tischplatte fallen. Er zog seinen Spielstein – in Ermangelung anderer Farben hatte er sich für einen violetten entscheiden müssen – ziellos auf dem Brett hin und her. Ein Blick auf die antike Standuhr hinter Langhammer ließ ihn erstarren: Er hatte das Gefühl, mindestens seit einer Stunde hier am Tisch zu sitzen, tatsächlich waren aber erst wenig mehr als 15 Minuten vergangen. Er wusste nicht, wie er diesen Abend überstehen sollte.

»Braun, sehr gut«, frohlockte der Doktor, der seit Spielbeginn so richtig in seinem Element war, und rieb sich die Hände. Die Sitzordnung hatte es mit sich gebracht, dass Langhammer Kluftinger die Fragen vorlas, was diesen noch mehr zu freuen schien als die Momente, in denen er sein eigenes Wissen zum Besten geben konnte.

»Kunstgeschichte«, flüsterte der Doktor, zwinkerte Kluftinger zu und zog mit spitzen Fingern ein Kärtchen aus dem Stapel.

»Oh, eine Frage aus dem Barock, sehr schön, sehr schön. Meine Lieblingsepoche.«

Das konnte Kluftinger nicht gerade behaupten. Tatsächlich interessierte er sich für Barock so sehr wie für dänische Rassehunde.

Langhammers Freude blieb aber auch von der verhaltenen Reaktion seines Gegenübers unberührt. Er holte – wie vor jeder Frage in der letzten Viertelstunde – tief Luft, setzte sein Quizmaster-Gesicht auf, das sich vor allem dadurch auszeichnete, dass er durch seine halbe, randlose Lesebrille auf die Karte guckte, und fragte in feierlichem Tonfall: »Welcher Name verbindet sich mit dem so genannten«, hier machte er eine kurze Pause und blickte Kluftinger an, um dann weiterzulesen »flämischen Barock?«

Kluftinger erstarrte. Jetzt war es also so weit. Jetzt hatte Langhammer das, worauf er die ganze Zeit gewartet hatte: Er hatte keine Ahnung. Ein böhmisches Dorf kam ihm im Gegensatz zu dieser Frage wie seine eigene Nachbarschaft vor. Winzige Schweißtröpfchen quollen aus den Poren seiner Stirn.

Er ballte seine Hände unter der Tischplatte zu Fäusten und verkrampfte sich noch mehr, als er sah, dass sich die Mundwinkel des Doktors mit jeder Sekunde, die er überlegte, weiter nach oben schoben. Demonstrativ legte der die Karte mit der Frageseite nach oben auf den Tisch. ›Ich kenne die Antwort, deswegen schaue ich gar nicht erst nach‹, sollte das heißen. Seine Oberlippe fing an zu schwitzen. Er versuchte es mit kriminalistischem Gespür. Flämisch, was wusste er über flämisch? Flammkuchen? Hatte das was mit flämisch zu tun?

Kluftinger wünschte sich, er hätte wenigstens mehrere Antworten zur Auswahl, so wie das bei den Millionen-Shows im Fernsehen war. Dann hätte er möglicherweise im Ausschlussverfahren eine Lösung gefunden. Aber sicher war dem Doktor das zu profan. Kluftinger und seine Frau jedenfalls sahen sich »Wer wird Millionär?« regelmäßig an. Zwar hatte der Kommissar auch bei dieser Gelegenheit manchmal das Gefühl, nicht über eine wirklich umfassende humanistische Bildung zu verfügen und musste sich hin und wieder eingestehen, dass ihm Erika in einigen Bereichen voraus war. Oft riet er dann einfach herum, überlegte lautstark zwischen zwei Lösungen hin und her, um dann bei der Auflösung seiner Frau triumphierend mitzuteilen, dass er es ja gleich gesagt habe. Unangenehm wurde es nur, wenn er felsenfest von einer Lösung überzeugt war, die sich danach als falsch herausstellte. Dann gab er gern vor, nur die Frage nicht richtig verstanden zu haben oder er ging sich einfach ein Bier holen.

Und manchmal, auch wenn er sich das nicht eingestehen würde, mutierte er selbst zu einem kleinen Langhammer: Nur zu gern ließ er sich dann über die Leute aus, die nicht einmal wussten, dass Lissabon die Hauptstadt von Portugal war, was er wiederum wusste, seit er einmal im Reisebüro einen Flug dorthin mit den Worten »Nein, Spanien ist mir wirklich zu heiß!« abgelehnt hatte.

Jetzt forderte aber das Spiel vor ihm seine ganze Aufmerksamkeit. In seiner flämischen Angelegenheit kam er einfach keinen Deut weiter. Wenn er wenigstens jemanden hätte anrufen können! Aber wen? Eigentlich fiel ihm nur einer ein, der das hätte wissen können und den er nicht einmal dann anrufen würde, wenn es darum ginge, vor einem rotchinesischen Erschießungskommando einen Bürgen zu bestellen: Langhammer.

Das einzige, was ihm spontan zu Barock einfiel, waren Bach, die Wieskirche und die Kemptener Residenz. Nun war das alles aber vermutlich überhaupt nicht flämisch.

»Es ist eine schwierige Frage, zugegeben, lassen Sie mich Ihnen ein bisschen helfen … «, tönte der Doktor schließlich.

Kluftinger stieg die Zornesröte ins Gesicht. Das hatte ihm gerade noch gefehlt, dass er jetzt einen Vortrag bekam. Die Hand seiner Frau schnellte unter dem Tisch zu ihm herüber und blieb auf seinem Knie liegen. Er entspannte sich etwas und sagte schnell: »Nein, nein, ich passe!«.

In Abwägung der Möglichkeiten schien es ihm noch am wenigsten demütigend, wenn er gleich die Segel strich und sich nicht erst einer Schulstunde des Doktors unterzog.

»Aber, aber, wer wird denn da gleich aufgeben«, entgegnete der Doktor. »Da werden wir schon gemeinsam draufkommen.«

Kluftinger biss die Backenzähne zusammen, bis seine Kaumuskeln deutlich hervortraten.

»Also, nach diesem Maler ist auch eine füllige Körperstatur benannt«, sagte Langhammer. Kluftingers Augen verengten sich zu Schlitzen. Er wartete ein paar Sekunden, um zu sehen, ob der Doktor fortfahren würde. Hätte er eine Andeutung gemacht, dass gerade er das doch eigentlich wissen müsste, hätte er ihn seinen lila Spielstein essen lassen. Doch der Doktor hielt sich zurück. Noch. Kluftinger entspannte sich etwas, was die Blutzufuhr zum Gehirn merklich erhöhte. Seine Gedanken wurden wieder klarer. Eine Körperstatur und ein Maler, hatte der Doktor gesagt … Rubens, natürlich, damit musste dieser Rubens gemeint sein. Der mit den unglaublich dicken Frauen. Aber wie hieß der jetzt mit Vornamen? Karl, oder so ähnlich? Kluftinger schüttelte den Kopf: Egal, jetzt galt es vielmehr zu überlegen, ob er sich die Blöße geben sollte und die Lösung, auf die er nur mit des Doktors ungefragter Hilfe gekommen war, auch sagen sollte. Andererseits: Würde er stumm bleiben, sah er vermutlich noch blöder aus.

»Rubens?«, brummte er deswegen missmutig und rechnete diesen Treffer gedanklich seinem Gegenüber an. Eins zu Null. »Peter Paul Rubens, ganz genau«, jauchzte der Doktor. »Mitte 16. bis Mitte 17. Jahrhundert, die Kernzeit des Barock«, dozierte er und drehte erst dann die Karte zur Kontrolle um, las die Antwort, spitzte zufrieden den Mund und nickte sich selbst anerkennend zu. Die Frauen schwiegen.

Dann schickte er ein Lächeln zu Kluftinger hinüber, würfelte und zog seinen Stein. » … vier, fünf, sechs: Naturwissenschaft, na, wenn das mal nicht meine Lieblingskategorie ist.«

Der Doktor schien nur Lieblingskategorien zu haben. Die Enttäuschung, die sich darüber in Kluftinger breit machte, versuchte dieser dadurch zu bekämpfen, dass er sich einredete, der Doktor bluffe nur. Er besah sich die Frage: Immerhin schien sie nicht ganz leicht zu sein.

»Wie nennt man das Atmungssystem von Insekten?« Er hielt den Atem an.

»Tracheen. Das sind feine Luftkanäle, die an der Körperoberfläche nach außen münden und sich im Gewebe verzweigen, so dass sie Luft zu den inneren Organen leiten können«, kam die Antwort wie aus der Pistole geschossen.

»Klingt ja reichlich auswendig gelernt«, murmelte der Kommissar.

»Wie bitte?«, fragte Langhammer sofort.

»Ich hab nichts gesagt«, erwiderte Kluftinger.

Mit einem siegessicheren Lächeln auf den Lippen wollte der Doktor gerade die Würfel an seine Frau weiterreichen, da stoppte ihn ein »Moment!« Kluftingers mitten in der Bewegung.

Für einen Augenblick war es still. Erika drehte ruckartig den Kopf und blickte ihren Mann mit leidender Miene an. Ihr schwante Böses. Sie wusste, dass ihr Mann nicht gerne verlor, das brachte vielleicht sein Beruf mit sich. Sie hatte gedacht, dass er sich in diesem Fall würde beherrschen können. Zumindest aber hatte sie gehofft, dass er mit seiner Intervention ein bisschen länger warten würde.

»Wie oft haben Sie dieses Spiel eigentlich schon gespielt?«, fragte Kluftinger in polizeilichem Vernehmungston.

Langhammer verstand nicht recht. »Ach Gott, sehr oft schon. Ist eines unserer Lieblingsspiele, nicht wahr, meine Sonne?«, antwortete er freundlich, doch sein Lächeln erstarb, als er in Kluftingers versteinerte Miene blickte.

»Hab ich mir doch gedacht«, grinste der, lehnte sich zurück und sagte schließlich: »Ob wir nicht vielleicht die Karten mal ein bisschen mischen sollten?«

Langhammer schien immer noch nicht zu verstehen. Er blickte etwas unsicher zwischen Kluftinger und den beiden Frauen hin und her, weil er das Gefühl hatte, möglicherweise einen Witz nicht mitbekommen zu haben. Dann dämmerte es ihm. »Sie meinen … ich … also wo denken Sie hin?«, sagte er und begleitete den Satz mit einem hüstelnden Lächeln, das nur schwer seine Empörung kaschieren konnte.

»Wir stecken doch die Karten immer hinten rein, das sind alles neue Fragen, Herr Kluftinger.«

»Ja, sicher, dann haben Sie ja bestimmt auch nichts dagegen, wenn ich ein bisschen mische, oder?«

»Mein Mann ist halt immer sehr fürs Korrekte«, versuchte Erika die Situation zu retten und Annegret sprang ihr mit einem »Noch was zu essen?« bei, das die Männer aber einfach überhörten. Es bahnte sich ein Duell an, bei dem den Frauen nur noch die Rolle der Zuschauer oder bestenfalls der Sekundanten zugedacht war.

»Also gut, wenn Sie meinen, mischen Sie halt«, sagte der Doktor etwas beleidigt.

»Ist ja nicht gegen Sie«, erwiderte Kluftinger und schrieb sich selbst einen Treffer zu. Eins zu eins.

Nachdem Kluftinger die Karten etwa eine Minute lang sorgfältigst gemischt hatte, wobei er nacheinander die verschiedensten Techniken angewandt hatte, nahm er die oberste vom Stapel, begutachtete die Frage und las dann gut gelaunt vor: »Was sind Chloroplasten?« Dann legte er ebenfalls die Karte auf den Tisch und blickte Langhammer in die Augen. Der hielt dem Blickkontakt stand, schien aber noch nach der richtigen Antwort zu suchen. Die beiden Männer belauerten sich wie zwei Cowboys bei einem Pistolenduell. Dann zog Langhammer: »Chloroplasten sind winzige grüne, kugelförmige Strukturen, die in Blättern, Stängeln und anderen pflanzlichen Geweben enthalten sind. Sie sind für die Photosynthese von Bedeutung, ein Prozess übrigens, bei dem unter Anwesenheit von Chlorophyll aus Wasser und Kohlendioxyd Zucker und Sauerstoff hergestellt werden.«

Kluftinger zuckte ob der Wortgewalt der Langhammer'schen Antwort zusammen. Nervös versuchte er, die Karte von der Glasplatte des Tisches aufzuheben, was ihm erst im dritten Anlauf gelang. Er las sich die Antwort durch und musste schlucken: Der Doktor hatte völlig Recht. Zwei zu eins.

»Entschuldigung, mal kurz austreten«, sagte Kluftinger, erhob sich vom Tisch, ohne die Anwesenden noch einmal anzublicken, und verschwand aus dem Zimmer. Schnell lief er die Treppe hinauf und ging nach verrichteter Toilette noch kurz ins Gästezimmer. Einen Augenblick Ruhe wollte er sich vor der Fortführung des Kampfes noch gönnen. Er setzte sich aufs Bett und atmete tief durch. Das war ja ziemlich in die Hose gegangen, dachte er sich und verfluchte sich für seine Idee mit dem Mischen der Karten. Dadurch hatte er dem Doktor einiges an Oberwasser verschafft. Aber so war das eben, wenn er Hunger hatte. Dann wurde er unberechenbar.

Da fiel ihm der Wurstsalat ein. Natürlich: Ein paar Bissen, und es würde ihm gleich besser gehen. Frisch gestärkt wollte er dem Doktor noch ein paar Punkte abtrotzen. Er kramte die Tupperdose aus seiner Arbeitstasche, öffnete sie und atmete den säuerlichen Duft, der ihm entgegenstieg, tief ein. Seine Frau wusste, wie man einen richtig guten Wurstsalat machte: viel Zwiebeln, wie bei seinen Kässpatzen, Käse und natürlich dick von Hand aufgeschnittene Lyoner. Selbstverständlich mit reichlich Soße. Und ein paar Essiggürkchen. Die durften bei ihm auf keinen Fall fehlen, auch wenn es sich damit streng genommen um keinen echten Wurstsalat mehr handelte. Wenn ihn, was schon öfter vorgekommen war, jemand darauf hinwies, konterte er immer mit dem Kalauer: Das ist mir wurscht!

Erst jetzt fiel Kluftinger auf, dass er vergessen hatte, Besteck mitzunehmen. »Kruzifix«, fluchte er, denn in die Küche seiner Gastgeber konnte er jetzt nicht mehr gehen, die befand sich direkt neben dem Wohnzimmer. Er sah sich im Zimmer um.

Sein Blick blieb an der Nagelschere hängen, die auf dem kleinen Tischchen neben dem Kleiderschrank lag. Das musste jetzt einfach genügen, dachte er sich. Sein flaues Gefühl, das sich inzwischen zu einem nennenswerten Unterzucker ausgewachsen hatte, ließ ihn bei der Wahl seiner Hilfsmittel nicht gerade wählerisch werden. Er griff sie sich, hielt sie kurz unter den Wasserhahn und stocherte damit im Salat herum. Zu seiner Überraschung erwies sie sich als praktikabler Gabel-Ersatz.

Beim ersten Bissen schloss Kluftinger seine Augen und gab einen Grunzlaut von sich, so gut schmeckte ihm das deftige Essen nach den »leichten Canapés« von vorhin. Zufrieden piekte er mit seinem Werkzeug jeweils ein Stück Käse und ein Rädchen Wurst auf und drapierte gekonnt einige Zwiebelringe darüber, wobei er sich tief über die Schüssel beugte und nach Herzenslust schmatzte.

»Herr Kluftinger, hallo! Sie sind dran. Sie werden sich doch nicht verstecken, oder?« Der Doktor klopfte an die Tür des Gästezimmers. Kluftinger zuckte derart zusammen, dass die Schüssel in seinen Händen einen kleinen Satz machte, wodurch etwas Soße auf das Laken schwappte.

»Ich komme gleich«, presste Kluftinger schnell mit vollem Mund heraus, denn er hatte Angst, der Doktor würde hereinkommen.

»Gut, die nächste Frage wartet nämlich schon auf Sie«, tönte es von der anderen Seite der Tür. Dann hörte Kluftinger, wie jemand die Treppe hinunterstieg.

Als er sicher war, dass der Doktor im Wohnzimmer angekommen war, stieß er pfeifend die Luft aus und begutachtete das Malheur auf dem Bettlaken. Auf der Seite seiner Frau prangte jetzt ein kleiner dunkler Fleck.

»Hurament, Hurament«, fluchte er. So konnte er das auf keinen Fall lassen. Aber die anderen warteten bereits auf ihn. Was also sollte er tun? Auf die Schnelle fiel ihm nur eine Lösung ein: Er tauschte die Laken aus. In einem Kraftakt, der ihn gehörig außer Atem brachte, bezog er seine Seite des Doppelbettes mit dem Leintuch seiner Frau, wiederholte das Ganze auf der anderen Seite, trocknete mit einem Taschentuch notdürftig den Fleck, der sich nun auf seiner Seite befand, verstaute den Rest des Wurstsalats wieder in seiner Tasche, zupfte sich seine Kleidung zurecht, ging noch schnell nach draußen und betätigte die Spülung des Klos. Lieber sollten die anderen glauben, er habe hier oben noch sein Geschäft verrichtet, als unangenehme Fragen zu stellen.

Mit einem »Bin schon wieder da« betrat er das Wohnzimmer. Drei entgeisterte Gesichter blickten ihn an.

»Ist dir nicht gut?«, fragte seine Frau und klang dabei ehrlich besorgt.

»Wieso?«, fragte er. Er verstand nicht.

»Setzen Sie sich doch lieber einen Augenblick«, stimmte auch der Doktor fürsorglich mit ein.

»Was soll denn … «, wollte Kluftinger schon protestieren, da sah er sich selbst in dem Spiegel, der über dem antiken Klavier hing, das die Stirnseite von Langhammers Wohnzimmer zierte – dort, wo normale Menschen ihren Fernseher stehen hatten, den Kluftinger bisher aber noch nicht entdeckt hatte.

Der Spiegel zeigte einen Menschen in leicht derangiertem Zustand: Sein Hemd war knittrig, eine Folge seiner Umbauaktion im Schlafzimmer, zahlreiche Fussel der Bettdecke waren daran haften geblieben. Seine Haare standen von seinem Kopf ab, ein paar klebten auf seiner verschwitzten Stirn. Das Schlimmste aber war sein Gesicht: es war knallrot, ein unangenehmer Nebeneffekt, der bei körperlichen Anstrengungen immer auftrat.

In seinem Kopf begann es zu rattern. Blitzschnell fasste er einen Entschluss.

»Ich weiß auch nicht, irgendwie … es waren sehr anstrengende Tage, und jetzt noch das mit dem Rohrbruch … « Dann setzte er sich ächzend auf seinen Stuhl.

»Und wir verdonnern Sie hier zu einem Spieleabend. Wie unaufmerksam von uns«, sagte Annegret schuldbewusst.

Auch der Doktor machte ein besorgtes Gesicht und bot Kluftinger seine professionelle Hilfe an.

»Nein, nein, das geht schon so«, wehrte der fast etwas zu heftig ab und erklärte: »Ich brauch einfach nur ein bisschen Ruhe. Vielleicht gehe ich einfach schlafen.«

Die anderen nickten verständnisvoll und sagten, dass das wohl sicher das Beste sei. Langhammer nahm Kluftinger noch das Versprechen ab, ihn ruhig auch nachts zu stören, wenn es schlimmer werden sollte.

»Mach ich, mach ich«, versprach er, und fügte hinzu: »Wofür hat man schließlich einen Arzt im Haus … «

Auf dem Weg nach oben fasste ihn seine Frau besorgt am Arm und es tat Kluftinger ein bisschen leid, dass sie sich jetzt Sorgen um ihn machte. Aber er konnte ihr unmöglich die Wahrheit sagen. In Gedanken schrieb er die letzte Runde sich selbst zu. Sieg durch taktisches K.o.

Als sie beide schließlich im Bett lagen, setzte sich Erika plötzlich auf und streckte die Nase in die Höhe. »Riechst du das auch?«, fragte sie. »Irgendwie … irgendwie säuerlich.«

Kluftinger versteifte sich. »Ach, das werden diese antiken Möbel sein«, beschwichtigte er, stand auf, öffnete das Fenster, gab ihr einen Kuss auf die Stirn und zog sich mit einem zufriedenen Brummen die Bettdecke bis unter das Kinn.

Viel hunderttausend ohne Zahl,
Ihr sinket durch der Sense Stahl,
Weh Rosen, weh Lilien,
Weh krause Basilien!
Selbst euch Kaiserkronen
Wird er nicht verschonen;
Ihr müßt zum Erntekranz hinein,
Hüte dich schöns Blümelein!

Am nächsten Morgen stand Kluftinger früh auf und machte sich nach der Morgentoilette schnell und unbemerkt von seinen Gastgebern wie von seiner Frau auf den Weg ins Büro. Auf eine Schüssel Vogelfutter zum Frühstück wollte er heute lieber verzichten. Nach einem Halt beim Krugzeller Dorfladen, wo er sich zwei Salamisemmeln und einen halben Liter Kakao kaufte – eine Kombination, für die er beinahe jede andere Brotzeit hätte stehen lassen – kam er schließlich im Präsidium an. Eigentlich war es ja lediglich eine Polizeidirektion, irgendwann hatte aber auch Kluftinger sich dem Duktus derjenigen, die sich in der Organisationsstruktur der Polizei nicht allzu gut auskannten – so auch seine Frau Erika – angepasst und nannte seine Arbeitsstätte seither meist wahlweise »G'schäft« oder eben »Präsidium«. Tatsächlich befand sich Letzteres aber in Augsburg.

Zunächst wurde in der morgendlichen Abteilungs-Konferenz, die seit einem Rundschreiben des Innenministeriums zur inneren Reform der Polizeistrukturen und sehr zu Kluftingers Unbehagen offiziell »Teamsitzung« genannt werden sollte, über Hefeles und Kluftingers Besuch bei Sutters Firma gesprochen. Kluftinger nannte sie deswegen noch lieber das »Treffen um halb achte«. Da sonst keine bahnbrechenden Neuigkeiten zu vermelden waren, fand die »Teamsitzung« bereits nach etwa zehn Minuten ihr Ende. Nicht jedoch bevor Kluftinger einige Aufträge an seine Mitarbeiter erteilt hatte:

Maier sollte sich der Überprüfung der Geschäftsunterlagen von »Steinbock-Reisen« annehmen, zudem den geschäftlichen und beruflichen Werdegang des Opfers beleuchten und sich außerdem über den Leumund der Firma erkundigen.

Als er Strobl gebeten hatte, weitere Ermittlungen über den Privatmann Sutter und dessen Umfeld anzustellen, kam seinem Kollegen noch eine Idee: »Vielleicht hatte er ja was mit der französischen Au-Pair-Schnecke?«, fragte er mehr im Spaß als im Ernst.

»Also bitte, wie redest denn du?«, wies Kluftinger seinen Kollegen mehr der Form halber zurecht, »Mei, könnt natürlich … Versuch doch mal, da was rauszukriegen, ich glaub's zwar nicht, aber wer weiß.«

Strobl und Maier verließen den Raum, Sandy Henske blieb

noch mit Hefele und Kluftinger am Konferenztisch sitzen und wartete offenbar ebenfalls auf weitere Anweisungen.

»So, Frau Henske, jetzt, mach'ma weiter«, versetzte er.

Wie es schien, verstand diese das aber nicht wie vom Kommissar beabsichtigt als Aufforderung, wieder an ihren eigenen Schreibtisch zurückzukehren und blieb ungerührt sitzen.

»Wir hätten's dann so weit, Sandy, jetzt ist die Konferenz zu Ende, Sie können weitermachen.«

»Ach so, ja, dann mach isch misch mal wieder an die Arbeit. Glück auf dann noch, die Herren«, überspielte Sandy Henske ihren kleinen Lapsus, den sie auf die mangelnde Fähigkeit ihres Vorgesetzten schob, sich klar und deutlich auszudrücken.

»Jetzat, ja, jetzt sitzen wir da, gell?«, gab Hefele nach einer Weile etwas verstört von sich. Offenbar hatte Kluftinger einfach vergessen, ihm eine Anweisung zu geben. Jedenfalls wusste er nicht recht, was er nun tun sollte. Dass er nicht sofort danach fragte, lag daran, dass das Verhältnis zwischen ihm und Kluftinger nicht das offenste und herzlichste war. Warum, das wussten sie nicht so recht und wenn man sie danach gefragt hätte, hätten sie es mit Sicherheit auch nicht zugegeben. Hefele war vor einigen Jahren aus dem Einbruchsdezernat in die Abteilung gekommen, noch unter Oberkommissar Reitemann, Kluftingers Vorgänger.

Kluftinger hatte Hefele, den fünfzigjährigen, untersetzten Kollegen mit dem gezwirbelten Schnurrbart in dieser Zeit als überaus loyalen, ruhigen und humorvollen Kollegen kennen gelernt. Aber irgendwie hatte es sich nie ergeben, dass sie über einen längeren Zeitraum wirklich eng zusammengearbeitet hätten. Strobl und Maier, die kannte er besser, bei denen wusste er eigentlich immer, wie er reagieren musste. Er wusste immer schon vorher, wenn Maier, der Württemberger, im Laufe eines Gesprächs den Versuch unternahm, einen Witz zu machen. Ein Unternehmen, das nach Kluftingers Dafürhalten von vornherein zum Scheitern verurteilt war. Und während sich Maier, sogar nach Kluftingers nur laienhaft ausgeprägtem Modebewusstsein, nicht vernünftig anziehen konnte, steckte Hefele seinen massigen Körper wie sein Vorgesetzter gerne in Janker und karierte Hemden, auch wenn er dazu Jeans trug. Die beiden waren sogar per Du.

Und dennoch saßen sie nun da wie der Nachwuchs am Kindertisch, wenn die Eltern entfernte Bekannte eingeladen hatten, die mit ihren blassen Sprösslingen in akkuraten Bügelhemden ankamen, die immer alles besser wussten, und mit denen man sich nett unterhalten sollte, obwohl man sie noch nie gesehen hatte. Hefele machte es einem auch nicht gerade leicht, denn er redete von sich aus so gut wie nichts. Er gab auf alle Fragen Antwort, war immer freundlich, aber selbst beim langweiligsten Vortrag oder der niederbayerischsten Belehrung von Kriminalrat Lodenbacher hatte sich noch nie ein subversives Gespräch mit Hefele ergeben. Ihre Kommunikation begrenzte sich auf dienstliche Themen. Vielleicht lag es auch einfach daran, dass sich die beiden so ähnlich waren.

Der Kommissar lehnte sich auf seinem Stuhl nach vorn, stützte die Ellenbogen auf und blies die Luft laut hörbar aus. Er hätte schwören können, dass sie sich nun mindestens fünf Minuten angeschwiegen hatten, wahrscheinlich waren es aber nur zwanzig Sekunden gewesen.

»Und, was machen wir zwei beiden jetzat?«, durchbrach der Kommissar die peinliche Stille, ärgerte sich aber im gleichen Moment über seinen stümperhaften Konversationsversuch. Fehlt nur noch ein »wir zwei Hübschen« und der Langhammer ist perfekt, grämte er sich über seine mangelnde Begabung zum Smalltalk und nahm sich vor, Hefele nun wirklich endlich besser kennen zu lernen.

»Du, sag mal, wie war es denn gestern bei der Autopsie?«, fragte der.

Kluftingers Freude erstarb schlagartig. Wollte er ihn jetzt schwach anreden und die zarten Bande, die Kluftinger bereits gedanklich geknüpft hatte, gleich wieder kappen?

»Ich meine, habt ihr etwas rausgefunden?«

Kluftinger entspannte sich wieder. Vielleicht interessierte sich Hefele wirklich nur für den Fall. »Sutter wurde geradezu hingerichtet, du hast ja die Wunde gesehen. Der Täter muss ein kaltblütiger Hund sein«, antwortete er. »Allein schon wegen des Blutes. Das muss ein riesiges, scharfes Messer gewesen sein. In der Wunde haben wir einen Papierfetzen … «

Kluftinger hielt plötzlich inne.

»Ja klar, den wollten die noch analysieren!«, rief er, griff zum Telefonhörer und murmelte in Hefeles Richtung: »Da konnte man nichts Genaues erkennen, der war ganz blutverschmiert.« Kaum hatte er die Worte ausgesprochen, spürte er, wie es in seinem Magen wieder rumorte und sich seine Kehle zuschnürte. Er ließ sich mit Dr. Böhm verbinden.

»Servus, du, habt ihr den Fetzen schon gereinigt? ... Habt ihr schon ... Und, was rausgefunden? ... Nichts, hm? ... Könntest du uns den bitte faxen? ... Schicken?«

Kluftinger stutze. Böhm wollte ihm den Papierschnipsel per E-Mail schicken.

»Du kannst doch einen Zettel nicht per E-Mail schicken. Also ganz blöd bin ich auch wieder nicht!«, bellte Kluftinger verärgert in den Telefonhörer. Er hatte Böhm seine gestrige Aktion noch nicht verziehen und vermutete nun einen neuen Angriff auf seine Autorität.

Der erwiderte nur lachend, dass er ihm lediglich die eingescannten Bilder und nicht das Original schicken wolle.

»Ach ... «, Kluftinger machte eine kurze Pause und dachte angestrengt nach. Dann fuhr er fort: »Weißt du was? Du hast doch gesagt, dass du jetzt eh gleich nach Kempten musst. Bring mir die Bilder doch dann einfach vorbei, wir haben ... wir haben den Computer grad nicht an.«

Der Pathologe versicherte aber, dass Kluftinger die Datei in zwei Minuten auf seinem PC habe, er habe leider keine Zeit, dafür eigens in Kluftingers Büro zu kommen.

Priml, dachte Kluftinger, der sich selbst seine Schwächen bei der elektronischen Datenverarbeitung ohne weiteres eingestand. Er musste ja schließlich nicht alles können. Er musste allerdings auch nicht alle Kollegen wissen lassen, dass er nicht alles konnte. Weder Böhm noch Hefele.

Er bedankte sich also artig für die zu erwartende Mail und legte auf. Misstrauisch beäugte er seinen Kollegen. Er war jünger als der Kommissar, wenn auch nur ein paar Jahre. Aber die reichten allemal aus, anzunehmen, dass der sich am Computer besser auskannte als er.

»Du, mach doch gleich mal den PC auf, der Böhm schickt uns

eine Mail, die kannst du dann gleich ausdrucken. Wir brauchen die Bilder nachher, ich muss nur schnell aufs Klo, danke dir«, sagte er, ohne Luft zu holen und ohne seinem Kollegen Zeit für eine Antwort zu geben, dann verließ er mit Genugtuung über seine Vermeidungsstrategie das Büro.

Als er aber von der Toilette zurückkam, verschwand das Lächeln um seine Mundwinkel sofort wieder: Der Bildschirm war immer noch schwarz. Hefele las interessiert den Speiseplan der Kantine, der an Kluftingers Pinnwand hing, und plauderte über die Zusammenstellung der Menüs: »Sag mal, haben die einen Zwetschgenlaster entführt und verkochen jetzt die Beute, oder wie? Zwetschgenknödel als Hauptgericht, Zwetschgenkompott als Nachspeise, als Kuchen Zwetschgendatschi! Das ist ja sehr abwechslungsreich.«

Kluftinger war im Moment nicht danach, seinem Kollegen die geschmacklichen Vorzüge eines guten Datschi mit echten Hauszwetschgen, Streuseln und Sahne zu erläutern. Er war vielmehr irritiert, weil sein Vermeidungsplan offenbar versagt hatte.

»Ja, ja, immer das Gleiche«, antwortete er deswegen beiläufig, um dann mit größerem Interesse fortzufahren: »Und die Mail?«

»Du, es ist ja dein Computer, und ich kenn ja dein Passwort nicht.«

»Hättest du schon machen können«, gab Kluftinger mit gespielter Freundlichkeit zurück.

Ein paar Sekunden lang erwog Kluftinger seine Alternativen. Er kam zu dem Schluss, dass er, wollte er seine Autorität nicht ernsthaft in Frage stellen, den Computer jetzt zumindest würde anschalten müssen. Das würde ihm auch noch etwas Zeit zum Nachdenken verschaffen. Er ließ sich schwer in seinen Drehstuhl fallen und drückte den Einschaltknopf. Während der Rechner startete, sah er mehrmals verstohlen zu Hefele, der scheinbar gelangweilt in der Zeitschrift des Berufsverbands blätterte. Kluftinger meldete sich als Benutzer an und bewegte dabei stumm die Lippen.

Als er auf die Taste drücke, die er immer die »Retour-Taste« nannte, von der ihm sein Sohn jedoch stets versicherte, dass es sich um den »Return« handle, fing der Rechner plötzlich an zu piepsen und hörte nicht mehr auf. Kluftinger zuckte zusammen. Aus den

Augenwinkeln sah er, dass auch Hefele wegen des Geräusches seinen Kopf gehoben hatte und zu ihm blickte. Kleine Schweißtröpfchen bildeten sich auf seiner Stirn. Er hatte diesen Fall schon einmal gehabt, damals hatte er sich bei seiner Anmeldung vertippt. Leider wusste er nicht mehr, wie er es damals geschafft hatte, doch noch das System zu starten. Kluftinger sah keine andere Möglichkeit: Mit gestrecktem Zeigefinger drückte er noch einmal so lange auf den großen Anschaltknopf, bis der Rechner hörbar abschaltete. Sofort erstarb das Piepsen und der Bildschirm wurde schwarz. Dann begann der Computer erneut hochzufahren. Kluftinger räusperte sich, blickte zu Hefele und wiederholte, als er bemerkte, dass der die ganze Zeit hergesehen hatte, einen Satz, den er so oder so ähnlich einmal bei einer Computerschulung aufgeschnappt hatte: »Das Netzwerk ist mal wieder abgeschmettert.« Hefele sah ihn ein paar Sekunden fragend an und erwiderte dann nickend: »Ja ja, das Netzwerk. Passiert mir auch immer wieder.«

Als sich Kluftinger erneut anmelden musste, tippte er betont langsam und wiederholte dabei flüsternd die Buchstaben, die er drückte.

Schließlich startete das Mail-Programm mit einem melodischen Dreiklang. Ganz oben in der Liste leuchtete, blau unterlegt, Böhms Name. Er hatte die E-Mail also erhalten. Jetzt wurde es ernst. Kluftinger zwang sich, ruhig zu bleiben. Er hatte es schließlich schon mehrmals gemacht. Er musste doch eine E-Mail öffnen können.

Er klickte, klickte wieder, überlegte kurz, während er mit den Augen zweimal über den gesamten Bildschirm hetzte, sah auf die Tastatur, klickte noch einmal, wobei er seine Zunge leicht aus dem Mund schob, was er manchmal machte, wenn er sich sehr stark konzentrierte, und fühlte plötzlich so etwas wie Stolz: Die Nachricht öffnete sich. Mit einem zufriedenen Doppelkinn fläzte er sich in seinen Stuhl: Na also, ging doch.

Leise, kaum hörbar, las er sich den Text vor:

»Hallo, Klufti!

Ich hab dir die Bilder als Attachment geschickt. Habe die Schrift recht deutlich herausbekommen.

LG+CU

GEORG«

Als er noch damit beschäftigt war, über den Sinn der Grußformel nachzudenken, erhob sich Hefele vom Sofa, kam zum Schreibtisch und stützte sich auf der Stuhllehne auf, so dass er seinem Chef über die Schulter blicken konnte:

»Und, lass sehen … «, sagte er und klang irgendwie erleichtert.

»Das ist nur der Text. Die Bilder hat er als Attachment geschickt.« Kluftinger betonte das Wort dabei französisch: »Attaschmoo«.

Sein Kollege blickte ihn verständnislos von der Seite an, nickte aber, als er sich ihm zuwandte, und sagte: »Ach ja, natürlich, als Attaschmoo.«

Dann schwiegen sie einige Sekunden und nickten beide.

Da niemand etwas sagte, sah sich Kluftinger erneut gezwungen, die Stille zu durchbrechen: »Ich weiß auch nicht, mit diesen Attaschmoos, irgendwie hat mein Computer da manchmal Probleme damit.«

Hefele nickte weiter. Als Kluftinger ihn aber fragend ansah, pflichtete er ihm schnell bei: »Ja ja, bei mir auch. Da hapert es gern mal. Ich glaub das liegt am … Desktop.« Beim letzten Wort verzerrte er unsicher das Gesicht.

Kluftinger wollte gerade etwas antworten, da registrierte er mit Erleichterung, dass die Tür geöffnet wurde.

»Möchten Sie vielleicht einen Kaffee? Es ist noch was in der Maschine«, rief Sandy in den Raum. Ihre Stimme klang in Kluftingers Ohren wie Musik.

»Ach, Frau Henske, gut, dass Sie grad da sind«, sagte er und seine Sekretärin war erstaunt über die Freude, die in seiner Stimme mitschwang und die ihr angesichts ihres Kaffee-Angebots reichlich übertrieben vorkam. »Kommen Sie doch mal schnell rein, der Desktop bringt das Attaschmoo nicht auf.« Mit einem Blick holte er sich ein bestätigendes Kopfnicken von Hefele ein.

Sandy hatte bisher nur den Kopf ins Zimmer gesteckt und blieb noch ein paar Sekunden so stehen. Ihr Blick wirkte wie ein einziges Fragezeichen. Dann seufzte sie, gesellte sich zu den beiden Männern, legte mit einem »Isch probier's mal« ihre Hand auf die Maus und klickte ein paar Mal auf ihr herum.

Sofort öffnete sich das erste Bild, das Böhm ihm geschickt hatte, und füllte allmählich den ganzen Bildschirm aus. Ohne ein weiteres Wort, aber mit einem verschmitzten Lächeln auf den Lippen, stöckelte Sandy wieder nach draußen. Bevor sie die Tür hinter sich zuzog, steckte sie noch einmal den Kopf ins Zimmer und sagte: »Übrigens sollten Sie vielleicht einmal die eine oder andere Ihrer 127 ungeöffneten Emails lesen.«

Der Kommissar bekam einen roten Kopf, weswegen er es vermied, seinen Kollegen anzusehen. »Da muss wohl irgendwo ein Wackelkontakt sein. Die Festplatte vielleicht«, presste er mürrisch hervor, bevor er seine Aufmerksamkeit dem Bild auf seinem Schirm zuwandte. Es zeigte das kleine Stück Papier, das Kluftinger bei der Leiche entdeckt hatte. Deutlich waren nun Buchstaben zu erkennen, dennoch konnte sich der Kommissar keinen Reim darauf machen.

» … tedan … tedan«, murmelte Kluftinger ratlos vor sich hin.

Aber noch bevor er Hefele fragen konnte, ob ihm dazu etwas einfalle, meldete sich dieser schon zu Wort: »Sense.«

Der Kommissar verstand nicht. »Sense?«, wiederholte er.

»Sense«, sagte Hefele und nickte. Als er merkte, dass Kluftinger noch immer nicht begriff, fügte er an: »Das ist ein Aufkleber, der auf Sensen drauf ist. Ich hab selber so eine. ›Erntedank-Sensen. Damit machen Sie immer Ihren Schnitt.‹«

Kluftinger blickte seinen Kollegen entsetzt an.

»So heißt ihr Werbespruch«, verteidigte sich Hefele.

Kluftinger schüttelte den Kopf. ›Immer Ihren Schnitt … ‹ Die Worte hallten in seinem Kopf nach. Dann sagte er ganz leise: »Meinst du, das bedeutet … « Er wagte nicht, seinen Gedanken zu Ende zu führen. Sein Kollege übernahm das für ihn.

» … dass er mit einer Sense umgebracht worden ist? Sieht ganz so aus.«

Hefele ging langsam zur Sitzgruppe und ließ sich in einen Sessel fallen. Die Gesichter der beiden Polizeibeamten waren bleich. Kluftinger stierte auf seinen Bildschirm, Hefele zwirbelte gedankenverloren seinen Bart. Plötzlich griff Kluftinger zum Telefonhörer und wählte.

»Ja, Georg? Ich bin's. Ich wollte dich fragen … wie? Ach, bist schon unterwegs, ja? Wunderbar … schau doch bitte doch mal bei mir rein, ist wichtig.«

Dann legte er den Telefonhörer wieder auf und stierte weiter auf den Bildschirm. Zunächst sagte keiner der beiden ein Wort, bis Kluftinger schließlich vorschlug, eine Kaffeepause zu machen, bis Böhm aus Memmingen käme.

Der betrat kurze Zeit später das Büro. Besorgt blickte er Kluftinger und Hefele an. »Was gibt's denn?«

»Wir wissen, woher der Aufkleber kommt«, antwortete Kluftinger.

Böhm fragte nicht nach und Kluftinger fuhr fort: »Von einer Sense!«

Böhm zog die Augenbrauen nach oben. Er schien überrascht, sagte nach einer kurzen Denkpause aber: »Ja, das könnte hinkommen. Es ist zwar grausig, aber es könnte hinkommen.« Er dachte laut nach: »Die Schnittform … die Wunde … ja, das passt. Eine Sense also.«

Böhm blickte seine Kollegen erwartungsvoll an. »Und was macht ihr jetzt?«

»Jetzt … jetzt will ich eine Aufstellung aller Geschäfte, die diese Sense verkaufen«, sagte der Kommissar und die Tatsache, dass er nun wieder einen Punkt hatte, an dem er einhaken konnte, half ihm, die Gedanken an das makabre Mordwerkzeug zu verdrängen.

»Würdest du dich darum kümmern?«, riss er schließlich auch Hefele aus seiner Lethargie.

»Natürlich, sicher«, entgegnete der schnell, stand auf und verließ rasch das Büro. In der Türe stieß er beinahe mit Dietmar Lodenbacher, dem Leiter der Direktion zusammen. »Wos gibt's na so Brisants?«, wollte er mit Blick auf den davon eilenden Hefele wissen.

Als ihm der Kommissar von der Sense erzählte, schüttelte er zunächst ungläubig den Kopf, nur um dann den Kommissar in geschäftsmäßigem Ton darauf zu verpflichten, das alles mit »vüi Fingerspitzngfüih« und mit äußerster Diskretion zu behandeln. Mit einem ironischen »Danke, das ist ein sehr nützlicher Hinweis«, begleitete er Lodenbacher und Böhm zur Tür hinaus.

***

»Ihre Frau is am Telefon!«

Kluftinger hatte gar nicht gehört, dass seine Sekretärin ins Zimmer gekommen war. Er hatte sich auf die kleine Couch gesetzt, um das eben Gehörte erst einmal zu verdauen. Dieser rätselhafte Leichenfund, das grausige Mordwerkzeug … das alles erzeugte in ihm ein Gefühl der Beklemmung, wie er es in seinen vielen Dienstjahren noch nicht erlebt hatte.

»Wie? Ach ja, legen Sie's rein«, antwortete er abwesend.

Als er den Hörer abnahm, erwartete ihn die erste gute Nachricht des Tages: Seine Frau teilte ihm mit, dass das Problem mit den Rohren überraschend schnell behoben worden sei. Kluftinger grinste. Hatte er mit seiner kleinen »Bestechung« also doch Erfolg gehabt. Er bat sich noch aus, am Abend Kässpatzen und einen Zwetschgendatschi zu bekommen, und legte den Hörer auf.

Ein Blick auf die Uhr zeigte ihm, dass es bis Feierabend noch einige Stunden waren. Er würde einige fällige Berichte diktieren und dann nach Hause fahren. Allerdings nahm er sich vor, einen kleinen Umweg zu machen und vorher noch kurz bei der »LVA« vorbeizuschauen. Er interessierte sich auf einmal sehr für die Sensen, die sie dort im Sortiment hatten.

***

Kluftinger lenkte seinen Wagen aus Altusried heraus nach Kimratshofen, einen kleinen Ort, der bei der Gebietsreform seiner Heimatgemeinde zugeschlagen worden war. Der Weg führte ihn durch eine hügelige Landschaft, die eigentlich eher zum angrenzenden Oberschwaben als zum Oberallgäu passte. Er passierte eine kleine Allee, deren Bäume bereits deutliche gelbliche und rotbraune Blattränder zeigten.

In Kimratshofen bog Kluftinger auf den Hof der »Landwirtschaftlichen Verkaufsgenossenschaft Allgäu e.G.« ein. Diese Organisation hatte einige Dependancen im Allgäu, wurde von Handwerkern, Heimwerkern, Landwirten und solchen, die gern welche gewesen wären, kurz LVA genannt und war so etwas wie ein riesiger Tante-Emma-Laden für rustikale Allgäuer und gleichzeitig eine Art Spielplatz für Erwachsene: Von Traktoren über Rasenmäher, von Schneefräsen und Motorsägen über Melkmaschinenzubehör, Autobatterien, Hobelmaschinen, Werkzeuge aller Art und sämtliches Baumaterial ging das Angebot bis hin zu Lebensmitteln, Arbeitskleidung, Schreibwaren und Kosmetika. Und selbst seinen Kasten Bier konnte man sich hier holen. Jeder konnte hier einkaufen; allerdings kam man in den Genuss von Prozenten, wenn man eine Einlage machte und Genossenschaftsmitglied wurde. Das taten diejenigen, die hier sehr teure Geräte erwarben, die Futtermittel für ihren landwirtschaftlichen Betrieb bei der LVA bezogen, und einige besonders sparsame Allgäuer, die sich nur ab und zu einen Kasten Wasser oder eine Dose Rinderbrühe kauften.

Kluftinger kannte die Niederlassung in Kimratshofen recht gut, schließlich holte auch er hier Gartenzubehör und Baumaterialien. Und seitdem Kluftinger Mitglied der Genossenschaft geworden war, kauften sie auch ihre Getränke hier. Sogar das Heizöl lieferte den Kluftingers die LVA. Obwohl es dafür keinen Rabatt gab. Allerdings war er schon länger nicht mehr dort gewesen; auch er war zeitweise dem Glanz eines neuen Riesen-Baumarktes verfallen, der in Kempten im letzten Jahr eröffnet worden war. Eine Treulosigkeit, die er jetzt, als er über den so vertrauten Hof marschierte, mit einem Kopfschütteln quittierte.

Kluftinger ließ die große Landmaschinenwerkstatt links liegen und betrat den Verkaufsraum. Sicher steuerte er nach rechts, vorbei an den Regalen, in denen Fertigsuppen, Riesensäcke voller Reis und Nudeln von Socken, Schnürsenkeln und Schuhen gefolgt wurden. Sogar Haferlschuhe gab es hier und beinahe wäre er bei ihnen hängen geblieben. Doch er besann sich auf den eigentlichen Grund seines Kommens und setzte seinen Weg fort.

In einem kleinen Nebenraum wurden Garten- und Feldgeräte verkauft und dort vermutete er auch die Sensen, auch wenn er sich mangels Verwendungsmöglichkeit bisher noch nicht dafür interessiert hatte.

Ein groß gewachsener, kräftiger Mann, der einen roten Kittel trug, beugte sich gerade über eine Schachtel mit Arbeitshandschuhen, die er in ein kleines Regal sortierte. Kluftinger fiel die Tonsur auf, die er trug, und er wunderte sich, dass das Gesicht, das er zu sehen bekam, nicht einem älteren Herren, sondern einem etwa dreißigjährigen Mann gehörte. Er grüßte schüchtern und kaum hörbar, grinste Kluftinger verschämt mit einer lückenhaften Zahnreihe an und wollte sich wieder seiner Arbeit widmen.

»Grüß Gott, entschuldigen Sie, ich bräucht eine Sense. Wo sind denn die?«, hielt ihn der Kommissar aber zurück.

Als der Mitarbeiter der LVA geschäftig anfing zu sprechen, kam dem Polizisten der Gedanke, dass er da möglicherweise nicht den Zuständigen vor sich habe: Er wirkte unbeholfen, was unter anderem an seiner näselnden Stimme und der schlecht operierten Hasenscharte lag, wegen der er »S« immer wie »F« aussprach. Beim Wort »Fenfe« hätte der Kommissar beinahe lachen müssen und er schämte sich deswegen. Immerhin konnte der Mann ja nichts dafür und tat nur seine Arbeit.

Endlich waren sie bei den Mähwerkzeugen angelangt. »Da!«, sagte der LVA-Mitarbeiter nur und winkte umständlich mit der Hand in Richtung der Regale mit den Sensen. Dank einer speziellen Halterung standen sie senkrecht darin und Kluftinger fröstelte bei ihrem Anblick. Da er wusste, dass eine solche Sense als Mordwerkzeug missbraucht worden war, wirkten sie irgendwie unheimlich.

Er besah sich das Angebot, das vier Arten von Sensen umfasste, und entdeckte schließlich die mit dem gesuchten Aufkleber. »Sind das irgendwelche speziellen Sensen oder kann man die für alles einsetzen?«

»Def fin Roifenfa«, sagte der Mann.

Kluftinger verstand kein Wort.

»Was?«

Kluftinger konzentrierte sich darauf, den S-Fehler auszublenden.

»Roi-Fenfa. Da mäht ma einen Rain, einen Wiafenrand. Die ham a kürtfere Klinge, dann haktf it fo. I hob di au, di fin guat. I mäh da bei der Mama drmit immer da Boind.«

Kluftinger, der gebürtige Allgäuer, atmete tief durch. Sogar ihm bereitete es Schwierigkeiten, alles mitzubekommen. Immerhin konnte er das letzte Wort nach kurzem Nachdenken identifizieren: Der »Boind«, das war der Garten ums Bauernhaus, zur Straße hin. Er war gerade dabei, sein Urteil über den skurrilen Verkäufer zu revidieren, schließlich schien der sich mit Gartengeräten gut auszukennen, als ein weiterer Mitarbeiter der LVA näher kam und sich in das Gespräch einmischte.

»Jakob, du könntest draußen die Seife einräumen, geh, die Kartons stehen vor dem Regal!« Dabei schob er den Jüngeren hinaus, drehte sich wieder zu Kluftinger, deutete mit einer Wisch-Bewegung vor seinem Gesicht an, was er von seinem jüngeren Kollegen hielt, und schob noch ein »Entschuldigen Sie« nach.

Zunächst wollte sich der Kommissar über das herablassende Verhalten des älteren Verkäufers aufregen. Denn wenn er etwas hasste, war es Überheblichkeit und unfaires Verhalten gegenüber Schwächeren. Der Betroffene schien nicht gerade behindert zu sein, vom Leben gestreift, wie er das gerne ausdrückte, war er aber. Er riss sich jedoch fürs erste zusammen und antwortete dem Mann, auf dessen Jacke der Name Übelhör stand: »Keine Angst, er hat seine Sache sehr gut gemacht. Wie auch immer, ich brauche eine Sense.«

»Also, was Sie da in der Hand haben, das ist schon ein gutes Modell.«

Jetzt wollte der Kommissar die Probe aufs Exempel machen und fragte den vielleicht fünfzigjährigen, hageren Verkäufer: »Wofür verwendet man denn die speziell?«

»Ja, zum Mähen halt«, lachte dieser spöttisch und wusste offenbar nicht recht, was der Kunde eigentlich von ihm wollte.

»Ah so«, brummte Kluftinger und freute sich ein bisschen darüber, dass er von Rainsensen und kürzerem Sensenblatt offenbar noch nichts gehört hatte.

»Und die Firma Erntedank, die machen nur Sensen?«

»Ja, die sind auf Sensen spezialisiert. Das sind die gängigsten, auch wenn sie etwas teurer sind, das ist 1a-Qualität. Absolut. Wir haben zwar auch andere, aber die gehen am besten weg.«

»Und die haben nicht nur Sie, die gibt es überall?«

Etwas verwundert erwiderte Übelhör, dass dieses Modell sicher überall dort verkauft werde, wo es Qualitätswerkzeug gebe. Er sah Kluftinger erstaunt an, als dieser sich mit einem Seufzen und den

Worten »Hab ich befürchtet« zum Gehen wandte. Nach ein paar Metern drehte er sich noch einmal um und rief dem etwas verloren zwischen den Regalen stehenden Übelhör zu: »Ich überleg mir das noch mal.«

Auch wenn der Kommissar nicht gerade erwartet hatte, dass es sich bei der Mordwaffe um eine Sonderanfertigung handelte, ein etwas selteneres Modell hätte es schon sein können.

Da er nun schon mal hier war, wollte er sich privat noch etwas umsehen. Vielleicht gab es ja mal wieder eine Neuheit auf dem Werkzeugmarkt. Mit einem Gefühl, das – so dachte er – Frauen haben mussten, wenn sie durch Schuhläden streiften, durchmaß er langsam und sich aufmerksam umsehend den verwinkelten Verkaufsraum.

Sein Blick fiel auf ein hohes Regal, in dem ausschließlich Zubehör für Melkmaschinen sowie Pflegemittel für Kühe feilgeboten wurden: Gummizitzen gab es da ebenso wie Kuhbürsten verschiedener Stärke. Sogar Zahnbürsten waren dabei. Beim Gedanken an ein Braunvieh bei der Morgentoilette grinste er in sich hinein. Gleich daneben stand eine neue technische Errungenschaft: Eine automatische Kuhwaschanlage mit zwei riesigen rotierenden Bürsten mit Namen »Lucky Cow«. Ein Film über die Anlage lief davor in einem kleinen Fernseher. Da der Ton abgedreht war, wirkte die Szene geradezu grotesk und Kluftinger blieb eine Weile gedankenverloren davor stehen.

»Hoi, willst du jetzt Nebenerwerbs-Kuhputzer werden?«

Kluftinger erschrak. Er hatte nicht gehört, dass sich jemand genähert hatte. Er drehte sich um und blickte Eduard Schauer ins Gesicht, dem Leiter der Kimratshofener Filiale. Kluftinger kannte den Mittdreißiger, seit der als Kind im Freilichttheater den Tellbub gespielt hatte. Das Freilichtspiel, das alle paar Jahre mit großem Aufwand in der Gemeinde aufgeführt wurde, stürzte die Altusrieder in einen für Außenstehende schwer nachvollziehbaren kollektiven Theaterwahn. Da lernte man sich natürlich kennen.

»Servus, Klufti, kann ich dir irgendwas helfen?« Schauer grinste ihn aus seinem kantigen Schädel an und zeigte dabei sein riesiges Gebiss, das aussah, als steckten darin wesentlich mehr Zähne als bei anderen Menschen. Überhaupt hatte er von vielem mehr als andere. Mit seinen Einsfünfundneunzig wäre er schon eine stattliche Erscheinung gewesen; Respekt flößten Kluftinger wie auch allen anderen aber die riesigen Muskelberge des passionierten Bodybuilders ein, die selbst unter Hemd und Latzhose nicht zu übersehen waren.

»Danke, Edi, ich schau bloß grad so rum, was ich brauchen könnte. Für den Garten vielleicht.« Eigentlich war Kluftinger kein Freund von Spitznamen und in Schauers Fall klang die Verniedlichung geradezu absurd, aber jeder nannte Eduard Edi, was vielleicht an seinem – trotz der Muskelmasse – kindlichen Gemüt lag.

»Da hab ich was für dich, das musst du dir anschauen. Wir haben jetzt eine wahnsinnig robuste Workwear-Linie. Ganz neu.«

»Eine was, bitte?«

»Arbeitskleidung«, erklärte Schauer und zwinkerte ihm zu.

Natürlich hätte Kluftinger das mit seinen rudimentären Englischkenntnissen gerade noch selbst übersetzen können. Er war nur regelrecht schockiert, dass der »Englischwahn«, wie er die Vorliebe für anglophone Vokabeln nannte, sogar hier, im beinahe hintersten Winkel des Allgäus, im landwirtschaftlichen Lagerhaus, quasi »in the middle of nowhere« grassierte. Das war ihm zu viel.

»Workwear«, wiederholte er deshalb kopfschüttelnd, während er Edi Schauer, seinerseits in roter »Workwear« gekleidet, in eine andere Ecke des Ladens folgte.

»Da, schau, Schnittschutzhosen, Schnittschutzjacken und Fleece-Hosen, dazu gibt es Basic-Wear und Sportswear.«

»Was für Zeug?«

»Sportswear … Apropos, das gefällt dir bestimmt! Schau mal, das ist die komplette Lumbersports-Kollektion eines großen Kettensägenherstellers. Super Qualität. Alles High-End-Produkte. Haben wir neu im Programm.«

»Sag mal, Edi: spinnst du jetzt? Was erzählst du mir denn für einen Schmarrn?«, entrüstete sich Kluftinger ganz offen. Schauer kannte er lange genug, er musste bei ihm kein Blatt vor den Mund nehmen. »Workwear und High-End. Habt ihr euch überlegt, dass wahrscheinlich über die Hälfte von euren Kunden gar kein Englisch spricht?«

Schauer dachte kurz nach und grinste. Dann legte er ihm seine riesige Pranke auf die Schulter und drückte leicht zu, wodurch ein Muskelstrang am Hals unnatürlich weit hervortrat. Obwohl der Griff schmerzte, ließ sich der Kommissar nichts anmerken. »Mei, Klufti, das ist vielleicht nichts mehr für deine Generation. Aber die Jungen fahren drauf ab, glaub mir!«

»Was soll denn ›Lumbersports‹ überhaupt sein?«

»Das kommt immer auf dem Sportkanal. Eine Meisterschaft im Holzmachen.«

»Ach, der Krampf. Hör mir auf!« Kluftinger war ab und zu beim Umschalten auf diese bizarre Sportart gestoßen, bei der Leute mit Horroräxten Holzstämme durchhauten oder mit monströsen, aufgemotzten Motorsägen Kleinholz machten. Seine Lust auf einen Einkaufsbummel war nahezu erloschen. Er schaute demonstrativ auf seine Armbanduhr und sagte: »Schon so spät? Du, ich muss jetzt gehen, Edi. Wir hatten einen üblen Rohrbruch daheim, da kann ich die Erika nicht immer allein lassen mit dem Dreck.«

»Au weh. Kaputte Leitungen, oder?«

»Keine Ahnung. Der Siggi hat's mittlerweile zum Glück wieder gerichtet.«

»Wart mal, Klufti, da hab ich was für dich. Das wird Rohrbrüche in Zukunft verhindern.«

»Was denn?«, fragte der Kommissar ungeduldig und ärgerlich, weil Schauer so penetrant auf seinem ungeliebten Spitznamen beharrte.

»Eine ›Waterella‹«, verkündete Schauer in feierlichem Ton. Als er von Kluftinger nur einen fragenden Blick erntete, fuhr er fort: »Hört sich komisch an, ist aber wirklich super. Warte, ich hol dir einen Prospekt.« Wenig später kam er mit einem Heft und einem chromglänzenden Stück Rohr zurück.

»Also, pass auf. Die ›Waterella‹ verhindert, dass sich deine Rohrleitungen mit Kalk zusetzen. Außerdem werden Ablagerungen allmählich abgebaut, das bildet eine vor Korrosion schützende Schicht in den Rohren. Genau das brauchst du, gerade bei unserem harten Wasser.«

»Und wie soll das gehen?«, fragte Kluftinger skeptisch nach.

»Mit Magnetfeld.«

Kluftinger sah misstrauisch zu ihm auf.

Schauer hielt Kluftinger unbeirrt das Rohrstück unter die Nase. »In diesem kleinen Rohr sind derart starke Magnete, dass sie die Oberflächenzusammensetzung des Wassers so verändern, dass sich nichts mehr ablagert. Ohne Chemie und völlig natürlich.«

Schauers Telefon in seiner Kitteltasche klingelte.

»Schau's dir mal an im Prospekt.«

Kluftinger blätterte unmotiviert in dem kleinen Heftchen. Da stand tatsächlich etwas von »Rohrreinigung« und vom »Kalkdoktor« und ein Gutachten bestätigte die Wirksamkeit des Produkts. Zudem sei das behandelte Wasser besser zur Zubereitung von Tee, Kaffee und Babynahrung geeignet. Immerhin: Wenn ein Gutachten es bestätigt hatte …

Nach Beendigung seines Telefonats brachte Schauer noch ein Argument, das Kluftingers Zweifel schließlich zerstreute: Anhand einer Beispielrechnung verdeutlichte er, wie viel es kosten würde, müsste man im ganzen Haus neue Rohrleitungen einziehen. Am Ende schien es Kluftinger vernünftiger, die siebzig Euro für die »Waterella« zu zahlen.

***

Auf dem Weg nach Hause verflog das Gefühl, einen guten Einkauf gemacht zu haben, mit jedem Kilometer, den er sich von der LVA entfernte. Einen Drei-Kilo-Sack Nudeln, einen Kanister »Skiwassersirup« mit fünf Litern Inhalt und die »Waterella« – vielleicht hatte er doch etwas zu leichtsinnig zugeschlagen.

Andererseits: Viel könnte er sich damit sparen, das hatte Schauer ihm ja vorgerechnet. Er beschloss, mit diesem positiven Gefühl in sein dringend nötiges Wochenende zu starten.

Und die Nudeln waren ja wirklich billig gewesen.

***

Kluftinger hatte seine Wohnungstür noch nicht hinter sich zugezogen, da wurde seine Vorfreude schon wieder getrübt: Er hörte aus dem Wohnzimmer mehrere Stimmen, die offensichtlich nicht vom geräuschvoll laufenden Fernseher kamen und die nur eines bedeuten konnten: Besuch. Er konnte noch nicht ausmachen, wer sich da in ihrer Wohnung breit gemacht hatte, aber spontan fiel ihm auch niemand ein, den er jetzt gerne gesehen hätte. Nach den Turbulenzen der letzten Tage wollte er einfach nur seine Ruhe.

Als er ins Wohnzimmer trat, sank sein Stimmungsbarometer noch etwas weiter: Neben seiner Frau saß Annegret Langhammer.

Eigentlich hatte er ja gar nichts gegen Annegret. Sie war sogar immer ausnehmend freundlich zu ihm – ganz im Gegensatz zu ihrem Gatten. Und genau das war der Haken. Er konnte ihr einfach nicht vergessen, dass sie mit dem Doktor verheiratet war. Irgendwie färbte Kluftingers Abneigung gegenüber Martin Langhammer auf dessen Ehefrau ab. Schließlich hatte er von dieser Antipathie ja auch mehr als genug zu vergeben.

Nachdem er Frau Langhammer dennoch höflich begrüßt und seiner Frau einen Schmatz auf die Wange gegeben hatte, was diese mit einem überraschten, aber zufriedenen Lächeln quittierte, geriet sein Vorsatz, sich von seiner besten Seite zu zeigen, schon ins Wanken. Ein Blick auf den Fernseher zeigte ihm, dass die beiden Frauen den Kanal eingeschaltet hatten, der ihm noch überflüssiger vorkam als Spieleabende bei Langhammers: Es lief der Shoppingsender.

Gut, manchmal, das musste er zugeben, wusste auch er dessen Vorzüge zu schätzen, denn er hatte die Angewohnheit, immer noch kurz den Fernseher anzuschalten, bevor er ins Bett ging, auch wenn er aus irgendeinem Grund erst kurz vor Mitternacht nach Hause kam. Und dann blieb er oft beim Verkaufsfernsehen hängen: Auf den anderen Kanälen liefen zu später Stunde meist nur zweitklassige Filme, und für Erotikclips aus den Achtzigern hatte er schon gar nichts übrig. Schnell hatte er auch von den sich dauernd wiederholenden Meldungen der Nachrichtenkanäle genug. Blieben die Shoppingsender. Zunächst schaute er dort immer eine Weile aufmerksam zu, regte sich ein wenig über das auf, was sie dort verkauften, und echauffierte sich noch mehr darüber, *wie* sie es verkauften. Doch schnell entschlummerte er dann sanft, eingeschläfert vom monotonen, fast meditativen Singsang der Stimmen. Besonders bei Kosmetika, Schmuck oder Puppen: die Moderatoren dort hatten die sanftesten Stimmen – auch wenn er sich eher die Hand abhacken würde, als eines ihrer Produkte zu kaufen. Sollte ihn seine Frau schlummernd vor dem Fernseher bei einer solchen Sendung erwischen, sagte er immer, dass zu dem Zeitpunkt, als er eingeschlafen war, gerade »Heimwerken« oder »Auto und Motorrad« gelaufen war. Und auch wenn er bei diesen Produkten tatsächlich schon in Versuchung gekommen war, war er bisher immer standhaft geblieben.

Bei Erika, zumal, wenn sie unter Annegrets Einfluss stand, war er sich da nicht ganz so sicher.

Er hob gerade zu einer abschätzigen Bemerkung über die Programmwahl an, da wurde ihm bereits nach der ersten Silbe mit einem Zischen seiner Frau das Wort abgeschnitten: »Wir wollen das sehen!«, sagte sie streng und mit einem Blick, in dem gleichzeitig die Warnung und die Bitte lag, sich mit abfälligen Äußerungen zurückzuhalten.

Der Kommissar verschluckte also seine Bemerkung und wandte sich ebenfalls dem Programm zu. Eine dunkelhaarige, mollige Frau von etwa einem Meter fünfundfünfzig, offenbar die Moderatorin, befragte ihren Studiogast, einen Mann in schwarzem Anzug und mintgrünem Hemd zu den Vorzügen des Produkts, das vor ihnen auf einem kleinen Tischchen stand. Der Mann, der von der Frau »Francesco« genannt wurde, der mit seiner hellen Haut und den offensichtlich gepuderten Wangen aber mit einem Italiener etwa so viel gemein hatte wie ein Lada mit einem Ferrari, stimmte gerade ein euphorisches Loblied über den »sensationell superduper-günstigen Preis« des Artikels an: Als »Hit des Tages« war er von 38,64 Euro auf 32,21 Euro reduziert – »das macht eine Ersparnis von sechskommadreiundvierzig Euro«, rief Francesco verzückt aus und er schrie die Moderatorin dabei so heftig an, wie Kluftinger es sich bei seiner Frau selbst im heftigsten Streit nicht getraut hätte. Dazu brabbelte die Frau ständig von »Wahnsinn« und »Sensation«, was Francesco mit Kopfnicken begleitete. Er verstärkte ihre Verzückung außerdem mit der Feststellung, dass das alles die Natur geschaffen habe und dass der Mensch so etwas gar nicht künstlich herstellen könne. Kluftinger räusperte sich und rutschte unruhig in seinem Sessel hin und her. Es bereitete ihm beinahe körperliches Unbehagen, die Lästereien, die ihm nach dieser kurzen Zeit schon auf der Zunge lagen, für sich zu behalten.

Als die Moderatorin, die Francesco mit »liebe Heidi« anredete, die für Kluftinger aber eher wie eine gestandene »Heidrun« wirkte, dann aber endlich erklärte, um was es bei dem Verkaufsgespräch eigentlich ging, konnte sich Kluftinger nicht mehr zurückhalten.

»Aha«, tastete er sich vorsichtig vor. Als eine Reaktion der Frauen ausblieb, hängte er noch ein »Eine Salzkristalllampe also« an.

Keine Reaktion. Als der Kommissar im Fernseher die Worte hörte »Wenn Sie die einfach nur so in Ihrem Raum stehen haben, werden Sie schon nach wenigen Stunden feststellen, dass sich die Aura des Raumes merklich verändert hat. Sie merken geradezu, wie die ›Luftvitamine‹, also die Mineral- und Vitalstoffe, ausströmen«, platzte es aus ihm heraus: »Erika, die musst du kaufen. Sofort! Du jammerst doch immer, dass nach einem Kässpatzen-Essen unsere Raum-Aura so gestört ist.«

Seine Frau warf ihm einen strengen Blick zu. Offenbar schien sie darüber nachzudenken, ob sie ihm antworten sollte oder nicht. Die Entscheidung wurde ihr von Annegret abgenommen: »Wir haben so eine Lampe im Schlafzimmer stehen und es funktioniert wirklich. Ich wollte es zuerst auch nicht glauben. Und gerade mein Martin, der immer gleich nach wissenschaftlichen Beweisen fragt, war skeptisch und das Erste, was er jetzt macht, wenn er ins Schlafzimmer geht, ist, die Lampe einzuschalten.«

Kluftinger wollte sich gar nicht vorstellen, was die Aussage »schlechte Aura« in Bezug auf Langhammers Schlafzimmer bedeuten mochte.

»Ja, die Heike und die Gertraud schwärmen doch auch so davon«, meldete sich nun auch seine Frau zu Wort.

Ehe sichs Kluftinger versah, waren die beide Frauen in ein Gespräch über Auren, Salzkristalle und Energiefluss-Steine vertieft. Eine Weile hörte er mit ungläubigem Staunen zu, denn die beiden waren von derlei Produkten scheinbar ähnlich begeistert wie Francesco und die »liebe Heidi«, die eben vermeldeten, dass die Salzkristalllampe nur noch »komplett begrenzt« vorrätig sei.

Zwei Worte, die auch ganz gut zum Auftreten der beiden Moderatoren gepasst hätten, fand er.

Plötzlich blickten alle auf den Bildschirm, weil Heidi ihrer Begeisterung gerade so lautstark Ausdruck verlieh, dass sie glaubten, ihr sei etwas zugestoßen. Francesco hatte ihr eine Glasschale gezeigt, in der eine Lampe installiert war, die mit »sensationellen Grapefruitcalcitspitzen« angefüllt war, die im Licht schwach grünlich leuchteten. Francesco gab daraufhin zum Besten, dass es sich hier um »richtig viel Steine« handle, um ein ganzes Kilo Steine, die Jahrmillionen alt seien und die man nur in Brasilien in einer kleinen Urwaldmine finde. Dort würden Ureinwohner, die natürlich sensationell bezahlt seien, die Steine von Hand beschlagen und dann noch mit Sodalithen abpolieren. Er habe aus diesem Stein seinen Eltern einen Knauf für deren Haustür gemacht und das sei ein absoluter Hingucker. Man nenne den Stein auch »Gold von Brasilien«, im Gegensatz zum »Gold von Mexiko«, denn das sei der Honigcalcit. Heidis Erregung steigerte sich derweil zur Ekstase, da sie einen Einschluss in einem Edelstein entdeckt hatte, und das sei ja ein absolut »einmaliges Unikat«.

»Jetzt hört doch mal zu, ganz im Ernst.« Kluftinger hatte sich entschieden, es – entgegen seiner Erfahrung – mit Logik zu versuchen. »Wie soll denn eine Lampe, ich wiederhole, eine Lampe, eine Aura beeinflussen und wie sollen in der Luft Vitamine rumschwirren … «

Er fand, dass er ziemlich überzeugend geklungen hatte, auch wenn er sich nicht ganz sicher war, was genau eine Aura war.

»Also weißt du, das sind eben Dinge, die wir nicht mit unserem Verstand erfassen können«, wandte seine Frau ein und erntete von ihrer Freundin heftiges Kopfnicken.

Kluftinger fühlte sich wieder an die Diskussion von vor drei Tagen erinnert, als sie am Ort der Kraft vorbei gefahren waren. Er wollte seinen Zynismus diesmal etwas zügeln, auch wenn es ihm bei diesem Thema extrem schwer fiel.

»Na, gut«, lenkte er ein, »es gibt Dinge, die wir uns nicht erklären können. Aber die kommen aus der Natur und nicht vom Shoppingsender.«

Das hatte gesessen. Die beiden Frauen sahen sich etwas ratlos an und Kluftinger lehnte sich zufrieden zurück. Francesco hatte inzwischen eine kleine Plexiglas-Pyramide in der Hand und erklärte Heidi, dass man darunter sogar Messer über Nacht schärfen könne. Heidi schien auch überzeugt davon, dass sie aus schlechtem, sauren Wein einen Bordeaux machen würde, wenn man sie nur lange genug über die Flasche stelle.

Bevor Kluftinger seine Zweifel anmelden konnte, sagte Annegret: »Dass die Pyramiden mit unerklärlichen Phänomenen verbunden sind, daran zweifelt ja heute nicht einmal mehr die Wissenschaft. Die großen Pyramiden sind vermutlich nach dem Sternbild des Orion ausgerichtet. Und die Grabkammern sind an ganz genau berechneten Orten innerhalb dieser Pyramiden gelegt. Das muss ja irgendeinen Grund haben.«

Kluftinger dachte nach. Davon hatte er auch schon gehört. Allerdings fiel es ihm schwer, solche Dinge zu glauben. Er suchte in allem die rationale, die logische Erklärung.

»Na ja, also … das stimmt schon irgendwie«, wand sich der Kommissar. »Aber mal ehrlich: Wenn man schon nicht genau sagen kann, was es ist, dann kann es ja auch was ganz Natürliches sein, was man eben nur noch nicht gefunden hat.«

»Sicher, ich sage ja nicht, dass es irgendwas mit Geistern aus dem Totenreich zu tun hat. Ich meine nur, dass hier Kräfte am Werk sind, die wir noch nicht in ihrem ganzen Ausmaß verstanden haben. Vielleicht eines Tages – und dann werden sie uns nicht mehr so mysteriös vorkommen.«

Kluftinger musste Annegret erneut zustimmen. Das Gespräch begann ihn langsam zu interessieren.

»Weißt du nicht mehr, damals, als du dich so verbrannt hast? Da bist du doch auch zum Gesundbeten gegangen.«

Seine Frau hatte Recht. Daran hatte er gar nicht mehr gedacht. Vor einigen Jahren hatte er sich beim Grillen das Gesicht verbrannt, weil er der Glut mit einem ordentlichen Schuss Spiritus hatte nachhelfen wollen. Natürlich war er sofort zum Arzt gegangen, aber kurze Zeit später eben auch zum Gesundbeter, weil die Wunde immer weiter nässte und einfach nicht verheilen wollte. Das war im Allgäu eigentlich kein seltenes Vorgehen. Fast jeder kannte irgendjemanden, dem das Gesundbeten schon genutzt hatte. Und auch in Altusried gab es ein paar, meist sehr alte Menschen, die diese Kunst beherrschten. Kluftinger hatte es damals sehr geholfen; auch sein Hausarzt war überrascht von der schnellen Heilung, jedenfalls bis Kluftinger ihm von seinem Besuch bei der alten Christl erzählte, wie die bekannteste Gesundbeterin im Ort genannt wurde. Sein Arzt hatte ihm sogar empfohlen, sie ruhig noch ein paar Mal aufzusuchen.

»Also gut, ich geb's auf«, seufzte er schließlich. »Aber eins könnt ihr mir nicht weismachen, dass so ein Ding da funktioniert.« Bei diesen Worten zeigte er auf den Fernseher – und wurde blass. Inzwischen war auch die Pyramide ausverkauft und Francesco wies mit seiner bleichen Hand gerade auf das »Angebot der Woche« hin: die Waterella. Geschockt registrierte er, dass sie etwa zehn Euro billiger war als bei der LVA. Und gerade zeigte ein hausgemachtes Filmchen die gleichen Versprechungen, die ihn von der Notwendigkeit dieses »Kalkwandlers« überzeugt hatten. Kluftingers Mund wurde trocken.

Die beiden Frauen aber waren so zufrieden mit der geleisteten Überzeugungsarbeit, dass sie sein wortloses Aufstehen als Zeichen seiner Niederlage deuteten. Dass er draußen die Tüte mit seinem Einkauf nahm, um sie ganz unten im Schrank des Abstellraumes zu verstecken, entging ihnen dabei.

Lieb Denkeli, Vergiß mein nicht,
Er weiß schon, was dein Name spricht,
Dich seufzerumschwirrte
Brautkränzende Myrte,
Selbst euch Immortellen
Wird alle er fällen!
Müßt in den Erntekranz hinein,
Hüte dich schöns Blümelein!

Kluftinger ließ sich am Montagmorgen Zeit, ins Büro zu kommen. Nicht, dass er mit Unlust dorthin gegangen wäre. Im Gegenteil, gerade am Beginn einer neuen Woche freute er sich regelrecht darauf, seiner Arbeit, die ihn trotz vieler Widrigkeiten ausfüllte, wieder nachgehen zu können. Und an diesem Wochenende hatte er sowieso keine wirkliche Ruhe gefunden, lag doch ein spektakulärer ungeklärter Fall auf den Schreibtischen der Kemptener Kriminalpolizei. Hinzu kam, dass am Samstag nicht nur die Zeitungen und das Regionalfernsehen, sondern auch der Bayerische Rundfunk und die Süddeutsche darüber informiert hatten. Und die sorgten dann dafür, dass selbst zahlreiche Boulevardblätter die Pressestelle mit Anrufen überschütteten.

Kluftinger genoss es dennoch, diesen Montag etwas später zu kommen, gemütlich in seiner Küche die Zeitung zu lesen, ausgiebig Toilette zu machen und sich dann mit zelebrierter Langsamkeit auf den Weg zu begeben. Dieses Ritual half ihm für kurze Zeit zu verdrängen, dass Montage, vor allem aufgrund der abendlichen Musikprobe, noch eine ganze Menge Unbill für ihn parat hielten.

Mit einer frischen Brotzeit gewappnet, betrat er schließlich ausnahmsweise nach allen anderen Kollegen sein Büro. Es blieb aber noch genügend Zeit, sich einen Überblick über die aktuelle Lage zu verschaffen, eine kurze Besprechung mit den Kollegen seiner Abteilung abzuhalten, bis Kluftingers Weg ihn zu einem festen Ritual der Polizeidirektion Kempten führte: dem »Jour fixe« am Montag um halb zehn. Übrigens eine Bezeichnung, die er trotz seines gespaltenen Verhältnisses zu Lehn- und Fremdwörtern durchaus goutierte. Immerhin nichts Englisches und für französische Begriffe gab es ja in Bayern eine gewisse, historisch begründete Tradition. Man sagte etwa auch Portemonnaie und Trottoir, warum also nicht »Jour fixe«, selbst wenn Lodenbacher diese Bezeichnung eingeführt hatte. Vielleicht würde sie ja auch irgendwann »Teambriefing« oder »Crewinformation« heißen. Und schließlich gab es für die täglichen morgendlichen Besprechungen der Abteilungen ja noch einen deutschen Namen: »Morgenlage«.

Lodenbacher eröffnete die Besprechung im großen Konferenzsaal mit einer kleinen »Presseschau«, die er mit besorgter Miene und mit fast vorwurfsvollem Ton vortrug. Es war also bereits so weit: Einige Zeitungen hatten die dpa-Meldung schon gedruckt. Kluftinger wusste genau, was Lodenbacher seinen Mitarbeitern auf den Weg geben würde, und hörte nur mit einem Ohr zu, als Lodenbacher im niederbayerischen Idiom Dinge sagte wie »natiole Aufmerksamkeit« oder »gwoitiger Zugzwang« oder »bis ins Ministerjum ganga«. Der Kommissar nickte dennoch bedeutungsschwer und versicherte anschließend seinem Vorgesetzten, man werde pflichtbewusst seine Arbeit tun, schließlich mache man das immer.

Kluftinger gab zunächst seine letzten Untersuchungsergebnisse bekannt und verkündete, dass man bei den Sensen wohl nicht recht weiter kommen würde. Zu viele Geschäfte böten diese an. Er erzählte noch, dass es sich beim gesuchten Gerät um die qualitativ hochwertigsten handele.

»Ma soit ned moana, doss heid überhaupt no oana a Sensn kaffd«, brummte der Kriminaldirektor und vergaß nicht hinzuzufügen »oba do siegd ma hoid, doss ma do in da Provinz san.«

Kluftinger reagierte nicht und erinnerte sich für einen Augenblick an eine Fortbildungsveranstaltung in einem Schlossgut zwischen Vilsbiburg und Hauzenberg, Lodenbachers Heimatort. Er hatte damals schreckliches Halsweh gehabt und zwanzig Kilometer nach Landshut in die nächste Apotheke fahren müssen. So viel zum Thema Provinz.

Dann war es Zeit, das Wort an Maier zu übergeben, der mit den Ermittlungen zu Sutters Unternehmen betraut worden war. Mit zittrigen Händen ordnete er einen Stapel Papier, der vor ihm auf dem Tisch lag. Obwohl diese Besprechungen zur absoluten Routine gehörten, war Maier jedes Mal aufgeregt, wenn er vor der Gruppe etwas vortragen musste. Kluftinger empfand es als eine Ironie des Schicksals, dass ausgerechnet Maier, der ihn sonst zu den unpassendsten Gelegenheiten mit seiner Geschwätzigkeit nervte, bei solchen Auftritten selbst Nerven zeigte. Manchmal tat er ihm fast leid, wenn er mitbekam, wie sein Mund immer trockener wurde, seine Stimme brüchiger und seine Bewegungen fahriger. Schlimm wurde es immer dann, wenn Lodenbacher eine Zwischenfrage stellte. Dann haspelte Maier sich, vom Chef mit strengem Blick bedacht, durch die Antwort. Doch Kluftingers Mitleid hielt sich in Grenzen; meist schaltete sich rechtzeitig die Erinnerung an irgendeine besonders unpassende Bemerkung seines Kollegen dazwischen.

Aus den Geschäftunterlagen sei zu entnehmen gewesen, begann Maier seinen Vortrag, dass die Firma »Steinbock Touristik« wie auch ihr Tochterunternehmen »Resona« zwei gesunde, florierende Unternehmen gewesen waren. Beide Firmen wiesen akzeptable Gewinne aus, obwohl sich Sutter sehr komfortable Chefgehälter genehmigte. Maier wollte das auf Lodenbachers Wunsch hin mit Zahlen belegen, fand aber beim hektischen Durchstöbern der Berichte nicht das richtige Blatt.

Er räusperte sich und fuhr einfach fort, nun mit einem merklich roteren Kopf als zuvor: »Ansonsten war er gar nicht so unbescheiden – die Investitionen in Büroräume und Einrichtung hielten sich in engen Grenzen. Was man, glaube ich, von seinem Privatleben nicht unbedingt sagen kann, aber das werden wir ja dann nachher noch vom Kollegen Strobl hören. Aber ganz koscher ist diese Firma auch nicht, meine ich. Und zwar nicht nur, weil sie Produkte verkauft haben, deren Wirkung nicht belegt ist, von dem dubiosen Geschäft mit den Kaffeefahrten ganz zu schweigen.« Für einen Moment schien Maiers Abscheu gegenüber Sutters Geschäftspraxis seine Scheu vor öffentlichen Reden zu überwiegen und er redete sich geradezu in Rage. »Also, wenn man mich fragt, das ist eine Abzocke an alten Leuten, die sich nicht mehr richtig wehren können. Das gehört meines Erachtens verboten!«

»Sochlich, Maier, bleibms bittschön korrekt, eahna Moanung kennans dahoam rauslossn, oba net im Dienst!«, wies Lodenbacher seinen Mitarbeiter zurecht. »Nochm Gsetz iss' und olles ondre geht Eahna nix oo.«

Lodenbacher hatte augenscheinlich keinen guten Tag.

»Jawohl, Herr Kriminaldirektor«, gab Maier daraufhin unterwürfig zurück und Kluftinger meinte sogar, den Ansatz eines Dieners in seinem Kopfnicken zu erkennen. Dienstbeflissen und sehr eifrig fuhr Maier fort, nun peinlich darauf bedacht, jede persönliche Wertung zu vermeiden. Dennoch konnte er vor seinen Kollegen den Schock nicht verbergen, den der Rüffel des Vorgesetzten bei ihm ausgelöst hatte. Kluftinger bedauerte sich bereits jetzt dafür, dass er ihm nun den ganzen Tag mit Fragen wie »Meinst du, dass er mir das noch lange übel nimmt?« oder »War das denn arg schlimm?« in den Ohren liegen würde.

Wer aber Lodenbacher auch nur ein bisschen kannte, wusste, dass der sich schon zwei Minuten später gar nicht mehr daran erinnern würde. Nachtragend war er nämlich nicht. Nicht aus Menschenfreundlichkeit oder Großmut heraus, sondern weil bei ihm die Standpauken im Minutentakt erfolgten.

»Also, rein amtlich, quasi gerichtlich, sind Sutters Firmen ebenfalls bereits aktenkundig, das heißt, auffällig gewesen bislang«, fuhr Maier umständlich fort.

Kluftinger und Strobl warfen sich im selben Moment vielsagende Blicke zu.

»Inwiefern, Maier?«, fragte Kluftinger, bemüht, nun seine Ausführungen stärker zu lenken.

»Also, gegen Steinbock-Reisen und Resona wurden in der Vergangenheit mehrere zivilrechtliche Klagen angestrengt. Bisher aber wurde immer zu Gunsten Sutters entschieden.«

»Worum ging es in den Verfahren?«, wollte Kluftinger wissen.

»Das waren Leute, die mit den Produkten, die sie auf der Kaffeefahrt bestellt hatten, nicht zufrieden waren, oder solche, die kopflos und ohne groß nachzudenken irgendeinen Kaufvertrag unterschrieben haben und nun ewig abstottern sollten. Ich habe mir da zum Beispiel eine Akte angesehen, da hatte eine Frau von achtzig Jahren ein Riesenpaket von sogenannten Wellnessprodukten bestellt und auf Kredit gekauft. Nun wohnte die aber im Altersheim und fast ihre ganze Rente ging für das Heim, die Pflege und so weiter drauf. Sie hätte den ganzen Rest an Sutter zahlen müssen, um die Raten zu tilgen. Die Heimleitung hatte sich für sie eingesetzt und auf Auflösung des Vertrags geklagt. So weit, so gut, die Dame musste dennoch zahlen, die Rechtslage war da ganz eindeutig. Und das war kein Pappenstiel, da ging es um über zehntausend Mark.«

»Zehntausend Mark für diesen Wellnesskrampf?«

»Ja. Sie hatte eine Sprudelanlage für die Badewanne gekauft, obwohl sie nur eine Dusche hatte, mehrere Heizdecken und sage und schreibe fünf Zimmerbrunnen, für jede Feng-Shui-Zone einen.«

»Wie viele solcher Verfahren gab es denn im Laufe der Zeit?«

»Insgesamt fast zehn. Auch wenn die Dinge rechtlich nicht so klar waren – Sutter hatte verdammt gute Anwälte und die Prozessgegner meistens aus Kostengründen nur einen zweitklassigen Winkeladvokaten. Einmal musste ein beinahe Neunzigjähriger die Kosten für eine Reise zahlen, die er nie hätte antreten können – er hatte gedacht, mit der Postkarte würde er an einem Preisausschreiben teilnehmen, dabei hatte er sich damit für eine dreitägige Busreise nach Graubünden angemeldet. Auch diese wäre vollgestopft gewesen mit Verkaufsveranstaltungen und war obendrein viel zu teuer – zum Prozess ist es aber gar nicht mehr gekommen, weil der Mann kurz darauf gestorben ist. Und so oder so ähnlich lag es in allen Fällen, Sutter gab um keinen Preis auch nur einen Millimeter nach und pochte auf sein Recht. Es war absurd, dass die Richter ihm zähneknirschend immer Recht geben mussten.«

»Wie war denn eigentlich Sutters Werdegang? Allzu lange hatte er diese Firma ja noch gar nicht, oder?«, hakte Kluftinger nach, der überrascht war, dass Maier seine anfängliche Nervosität überwunden hatte und nun fast schon professionell wirkte. Lodenbacher hörte ebenfalls sehr aufmerksam zu.

»Nein«, erwiderte Maier, »er hatte die Kaffeefahrten-Firma seit sieben, die für die Magnetfeldprodukte seit etwa vier Jahren.«

»Und was hat Gernot Sutter vorher getrieben?«, bohrte Kluftinger nach.

»Moment.« Maier raschelte wieder in seinem Berg von Zetteln und Notizen. Ohne sein Diktiergerät schien er direkt aufgeschmissen. Kluftinger befürchtete bereits, dass Maier nun wieder den Faden verlieren würde, da fuhr dieser fort: »Auch das habe ich recherchiert. Also, er hat zunächst Versicherungskaufmann gelernt und war dann bei einer italienischen Versicherung in München angestellt. Dort hat er wohl einigermaßen flott Karriere gemacht, zumindest war er schon nach einigen Jahren Leiter einer Abteilung. Er muss ziemlich ehrgeizig gewesen sein. Sein Pech war nur, dass Mitte der achtziger Jahre die Firma ihre Niederlassung in

Deutschland dichtgemacht hat und Sutter betriebsbedingt gekündigt wurde.«

Lodenbacher schaltete sich in Sutters Erklärungen ein: »Oba er hot nocha doch glei wieda a Stoih gfundn – do wo er Obteilungsleita war.«

Kluftinger schoss durch den Kopf, dass das nicht zwingend der Fall gewesen sein musste, denn Führungspositionen sprachen seiner Meinung nach nicht zwangsläufig für Kompetenz. Ein kurzes Grinsen huschte über das Gesicht des Kommissars, als er Lodenbacher ansah, dann hörte er Maier sagen: »Eben nicht, Herr Kriminaldirektor, eben nicht. Scheinbar hatte er Probleme, irgendwo unterzukommen. Er war zunächst als freier Versicherungsvertreter unterwegs, aber nur ein knappes Jahr, die Sache lief wohl mehr schlecht als recht. Dann war er Anlageberater, da gab es auch Meinungsverschiedenheiten mit seinem damaligen Kompagnon und er stieg aus der Firma aus. Trotzdem hatte er zunächst finanziell nicht allzu große Probleme, komischerweise eigentlich.«

An dieser Stelle hakte Kluftinger ein. »Wie kam er denn zu diesem Geld?«

»Na ja, er nahm immer wieder Vertreterjobs an. Irgendwann verkaufte er Traktoren für einen italienischen Hersteller, dann vertrieb er Zimmerbrunnen. Er hatte damit sogar einen Stand auf der Festwoche. Ich weiß noch, das war im Zelt bei der Sparkasse, gleich am … «

»Maier … «, unterbrach Kluftinger den Kollegen in einem Ton, der ihn dazu ermahnte, zur Sache zurückzukehren.

»Schon gut, ja. Und in der Zeit baute er offenbar Kontakte zu dieser ›Kaffeefahrten-Mafia‹ auf.«

Maier schien mächtig stolz auf diesen Begriff, und Kluftinger nahm bedauernd zur Kenntnis, dass sein Kollege Lodenbachers Rüffel überraschend gut verdaut hatte und allmählich wieder in Fahrt kam.

»Sutter hat dann jedenfalls vor sieben Jahren die Firma ›Steinbock-Reisen‹ gegründet und diese Ausflugsfahrten veranstaltet. Die gingen manchmal über mehrere Tage, meistens waren es aber Tagesausflüge in alle Himmelsrichtungen. Zuerst lud Sutter dazu externe Präsentatoren ein, die irgendwelche nutzlosen Dinge anboten, dann versuchte er seine eigenen Gesundheitsartikel an den Mann zu bringen. Finanziell stand Sutter dann da wie eine Eins.«

Kluftinger fragte in die Runde, ob die anderen noch Fragen hätten. Die Einzige, die sich zu Wort meldete, war Sandy Henske, die stets ein kurzes Protokoll des »Jour fixe« verfassen musste.

»Also, vielleicht bin ich die einzige hier, die das nicht weiß, aber warum heißen solche Fahrten denn eigentlich ›Kaffeefahrten‹?«, fragte die Dresdnerin in ihrer offenen, etwas naiven Art, die Kluftinger wegen einer unbestreitbaren Originalität mehr und mehr zu schätzen wusste.

Die Kollegen grinsten sich an und Lodenbacher lachte in sich hinein. Kluftinger holte Luft und wollte gerade zur Antwort ansetzen, da hielt er mit geöffnetem Mund inne: Er hatte keine Ahnung. Den Begriff Kaffeefahrt hatte er noch nie hinterfragt. Da aber Lodenbacher die in Kluftingers Augen nun mehr als berechtigte Frage der Schreibkraft offenbar sehr amüsant fand, beschloss er, ihm die Antwort zu überlassen.

»Wenn Sie unserer lieben Frau Henske das erklären wollen?«, sagte er deshalb.

Sofort verschwand das Lächeln aus Lodenbachers Gesicht und er wurde blass.

»I … oiso, I moan … «, druckste er herum, winkte dann aber ab und schnaubte: »Dös is doch jetzt wurscht. Schaugn ma, dass ma featig wearn. Dös is füas Protokoi überhaupts ned wichtig.«

Kluftinger nickte und freute sich ein bisschen, dass nun nicht Sandy, sondern der Chef als Depp dastand. Auch wenn er dafür sicher bald würde büßen müssen. Und tatsächlich ließ die Retourkutsche nicht lange auf sich warten.

Als Kluftinger nämlich zur Präsentation der Rechercheergebnisse zu Sutters privatem Umfeld überleitete, wurde er von Lodenbacher unterbrochen. Zu den Ermittlungen in Bezug auf Sutters Firmen habe er noch etwas anzumerken. Kluftinger wusste sofort, worum es ging: Sutters Mitarbeiterin hatte angerufen und den Leiter der Polizeidirektion Kempten verlangt, um zu fragen, ob es mit der Herausgabe der Akten an die Polizei seine Richtigkeit habe. Lodenbacher fuhr fort, er habe die beiden ermittelnden Beamten zwar schweren Herzens gedeckt. Er werde aber in

Zukunft keinesfalls mehr Kopf und Kragen riskieren, um schlampige Mitarbeiter in Schutz zu nehmen. Er wisse wohl, von wem dieser Schlendrian ausgehe. Und auch wenn er Kluftinger dabei nicht ansah, wussten doch alle im Raum, um wen es ging.

Manche meinten wohl, sie seien Schimanski und könnten ohne Vorschriften ermitteln, ließ Lodenbacher weiter Dampf ab, aber Kempten sei eben nicht Berlin. Kluftinger freute sich derweil über die Tatsache, dass Schimanski, der Duisburger Tatort-Kommissar, zwar noch nie im Allgäu, aber eben auch noch nie in Berlin ermittelt hatte, und ertrug auch diese Standpauke, ohne sie sich im Geringsten zu Herzen zu nehmen.

Als Lodenbacher fertig war und sich schnaubend wieder setzte, sagte Kluftinger lediglich »Hm-hm«, nickte und bat Strobl, seinen Bericht über Sutters Privatleben abzugeben. Ein Verhältnis mit dem französischen Au-pair-Mädchen sei seiner Meinung nach ausgeschlossen, begann der. Sutter habe offenbar eine glückliche Ehe geführt. Überhaupt sei Sutter im Privaten ein überaus korrekter und integrer Mann gewesen.

»Er war sehr angesehen in Durach, die Leute, die wir befragt haben, sprachen immer von einer netten Familie. Sutter war im Förderverein der freiwilligen Feuerwehr, im Elternbeirat, hatte schon für den Gemeinderat kandidiert, war aber knapp gescheitert. Er muss auch ein guter Vater gewesen sein. Die Sutters waren wirklich eine Art ›Rama-Familie‹.«

In diesem Moment wurde Sandy Henske wieder unruhig und schaute Hilfe suchend zu Kluftinger, der sofort verstand.

»Bilderbuchfamilie«, flüsterte er ihr zu. Den Ausdruck kannte auch sie.

Strobl lobte weiter den Familiensinn des Ermordeten, als das Telefon im Konferenzraum klingelte. Sandy hob ab und winkte nach einigen Sekunden den Kommissar aufgeregt ans Telefon.

***

Einige Minuten später saß Kluftinger mit der Frau des Mordopfers in seinem Büro und schenkte ihr ein Glas Mineralwasser ein. Die wichtigsten Punkte waren in der Konferenz bereits besprochen worden und so war er richtiggehend froh, dass man ihm am Telefon mitgeteilt hatte, Frau Sutter sei in die Polizeidirektion gekommen und wolle unbedingt mit ihm sprechen. Auf diese Weise sparte er sich auch weitere Bußpredigten auf Niederbairisch.

Sophie Sutter trug einen schwarzen Hosenanzug und wirkte auf den ersten Blick gefasst, auch wenn ihr die Betroffenheit deutlich anzumerken war.

»Frau Sutter, wie geht es Ihnen?«, fing Kluftinger, sich erneut ganz auf eine psychologische Fortbildung besinnend, sanft und verständnisvoll an, um »das Eis zu brechen«.

»Es könnte besser sein, Herr Kommissar, das können Sie sich sicher vorstellen. Aber ich habe zwei Kinder, irgendwie muss das Leben für uns trotzdem weitergehen. Haben Sie schon Fortschritte gemacht in den Ermittlungen?«

»Ja gut, Frau Sutter, also, wir sind dabei.«

An Kluftingers eher inhaltsarmem Satz schien sie sofort zu merken, dass es nicht wirklich vorwärts ging.

»Herr Hauptkommissar«, fuhr sie fort und Kluftinger wunderte sich darüber, dass Sophie Sutter die korrekte Amtsbezeichnung kannte, die weder er noch seine Kollegen verwendeten. »Sie müssen mir versprechen, dass Sie den Täter finden.«

»Ja, Frau Sutter, das verspreche ich Ihnen. Verlassen Sie sich auf uns. Wir haben bisher fast alle Fälle aufgeklärt.«

Dass es in Kempten dennoch Tötungsdelikte gab, die seit zwanzig oder mehr Jahren ungeklärt waren, deren Akten immer wieder herausgezogen und mit aktuellen kriminaltechnischen Methoden überprüft wurden, musste er ihr ja nicht auf die Nase binden.

»Gut, wenn Sie das sagen, wo Sie doch der Leiter des Kommissariates sind, dann will ich Ihnen glauben.«

Wieder stutzte Kluftinger. Frau Sutter wusste sogar um die innere Organisationsstruktur der Kripo Kempten. Eigentlich war es nicht schwierig, schließlich stand sein Dienstgrad an der Tür zu seinem Büro. Für eine Frau in ihrer Situation aber beobachtete sie ihre Umwelt überaus genau und mit einem Blick für Details. Vielleicht wäre sie eine gute Kriminalerin geworden …

»Gernots Mörder muss büßen dafür, dass er uns das Liebste

genommen hat. Solange dieses Monster frei herumläuft, können wir alle nicht in Frieden leben.« Sie zog einen Zettel aus ihrer Handtasche und faltete ihn auf, während sie ein bedeutungsschweres Gesicht machte.

»Schauen Sie, Herr Hauptkommissar, Sie hatten mich gefragt, ob Gernot Feinde gehabt hat, und ich habe mir darüber so meine Gedanken gemacht.« Sie legte ihm eine handgeschriebene Liste hin und fuhr fort: »Das sind vierzehn Personen, die möglicherweise für den Mord in Frage kämen.«

Noch bevor Kluftinger in irgendeiner Weise seinem großen Erstaunen Ausdruck verleihen konnte, redete sie weiter: »Ich habe bei jeder Person hingeschrieben, welches Motiv er oder sie haben könnte. Schauen Sie, der erste zum Beispiel, der ist Parteivorsitzender der gegnerischen Partei meines Mannes und der wollte auch verhindern, dass mein Mann für den Gemeinderat kandidiert. Dann wäre da unser Nachbar, dem wir die Unterschrift für einen Anbau, der direkt auf unserer Grundstücksgrenze gestanden hätte, verweigert haben. Dann haben wir da noch … «

»Frau Sutter«, versuchte Kluftinger den Redefluss der Frau zu bremsen, »das sind sicher Gründe, weshalb man auf jemanden eine rechte Wut hat oder jemandem böse ist, aber für einen Mord?«

»Man weiß doch nie, was in Menschen vorgeht«, warf Sophie Sutter ein und redete weiter von Vereinskollegen, die immer wieder beim Tennis unterlegen waren, vom bald achtzigjährigen Großonkel des Opfers, mit dem es Streitigkeiten über ein Grundstück gegeben hatte, das in gemeinsamem Familienbesitz war.

Offenbar war mit Frau Sutter etwas die Miss Marple durchgegangen. Er revidierte sein Urteil über ihren Spürsinn. Aber er kannte dieses Phänomen: Hinterbliebene von Mordopfern sahen bis zur Klärung des Falls oft in allen und jedem einen potenziellen Mörder. Nicht selten endete das in einer ausgewachsenen Paranoia.

Kluftinger versuchte deswegen, Verständnis zu zeigen: »Frau Sutter, wir werden diesen Hinweisen natürlich nachgehen, aber … « Mitten in dieses schwierige »aber«, das deutlich, aber nicht verletzend, das professionell, aber nicht überheblich klingen sollte, mitten in diese psychologisch schwierige Konjunktion platzte Maier, der kurz anklopfte und dann sofort gleichsam mit der Tür ins Zimmer fiel. Kluftinger warf ihm einen kurzen, bösen Blick zu und gab ihm zu verstehen, dass, was immer er wollte, es nicht so wichtig sein konnte, dass es eine Störung in diesem Moment rechtfertigte.

»Aber … es wird wahrscheinlich … «, fuhr Kluftinger fort und ließ Maier einfach links liegen.

Maier blieb aber im Zimmer und machte wilde Gesten in Kluftingers Richtung und hampelte dabei ungeduldig von einem Bein auf das andere. Offenbar wollte er seinen Vorgesetzten allein sprechen.

»Nun ja, wahrscheinlich werden wir bei diesen Verdächtigen nicht allzu viel Erfolg haben, denn das sind nicht gerade die klassischen Mordmotive. Aber herzlichen Dank für Ihre Mühe, Frau Sutter. Sie haben uns bestimmt weitergeholfen.«

Maier hatte nun begonnen, mit den Fingern zu schnippen und seltsam zu zischen: »Psst« und »Gssst« und ein undefinierbares Pfeifen presste er zwischen den Lippen hervor, so dass sich nun auch Sophie Sutter zu ihm umdrehte. Kluftinger jedoch beachtete ihn nicht, und da Maier sich nicht traute, seinen Chef zu unterbrechen und sich dadurch womöglich einen weiteren Rüffel eines Vorgesetzten einzufangen, zog er schließlich nach einer weiteren Minute Zischen und Schnalzen mit hängenden Schultern ab.

Kluftinger seufzte und zuckte seiner Zeugin gegenüber entschuldigend mit den Achseln. Er wollte sie gerade über das Verhältnis des Opfers zu seinen Schwiegereltern befragen, als das Telefon klingelte. Auf dem Display stand die Nummer von Maiers Apparat.

Der Kommissar hob erbost ab und bevor sein Gesprächspartner irgend etwas sagen konnte, zischte Kluftinger in den Hörer: »Kreuzkruzifix, Maier, jetzt nicht. Hab ich mich klar genug ausgedrückt?«

Mit lautem Krachen landete der Telefonhörer wieder auf der Gabel.

»Entschuldigung, Frau Sutter, mein Personal hat manchmal … «, sagte Kluftinger und fand selbst, dass er dabei wie ein Firmenchef im Kaiserreich klang.

»Sie sagen also, Ihr Mann hat sich gut mit Ihren Eltern und Ihrer Familie verstanden?«, nahm er das Gespräch wieder auf.

»Ja, und alle akzeptierten und mochten ihn ohne Vorbehalte.«

»Haben Ihre Eltern Ihnen beim Hausbau … «

Ein erneutes Läuten des Telefons unterbrach den Kommissar mitten im Satz. Auf dem Display stand »ISDN Wechsel«, was bedeutete, dass diesmal nicht vom Präsidium, sondern von außerhalb angerufen wurde.

» … geholfen, das heißt, finanziell unter die Arme gegriffen?«

»Gehen Sie doch ran, Herr Hauptkommissar, vielleicht ist es wichtig.«

Mit einer gemurmelten Entschuldigung nahm Kluftinger ab.

»Ja, Kluftinger? Maier, ja Kruzitürken, was … «

Auf diese Worte trat eine längere Stille ein und Frau Sutter konnte beobachten, wie Kluftingers Gesichtsausdruck immer verkniffener wurde.

»Jetzt grad? … Wieder? … Mein Gott! … Und wo? … Bei Weitnau? … Ja, ich komm mit.«

Während des letzten Teils des Gesprächs wurden die Pausen, in denen Kluftinger nichts mehr von sich gab, immer länger. Sophie Sutter sah, dass ihn das Telefonat schockiert hatte. Mit einem Schlag war alle Wut, alle Aggression aus seiner Stimme verschwunden und jegliche Farbe aus seinem Gesicht gewichen. Seine eben noch rosigen Wangen waren nun fahl, seine Nasenflügel weiteten sich, seine Kiefermuskulatur begann zu arbeiten und er atmete schwer. Langsam legte er den Hörer auf, sah Frau Sutter abwesend an und gab ihr zu verstehen, dass er dringend weg müsse und dass er sie auf dem Laufenden halte. Sie fragte noch, ob das Telefonat etwas mit ihrem Fall zu tun hätte, bekam aber keine Auskunft mehr. Mit einem hektischen »Auf Wiedersehen« blieb sie allein im Zimmer zurück. Etwas Schreckliches musste passiert sein.

***

Die Fahrt nach Waltrams bei Weitnau dauerte nur etwa fünfundzwanzig Minuten. Fünfundzwanzig Minuten, in denen keiner der drei Kemptener Kommissare auch nur ein Wort sagte. Vielleicht kam ihnen die Zeit bis zu ihrer Ankunft deswegen so lange vor. Kluftinger hatte sogar das Magnetblaulicht auf dem Dach seines Wagens befestigt, was er eigentlich sehr ungern machte, da er sich normalerweise lieber unauffällig durch die Straßen bewegte. Erst als sie von der Hauptstraße abbogen und auf einer kurvigen Straße auf ein Wäldchen hinter der kleinen Ortschaft zufuhren, durchbrach Maier mit einem »Das sind sie« das Schweigen im Auto. Sein ausgestreckter Zeigefinger wies auf die beiden Beamten, die dort standen, wo ein schmaler Feldweg im Wald verschwand. Ein Mann in Zivil stand bei ihnen.

Sonst war noch niemand zu sehen, sie waren offenbar schneller als die anderen alarmierten Kollegen gewesen. Als sie aus dem Wagen gestiegen waren und die kleine Gruppe am Fuß des bewaldeten Hügels erreicht hatten, begann einer der Beamten, den Kluftinger nicht kannte, grußlos und hastig zu sprechen: »Das ist Herr Preising. Er hat sie gefunden und uns angerufen. Offenbar beim Pilzesuchen. Als wir gekommen sind, haben wir gleich gesehen, was los war. Deswegen haben wir Sie auch sofort verständigt.«

Der Polizist schaute Kluftinger gespannt an, ganz, als erwarte er eine Anerkennung für sein Handeln oder zumindest eine Bestätigung, alles richtig gemacht zu haben.

»Was angefasst?«, brummte Kluftinger.

»Was … ich, ich hab Sie nicht verstanden«, antwortete der Polizist unsicher. Diese Unsicherheit verstärkte sich noch, als Maier ihm ein Tonbandgerät direkt unter die Nase hielt. Zwar waren die Beamten seit einiger Zeit gehalten, wichtige Einzelheiten auf Tonband zu konservieren; dass man aber Äußerungen von Kollegen aufzeichnete, war nicht nur unüblich, sondern galt geradezu als unhöflich. Maier lieferte damit den Lästereien vor allem der uniformierten Polizisten, bei denen er nicht viele Freunde hatte, neue Nahrung. Aber seit er sich auch noch selbst ein teures Digital-Gerät angeschafft hatte, machte seine Aufzeichnungswut vor niemandem mehr halt.

»Ob Sie was an-ge-fasst haben!«

»Nein, na ja, also nicht mehr als nötig. Dann haben wir uns sofort entfernt und alles so liegen gelassen, wie es war. Seitdem ist auch niemand mehr vorbeigekommen.«

Kluftinger wollte sich schon wegdrehen, da deutete ihm Strobl an, dass er doch noch etwas Versöhnliches zu den Männern sagen solle.

»Gut gemacht«, setzte er deswegen kaum hörbar hinzu.

Dann wandte er sich an den Mann, der ihm eben mit dem Namen Preising vorgestellt worden war.

»Was wollten Sie denn hier draußen?«, fragte er ihn, ohne sich vorzustellen. Im Augenwinkel nahm er wahr, dass sich Maiers Hand mit dem Diktiergerät über seine rechte Schulter schob.

»Ich bin Pilzsucher, müssen Sie wissen«, antwortete der Mann, ein unauffälliger Typ mit roter Regenjacke. Kluftinger wunderte sich, dass er so gefasst klang. Bevor er nachhaken konnte, fuhr er fort: »Ich bin da runtergestiegen, weil ich da eine gute Steinpilz-Stelle kenne. Und späte Heidelbeeren gibt's hier auch.«

Kluftinger blickte sich um und sah tatsächlich überall ganze Teppiche der kleinen schwarzen Früchte. Noch bevor er darauf hinweisen konnte, dass das im Moment aber nichts zur Sache tue, zog Preising aus einer Tüte ein Gebilde aus Holz und Nägeln, das Kluftinger als so genannten Heidelbeerkamm identifizierte.

»Ich gebe offen zu, ich habe nicht gepflückt, sondern gekämmt. Ich weiß, dass man das wegen dem Naturschutz nicht darf, aber beim Pflücken geht ja nichts vorwärts. Und die paar Blätter, die man mit abreißt, die kommen schon wieder nach. Das hat aber hoffentlich keine Konsequenzen für mich … «

Kluftinger blickte zu Strobl. Der schüttelte irritiert den Kopf und zuckte mit den Achseln.

»Jedenfalls lag sie da. Und da hab ich Sie angerufen.«

»Sie haben gleich uns angerufen? Nicht erst einen Krankenwagen?«

»Also, nichts für ungut, aber vielleicht sollten Sie sich das Ganze erst mal anschauen. Dann können Sie mitreden.«

Kluftinger gefiel der Ton des Pilzsuchers überhaupt nicht. Außerdem hatte er selten einen Menschen getroffen, der so ungerührt auf einen derartigen Fund reagiert hatte, wie Preising. Außer seinen Heidelbeeren und den Pilzen schien ihn herzlich wenig zu interessieren.

»Maier … «, sagte der Kommissar nur und wies mit dem Kopf

in Preisings Richtung. Maier deutete die Geste als Aufforderung, den Mann einer eingehenden Befragung zu unterziehen. Kluftinger wollte sich, wie von dem Pilzsucher vorgeschlagen, nun selbst ein Bild von der Lage machen.

Zusammen mit Strobl und dem uniformierten Beamten stapfte er den Weg entlang. Er hörte das Plätschern des Baches, der hier von Bäumen geschützt talwärts lief. Plötzlich blieb der Polizist stehen: »Da unten.«

Er hatte sein Gesicht Kluftinger zugewandt und zeigte über seine Schulter. Augenscheinlich war er nicht erpicht darauf, noch einmal das zu sehen, was Kluftinger nun erblickte: Sie standen an der Stelle, die vom Bach aus gesehen am höchsten lag. Ein etwa fünfzehn Meter hoher Abhang fiel ab zum eng geschlängelten Bachbett; auf der anderen Seite führte ein nur unwesentlich niedrigerer Hang wieder hinauf. Das alles nahm Kluftinger aber nur im Unterbewusstsein wahr. Denn sein Blick war fixiert auf den leblosen Körper, der dort unten lag. Vom Telefon wusste er schon, dass es sich dabei um eine Frau handelte. Erkennen konnte er das nämlich nicht. Sie lag auf dem Bauch und nur die untere Hälfte ihres Körpers war zu sehen. Gesicht und Oberkörper waren in den Bach getaucht.

Kluftinger brauchte ein paar Atemzüge, ehe er wieder klar denken konnte. Er hatte während der Fahrt versucht, sich auf die Situation vorzubereiten, aber nun musste er erkennen, dass er kläglich gescheitert war. Erstaunlicherweise wurde ihm nicht übel. Vielmehr fingen seine Knie an zu zittern und kalter Schweiß trat auf seine Stirn. Er strich sich fahrig mit einer Hand durchs Haar und schaute Strobl an. Der schien ebenfalls wie erstarrt. Kluftinger zwang sich, sein Standardprogramm für solche Situationen abzuspulen, um so die Fassung wieder zu finden. Er schloss die Augen, massierte seine Nasenwurzel und zählte innerlich langsam bis zehn. Dann trat er an den Rand des Abhangs und machte sich daran, hinunterzusteigen. Eine Hand auf seiner Schulter hielt ihn jedoch zurück.

»Lass. Die Spurensicherung … « sagte Strobl.

»Natürlich … « Kluftinger schüttelte über sich selbst den Kopf. Dass er beinahe einen solchen Anfängerfehler begangen hätte, führte ihm deutlich vor Augen, dass er am Rande seiner psychischen Belastbarkeit angelangt war. Er gab dem Uniformierten das Zeichen, mit der »Flatterleine«, dem rot-weiß gestreiften Plastikband mit der Aufschrift »Polizeiabsperrung«, das ganze Gebiet weiträumig abzusperren. Mit gesenktem Kopf trottete er dann in Richtung Wagen.

Er hatte das kleine Wäldchen, das nicht mehr als das von Bäumen gesäumte Ufer eines Baches war, noch nicht verlassen, da sah er schon die Kollegen aus Kempten vorfahren. Drei Streifenwagen, ein weinroter Audi und etwas weiter hinten ein Leichenwagen.

Aus dem Audi hüpfte ungelenk eine kleine Gestalt mit grünkarierten Hosen und einer dicken Hornbrille.

»Willi … «, sagte Kluftinger erleichtert und bekam als Gegengruß ein Kopfnicken. Renn kannte den Kommissar gut, er wusste, dass sein Magen bei Leichenfunden nicht immer mitspielte, aber er erkannte auch, dass er heute besonders mitgenommen aussah.

»Nicht gut?«, fragte er deshalb.

»Gar nicht gut«, antwortete Kluftinger.

***

Etwa eine Stunde später winkte Renn in seinem weißen Ganzkörperanzug mit Kapuze Kluftinger zu, dass er nun herunterkommen könne. Kluftinger hatte die ganze Zeit am oberen Ende des Abhangs gestanden und ihm und seinen Männern zugesehen. Hatte fasziniert beobachtet, wie sie wie Astronauten durch den Wald stapften, den Kreis um die Leiche immer enger zogen, wie sie alles, was ihnen irgendwie auffiel, feinsäuberlich in Tüten verpackten und beschrifteten. Er war hellhörig geworden, als Renn einmal ausrief »Ich hab was!« und hatte dann atemlos verfolgt, wie sie mit einem kleinen Mehlsieb vorsichtig eine staubige Substanz in einen Fußabdruck füllten, ihn mit Wasser begossen und schließlich ein Modell einer Sohle verpackten. »Alles, von dem wir nicht ausschließen können, dass es eine Spur ist, ist eine Spur«, sagte Renn immer, und Kluftinger war beruhigt, dass er heute hier war. Er wusste: Wenn es etwas zu finden gab, Willi würde es finden.

»Klufti, du kannst jetzt kommen«, schallte es plötzlich durch das Wäldchen. Georg Böhm, der inzwischen auch aus Memmingen eingetroffen war, gab das Startzeichen für den Kommissar, sich den Tatort genauer anzusehen.

»Auf geht's«, hörte er nun auch Strobl hinter sich sagen. Zusammen mit Maier machte er sich bereits auf den Weg nach unten. Sie hangelten sich von Baum zu Baum, denn der Boden war durch die Feuchtigkeit und das Laub, das überall herumlag, glitschig und der Abhang war steil. Kluftingers Technik in solchen Fällen war, sich praktisch mit einem Fuß auf einen Stamm fallen zu lasen, um dann den nächstgelegenen Baum weiter unten auszumachen, der ihn wieder ein paar Schritte weiter bringen würde. Strobl und Maier waren bereits unten angekommen, als Kluftingers Technik versagte: Er verpasste seinen anvisierten Baum, geriet ins Straucheln und legte die letzten vier Meter auf dem Hosenboden zurück.

»Kreuzkruzifix«, fluchte er in die Stille und alle Köpfe ruckten herum. Er bekam einen roten Kopf, weil er mit seinem Fluchen genau das erreicht hatte, was er eigentlich vermeiden wollte: dass jeder sah, wie blöd er sich angestellt hatte. Dennoch lachte keiner. Maiers ausgestreckte Hand schlug der Kommissar mit einem ärgerlichen »Geht schon« aus, wobei sich sein Ärger hauptsächlich gegen sich selbst richtete.

»Na, mit der Pause warten wir lieber noch ein bisschen, oder?«, sagte Willi Renn und blinzelte den Kommissar kampfeslustig an. Er sah aus wie eine Zeichentrickfigur, die Kluftinger kannte, mit seinem Astronautenanzug und der dicken Brille.

Kluftinger ging gar nicht auf die kleine Stichelei ein. Er trat zu der Gruppe Weißkittel und sagte, weil ihm nichts Besseres einfiel: »Wie schaut's aus?«

»Schlecht. Wir haben wohl einen Serientäter.«

Jetzt fiel es dem Kommissar ein: Renn sah aus wie die Stubenfliege Puck aus »Biene Maja«.

»Ja, das hab ich ja schon am Telefon gehört. Aber wie kommt ihr darauf?«

Böhm ging einen Schritt zur Seite. Jetzt hatte Kluftinger einen guten Blick auf die Leiche. Er schluckte. Sie lag bereits ohne Kleidung da, eine Tatsache, an die sich der Kommissar nie gewöhnen würde. Um vor Ort wichtige Spuren zu sichern, wurden Leichen immer gleich am Tatort untersucht und dabei auch ausgezogen. Es schüttelte den Kommissar. Der Zustand der Toten ließ – gelinde gesagt – darauf schließen, dass sie nicht erst seit gestern hier lag. Sie wies neben deutlichen Verfallserscheinungen auch Fressspuren auf. Kluftinger schwankte leicht, fing sich aber wieder und spürte kalten Schweiß seinen Nacken hinunterlaufen.

»Warte, bis du das siehst«, sagte Böhm und drehte ihren Kopf um. In ihrer Stirn klafften zwei große Wunden. Weil er den Kopf halb weggedreht hatte und sie nur aus dem Augenwinkel ansah, brauchte Kluftinger ein paar Sekunden, um zu erkennen, dass es keine normalen Wunden waren. Auf ihrer Stirn war die Zahl 11 eingeritzt.

»Übrigens die gleiche Schnittwunde am Hals.«

Der schreckliche Anblick ließ Kluftinger nun doch einen nie gekannten Brechreiz verspüren. Er hatte versucht, nicht so genau hinzusehen, aber jetzt, als Böhm den Kopf schon längst wieder umgedreht hatte und er gar nicht mehr hinschaute, war es, als habe sich der Anblick wie ein Foto vor seine Augen geschoben. Er wurde ihn nicht mehr los: Das Gesicht der Frau war kalkweiß, die Lippen blau. Strähnige Haare klebten an ihrem Kopf, der seltsam aufgedunsen war. Der Kommissar schloss die Augen, doch das Bild blieb. Er streckte einen Arm aus und stützte sich am Baum neben ihm. Dann hatte er die Übelkeitsattacke niedergekämpft. Doch ein leichter Schwindel blieb. Und er wusste auch, weswegen. Schuld war die Erkenntnis, dass er es tatsächlich mit dem gleichen Mörder zu tun haben musste. Ein Serientäter – schlimmer hätte es nicht kommen können.

Dieser Gedanke ließ sein Hirn langsam wieder anfangen zu arbeiten.

»Wie lange liegt sie schon hier?«, wollte er von Böhm wissen, der gerade dem örtlichen Bestatter bedeutete, herunterzukommen und die Leiche mitzunehmen. Doch der schien wie festgewachsen und blickte entsetzt vom Abhang herunter auf die Leiche. Es beruhigte den Kommissar etwas, dass selbst so ein »Profi« mit solchen Anblicken noch seine Probleme haben konnte.

»Das ist verdammt schwer zu sagen. Die Umstände, das Wasser … Ist ja sozusagen nur eine halbe Wasserleiche, der Unterkörper hat schließlich an der Luft gelegen. Und unten waren schon diverse Tierchen dran, nicht nur die Insekten. Also ich würde sagen, auch nach den Hämatomen von den Fesselspuren an den Handgelenken zu urteilen … eine Woche vielleicht. Möglicherweise auch etwas kürzer. Aber nach der Obduktion werde ich genauere Hinweise haben.«

Kluftinger durchfuhr es wie ein Blitz.

»Was hast du gerade gesagt?«, fragte er schnell.

»Na, dass sie vielleicht eine Woche … «

Kluftinger ließ ihn nicht ausreden: »Nein, danach. Danach!«

Der Kommissar war aufgeregt, weil irgendetwas, was Böhm gesagt hatte, eine Saite in ihm zum Klingen gebracht hatte. Ein Gedanke hatte für den Bruchteil einer Sekunde sein Bewusstsein gestreift und war wieder verschwunden. Ein wichtiger Gedanke.

Böhm wusste nicht, worauf der Kripobeamte hinaus wollte. Deswegen wiederholte er einfach seinen letzten Satz: »Ich habe gesagt, dass ich nach der Obduktion Hinweise darauf … «

Wieder unterbrach ihn Kluftinger.

»Der Hinweis … «, flüsterte er. »Natürlich. Der Hinweis!«

Die Umstehenden blickten sich fragend an.

»Beim letzten Mal hat der Mörder uns einen Hinweis hinterlassen. Ich meine, zusätzlich zur Krähe. Auch wenn wir ihn noch nicht verstanden haben – wenn es der Gleiche ist, dann hat er vielleicht auch jetzt etwas dagelassen.« Seine professionelle Denkweise verdrängte den Gedanken an den grausigen Fund. Kluftinger stand jetzt regelrecht unter Strom.

»Wir haben nichts gefunden«, wandte Renn ein, der nun seine Kapuze abstreifte. Auf seiner Glatze hatten sich unzählige Schweißtröpfchen gebildet.

Kluftinger sah sich um.

»Habt ihr alles abgesucht … ?«

»Natürlich. Sogar auf den Knien sind wir gerobbt.«

»Zefix, das wäre jetzt auch zu schön gewesen.«

Kluftinger fuhr sich mit der Hand übers Gesicht. Er wirkte konzentriert. Keiner sprach ihn an. Sie warteten alle auf einen seiner berüchtigten Geistesblitze. Und sie wurden nicht enttäuscht. Plötzlich riss Kluftinger die Augen weit auf und richtete den Blick nach oben. »Wenn ihr hier was hinterlassen wolltet, das gefunden werden soll, wo würdet ihr es platzieren?«, fragte er in die Runde und hielt seinen Kopf weiter im Nacken. »Natürlich«, sagte Renn und schlug sich mit der flachen Hand auf die Stirn. Dann blickte auch er nach oben.

Nach und nach taten es ihm alle gleich, auch Maier, obwohl er keine Ahnung hatte, warum alle in den Himmel starrten. Aber da das anscheinend alle außer ihm wussten, behielt er das für sich.

»Da! Da oben!«, rief Kluftinger plötzlich und zeigte auf eine Tanne. Er rannte hinüber und schob ein paar Zweige zur Seite. Nun sahen es auch die anderen. Ein paar Zentimeter über Kluftingers Kopf, an einem verödeten Ast, hing etwas.

»Eine Handtasche«, sagte Kluftinger und streckte die Hand danach aus.

»Finger weg!«, gellte ein Schrei durch den Wald und ließ nicht nur Kluftinger zusammenzucken. Normalerweise würde er so nicht mit sich reden lassen, aber er wusste, dass ihn Willi Renn, von dem der Schrei gekommen war, vor einer Dummheit bewahrt hatte. Zum zweiten Mal an diesem Tag hätte er die Arbeit des Erkennungsdienstes beinahe wesentlich erschwert.

»Die wird jetzt erst einmal eingetütet«, sagte Renn, der inzwischen neben dem Kommissar stand, und öffnete eine Plastiktüte. Dann machte er mit dem Kopf eine Bewegung nach unten, was Kluftinger als Aufforderung deutete, die Tasche hineinzulegen.

»Aber du hast doch grad gesagt, ich soll sie nicht anfassen«, protestierte er.

»Dann nimm halt einen Stock oder so was«, sagte Renn mit einem Seufzen.

Wie einen Lehrbub wollte sich Kluftinger aber doch nicht behandeln lassen. Deswegen antwortete er: »Ich soll sie dir ja nur holen, weil du mit deinen Einsfuffzig gar nicht hin kommst.« Dann nahm er einen Ast vom Boden, gabelte die Tasche auf und ließ sie in die Tüte gleiten.

»Muss ich ja auch gar nicht, wenn man seine Hiwis hat«, grinste Renn, als er das Plastik verschloss.

Kluftinger wollte es nicht auf ein weiteres Wortgefecht ankommen lassen, deswegen wechselte er das Thema: »Kann ich mal reinschauen?«

Renn blickte ihn über den Rand seiner Brille hinweg skeptisch an.

»Ungern.«

»Nur kurz. Wegen dem Hinweis.«

Renn legte die Stirn in Falten. »Also gut. Aber nix ohne Handschuhe anfassen.«

Kluftinger überhörte den Tonfall des Erkennungsdienstlers und nickte.

Als Renn die Tasche öffnete, wobei er sie in der Plastiktüte beließ, senkten sie beide den Kopf darüber. Sie erblickten allerlei handtaschentypische Dinge wie Taschentücher, Lippenstift, Schlüssel, einen Geldbeutel ... Der Geldbeutel! Gleichzeitig blickten sich die beiden Polizeibeamten an. Renn nickte noch einmal, griff mit seinem behandschuhten Arm in die Tasche und öffnete das Portemonnaie. In einem durchsichtigen Fach steckte eine Visitenkarte. Kluftinger las laut vor: »Michaela Heiligenfeld. Autorin, Frauenheilkunde.«

Der Kommissar hielt kurz inne. Der Name kam ihm bekannt vor, aber im Moment konnte er ihn nicht einordnen. Auch Willi Renn schien zu überlegen, doch auch er kam zu keinem Ergebnis.

»Heiligenfeld, Michaela«, schrie Kluftinger über seine Schulter.

»Habt ihr das?«

»Haben wir, haben wir«, antwortete Maier dienstbeflissen in seinem Rücken. Dann hörte Kluftinger, wie er den Namen nach einem metallischen Knacken noch einmal leise wiederholte. Ein kurzes Grinsen huschte über Kluftinger Gesicht: Maier konnte sich einfach keine Namen merken, er sprach sie immer auf Band.

»Bitte, ich möchte so schnell wie möglich wissen, was sonst noch in der Tasche ist«, wandte sich der Kommissar noch einmal an Renn.

»Kein Problem, die knöpf ich mir morgen gleich als Erstes vor.«

»Nix da, morgen. Heute. Jetzt gleich, wenn wir zurückkommen.«

»Auch gut, dann eben gleich. Soll mir recht sein.«

»Ruf mich doch bitte an, wenn's so weit ist, ich wär gern dabei.«

»Auch das, Kollege.«

Mit einem Kopfnicken in Willi Renns Richtung drehte er sich um und ging.

»Abmarsch, Männer«, rief er Strobl und Maier hinter sich zu, ohne sich umzudrehen.

Das Erklimmen des kleinen Anstiegs kostete Kluftinger zwar Kraft, aber die vermehrte Sauerstoffzufuhr löste auch etwas den Schleier, der sein Gehirn einzunebeln schien. Es ging ihm jetzt etwas besser. Dennoch erschrak er fürchterlich, als er beim Aufstieg mit seiner Hand in etwas Kühles, Glitschiges fasste. Als hätte ein Hund nach ihr geschnappt, zog er sie blitzartig zurück und hätte dabei fast wieder das Gleichgewicht verloren, hätte ein Baum in seinem Rücken nicht einen nochmaligen Sturz verhindert. Als er sich mit angewidert verzogenem Gesicht und auf alles gefasst die Stelle betrachtete, an der sich eben noch seine Hand befunden hatte, seufzte er erleichtert auf. Er hatte einen Steinpilz zerdrückt. Der Pilzsucher hatte Recht gehabt, hier konnte man tatsächlich noch fündig werden. Er selbst hatte fürs Pilzesuchen nie viel übrig gehabt, was vor allem daran lag, dass er nie welche fand. Er hatte sich eine Zeit lang an erfahrene Pilzsucher gehängt, aber selbst wenn er unmittelbar neben ihnen herlief, erspähten die immer zuerst etwas und sein Korb blieb meist leer. Diese Stelle entpuppte sich aber selbst für ihn als ein sicherer Tipp und er nahm sich vor, hier wieder einmal herzukommen – allerdings frühestens in einem Jahr, wenn auch die letzten Spuren der Leiche von der Natur beseitigt sein würden.

Als er schließlich am Rand des Abhangs angekommen war und nach unten blickte, tat es ihm um den schönen Pilz fast ein bisschen leid. Und er stellte mit Schrecken fest, dass der eben gefundene tote Menschenkörper keine derartigen Gefühle in ihm auslöste. Er beruhigte sich damit, dass er sich sagte, sein Mitgefühl sei in diesem Fall nur vom Grauen und der Übelkeit verschüttet worden.

Beim Einsteigen ins Auto bekam er noch mit, wie der Pilzsucher sich offenbar weigerte, den Tatort zu verlassen, und darauf beharrte, nach dem Abzug der Polizisten weiter auf Suche gehen zu dürfen. Kopfschüttelnd schlug Kluftinger die Tür des Passats zu.

***

Es war etwa halb fünf, als Kluftinger zusammen mit Willi Renn, dem Leiter des Kommissariats »Erkennungsdienst – K3«, dessen Büro in der Polizeidirektion Kempten betrat. Die Asservate des neuerlichen Mordfalles hatte Willi in einer großen Aluminiumkiste verpackt und Kluftinger brannte vor allem darauf, den Inhalt der Damenhandtasche genauer in Augenschein nehmen zu können. Unruhig wippte er deshalb mit den Füßen, als sich Willi eine Schutzhaube und Handschuhe überzog und sich an einen zum Labortisch umfunktionierten Schreibtisch setzte. Auch Kluftinger zog eine Haube auf und kam nach einem flüchtigen Blick in den Spiegel zu dem Schluss, dass er darin reichlich behämmert aussah. Aber darauf kam es nun auch nicht mehr an: Um seinen beim Sturz am Tatort dunkel verfärbten Hosenboden zu kaschieren, hatte er seinen Pullover um die Hüften gebunden, was er bei Männern in seinem Alter sonst immer als »affig« bezeichnete.

Während Willi Renn sich die Instrumente für die Untersuchung der Fundgegenstände zurecht legte, sah sich der Kommissar in dem kleinen Raum um. Er wirkte fast wie ein ganz normales Büro mit dem hölzernen Schreibtisch, der Schreibmaschine und dem Regal voller Akten. Allerdings gab es doch ein paar kleine Unterschiede. Da war zum einen die Kamera, die an die Schreibtischplatte montiert war, und die wie Röntgenaufnahmen wirkenden, abfotografierten Funde der Spurensicherung an der Wand, die die Aufmerksamkeit des Kommissars jedes Mal gefangen nahmen, wenn er Willi hier besuchte. Nein, für den sanften Schauder, der ihm auch jetzt wieder den Rücken hinunterlief, waren die Glasvitrinen im anderen Zimmer verantwortlich, dessen türloser Durchgang den Blick aller anzog, die hier hereinkamen. Neben Reagenzgläsern und allerlei technischem Gerät standen dort große Einmachgläser, in denen in einer gelblichen Flüssigkeit einzelne Finger, eine ganze Hand und noch andere, auf den ersten Blick nicht identifizierbare, aber ganz offenbar organische Objekte schwammen, von denen Kluftinger gar nicht wissen wollte, von welchen Teilen des Körpers sie stammten. Daneben stand ein Schädelskelett, in dessen rechter Seite ein großes Loch klaffte, das über die Schläfen bis zum Oberkiefer verlief.

Diese makabre Sammlung setzte sich aus Überbleibseln früherer Ermittlungen zusammen. Willi hatte dafür sogar über die Mauern der Polizei hinaus einen gewissen Ruf erlangt, da in einem Zeitungsbericht über seine Arbeit einmal eben jenes Gruselkabinett erwähnt worden war. Und Willi, eine Kapazität auf seinem Gebiet, sagte man nach, ein etwas sonderbarer eigenbrötlerischer Leichenfledderer zu sein. Ihn störte das nicht: Diejenigen, die ihn kannten, schätzten ihn sowieso, und bei den anderen verlieh ihm dieser Ruf einen spürbaren Respekt.

Kluftinger fühlte sich hier nicht besonders wohl. Selbst die Schaufensterpuppe, der des Öfteren die Kleidung von Mordopfern übergezogen wurde, um sie so besser fotografieren zu können, wirkte hier irgendwie unheimlich. Wenn er daran dachte, dass Willi hier, im Angesicht abgetrennter Gliedmaßen und Totenschädel, oft die ganze Nacht verbrachte, wurde ihm ganz anders zumute. Er hätte das nicht ausgehalten, vor allem nach Einbruch der Dunkelheit nicht.

Er fragte sich, was sich wohl die Straftäter dachten, die hier »erkennungsdienstlich behandelt« wurden. Man fotografierte sie von vorn, im Profil und im Halbprofil und nahm ihre Fingerabdrücke, was in Kempten noch immer mit Papier, Stempelkissen und Druckerschwärze geschah. Zwar war das K3 vor einigen Wochen mit einem neuen Fingerscanner ausgerüstet worden. Da Willi den aber noch nicht ausgepackt hatte, roch es im Raum immer noch nach Farbe – ein Geruch, für den der Kommissar nicht undankbar war, denn er wollte sich in Anbetracht der Einmachgläser im angrenzenden Zimmer nicht vorstellen, wonach es hier drin sonst gerochen hätte.

Dann wurde seine Aufmerksamkeit wieder auf Willi Renns Schreibtisch gelenkt.

»So, Klufti, dann öffnen wir mal unsere Schatztruhe!«, sagte er und ging nach nebenan. Kluftinger folgte ihm bewundernd. Er hatte großen Respekt vor der Fähigkeit seines Kollegen, die bisweilen äußerst unangenehmen Eindrücke seines Berufslebens wegzustecken. Gerade noch hatte er eine Leiche entkleidet, die seit einer Woche im Wald gelegen hatte, hatte sie untersucht und nun hatte er bereits wieder lockere Sprüche auf den Lippen.

Kluftingers Adrenalinspiegel stieg, als Willi den Deckel der Kiste hob. Seine Wangen fingen an zu glühen, wurden rot, wie immer, wenn er angespannt war.

Zunächst räumte der Spurensicherer einige Bögen schwarzen Kartons aus der Kiste, auf denen transparente Klebebänder hafteten.

»Jede Menge Tesafilm«, seufzte Willi, »das heißt wieder eine Weile am Mikroskop sitzen und Fasern zählen.«

Willi wühlte weiter zahllose Plastikbeutel aus der Kiste, bis er schließlich den mit der Handtasche gefunden hatte. Er ging damit zu einem kleinen Tischchen und Kluftinger folgte ihm. Er wollte jetzt nichts verpassen. Er sah Willi über die Schulter, aber schon bewegte sich der wieder zu einer Arbeitsplatte, auf die er nun den Inhalt der Tasche auszubreiten begann. Kluftinger ging ihm nach und handelte sich dabei einen bösen Blick Willis ein, der sich durch allzu viel körperliche Nähe schnell bedrängt fühlte. Kluftinger verstand sofort und wich etwas zurück.

Mit spitzen Fingern beförderte Willi einige Gegenstände ans Tageslicht: einen Lippenstift, ein Schminkmäppchen, ein Feuerzeug, mehrere Bonbons verschiedener Marken, zwei Päckchen Taschentücher.

»Klassische Weiberutensilien, würd ich sagen«, kommentierte Willi gelassen. »Nichts Spektakuläres dabei, oder? Was die Frauen immer mit ihren Taschen haben. Als ob man das nicht alles in die Hosentasche oder die Jacke stecken könnte, wie es unsereiner auch macht.«

»Hm-hm.« Kluftinger war nicht nach Smalltalk zumute.

»Vielleicht haben sie die Dinger auch nur, um uns zu demütigen.«

»Hmm?«, brummte Kluftinger, der nicht richtig zugehört hatte. Willi legte die Tasche beiseite und holte tief Luft. Kluftinger fürchtete, dass nun eine der bisweilen fast philosophischen Betrachtungen seines Kollegen über das Alltagsleben folgen würde, die Kluftinger eigentlich durchaus schätzte – unter anderen Umständen jedenfalls.

»Schau dich doch mal am Wochenende in der Stadt um: Da siehst du massenhaft Männer in gesetztem Alter, die Damenhandtaschen tragen! Meistens stehen die vor einem Geschäft oder in einer Ecke der Wäscheabteilung herum. Sie müssen die Taschen ja ›nur mal schnell halten‹, weil ihre besseren Hälften gerade in der Umkleidekabine weilen oder die Sonderangebotstische durchwühlen. Irgendwie entmannt wirken die mit ihren femininen Täschchen. Am schlimmsten sind aber die dran, die die großen Ledertaschen tragen müssen, weil die Frauen sie mit Einkäufen vollgepackt haben und nun nicht mehr rumschleppen wollen.«

Kluftinger lächelte gezwungen.

Willi merkte, dass sein Exkurs nicht auf Interesse stieß, und wandte sich wieder dem Inhalt der Tasche zu.

»So, da hätten wir noch einen Rezeptblock von Frau Dr. Heiligenfeld. Stand denn auf der Visitenkarte, dass sie Ärztin war? Ich dachte, sie war Autorin … «

Auch Kluftinger konnte sich keinen Reim darauf machen. Wieder meldete sich das unbestimmte Gefühl, von einer Dr. Heiligenfeld schon einmal gehört zu haben. Willi reichte Kluftinger den Block, den die Tote wohl nur für Notizen genutzt hatte. Auf den ersten Seiten fanden sich einige Telefonnummern, was dann kam, wirkte wie die Mitschrift eines Seminars für Homöopathie: Kluftinger wusste, dass man bei dieser Art von Naturheilkunde mit Globuli und Potenzen hantierte, und diese Wörter tauchten mehrmals auf, wenn auch die Handschrift schwer zu entziffern war. Er war noch damit beschäftigt, zu überlegen, inwiefern diese Spuren verwertbar seien, und beschloss, alsbald alle Telefonnummern überprüfen zu lassen, da gab Willi ein vielversprechendes Raunen von sich.

»Hast du noch was?«, fragte Kluftinger aufgeregt.

»Ich würde mal sagen, das erinnert uns an was, oder?«, triumphierte Kluftingers Kollege und hielt eine Fotografie hoch. Kluftinger verstand das als Aufforderung, sie näher zu betrachten, und nahm sie ihm aus der Hand, was Renn wiederum veranlasste, sie ihm blitzschnell wieder zu entreißen.

»Herrgott, Klufti. Das Berühren mit den Pfoten ist verboten. Nur mit den Augen anschauen!«

Nur Willi durfte ihn so zurechtweisen.

»Schon gut, Herr Lehrer«, erwiderte Kluftinger gequält und beugte sich dann tief über das gefundene Foto, das Renn mit der Rückseite nach oben auf den Tisch gelegt hatte.

»Kreuzkruzifix!«, entfuhr es ihm. Auf dem Papier stand ohne weiteren Kommentar eine Zahlenkombination: III/2:4.(32). Sie las sich ähnlich wie die, die sie in Sutters Auto gefunden hatten. Wieder so ein kryptischer Hinweis, der ihm kein bisschen weiterhalf.

»Dreh es um, Willi ... «

Was Kluftinger nun sah, half ihm etwa ebenso viel weiter wie die Zahlenkombinationen. Das Foto zeigte eine geschnitzte Holzstatue, nicht bemalt, sondern in einem honigfarbenen Braunton. Ob dieses Foto darauf hinweisen sollte, dass es sich bei den Zahlen um Bibelstellen handelte? Oder gar um Koransuren? Kluftinger wollte dem heute noch nachgehen.

Der Mönch oder Heilige auf dem Bild hatte die Hände gefaltet und trug eine Kapuze.

»Sagt dir das Bild was?«, fragte Kluftinger, ohne von der Fotografie aufzusehen.

»Nie gesehen.«

»Ich frag gleich mal rum, wer oder wo das sein könnte«, sagte der Kommissar, griff nach dem Bild und bekam dafür einen Schlag auf die Finger.

»Erst schau ma uns das mal ganz genau an. Wenn wir außer deinen Grabschern noch was drauf finden!«, dozierte Willi.

Kluftinger ärgerte sich über Willi, dessen Reaktion er überzogen fand. Wenn es um Spuren ging, wirkte er auf Kluftinger manchmal wie ein Besessener. Schon oft hatte er ihn mit hochrotem Kopf aus voller Kehle brüllend am Tatort gesehen, weil jemand die Absperrung, die er gezogen hatte, ohne seine Erlaubnis passiert hatte.

Kluftinger machte ein beleidigtes Doppelkinn und zog sich wortlos in eine Ecke des Labors zurück, von wo aus er Willi missmutig dabei zusah, wie er akribisch die Fotografie untersuchte.

Zunächst besah er sich unter einer großen, am Tisch installierten Lupe die Oberfläche und nahm dann an einer Stelle vorsichtig mit einem Klebestreifen eine Kontaktprobe. Dann bestäubte er das Bild mit silbern glänzendem Pulver, das er mit einer Art Rasierpinsel aus feinsten Haaren auftrug. Das Pulver blies er vorsichtig ab und heftete wieder einen Klebestreifen auf das Bild, den er abzog und unter sein Mikroskop legte. Er drehte sich nunmehr zu Kluftinger um und zeigte in Richtung des Stempelkissens, das für die Fingerabdrücke bereit lag. Kluftinger verstand nicht sofort und Willi setzte hinzu: »Reinhalten!«

Jetzt dämmerte es dem Kommissar. Das sollte wohl die Strafe für seinen Fauxpas von eben sein: Aber er gönnte Willi diese subtile Rache, zum einen, weil er heute nicht noch einmal mit ihm zusammenrauschen wollte, zum anderen, weil er sich auch ein bisschen selbst für seine Tollpatschigkeit bestrafen wollte. Den schwarzen Finger, mit dem er nun für den Rest des Tages würde herumlaufen müssen, sah er auch als Mahnung an sich selbst. Noch einmal würde ihm so etwas nicht passieren. Deswegen verkniff er sich die Bemerkung, dass seines Wissens nach die Abdrücke aller Kriminalbeamten im Computer gespeichert seien, um sie gegebenenfalls von echten Spuren unterscheiden zu können. Er nahm sich also die Abdrücke und brachte Willi Renn den Papierstreifen.

Etwas überrascht, dass Kluftinger seiner Anweisung tatsächlich Folge geleistet hatte, und nach ein paar kurzen Blicken zwischen Blatt und Fotografie brummte er jetzt gar nicht mehr so unfreundlich:

»Mein Gott, da brauch ich kein Mikroskop. Das sieht ein Blinder mit Krückstock, dass das Kluftingers Wurstfinger sind auf dem Bild. Ansonsten hab ich nichts Verwertbares. Leider.«

Willi reichte ihm das Bild mit den Worten: »So, jetzt kannst du von mir aus Brotzeit drauf machen.«

***

Bedächtig, mit schweren Schritten und hängendem Kopf, stieg der Kommissar einen Stock höher zu den Büros seiner Abteilung. Für einen kurzen Augenblick wurde ihm die mögliche Tragweite des heutigen Tages bewusst: Wie Blei lastete auf seinen Schultern die Erkenntnis, dass ein und derselbe Mörder bereits zwei Menschen auf dem Gewissen hatte. Er trug schwer an der Verantwortung, den oder die Täter so schnell wie möglich dingfest zu machen, und es versetzte ihm einen Stich, wenn er daran dachte, wie sehr sie noch im Dunkeln tappten. Und nun wieder dieser seltsame, undurchschaubare Hinweis. Kluftinger seufzte und atmete schwer, als er die Glastür aufstieß, die den Weg zu den kleinen Büros seiner Mitarbeiter freigab.

Dort unterhielten sich Hefele und Strobl gerade leise miteinander, Maier nestelte missmutig an seinem Diktiergerät herum. Offenbar waren die Kollegen dabei, den Bericht über das heutige Geschehen für das Schreibbüro aufzusprechen. Maier als Diktiergeräte-Fan war dann immer der »Chef-Tontechniker«. Deswegen machte es ihm auch nichts aus, dass er seine digitalen Aufnahmen immer auf ein analoges Gerät überspielen musste, weil im Schreibbüro nur Kassetten angenommen wurden. Heute aber schien sein »Wunderwerk der Digitaltechnik«, wie er es erst bezeichnet hatte, ein ernst zu nehmendes Problem zu haben: Zwei Batterien lagen auf Maiers Schreibunterlage und der Beamte hatte alle losen Teile des Diktiergeräts entfernt. Während er mit einer Hand nervös auf das Gerät klopfte, blätterte er mit der anderen in einer kleingedruckten Gebrauchsanweisung. Ständig murmelte er irgendetwas vor sich hin und schien Kluftingers Erscheinen gar nicht zu bemerken. Stattdessen kam nun Strobl auf ihn zu, zog die Brauen hoch, zeigte mit dem Kopf in Richtung Maier und schüttelte dann mehrmals den Kopf. Kluftinger nickte nur. In diesem Fall verstanden sie sich ganz ohne Worte.

»Stell dir vor, wer unsere Tote ist! Du wirst überrascht sein!«

»Frau Heiligenfeld«, sagte Kluftinger, »das hab ich doch vorher schon gesagt.«

»Dr. Heiligenfeld, die Frauenärztin.«

»Ich weiß. Hast du nicht zugehört, als ich ihre Karte vorgelesen habe?«

»Doch, doch. Ich meine: *die* Frauenärztin. Aus Füssen. Die Abtreibungsärztin!«, versetzte Strobl ungeduldig.

»Hör auf!«, klang Kluftinger nun endlich wirklich überrascht.

Jetzt war auch bei ihm der Groschen gefallen. Der Name war ihm ja gleich so bekannt vorgekommen. »Stimmt. Das war damals eine große Sache. So in den Achtzigern, oder? Drum also jetzt Autorin.«

Und nach einer kurzen Denkpause fügte er hinzu: »Dann ist sie ja sozusagen prominent. Das auch noch! Ihr klärt bitte alles Nötige zum Privatleben. Habt ihr Angehörige erreicht?«

»Sie lebt allein. Da kommen wir wohl erst morgen weiter.«

»Alles klar.«

Dann hielt Kluftinger seinem Kollegen das Foto aus der Tasche unter die Nase: »Sieh dir das mal an, Eugen.«

Der nahm es in die Hand und besah es sich genau. Derweilen durchbrach von hinten ein verzweifeltes »Herrgottsakra« die Stille. Maier hatte wohl tiefergehende technische Probleme.

»Sagt mir nix.« Strobl schüttelte den Kopf.

»Frag doch mal an Pfarrer«, riet er. Aus Strobls Hand wurde die Abbildung an Hefele gereicht, der sie in Ermangelung seiner Lesebrille weit vom Körper weghielt.

»Vielleicht in der Lorenzkirche? Oder der St.-Mang-Kirche?«

Strobl schloss das mit Sicherheit aus. Hefele ging mit der Fotografie zu Maier, der mittlerweile von heftigem Fluchen begleitet den gesamten Bericht aus Versehen gelöscht hatte. Er sah nur flüchtig auf und verkündete stolz, als wäre es die Entdeckung des Tages, es könne sich ja um einen Heiligen oder etwas Ähnliches handeln. Vielleicht stehe er in einer Kirche oder einem Kloster, man müsse halt mal rumfragen.

Wenn er sich mit seinen Diktiergeräten beschäftigte, blendete er seine Umwelt aus.

Kluftinger nahm das Bild wieder an sich, steckte es in die Tasche seines Jankers, zog es aber rasch wieder heraus, als Sandy Henske das Zimmer betrat. Vielleicht konnte sie etwas damit anfangen? Man konnte ja nie wissen. Sandy nahm sich das Foto und roch erst einmal daran, was Strobl mit einem Kopfschütteln bedachte.

Maier hatte derweil zweimal unbemerkt etwas gemurmelt und artikulierte dieselben Worte nun energischer: »Che-hef: Der Bönsch hat doch unlängst diesen Kunstraub gehabt, wo ein Allgäuer Ehepaar etwas aus dem schwedischen Museum geklaut hat. Vom König. Der kennt sich aus mit Kunst, vielleicht weiß der was.«

***

Einen Stock tiefer beugte sich Bönsch, der Mittvierziger mit der randlosen Brille, den sie »den Feingeist« nannten, lange über das Bild, hielt es gegen das Licht, wendete es, legte es schließlich auf den Schreibtisch und fällte sein Urteil: Möglicherweise stehe die Figur in einem Museum. Oder in einer Kirche.

***

Kluftinger hätte, als er um kurz nach sechs Uhr abends in sein Auto stieg, nicht mehr sagen können, wer von den Kollegen aus den verschiedensten Abteilungen von der Hundestaffel bis zum Streifendienst welche Vermutung bezüglich der Fotografie angestellt hatte. Fast alle aber meinten, man werde die abgebildete hölzerne Figur bestimmt in einer Kirche finden. Er war froh, als er in die Straße zu seinem Haus einbog. Dr. Langhammer kam ihm dort auf einem voll gefederten Mountainbike entgegen – offensichtlich vom Tennisplatz, denn er war mit einer engen weißen Sporthose bekleidet und aus seinem Rucksack ragte das Ende eines Schlägers. Natürlich bemerkte er Kluftinger, grüßte sportsmännisch und schien sich über die scheinheilige Erwiderung durch den Kommissar zu freuen.

Ob der Quizkönig wohl wusste, woher die Figur kam?, schoss es Kluftinger durch den Kopf. Niemals, verwarf er den Gedanken sofort wieder, noch bevor er ihn richtig zu Ende gedacht hatte. Die mögliche Lösung des Rätsels hätte den wahrscheinlich immerwährenden Triumph des Doktors kaum gerechtfertigt. Er beschloss deswegen, Langhammer als Joker und allerletzte Möglichkeit in der Hinterhand zu behalten.

Das Läuten der großen Kirchturmuhr, es war Viertel nach sechs, brachte den Kommissar auf eine andere Idee: Vielleicht könnte er ja beim Altusrieder Pfarrer wegen des Bildes einmal nachfragen. Der war schließlich, auch wenn er mangels Einfühlungsvermögen nach Kluftingers Meinung seinen Beruf verfehlt hatte, sozusagen Experte für Sakralbauten.

***

Im Pfarrheim bekam er von der Haushälterin die Information, dass der Pfarrer in der Kirche gerade den Erntedankaltar für die Messe am Sonntag vorbereite. Auf dem kurzen Weg in das gegenüberliegende Gotteshaus hörte er schon vom schweren Eingangsportal aus, was innen gerade auf dem Programm stand. Das gleichförmige Gemurmel, das gedämpft nach außen drang, gehörte unverkennbar zu den von Kluftinger am meisten gehassten Ritualen der katholischen Kirche: dem Rosenkranz. Er versuchte die Türe leise zu öffnen, was ihm jedoch gründlich misslang, und so wurde er sofort von einem Dutzend Augenpaaren entgeistert gemustert. Der Zirkel, der sich zu diesem täglichen Ritus zusammenfand, war offensichtlich keinen Besuch von Außenstehenden gewohnt. Ihren gleichförmigen Gesang jedoch unterbrachen sie nicht.

Kluftinger tauchte seine Fingerspitzen in den Weihwasserbehälter, deutete mit fahrigen Bewegungen ein Kreuzzeichen an und nickte den Augenpaaren zu. Sofort wendeten sich diese von ihm ab und blickten in Richtung Altar.

Kluftinger musste wegen der massiven Säulen, die das Kirchenschiff trugen, ein paar Schritte gehen, um ebenfalls nach vorn sehen zu können. Vom Pfarrer keine Spur. Sein Blick fiel auf einen Kürbis und einen Korb mit Ähren, die ganz vorn in der Kirche standen – die ersten Utensilien für die Erntedank-Dekoration, von der die Haushälterin gesprochen hatte.

Da er den Pfarrer noch in der Sakristei vermutete, nahm Kluftinger in einer der Kirchenbänke auf der rechten Seite Platz. Als er sich umsah, bemerkte er, dass er der Einzige in dieser Hälfte war. Die Rosenkranz-Besucher waren allesamt Frauen und hatten sich in Dreier- und Zweiergruppen auf der linken Seite verteilt. Die meisten hatten ihre Köpfe inzwischen wieder gesenkt und blickten mit leeren Augen auf die Kette, die sie in ihrem Schoß zwischen den Fingern zwirbelten. Der Kommissar schätzte das Durchschnittsalter der Anwesenden auf knappe Siebzig – er hatte es mit seinem Besuch gerade erheblich gesenkt.

Die Frauen, von denen viele dicke Strickjacken in dunklen Farbtönen trugen und mit ihren dauergewellten Haaren nicht nur die Leidenschaft für den Rosenkranz teilten, sondern scheinbar auch den gleichen Frisör hatten, hatten sich in zwei Gruppen aufgeteilt: Die drei in der ersten Reihe begannen, worauf die restlichen Anwesenden etwa zwei Oktaven tiefer antworteten.

Kluftinger beschäftigte die Frage, was einen dazu veranlassen konnte, derart schöne Gebete wie das »Vater Unser« völlig ohne Modulation herunterzuleiern. Er hatte anfangs Mühe, sich einzuhören und die Worte voneinander zu unterscheiden. Als er es schließlich geschafft hatte, musste er lächeln: Die Betenden reicherten den Gesang mit Allgäuer Dialekt an: »Gegrüsetseischdumariavolldergnade. Derherrischmitdir … «

Er hatte einmal gehört, dass dieses ständige Herunterrasseln immer derselben Texte eine geradezu meditative Wirkung auf Betende ausüben konnte. Nicht so bei ihm: Ungeduldig hatte er als Kind immer die verbleibenden Kügelchen an der Gebetskette gezählt und sich ausgerechnet, wie lange er noch würde aushalten müssen.

Auch heute stellte sich bei ihm keine Gelassenheit ein, was aber eher daran lag, dass er mit einem bestimmten Anliegen hierher gekommen war. Genau in diesem Moment kam der Pfarrer mit einem Korb voller Äpfel und Birnen herein. Gleichzeitig wurde auch der Singsang lauter und büßte etwas an Gleichförmigkeit ein. Die Blicke der alten Frauen hefteten sich an den Geistlichen, als erwarteten sie ein Lob für ihr fleißiges Beten.

Mit einem Räuspern machte auch der Kommissar auf sich aufmerksam. Doch der Geistliche reagierte nicht, er kniete nun vor dem Altar und schichtete dekorativ die Früchte um. Immer wieder hielt er inne, legte den Kopf zurück und besah sein Werk.

Kluftinger räusperte sich erneut, und als das nichts nützte, hustete er ein paar Mal in seine Hand. Noch immer nahm der Pfarrer keine Notiz von ihm. Vielleicht die falschen Zeichen, dachte Kluftinger, schließlich gehörten Husten und Räuspern zur Grundmelodie eines jeden sonntäglichen Gottesdienstes. Pfarrer waren auf diesem Ohr wahrscheinlich längst taub. Also kniete sich Kluftinger geräuschvoll hin, schlug ein Gesangbuch auf, das in seiner Reihe gelegen hatte, und blätterte hörbar darin herum. Auf solche Störungen reagierte der Priester allergisch, das wusste er. Mit einer missbilligend nach oben gezogenen Augenbraue drehte der sich tatsächlich zu dem Störenfried um. Als sich ihre Blicke trafen, zeigte Kluftinger immer wieder mit dem Zeigefinger zuerst auf sich und dann auf sein Gegenüber, um dem Pfarrer anzudeuten, dass er ihn sprechen wolle.

Ungerührt von Kluftingers Gestikulieren wandte sich der Pfarrer kopfschüttelnd wieder seiner Arbeit zu. Dem Kommissar stieg die Zornesröte ins Gesicht. Doch seine Wut wurde von einem stechenden Schmerz überlagert, der ihm ohne Vorwarnung ins Knie schoss. Sofort erhob er sich und setzte sich in die Bank.

Dass sich sein Knie ausgerechnet jetzt bemerkbar gemacht hatte, fand er geradezu komisch, denn die Verletzung, die es derart lädiert hatte, dass er viele Monate danach noch daran laborierte, hatte er sich ebenfalls in Anwesenheit des Pfarrers zugezogen. Seitdem – Kluftinger hatte damals in den Augen des Geistlichen eine Beerdigung »entweiht« – standen die beiden auf Kriegsfuß. Vergeblich hatte der Kommissar seither auf das Einsetzen der quasi berufsbedingten Nachsicht des Pfarrers gewartet.

Er überlegte sich, ob er vielleicht später noch einmal wiederkommen oder den Priester ganz als Informationsquelle streichen sollte, ein Seitenblick auf den Rosenkranz einer der Betenden verriet ihm aber, dass das Ende der Prozedur nicht mehr lange auf sich warten lassen würde. Soweit er sehen konnte, waren die Frauen bereits bei den unteren Kügelchen ihrer Gebetsschnur angekommen. Jede Perle bedeutete ein »Gegrüßet seist du, Maria«, daran erinnerte sich Kluftinger. Gerade erklangen die letzten Zeilen des Gebetsreigens: »Führe alle Seelen in den Himmel, besonders jene, die deiner Barmherzigkeit am meisten bedürfen.«

Kluftinger setzte ein erleichtertes »Amen« hinzu, stand auf und bekreuzigte sich. Dabei fragte er sich, ob diese Worte auch für den Mörder galten, hinter dem er gerade her war. Er erhob sich aus seiner Bank und ging auf den Pfarrer zu, der ihn nach wie vor keines Blickes würdigte, während die Frauen die Kirche verließen.

»Herr … Herr Pfarrer«, begann Kluftinger sanft und beseelt von den gerade gehörten Gebeten mit dem festen Vorsatz, das Kriegsbeil mit dem Geistlichen zu begraben.

Der drehte sich um, zog seine Augenbrauen nach oben und antwortete mit einem langgezogenen »Hm?«

»Herr Pfarrer, ich bräuchte da mal Ihre Hilfe. Schauen Sie sich doch bitte grad mal das Bild da an … hier. Können Sie mir vielleicht sagen, wo das da ist?«

Er reichte dem Geistlichen die Fotografie, die der sich sehr lange ansah, dabei mehrmals tief ein- und ausatmete, sie ihm schließlich zurückgab und antwortete: »Nein. Auf Wiedersehen.«

Dann machte er auf dem Absatz kehrt, stolzierte am Altar vorbei, verneigte sich vor dem Kreuz und verschwand in der Sakristei.

Kluftinger blieb wie ein Schuljunge im Mittelgang der Kirche zurück. Auf dem Weg nach draußen fiel sein Blick auf den Beichtstuhl und er dachte sich, dass er für all die Verwünschungen, mit denen er den Pfarrer gerade belegte, schleunigst selbst einmal wieder einen solchen aufsuchen sollte.

***

Nachdem Kluftinger an der mit Winter-, Sommer- und Übergangsjacken voll behängten Garderobe nach einigem Suchen doch noch einen Platz für seinen Janker gefunden hatte, fiel das Bild, das ihn heute so beschäftigt hatte, unbemerkt aus der Tasche. Der Kommissar schloss die Wohnzimmertür hinter sich und löschte das Licht im Hausgang. Eine Weile war es dunkel in der Diele, nur dumpf drangen die Stimmen von Erika und ihrem Mann nach draußen.

Plötzlich durchschnitt ein Lichtschein die Finsternis, dann wurde das spärliche Ganglicht eingeschaltet. »Ein fürchterlicher Fall, ausgerechnet du musst den wieder kriegen«, sagte Erika Kluftinger auf dem Weg in die Küche. Noch immer lag das Bild unbemerkt auf dem Boden. Erikas Schritte stoppten kurz vor der Küchentür, machten kehrt und näherten sich der Fotografie. Wortlos hob sie die Abbildung auf, besah sie sich, nahm sie mit in die Küche, goss sich ein Glas stilles Mineralwasser ein, füllte ein weiteres, großes Glas mit Milch und nahm aus dem Kühlschrank ein Stück Zwetschgendatschi mit Butterstreuseln und Mandeln, den ihr Mann so liebte. Sie stellte alles auf ein rotes Sechzigerjahre-Tablett, legte das Foto dazu und ging zurück ins Wohnzimmer.

Kluftinger saß gedankenversunken am Esstisch.

»Du, das hat draußen am Boden gelegen, brauchst du das?«, versetzte Erika nebenbei, als sie Kluftinger die Milch und den Pflaumenkuchen hinschob.

Sein Blick fiel wieder auf das rätselhafte Foto.

»Ach, hör mir auf! Das lag bei der Toten. Wieder ein Hinweis für uns, mit dem ich nicht das Geringste anfangen kann. Ich hab schon alle möglichen Leute gefragt, keiner wusste, wo diese Figur stehen könnte. Wenn wir das wüssten, kämen wir vielleicht *ein bisschen* weiter«, sagte er und versuchte, das unangenehme Thema für heute zu beenden, indem er ein großes Stück Zwetschgendatschi aufspießte und in den Mund schob.

Erika nahm noch einmal das Bild zur Hand, hob dann den Telefonhörer ab und wählte.

»Sind das die Zwetschgen von meinen Eltern? Die sind fei richtig süß.«

Erika antwortete nicht.

»Wen rufst denn du jetzt an?«

Sie legte einen Finger an die Lippen und gab ihm so zu verstehen, dass er still sein solle.

»Mama, griaß di. Du, entschuldige, dass ich so spät anruf. Hab ich dich geweckt … ?«

Seine Mutter? Warum rief sie um diese Zeit seine Mutter an?

Auch wenn er die Antwort auf Erikas Frage nicht hörte, kannte er sie: Nein, sie habe sie doch nicht geweckt, sie wisse doch, dass sie nicht so früh ins Bett gehe. Nur der Vater sei schon schlafen gegangen. Selbst zu vorgerückter Stunde konnte man im Hause Kluftinger senior noch immer anrufen: Seine Mutter hatte einen ungefähr genau so gesegneten Fernsehschlaf wie seine Frau, eine weitere Parallele, über deren Entdeckung er wie bei allen anderen, auf die er im Laufe der Jahre gestoßen war, zunächst einmal heftig erschrocken war. Sie lag stets bis nach Mitternacht in eine Wolldecke gehüllt auf der Couch und konnte ziemlich gereizt auf die Aufforderung, doch ins Bett zu gehen, reagieren. Fragte man sie, was in den letzten anderthalb Stunden denn im Fernsehen gelaufen sei, sagte sie immer: »Ach, nix G'scheits!«

»Du, Mama, das hört sich jetzt vielleicht komisch an, aber neulich hab ich bei euch doch in so einem Prospekt von einem Kloster geblättert. Wo ihr bei eurem letzten Kirchenchorausflug … ja, genau, wo der Papa nicht mitwollte … wo war das? Genau!«

Erika vermied es, ihren Mann anzusehen. Der hatte zu essen aufgehört und saß erstaunt am Tisch.

»Na. Ich ruf dich morgen an und erklär' dir alles. Schlaf jetzt gut! Ja, sag ich, pfiati.«

Der Gesichtsausdruck, den Erika ihrem Mann nun bot, zeigte eine Mischung aus Triumph, Freude und Stolz. Ein breites Grinsen zog sich über ihr Gesicht, das Kluftinger in diesem Moment genauso hübsch erschien wie bei ihrem ersten Zusammentreffen.

Erika setzte sich wortlos lächelnd an den Tisch.

»Buxheim. Die Kartause in Buxheim, mein Liebster!«

»Du meinst … «

»Nein, ich meine nicht, ich weiß. Und zwar, dass sich diese Figur hier in der Kartause in Buxheim befindet.« Sie lief nun zu echter Miss-Marple-Form auf. »Du bist ein guter Polizist, mein Schatz, aber wer weiß, was aus mir geworden wäre, wenn ich deinen Beruf ergriffen hätte. Ich beobachte nämlich meine Umwelt. Und merke mir Sachen und präge sie mir ein. Drum wusste ich auch noch, wo ich diese Figur schon einmal gesehen habe. Nämlich in einem Prospekt auf dem Sideboard im Wohnzimmer deiner Eltern. So einfach ist das.«

Kluftinger war baff. Da hatte er sich den ganzen Tag den Kopf zerbrochen, wie er die Gestalt auf dem Bild identifizieren sollte, und jetzt war ihm seine Frau – mit tatkräftiger Hilfe seiner Mutter – einen kriminalistischen Atemzug voraus. Zweifellos war an der Sache mit der Beobachtungsgabe etwas dran. Wenn er etwas suchte – vorwiegend seinen Geldbeutel, seine Armbanduhr, seinen Autoschlüssel oder sein Handy –, wies ihm seine Frau in achtzig Prozent der Fälle mit knappen Positionsangaben wie »Liegt auf dem Fensterbrett in der Küche« oder »Lag heute früh im Bad« den

Weg. Selbst wenn sich die Sachen an den abgelegensten Orten befanden, wie etwa auf der Ofenbank unter dem Sitzkissen, standen die Chancen nicht schlecht, dass Erika darüber im Bilde war. Er konnte sich das nicht erklären. Er hatte noch niemals Notiz davon genommen, wo Erika ihren Ehering ablegte. Er hätte sogar Probleme gehabt, nach mehreren Stunden mit seiner Frau ihre Kleidung zu beschreiben. Er tat ihren Vorsprung auf diesem Gebiet mangels anderer Erklärungen als typisch weibliche Begabung ab. Während er beruflich über ein geradezu fotografisches Gedächtnis verfügte, schaltete es privat bei ihm richtiggehend ab.

»Und du bist dir ganz sicher, dass es die Figur ist?«, fragte er mehr der Form halber, als dass er wirklich daran zweifelte.

»Hundertprozentig.«

Kluftinger schwankte zwischen aufrichtiger Bewunderung und unterdrückten Neidgefühlen: Durch einen Zufall hatte seine Frau ihm stundenlange Ermittlungsarbeit erspart. Zu gerne hätte er die Information sofort nachgeprüft. Wenn ihr Sohn Markus, der sich für den nächsten Tag angekündigt hatte, schon da gewesen wäre und wenn er seinen Laptop dabeigehabt hätte, dann hätte man im Internet … Aber Markus und mit ihm sein tragbarer Computer und das Wissen um die Bedienung des Internets weilten noch beim Studium in Erlangen.

Da kam ihm eine Idee. Buxheim lag gleich bei Memmingen, das wusste er. Mit den Worten »Wart g'rad mal« erhob er sich, ging zum Bücherregal und versuchte in diesem bunten Durcheinander einen Bildband zu finden, den er damals, zum zwanzigjährigen Dienstjubiläum, von Lodenbachers Vorgänger, einem gebürtigen und lokalpatriotischen Memminger, zusammen mit einem Fresskorb und einem Tag Sonderurlaub bekommen hatte. Zwar hatte er in dieses Buch noch nie hineingeschaut, er erinnerte sich aber auch nicht, es an jemanden weiterverschenkt zu haben, wie er es sonst mit ungeliebten Präsenten oft tat. Also musste es sich irgendwo im Bücherregal befinden. Wäre doch gelacht, wenn da diese Kartause nicht auch drin wäre, dachte er. Etwa fünf Minuten – in denen Erika weiterhin still grinsend hinter ihm gesessen hatte – und einige Flüche später lag das Buch vor ihnen auf dem Wohnzimmertisch. Und tatsächlich fanden sie auch eine

Abbildung der Kartause und des historischen Chorgestühls. Erika hatte Recht gehabt. Klein, aber eindeutig war zwischen den vielen Holzschnitzereien auch die gesuchte Figur zu sehen.

Während Erika daraufhin zufrieden und mit beharrlichem Grinsen ins Bett ging, hing Kluftinger vor dem aufgeschlagenen Bildband noch eine Weile seinen Gedanken nach.

Er war voll des Respekts und der Zuneigung zu seiner Frau. Es war ein starkes Gefühl, das er vor sich selbst und vor anderen niemals explizit als Liebe bezeichnet hätte. Er war sich aber sicher, dass es nach all den Jahren genau das war. Nie hatte für Kluftinger in Frage gestanden, dass er und Erika zusammengehörten. Das hatte mit Vertrauen und gegenseitiger Wertschätzung zu tun. Und mit Erikas »Alltagsintelligenz«, ihrem Pragmatismus, ihrem Talent, einfache Lösungen zu finden; eine Eigenschaft, die ihm geradezu lebensnotwendig geworden war. Kluftinger grinste, als er an den Satz seiner Mutter denken musste, als Erika zum ersten Mal einen selbstgebackenen Kuchen zu Kluftingers mitgebracht hatte: »Mei, die Erika, des isch halt ein patent's Mädle!«

Noch völlig mit seinen sentimentalen Reflexionen befasst, ging Kluftinger ins Bad und dann ins Schlafzimmer, wo Erika bereits leise schnarchte. Er küsste sie auf die Wange, bevor er sich auf seine Seite rollte und über den Gedanken an ihre Hochzeitsfeier einschlief, um diese Nacht mit seiner Frau im Takt zu schnarchen.

Des Frühlings Schatz und Waffensaal
Ihr Kronen, Zepter ohne Zahl,
Ihr Schwerter und Pfeile,
Ihr Speere und Keile,
Ihr Helme und Fahnen
Unzähliger Ahnen,
Müßt in den Erntekranz hinein,
Hüte dich schöns Blümelein!

Kluftinger hielt diesen Morgen nichts in seinem Bett. Er hatte schlecht geschlafen, aber es war nicht die Art von Schlaflosigkeit gewesen, die ihn die letzten Tage geplagt hatte. Diesmal war es vielmehr ein unruhiger Vorfreude-Schlaf. Er hatte das manchmal, wenn am nächsten Tag etwas ins Haus stand, das ihm besonders wichtig war. Jedes Kind kannte das: Die letzte Nacht vor dem anstehenden Geburtstag geriet zur Tortur. Auch Nächte vor längeren Urlaubsfahrten – für ihn waren das bereits Reisen nach Südtirol oder nach Oberitalien, die Kluftinger regelmäßig damit begann, dass er früh ins Bett ging, um fit zu sein –, endeten nach wildem Herumgewälze in einem geräderten Erwachen noch vor dem Morgengrauen. Denn er fuhr immer bereits in der Dunkelheit los. Da waren die Württemberger und die Nordlichter noch nicht unterwegs, es gab keinen Stau und wurde auch nicht so schnell heiß im Auto. Dass sie nun, ohne Kind, nicht mehr an die Schulferien gebunden, unter der Woche über den Brenner fuhren, und nurmehr gut vier Stunden unterwegs waren, hatte daran nie etwas geändert. »Der frühe Vogel fängt den Wurm«, sagte Kluftinger dann stets zu seiner durch die beiden Wecker aus dem Schlaf gerissenen, derangierten Ehefrau.

Auch heute erinnerte vieles an dieses Urlaubsritual, obwohl an freie Tage im Moment nicht zu denken war: Die Leuchtanzeige des Radioweckers zeigte 4:59. Für einen Arbeitstag eigentlich viel zu früh, um aufzustehen, selbst für ihn. Dennoch schlug er die Decke zurück und schlich sich aus dem Schlafzimmer. Das Gefühl, heute in seinem verzwickten Fall einen entscheidenden Schritt weiterzukommen, war zu mächtig. Seine Frau schlummerte friedlich auf ihrer Seite – der linken, was ihm heute ein Lächeln entlockte, weil er daran denken musste, dass sie auch bei Langhammers automatisch diese Platzwahl getroffen hatten. Nachdem er die Türe hinter sich geschlossen hatte, blieb er für einen kurzen Moment unschlüssig stehen. Was sollte er tun? Den Fernseher einschalten? Er schüttelte den Kopf – so früh den Fernseher anzustellen kam ihm irgendwie nicht richtig vor. Obwohl »die Kiste«, wie er das Gerät manchmal verächtlich nannte, bei ihnen sehr oft in Betrieb war, ließen sie sie morgens in der Regel ausgeschaltet. Morgens war Radiozeit, da waren sie sich einig. Und nur morgens hatte er die Muße, ausgiebig Zeitung zu lesen. Genau das wollte er jetzt tun.

Er öffnete die Haustüre und streckte seinen Kopf nach draußen, um sich umzusehen – es wäre ihm peinlich gewesen, im Schlafanzug einem Nachbarn zu begegnen. Mit der Zeitung unter dem Arm trat er dann seinen Weg ins Bad an. Ein halbe Stunde später verließ er das stille Örtchen wieder, hinreichend informiert und zufrieden beim Blick auf die Uhr, dass es nun nicht mehr lange dauern würde bis zu seinem Aufbruch nach Buxheim, den er für acht Uhr angesetzt hatte.

Schon kurze Zeit, nachdem er am Küchentisch Platz genommen hatte, gesellte sich seine Frau zu ihm.

»Kannst du nicht schlafen?«, fragte sie besorgt, wobei das letzte Wort in einem langgezogenen Gähnen unterging.

»Ich wollt nur früh auf sein, weil ich doch gleich nach Buxheim fahre.«

»Ich mach dir noch ein Frühstück.«

»Ist doch nicht nötig.«

»Aber sicher. Wird bestimmt ein interessanter Tag. Mit dem Chorgestühl und so.«

Kluftinger entging nicht das leise Seufzen, das ihrem Satz folgte. Er wusste, dass sie für solche Ausflüge schwärmte, die sie ihrer Meinung nach viel zu selten machten. Irgendwie hatte er es schließlich auch ihr zu verdanken, dass es in dem Fall nun vorwärts ging. Er haderte noch ein paar Sekunden mit sich, dann gab er sich einen Ruck.

»Kannst ja mitfahren«, brummte er. Er wollte nicht zu euphorisch klingen, aber ihr zumindest das Angebot unterbreiten.

»Bitte?« Erika schien sich nicht sicher, ob sie die Worte tatsächlich gehört hatte oder ob ihr am frühen Morgen die Sinne einen Streich spielten.

»Ja. Du kannst ruhig mitfahren.«

***

Nach einer ausgiebigen Morgentoilette und einem ebensolchem Frühstück mit dem Rest des Zwetschgendatschis, der sowieso viel besser schmeckte, wenn man ihn einen Tag stehen ließ, saßen Kluftinger und seine Frau im Wagen auf dem Weg zur Kartause Buxheim. Es war ein seltsames Gefühl, seine Frau auf einer Dienstfahrt dabeizuhaben. Fast so, als säße sie im Büro am Schreibtisch neben ihm. Nun war er sich auf einmal nicht mehr so sicher, ob es eine gute Idee gewesen war, sie mitzunehmen. Zwar hatte er sich gestern ehrlich darüber gefreut, dass sie ihm mit dem Foto auf die Sprünge geholfen hatte, aber es wäre nur eine Frage der Zeit gewesen, bis er selbst darauf gekommen wäre.

Erika schien sich dagegen ziemlich sicher: Bester Laune saß sie neben ihm, was er vor allem daran merkte, dass sie heute überhaupt nichts an seinem Fahrstil auszusetzen hatte. Sogar das gute Parfüm hatte sie aufgelegt – ein teures Wiedergutmachungsgeschenk von ihm, weil er ihren letzten Hochzeitstag vergessen hatte.

Sie waren gerade zwischen Legau und Lautrach, etwa auf Höhe der Abzweigung zur Wallfahrtskirche Maria Steinbach, da fiel ihm ein, dass seine Kollegen ja noch gar nichts von seinem außerplanmäßigen Abstecher wussten. Also fischte er mit der linken Hand sein Handy aus der Hosentasche. Es kostete ihn ziemliche Mühe und erforderte einiges an Gelenkigkeit, das während der Fahrt zu bewerkstelligen.

»Was ist denn los?«, riss seiner Frau schließlich der Geduldsfaden.

»Nichts. Ich brauch bloß das Handy.«

»Sag doch was. Ich kann's dir doch rausholen.«

»Du willst mir während der Fahrt in die Tasche greifen? Soll ich an den nächsten Baum fahren? Lass mich mal selber machen.«

Seine Frau schwieg. Es war ihr immer peinlich, wenn er zweideutige Witze machte. Selbst, wenn sie nur zu zweit waren.

Als er das Gerät schließlich in der Hand hielt, wählte er die Nummer des Büros.

»Himmelherrgottnochmal, die könnten die Tasten aber auch etwas fingerfreundlicher machen«, schimpfte er, als er sich bereits zum zweiten Mal vertippt hatte. In Wirklichkeit meinte er: wurstfingerfreundlicher. Denn die immer kleiner werdenden Geräte schienen nicht für seine stattlichen Hände gemacht.

»Du sollst sowieso nicht während der Fahrt telefonieren. Das ist verboten. Kostet einen Haufen Strafe, wenn sie dich da erwischen«, maßregelte ihn Erika.

»Soso. Wenn mich wer da erwischt?«

»Na, die Polizei.«

Kluftinger schüttelte den Kopf »Hallo! *Ich* bin die Polizei.«

»Du weißt schon, was ich meine. Gefährlich ist es trotzdem.«

»Hm-hm«, brummte er.

»Ge-fähr-li-hich, hab ich gesagt!«

»Ja, hab ich gesagt!«

Da Kluftinger nicht weiter darauf einging, fügte sie hinzu: »Jetzt lass halt bitte mich anrufen.«

»Du willst im Büro anrufen? Kommt ja gar nicht in Frage. Wie schaut denn das aus, wenn meine Frau anruft, um zu sagen, dass ich später komme.«

»Ach, und wer ruft immer an, wenn du krank bist?«

Kluftinger lief rot an und schwieg. Zufrieden nahm ihm seine Frau das Telefon aus der Hand, wobei er keine Gegenwehr leistete.

Er diktierte ihr die Nummer, und als sie schon dem Tuten in der Leitung lauschte, sagte sie noch: »Komisch, für meine Finger ist es ziemlich in Ordnung.«

Vom Gespräch selbst bekam Kluftinger nur mit, was seine Frau sagte.

»Kluftinger hier. Ja, hallo Frau Henske … nein, nein, mein Mann ist nicht krank.« Bei diesen Worten warf sie ihm einen zufriedenen Blick zu.

»Ich wollte nur Bescheid geben. Wir fahren gerade nach Buxheim. Wegen dem Fall.« Kluftinger zuckte zusammen, weil sie das *wir* und den *Fall* so betonte. Er konnte nur hoffen, dass Fräulein Henske die ganze Sache für sich behalten würde.

***

Wenige Minuten nach halb neun stellten sie ihren Wagen auf dem Parkplatz der Kartause ab. Kluftinger schlug seinen Mantelkragen hoch, da sich der Oktober heute von seiner kühlen Seite zeigte.

Dichter Nebel hing über dem Land, was für diese Jahreszeit im Allgäu – zumal im so genannten »Unterland« – nicht ungewöhnlich war, aber so zäh und hartnäckig wie in den letzten Wochen hatte der Kommissar ihn nur selten erlebt. Er betrachtete ehrfürchtig die weitläufige Klosteranlage – jedenfalls den kleinen Teil, der vom Parkplatz aus sichtbar war, blickte auf eine große Mauer, die den ganzen Komplex umgab, auf Torbögen und gepflegte Grünflächen mit gekiesten Wegen. »Komm, schnell, da geht g'rad eine Führung los.« Seine Frau zupfte ihn am Ärmel und tatsächlich sah er gerade noch die letzten Angehörigen einer Reisegruppe, offenbar des Busses mit dem Autokennzeichen »D« für Düsseldorf, der ebenfalls auf dem Parkplatz stand, im Portal eines kleinen Vorbaus verschwinden.

Im Laufschritt legten er und seine Frau den Weg bis zum Eingang zurück.

Im Inneren erwartete sie eine vierzigköpfige Menschengruppe, der überwiegende Teil mit grauen Haaren und Cordbundhosen zu quietschbunten Regenjacken ausgestattet. Eine der Frauen hielt einen Prospekt in die Höhe und ließ ihre durchdringende Stimme durch das alte Gemäuer schallen: »Zur Führung jetzt alles bei mir sammeln.«

Murrend rissen sich einige von dem kleinen Postkartenstand los, der gleich neben der Eingangskasse platziert war.

»Wir werden nachher noch genügend Zeit haben, ein paar Andenken zu erstehen«, schrie die Frau mit rheinischem Akzent weiter und ihre Stimme brach sich an den Backsteinwänden.

»Jetzt wird uns aber erst mal Frau Heberlein durch das Kloster führen«, fuhr sie fort, wobei sie noch immer ihren Prospekt über den Köpfen der anderen schwang.

»Häberle«, korrigierte sie eine kleine Frau neben ihr, die allein schon mit ihrem dezenten dunkelgrünen Mantel zeigte, dass sie nicht zu der Gruppe gehörte.

»Möchten Sie auch noch bei der Führung mitmachen?«, fragte sie in Richtung der Kluftingers. Vierzig Augenpaare ruckten herum und blieben auf dem Ehepaar haften. Kluftinger hätte am liebsten nein gesagt, aber schließlich war er dienstlich hier und hatte keine Zeit zu vergeuden.

»Gern, vielen Dank«, antwortete er deshalb und es schien ihm fast, als sei die Führerin froh darüber.

Mit angemessenem Abstand zur Reisegruppe folgten die Kluftingers und lauschten zunächst interessiert, später gebannt, den Erklärungen von Frau Häberle. Sie erfuhren, dass die Kartäuser um 1400 nach Buxheim gekommen waren, inzwischen aber nicht mehr hier anzutreffen waren. Stattdessen betrieben einige Salesianer Don Boscos ein Gymnasium in der Klosteranlage. Frau Häberle bejahte die Frage einer Frau in rosafarbener Synthetikjacke, ob es stimme, dass dies »die am besten erhaltenste Kartäuseranlage Deutschlands« sei. Er freute sich darüber, dass die Frau mit ihrem falsch gebrauchten Superlativ seine Meinung über norddeutsche Reisegruppen ungefragt bestätigte.

Als Frau Häberle das asketische Leben der Kartäusermönche beschrieb, die den größten Teil ihres Daseins in einem kleinen und schlicht ausgestatteten Zellenhaus zubrachten, in dem sie beteten, meditierten, studierten, aßen und schliefen und vor allem schwiegen, dachte Kluftinger, dass die Mitglieder der Reisegruppe vor ihnen vor allem mit Letzterem so ihre Schwierigkeiten gehabt hätten.

Nachdem sie einen langen, verglasten Kreuzgang, der Blicke auf einen lauschigen Innenhof erlaubte, entlanggelaufen waren, versammelten sie sich alle vor einer kleinen Tür, vor der sich Frau Häberle postiert hatte und mit fast feierlicher Stimme sagte: »Wir betreten jetzt den vorderen Teil der Kirche mit dem Chorgestühl.«

Kluftinger fand es erst ein bisschen albern, um ein ordinäres Chorgestühl ein solches Tamtam zu machen, doch er revidierte seine Meinung, als sie eintraten. Zunächst verstummten die Geräusche der Besuchergruppe, um nach ein paar Sekunden in ein ehrfürchtiges Zischeln überzugehen. Zahlreiche »Ahs« und »Ohs« erfüllten den kleinen Raum. Und auch dem Kommissar und seiner Frau stand für einen Augenblick der Mund offen: Rechts und links neben dem Eingang, die gesamte Wand entlang, übers Eck bis zur Tür, zog sich die aufwändigste, gewaltigste und doch filigranste Holzarbeit, die Kluftinger je gesehen hatte. Es waren Dutzende Sitzplätze, die beide Seiten der Wand zierten, und alle waren verziert mit unzähligen Putten, Tieren, Heiligen, Blumen, Früchten und allerlei verschnörkelten Ranken. Das ganze Ensemble, obwohl von einer erhabenen Monumentalität, schien förmlich zu atmen; die bis ins Kleinste verzierten Reliefs verliehen dem riesigen Kunstwerk eine eigentümliche Leichtigkeit.

Nur ganz am Eingang waren ein paar größere Figuren eingearbeitet – eine davon der Betende von dem Foto, das Kluftinger in der Handtasche der Ermordeten gefunden hatte. Eine Gänsehaut wanderte seinen Nacken hinauf, als er die Figur sah, verstärkt durch die Ehrfurcht, die der ganze Raum ihm einflößte.

Die Fremdenführerin gab den Menschen ein paar Minuten, um den Anblick aufzunehmen. Erst dann fing sie an, darauf hinzuweisen, dass es sich um eines der schönsten Chorgestühle Europas handle, was die »Ahs« und »Ohs« noch verstärkte. Kluftinger bekam von ihren Ausführungen nicht alles mit, er starrte wie hypnotisiert auf die Holzfigur gleich rechts von ihm. »Eine wechselvolle Geschichte«, hörte er etwa, »1687 bis 1691 vom Tiroler Bildhauer Ignaz Waibel und dem Memminger Schreinermeister Peter gefertigt«, »1883 verkauft«, »in England aufgetaucht« und »bis Ende der 70er Jahre des 20. Jahrhunderts in einem Frauenkonvent aufgestellt«. Aufhorchen ließ den Kommissar die Bemerkung, dass es »dort mit pechschwarzem Bootslack übermalt worden war«. Ein Sakrileg, das ihn im ersten Moment mehr erschütterte, als viele Verbrechen, die er beruflich auf den Tisch bekam – was seine Gedanken wieder zum aktuellen Fall und der Figur zurückkehren ließ. Als er sich vom Anblick des Betenden lösen konnte, hörte er gerade noch den Schluss von Frau Häberles Ausführungen: » … allein die schwarze Teerfarbe abzulösen war eine Sisyphusarbeit, die sechs Jahre in Anspruch genommen hat. Die ganze Renovierung hat zwei Millionen Mark gekostet, so viel, wie man aufbringen musste, um das ganze Gestühl von den Engländern zu kaufen. Aber es hat sich ja gelohnt, wie Sie sehen.«

Kluftinger, der sonst im Angesicht knapper Kassen schnell bereit war, Sparmaßnahmen bei der Kultur das Wort zu reden, bestätigte ihren letzten Satz mit einem Nicken. »So was kann man ja heutzutage gar nicht mehr bauen«, flüsterte er seiner Frau ins Ohr.

»So, wenn Sie mir jetzt bitte folgen«, sagte Frau Häberle und verließ den Raum. Doch die Wenigsten schienen ihrer Aufforderung nachkommen zu wollen. Kameras wurden gezückt, in allen möglichen Körperhaltungen fotografierten die Mitglieder der Gruppe das Chorgestühl. Einer kniete sich sogar vor den Kopf eines Engelchens, was wie ein Gebet anmutete. Wahrscheinlich ein Flehen um Gnade für die Beleidigung, einen so ehrwürdigen Raum mit einem rosafarbenen Regencape zu entweihen, dachte der Kommissar bei sich.

Das muntere Treiben löste sich allerdings schnell auf, als die Stimme der Frau mit dem Prospekt blechern in die geschäftige Stille tönte, man solle doch jetzt endlich Frau Heberlein folgen, später gebe es noch Gelegenheit, Ansichtskarten des Gestühls bei ihr im Bus zu erwerben. Etwa dreißig Sekunden später war der Raum leer. Nur Kluftinger blieb zurück. Jetzt wirkte die Schnitzarbeit noch gewaltiger als mit den ganzen Menschen drumherum. Der Kommissar versuchte sich vorzustellen, wie es gewesen sein mochte, als noch Mönche in braunen Kutten auf den Bänken saßen. In seinem Kopf stimmten sie bereits gregorianische Choräle an, als eine tiefe Stimme in seinem Rücken ihn zusammenzucken ließ.

»Haben Sie Ihre Gruppe verloren?«

Als er sich umdrehte, blickte er in zwei wache, wasserblaue Augen.

Sie gehörten zu einem großen, etwa siebzigjährigen Mann in dunkler Kleidung. Sein Gesicht in Kombination mit seiner volltönenden Bassstimme wirkte fast fürchteinflößend: Es war hager, die Wangen waren eingefallen, um die Augen lagen tiefe Schatten. Das graue Haar stand kurz geschnitten von seinem Kopf ab, das Kinn zierte ein exakt ausgeschnittener, silbrig glänzender Bart. Um den Hals hing ein kleines, hölzernes Kruzifix. Irgendetwas sagte Kluftinger sofort, dass dieser Mann hierher gehörte, kein Tourist war, der sich verlaufen hatte.

»Ich bin Pater Odilo«, bestätigte der Mann vor ihm seine Vermutung. Der Kommissar war sofort von dem Anblick des Mönches fasziniert; alles in diesem Raum strahlte einen der Zeit entrückten, morbiden Charme aus, auch Pater Odilo.

Als ihm bewusst wurde, dass er den Mönch anstarrte, räusperte sich der Kommissar, lächelte und neigte seinen Kopf zur Begrüßung: »Gestatten: Kluftinger mein Name. Ich bin noch ein bisschen hier geblieben, weil mir diese Figur hier so gefällt.«

Der Kommissar zeigte auf die Schnitzerei hinter ihnen.

»Der Bußfertige Sünder! Ja, diese Figur zieht viele in ihren Bann.«

Der Kommissar war irritiert, weil der Ordensbruder sich bei seinen Worten nicht umdrehte. Er traute sich jedoch nicht zu fragen, woher er gewusst hatte, welche Figur gemeint war. Seine Ehrfurcht wuchs – und mit ihr auch sein Unbehagen.

»Wieso?«, fragte Kluftinger leise.

»Nun«, sagte der Geistliche, drehte sich um und legte der Figur seine Hand auf den Kopf, »vielleicht liegt es an der Geschichte, die sich dahinter verbirgt. Auch wenn sie die meisten Menschen nicht kennen, scheint sie sich doch irgendwie zu vermitteln.« Bei diesen Worten strich er sanft die Konturen der Schnitzerei mit seinen langen, feingliedrigen Fingern nach. Dabei flüsterte er ein paar Worte, die Kluftinger nicht verstand.

Gespannt wartete der Kommissar darauf, dass der Mönch die Geschichte erzählen würde. Und nach einer kurzen, selbstversunkenen Pause fing er tatsächlich an zu reden. Die Worte, die er dabei benutzte, ließen einen überaus gebildeten Menschen erkennen und Kluftingers Respekt weiter wachsen.

»Das Chorgestühl ist im Jahr 1691 fertig gestellt worden, wie Sie ja sicher gerade gehört haben«, hob er an, ohne den Kommissar dabei anzusehen. »Nun, es war zwar nicht mehr weit bis zur Aufklärung, aber hier, in der Abgeschiedenheit der Provinz, war das Leben noch geprägt durch barocke Mythen und Sagen. Dunkle Mächte trieben hier ihr Unwesen – jedenfalls in der Vorstellung der Menschen. Von Kants ›Sapere aude‹, seiner Aufforderung, es ruhig auch einmal mit dem Verstand zu versuchen, würde man erst in vielen Jahren hören. Zu nahe waren noch die Schrecken des Dreißigjährigen Krieges, zu groß die existentiellen Sorgen. Aber es gab auch Menschen, denen es an nichts mangelte. Die Patrizier in Memmingen etwa, und der so genannte Landadel. Dazu zählten auch die von Balzheims, die sich sogar als Kreditgeber an die Stadt Memmingen hervortaten. Nun, es gab sicher Schlimmere als die von Balzheims, doch viele hatten trotzdem unter ihnen zu leiden, und das war ihm hier zu verdanken.«

Mit einem Lächeln, fast liebevoll, tätschelte der Mönch den Kopf der Figur.

»Unser Freund hier war ein Scherge dieses Fürstenhauses, der Arbeiten verrichtete, mit denen sich sonst niemand die Hände schmutzig machen wollte. Sie wissen schon: säumige Zahler zur Räson bringen und dergleichen. Aber er gehörte einer besonderen Spezies an: Es machte ihm Spaß. Er ging in seiner Arbeit auf, machte sie mit Hingabe – was sich in einer Brutalität ausdrückte, die bisweilen in Blutrünstigkeit abglitt. Die Menschen hassten ihn, aber mehr noch als sie ihn hassten, fürchteten sie ihn. Deswegen blieb ihnen nicht viel mehr, als ihm den Teufel an den Hals zu wünschen, was sie auch taten. Gott weiß, wie oft dieser eine Mann verflucht worden ist. Doch das war ihm egal, im Gegenteil, es schien ihn geradezu anzustacheln. Er verhöhnte die Bauern und die Zeichen ihres Glaubens waren das Erste, was er ihnen pfändete. Aber de mortuis nil nisi bene, nicht wahr?

Nun ja, trotzdem ging es ihm nicht gerade gut, denn er hatte eine Reihe Kinder, die alle starben. Das Seltsame daran: Sie starben alle im Alter von sieben Jahren. Vier Kinder hatte er so schon verloren, und nachts, wenn die Menschen unter sich waren, in ihren ärmlichen Stuben, dann freuten sie sich darüber. Sie schoben das auf ihre Flüche und sahen eine göttliche Gerechtigkeit, die sich in den Todesfällen Bahn brach. Wie dem auch sei: Sein fünftes Kind feierte gerade seinen siebten Geburtstag. Und unser Freund bekam es mit der Angst zu tun. Denn seine Frau war bei der Geburt dieses Sohnes gestorben und auch er selbst war nicht mehr der Jüngste: Memento mori, mag ihm da eingefallen sein. Wenn auch dieses Kind sterben würde, das wusste er, würde er ohne Nachfahren bleiben. Und da geschah etwas Seltsames: Der Mann suchte Rat bei denen, von denen er bisher nur gehört hatte und die er gegenüber seinen ›Klienten‹ mehr als einmal verhöhnt hatte – den Patres des Kartäuserklosters. Das wird schwierig gewesen sein, denn die Kartäuser lebten und leben sehr zurückgezogen, nicht wie wir

Salesianer, das sehen Sie ja schon daran, dass wir keine Ordenskleidung tragen. Schweigen ist bei ihnen oberstes Gebot, Einsamkeit, Enthaltsamkeit.

Doch offenbar fand er einen Gesprächspartner: Prior Johannes Bilstein. Jedenfalls versprach der ihm, dass sein Kind gerettet werden könnte – allerdings unter der Bedingung, dass er umkehren müsse, seine Sünden bereuen, ein neues Leben beginnen. Unser Freund versprach alles, coram notario et testibus, sozusagen. Aber ob er es wirklich ernst gemeint hat? Vielleicht klammerte er sich auch nur an einen Strohhalm. Wie auch immer: Irgendwann feierte sein Sohn seinen achten Geburtstag und es begann die wundersame Wandlung des Mathias Kreutzer. So hieß unser Freund hier übrigens.

Ich weiß nicht, was passiert wäre, wenn sein letzter Sohn auch gestorben wäre, aber er hat überlebt. In nuce: Mathias wurde zu einem Freund und Beschützer der Mönche. Eine komplette Wandlung. Wann immer etwas im Kloster zu reparieren war, wann immer sie Beistand vor den weltlichen Herren brauchten, in ihm hatten sie einen treuen Helfer und Fürsprecher. Mehr als einmal hat er dabei auch für die blanke Existenz des Klosters gekämpft, wofür ihm die Brüder verständlicherweise sehr dankbar waren. Als er starb, pflanzten sie auf seinem Grab eine Buche – und Prior Johannes Bilstein ließ Ende des 17. Jahrhunderts in das Chorgestühl diese Figur schnitzen.«

Kluftinger hatte keinen Mucks gemacht, während der Mönch die Geschichte erzählte. Nach ein paar Sekunden drehte er sich zum Kommissar, sah ihm tief in die Augen und fügte hinzu: »Sie werden jetzt sicher sagen, dass das doch alles alte Geschichten sind, Sagen, Mythen, Hirngespinste, die sich die Menschen in langen Winterabenden ausgedacht haben.«

Kluftinger dachte das ganz und gar nicht und schüttelte leicht den Kopf.

»Nun ja, prima facie vielleicht. Aber haben Sie sich dieses Chorgestühl einmal genau angesehen? Die Darstellungen – Erde und Himmel, Dämonen, Propheten und Heilige, Apostel und Engel – wiederholen sich andauernd. Doch die Figur hier, die scheint so gar nicht hineinzupassen. Und noch etwas ist seltsam:

Tatsache ist, dass diese Figur aus einem anderen Holz ist als der Rest des Gestühls. Alle anderen sind aus Eiche, diese Figur aber aus … «

Er machte eine Pause und ließ Kluftinger den Satz vollenden. »… Buche«, sagte der mit einem kaum hörbaren Flüstern.

»Richtig. Buche. Ach ja, nicht zu vergessen: Ich habe die Geschichtsbücher hier oft und lange studiert. Mathias Kreutzer gab es wirklich. Es steht nichts über seine Kinder in den Büchern, nur ein Sohn ist erwähnt. Und die unerklärliche Wandlung. Jetzt machen Sie sich selbst einen Reim darauf. Ignorabimus: Das sind Dinge, die wir nicht mit unserem Verstand erfassen können.«

Kluftinger kam dieser Satz bekannt vor und er brachte ihn wieder zurück in die Realität. Er hatte ihn erst vor wenigen Tagen in seinem Wohnzimmer gehört, von zwei Frauen, die vor einem Fernseher saßen, in dem ein Shoppingsender lief. Ja, es gab solche Dinge, das schien sich immer mehr abzuzeichnen.

»Und diese … «, der Kommissar musste sich räuspern, weil seine Stimme so belegt war, dass er nur ein Krächzen hervorbrachte, » … und diese Figur da … «

» … der Bußfertige Sünder«, ergänzte der Geistliche.

»Dieser Bußfertige Sünder ist also so was wie ein Symbol?«

»Ja, ich glaube, dass man das so sagen kann. Es ist ein Symbol für Umkehr. Und für die Barmherzigkeit Gottes, bei dem selbst ein Sünder wie Mathias Kreutzer noch eine Chance bekommt. Wenn er bereut«, sagte der Mönch und hob dabei mahnend seinen Zeigefinger. Dann entspannten sich seine Gesichtszüge etwas und er sagte: »Soll ich Sie jetzt zu Ihrer Gruppe zurückführen?«

»Ehrlich gesagt – nein. Ich, ähm, ich hätte da eigentlich noch ein paar Fragen an Sie.«

»Ich weiß nicht so recht … vielleicht suchen die anderen Sie schon.«

Kluftinger dachte kurz nach, ob er seinen Beruf verraten sollte. Er entschloss sich schließlich dazu, weil er sich von seiner Offenheit im Gegenzug auch offene Antworten versprach, außerdem, weil er sich ein bisschen davor fürchtete, diesen eindrucksvollen Gottesmann vor sich zu beschwindeln.

»Ich möchte mich Ihnen noch einmal vorstellen. Mein Name

ist Kluftinger, das wissen Sie ja schon. Aber meinen Beruf kennen Sie noch nicht: Ich bin Kriminalbeamter.«

Pater Odilo verzog keine Miene, was Kluftinger etwas aus dem Konzept brachte, weil die Reaktionen auf diese Mitteilung sonst wesentlich heftiger ausfielen.

»Nun, ich ermittle gerade in einem sehr undurchsichtigen Fall. Und die Recherchen haben mich heute hierher geführt.«

Noch immer sah der Geistliche ihn völlig ungerührt an.

»Jetzt werden Sie sich sicher fragen, was das alles mit Ihnen zu tun hat.«

Keine Reaktion.

»Also, wir haben ein Foto bei dem Opfer, einer Frau, gefunden. Ein Foto, das offenbar der Mörder hinterlassen hat.«

In diesem Augenblick öffnete sich die Tür zu der kleinen Krypta und ein kleiner, etwas verwachsener, alter Mann schlurfte ins Innere. Er trug dunkle Kleidung, die abgewetzt und schmutzig war. Ein kleiner Buckel auf dem Rücken zwang ihn zu einem gebeugten Gang. In seiner Hand hielt er einen Staubwedel und ein Schäufelchen. Als er an ihnen vorbeiging, nickte er kurz, verzerrte sein faltiges Gesicht zu einem Grinsen, wobei er seine Zähne entblößte – oder vielmehr das, was von ihnen übrig war.

»Gelobt sei Jesus Christus«, murmelte er im Vorbeigehen.

»In Ewigkeit Amen«, antwortete Pater Odilo, sah dem Alten mit einem Lächeln nach und flüsterte dann Kluftinger zu: »Nicht wundern, das ist noch einer vom ganz alten Schlag. Erledigt für uns ein paar Hausmeisterarbeiten. Er wohnt bei uns im Kloster. Aber Sie wollten gerade etwas von einem Foto erzählen?«

»Das Foto, natürlich!«

Kluftinger vergewisserte sich mit einem Blick, dass der alte Mesner außer Hörweite war. Da er nur ein paar Meter von ihnen entfernt am Chorgestühl stand und mit dem Wedel begann, es abzustauben, senkte er seine Stimme: »Wie gesagt: Bei dem Opfer befand sich ein Foto, das ich Ihnen gerne einmal zeigen würde. Hier.«

Er griff in seine Tasche, zog das Bild heraus und reichte es dem Mönch. Gespannt blickte er in sein Gesicht und versuchte, irgendeine Reaktion herauszulesen. Doch Pater Odilos Miene blieb wie versteinert. Lange betrachtete er das Foto, bis er schließlich sagte: »Unser alter Freund. Wo man den nicht überall antrifft.«

»Können Sie sich vorstellen, warum der Mörder das zurückgelassen hat? Oder was die Zahlen auf der Rückseite bedeuten?«

Pater Odilo drehte das Foto um und studierte einige Minuten lang die Ziffernkombination. Kluftinger wagte nicht, ihn in seinen Überlegungen zu stören. Mit zunehmender Dauer wuchs außerdem seine Hoffnung, der Geistliche könnte ihm tatsächlich weiterhelfen. Eine kurze Zeit war nur ihr Atem und das Summen des alten Mannes zu hören, der irgendeine Liedzeile unaufhörlich wiederholte.

»Es tut mir leid«, lautete schließlich die Antwort, und der Pater gab dem enttäuschten Kluftinger das Foto zurück.

Wieder öffnete sich die Türe und Erika betrat den Raum.

»Da bist du ja, ich hab mir schon Sorgen gemacht«, sagte sie mit einem vorwurfsvollen Blick, den sie jedoch schnell in ein Lächeln verwandelte, als sie den Pater neben ihrem Gatten sah.

»Pater Odilo, meine Frau«, stellte Kluftinger die beiden vor.

»Was war denn los, warum ... «

Kluftinger ließ sie gar nicht erst ausreden: »Würdest du uns bitte noch einen Moment entschuldigen? Du kannst dir ja das Gestühl noch mal in Ruhe anschauen.«

Irritiert vom bestimmten Ton ihres Mannes wagte Erika nicht, ihm zu widersprechen.

»Ich ... also, ich kann doch auf Ihr Beichtgeheimnis vertrauen?«, druckste der Kommissar herum, nachdem sich Erika einige Meter entfernt hatte.

»Selbstredend. Homo sum, humani nihil a me alienum puto, auch wenn ich nicht weiß, was das mit dem Beichtgeheimnis zu tun haben soll. Außer, Sie wollen mir sagen, dass Sie der Mörder waren?«

Kluftinger ging gar nicht auf die Bemerkung ein und fuhr fort: »Die Leiche lag in einem Bach, bei Waltrams. Das ist in der Nähe von ... «

» ... von Weitnau, ich weiß. Ich komme aus der Gegend.«

»Um so besser. Also: Die Frau lag da, ihre Kehle war durchschnitten, und auf ihrer Stirn war etwas eingeritzt. Eine Zahl: die Elf.«

Während er dies sagte, blickte der Kommissar immer wieder zu dem Alten, der mit seinem Staubwedel schon gefährlich dicht an die beiden herangerückt war. Zwar hatte er aufgehört zu summen, aber nun nuschelte er ohne Unterlass etwas vor sich hin. Gleich daneben stand Erika und beugte sich gerade über eine Schnitzerei.

Der Pater zeigte nun zum ersten Mal während des ganzen Gesprächs eine Reaktion: Er zog eine silbergraue Augenbraue nach oben und sagte leise: »Nein, leider. Damit kann ich gar nichts anfangen.«

Kluftinger ließ die Schultern hängen. Etwas mehr hatte er sich von seinem Besuch schon erhofft; nun war er nicht viel klüger als gestern Abend.

»Und wenn Sie vielleicht noch einmal etwas genauer nachdenken? Irgendein Zusammenhang vielleicht … «

Zu der einen hochgezogenen Augenbraue des Paters gesellte sich die zweite: »Hören Sie, mein Verstand arbeitet sehr schnell, auch wenn es vielleicht nicht so aussieht. Wie bei Ihnen, so vermute ich jedenfalls.«

Kluftinger fühlte sich ein wenig geschmeichelt und außerdem gut getroffen. Tatsächlich hatte er manchmal den Eindruck, dass ihn die Menschen für unterdurchschnittlich intelligent hielten. Was seine Kontakte zu verdächtigen Personen anbetraf, konnte das seiner Ansicht nach auch gerne so bleiben.

»Natürlich, sicher, ich wollte das nicht … Vielen Dank, Pater Odilo. Es ist eine heikle Sache, ich hoffe, Sie haben Verständnis dafür.«

»Natürlich. Ich wünsche Ihnen viel Glück.« Mit diesen Worten drehte sich der Mönch um und ging zur Tür. Als er sie schon geöffnet hatte, wandte er sich noch einmal um: »Versuchen Sie es doch einmal mit einem Gebet. Das hat schon manchen geholfen. Ora et labora, Sie wissen schon.« Dann war er verschwunden.

Kluftinger drehte sich um und zuckte zusammen, weil der Alte nur mehr eine Handbreit vor seinem Gesicht stand und grinste.

Der Kommissar mochte es gar nicht, wenn ihm Menschen zu

nahe kamen. Es gab gewisse Individualdistanzen, die man nicht unterschritt.

»Erika, kommst du?«, rief er ungeduldig seiner Frau zu, nachdem er ein paar Schritte zurückgewichen war. »Ich bin hier fertig.«

***

Rund zehn wortlose Minuten später saßen sie im Gasthaus Engel, das gleich neben der Klostermauer lag. Kluftinger fand es amüsant, dass sich die Nähe zur Bruderschaft offenbar in einem so spirituellen Namen niedergeschlagen hatte. In der rustikalen Gaststube herrschte reger Betrieb, was vor allem daran lag, dass kurz vor ihnen die Reisegruppe eingefallen war. Obwohl es erst kurz vor elf war, hatte Kluftinger bereits Appetit auf ein deftiges Mittagessen. Mit zunehmendem Alter verschob sich sein Hunger bei allen Hauptmahlzeiten immer weiter nach vorn, was der Kommissar mit einer gewissen Besorgnis zur Kenntnis nahm. Sein Sohn Markus sagte dann immer, das sei die natürliche Evolution in Richtung Altenheim, wo es irgendwann das Abendessen um 16 Uhr gebe. Auch wenn er dann beleidigt abwinkte, fürchtete er ein bisschen, dass er damit Recht hatte.

Wie immer fragte ihn seine Frau, was er wohl nehmen würde, sie könne sich gar nicht entscheiden, und wie immer kommentierte er die angebotenen Gerichte halblaut: »So. Jägerschnitzel mit Pommes. Mal sehen … Putensteak, Fischplatte, ha, Fischplatte am Vormittag, die spinnen wohl? Aber der Zwiebelrostbraten lacht mich direkt an. Und … «

Plötzlich stutzte der Kommissar. Seine Augen weiteten sich, dann drehte er die Speisekarte um und las laut vom Einband ab: »Gasthof Engel, gutbürgerliche Küche.«

Seine Frau sah ihn fragend an.

»Steht das bei dir auch drauf?«, wollte er wissen.

Etwas irritiert blickte sie auf ihren Einband und nickte.

»Also. Was soll dann der Schmarrn?«

Erika verstand immer noch nicht.

»Da. Auf Seite drei: Tofu in Currysoße! Ist das jetzt die neue Hausmannskost?«

Da sich die Bedienung bereits neben dem Tisch postiert hatte, unterbrach er sein Gemecker und orderte mit einem demonstrativen Kopfnicken: »Einmal den Zwiebelrostbraten. Mit viel Zwiebeln, wenn's geht. Ach, und könnt ich statt der Pommes als Beilage vielleicht ein paar Kässpatzen haben? Ja, geht das? Danke.«

Seine Frau, die sich über den Appetit ihres Mannes am Vormittag schon lange nicht mehr wunderte, bestellte lediglich einen Salat mit Putenstreifen.

Als die Bedienung gegangen war, sah sich Kluftinger erneut die Postkarten des Chorgestühls an, die er beim Herausgehen noch gekauft hatte.

»Bist du nicht zufrieden?«, wollte seine Frau wissen.

»Na«, brummte er zurück.

»Aber mit dem, was dir der Pater erzählt hat, kommst du doch bestimmt weiter.«

Kluftinger blickte sie an. Hatten sie doch zu laut gesprochen?

»Wieso? Was meinst du jetzt?«

»Na, ihr habt euch doch eine ganze Weile unterhalten. Ich bin ja erst später dazugekommen. Und dann hab ich auch nichts verstanden, der Alte hat immer so gegrummelt.«

»Ja, der hat mich auch aufgeregt. Mir kam's vor, als hätte der gerne mehr mitbekommen.«

»Ich weiß nicht, der schien mir mehr mit sich selbst beschäftigt zu sein. Hat immer so einen Spruch vor sich hingesagt.«

»Was denn für einen Spruch?«

»Ich weiß auch nicht genau. Hat für mich keinen Sinn ergeben. Irgendwas wie ›Elf. Natürlich sind's elf.‹ und so weiter.«

Kluftinger ließ die Postkarten fallen und starrte seine Frau an.

»Was hat er gesagt?«, fragte er heiser. Er spürte, wie ihm das Blut in den Kopf schoss.

»Ich weiß nicht, irgendwas mit … «

»Überleg ganz genau«, herrschte Kluftinger sie so laut an, dass sie zusammenzuckte und einige Mitglieder der Reisegruppe ihn mit tadelnden Blicken straften.

Es schien ihrem Mann ernst zu sein, also überlegte sie angestrengt.

»Er sagte immer, also ich glaube … Ja, genau: ›Elf sind's. Natürlich sind's elf. Wie in der Sage. Es müssen elf sein.‹«

Kluftinger stand so ruckartig auf, dass sich der Tisch dabei geräuschvoll ein Stück über den Boden schob.

»Bin gleich wieder da«, rief er noch und eilte aus dem Lokal.

***

Er war die Klostermauer entlanggerannt und nun völlig verschwitzt und puterrot im Gesicht bei dem Eingang angelangt, an dem sie vorhin ihre Führung begonnen hatten. Die Frau mit der altmodischen Hochfrisur und der goldumrandeten Brille hinter dem Glas in dem kleinen Kassenhäuschen machte ein skeptisches Gesicht. Sie drückte auf einen Knopf, dann erschallte über Lautsprecher draußen ihre Stimme: »Sie wünschen? Wenn Sie noch mal hineinwollen, dann müssen Sie noch einmal Eintritt bezahlen.«

Offenbar erinnerte sie sich an ihn.

»Nein, ich … muss den Hausmeister … sprechen.«

Er musste nach fast jedem Wort eine Atempause machen, so hatte ihn sein Sprint angestrengt.

»Bitte sprechen Sie in das Mikrofon«, kam es blechern aus dem Lautsprecher.

»Welches Mikrofon? Ich seh … kein Mikrofon!«

»Bitte sprechen Sie ins Mikrofon«, kam es wieder von drinnen und die Frau machte dabei einen gelangweilten Gesichtsausdruck. Jetzt platzte Kluftinger der Kragen. Er zog seinen Ausweis, klatschte ihn mit solcher Wucht gegen die Scheibe, dass die Frau im Kassenhäuschen einen Satz machte, und schrie dann so laut, dass es ohne Mikrofon noch bis in den letzten Winkel der Kartause hörbar war: »Ich bin von der Kriminalpolizei. Ich will sofort Ihren Hausmeister sprechen. Sofort, hören Sie?«

Die Frau war von Kluftingers Ausbruch so eingeschüchtert, dass sie ihm beinahe schon wieder Leid tat.

»Im Zellentrakt. Er ist bestimmt im Zellentrakt, gleich rechts um die Ecke«, rief sie nun etwas hysterisch so laut, dass auch sie keinen Lautsprecher mehr benötigte. Kluftinger lief in die gewiesene Richtung. Vor ihm lag ein etwa fünfzig Meter langer Gang, alle paar Meter waren hölzerne Türen in der Wand angebracht. Er klopfte an die erste und trat, als niemand antwortete, einfach in das Zimmer ein. Es war karg eingerichtet, nur ein Stuhl, ein Tisch, ein Bett und ein hellgrüner, hölzerner Kasten, der bis unter die Zimmerdecke reichte. Darin befand sich auf der einen Seite eine Bank, auf der gegenüberliegenden ein kleiner Altar mit zwei Kerzen und einem Kruzifix. Ein Durchgang führte in den Garten, der durch Mauern von den anderen Gärten abgeschirmt war. In diesem kleinen Gang war eine kleine, altertümliche Tischlerwerkstatt mit einer kleinen Hobelbank und allerlei Werkzeug. Das ärmliche Zimmer, für das er den Begriff »Zelle« recht treffend fand, wirkte bedrückend auf ihn. Auch deswegen beeilte er sich, wieder hinauszugehen.

Die nächsten Räume, die er betrat, glichen aufs Haar dem ersten. Er konnte sich nicht vorstellen, wie hier früher Menschen in absoluter Stille hatten leben können, ohne Fernsehen, ohne Radio, nur mit sich und Gott. Es nötigte ihm einen gewissen Respekt ab, doch vor allem verstand er nicht, wie man sich für ein derartiges Leben entscheiden konnte. Auch wenn man dafür quasi ein eigenes Appartement mit Garten mietfrei zur Verfügung hatte, was im Vergleich zu anderen Klöstern der damaligen Zeit durchaus fortschrittlich gewesen war. Bei der achten Türe bekam Kluftinger plötzlich Antwort auf sein Klopfen.

»Herein, nur herein«, schnarrte eine heisere Stimme aus dem Inneren.

Als er die Türe aufgestoßen hatte, war Kluftinger zunächst irritiert, weil die Zelle etwas anders aussah als die, die er bisher gesehen hatte: Zwar war sie genauso groß und hatte auch die gleichen Möbel, allerdings war etwa der Tisch mit einer Decke versehen, ein Radio lief, auf dem Fensterbrett standen Blumen, ein kleines Bücherregal stand neben dem Bett, an der Wand hing ein Gemälde mit einer Allgäuer Landschaft und den Boden zierte ein Teppich. Sogar einen Kühlschrank, auf dem eine kleine Kochplatte stand, entdeckte der Kommissar.

An dem Tischchen saß der alte Mann mit dem kleinen Buckel, der ihm vorher in der Kapelle begegnet war. Er grinste den Kommissar an und sagte: »Setzen. Nur hersetzen. Setzen, setzen.«

Kluftinger folgte seiner Aufforderung und stellte sich vor. Ohne Umschweife kam er zur Sache: »Sie haben da vorhin etwas gesagt, beim Chorgestühl. Etwas über eine Zahl. Elf. Und dass es natürlich elf sind … «

»Ja ja, elf. Natürlich elf. Wie in der Sage: elf«, grinste der Alte und begann, glucksend zu lachen.

»Können Sie mir das erklären?«

Der Alte grinste weiter, ohne eine Antwort zu geben.

»Ich meine: Was wollten Sie denn damit sagen?« Kluftinger sprach unwillkürlich etwas lauter und langsamer, was er öfter tat, wenn er mit älteren Menschen zu tun hatte.

»Wie in der Sage, wollt ich sagen. In der Sage, der Sage.«

Langsam fand der Kommissar die Marotte des Männleins, alles zu wiederholen, reichlich nervtötend. Das also passiert, wenn man ein paar Jahre zu lang in einer dieser Zellen sitzt, dachte er sich.

»Welche Sage?«

»Waltrams. Sie haben doch Waltrams g'sagt. Waltrams, natürlich. ›Die Zwölf Knaben‹, natürlich. Sicher, sicher.«

Kluftinger blickte Hilfe suchend auf das Kruzifix. Er war bereit, auf der Stelle ein Stoßgebet zu sprechen, wenn der Alte nur etwas weniger in Rätseln sprechen würde. Er vermutete, dass ein ähnlich forsches Auftreten wie bei der Kassiererin hier nur wenig gebracht hätte. Deswegen blieb er weiter freundlich.

»Ja? Waltrams. Was ist mit Waltrams?«

»Sie haben's ja selbst gesagt. Elf Knaben sind weggekommen, von zwölf. Elf Knaben. Der Zwölfte war noch da.« Mit diesen Worten erhob sich der Alte. Kluftinger dachte schon, er wolle das Gespräch beenden, da sah er, dass er etwas aus dem Bücherregal holte. Es war ein Kistchen, das er unter dem Arm zum Tisch trug, dort abstellte und langsam öffnete. Unzählige bedruckte Papiere kamen zum Vorschein. Mit seinen krummen Fingern kramte der Alte darin herum und fischte schließlich eines heraus, das er dem Kommissar reichte. Dabei zeigte er wieder grinsend seine Zahnstummel: »Waltrams, freilich, freilich.«

Das Papier in Kluftingers Händen war leicht vergilbt, in Frakturschrift stand darauf: »**Die Zwölf Knaben**«. Gespannt begann der Kommissar zu lesen.

Was er las, ließ seinen Mund trocken und seine Wangen heiß werden. »**Zu einer Zeit vor vielen hundert Jahren …** « begann die Geschichte. Die Buchstaben formten sich vor seinem geistigen Auge zu Bildern, die sich in sein Gedächtnis einbrannten. Er sah ein altes Weiblein, das bei den Edelleuten von Humpiß um eine milde Gabe für seine hungernden Kinder bat. Die hartherzige Frau des Hauses wies sie jedoch schroff mit dem Argument ab, sie hätte eben nicht so viele Kinder in die Welt setzen sollen. Daraufhin verfluchte die Alte sie: Zwölf Knaben sollte sie gebären.

Der Fluch trat ein und mit ihm kam die Furcht der Frau, ihr Gatte würde sie wegen so vieler Kinder der Untreue zeihen. Wenig zimperlich wies sie deswegen ihre Magd an, elf Knaben in einem Korb zum Weidenbach hinauszutragen und zu ertränken. Doch auf dem Weg dorthin begegnete sie dem Hausherrn, dem sie erst erzählte, dass sie Hunde in ihrem Weidenkorb habe, was dieser ihr aber nicht glaubte. Schließlich fand er die schreckliche Wahrheit heraus. Er war entsetzt ob der Grausamkeit seiner Frau und brachte die Kinder an einen sicheren Ort, wo sie unbemerkt aufwuchsen. Zwölf Jahre später fragte er seine Gattin, welche Strafe wohl eine Mutter verdiene, die ihre Kinder umgebracht hat. »Den Tod«, war ihre Antwort. Und mit dem Satz: »So hast du dir selbst dein Urteil gesprochen« öffnete sich eine Türe und elf Knaben stürmten herein. Die Geschichte endete mit den Worten: »**In dem Wappen der Humpiß finden sich bis heute noch eine Anzahl Hunde.**«

Kluftinger senkte das Blatt, das in seinen Fingern zitterte. Er war aufgewühlt und auch ein wenig schockiert. Nicht wegen der Tatsache, die die alte Sage berichtete. Es war einer der ersten Sätze, der ihm das Blut in den Adern gefrieren ließ: »**Die Ahnen des Edelmannes**«, stand da, »**stammten aus dem Württembergischen und hatten sich in Waltrams bei Weitnau niedergelassen.**«

Er wusste nicht, ob er lachen oder weinen sollte. Einerseits war er erregt, weil er fühlte, dass er der Lösung des Geheimnisses ganz nahe gekommen war. Andererseits schauderte ihn bei dem Gedanken, wie mystisch der Fall zusehends wurde.

Er blickte den Buckligen an, der ihn die ganze Zeit angegrinst hatte und jetzt wie auf Stichwort sagte: »Jaja, alles klar, alles klar.«

Kluftinger überlegte einen kurzen Moment, ob er ihm auch vom ersten Mord erzählen sollte, entschied sich aber dagegen. Er wusste nicht, wie viel der Alte von dem, was um ihn herum vorging, wirklich mitbekam und wie sorglos er eventuell mit sensiblen Informationen umgehen würde. Dennoch wollte er die Chance, die sich ihm hier bot, nutzen.

»Haben Sie schon mal etwas von Rappenscheuchen gehört?«, fragte er deshalb.

Das Grinsen aus dem Gesicht seines Gegenüber verschwand. Der Alte überlegte lange, kratzte sich dabei sein stoppeliges Kinn und sagte schließlich ein wenig enttäuscht: »Nein, nein. Schade, schade, leider. Sehr schade.«

Damit sprach er dem Kommissar aus dem Herzen. Dennoch war er dem Männlein sehr dankbar und versuchte, das auf seine unbeholfene Art auch zu zeigen: »Wenn Sie mal was brauchen, rufen Sie mich an. Kommissar Kluftinger, Kripo Kempten, gell? Auf Wiedersehen.«

»Ja ja, alles klar. Kempten. Alles klar«, erwiderte der Alte und zeigte zum Abschied noch einmal grinsend seine Zahnstummel.

***

Auf dem Weg zurück zum Gasthof überschlugen sich Kluftingers Gedanken. Die Sache war jetzt »heiß«, wie er sich in solchen Fällen auszudrücken pflegte. Die Elf auf der Stirn der Toten, die elf Knaben in der Sage, Waltrams – das alles konnte kein Zufall sein. Das würde vielleicht auch den mysteriösen Leichenfund in Rappenscheuchen erklären. Wenn auch die Zahlenkombinationen nach wie vor rätselhaft blieben. Welches Geheimnis würde sich dahinter verbergen? Kluftinger bekam eine Gänsehaut.

Als er die Tür zur Gaststube aufstieß, freute er sich darüber, endlich mit jemandem über seine Entdeckung reden zu können. Seine Frau saß vor einem leeren Teller und auch in ihrem Getränk befand sich nur noch ein kleiner Schluck. Auf seinem Platz stand dagegen ein noch unberührter Zwiebelrostbraten.

»Erika, jetzt halt dich fest«, begann er ohne Umschweife. »Du wirst nicht glauben, was ich … «

»Dein Essen wird kalt«, unterbrach ihn seine Frau und ihre Stimme blieb dabei emotionslos.

Kluftinger legte die Stirn in Falten. Natürlich war es nicht gerade nett gewesen, sie hier einfach so sitzen zu lassen.

»Hör mal«, begann er in verbindlichem Tonfall, »wenn du schon bei den Ermittlungen dabei bist, dann musst du auch damit rechnen, dass … «

»Ich rechne damit, dass dein Essen kalt ist. Sonst gibt es keinerlei Probleme«, antwortete Erika, doch ihr Tonfall ließ auf eine ganze Menge Probleme schließen.

»Ich … «

»Iss!«

Kluftinger zuckte ob der Schärfe ihres Befehls zusammen. Dann seufzte er, griff sich das Besteck, lud in einer kunstvollen Prozedur ein großes Stück Fleisch, viel Zwiebeln und ein Häufchen Kässpatzen auf seine Gabel, balancierte das Ganze zum Mund und ließ es zwischen seinen Lippen verschwinden. Als er den Mund schloss und zu kauen begann, hielt er kurz inne und überlegte sich, ob er nicht sofort wieder alles auf den Teller spucken sollte. Das Essen war eiskalt. Er blickte seine Frau an, die mit versteinerter Miene ihren Bierfilz in winzige Stückchen riss. Er überlegte kurz und entschied dann, dass es für alle Beteiligten wohl besser wäre, wenn er weiter aß.

»Schmeckt's?«, fragte seine Frau mit spitzer Stimme.

»Hm-hm«, nickte er und schrieb kalte Kässpatzen im Geiste auf seine Liste der verabscheuungswürdigsten Speisen, die er je verzehrt hatte.

***

Nach einer fast wortlosen Rückfahrt hatte er seine Frau zu Hause abgesetzt, nicht jedoch, ohne vorher noch während der Fahrt vor ihren Augen mit dem Kollegen der Polizeidirektion zu telefonieren und sein Kommen anzukündigen sowie eine Konferenz anzuberaumen. Lediglich, dass er heute Abend ihren Sohn vom Bahnhof abholen müsse, gab ihm seine Frau noch mit auf den Weg.

Etwas abgehetzt kam er schließlich im Büro an, was seine Sekretärin zu dem Satz veranlasste: »War's denn so anstrengend mit Ihrer Frau?«

Ohne eine Antwort schloss er die Tür hinter sich und ließ sich ächzend in seinen Schreibtischstuhl fallen. Er wollte noch einmal seine Gedanken ordnen, bevor er seinen Kollegen vom heutigen Vormittag erzählen würde. Sein Blick wanderte ziellos auf seinem Schreibtisch umher, als ihm plötzlich ein Stapel Bücher auffiel, der gestern noch nicht dort gestanden hatte. Er nahm das oberste Buch in die Hand und las den Titel: »Menopause. Die Frau am Scheideweg« stand in rosaroten Lettern darauf. Er schüttelte den Kopf, nahm das nächste und las »Schwere Tage leicht gemacht. Die Menstruation der Frau«. Jetzt bekam er einen roten Kopf. Wollte ihn hier jemand veralbern? Nach der Lektüre der zwei nächsten Titel, »Die Fruchtbarkeitsdiät« und »Brustgymnastik« braute sich in seinem Magen ein veritabler Wutausbruch zusammen. Er war absolut nicht zu Scherzen aufgelegt, das hätten sie seinem Anruf von vorhin eigentlich entnehmen können. Sein Mund hatte sich schon geöffnet, um die Frage, was es mit den Büchern auf sich habe, quer durch die Büros zu brüllen, da fiel sein Blick auf die Autorenzeile: Michaela Heiligenfeld. Der Name stand auf allen Büchern. Kluftinger entspannte sich etwas und sein Adrenalinspiegel senkte sich. Da hätte er seinen Kollegen beinahe Unrecht getan und das im doppelten Sinne, denn die Bücher waren ja gleichzeitig ein Beweis, dass sie während seiner Abwesenheit fleißig gewesen waren.

Die Tür ging auf und Strobl kam herein, hinter ihm Maier und Hefele.

»Ah, du hast die Bücher schon gesehen, gut. Wir haben … aber erzähl du doch mal, was gibt es denn so Dringendes?«

Kluftinger konnte es kaum noch erwarten, endlich jemandem von seiner sensationellen Entdeckung zu erzählen, doch er wollte das Engagement seiner Kollegen dadurch honorieren, dass er zunächst ihnen zuhörte. Und außerdem wollte er die Bombe als dramaturgischen Höhepunkt erst zum Schluss dieser Unterredung platzen lassen.

»Nein, nein. Sagt ihr erst mal, was los ist.«

»Dass es sich bei dem Opfer um die Abtreibungsärztin aus Füssen handelt, hab ich dir ja schon gesagt«, fuhr Strobl fort. »Vielleicht erinnerst du dich noch, Ende der Achtziger war das. Sie hat nicht ganz legal Abtreibungen vorgenommen und ist damit aufgeflogen. Sie hat damals zwar Berufsverbot bekommen, aber zu einer strafrechtlichen oder zivilrechtlichen Verurteilung ist es erstaunlicherweise nie gekommen. Man munkelte was von Zeugeneinschüchterung.«

Kluftinger nickte.

»Jedenfalls ist sie nicht aus Füssen weggegangen und hat sich als Autorin für Frauen … na, Frauensachen eben, einen Namen gemacht«, drängte sich auf einmal Maier in den Vordergrund. »Ich hab dir hier ein paar Bücher hingelegt, wenn du mal sehen möchtest … «

»Danke, hab ich schon. Sonst noch was?«

Maier blickte ihn verunsichert an. Er hatte wohl etwas mehr Anerkennung erwartet.

Als Kluftinger einem anderen Kollegen das Wort erteilte, hockte sich Maier mit einer beleidigten Schnute auf die Couch.

»Sie hat sehr zurückgezogen gelebt«, erzählte Hefele, »was ja irgendwie auch kein Wunder ist, nach dem ganzen Aufsehen, für das sie gesorgt hat. Sie hat wohl noch Kontakt zu ihrer Schwester, mehr weiß ich im Moment noch nicht. Als Autorin geht es ihr jedenfalls ganz gut. Also finanziell, meine ich. Ansonsten eher nicht, nachdem sie ja jetzt tot ist.«

So hätte sie wirklich niemand reden hören dürfen.

»Dann kann sie sich ja eine Eins-A-Beerdigung leisten«, sagte Maier, der sich mit einem Witz wieder ins Gespräch einklinken wollte, doch über seine Bemerkung lachte niemand.

»Ach ja, wo ist sie eigentlich umgebracht worden? Ist das schon geklärt?«

Hefele blickte zu Strobl, der wieder übernahm.

»Also, das ist so: Genau wissen wir das nicht. Die Kollegen, die ihre Wohnung untersucht haben, konnten jedenfalls nichts entdecken. Sicher können wir deswegen nur sagen, dass sie nicht zu Hause getötet wurde.«

»Na ja, ist ja auch schon was«, sagte Kluftinger und wollte noch ein Lob an seine Kollegen nachschieben, da wurde schwungvoll die Türe aufgerissen und Dietmar Lodenbacher stürmte so heftig ins Zimmer, dass der schlohweiße, wie immer perfekt sitzende Scheitel des hageren, braun gebrannten Niederbayern im Rhythmus der Schritte wippte.

»Ja, Zeit werds, Herr Kluftinga. Wo warn S' so lang? I hob Eahna gsuacht. Do geht's ja drunta und drüwa bei Eahna. So geht des fei ned … «

Kluftinger erwog kurzzeitig, sich zu rechtfertigen, ließ es aber dann doch bleiben. Sollte sich Lodenbacher doch ruhig an ihm abreagieren.

Was dieser dann auch tat: Er erklärte allen Anwesenden wortgewaltig und wild gestikulierend, dass es sich hier mal wieder um eine sehr heikle Angelegenheit handle und dass man schnellstmöglich etwas gegen diesen Serientäter unternehmen müsse, die Polizei stehe hier unter ständiger Beobachtung der Öffentlichkeit, man dürfe sich auf keinen Fall blamieren.

Kluftinger hörte scheinbar interessiert zu, fragte sich aber während der ganzen Ansprache nur, ob es Lodenbacher, der sich nur um sein öffentliches Ansehen zu sorgen schien, überhaupt interessierte, dass es auch galt, einen Mörder dingfest zu machen.

Mit Freude nahm er allerdings zur Kenntnis, dass sein Vorgesetzter die Bildung einer Sonderkommission anordnete. Alle Ressourcen, die sie jetzt benötigten, würden ihnen auch zur Verfügung gestellt. »Gonz und gor ois« könnten sie an »Manpower« haben. Das war beim chronischen Personalmangel der Polizei einmal eine schöne Abwechslung, fand der Kommissar.

»Nocha kimmd de leidige Soch gwiß schnoia zu am End, wenn S' do a Huif homm«, sagte Lodenbacher, bevor Kluftinger das Wort ergriff, um nun seinem Vorgesetzten kurz die neuen Erkenntnisse darzulegen.

»Guad, na gehd ja wos weida, oder?«, waren die letzten Worte des Chefs, bevor er den Raum verließ.

Wie meistens, wenn Lodenbacher das Zimmer verlassen hatte, herrschte erst einmal einige Sekunden Stille. Dann sagte Kluftinger: »Ja, da schau her!«

Als ihn seine Kollegen fragend ansahen, ergänzte er: »Soko,

habt ihr's gehört? Alle Ressourcen und so. Das sind ja ganz neue Töne.«

»Ja, sonst wär's ihm noch am liebsten, wir würden uns selber einsparen, und auf einmal geht alles«, wunderte sich auch Hefele. »Aber was wolltest du uns jetzt eigentlich sagen?«

Kluftinger hatte selbst für einen kurzen Moment vergessen, worauf er sich doch so lange gefreut hatte. Nun aber konnte er endlich seine Buxheim-Geschichte loswerden, sein Zusammentreffen mit dem Mönch, dem Mesner und vor allem die Geschichte der zwölf Knaben. Je länger sein Vortrag dauerte, desto größer wurden die Augen der Kollegen. Am Schluss saßen sie alle einträchtig mit offenen Mündern nebeneinander auf der Couch.

»So, das war's«, schloss Kluftinger, »das sollte uns doch weiterbringen, oder? Wie gehen wir vor?«

Maier meldete sich, indem er seinen Finger wie in der Schule zaghaft hob, was Kluftinger reichlich deplaziert vorkam.

»Ja, Maier, Sie wissen was?«

Etwas zögerlich sagte er: »Wie heißt denn eigentlich unsere Sonderkommission?«

Die anderen sahen sich verständnislos an.

»Wie sie heißt?«, erwiderte Kluftinger. »Das ist doch völlig wurscht. Wir haben doch jetzt wirklich Wichtigeres zu tun, als uns um so was zu kümmern. Nenn sie meinetwegen … «, er blickte zur Decke und fuhr nach ein paar Sekunden fort: »Soko Sensenmann. So, und jetzt … «

»Also nix für ungut, aber Sensenmann?«, schaltete sich Strobl ein. »Wir müssen ja davon ausgehen, dass auch mal in der Presse über unsere Arbeit berichtet wird, dafür wird Lodenbacher schon sorgen. Und ›Sensenmann‹, also das würde uns vielleicht als Zynismus ausgelegt werden.«

»Ja, stimmt auch wieder. Aber wie nennen wir sie denn dann? Hat jemand einen besseren Vorschlag?«

Etwa eine Minute war es mucksmäuschenstill im Büro, dann hob Maier ruckartig den Kopf und sagte: »Ich hab's: Soko Sagenhaft.«

Seine drei Kollegen schnauften laut hörbar aus und schüttelten den Kopf. Keiner kommentierte Maiers Vorschlag. Trotzig schlug er einen weiteren Namen vor: »Dann eben Soko Amsel.«

»Amsel? Was soll das denn mit unserem Fall zu tun haben?«, wollte Kluftinger in gereiztem Tonfall wissen.

»Na, wegen der Krähe. Aber Krähe dürfen wir sie ja nicht nennen, weil du ja neulich gesagt hast, dass das mit der Krähe geheim bleiben soll, weil das nur der Mörder wissen kann und wir ihm vielleicht so draufkommen. Deswegen Amsel.«

»Ganz toller Vorschlag, Maier, ganz toll. Sonst noch jemand?«

Maier ließ nicht locker: »Also ich finde, das ist kein sehr kreatives Klima, das hier herrscht. Jeder soll doch seine Meinung sagen können, ohne gleich niedergebügelt zu werden. Bei so einem Brainstorming kommen oft die besten Sachen raus, auch wenn mal ein Schmarrn dabei ist. Sagt jedenfalls die Organisationstheorie.«

»Ja, Richie, jetzt reg dich ab. Hast ja Recht. Also, hast du noch einen weiteren Brainstorm auf Lager oder nur laue Gehirnlüftchen?«

Maier schwieg. Die anderen grinsten schadenfroh.

Dann wagte Hefele einen Versuch: »Und wenn wir sie Soko Sense nennen?«

Strobl und Kluftinger wiegten den Kopf hin und her und wiederholten leise die zwei Worte, die Hefele genannt hatte.

»Nicht schlecht eigentlich«, befand Kluftinger schließlich.

»Ja, schon, aber irgendwie klingt das nach gar nix. So wie: Soko Autoradio. Oder Soko Gefrierbrand.«

»Auch wieder wahr. Ein bisschen knackiger dürft's schon sein. So wie Soko … Soko … «

»Erntedank.«

Drei Köpfe ruckten herum und starrten auf Maier, der das Wort nur ganz leise vor sich hin gesagt hatte. Erschrocken über die Aufmerksamkeit, die ihm unbeabsichtigt zuteil wurde, holte Richard Maier gerade Luft für eine Rechtfertigung, da rief Strobl neben ihm erfreut aus: »Erntedank, natürlich«, und schlug ihm kräftig auf die Schulter.

»Das hat was, wirklich«, pflichtete ihm Hefele bei.

»Ja, das passt zum Fall und ist was für die Presse. Respekt, Richard!«, stimmte auch Kluftinger in den Chor ein.

Maier wusste gar nicht, wie ihm geschah, und er untersuchte ein paar Sekunden lang skeptisch die Gesichter der anderen nach

Anzeichen von Ironie. Als er sicher war, keine gefunden zu haben, hellte sich auch seine Miene auf. »Erntedank«, sagte er stolz und zupfte sich das Revers seines dicken, dunkelbraunen Sakkos zurecht, das die für ihn typischen ledernen Ärmelschoner trug.

»Himmelherrgott!« Bei diesem Fluch seines Chefs zuckte er wieder zusammen, doch er entspannte sich gleich wieder, denn er galt nicht ihm.

Kluftinger sah auf die Uhr: »Jetzt haben wir glatt eine Viertelstunde mit dem Schmarrn verplempert. Wir müssen ja sehr viel Zeit haben.« Dann klatschte er in die Hände und sagte: »Jetzt aber los. Wir müssen ja weiterkommen. Ich denke, wir sollten die – ich nenn sie jetzt mal ›normalen Ermittlungen‹ – weiterhin nebenher laufen lassen. Also Arbeitsplatz, Freunde, und so weiter. Aber vordringlich sollten wir uns drauf konzentrieren, Gemeinsamkeiten der beiden Mordopfer zu finden. Ich meine, wir wissen ja jetzt, dass es der gleiche Mörder war. Vermutlich gibt's also auch ein ähnliches Motiv. Irgendwie muss das Ganze ja zusammenhängen. Und nach diesem Bindeglied sollten wir suchen. Ideen?«

Wieder wurde es still im Büro. Keinem fiel auf Anhieb ein Zusammenhang ein, der die beiden Morde erklären würde. Betreten wichen die Kommissare dem Blick ihres Chefs aus.

»Macht ja nix. Hab jetzt auch nicht damit gerechnet, dass uns gleich was einfällt. Das wird Puzzlearbeit, denk ich. Aber etwas muss es geben. Und das werden wir finden. Sagt bitte auch jemand beim Renn Willi Bescheid, dass die auch noch mal genau die Spuren vergleichen?«

Die Zuversicht, die Kluftinger ausstrahlte, färbte auf die Kollegen ab. Zustimmend und voller Tatendrang nickten sie ihm zu.

»Bis es so weit ist, sollten wir uns um die Sagen kümmern«, schlug Strobl vor.

»Genau, Eugen. Die Sagen. Wir wissen jetzt, dass der zweite Mord nach dem Vorbild einer Sage begangen worden ist. Auch wenn uns das natürlich noch immer Rätsel aufgibt. Oder nach dem Motiv einer Sage, besser gesagt. Und da liegt es nur nahe, dass der Mord an Sutter ebenfalls was mit einer Sage zu tun hat. Das würde auch die Krähe und das ganze mysteriöse Zeug erklären.« Kluftinger tat sich nun erheblich leichter, über die rätselhaften

Umstände der Morde, vor allem des ersten, zu sprechen. Sie hatten etwas von ihrem Schrecken verloren.

»Ich nehme nicht an, das jemand die Sage kennt, oder?«

Als die Kollegen mit den Köpfen schüttelten, fuhr er fort: »Die Frage lautet also: Wo kriegen wir das raus?«

»Aus Büchern?«, fragte Maier.

»Oder wir fragen jemand, der sich damit auskennt. Heimatpfleger, Stadtarchivar oder so«, ergänzte Strobl.

»Ja, und einen Stadtarchäologen gibt's ja auch, oder?«, fügte schließlich auch Hefele hinzu.

Kluftinger nickte zufrieden: »Wunderbar. Dann haben wir ja jetzt eine Menge zu tun. Ich kümmere mich um die Bücher, den Rest könnt ihr besorgen. Und geht ins Detail. Selbst wenn der Sutter und die Heiligenfeld mal zusammen im gleichen Aufzug gefahren sind, will ich das wissen.«

***

Schon eine halbe Stunde später stand Kluftinger in der Kemptener Fußgängerzone vor dem Schaufenster seiner »Stamm-Buchhandlung«. Er nannte sie so, auch wenn er nur ein paar Mal im Jahr hineinging – kurz vor Weihnachten und dann vor dem einen oder anderen Geburtstag, meist dem seiner Frau. Er selbst war kein großer Leser, was er bisweilen als Manko empfand, weil er sich dann schrecklich ungebildet vorkam. Wenn er sich aber doch einmal dazu durchrang, ein Buch in Angriff zu nehmen, grämte er sich meist noch mehr darüber, dass er so langsam las, als er sich sonst ärgerte, dass er so wenig belesen war.

Er kannte Menschen – und mit einem lebte er sogar zusammen – die lesen konnten, ohne dass die Worte in ihrem Kopf »ausgesprochen« wurden. Er selbst dagegen hörte immer eine kleine Stimme, die ihm die Wörter sozusagen vorlas – was bedeutete, dass er nicht schneller war, als wenn er das Buch laut gelesen hätte. Besonders fiel ihm das auf, wenn er und seine Frau abends im Bett gemeinsam schmökerten: Bei ihr raschelte es unentwegt vom dauernden Umblättern der Seiten, während er sich mühsam von Zeile zu Zeile kämpfte. Und einen guten Teil der Zeit verbrachte er damit, das Lesezeichen dort zu platzieren, wo er gerade war, das Buch zuzuklappen und beim Vergleich der beiden Hälften – der gelesenen und der ungelesenen – sich dafür zu loben, dass er doch eigentlich schon sehr weit gekommen war.

Für ihn kamen deswegen auch nur dünne Bücher in Frage, denn dem psychischen Druck, den ein solcher Vergleich etwa bei einem Tausend-Seiten-Werk auslöste, hielt er in der Regel nicht stand und legte das Werk schon nach wenigen Seiten mangels Aussicht, es zu seinen Lebzeiten beenden zu können, wieder weg. Nach außen hin begründete er das dann damit, dass es zu langweilig, zu gewalttätig oder, falls er mit Menschen sprach, die er für belesen hielt, »in der Sprache zu wenig elaboriert und im Inhalt zu ambivalent« sei. Letzteres hatte er einmal in einer Rezension gelesen und der Satz wirkte auf ihn, und, wie er hoffte, auch auf andere so akademisch und kenntnisreich, dass sich Nachfragen von selbst verboten.

Manchmal ließ er sich auch den Inhalt von Erika erzählen. Sie war es in fast allen Fällen ja auch, die ihm ein Buch hingelegte. Dann schwärmte sie ihm davon vor, sagte, er müsse es lesen, es sei das beste Buch, das sie kenne. Dass Erika mit diesem Urteil nicht gerade geizig umging, bewies der stetig wachsende und allmählich einstaubende Buchstapel auf seinem Nachttischchen.

Bisweilen, vor allem im Urlaub, überkam ihn aber doch die Leselust. Und hatte er dann nicht vorgesorgt, bediente er sich sogar bei Erikas »Frauenbüchern« und las über englische Lords oder verlassene adlige Damen, die eine Affäre mit einem schwerreichen, leider aber an Krebs erkrankten Stararchitekten hatten, dessen halbwüchsige Kinder sie dann nach seinem Tod selbstlos adoptierten.

All diese Gedanken gingen ihm durch den Kopf, als er den Laden betrat. Das harmonische Glöckchenspiel der Eingangstür war noch nicht verklungen, da hatte ihn der Inhaber der Buchhandlung schon entdeckt und kam mit ausgebreiteten Armen auf ihn zu: »Ach, ist es schon wieder so weit? Steht der Geburtstag Ihrer Frau bevor?«

Kluftinger war die Anspielung auf seine seltenen Besuche peinlich, aber seit der Buchhändler ihn einmal in einem Fernsehinterview gesehen hatte, betrachtete er ihn als seinen prominentesten Kunden und ließ ihm deswegen immer eine besonders persönliche Beratung zuteil werden.

»Grüß Gott, Herr Löwenmuth«, quittierte Kluftinger die überschwängliche Begrüßung deutlich zurückhaltender. Auch heute dachte er kurz darüber nach, dass es wohl nur wenige Berufe gab, zu denen der Name »Löwenmuth« weniger passte, als zu dem des Buchhändlers. Auch die Erscheinung des Geschäftsinhabers ließ nicht darauf schließen, dass er seinem Namen im wirklichen Leben alle Ehre machte: Der Sechzigjährige war nicht besonders groß, seine ganze Erscheinung wirkte schlaff wie sein Händedruck, die Wangen hingen nach unten und verliehen dem Gesicht einen missmutigen Ausdruck. Wie stets trug er einen dünnen Wollpullunder mit V-Ausschnitt, heute in Gelb, mit farblich nicht passendem Hemd und einem seidenen Halstuch.

Über den Rand seiner Halbbrille hinweg, von deren Bügeln sich ein Band um seinen Hals schlang, musterte er den Kommissar. »Uta Danella? Rosamunde Pilcher? Oder vielleicht doch etwas Anspruchsvolleres?«

Er hätte doch woanders hingehen sollen, dachte sich der Kommissar. Aber nun war er schon hier, und ohne ein Buch würde ihn der Geschäftsführer sowieso nicht wieder gehen lassen.

»Nein, diesmal nicht. Ich habe da was anderes im Auge. Haben Sie was über Allgäuer Sagen da?«

Der Buchhändler kniff die Augenbrauen zusammen und tat überrascht: »Sagen? Ja sagen Sie mal, das sind ja ganz neue Töne«, witzelte er. »Aber natürlich habe ich da was für Sie da.« Und flüsternd fügte er hinzu: »Bitte folgen Sie mir unauffällig.« Er liebte solche Anspielungen auf Kluftingers Beruf, daran hatte sich der Kommissar inzwischen schon gewöhnt.

Löwenmuth führte ihn in den ersten Stock, zur Sachbuch-Abteilung. Dort stand ein Regal, auf dem in großen Lettern das Wort »Heimat« prangte. Darin standen feinsäuberlich aufgereiht viele Berg- und Wanderführer, Bücher über heimische Blumen, Tourplaner für Mountainbiker und jede Menge Kochbücher.

»Moment, das haben wir gleich«, sagte Löwenmuth und ging in die Knie, wobei Kluftinger zufrieden registrierte, dass auch bei dem Buchhändler die Gelenke hörbar knackten. Mit dem Finger fuhr er über die Rücken der Titel im Regal: »Sagen … Sagen … da! Allgäuer Sagen! Sogar ein ganzes Buch nur über heimatliche Mythen.« Über die Schulter reichte er das Werk dem Kommissar – ein dicker Wälzer mit gut und gerne fünfhundert Seiten.

»Dann haben wir hier noch was über bayerische Sagen«, fuhr Löwenmuth fort und streckte Kluftinger ein weiteres Buch entgegen, »sowie was aus dem schwäbisch-alemannischen Bereich.«

Als Löwenmuth wieder stand, betrachtete Kluftinger unschlüssig die drei Bücher in seinen Händen.

»Also, es kommt jetzt natürlich ein bisschen darauf an, was Sie suchen«, setzte Löwenmuth zu einem seiner berüchtigten Verkaufsgespräche an. Kluftinger wusste, dass, würde er ihn nicht ausbremsen, er nun vom Lebenslauf der Autoren bis hin zur Papierqualität jedes noch so unwichtige Detail in epischer Breite erklärt bekommen würde. Deswegen ging er sofort dazwischen und verkündete dem verdutzten Buchhändler: »Ich nehme alle. Am besten in mehrfacher Ausführung.«

Als er ein paar Minuten später an der Kasse stand, hatte er einen Stapel von etwa einem Dutzend Büchern vor sich. Mit spitzen Fingern tippte Löwenmuth die Preise ein und verkündete dann in fast feierlichem Ton den Preis: »Hundertdreiundzwanzigeurofuffzig.«

Kluftinger schluckte. Mit so viel hatte er nicht gerechnet. Er öffnete seine Brieftasche: Fünfzig Euro befanden sich im Scheinfach, mit Münzen brachte er rund drei Euro zusammen. Da fiel ihm seine Scheckkarte ein: Auch wenn er sie selten benutzte, weil er, genau wie seine Frau, ein passionierter Barzahler war, weil man dann viel weniger ausgab, wie er einmal gelesen hatte, erwies sich das Plastikkärtchen manchmal doch als ausgesprochen nützlich.

»Wenn Sie bitte hier Ihre Geheimzahl eingeben und zweimal bestätigen.« Löwenmuth drehte ein Kästchen um, das auf seinem Tresen stand und das ein bisschen wie ein Taschenrechner aussah. Auf der Anzeige blinkten vier Striche. Wieder musste Kluftinger schlucken. Die verdammte Geheimzahl. Wie ging die noch mal? Irgendwas mit sieben, das wusste er. Aber dann? Das Blut sammelte sich in seinen Wangen und ließ sie rot und heiß werden. Langsam tippte er schon mal die sieben ein; er wollte nicht, dass Löwenmuth merkte, dass er sich nicht an seine eigene Pin-Nummer erinnern konnte. Das hatte er jetzt davon, dass er sie so selten benutzte. Nicht einmal zum Geld abheben brauchte er sie. Denn in der Regel ging seine Frau einmal die Woche zur Bank und kam mit einem größeren Betrag zurück, den sie dann in einer ledernen Tasche im Besteckfach im Wohnzimmer deponierte. Ein Verhalten, von dem der Polizist Kluftinger aus Sicherheitserwägungen jedem anderen abgeraten hätte, aber bei ihnen hatte es sich eben so bewährt. Er schätzte das sichere Gefühl, immer etwas Bargeld zur Hand zu haben, auch wenn sein Sohn das im Zeitalter des virtuellen Zahlungsverkehrs als reichlich überholt betrachtete.

Nun rächte sich diese Verhaltensweise aber, denn die Annahme der Zahl, die er nach dem Zufallsprinzip eingegeben hatte, wurde vom Gerät mit einem Piepsen verweigert.

»Wenn Sie sich vertippt haben, einfach Korrektur drücken und nochmal eingeben«, sagte Löwenmuth, wartete aber nicht ab, bis Kluftinger es tat, sondern langte mit seinem ausgestreckten Zeigefinger von hinter dem Tresen herüber und drückte einen roten Knopf. »So, jetzt können Sie wieder.«

Kluftinger, der sich inzwischen sicher war, die zweite Ziffer als Neun zu erinnern, gab wieder eine falsche Kombination ein. Als er auch beim dritten Mal daneben lag, erschien auf dem Display: »Karte gesperrt. Bitte verständigen Sie Ihre Bank.«

Priml, dachte der Kommissar. Jetzt konnte er sie überhaupt nicht mehr benutzen.

»Also, wenn ich nicht wüsste, dass Sie bei der Polizei sind, müsste ich jetzt misstrauisch werden«, sagte der Buchhändler mit einem Grinsen, bei dem er seine Augen fast vollständig zukniff.

»Ähm … Herr Löwenmuth, das ist mir jetzt peinlich. Ich muss da auf einen falschen Knopf gekommen sein. Meinen Sie, Sie könnten die Rechnung für die Bücher an die Polizei schicken?«

»Also, da müsste ich erst einmal Ihren Dienstausweis sehen«, freute sich der Geschäftsführer über die willkommene Möglichkeit, Kluftingers Beruf einmal mehr als Steilvorlage für seine Kalauer zu nehmen. Der ertrug es geduldig, denn schließlich war er jetzt in der eindeutig schwächeren Position.

»Aber ich will mal nicht so sein«, lenkte Löwenmuth schließlich ein. »Sie werden sich damit schon nicht ins Ausland absetzten wollen, wie?«

***

Maier kam ihm schon entgegengelaufen, als Kluftinger die Treppe zum zweiten Stock der Polizeidirektion erklomm.

»Ich könnte da was gefunden haben«, sagte er und seine Augen leuchteten.

»Wobei gefunden? Und was heißt könnte?«

»Na, einen Zusammenhang halt. Jetzt pass mal auf.«

Sie waren oben an der Treppe angekommen, als Maier einen Schmierzettel aus dem Sakko fischte, auf dem einige Zahlen standen, die teilweise durchgestrichen oder unterstrichen waren. Kluftinger war gespannt darauf, was Maier, dessen Finger leicht zitterten, als er das Papier glatt strich, ihm wohl präsentieren würde.

»Also: Sutter ist Jahrgang 1956.«

Maier blickte seinen Chef erwartungsvoll an, als erhoffte er bereits für diese Feststellung eine Anerkennung. Der Kommissar nickte.

»Und die Heiligenfeld, die ist Jahrgang 1947.«

Kluftinger nickte wieder. Er hatte keinen Schimmer, wohin das führen sollte. Doch Maier redete nicht weiter. Offenbar war es das schon.

»Und … ?«, fragte der Kommissar ungeduldig.

»Siehst du es denn nicht? 56 und 47 … «

»Was ist damit?«

»Wenn du die einzelnen Ziffern ihrer Geburtsjahre addierst, erhältst du immer die gleiche Quersumme: elf.« Richard Maier machte eine kleine Kunstpause und fuhr dann langsam fort, wobei er jedes Wort sehr stark betonte: »Genau wie die Zahl auf ihrer Stirn.«

Kluftinger sah seinen Kollegen mit einer Mischung aus Mitleid und Entsetzen an. Das konnte er doch nicht wirklich ernst gemeint haben, hoffte er. Doch ein Blick in Maiers Gesicht überzeugte ihn vom Gegenteil.

»Na, dann müssen wir ja jetzt nur noch in dem Ordner mit den Elfer-Hassern nachsehen und schon haben wir ihn, nicht wahr? Das kannst du ja übernehmen«, versetzte der Kommissar knapp und ließ seinen Kollegen ratlos an der Treppe zurück.

***

»Da! Da! Und da!« Mit diesen Worten pfefferte Kluftinger seinen Kollegen die Bücher, die er mitgebracht hatte, auf ihre Schreibtische. »Jeder nimmt sich eins vor. Und verteilt die übrigen Exemplare auch an andere Kollegen. Muss ja nicht jeder gleich alles lesen.«

Er selbst hatte sich das dünnste Exemplar einbehalten. Gespannt setzte er sich sofort an seinen Schreibtisch und begann zu lesen. Schon nach wenigen Worten setzte er das Buch wieder ab.

»Kreuzhimmelsakrament«, fluchte er. Ausgerechnet seine Lektüre war in Frakturschrift geschrieben, offenbar das Faksimile eines alten Sagenbuches. Nicht, dass Kluftinger diese Schrift nicht lesen konnte. Aber er war nun einmal ein langsamer Leser und mit der altertümlichen Schrift würde er noch länger brauchen. Außerdem wäre es so viel anstrengender. Er konnte sich zum Beispiel einfach nicht daran gewöhnen, dass die »s« wie ein »f« aussahen. Das führte dazu, dass die Stimme in seinem Kopf oftmals sinnlose Dinge wie »er fteht im Waffer« oder »teilweife wiffe er nicht, wohin« und dergleichen vorlas. Der Kommissar kratzte sich am Kopf, stand dann auf und öffnete die Tür zum Nebenzimmer. Nur Hefele saß an seinem Schreibtisch, die Arbeitsplätze von Strobl und Maier waren leer. Hefele, der ebenfalls über eines der Bücher gebeugt war, sah kurz auf, als ihm der Kommissar aber bedeutete, dass er ruhig weiter lesen könne, senkte er den Kopf wieder.

Kluftinger schlenderte zu Maiers Schreibtisch, sah noch einmal zu Hefele, um dann blitzschnell das Buch, das er vorher auf den Platz seines Kollegen geworfen hatte, gegen seines auszutauschen. Noch einmal vergewisserte er sich, dass seine Handlung unbeobachtet geblieben war, und ging dann mit einem zufriedenen Lächeln auf den Lippen zurück in sein Büro. Dort glitt er mit einem Seufzen in seinen Chefsessel, schlug das neue, etwas umfangreichere Buch auf und las die erste Sage – nun in ganz normalen Druckbuchstaben.

Der Titel der Geschichte schien ihm allerdings wenig vielversprechend: »Nächtliche Sau bei Buchenegg« stand dort. Da der Text aber nur eine halbe Seite einnahm, las er weiter.

»Von der Spilzle, einer Flur hinter Buchenegg bei Oberstaufen, hieß es früher immer, es sei da nicht recht geheuer und geiste.« Der Kommissar runzelte die Stirn: Zwar war die Schrift zeitgemäß, die Sprache allerdings schien ihm sehr antiquiert. Er spielte kurz mit dem Gedanken, noch einmal einen Büchertausch vorzunehmen, setzte seine Lektüre dann aber doch fort: »Eines Nachts hörte der alte B. um seinen Hof herum etwas poltern und bemerkte eine ungeheure Sau mit funkelnden Augen, die zu ihm herangesprungen kam. Da faßte der B. einen starken Ast und schlug nach dem Tier, traf dabei aber immer nur den leeren Boden. Plötzlich, bei einem Kreuze, bog die Sau seitwärts ab und verschwand.«

Der Kommissar schüttelte den Kopf. Das sollte eine Sage sein? Noch irritierter war er, als er den letzten Satz der Geschichte las: »Jetzt was ist das gewesen?«

Das fragte sich Kluftinger auch. Was sollte das denn sein? Er hatte unheimliche Berichte über alte Burgen und geheimnisvolle Orte erwartet und jetzt kamen die ihm mit einer »ungeheuren Sau«. Er überblätterte die weiteren Geschichten, die sich um Säue drehten und Titel trugen wie die »Feurige Sau bei Haggen«, ließ zahlreiche weitere nächtliche Säue links liegen und gelangte schließlich zu einer Erzählung, bei der schon die Überschrift ein mulmiges Gefühl in seinem Magen erzeugte: »Das steinerne Kreuz bei Hindelang«.

Zwischen Hindelang und Oberdorf, stand dort, stehe an der Straße ein steinernes Kreuz, in das die Jahreszahl 1555 eingehauen sei. Kluftinger kannte die Gegend und er meinte, sich tatsächlich an ein Kreuz zu erinnern, allerdings war er sich nicht sicher, ob es tatsächlich eine Inschrift trug. Jedenfalls sollen dort einst zwei Brüder gelebt haben, die sich eines Nachts auf einem schmalen Weg begegneten, wo sie einander nicht erkannten. Da keiner den Weg für den anderen frei machen wollte, kam es zum Kampf und schließlich erschlug einer von ihnen seinen Bruder. Als er das erkannte, ließ er vor Entsetzen alles stehen und liegen und flüchtete ins Ausland. Als man aber den Toten fand, errichtete man an der Unglückstelle ein steinernes Kreuz zur Sühne für den grässlichen Brudermord.

Das Klingeln des Telefons ließ den Kommissar zusammenfahren.

Willi Renn war in der Leitung, er klang gelassen wie immer, auch wenn er eine interessante Neuigkeit zu vermelden hatte. »Es war ein guter Hinweis von dir, die Spuren auf Gemeinsamkeiten zu untersuchen. Ich hab tatsächlich was gefunden. Eine rote Synthetikfaser. Nicht sehr weit verbreitet hier in der Gegend. Sehr robustes Material, auch nicht ganz billig.«

»Du meinst, wir könnten rauskriegen, wo das überall verkauft wird?«

»Nein, so selten ist sie auch wieder nicht. Ich wollte eigentlich nur die These eines Serientäters untermauern, auch wenn das wahrscheinlich gar nicht mehr nötig ist. Aber wenn ihr einen Verdächtigen habt, wisst ihr ja, wonach ihr bei ihm suchen müsst.«

Kluftinger bedankte sich und nahm rasch wieder das Buch zur Hand. Die Geschichte hatte ihn gefesselt: Ein steinernes Wegkreuz, das auf eine uralte Freveltat hinwies – das ging genau in die Richtung, die er sich erhofft hatte. Und die antiquierte Sprache tat das Ihrige dazu, alles noch ein bisschen unheimlicher wirken zu lassen. Er hätte am liebsten sofort weitergelesen, der Blick auf die Uhr zeigte ihm jedoch, dass es höchste Zeit war, nach Hause zu fahren. Als er sein Büro verließ, steckte das Buch, das ihn so in Bann geschlagen hatte, in seine Manteltasche.

***

Kluftinger war gerade am Ortsausgang von Kempten, als das Mobiltelefon in seiner Hosentasche mit heftigem Vibrieren einen Anruf anzeigte.

»Kreuzkruzifix, was isch denn jetzt scho wieder«, schimpfte der Kommissar laut vor sich hin, weil er einen dienstlichen Anruf vermutete. Umständlich zog er das Handy aus der Tasche.

»Kluftinger!«, blaffte er ins Mikrofon.

Er mäßigte seinen Ton aber im selben Moment, in dem er merkte, dass es seine Frau war, die ihn so dringend sprechen wollte.

»Ich wollt dich nur dran erinnern, dass du unseren Sohn am Hauptbahnhof abholst, gell?«

»Ja, daran hab ich schon gedacht, freilich. Wenn unser Bub schon mal wieder heimkommt, dann vergess ich ihn doch nicht. Ich bin schon kurz vor dem Bahnhof«, log der Kommissar mit empörter Stimme. Sofort drehte er um und fuhr im Eiltempo zurück nach Kempten.

Während der Fahrt verdrängte die Freude über das in seinen Augen sehr gelungene Täuschungsmanöver den Gedanken an das, was passiert wäre, hätte er Markus einfach am Bahnhof stehen lassen. Daran, dass er ihren Hochzeitstag vergaß, war Erika ja mittlerweile gewöhnt, aber einen so wichtigen Termin zu versemmeln, hätte ein übles Nachspiel für Kluftinger gehabt. Noch dazu, da es sich dabei um Markus handelte. Denn ihr Sohn war Erikas Augenstern. Gegen den Sohn, das wusste er, hatte er bei seiner Frau keinerlei Chance. Und mittlerweile hatte er sich daran auch gewöhnt.

Natürlich liebte er ihn auch, schließlich war er sein einziges Kind und noch dazu ganz ordentlich geraten. Aber so wie Erika vergötterten nur Mütter ihre Söhne. Kluftingers Verhältnis zu Markus – eigentlich Markus Alexander, denn Erika hatte zwei Namen edler gefunden – hatte sich in den letzten Jahren ohnehin deutlich verbessert. Als Markus noch das Gymnasium besuchte, hatte es – entwicklungsbedingt – öfters Reibereien zwischen Vater und Sohn gegeben, zumal Kluftinger junior nicht gerade ein Muster an Disziplin, Fleiß und Lernwillen gewesen war.

Am peinlichsten war es für Kluftinger gewesen, als die uniformierten Kollegen Markus einmal in Krugzell nachts aufgegriffen hatten, weil er mit einem unversicherten und unbeleuchteten Mofa in Richtung Altusried gefahren war. Markus war damals sechzehn Jahre alt gewesen und hatte noch nicht einmal eine Fahrerlaubnis gehabt. Wochenlang hatte sich der Vater danach die Kommentare der Verkehrspolizei anhören dürfen. Glücklicherweise ließen sich die Folgen einer sonntäglichen Baggerfahrt auf einer Baustelle in Altusried, die sich Markus ein Jahr später leistete und die in der Kollision mit einem Bauwagen endete, ohne Polizei regeln.

Kurz nachdem Markus allerdings sein Abitur gemacht hatte, überwog beim Vater der Stolz auf seinen Sprössling, auch wenn dieser sich in der Zeit vor dem Abitur die Haare schulterlang hatte wachsen lassen und sich nach der Schule statt für die Bundeswehr für den Zivildienst entschieden hatte. Nicht, dass Kluftinger dies grundsätzlich verurteilt hätte, er hatte eben insgeheim gehofft, sie würden ihm dort eine zivilisiertere Frisur verpassen und das späte Aufstehen austreiben.

Die Sache mit dem Aufstehen hatte sich trotzdem geregelt, da Markus bei den Maltesern als Fahrer eingeteilt worden war, wo er darüber hinaus anderthalb Jahre weiter blieb, um die Wartesemester bis zu seinem Psychologiestudium zu überbrücken. In dieser Zeit beobachtete der Kommissar zwar mit Respekt, wie Markus mit Behinderten umzugehen lernte und dass er fähig war, einer geregelten Arbeit, ja überhaupt einer Arbeit nachzugehen. Es wäre Kluftinger senior aber weitaus lieber gewesen, hätte sein Sohn bis zum Studium eine Lehre gemacht: bei einer Bank, einer Versicherung, bei der Post oder notfalls auch als Schreiner. Markus hatte es jedoch vorgezogen, für wenig Geld sozial tätig zu sein und für viel Geld, das ihm auch seine Mutter immer wieder mal hinter dem Rücken ihres Mannes zusteckte, das Kemptener Nachtleben in vollen Zügen zu genießen. Er hatte zusätzlich einen Chi-Gong-Kurs – Kluftinger wusste bis heute noch nicht genau, wofür das eigentlich gut gewesen sein sollte – und einen Spanischkurs gemacht sowie Reiten und Saxophonspielen zu lernen begonnen. Der Grund für solche Interessen war, wie sich herausstellte, immer der gleiche: das weibliche Geschlecht. Deswegen wechselten mit den Frauen schnell auch die Interessen des Sohnes. Mehr als einmal hatte der Vater seine Frau seufzend vor dem Einschlafen gefragt, wann der Bub denn endlich einmal etwas mit der gleichen Begeisterung zu Ende bringen würde, wie er es angefangen hatte.

Markus' Frauengeschichten brachten Kluftinger oft genug dumme Sprüche von Bekannten ein: Er könne doch unmöglich der Vater dieses hübschen und bei Frauen derart beliebten Jungen sein. Aber auch er war einmal dunkel gewesen, bevor sein Resthaar ins Grau-Melierte gegangen war. Und so sprunghaft war man früher eben nicht gewesen, die wenigsten seiner Bekannten hatten mehrere Freundinnen vor ihrer Hochzeit gehabt.

Die Frauen, da war sich Kluftinger immerhin sicher, hatten schließlich auch dafür gesorgt, Markus wieder auf die »richtige Bahn« zu lenken. Denn als sein Psychologiestudium begonnen hatte, hatten mit Sylvia, einer Medizinstudentin, auch für Markus die Zeiten der langen Haare und der alternativen Lebensweise ein Ende: Er zog sich auf einmal wieder chic an, ließ sich einen Kurzhaarschnitt verpassen, ging morgens zum Joggen und interessierte sich für Literatur, Kunst und klassische Musik.

Leider war mit Sylvia schon lange Schluss – die in den Augen Kluftingers sehr positiven Veränderungen aber hatten Bestand. Sie sorgten allerdings auch dafür, dass eine gewisse Bodenständigkeit bei Markus mehr und mehr einer Intellektualität gewichen war, die dem Vater nicht allzu sympathisch war.

Keine Frage: Trotz seiner nicht wirklich berauschenden Abiturnote von Zwei Komma neun war Markus ein intelligentes Kerlchen. Aber in letzter Zeit warf er für Kluftingers Geschmack etwas zu oft mit Fremdwörtern um sich, von denen der Vater die wenigsten verstand. Erika dagegen war voll der Bewunderung ob des anstrengenden Studiums, das sie für eines der kompliziertesten und schwersten überhaupt hielt.

Weniger Be- als Verwunderung entlockte Kluftinger ein weiterer Wesenszug seines einzigen Kindes: Er war für seinen Geschmack etwas zu wenig heimatverbunden. Das zeigte sich nicht nur in einer für ihn nicht nachvollziehbaren Vorliebe für exotisches Essen – einmal hatte Markus sie unbedingt überreden wollen, nach Lindau in ein Sushi-Restaurant zu gehen, was Kluftinger aber verhindern konnte. Abgesehen von der schaurigen Vorstellung, rohen Fisch zu essen, konnte man seiner Meinung nach mit Sicherheit davon ausgehen, dass man davon tödliche Krankheiten bekam, für die man noch nicht einmal Namen hatte.

Auch die unbändige Reiselust seines mittlerweile fünfundzwanzigjährigen Filius' ließ nicht auf eine verwandtschaftliche Beziehung zu ihm schließen. Ziele wie Bali, Bangkok, Mexiko und sogar Peru hatte er schon bereist und für die nächsten Semesterferien war ein Flug nach Hongkong geplant.

Als Kluftinger am Bahnhof parkte und den Passat zuschloss, freute er sich trotz dieser unterschiedlichen Lebensauffassungen dennoch so sehr, dass er vor sich hinpfiff. Seit Markus in Erlangen so eifrig studierte und seitdem er sein Vordiplom mit Bravour abgelegt hatte, seitdem er in einer Wohngemeinschaft mit Waschmaschine und Wäschetrockner wohnte, aber auch seitdem er wieder eine neue Freundin hatte, wurden Markus' Besuche in Altusried immer seltener.

Kluftinger erkannte auf dem Ankunftsplan, dass er bereits gut zwanzig Minuten zu spät war. Er machte sich eilig auf den Weg zu Gleis 3, stieg so hastig die Treppen hinauf, dass ihm ganz schwindlig wurde, und erblickte schließlich oben seinen Sohn im Gespräch mit einem attraktiven blonden Mädchen.

Als Markus seinen Vater sah, verabschiedete er sich von der Blonden mit zwei Küssen auf die Wangen. Der Kommissar blieb vorsichtshalber in einem gewissen Sicherheitsabstand stehen. Dann kam Kluftinger junior auf ihn zu und die beiden brachten die Begrüßung etwas unbeholfen mit einem kameradschaftlichen Klopfen auf die Schulter hinter sich. Körperliche Nähe war einfach nicht ihr Ding.

»Griaß di, Vatter«, tönte Markus dabei vergnügt und der »Vatter« nahm zufrieden zur Kenntnis, dass Markus zumindest noch immer die klassische dialektale Begrüßung wählte.

»Griaß di, Markus, du entschuldige, dass ich ein bissle später dran bin.«

»War gar nicht schlimm«, grinste Markus und warf dem Mädchen dabei einen letzten augenzwinkernden Blick über die Schulter zu.

»Sollen wir deine Freundin nicht mitnehmen?«

»Welche Freundin?«

»Das Mädchen auf der Bank halt. Ist das nicht deine Freundin?«

»So schnell geht's auch wieder nicht. Die hab ich im Zug kennen gelernt. Nett, oder?«

Ein klein bisschen stolz schüttelte der Vater den Kopf »Du und deine Weibergeschichten! Komm, ich trag deine Tasche.« Er bereute sein Angebot in dem Moment, da Markus sie ihm reichte: Sie wog so viel, als hätte er darin noch ein Mädchen versteckt.

»Was hast denn du alles dabei?«

»Nur das Nötigste: Ein bisschen G'wand und ein paar Bücher.«

»Soso, fleißig, fleißig. Und, wie geht's an der Universität?«, fragte Kluftinger schnaufend, während sie die Bahnhofshalle verließen und auf das Auto zugingen. Das Gespräch zwischen den beiden Männern kam ohne Erika nur schleppend in Gang. Markus kam allerdings nicht mehr zum Antworten, stattdessen zuckte er, nachdem sein Vater den Wagen aufgeschlossen hatte, beim Einsteigen kurz zurück, schnupperte dann demonstrativ in den Innenraum und seufzte schließlich: »Ah! Jetzt riecht's auch wieder wie daheim.«

Kluftinger entschuldigte sich für das Missgeschick mit der Sahne und wollte erklären, was er schon alles gegen den Geruch unternommen hatte, doch sein Sohn klopfte ihm nur auf die Schulter und sagte: »Passt scho. Und, bei euch?«

»Du, die Mutter wird dir ja das meiste erzählt haben. Das mit dem Rohrbruch war eine ziemlich böse Überraschung. Vor allem, weil wir dann auch noch bei Doktors einquartiert waren.«

»Warum nicht bei Oma und Opa?«

»Du kennst deine Mutter ja.«

Markus nickte verständnisvoll.

»Und was gibt's Neues im Job? Mama hat gesagt, ihr hättet es mit einem Serienkiller zu tun.«

Kluftinger überraschte die Frage: Bisher hatte sich Markus so gut wie nie nach Kluftingers Arbeit erkundigt.

»Na ja, Serienkiller hört sich eher nach einer schlechten Fernsehserie an. Aber es stimmt schon, wir haben ganz schön zu knabbern: Zwei Leichen, die beide auf die gleiche Weise ermordet worden sind. Und das nicht auf die feine englische Art. Ihnen wurde mit einer Sense der Hals aufgeschlitzt. Und übel zugerichtet waren sie beide.«

»Inwiefern?«

»Na ja, der eine hatte eine Krähe auf der Brust liegen, mit der man ihm auch noch das Auge ausgehackt hatte. Der anderen, einer Frau, hat man die Zahl elf auf die Stirn geritzt. Zudem hat man uns komische Hinweise hinterlassen, mit denen wir bis jetzt nicht recht was anfangen können. Alles in allem der übelste Fall, den wir bisher hatten.«

»Hm, ziemlich kryptisch, das Ganze«, sagte Markus mehr zu sich selbst als zu seinem Vater. Sie hatten bereits das Krugzeller Milchwerk passiert und bogen nach Altusried ab. »Das hört sich nach Ritualmorden an. Möglich, dass der Täter auf etwas hinweisen möchte, was ihn emotional und mental so blockiert, dass er kein anderes Ventil findet. Die Hermetik der Hinweise, die er gibt, deutet aber auf einen starken Protektionszwang.«

»Wie meinst du jetzt ... Ja Kreuzkruzifix, kann der mit seinem B'schüttfass nicht blinken, oder was? Fahr zu!«

Kluftinger hatte sich erst beruhigt, als er in die heimische Garageneinfahrt bog. Erika stand bereits erwartungsfroh am Badfenster. Als sie »ihre beiden Männer«, wie sie immer sagte, kommen sah, lief sie schnell nach draußen. Kluftinger hätte eigentlich gern noch weiter unter vier Augen mit seinem Sohn geredet, wusste aber, dass es dafür zu spät war. Nun schlug die Stunde der liebenden Mutter.

»Mei, Markus, endlich seid ihr da!«, rief sie, kaum, dass sie aus der Haustür gelaufen war. Ihren Mann bedachte sie mit einem kurzen »Griaß di«, den Sohn mit einer innigen Umarmung.

»Komm gleich ins Haus, ich hab extra Saltimbocca und Steinpilzrisotto für dich gemacht, das magst du doch so gern. Und als Nachtisch gibt's Zwetschgendatschi aus Mürbteig mit Streuseln. Bringst du die Sachen vom Markus rein?«

Der letzte Satz galt ihrem Mann, der sich inzwischen reichlich abgemeldet fühlte. Zudem war er vom heutigen Speiseplan nicht sonderlich begeistert. Zwar konnte er sich für die Grundzutaten durchaus begeistern: Kalbsschnitzel, Schinken und Steinpilze liebte er – letztere jedenfalls, wenn es Semmelknödel dazu gab. Reis war für ihn allenfalls eine Beilage, als Abwechslung zu Spätzle oder Kartoffelknödel. Den Salbei, der unter dem Schinken klemmte, schätzte er in Form von Tee als bewährtes Hausmittel gegen Schluckbeschwerden. Für Fleisch, das nach Halswehtee schmeckte, hatte er nicht viel übrig. Aber immerhin gab es ja noch Zwetschgendatschi, wobei der Kommissar auch hier etwas auszusetzen hatte: Er liebte die klassische Variante mit Hefeteig, der Mürbteig war ihm zu süß und zu feucht. Sei's drum, dachte er sich, Hauptsache, dem Buben schmeckt's und er ist mal wieder daheim.

Das Essen schmeckte Kluftinger, der seit dem Besuch in Buxheim, wo er die kalten Kässpatzen hatte hinunterwürgen müssen, nichts mehr in seinen Bauch bekommen hatte, dann aber doch recht gut. Alle drei plauderten entspannt, wobei Kluftingers Redeanteil gegenüber dem der beiden anderen Familienmitglieder deutlich geringer war. Er zog sich – wie immer gleich nach dem Essen – auf die Toilette zurück, wobei ihm noch einmal in den Sinn kam, was Markus vorhin im Auto zu ihm gesagt hatte: Der Täter wollte irgendetwas mitteilen. Er nahm sich vor, gleich noch mit Markus darüber zu reden.

Er sollte aber diesen Abend keine Gelegenheit mehr dazu bekommen: Zuerst hatte Erika Markus in Beschlag und gegen zehn verschwand der noch in Richtung Kempten, um sich mit ein paar Freunden zu treffen.

Als Kluftinger ins Schlafzimmer ging, nahm er mit Verwunderung zur Kenntnis, wie Erika nicht nur das Bett ihres Sohnes frisch bezog, sondern ihm sogar noch einen Pyjama herauslegte.

Des Maies Brautschmuck auf der Au,
Ihr Kränzlein reich von Perlentau,
Ihr Herzen umschlungen,
Ihr Flammen und Zungen,
Ihr Händlein in Schlingen
Von schimmernden Ringen,
Müßt in den Erntekranz hinein,
Hüte dich schöns Blümelein!

»Sei aber leise, nicht dass der Markus aufwacht!«

Natürlich: der Markus. Wenn ihr Sohn da war, dann gab es für Erika Kluftinger nur eine Sorge. Auch heute Morgen um 6.30 Uhr. Sie war wach geworden, als Kluftinger sich wie immer zwar leise, allerdings etwas weniger rücksichtsvoll als zu Beginn ihrer Ehe aus dem Bett geschlichen hatte, um sich für die Arbeit fertig zu machen. Und ihr erster Gedanke galt, sozusagen Millisekunden nach dem Verlassen der Tiefschlafphase, wie ihr Mann mit einer Mischung aus Amüsement und Bitterkeit feststellte, ihrem Sohn. Er konnte sich über die Fürsorge seiner Frau eigentlich nicht beklagen, aber ihr Sohn war, was das betraf, konkurrenzlos. Wenn er ehrlich war, musste auch er nicht weit fahren, um selbst Objekt einer solch umfassenden Betreuung zu werden, denn seine Mutter wohnte im gleichen Ort. Trotzdem war er diesbezüglich manchmal ein bisschen eifersüchtig auf seinen Sprössling, der ihm selbst ja durchaus auch am Herzen lag, auch wenn seine Frau das manchmal zu bezweifeln schien.

Nicht nur deswegen freute er sich geradezu darauf, nun exakt das Gegenteil dessen zu tun, wozu ihn seine Frau gerade aufgefordert hatte. Er tapste mit dem festen Vorsatz auf Zehenspitzen in den Hausgang, seinen Sohn trotz der frühen Stunde aufzuwecken. Aber er wollte ihn nicht ärgern. Nein, ihm war ihr gestriges Gespräch nicht mehr aus dem Kopf gegangen: Markus hatte sich als scharfsinniger Beobachter erwiesen, was Kluftinger nicht nur mit Stolz, sondern auch mit der Gewissheit erfüllte, ihn das Richtige studieren gelassen zu haben, auch wenn es bis zu dieser Erkenntnis ein wenig gedauert hatte. Psychologie war nicht gerade Kluftingers Wunschfach gewesen. Manchmal hatte er sich sogar ein bisschen geniert, wenn er in geselliger Runde, in der andere Eltern mit Europäischer Wirtschaft oder Informatik als zukunftssichere Studiengänge für ihren Nachwuchs angaben, lediglich Psychologie zu bieten hatte – ein Berufsfeld, das nun mal den Ruf hatte, vornehmlich von Menschen ausgeübt zu werden, die selbst nicht immer die beste Ordnung im Oberstübchen hatten. Und natürlich war Kluftinger gerne Zielscheibe des Spotts seiner Mitmenschen, die ihn dann mit Bemerkungen malträtierten wie »So, kommt dein Sohn dann mal auf Kaufbeuren?« – dort gab es eine geschlossene psychiatrische Anstalt – oder »Manche Dinge vererben sich eben einfach«.

Gestern aber hatten sie, soweit er sich erinnern konnte, ihr erstes Fachgespräch gehabt, in dem jeder die Kenntnisse des anderen respektierte – und das hatte ihm nicht nur gefallen, er versprach sich auch für das Fortkommen in seinem Fall einiges von einer Vertiefung des Themas.

»Markus … äh … bist du schon wach?«

Er sah sofort ein, dass das eine dämliche Frage war. Nicht nur, weil halb sieben nicht gerade die Zeit war, in der Studenten aufzustehen pflegten. Natürlich auch, weil die Antwort »Nein« keine wirkliche Option war. Er hatte früher aus gutem Grund das Wekken seiner Frau überlassen. Die hatte eine gewisse zärtliche Bestimmtheit, die einen sanft vom Reich der Träume in den Tag hinübergleiten ließ, während man sich bei ihm vorkam, als würde er mit seiner Trommel durchs Zimmer marschieren.

»Hm?«, kam es leise und etwas desorientiert aus Markus' Bett.

»Ich würd' gern noch vor dem Arbeiten mit dir über gestern weiter reden. Über den Fall. Wir konnten ja nicht wegen … na, jedenfalls ging's ja dann nicht mehr.« Er scheute sich, zu sagen »wegen deiner Mutter«, denn sie hatte sich ja auf ihn gefreut und natürlich das gleiche Recht, mit ihrem Sohn zu reden, wie er.

»Komm sofort«, tönte es erstaunlich wach aus dem Dunkel.

Gut gelaunt ging Kluftinger ins Bad, und als er herauskam, saß Markus schon am Frühstückstisch und las die Zeitung.

»Was zu essen?«, fragte Kluftinger.

»Ja. Kaffee. Schwarz.«

»Hör mal, es tut mir Leid, dass ich dich so früh geweckt habe, aber … «

»Schon gut. Ich bin gar nicht mehr der Langschläfer von früher.«

Kluftinger seufzte. Früher hätte man Markus am Wochenende nicht vor zwei aus dem Bett bekommen – jedenfalls nicht ohne Androhung körperlicher Gewalt. Kluftinger hatte das nie verstanden und polterte dann bei seinen täglichen Verrichtungen immer besonders laut durchs Haus. Nicht aus Bosheit. Er fand einfach, dass es sich nicht gehöre, dem lieben Gott so den Tag zu stehlen.

Sein Vater hätte ihn wahrscheinlich aus dem Bett geprügelt, wenn ihm eingefallen wäre, auch nur eine Minute länger als bis acht Uhr liegen zu bleiben. Aber das waren wohl andere Zeiten gewesen.

»Also, wegen gestern: Du hast da ein paar interessante Dinge gesagt.«

Markus sah auf einmal gar nicht mehr so zerknittert aus. Es kam selten vor, dass er von seinem Vater gelobt wurde.

»Vor allem das, wo du gemeint hast, der Mörder will, dass die Tat dechiffriert wird.«

»Ja. Das ist ein plausibler Grund. Er – ich denke wir können bei der männlichen Form bleiben, denn alles deutet auf einen Mann hin, aber das kann ich später noch genauer ausführen, wenn du willst – also, er arrangiert die Leichen. Quasi ein Schulbeispiel. Könnte ich mal ein Referat drüber halten.«

Kluftinger erschrak: »Ich darf dir das alles eigentlich gar nicht erzählen, das ist dir schon klar, oder?«

»Vatter, das war nur Spaß. Natürlich bleibt das alles unter uns.«

»Ach so, gut. Hast du sonst noch irgendwelche Ideen?«

»Na ja, ich denke, dass der Mörder Sagenmotive benutzt, ist kein Zufall. Auch das hat einen Hintergrund, der uns weiter auf seine Spur bringen kann.«

Jetzt war Kluftinger baff. Er hatte noch keine Silbe über die Sagen verloren. Sie hatten über eine Woche gebraucht, um darauf zu kommen, und Markus schüttelte diese Erkenntnis einfach aus dem Ärmel. Er hob gerade zu einem weiteren Lob an, da sagte sein Sohn: »Kannst dir die Luft sparen.«

Mit diesen Worten schob er ihm die Zeitung über den Tisch.

Entsetzt las Kluftinger die Überschrift, auf die Markus' Finger deutete: »Mörder nimmt Sagen als Vorbild«.

»Wie … « Kluftinger riss die Zeitung an sich und überflog den Artikel. Dann legte er sie ganz langsam zurück, biss die Zähne zusammen und presste nur ein Wort hervor: »Maier!«

»Dein Kollege?«

Der Kommissar nickte. Dann schlug er sich gegen die Stirn. »Ich bin wahrscheinlich selber schuld. Ich hab ihnen aufgetragen, überall anzurufen, um das Sagenmotiv für den ersten Mord rauszufinden. Und Maier kennt doch einen von der Zeitung ganz gut, einen Älteren, der immer so Heimatthemen macht. Vielleicht hatte er … na, der soll mir nur kommen.«

»Beruhig dich. Ich kann mir nicht vorstellen, dass das eurer Arbeit schaden wird, na ja, wenn man vom öffentlichen Interesse und dem Druck, der damit auf eure Arbeit ausgeübt wird, einmal absieht. Aber wir sollten … ich meine: ihr solltet euch auf den Mörder konzentrieren.«

»Du hast Recht«, sagte der Kommissar. Aber Maier würde er sich trotzdem noch zur Brust nehmen.

»Also, wie hilft uns das jetzt weiter?«

»Das mit den Sagen? Na ja, der Mörder transportiert auf eine perverse Art irgendeine Botschaft. Es gibt mehrere Möglichkeiten, wie die lautet: Er könnte zum Beispiel seine Allmacht einerseits und die Unfähigkeit der Polizei andererseits damit zum Ausdruck bringen wollen, ein klassisches Motiv. Das glaube ich in diesem Fall allerdings nicht. Denn dazu bräuchte er kein so kompliziertes Arrangement. Es würde reichen, wenn er sich ein Markenzeichen zulegt. In den USA hat es das schon des Öfteren gegeben. Wenn Täter etwa immer eine Spielkarte am Tatort zurücklassen, dann sagen sie damit: Ich war schon da und ihr habt mich wieder nicht gekriegt. Ein so aufwändig konstruiertes Gebilde, wie ihr es gefunden habt, passt also nicht in dieses Schema.«

Kluftinger hörte fasziniert zu. Er hatte jahrzehntelange Erfahrung im Polizeidienst, aber so wie sein Sohn zu formulieren, das hätte er nicht fertig gebracht. Bei ihm kam vieles einfach aus dem Bauch, ohne dass er daraus Täterprofile hätte erstellen können. Und sein Bauch sagte ihm auch, dass Markus Recht hatte.

»Sondern?«

»Ich denke, er will, dass ihr den Mord ›lest‹. Es ist eine Art der Kommunikation. Ich … ja, ich glaube, euer Mörder will verstanden werden.«

»Wie bitte?«

»Na, er will, dass ihr eine bestimmte Botschaft, vermutlich über sein Motiv, herausfindet und dann vielleicht zu dem Schluss kommt: Er hat korrekt gehandelt.«

»Korrekt gehandelt? Bei zwei Morden?«

»Nicht aus eurer, aus *seiner* Sicht. Die musst du dir als Psychologe zu eigen machen. In unserem Seminar war das die erste Prämisse. Ich versuche wie der Täter zu denken.«

Kluftinger nahm einen Schluck Kaffee. Er war lauwarm. Er hatte vergessen zu trinken, weil ihn Markus' Vortrag so fesselte.

»Also, wenn ich das richtig verstanden habe«, fasste Kluftinger die Gedanken seines Sohnes zusammen, »dann will der Mörder erreichen, dass wir uns mit seiner Tat auseinandersetzen.«

»Genau.«

»Aber warum macht er es dann so kompliziert? Mit den ganzen Sagen? Das hätte er schließlich auch einfacher haben können. Wir hätten das ja auf jeden Fall getan, das muss ihm doch klar sein.«

»Ihr hättet es aus der Sicht eines Polizisten getan. Nach dem Motto: Hatte das Opfer Feinde? Wer hat es zuletzt gesehen und so weiter. Aber jetzt seid ihr gezwungen, die Morde aus einer anderen Sicht zu betrachten – aus seiner.«

Kluftinger schluckte. Natürlich wusste auch er, dass man sich in die Täter hineinversetzen musste. Aber vielleicht tat er das in seiner täglichen Arbeit zu wenig. War er mit den Jahren betriebsblind geworden?

»Ich denke, wenn wir genauer hinschauen, können wir vielleicht etwas mehr daraus lesen, als er uns eigentlich mitteilen wollte«, fuhr Markus fort.

»Und das wäre?«, fragte Kluftinger gespannt, aber skeptisch.

»Nun, wie du gesagt hast, wird er wissen, dass die Polizei sich auf jeden Fall mit der Tat auseinandersetzen muss. Aber das reicht ihm nicht. Das heißt, dass ihr mehr rausfinden sollt, als ihr herausfinden würdet, wenn es ein ganz ›normaler‹ Mord wäre. Also kann man wohl davon ausgehen, dass es sich nicht um ein normales Opfer-Täter-Verhältnis handelt, der Täter also mutmaßlich nicht in direktem, engen Kontakt zu seinem Opfer stand, wie es meistens der Fall ist.«

Es fiel dem Kommissar schwer, zu glauben, dass das da vor ihm sein Sohn war. In ein paar Minuten hatte der ihm mehr über den Täter verraten, als er die letzten Tage herauszufinden im Stande gewesen war. Jedenfalls kam es ihm so vor.

»Können wir sonst noch etwas herauslesen?« Kluftinger kam

sich vor wie das Publikum eines interessanten Vortrags: aufmerksam-unbeteiligt, zum untätigen Staunen verurteilt.

»Ja, lass uns noch mal einen Schritt weiter gehen. Also, unser Täter scheint der Meinung zu sein, eine Mission zu erfüllen. Eine Mission, die ihr erkennen sollt. Allerdings ist er sich natürlich auch darüber im Klaren, dass ihr versuchen werdet, seine Mission zu durchkreuzen. Das heißt: Einerseits braucht er euch, andererseits muss er vor euch auf der Hut sein. Auch deswegen ist das Ganze so verrätselt, schließlich sollen die Spuren nicht gleich zu ihm führen.«

»Klingt nach einem ausgefuchsten Plan.«

»Genau darauf will ich hinaus: Wir haben es hier mit einem gebildeten Menschen zu tun, etwas älter vielleicht, so zwischen vierzig und sechzig, würde ich meinen, denn Sagen sind kein Wissensgebiet für junge Menschen und in den Schulen werden sie heute kaum vermittelt. Also ein reiferer Täter, aber kräftig und sportlich, sonst hätte er die Tat nicht ausführen können. Und er muss planen, antizipieren können, sonst wäre er zu einer solchen Inszenierung nicht fähig.«

»Mehrere möglicherweise?«

»Möglich, aber nicht wahrscheinlich. Es kommt nicht oft vor, dass Täter mit so einer ausgeprägten Mission Mitstreiter finden. Aber man kann natürlich nie wissen. Das alles ist wissenschaftlich fundierte Spekulation, Rätselraten auf akademischem Niveau, wenn du so willst.«

Markus machte eine Pause, nahm einen Schluck Kaffee und starrte die Tasse an. Kluftinger sagte nichts, er hatte das Gefühl, dass sein Sohn noch nicht ganz fertig war.

»Eins noch: Der Mörder ist auch eitel. Er erhebt seine Taten zur Kunstform. Und Eitelkeit, das lehrt die Statistik, ist der schlimmste Feind von Verbrechern.«

Kluftinger nickte. »Ich hab nur noch eine Frage.«

»Schieß los.«

»Warum ausgerechnet Sagen? Warum nicht Märchen oder Bilder? Warum Sagen?« Er erzählte seinem Sohn, dass er sich bereits etwas in die Thematik eingearbeitet hatte, aber dabei noch nicht weiter gekommen war.

»Das ist nicht ohne weiteres zu beantworten«, erwiderte Markus zögerlich. »Man müsste das Pferd zur Beantwortung dieser Frage wohl eher von hinten aufzäumen und fragen: Was bedeuten Sagen eigentlich? Wofür haben wir unsere Mythen? Ein Ansatzpunkt, der mir hier hilfreich erscheint, ist, dass in Sagen sehr oft ein Gerechtigkeitsmotiv variiert wird. Allerdings mischt sich in der Regel eine transzendente Macht in das Geschehen ein.«

Mit einem großen Schluck trank Markus die Kaffeetasse leer, setzte sie geräuschvoll auf dem Tisch ab und lehnte sich mit verschränkten Armen zurück, als erwarte er nun die Ovationen seines Vaters für seine Analyse. Und die ließen tatsächlich nicht lange auf sich warten, wenn auch etwas anders, als sich Markus das vielleicht erhofft hatte:

»Isch halt doch gut, dass ma den Bub hat studieren lassen«, sagte Kluftinger und fügte beim Blick auf die Uhr schnell hinzu: »Jessesmaria, ich muss ja schon längst weg.«

Er erhob sich, packte seinen Mantel und verließ das Haus so sehr mit Stolz angefüllt, dass er gar nicht wusste, wohin damit.

***

Sein Stolz wurde, je näher er seinem Büro kam, mehr und mehr von einem schlechten Gewissen verdrängt, weil er die Hausaufgaben, die er gestern der ganzen Sonderkommission gegeben hatte, selbst nicht gemacht hatte: Zum Lesen in den Sagenbüchern war er beim besten Willen nicht mehr gekommen. Aber er hatte in den Gesprächen mit seinem Sohn wahrscheinlich viel wichtigere Erkenntnisse für die Ermittlungen erlangt, rechtfertigte er sich vor sich selbst.

Als er an seinem Schreibtisch Platz nahm, wo sein PC bereits lief – er hatte nach dem Eklat mit dem Kollegen Hefele seine Sekretärin beauftragt, den Computer immer schon zu starten, bevor er da war, um, wie er sich ausgedrückt hatte, »möglicherweise wichtige Minuten« einzusparen – fand er nur eine einzige Mail in seinem Postfach.

Blau unterlegt las er die Worte »Neue Theorie – vertraulich« in der Betreffzeile, daneben stand der Absender: Maier, Richard KK.

»O Jesses« flüsterte er. Mit einem Doppelklick öffnete er die Nachricht und begann zu lesen. Wie immer hatte Richard Maier alles klein geschrieben, weil man das im Internet eben so mache, das gehöre zur »Netiquette«, hatte er einmal doziert und keiner hatte danach gefragt, was Netiquette überhaupt sein solle, denn niemand wollte sich vor ihm eine Blöße geben:

»guten morgen, ich hab noch mal über die sache mit den gemeinsamkeiten nachgedacht und folgendes herausgefunden. also: gernot sutter hat seine firma in ursulasried gehabt. und zwar in der porschestraße. und die heiligenfeld hat, als sie noch verheiratet war und ihre praxis gut lief, ebenfalls in der porschestraße gewohnt. in füssen eben. außerdem hat sutter sicher einmal einen porsche gefahren, weil es ein aktenkundiges verkehrsvergehen gibt. könnte uns das weiterbringen? wir sollten, denke ich, auf jeden fall dranbleiben. sicher ist sicher. du musst auf diese nachricht nicht antworten. gruß R.«

Richard Maier unterschrieb seine E-Mails immer mit »R.«, weil er das für ein Markenzeichen hielt, wie er einmal sagte.

Kluftinger seufzte. Die abstrusen Zusammenhänge, die sein Kollege zu Tage förderte, hatten zwar einen gewissen Unterhaltungswert und wären ein gefundenes Fressen für Verschwörungstheoretiker gewesen. Ihnen halfen sie aber nicht weiter. Was hatte er denn bloß Falsches gesagt, dass sich Maier so in die Details verbiss? Was es auch gewesen war: Er wünschte, es wäre nie über seine Lippen gekommen. Das war ja geradezu lächerlich, was der sich da aus den Fingern sog. Jedenfalls wollte er den Notausgang, den Maier ihm in der Nachricht gelassen hatte, auch nutzen und löschte die E-Mail, ohne eine Antwort an den Absender zu schicken. So wäre es für beide wohl am wenigsten peinlich, fand er.

Als er Maier bei der »Morgenlage« traf, verlor keiner ein Wort über die neue Theorie. Ein paar geharnischte Worte wegen seines Anrufes bei der Zeitung, den er ohne Zögern eingestand, musste er allerdings über sich ergehen lassen – was offensichtlich sehr zum Amüsement der Kollegen beitrug. Aber Kluftinger fand, dass sich Maier diesen öffentlichen Rüffel verdient hatte.

Nach der Standpauke trug jeder ein paar Sagen vor, die er am vergangenen Abend gelesen hatte, was Kluftinger ein bisschen vorkam wie in der Schule, wenn die Kinder Inhaltsangaben abliefern mussten. Zum Leidwesen des Kommissars war jedoch keine Sage dabei, die auch nur im Entferntesten etwas mit Rappenscheuchen zu tun hatte. Dafür wurden von den Kollegen bereits Lieblingsgeschichten gekürt. An erster Stelle rangierten die »Pudel-Sagen«. Hefele hatte ein gewisses Talent im Vortrag dieser Geschichten, die alle nach einem ähnlichen Schema konstruiert waren: An bestimmten, meist einsamen oder gefährlichen Stellen eines Ortes wie Brücken oder kleinen Weg-Kapellen, wurden immer wieder Pudel gesichtet, die den Menschen Angst einjagten. Manchmal hatten sie feurige Augen, oder, wie im Fall des »nächtlichen Pudels bei Buchenberg« eine feuerrote Zunge. Oftmals löste sich der Pudel in einer stinkenden Wolke auf.

»Pass nur auf, in Altusried gibt's fei auch so einen, den Kapellenpudel. Der springt einem auf den Rücken und dann muss man beim Tragen recht schwitzen«, rief Hefele lachend seinem Chef zu und ergänzte: »Na, aber dich wird er schon in Ruhe lassen, wo du doch an deiner Trommel in der Musikkapelle immer so schwer zu tragen hast.«

Die versammelte Gesellschaft lachte. Sein Mitwirken in der Blasmusik und die Klagen über das hohe Gewicht der großen Trommel waren immer wieder gern gewählte Anlässe für die Kollegen, ein bisschen über ihren Chef zu spotten.

Schließlich rissen alle Witze darüber, dass ausgerechnet Pudel – Hunde, die nach einhelliger Meinung der Kollegen zu den eher bemitleidenswerten Lebewesen gehörten – den Menschen Angst eingejagt hatten.

Das Lachen verstummte, als Maier darauf hinwies, dass der Pudel als ein Synonym des Teufels galt und nach wie vor gilt, etwa in Goethes Faust, wo sich Mephisto als Pudel zeige, was zu dem sprichwörtlichen Satz geführt habe: Das also ist des Pudels Kern.

Kluftinger räusperte sich nach Maiers Einlassung und sagte: »Ja, danke, Richard. Das ist ja sehr hilfreich. Hat noch jemand eine interessante Sage auf Lager? Vielleicht mal nichts Pudliges sondern irgendwas Unheimlicheres? Eugen?«

Strobl dachte kurz nach und antwortete: »Ja, also ich hab da eine gelesen, die schon gruslig war. Hinter Betzigau, bei Stein, ihr wisst schon, da gibt es doch diesen großen Findling, den Dengelstein. Wisst ihr, warum der so heißt? Tja, also nachts hört man da angeblich manchmal ein seltsames Klingen, als würde jemand eine Sense schärfen. Und das liegt daran, dass, wenn der Tod ein großes Loch in die streitsüchtige Menschheit mähen will, er den Teufel dort hinbestellt und ihm befiehlt: ›Dengle 'scharf!‹ Und dann kommt immer schlimmes Unheil übers Land und viele Leute müssen sterben.«

Für ein paar Sekunden blieb es still im Besprechungsraum.

»Da kann man ja Angst kriegen«, meldete sich schließlich Hefele zu Wort.

»Also, das ist ein oft gebrauchtes Motiv in Sagen«, antwortete ihm Kluftinger und sah dabei reihum die Kollegen an. »Meist wird eine transzendente Macht dazu benutzt, ein Gerechtigkeitsmotiv zu … also zu kreieren.«

Wieder wurde es still. Die Kollegen schienen über das, was ihr Chef da gesagt hatte, nachzudenken. Schließlich begann Strobl zu nicken. »Klingt plausibel«, sagte er und nickte weiter, bis schließlich alle einander zunickten. Kluftinger war zufrieden.

»Ich hab übrigens gestern noch versucht, den Stadtarchäologen zu erreichen, aber der war nicht aufzutreiben«, warf Hefele ein.

»Gut, da kümmere ich mich persönlich drum«, antwortete Kluftinger, nickte noch einmal in die Runde und verließ den Raum.

***

Der Kommissar hatte keine Vorstellung davon, wie ein Stadtarchäologe seine Tage verbrachte. Wenn er an Archäologen dachte, dann an Schliemann und andere, die irgendwo im Wüstensand Ruinen längst untergegangener Kulturen entdeckt hatten. Er wusste zwar, dass es in Kempten auch Ausgrabungen gegeben hatte, die Überreste der römisch-keltischen Vergangenheit dieser uralten Stadt zum Vorschein gebracht hatten, aber die waren seines Wissens längst ausgebuddelt. Sein professionelles traf sich hier also mit einem privaten Interesse, als er einen Dienstwagen der Kriminalpolizei, den er laut Vorschrift eigentlich für jede Fahrt benutzen sollte, in ein kleines Seitensträßchen auf einem Hügel über der Stadt lenkte.

Heute war er zielstrebig zum Polizeiwagen gegangen, weil sich seine Tankanzeige am Morgen kaum noch von der Anschlagnadel wegbewegt hatte. Zwar hatte die Polizei eine eigene kleine Tankstelle, aber an der durfte er sich nicht einfach bedienen. Für jede Dienstfahrt mit seinem PKW musste er zunächst selbst bezahlen und sich das Geld dann per Antrag auf Fahrtkostenerstattung wieder holen. So kam es auch, dass Kluftinger ein kleines Büchlein im Auto hatte, in das er Datum und Zielort jeder Dienstfahrt eintrug. Einmal im Monat bekam Sandy dieses Büchlein auf den Schreibtisch und hatte dann die mindestens drei Stunden füllende Aufgabe, Entfernungen nachzusehen und Kluftingers kaum lesbares Geschreibsel zu entziffern, um es schließlich in die offiziellen Anträge zu übertragen.

Die Momente, in denen er die fertigen Formulare unterschrieb, waren diejenigen, in denen er am glücklichsten darüber war, eine Sekretärin zu haben. Er fuhr eben einfach am liebsten mit seinem eigenen alten Passat – damit konnte er am besten umgehen und er hatte bereits das Alter, in dem es auf eine Schramme mehr oder weniger nicht ankam. Und seitdem er damals den neuen Polizei-VW-Bus beim Einparken an einer Wand ziemlich zerkratzt hatte, vermied er den Griff zum Dienstwagen und den damit verbundenen spöttischen Kommentar des Fuhrparkleiters, der immer derselbe war: »Aber schön aufpassen beim Einparken.«

Im Dienstwagen war ihm heute gleich etwas aufgefallen: Er roch beinahe wie ein neues Auto, obwohl der dunkelblaue Golf Kombi bereits gut hundertachtzigtausend Kilometer und immerhin drei Jahre auf dem Buckel hatte. Kluftinger führte das auf den Kontrast zu dem allmählich dominierenden Gestank in seinem Auto zurück.

»APC« stand auf dem Hinweisschild der kleinen Straße in weißen Buchstaben auf braunem Grund – »Archäologischer Park Cambodunum«. Cambodunum war der römische Name der Siedlung gewesen, aus der sich später die Stadt Kempten entwickelt hatte. Vom Büro des Stadtarchäologen hatte er die Information, dass sich der Leiter der Abteilung dort aufhielt. Wo sollte sich ein Archäologe auch sonst aufhalten, fragte sich der Kommissar.

Nachdem er seinen Wagen zugesperrt hatte und auf den Eingang, ein Tor in einem flachen, antik anmutenden, langgezogenen Bauwerk, zuging, hielt er kurz inne: Links lag ihm zu Füßen die Stadt, und da heute ein klarer Oktobertag war, gönnte er sich ein paar Minuten, in denen er einfach nur hinunterblickte. Er war nie ein großer Stadtfreund gewesen, aber er musste zugeben, dass Kempten an solchen Tagen auch seine Reize hatte, auch wenn er jederzeit dem Blick von einem Berggipfel auf ein grünes Tal den Vorzug gegeben hätte. Von hier oben gefiel ihm der Sitz seiner Behörde allerdings auch recht gut; außerdem drangen die Geräusche der gut Einundsechzigtausend-Einwohner-Stadt nur gedämpft bis hierher und ließen ihn, während er gegen die Sonne blinzelte, für ganz kurze Zeit vergessen, welch schreckliche Verbrechen seine Heimat zur Zeit erschütterten.

Mit einem Seufzen riss er sich schließlich von dem Anblick los und marschierte durch das Tor in den archäologischen Park. Er war noch nie hier gewesen und so nahm er sich die Zeit, sich erst einmal zu orientieren. Links von ihm stand ein zweigeschossiges Gebäude mit rotem Ziegeldach, das mit seinen kleinen Fenstern römisch wirkte, gegenüber lag ein kleineres Häuschen, das wie eine Kapelle aussah, und dazwischen stand eine Art Säulen-Pavillon. Den Boden zierten die Reste einer Steinmauer, die wohl den Grundriss eines ehemaligen Gebäudes markierten; rechts von ihm ragte eine Säule mit lateinischer Inschrift auf. Obwohl all diese Gebäude seit höchstens zwanzig Jahren standen und weiß verputzt waren, vermittelten sie antike Atmosphäre.

Erst jetzt sah Kluftinger, dass neben der kleinen Kapelle ein Mann mit dem Rücken zu ihm kniete, den Oberkörper weit nach unten gebeugt, so dass sein gewaltiges Gesäß weit in die Luft ragte. Kluftinger näherte sich ihm, doch selbst als er nur noch wenige Meter entfernt war, reckte ihm der Kniende noch immer seine Kehrseite entgegen.

Der Kommissar räusperte sich geräuschvoll, um auf sich aufmerksam zu machen. Erschrocken fuhr der Mann in den hellen, abgewetzten Jeans und dem dunkelblauen Hemd vor ihm herum und starrte ihn aus einem geröteten, verschwitzten Gesicht unter einem grotesken Strohhut heraus an. Kluftinger schätzte ihn auf Anfang fünfzig.

»Herr Schneider?«

»Doktor Schneider, der bin ich, richtig. Darf ich fragen, wer … «

»Kluftinger, Kripo Kempten. Grüß Gott.«

Schwerfällig erhob sich der Archäologe und Kluftinger fiel auf, dass sein Hemd schweißnass an seinem massigen Oberkörper klebte. Dabei war es ein zwar sonniger, aber trotzdem herbstlich kühler Tag.

»Ich hoffe, ich störe Sie nicht bei etwas Wichtigem«, sagte der Kommissar und deutete dabei auf den Pinsel und den kleinen Meißel, den Schneider in der Hand hielt.

»Ach so, nein, nein. Irgendjemand muss die Sachen ja in Schuss halten, nicht wahr? Aber wie kann ich Ihnen helfen?«

»Ich ermittle gerade in zwei Mordfällen und ich dachte, Sie können mir vielleicht weiterhelfen. Eigentlich geht es um einen ganz speziellen, der vor einer Woche in Rappenscheuchen passiert ist.«

»Ach ja, ich hab da heute was in der Zeitung gelesen. Geht um Sagen, nicht wahr?«

Kluftinger schnaufte. Für einen kurzen Moment stieg ihm wieder die Zornesröte ins Gesicht und er fragte sich, ob der Anpfiff für seinen Kollegen Richard Maier heute Morgen scharf genug gewesen war.

»Das stand in der Zeitung, richtig. Dann kann ich mir ja weitere Vorreden sparen. Also: Wir wissen sicher, dass der zweite Mord eine Sage zum Vorbild gehabt hat, und wir gehen davon aus, dass das auch bei dem Mord in Rappenscheuchen der Fall ist. Na, und wir dachten, dass Sie vielleicht … weil Sie sich doch, quasi beruflich, mit der Vergangenheit … «

»Ach so«, unterbrach ihn Schneider und schaukelte dann seinen Bauch im Takt seines Lachens. »Also wissen Sie, Archäologie hat nicht gerade was mit Sagen tun. Ist zwar ein sagenhafter Beruf, wenn Sie mir das Wortspiel erlauben, aber es ist eben auch eine Wissenschaft, die nach historischen Fakten sucht, während Sagen ja doch eher ins Reich der Phantasie gehören.«

Kluftinger kam sich wie ein Schuljunge vor, als ihn der Archäologe belehrte. Natürlich wusste er das oder hatte es zumindest instinktiv so verstanden, trotzdem schien es eine plausible Möglichkeit gewesen zu sein.

»Das weiß ich natürlich«, rechtfertigte sich Kluftinger etwas heftiger als er eigentlich wollte.

Schneider ließ ihn gar nicht weiter zu Wort kommen: »Als Archäologe kann ich Ihnen über Rappenscheuchen zumindest so viel sagen: Es gab dort einmal eine Burg, von der inzwischen aber leider nichts mehr zu sehen ist. Vielleicht gehen Sie mal ins Stadtarchiv, die können Ihnen diesbezüglich vielleicht weiterhelfen. Oder noch besser: Schauen Sie mal bei der Frau Urban, Hiltrud Urban, in Kaisersmad vorbei. Die befasst sich seit Jahren intensiv mit Sagen und Mythen des Allgäus. Sie wohnt auf einem wunderschönen, uralten Bauernhof. Mein archäologisches Interesse hat mich da mal hinausgeführt. Jedenfalls kann die Ihnen bestimmt mehr sagen. Wenn Sie mich jetzt entschuldigen würden.«

Kluftinger war der Archäologe im Verlauf des Gespräches eigentlich immer unsympathischer geworden. Er wurde nun einmal nicht gerne wie ein Kind behandelt. Als Kriminalhauptkommissar war es seine Pflicht, alle Informationsquellen anzuzapfen. Denn in seinem Beruf ging es im schlimmsten Fall um Menschenleben, während die Menschen, mit denen sich ein Archäologe befasste, sowieso nicht mehr zu retten waren.

Gerne hätte er das alles seinem Gegenüber gesagt, doch aus irgendeinem Grund traute er sich nicht, was möglicherweise an dem Respekt lag, den ihm seine Mutter vor akademischen Titelträgern eingebläut hatte. Ehrfürchtig hatte sie immer die Stimme gesenkt und vom »Herrn Doktor« oder gar »dem Herrn Professor« gesprochen, wenn jemand über derartige Namensattribute verfügte, wobei sie den eigentlichen Namen dann meist gar nicht mehr erwähnte. So hatte er früher lange nicht einmal gewusst, wie sein Kinderarzt geheißen hatte. Mit einem devoten Gruß trat Kluftinger den Rückzug an.

»Ach, wo Sie schon hier sind«, rief ihn der Archäologe noch einmal zurück, »können Sie mir hier vielleicht noch ganz kurz helfen?«

Schneider deutete auf einen großen, rechteckigen Gegenstand am Boden.

»Natürlich«, brummte der Kommissar und ging noch einmal zurück. »Was gibt's denn?«

»Hier, die Abdeckung müsste wieder zurück auf diesen Stein.«

Kluftinger blickte erst auf die Abdeckung, eine große, kupferne Platte, die inzwischen durch die Witterungseinflüsse fast schwarz geworden war, und den Stein, der auf einem etwas erhöhten Sockel lag. Irgendetwas kam Kluftinger an diesem Anblick bekannt vor. Ihm war dieses Gefühl vertraut; jeden Moment würde es in seinen Gedanken »klick« machen. Er blieb einfach regungslos stehen und verließ sich darauf, dass das auch heute wieder funktionieren und sich der Gedanke durchsetzen würde. Dabei ignorierte er die wiederholte Aufforderung des Archäologen, die Platte doch am anderen Ende anzufassen.

Dann hatte er es. Er machte auf dem Absatz kehrt, winkte dem Archäologen zum Abschied zu und rannte zum Ausgang. Er hörte nicht mehr, wie Schneider wütend vor sich hinbrummte: »Dein Freund und Helfer. Von wegen!«

***

Keine zehn Minuten später, wofür einige Geschwindigkeitsübertretungen nötig gewesen waren, stand Kluftinger dort, wo vor über einer Woche alles begonnen hatte: in Rappenscheuchen. Er empfand es immer als seltsam, an den Schauplatz eines Mordes im Laufe der Ermittlungen zurückzukehren. Beim ersten Mal waren die Tatorte immer von geschäftigem Treiben erfüllt, überall schwirrten Polizisten, Ärzte, Beamte in Zivil herum, alles war, auch wenn es sich um ein Tötungsdelikt handelte, angefüllt mit Leben.

Kehrte man aber später zurück, dann war dieses Leben verschwunden und der Ort atmete nur noch die Atmosphäre eines Leichenfundortes: dunkel, unheimlich und – bis zur Aufklärung – geheimnisvoll.

Deswegen rumorte es auch in seinem Magen, als er den kleinen Hügel erstieg und auf den Platz zulief, an dem sie Sutter gefunden hatten. In Gedanken sah er dieses Bild noch einmal vor sich, aber sein innerer Blick war nicht auf die Leiche gerichtet. Stattdessen wanderte er die rechte Hand des Toten entlang und blieb da haften, wo sie in einer grotesken Verrenkung nach hinten ausgestreckt gelegen hatte. Sie hatte auf einem großen Blech geruht, jetzt stand Kluftinger noch einmal davor. Einen Stein hatte er schon damals darunter vermutet. Und der Bauer, der Sutter entdeckt hatte, hatte es ihm bestätigt. Wie hatte er sich noch ausgedrückt? Gedenkstein, oder so ähnlich. Der Kommissar ärgerte sich ein bisschen über sich selbst, dass ihm das damals noch nicht aufgefallen war. Doch sein Zorn hielt sich in Grenzen, schließlich hatte er damals noch nicht gewusst, was er heute wusste.

Jetzt stand er ein wenig nervös vor dem Blech, das ganz anders aussah als noch vor einer Woche: Es blinkte silbergrau, wie poliert. Offenbar hatte es jemand gegen das alte ausgetauscht. Falls es der Bauer gewesen war, so konnte Kluftinger es ihm nicht verdenken: Er hätte dasselbe getan, hätte es in seinem Garten gelegen und man darauf eine Leiche gefunden. Nur ein kleines Schild, das mit ein paar Nägeln darauf befestigt war, trug rostiges, verwittertes Hellgrün. Er erinnerte sich, dass er es auch an dem anderen Blech gesehen hatte. Das Sprüchlein, das darauf stand, hatte er damals nicht bewusst registriert, und auch jetzt konnte er es nur mühsam entziffern, so sehr hatte das Wetter ihm zugesetzt: »Wer den Hut rab tut, tut ihn wieder nauf!«

Er bückte sich, packte das Blech an zwei gegenüberliegenden Enden und warf es mit Schwung einen Meter zur Seite.

Das erste, was er sah, waren die unzähligen Asseln, die vom plötzlichen Lichteinfall erschreckt auseinander stoben. Einige Nacktschnecken hatten unter dem Blech ebenfalls Schutz vor der Sonneneinstrahlung gesucht. Dann erblickte der Kommissar die Schrift. Wie er es nach seinem Ausflug in den archäologischen Park vermutet hatte. Allerdings waren nur die ersten Buchstaben lesbar, der Rest war unter einer feuchten, dunklen Dreckschicht verborgen. Kluftinger nahm sich ein paar der welken Blätter, die der Herbst bereits auf die Wiese hatte fallen lassen, und wischte damit den Stein provisorisch sauber. Dann ging er einen Schritt zurück und besah sich die Inschrift. In großen, festlich geschwungenen, altertümlichen Buchstaben stand dort: »Burg Rappenschaichen. Sitz der Herren von Hirschdorf, Truchsessen der Äbte des Stiftes Kempten, erstmals urkundlich erwähnt 1239.«

Er wusste nicht genau, was Truchsessen waren, aber der Fund reichte auch so aus, um in ihm eine ehrfürchtige Freude über dieses neue Puzzleteil aufkommen zu lassen. Es hatte hier eine Burg gegeben und bestimmt gab es auch irgendeine Sage zu den Herren, die hier gehaust hatten. Konzentriert schrieb er die Inschrift Wort für Wort ab.

Gerade als er seinen Block wieder einsteckte, durchbrach ein Schrei hinter ihm die Stille: »He! Was machen Sie da? Weg da!« Er drehte sich um und erkannte den Bauern, der ihm mit der Mistgabel entgegen rannte.

»Herr Gassner, grüß Gott«, rief ihm der Kommissar entgegen, was den Landwirt irritiert innehalten ließ. Er hatte aufgehört zu rennen und ging nun langsam auf den Kommissar zu. Erst, als er nur noch wenige Schritte von ihm entfernt war, hellte sich seine verkniffene Miene auf.

»Ach, der Herr Polizist. Ich hab Sie gar nicht gleich erkannt, müssen's schon entschuldigen. Aber seit dem Fund sind wir halt ein bissle nervös.«

»Schon gut. Ich muss mich entschuldigen, dass ich nicht erst bei Ihnen geklingelt hab. Aber ich bin etwas in Eile, wissen S'.«

Der Landwirt nickte. Er trug exakt die gleiche Kleidung wie an jenem Mittwoch: eine Latzhose, die in dunkelgrünen Stiefeln steckte, und ein grobes, schmutziges Hemd mit Stehkragen, dessen Ärmel hochgekrempelt waren. Mit einem wuchtigen Hieb, der die Kraft des hageren Mannes erahnen ließ, rammte er die Mistgabel, die er trug, in den Boden neben sich. Dann blickte er fragend zwischen dem Stein und dem Kommissar hin und her.

»Ja, Sie werden sich fragen, was ich hier mache«, begann der Kommissar. Das war zwar offensichtlich, aber er wollte noch etwas Zeit gewinnen, um sich darüber klar zu werden, wie viel er dem Mann von den Ermittlungen preisgeben wollte.

»Es ist so ... also, wissen Sie etwas über eine Sage, die von diesem Ort handelt?«

»Dass hier mal eine Burg war? Ja, das steht ja auf dem Stein da. Aber Sage ist das eigentlich keine, das war schon so. Mein Vater hat die Reste irgendwann mal planiert. Also nicht die Reste der Burg, mehr die vom Hügel. Sind ja eh nur noch ein paar Steine da. Aber des sehen's ja selbst.«

»Jaja … ich meine, nein. Das mit der Burg ist schon klar. Aber mir geht es um eine Sage über den Ort hier.«

»So eine Gruselg'schichte, oder was? Nein, also da kenn ich nix. Ich weiß halt bloß des mit der Burg. Die hat da g'standen. Des war ja viel hügeliger, da wo wir jetzt stehen. Ein richtiger Burggraben war da drumherum. Aber den hat mein Vater planiert. Ich hab ein Bild davon, wenn Sie's sehen wollen.«

Kluftinger ließ sich das Bild, ein Gemälde aus den Fünfzigern, zeigen, doch darauf war nicht viel mehr zu sehen als jetzt, mit dem Unterschied, dass der kleine Hügel, auf dem sich der Gedenkstein befand, damals ein großer gewesen war.

Er bedankte sich und fuhr mit dem Gefühl, um ein Detail reicher zu sein, aber nicht so recht zu wissen, wohin damit, zurück zur Polizeidirektion.

***

Für seine dritte Dienstfahrt an diesem Tag musste der Kommissar wieder auf seinen Passat zurückgreifen. Der blaue Golf, den er am Morgen gefahren hatte, war bereits anderweitig im Einsatz und sonst waren nur noch – nach Kluftingers Auffassung zu auffällige – Streifenwagen verfügbar. Zum Glück war die Tankstelle mit dem billigen Sprit gleich um die Ecke.

***

Wenige Minuten später saß Kluftinger mit Hefele im Wagen und fuhr stadtauswärts. Er hatte seinen Kollegen erst im Auto über den Grund der Dienstfahrt in Kenntnis gesetzt.

Der Kommissar schob den Heizungsregler seines Autos nach rechts. Ihn fröstelte. Gelb-graue Wolken zogen langsam über den Himmel. Schneewolken. Es war ein kalter, grauer Tag, auch die Luft roch bereits nach dem ersten Schnee. Und das Anfang Oktober. Nun kam wieder die Zeit der langen Unterhosen. Und die dauerte bei Kluftinger normalerweise bis mindestens Ende April. Außerdem würde er wieder Unterhemden tragen müssen. Die Wollsocken, die seine Mutter ihm noch immer regelmäßig strickte, trug er sowieso das ganze Jahr über. Er war überzeugt davon, dass man von reiner Schurwolle keine Schweißfüße bekam. Dass der Geruch aus dem Schuhschrank gerade im Sommer das Gegenteil bewies, ignorierte er einfach. In den nächsten Tagen würde Erika sicher die Wintersachen aus dem alten Kleiderschrank vom Dachboden holen und die Steppdecken gegen die dicken Daunenbetten tauschen.

Allmählich wurden Kluftingers Beine warm, Hefele jedoch kurbelte nun die Seitenscheibe herunter. Kluftinger sah mit gerunzelter Stirn zu seinem Kollegen hinüber, was der aber nicht registrierte. Der Kommissar stellte deswegen den Heizungsregler auf volle Stärke, was Hefele kurze Zeit später aber mit einem weiteren Öffnen des Fensters quittierte.

»Könntest du das Fenster zulassen? Ich hab kalte Füße.«

Hefele konnte zwar die Füße seines Vorgesetzten nicht sehen, ging aber davon aus, dass er wie üblich angezogen war: Entweder mit den Haferlschuhen, die ihre beste Zeit lange hinter sich hatten, oder mit grauen Trekkingschuhen, deren praktische Vorzüge er gern betonte. Sicher aber war sich Hefele, dass darin Füße in Wollsocken steckten.

»Trotz Wollsocken friert es dich an die Füße?«

»Ja nicht unten, oben!«

»Ach so.« Manchmal erschwerte der Allgäuer Dialekt die Kommunikation selbst zwischen den Eingeborenen. Beine gab es nicht: Man unterteilte die Füße traditionell in oben und unten. Und allein der Satzzusammenhang musste klarstellen, welcher Teil der Extremitäten denn nun gemeint war.

Er schloss sein Fenster ein Stück, ließ aber einen Spalt von etwa zehn Zentimetern offen. »Kannst du's bitte noch weiter zumachen?«

Hefele schaute betrübt. Er befand sich in einer Zwickmühle. Er konnte jetzt entweder seinen Chef verärgern, indem er dessen Frieren hartnäckig ignorierte, oder ihn mit einer unangenehmen Wahrheit konfrontieren. Er entschloss sich für die zweite Variante.

»Es müffelt ziemlich«, tastete er sich vor.

»Hoi, ich riech nix«, log Kluftinger.

Hefele schloss das Fenster um zwei weitere Zentimeter.

»Wirklich, es riecht sehr streng da herin.«

»Ich wüsste nicht, nach was.« Kluftinger versuchte abzuwiegeln, Hefele aber verlor allmählich die Scheu.

»Wie gespie ... also ... ziemlich säuerlich. Oder süß-säuerlich. Ach Herrgottsack: Es stinkt bestialisch. Ich ertrag den Geruch nicht. Tut mir Leid, ich spei dir sonst noch rein.«

Eine Weile blieb es still, dann wagte sich Hefele erneut vor: »Wie ist denn das passiert?«

»Nicht so, wie du jetzt denkst. Das ist nur Sahne, die ist mir ausgelaufen. Und jetzt baut sie sich biologisch ab. Da kann ich auch nichts machen.«

»Und diese leicht süßliche Note?«

»Duftbaum Vanille. Man gewöhnt sich dran.«

Bis zu ihrer Ankunft erörterten sie daraufhin die verschiedenen Möglichkeiten der Geruchsbekämpfung im Auto. Hefele empfahl einen speziellen Kristall, der durch Schwingungen und die Abgabe irgendwelcher Ionen angeblich alle Gerüche zu binden vermochte. Kluftinger nahm einen tiefen Lungenzug Autoluft und verwarf den Gedanken daran nicht nur, weil er den »Schwingungskram« immer mehr verachtete, sondern auch weil er sich sicher war, dass ein Stein gegen *diesen* Gestank nichts hätte ausrichten können.

Als sie in dem kleinen Weiler Kaisersmad angekommen waren, standen die Polizisten vor einem Problem: Er bestand aus mehreren Bauernhöfen und ein paar anderen Wohnhäusern, die einfach durchnummeriert worden waren. Sie suchten das Haus mit der Anschrift Kaisersmad 7. Zwar wusste Kluftinger aus dem Gespräch mit Dr. Schneider, dass es sich um einen alten Hof handeln musste. Das traf aber auf so ziemlich jedes Haus hier zu. Und die Verteilung der Hausnummern war nicht zu durchschauen: Da kam 3a neben 6c, das nächste Haus hatte die 23.

Es dauerte eine ganze Weile, dann wurden die Beamten fündig: Etwas geduckt lag das Haus an der linken Seite der leicht ansteigenden Straße. Ein alter Allgäuer Hof; wie ihn der Kemptener Denkmalpfleger beschrieben hatte. Die typischen Bauernhäuser bestanden aus nur einem Langhaus, besaßen ein flach geneigtes Dach und waren oft mit Holzschindeln gegen das Wetter geschützt. Der ehemalige Wirtschaftsteil des Hauses musste zum Wohnhaus umgebaut worden sein, was die Vorhänge an den Fenstern der Holztenne verrieten. Dunkles, verwittertes Holz dominierte die Fassade. Die kleinen Fenster mit den alten Fensterläden verbreiteten eine heimelige Atmosphäre und wirkten nicht wie die Augenhöhlen eines Totenkopfes, wie es Kluftingers Meinung nach bei allzu vielen Neubauten der Fall war. Kluftinger bog in den gekiesten Hof ein, dessen Ende ein kleiner alter Bauerngarten markierte, der von einem grünen, schmiedeeisernen Zaun begrenzt wurde.

Kluftinger fielen beim Einfahren zwei Dinge gleichzeitig auf: Zum einen das originelle Heiligenbild, das auf schräg gestellte Lamellen gemalt war und je nach Blickwinkel entweder die Heilige Jungfrau oder einen leidenden Christus preisgab. Zum zweiten ein pechschwarzer Dobermann, der in gemessener Entfernung zur hölzernen Eingangstür des Hauses im Kies lag. Kluftinger hielt den Wagen an, stellte den Motor ab, warf zuerst einen Blick auf den regungslos herumliegenden Hund, dann einen zur Haustür, deren Bretter sternförmig angeordnet waren, dann wieder einen zum Hund und blickte schließlich zu Hefele.

»Klingelst du gleich mal?«

»Ich?«, fragte Hefele ungläubig, der den Hund ebenfalls bemerkt hatte. Er überlegte mit zusammengekniffenen Lippen und starrem Blick auf den Dobermann und warf Kluftinger sodann ein »Nein« hin, das diesen in seiner Entschiedenheit überraschte.

»Doch. Ich bin dafür Auto gefahren.«

»Ich mach vieles und ich würde so gut wie nie eine Anordnung missachten. Aber bitte – geh du!«

Hefele versuchte es also auf die Mitleidstour. Kluftingers Blick wanderte wieder zum Hund. Der schmale Kopf des Tieres lag auf den Pfoten und auf den ersten Blick hätte man meinen können, dass er gelangweilt aussah. Kluftinger aber blickte ihm eine Weile tief in die Augen und war sicher, blutrünstigen Hass darin zu entdecken.

Für einen Augenblick sagten die beiden nichts, bis Hefele aus seinem Pfeifentäschchen, das er immer bei sich trug, auch wenn Kluftinger ihn noch nie eine Pfeife hatte rauchen sehen, eine Pakkung Streichhölzer herauszog. Kluftinger sah kurz zu ihm und fixierte dann wieder besorgt den Hund. Seitdem sie auf den Hof gefahren waren, hatte der sich nicht gerührt.

Kommentarlos streckte Hefele seinem Vorgesetzten zwei Streichholzköpfchen hin.

»Wer den Kürzeren zieht, geht.«

Darauf musste Kluftinger wohl oder übel eingehen. Es war eine faire Sache. Eine gerechte Angelegenheit zwischen echten Männern. Aber nicht deshalb, sondern weil sich nun immerhin eine fünfzigprozentige Chance ergab, nicht gehen zu müssen, zog Kluftinger wortlos am rechten Hölzchen.

»Der tut eh nichts. Der liegt ganz still da. Keine Angst, das geht schon«, tönte Hefele erleichtert.

Kluftinger hatte ein halbes Schwefelholz in der Hand und wurde blass. Langsam bewegte er seine Hand in Richtung Türgriff, ließ sie dort einen Moment liegen – und zog sie wieder zurück. Er schüttelte den Kopf. Sollten sie ihn doch eine Memme nennen, er wusste, wo seine Grenzen lagen.

»Nicht bei dem Hund. Diese Sorte hat ein Problem mit mir. So einer hat mich einmal gebissen, als ich als Kind mit dem Roller bei meinen Eltern im Garten gefahren bin. Da hatten wir noch kein Gartentor und der kam rein und hat mich einfach vom Roller gestoßen und mich am Arm gepackt. Aus heiterem Himmel, weißt du? Aus so etwas kann ein echtes Trauma entstehen. Hat mein Markus neulich erst wieder gesagt. Und Phobien auch.«

»Dann fahr halt so nah an die Tür, dass man zur Glocke nur schnell hinüberhechten muss und sofort wieder im Auto ist.«

»Meinst du?«

»Bevor wir hier noch ewig stehen! Wird ja auch peinlich allmählich. Wenn uns jemand sieht!«

Zu Hefeles Freude startete Kluftinger den Motor. Was ihn aber verwunderte, war, dass der Kommissar zurücksetzte und zu wenden schien. Den Sinn dieses Fahrmanövers hatte er erst erfasst, als die Beifahrertür, an der er saß, sich nun direkt gegenüber der Haustür befand.

Es dauerte noch ein, zwei Sekunden, dann fasste sich Hefele ein Herz, riss die Tür des Wagens auf, ignorierte den Hund und zog an dem Messingstab, unter dem ein altes Emailleschild mit dem Wort »Türglocke« angebracht war.

Kluftinger, der im Auto sitzen geblieben war, behielt den Dobermann die ganze Zeit im Blick. Er übernahm sozusagen die Deckung, redete er sich ein. Als Hefele mit einem lauten Schlag die Türe von innen wieder schloss, hatte der Hund sich noch immer nicht gerührt. Nun wanderten die Blicke der beiden zur Haustür. Nichts geschah. Eine ganze Weile warteten sie, dass die Tür sich öffnen, der Hund ins Haus gepfiffen und dort weggesperrt würde. Aber der Eingang blieb verschlossen.

»Klingelst du nochmal?«, fragte Kluftinger schließlich zaghaft.

Dann endlich öffnete sich die Tür. Hefele kurbelte vorsichtig, mit Blick zum Bluthund, das Fenster herunter, als eine Frau im Türstock erschien. Keine Regung des Hundes. Die Frau war vielleicht etwas über sechzig mit einem knochigen und blassen Gesicht, die dünnen Lippen hatte sie fest zusammengekniffen. Ihr Gesicht war eingerahmt von einem akkurat geschnittenen Pagenkopf. Sie trug einen grauen Rock, der bis über ihre Knie ging. Die weinrote Bluse besaß keinerlei Ausschnitt, ihr Kragen war mit Rüschen verziert. Mit ihrer ebenfalls dunkelroten Hausjacke und ihrer dünnen Goldkette um den Hals, an der ein kleines Kruzifix hing, erinnerte Frau Urban Kluftinger an seine Englischlehrerin, die er von der siebten bis zur zehnten Klasse gehabt hatte. Er hatte nie etwas gegen Herta Höppner gehabt, auch wenn sie mit fünfzig Jahren noch allein mit ihrer Mutter gewohnt, sie das »th« in einem so übertriebenen Oxford-English ausgesprochen hatte, wie es nur deutsche, ledige Englischlehrerinnen konnten, und auch wenn sie bei der Einführung des Verbs »to kiss« rot angelaufen war. Dennoch war sie ihm immer eine Spur zu korrekt gewesen. Sie war eine der Frauen, die sich ihr Leben lang mit »Fräulein« ansprechen ließen und dies auch noch zu genießen schienen.

»Ja, was möchten Sie?«, kam es von der Haustür her in einer hellen, freundlichen Tonlage, und in einem geschliffenen Hochdeutsch, das Kluftinger entfernt an Fräulein Höppners »th« erinnerte.

»Wir kommen auf Empfehlung von Herrn Dr. Schneider von der Stadt Kempten. Kluftinger. Mein Kollege Hefele. Frau Urban, erschrecken Sie jetzt nicht: Wir sind von der Kriminalpolizei.«

»Ist etwas passiert? Mit meinem Sohn? Ein Unfall?«

»Nein, keine Angst, wir möchten Ihnen ein paar Fragen zur Allgäuer Geschichte stellen, wir brauchen Sie sozusagen als Expertin. Herr Dr. Schneider hat uns gesagt, dass Sie sich da so gut auskennen. Entschuldigen Sie, dass wir Sie einfach überfallen.«

Sofort wich der kurze Anflug von Sorge aus ihrem Gesicht, ein Gesichtsausdruck, den Kluftinger von Erika kannte, wenn Markus sich sehr verspätete. Mit freundlicher Zurückhaltung bat sie die beiden Polizisten ins Haus. Diese aber machten keine Anstalten, auszusteigen.

»Bitte, treten Sie ein, meine Herren!«, wiederholte sie ihre Aufforderung.

Wieder aber erkannte sie keine Regung bei den Beamten, die nun demonstrativ in Richtung des Hundes sahen.

Hiltrud Urban aber schien nicht zu verstehen und bat nun, schon etwas ungeduldig: »Ja kommen Sie doch herein!«

Zögerlich ließ Kluftinger ein langgezogenes »Äh … « verlauten und fügte fragend »Und der Hund?« hinzu.

»Ach wegen des Hundes … keine Sorge, der ist die Sanftmut in Person. Sie können ruhig aussteigen. Komm her, Tyras!«

»Ja priml«, flüsterte Kluftinger seinem Kollegen zu. »Tyras. Entzückender Name. So beruhigend.«

Tyras folgte seiner Herrin aufs Wort und trabte zur Haustür. Kluftinger stieg langsam aus. Gemessenen Schrittes bewegte er sich um das Auto herum. Zu seiner Erleichterung blieb die vermeintliche Bestie völlig ruhig, bewegte sich aber langsam in seine Richtung. Er müsste einfach ganz unauffällig weitergehen, sprach er sich selbst Mut zu. Nur keine hektischen Bewegungen, die machen Wachhunde aggressiv, das wusste er von den Diensthundeführern der Polizei.

An der Tür angekommen, reichten die Beamten Frau Urban nacheinander die Hand. Tyras schlich gelangweilt um sie herum. Kluftinger nahm sein Mobiltelefon aus der Tasche und stellte es auf lautlos.

»Machen Sie dieses Ding bitte aus, solange Sie bei uns im Haus sind«, versetzte Frau Urban zwar nicht unfreundlich, aber sehr bestimmt.

»Ich stell den Klingelton ab, dann stört es uns nicht.«

»Machen Sie es bitte aus. Auch lautlos strahlt es weiter. Wir haben alle strahlenden Geräte aus unserem Haushalt verbannt.«

Kluftinger fand das reichlich übertrieben – offenbar gehörten die Urbans auch zu den glühenden Gegnern der Mobilfunkmasten, die hier in der Gegend aufgestellt werden sollten und wovor Schilder und Transparente, ja sogar weiß eingepackte Strohballen mit Beschriftung im Ort und rings um die Gemeinde warnten. Da Kluftinger nur zu gut wusste, dass es besser war, sich mit solchen Leuten nicht auf eine Diskussion einzulassen, und da er ja schließlich Gast in einem fremden Haus war, schaltete er das Telefon aus und bedeutete Hefele, es ihm gleich zu tun. Der erwartete Dank der Hausherrin hierfür blieb allerdings aus.

Vom Interieur des Hauses hatte sich der Kommissar etwas völlig anderes versprochen, als er nun zu sehen bekam. Im kahlen, etwas zu dunklen Gang stand ein altes, schweres Büffet in dunklem Nussbaumholz und schräg gegenüber ein passendes Vertiko. Auf dem ausgetretenen, einfachen Dielenboden hätte er Bauernschränke erwartet, nicht aber diese Stilmöbel, die besser in eine Gründerzeitvilla gepasst hätten. Die Schwere der Einrichtung wurde noch verstärkt durch die niedrige Holzdecke. Auf der Kommode sah Kluftinger ein Wählscheibentelefon, dessen orangefarbener Hörer unter einem rot-goldenen Brokatbezug herausspitzte. Kluftinger erinnerte sich, dass eine seiner Tanten ebenfalls einmal eine solche Stoff-Verzierung besessen hatte. Und Fräulein Höppner bestimmt auch. Er fragte sich, was wohl gesundheitsschädlicher war: Diese Geschmacklosigkeit oder ein paar Handy-Strahlen. Hiltrud Urban öffnete links eine alte hölzerne Stubentüre und bat ihre Besucher ins Wohnzimmer.

Auch hier waren die Möbel fast schwarz: ein riesiger Bücherschrank, eine Art Sideboard an der gegenüberliegenden Wand und ein Esstisch, auf dem eine kleine weiße Spitzendecke lag. Vor den Fenstern hingen bodenlange, weiße Vorhänge, die das diffuse Licht noch einmal dämpften, darüber Übervorhänge, deren Stoff an die Verkleidung des Telefons erinnerte. Vor den Fenstern und auf dem Sideboard lagen mehrere Kristalle, von denen Kluftinger einige als Rosenquarz, andere als Bergkristall identifizierte. In einer Ecke auf einem Hocker brannte eine Salzkristalllampe.

Bestimmt gegen die Strahlung, vermutete Kluftinger. Fernseher oder Radio konnte er nicht erblicken. Zwei wuchtige, lederne Clubsessel standen in einer anderen Ecke, dazwischen eine Stehlampe aus Messing mit ledernem Schirm. Bis auf die elektrischen Lampen wirkte alles wie aus einem vergangenen Jahrhundert. Beim Blick durch das Fenster sah Kluftinger in dem schönen Bauerngarten den Rücken eines weißhaarigen Mannes, der gerade ein Beet harkte. Kluftinger wunderte sich über die widersprüchlichen Eindrücke, die sich ihm hier boten: außen eine originalgetreue bäuerliche Idylle, innen der angestaubte, etwas muffige Charme einer Stadtwohnung der Jahrhundertwende.

Die Kommissare setzten sich Frau Urban gegenüber an den Esstisch. Sie schien nicht sonderlich beeindruckt davon, dass sie von der Kriminalpolizei als Expertin für Heimatkunde befragt wurde. Entweder, dachte der Kommissar, war sie es gewohnt, über ihr Hobby allen möglichen Leuten Auskunft zu geben, oder sie gehörte zu den Menschen, denen man Stimmungen nicht anmerkte. Die mit Gleichmut alles hinnahmen und kommentarlos registrierten, was das Leben ihnen bot.

Plötzlich erschrak Kluftinger: Er hatte den großen Hund bereits völlig vergessen, als dieser sich neben ihn setzte und ihn regungslos anstarrte. Kluftinger schluckte und begann zu schwitzen. Seine Anspannung übertrug sich auf seine Haltung und er saß steif auf seinem Stuhl. Es würde kein unverkrampftes Gespräch werden mit dieser Bestie neben sich.

»Worum geht es denn, meine Herren?«

»Einen schönen Gruß von Herrn Dr. Schneider soll ich Ihnen ausrichten«, begann Kluftinger.

»Deswegen sind Sie hier?«, erwiderte Frau Urban ernst.

Kluftinger lächelte kurz und hob dann an: »Wie gesagt, es geht um Heimatgeschichte. Wir würden gerne etwas über die Sage erfahren, die sich um die ehemalige Burg in Rappenscheuchen bei Hirschdorf rankt. Können Sie uns da weiterhelfen?«

»Ist es wegen des Mordfalls? Ich habe in der Zeitung davon gelesen.«

Kluftinger nickte und bemerkte, dass Frau Urban den Genitiv nach »wegen« setzte, was er zwar in der gesprochenen Sprache auch viel zu selten tat, ihm aber sehr gefiel. Schließlich schien kaum mehr jemand diese richtige Form zu kennen. Selbst in der Zeitung – in der Werbung sowieso – standen heutzutage ja schon Schlagzeilen wie die, über die sie unlängst im Präsidium gesprochen hatten und an die er sich jetzt wieder erinnerte: »Burschen wegen schwerem Raub zu Jugendstrafe verurteilt«.

Hiltrud Urban war unterdessen zu ihrem wohlsortierten Bücherschrank gegangen und hatte ein paar Wälzer geholt, von denen Kluftinger einige bereits kannte. Sie legte sie vor sich auf den Tisch und fing an zu erzählen.

»Nun, die Rappenscheuchen-Sage. Die kann ich Ihnen gern näher bringen, ich möchte aber etwas weiter ausholen, damit Sie die Geschichte auch besser einordnen können. Wenn ich Sie langweile, sagen Sie es bitte.«

Kluftinger winkte energisch ab, ließ seine Hände aber schlagartig wieder sinken, als sein Blick auf den immer noch starrenden Dobermann fiel.

»Sie müssen wissen, dass gerade in unserer Gegend vergleichsweise viele alte Sagen existieren, die von Generation zu Generation weitergegeben wurden. Wie dem auch sei, es hat sich ein geradezu bizarrer Volks- und Aberglaube bis zu Beginn des 20. Jahrhunderts erhalten – in einigen abgelegenen Weilern wahrscheinlich bis heute. Zum Glück haben sich aber vor beinahe hundert Jahren einige Heimatforscher die Mühe gemacht, die wichtigsten der im Volk kursierenden Sagen und Geschichten aufzuschreiben, ein Schatz, der in unserer schnelllebigen und hektischen Zeit sonst wohl auf ewig verloren gegangen wäre.«

»Wie ich mittlerweile weiß, gibt es ja für ganz viele Dörfer eigene Sagen.«

Hefele sah Kluftinger von der Seite an und zollte ihm für sein Fachwissen mit einem angedeuteten Kopfnicken Respekt.

»Sie müssen aber unterscheiden zwischen echten Sagen, also etwa christlichen, Heiligen- oder Heldensagen, etwa die von

Heinrich dem Kempter, und den immer nur mündlich und eher ortsgebunden überlieferten Geschichten«, fuhr Frau Urban fort. »Da gilt es dann wieder Geistersagen und Erzählungen über unheimliche Erscheinungen zu trennen von Geschichten über die Herkunft von Ortsnamen. Und Sie haben ganz Recht. Über einige Orte gibt es geradezu massenhaft Überlieferungen. Außerdem ziehen sich manche Sagen durch das ganze Allgäu und weit darüber hinaus. So berichtet man aus fast jedem Ort von einer Gespenstermette, also einem Gottesdienst, der in regelmäßigen Abständen von Geistern abgehalten oder einem Geisterchor begleitet wird. Auch unheimliche Tiererscheinungen finden sich mit beinahe identischen Fakten und nur geänderten Ortsnamen überall in der Gegend. Wissen Sie beispielsweise, woher dieser Weiler, Kaisersmad, seinen Namen hat? Wahrscheinlich nicht.«

Kluftinger schüttelte den Kopf.

»Woher?«, fragte er ehrlich interessiert.

»Nun, es geht die Sage, dass in längst vergangener Zeit einmal ein hoher Herr, wahrscheinlich ein Kaiser, hier vor dem Kemptener Wald mit seinem Gefolge Lager gehalten hat. Aus Langeweile haben dann einige Männer des Hofstaats sich darin versucht, mit der Sense zu mähen. Die adligen Herren haben sich dabei recht blamiert, weil sie es noch nie gemacht hatten. Nur der Kaiser soll zur Sense gegriffen und geschnitten haben, als habe er es von Jugend an gelernt. Und deshalb soll dieser Flecken hier den Namen Kaisersmad bekommen haben. Sagen Sie, wo kommen Sie denn beispielsweise her, Herr Klutfinger?«

»Kluftinger ... «, korrigierte der Kommissar und fügte hinzu: »Aus Altusried.«

»Ah ja, über Altusried gibt es eine Menge Geschichten. Moment ... «

Die Hausherrin stand wortlos auf, ging zur Kommode, holte dort ein ledernes Brillenetui und setzte eine goldumrandete Lesebrille auf, was ihr wieder jenen Anschein der strengen Lehrerin verlieh. Dann schlug sie eines der Bücher auf, blätterte kurz darin und lächelte dann zum ersten Mal, seit sie die beiden Beamten hereingebeten hatte.

»Hier, genau. Die so genannte ›Gschnaidt-Sage‹. Kennen Sie diese Gegend?«

»Das Gschnaidt? Ja, freilich. Das ist bei Frauenzell. Da steht eine kleine Kapelle oben, mit ganz vielen Kreuzen drumherum, die dort von Gläubigen hingestellt worden sind.«

»Genau. Aber wissen Sie auch, was es mit diesen Kreuzen auf sich hat?«

»Nein, keine Ahnung.«

»Ein Mönch fristete dort einst sein Leben als Einsiedler. Wasser bekam er aus einer Quelle, die ihm von geheimnisvollen Raben gezeigt wurde.«

Als Kluftinger das Wort »Raben« vernahm, breitete sich auf seinem Arm eine Gänsehaut aus.

»Viele Jahre später fand man ihn dort tot. Als er in Frauenzell begraben werden sollte, geschah etwas Seltsames: Jedes Mal kurz vor Frauenzell scheuten die Pferde, die seinen Sarg zogen, machten kehrt und fuhren zurück ins Gschnaidt. Schließlich begrub man den Eremiten auf dem Hügel und errichtete über seinem Grab eine Kapelle. Die steht noch heute da, wie Sie ja wissen, und ist immer wieder Ziel zahlreicher Wallfahrer. Die später dort auch einen Kreuzweg errichteten, von der Kapelle bis zur Quelle, die einst die Raben dem Einsiedler gezeigt haben. Seitdem war die Kapelle immer wieder Ort unerklärlicher Vorgänge … «

Kluftinger schluckte. Frau Urbans Erzählung hatte ihn gefesselt. »Und Sie, junger Mann, wo kommen Sie her?«

Kluftinger sah seinen Kollegen, der Ende vierzig war, grinsend an. Frau Urban verkörperte einen Typ Frau, der langsam ausstarb. Was sie auszeichnete, war eine Mischung aus althergebrachter Korrektheit und dem verstaubten Charme einer alten Jungfer.

»Aus Roßhaupten. Ich hab jeden Tag einen ziemlich weiten Weg nach Kempten zu fahren.«

»Roßhaupten?«

Ohne diesmal in einem ihrer Bücher nachschlagen zu müssen, erklärte sie den beiden Kriminalkommissaren die Entstehung dieses Ortsnamens: »Es geht die Sage, dass dort, wo heute der Ort Roßhaupten im Ostallgäu liegt, früher nur ein paar Hütten in weiter Wildnis gestanden hätten, die damals den Jägern Schutz boten.

Und wenn diese draußen ihre Pferde angebunden haben, sind in der Nacht wilde Tiere gekommen, die die Rösser bis auf den angebundenen Kopf aufgefressen haben. Daher hat dann der Ort seinen Namen bekommen.«

Kluftingers Stimme war vom gespannten Zuhören belegt und er räusperte sich, bevor er sagte: »Interessant, Frau Urban. Man könnte Ihnen ewig zuhören, wirklich. Sie sind mir aber nicht böse, wenn ich Sie jetzt nach Rappenscheuchen frage?«, brachte Kluftinger das Gespräch auf den eigentlichen Grund ihres Besuchs zurück.

»Rappenscheuchen, ja, selbstverständlich, deshalb sind Sie ja da.«

Hiltrud Urban nahm aus dem Stapel ein zerfleddertes, altes Büchlein, eher ein Heft, dessen grüner, ausgeblichener Einband mit einem Kupferstich, der einen unheimlichen Ritter zeigte, verziert war.

»Ich denke, Sie sollten die Sage ganz hören, damit ich kein Detail vergesse. Ich werde sie Ihnen einfach kurz vorlesen. Folgendes steht hier geschrieben:

Wenn man auf der Straße von Kempten nach Memmingen das Dorf Hirschdorf hinter sich hat … von Altusried übrigens keine Rede«, sagte sie mit einem kleinen Lächeln in Kluftingers Richtung, »sieht man etwa eine Viertelstunde unterhalb dieses Dorfes links neben der Straße am nahen Waldsaume die Ruinen einer zerfallenen Burg, über welche junge Tannen und Fichten emporragen. Daneben steht ein Weiler, von mehreren zerstreuten Häusern gebildet, welcher bis auf den heutigen Tag den Namen von dieser Burg ›Rappenschaichen‹ trägt.«

Frau Urban sah kurz hoch und sagte: »Das steht hier interessanterweise noch mit ›ai‹ geschrieben.« Dann fuhr sie fort:

»Hier hauste in alten Zeiten ein gar ungebärdiger Ritter, der Schrecken der ganzen Gegend. Zogen die Ulmer Kaufleute mit ihren Waren aus Welschland des Weges fürbaß, da lauerte Kuno mit seinen wilden Gesellen im Gehölze, plünderte die Reisigen oder ließ sich das Weiterziehen mit blankem Gelde bezahlen. Seine Grundholden bedrückte er auf alle Weise; kam ein Bettler an die Schlosspforte, so hetzte er seine zottigen Rüden nach ihm und sah mit Hohngelächter zu, wenn sie ihn recht übel zurichteten … «

Kluftinger blickte kurz zu Tyras, der reglos neben ihm saß und starrte, konzentrierte sich aber gleich wieder auf die Geschichte.

»Auch alten Weibern nahm er noch die letzte Habe, die sie hatten, dass die mitunter am Hunger oder auch am Grame starben. Das unrecht aufgehäufte Gut war dann in schwelgerischen Gelagen verschwendet, wobei die geraubten Weinfässer, wenn sie ihres feurigen Inhalts entleert waren, unter dem Gejauchze der Zechenden in den Burggraben hinabgerollt wurden. So trieb er das wilde Raubhandwerk viele Jahre, fragte nichts nach Gott und nach den Menschen, und so kühne Abenteuer er auch unternahm, immer kehrte er siegreich von jedem Strauße heim, so dass es allum hieß: Ritter Kuno hat seine Seele dem Teufel verschrieben, drum richtet keiner etwas mit ihm aus! Plötzlich stirbt er um die Mitternachtsstunde, von einem blutigen Raube heimgekehrt. Seine Gesellen tragen den Leichnam in das oberste Gemach, von dem aus Kuno auf die an der nahen Straße Vorüberziehenden Spähe zu halten pflegte. Indes sie im Erdgeschoss über die Teilung der angehäuften Schätze hadern und lärmen, erschallt plötzlich um die Zinne der Burg ein kreischendes Gekrächze einer Schar Raben, welche bald durch die geöffneten Fenster in das Totengemach hineinfliegen und mit wütendem Geschrei das Antlitz des verstorbenen zerfleischen. Die Totenwächter vermochten sie erst zu verscheuchen, als von dem vollstrotzenden Gesichte nur mehr die nackten Knochen aus dem Leintuche hervorgrinsten. Die Zechenden im Hofe ergriff kalter Graus, sie ahnten Gottes Strafgericht, verteilten die geraubten Güter unter die Armen oder vergaben sie an Kirchen und überlieferten das Raubnest den Flammen, welche es bis auf das Erdgeschoss verzehrten, das noch heute in seinen Trümmern die Erinnerung an diese Sage aufbewahrt in seinem Namen Rappenschaichen.«

Sie blickte sie über den Rand ihrer Brille hinweg an. Kluftinger atmete tief durch. Noch bevor er aber etwas sagen konnte, fügte sie an:

»Moment, hier steht noch eine andere Version: Nach anderer Sage habe man den Raubritter einmal verwundet auf sein Schloss gebracht. Als am Morgen seine Diener den Schlafgaden öffneten, um nach ihrem Herrn zu sehen, saßen schwarze Vögel auf seinem toten Leibe. Alle Versuche, die schauerlichen Vögel zu verscheuchen, misslangen, bis diese zuletzt mit ihren feurigen Krallen den Leichnam erfassten und in den Lüften forttrugen.«

»Sensationell.«

»Bergkristall. Gegen schlechte Strahlen. Es ist der Stein der Reinheit, wissen Sie?«

Kluftinger merkte erst nach einer Weile, dass er es war, den Frau Urban da gerade angesprochen hatte. Tatsächlich hatte er so gedankenversunken den Sagen gelauscht, dass er unterbewusst mit einem Kristallbrocken auf dem Tisch herumgespielt hatte. Allerdings hatte sich sein »sensationell« nicht auf den Stein bezogen. Es waren zu gleichen Teilen die Sage und der mitreißende Vortrag der Frau gewesen, die ihm dieses Urteil entlockt hatten. Endlich hatten sie gefunden, wonach sie die letzten Tage so sehr gesucht hatten. Er wollte nun schnellstens in sein Büro, wollte die Fäden zusammenknüpfen, deren lose Enden nun vor ihm lagen. Er hob den Kopf in Richtung der Gastgeberin und sagte kurz angebunden: »Ah so.«

»Das sind geradezu Magneten, die die bösen Schwingungen binden.«

»Mhm … ja, vielen Dank dann für Ihre Mühe und Ihre schnelle Hilfe«, unterband Kluftinger weitere Erklärungen über Erdstrahlen und geheime Schwingungen. Hiltrud Urban kehrte wieder zu ihrem reservierten Ton und ihrer kühlen Art zurück, die sie am Anfang der Begegnung mit den Polizisten gezeigt hatte: »Keine Ursache, meine Herren. Ich bringe Sie noch zur Tür.«

Wie auf Kommando sprang auch Tyras, den Kluftinger im Lauf des Gesprächs niemals aus den Augen verloren hatte, auf und postierte sich neben seinem Frauchen.

»Ein schönes Haus, das Sie da haben«, sagte der Kommissar beim Hinausgehen.

»Danke«, erwiderte Frau Urban mit kühler Strenge, die im Kontrast zu ihrer lebendigen Vortragsweise stand, und Kluftinger fragte sich, wie es ihr gelang, ihre Stimmungslage so schnell zu wechseln.

»Aber sicher viel Arbeit, gell?«, vermutete Hefele.

»Es geht.«

Die beiden gaben ihren Versuch, sich mit geheucheltem Interesse für die Mühe, die sie der Frau bereitet hatten, zu bedanken, schließlich auf und verabschiedeten sich.

Der Kommissar äußerte nur noch eine Bitte: »Wenn wir Fragen haben, dürften wir dann noch mal kommen?«

»Sicher. Wenn Sie dann aber vorher anrufen würden.« Damit schloss sie die Haustüre und überließ es ihrem Hund, Hefele und Kluftinger noch zum Auto zu eskortierten.

Vorsichtig, den Dobermann immer im Blick, gingen sie zu ihrem Wagen. Erst als sie saßen, bemerkten sie, dass draußen mittlerweile der erste Schnee gefallen war. Es war ein körniger Schneegriesel, der fürs Allgäu zwar nicht ungewöhnlich, so früh aber auch im Voralpenland selten zu beobachten war.

Kluftingers Nase hatte ihn nicht getäuscht. Den ganzen Tag über hatte schon Schnee in der Luft gelegen. Als er seinen Wagen vom Hof lenkte, hatte sich Tyras auf die nasse Kiesfläche gelegt und den Kopf auf die Pfoten gesenkt. Für einen kurzen Moment sah Kluftinger noch einmal seine dunklen, unergründlichen Augen. Möglicherweise würde dieser Hund nun die Krähen in seinen nächtlichen Träumen ablösen, dachte er mit einem Schaudern.

***

Eine ganze Weile war im Wagen nichts zu hören als das monotone Quietschen der Scheibenwischer, die Kluftinger wegen des leichten Schneefalls eingeschaltet hatte. Wie hypnotisiert starrte der Kommissar dabei auf das linke Wischerblatt, das offenbar ausgetauscht werden musste: Statt in einem durchgehenden Schwung ruckelte es unregelmäßig über die ganze Scheibe.

Der Schnee, dachte er, irgendwie ist alles friedlicher, wenn es schneit. Friedlich … ruhig … warum kommt es einem nur ruhiger vor, wenn Schnee fällt? Oder nur Einbildung? Der Hund hat auch keine Geräusche gemacht … komischer Hund. Unheimlich. Komische Frau. Werden Hunde den Haltern ähnlich? Oder Halter den Hunden? Warum sieht die Urban meiner alten Lehrerin ähnlich? Komische Frau, aber war ja auch eine komische Sache.

»Unser Herrgott hat schon einen großen Tiergarten«, sagte Hefele und Kluftinger fühlte sich, als würde ihn die Bemerkung seines Kollegen von einem weit entfernten Ort ins Auto zurückholen. Manchmal versank er richtig in seinen Gedanken, hing ihnen so intensiv nach, dass er alles um sich herum ausblendete. Meist waren das schöne, stille Momente, die er genoss, auch wenn ihm dabei regelmäßig seine Gesichtszüge entglitten und ihn seine Mitmenschen, vor allem seine Frau oder sein Sohn, immer wieder mal darauf aufmerksam machten, dass er mit halb geöffnetem Mund und hervorquellender Zunge einen reichlich debilen Eindruck mache.

Kluftinger verstand sofort, was Hefele mit seiner Bemerkung sagen wollte: »Ja, es gibt einfach komische Leut. Die ganzen Steine, die da rumlagen. Und die vielen Kreuze. Ich mein, ich bin ja auch ein gläubiger Mensch, aber man muss es ja nicht gleich übertreiben.«

»Aber weißt du, was wirklich ein bisschen unheimlich war?«

»Du meinst den Hund?«

»Nein. Also: Ja, der war natürlich auch unheimlich. Aber ich mein was anderes. Ist dir in der Wohnung nichts aufgefallen?«

»Hm … also die Steine und das, das hab ich ja schon gesagt … «

»Nein, ich mein was anderes: Spiegel.«

»Wie – Spiegel?«

»Na, es hingen keine Spiegel im Haus. Ich hab im Rausgehen noch einen Blick ins Klo geworfen, das stand offen. Da war auch keiner. Im Bad hängt man einen Spiegel auf, das macht doch jeder. Dann hab ich im Hausgang gesucht: nix. Nirgends. Komisch, oder?«

»Na, die wird sich gedacht haben: Da kommt der Hefele, da häng ich erst mal die Spiegel ab, nicht dass er noch einen rechten Schreck kriegt, wenn er an einem vorbeiläuft.«

Kluftinger hatte sich so auf die Pointe seines Witzes gefreut, dass der letzte Satzteil nahtlos in ein glucksendes Lachen überging.

»Sehr witzig«, spielte Hefele erst den Beleidigten, stimmte dann aber in Kluftingers Gelächter mit ein. »Vielleicht hat sie auch nicht gewollt, dass wir merken, dass sie ein Vampir ist. Weißt schon, weil die doch kein Spiegelbild haben.«

Ihr herzhaftes Lachen wurde vom Klingeln eines Telefons unterbrochen. Hefele langte in seine Tasche, schaute auf das Display seines Handys und lachte los: »Deins klingelt.«

Kluftinger genoss diesen Augenblick: Zwischen ihm und Hefele schien es viel besser zu laufen als noch vor einigen Tagen. In ihm hatte er sogar jemand gefunden, der seine Art von Humor teilte – etwas, das er mehr als alles andere an einem Menschen schätzte.

Die letzten Lacher waren noch nicht ganz verklungen, als er sich meldete: »Ja … Kl … Kluftinger?«

»Ich bin's, der Richard. Ich wollte fragen … «

Als er die ausgelassene Stimmung der beiden bemerkte, machte er eine kurze Pause und fuhr dann etwas pikiert fort: »Na, ihr scheint es ja ganz schön lustig zu haben, während wir hier schuften.«

»Richie, ganz ruhig, ein bissle Humor kann nie schaden. Was gibt's denn?«

»Ich wollte nur fragen, wann ihr wiederkommt. Es gibt einige Dinge zu besprechen. Und wir gehen jetzt essen.«

»Das ist eine gute Idee. Sag doch den Kollegen Bescheid, dann treffen wir uns in der Kantine.«

»Allen?«

»Wieso allen?«

»Na, allen von der neuen Soko Erntedank?«

Kluftinger dachte kurz nach. »Nein, nur wir, du weißt schon. Bis gleich.«

Nachdem er aufgelegt hatte, genügte ein Satz zu Hefele und beide prusteten erneut los. Mit einem Blick aufs Handy sagte er: »Der Herrgott hat schon einen großen Tiergarten.«

***

Rund zehn Minuten später betraten Kluftinger und Hefele die Betriebskantine einer Papierfabrik gleich neben dem Revier. Die Polizei verfügte über keine eigene Küche und so fanden sich viele

Beamte hier zu einem günstigen Mittagessen zusammen. Sogar der Speiseplan wurde bei ihnen verteilt und ausgehängt.

Kluftinger kniff die Augen etwas zusammen, um seine Kollegen auszumachen. Die Kantine hatte den Charme einer großen Lagerhalle und vermutlich war sie das auch einmal gewesen. Ramponierte, braune Resopaltische und Stahlrohrstühle mit orangefarbenen Plastikschalen als Sitzfläche gaben dem Raum etwas Provisorisches. Und es war wie immer sehr laut. Unzählige Stimmen tönten durcheinander, Stühle quietschten schrill auf dem glatten, weinroten Linoleumboden, alles begleitet von lautstarkem Geschirrklappern. Die Kantine war nicht mehr ganz so voll wie Schlag zwölf, aber es waren immer noch sehr viele Menschen hier, die meisten in blauen, schmutzigen Latzhosen.

»Mahlzeit« war wie immer das erste Wort, das ihm entgegengeschmettert wurde, kaum, dass er die Kantine betreten hatte. Er brummte irgendetwas Unverständliches zurück, denn er hatte im Lauf seiner beruflichen Karriere eine handfeste Abneigung gegen dieses Wort entwickelt. Am Anfang hatte es ihm noch gar nichts ausgemacht, es gehörte eben dazu. Doch je länger er bei der Polizei arbeitete, desto unerträglicher fand er es. Er hatte im Laufe seiner Karriere Menschen kennen gelernt, die ab halb zehn Uhr in der Früh vom »Guten Morgen« ansatzlos zu »Mahlzeit« wechselten und damit, bis zur endgültigen Verabschiedung in den Feierabend, den Rest des Tages bestritten. Mit dem psychologischen Feingespür, das er sich im Kripodienst angeeignet hatte, glaubte er auch eine Erklärung gefunden zu haben: Es war für die meisten Menschen unerträglich, Kollegen auf dem Flur zu begegnen und nichts zu haben, was sie ihnen hätten sagen können. Deswegen hatte irgendwann einmal jemand dieses Wort erfunden, das praktisch endlos wiederholt werden konnte, während »Hallo« oder »Grüß Gott« nur einmal pro Tag als adäquat empfunden wurden. Ein zweites Mal waren sie höchstens mit einem Zusatz wie »Wir haben ja schon, aber doppelt hält besser, also: Servus« möglich. Notfalls konnte dies mit einem »So, beim dritten Mal kostet's was, gell?« erweitert werden. Aber dann war Schluss.

Nur »Mahlzeit« kannte keine solche Grenzen, weswegen es fröhlich den Siegeszug durch die Geschäftswelt angetreten hatte.

Wohingegen es zu Hause erstaunlicherweise praktisch nicht benutzt wurde. Dort begegnete man sich eben nicht mal zufällig auf dem Gang und kam so in die Verlegenheit, entweder gar nichts zu sagen, was als zu unfreundlich ausschied, einen Gruß zu gebrauchen, was eben nur einmal am Tag möglich war, oder irgendein anderes Zeichen des empathischen Erkennens zu geben – »Mahlzeit«.

Erschwerend kam noch hinzu, dass »Mahlzeit« nach Kluftingers Dafürhalten nicht mal einen Sinn hatte. Es bedeutete offensichtlich nicht »Guten Appetit«, denn sonst würde es kaum am späten Nachmittag beim Eintreten in ein Büro angesichts am PC arbeitender Kollegen Verwendung finden. Glücklicherweise stand in Kluftingers Abteilung des gehobenen Polizeidienstes das Wort auf der schwarzen Liste, was vor allem daran lag, dass man sich vom inflationären »Gemahlzeite« der uniformierten Kollegen abheben wollte. Der verwirrte Blick eines Kollegen, dessen »Mahlzeit« er mit einem herzhaften »Grüß Gott« begegnete, bereitete ihm manchmal ein geradezu kindliches Vergnügen.

An einem der hinteren Tische nahm Kluftinger einen Arm wahr, der in die Luft gestreckt wurde und winkte.

»Da«, sagte Hefele und zeigte auf Richard Maier, dem der Arm gehörte; neben ihm saß Eugen Strobl. Erst, als er schon am Tisch stand, sah er, dass auch Sandy Henske mitgekommen war, was nur selten passierte. An Hefeles verkrampfter Körperhaltung erkannte er, dass auch er sie bereits entdeckt hatte. Wahrscheinlich würde er während des ganzen Essens wieder kein Wort herausbringen, weil er offenbar dachte, dass durch sein Schweigen seine Schwäche für die Sekretärin so am wenigsten sichtbar würde. Natürlich war genau das Gegenteil der Fall.

Nachdem Kluftinger Platz genommen und vier hintereinander vorbeimarschierenden Polizisten in Uniform, die ein zackiges »Mahlzeit« bellten, erst »Servus«, »Hallo«, »Griaß di« und beim vierten ein vernuscheltes »Du mich auch« erwidert hatte, nahm er den Speiseplan vom Tisch und las die Angebote vor: »Schweinekrustenbraten in Dunkelbiersoße. Goldbarschfilets im Krustenmantel. Kartoffelsalat. Dessert: Zwetschgendatschi. Na also, auf den Winne ist doch Verlass.«

Winne war der Koch, von dem das Gerücht kursierte, er habe einst als Küchenchef in einem Drei-Sterne-Hotel gearbeitet, dann aber wegen der stressigen Tätigkeit in eine Kantine gewechselt. Niemand hatte sich bis jetzt getraut, den unglaublich dicken, immer verschwitzen und missgelaunten Winne nach dem Wahrheitsgehalt dieses Gerüchts zu fragen, was aus Kluftingers Sicht aber auch gar nicht nötig war, da sein Essen in der Regel die Antwort gab – und von einem Sternehotel war aus der nichts rauszuhören. Also eine Küche nach Kluftingers Geschmack.

Als sie nach wenigen Minuten und ein paar Dutzend »Mahlzeits« mit ihren Tabletts zurück am Tisch waren, begann Hefele, vom Besuch in Kaisersmad zu erzählen. Kluftinger hörte ihm eine Weile zu, schweifte dann aber ab, indem er sich wunderte, dass ausgerechnet Hefele, der sonst gerne auch mal eine doppelte Portion Fleisch zu sich nahm, sich für das Goldbarschfilet im Krustenmantel entschieden hatte – das einzig »vegetarische« Gericht, das sich im Übrigen als ordinäres Fischstäbchen entpuppte. Laut und deutlich hatte er vernehmen lassen, dass er zur Zeit auf seine Linie achte. Kluftinger bezweifelte, dass ihm das mit dem frittierten Fisch und der fettigen Remouladensoße gelingen würde, verstand das Ganze aber eher als Anbiederungsmanöver an Sandra Henske, die etwas lustlos in einem kleinen Schälchen Salat herumstocherte.

Als Hefele mit seinem Bericht zu Ende war, legte Kluftinger bereits das Besteck zur Seite und wischte sich mit der Serviette über den Mund. Er war wie immer als Erster fertig; ein Umstand, der ihn im Nachhinein oft ärgerte, wenn er beim Anblick der kauenden Kollegen wieder Hunger bekam. Aber gerade schnell zu essen machte für ihn einen wesentlichen Teil seines Genusses aus.

»Scheint, als ginge ein Racheteufel im Allgäu um«, resümierte Richard Maier Roland Hefeles Ausführungen und erntete dafür erst einen scheelen Blick des Kollegen Strobl und anschließend den Kommentar »Engel«.

»Oh, danke, ich hab dich auch lieb, Blümle«, säuselte Maier zurück und lehnte sich etwas zu Strobl, worauf dieser ihn empört zurückstieß und schimpfte: »Rache-Engel, mein ich. Racheengel heißt das, nicht Teufel.«

»Scheint mir auch so«, pflichtete Kluftinger bei. Dann versicherte er sich, dass die Kollegen nun ebenfalls fertig gegessen hatten, erhob sich und sagte: »So, jetzt hol ich mir noch einen schönen Datschi mit Sahne. Mag noch jemand einen? Ich geb eine Runde aus.«

Mit großem Hallo nahmen die Kollegen an. Nur Hefele rief ihm noch nach, dass er lieber keine Sahne wolle, dafür aber gerne »zwei Stückle« nehme.

»Das viele Fett ist ja so ungesund«, erklärte er Sandy Henske, zu der er jetzt – erstaunlich mutig, wie Kluftinger fand – aufrutschte, nachdem der Platz neben ihr frei geworden war.

»Ohne Sahne, hab ich doch gesagt«, beklagte sich Hefele, als Kluftinger wenig später einen Kuchenteller vor ihm abstellte.

»Ich weiß, das war Absicht. Jetzt pass mal auf, das haben wir gleich.« Mit diesen Worten nahm Kluftinger den Suppenlöffel, den er sich mitgebracht hatte, und kratzte die Sahne fein säuberlich von Hefeles Kuchen, um sie bei seinem obendrauf zu klatschen.

»Jetzt passt's«, sagte er, als er zufrieden den Sahneturm auf seinem Zwetschgendatschi betrachtete. Dann schob er sich eine Gabel mit einer Ladung im Verhältnis eins zu drei – ein Teil Kuchen, drei Teile Sahne – in den Rachen und schloss für einen kurzen Moment genießerisch die Augen.

»Besser könnt's meine Mutter auch nicht machen«, lobte er, und als er die irritierten Gesichter seiner Kollegen sah, verbesserte er sich: »Meine … meine Frau, meine ich.« Tatsächlich hatte er es aber schon richtig gesagt, es schien ihm nur gesellschaftlich akzeptabler, im fortgeschrittenen Alter von fünfundfünfzig Jahren nicht mehr vom Kuchen der Mutter zu schwärmen. Tatsächlich war ihr Zwetschgendatschi aber nach wie vor der beste: Die Zwetschgen waren immer saftig und sie nahm immer nur so viele, dass sie den Geschmack des Teigs nicht ganz erschlugen – ein Kardinalfehler, den er häufig bei Obstkuchen konstatieren musste. Die unterste Bodenschicht war immer knusprig und er hatte keine Ahnung, wie sie das machte, denn die darauf folgende Teigschicht, auf die sie die Früchte bettete, war nicht mehr bröselig und noch nicht zu feucht, ihre Konsistenz lag irgendwo zwischen kernig und saftig. Außerdem streute sie auf die Zwetschgen noch ein paar gehobelte Mandeln – genau wie Winne, der Kantinen-Sternekoch. Und die mochte er sogar noch lieber als Butterstreusel, denn die wurden gerne einmal hart. Kluftinger hätte nicht gewusst, wie das Rezept noch zu verbessern gewesen wäre.

Während er ein Stück nach dem anderen genüsslich – in seinem Fall also ohne Pause – in sich hineinschaufelte und auch die übrigen Kollegen zufrieden schwiegen, holte plötzlich Sandy Henske Luft, um eine Frage zu stellen, die ihr, die sich auch dem Kuchen verweigert hatte, beim Beobachten der schmatzenden Kollegen schon eine ganze Weile im Kopf herumgegangen war: »Wie issn das nu: Müssn wir jetzt damit reschnen, dass der Mörder noch'n drittes Mal zuschlägt?«

Wie auf Kommando hörten die vier Kommissare auf zu kauen. Kluftinger verschluckte sich sogar an ein paar Mandelstückchen und hustete so stark, dass es ihm das Wasser in die Augen trieb. Gleichzeitig ließen die Männer ihre Gabeln sinken und sahen sich an, alle ein bisschen blasser als zuvor.

»Kreuzkruzifix«, fluchte Kluftinger heiser.

»Hab isch was Falsches gesacht?«, fragte Sandy irritiert.

Kluftinger schüttelte den Kopf. »Nein, ganz und gar nicht, Fräulein Henske. Ganz und gar nicht.«

»Du hast sogar was verdammt Richtiges gesagt«, pflichtete ihm Strobl bei und erntete dafür einen bösen Blick Hefeles, der es wohl als seine Aufgabe angesehen hatte, ihr zu erklären, warum sie auf einmal wie gelähmt waren.

***

»Vatter, das Auto hängt fast bis auf die Straße! Du kannst den alten Karren doch nicht so überladen. Das zieht er ja gar nicht mehr.«

»Der hat schon so viel überlebt, das packt er auch noch.«

Kluftinger drängte seinen Sohn, endlich einzusteigen und schließlich, nachdem er die Außenspiegel dem Beladungszustand angepasst hatte –, die Heckscheibe war durch die Apfelkisten völlig zugestellt – fuhr er vorsichtig rückwärts aus der Garageneinfahrt. Die fiel zur Straße hin leicht ab, weswegen der Auspufftopf mit einem lauten, metallischen Kratzen auf dem Asphalt aufsaß.

»Kreuzkruzifix!«, fluchte Kluftinger.

»Prima, Vatter!«

»Überladen bringt Schaden. Vielleicht war es doch der eine oder andere Apfel zu viel«, räumte Kluftinger kleinlaut ein, setzte den Wagen aber trotzdem, wenn auch noch etwas langsamer, zurück. »Das schauen wir uns nachher an. Da ist bestimmt nix passiert. Fahren wir halt schön langsam, das geht schon.«

Mit Tempo sechzig fuhren sie schließlich von Altusried in Richtung Durach.

So oder so ähnlich lief das jedes Jahr ab. Im Herbst, wenn bei Kluftingers die Erntezeit anbrach, hieß es für alle: Äpfel klauben und Saft einkochen. Ein Ritual, das sie nicht mehr missen wollten. Zwar war einiger Aufwand mit dem selbst gemachten Apfelsaft verbunden, aber der schmeckte wie kein zweiter. Und billiger als der gekaufte war er sowieso, obwohl man den Lohnmoster in Durach, einer der wenigen, bei dem man den Saft der eigenen Äpfel und nicht irgendwelcher grasgrüner »Grotten« bekam, natürlich auch bezahlen musste. Zudem waren der Saft und die daraus von Kluftinger selbst hergestellten Nebenprodukte wie Apfelessig oder Apfelwein ein überaus günstiges Mitbringsel zu jeder Art von Einladung. Sogar Markus hatte in Erlangen immer einen Vorrat an heimischem Saft, den ihm die Eltern bei Besuchen gleich kistenweise mitbrachten.

Als sie hinter Durach von der Hauptstraße zu dem etwas abseits gelegenen Bauernhof mit der angeschlossenen Mosterei abbogen, hatten Vater und Sohn sich bereits den Zorn zahlreicher anderer Autofahrer zugezogen. Ob wegen der starken Rauchentwicklung des altersschwachen Dieselmotors, der hin und wieder kleine schwarze Rußflöckchen ausstieß, oder wegen der niedrigen Geschwindigkeit, hatten sie nicht immer ausmachen können. Kluftinger hatte mit stoischer Ruhe all die beleidigenden Handzeichen, die bösen Gesichter und auch die von den Lippen abzulesenden Flüche ertragen und allenfalls mit einem gemurmelten »Schon Recht, Depp!« quittiert. Als ihn aber an der Kreuzung Richtung Sulzberg ein Anzug tragender BMW-Fahrer durch die heruntergekurbelte Seitenscheibe mit einem Stinkefinger und einem »Du blöder Bauerndepp, fahr doch gleich mit dem Traktor!« bedachte, ließ er sich dazu hinreißen, seinen Dienstausweis mit den Worten »Ihre Nummer hab ich ja« aus dem Fenster zu halten. Der BMW-Fahrer wurde blass und entfernte sich mit quietschenden Reifen.

In der »Mosthalle«, einem kleinen Stadel hinter dem Bauernhaus, in dem die große hydraulische Presse stand, herrschte reger Betrieb. Ein Mann lud gerade eine Milchkanne auf seinen Anhänger, auf dem bereits ein großer Plastiktank stand, der bis zum Rand mit goldgelbem Saft gefüllt war. Zwei junge Männer in Bundhosen, Brüder, wie Kluftinger wusste und aufgrund ihrer Ähnlichkeit unschwer zu erkennen war, schöpften aus der großen Aluminiumwanne den einlaufenden Saft mittels einer Blechkanne in ein Plastikfass, während der »Saftmeister« Helmut Kramer damit beschäftigt war, dünne Matten von trockenen Pressrückständen auf einen großen Haufen zu werfen. Hildegard Kramer, die Bäuerin, fuhr gerade eine voll beladene Schubkarre mit diesem »Presskuchen« aus dem Stadel.

»Grüß Gott, Herr Kluftinger. So, ist es doch mehr geworden, oder?«, sagte sie mit einem skeptischen Blick auf den tiefer gelegten Passat.

»Ja, wir haben uns ein bissle verschätzt. Das schaffen wir aber schon, oder?«

»Ja, ja, Sie sind eh der letzte für heut. Ich muss jetzt bloß in den Stall.«

»Lassen's sich nicht aufhalten. Gibt's heut wieder eine Delikatesse für die Viecher, oder?«

»Die fressen den Trester schon gern. Man muss nur aufpassen, dass sie's nicht verschnellt. Das Zeug gärt im Magen.«

Da die Brüder jetzt wieder Äpfel in den Wasserbottich warfen, in dem die Früchte zuerst gewaschen und von wo aus sie in einen Häcksler gesaugt wurden, der sie zu einem Fruchtbrei verarbeitete, war den beiden Kluftingers klar, dass sie noch eine Weile warten mussten. Deshalb begutachtete Kluftinger senior ausgiebig die Vorrichtung, mit der die gehäckselten Äpfel direkt auf die mit netzartigen Decken ausgelegten Holzböden befördert wurden, die die einzelnen Lagen der Apfelmasse trennten. Er sah fasziniert dabei zu, wie der große Eisenstempel auf das Pressgut niederfuhr und dadurch Sturzbäche von Saft auf den Weg in eine Wanne schickte. In der Zwischenzeit hatte sein Sohn bereits sämtliche Apfelkisten ausgeladen.

»Wenn das mit deinem Studium nichts wird, wirst du Mostpresser. Da kommt man auch über die Runden.«

»Ungefähr einen Monat lang, ja. Das isch ein nettes Zubrot, sonscht nix«, brummte Kramer, der mitgehört hatte.

»Schon klar, er schafft's ja auch, sein Studium«, grinste Kluftinger etwas verlegen zurück.

»Als Profiler werd ich schon mein Auskommen haben, keine Sorge«, versetzte Markus daraufhin beiläufig.

»Ach so, ja, wenn du meinst, Markus.«

Inzwischen wurde die letzte Lage Äpfel der Brüder gepresst und Kramer forderte Kluftinger auf, nun sein Obst in den Waschbehälter zu kippen. Zusammen mit seinem Sohn hob er die erste Kiste an.

»Als was wirst du nochmal dein Auskommen haben?«

»Als Pro-fi-ler, Vatter. Ich hab beschlossen, Profiler zu werden. Das wollt ich dir die ganze Zeit schon sagen.«

Der letzte Satz und das Gesicht, das sein Sohn dabei machte, ließen in ihm den Verdacht aufkommen, dass er mit dieser Berufswahl nicht zufrieden sein würde.

»Und was ist das ganz genau?«, fragte er misstrauisch nach.

»Profiler. Erstellen von Täterprofilen, wenn dir das mehr sagt«, sagte sein Sohn vorsichtig und ausnahmsweise gar nicht besserwisserisch.

Kluftinger setzte die Kiste ab, wischte sich mit dem Handrücken über die Stirn, sah seinem Sohn ins Gesicht und sagte: »Spinnst du?«

»Warum?«

»Du willst zur Polizei und dich mit irgendwelchen abartigen Verbrechern beschäftigen?«

»Und? Dass ich mich mit psychisch Kranken beschäftigen würde, hätte dir klar sein müssen, seit ich mich für mein Psychologiestudium entschieden habe.«

»Schon, aber tu dir das doch nicht an. Mach doch irgendwas Nettes. Bleib an der Uni, werd Professor. Oder Kinderpsychologe.«

Kluftinger fand selbst, dass er sich wie sein eigener Vater anhörte.

»Du machst doch nichts anderes!«, sagte Markus trotzig.

Genau vor diesem Argument hatte sich der Kommissar gefürchtet, denn damit hatte er völlig Recht. Er versuchte trotzdem, ihm etwas entgegenzusetzen.

»Eben. Deswegen weiß ich auch, wie schwer das Ganze ist. Glaub mir, das ist kein Zuckerschlecken.«

Doch Markus ließ sich nicht beirren: »Ich glaub nicht, dass man es als Professor so viel schöner hat. Außerdem sind die Stellenanzeigen nicht gerade voll von Gesuchen nach Lehrstuhlinhabern. Schau, ich mach doch gerade dieses Hauptseminar in Forensischer Psychiatrie. Und ich hab gemerkt, dass das genau mein Ding ist. Sei doch froh, ich trete dann ja praktisch in deine Fußstapfen.«

»Da leg ich keinen Wert drauf. Du musst in dem Beruf in die Abgründe der menschlichen Seele blicken. Beinahe immer.«

»Gibt es für einen Psychologen etwas Interessanteres?«

»Leer!«, unterbrach Kramer ihren Disput. »Wenn die Herren vielleicht a bissle Obscht neitun würden?«

»Wir reden nachher weiter«, zischte Kluftinger seinem Sohn zu und widmete sich dann wieder seinen Äpfeln.

»Ohne Konservierung oder mit?«, wollte Kramer noch wissen.

»Ohne«, antwortete Kluftinger. Er verstand nicht, warum manche Leute die Äpfel aus ihrem Garten zuerst mosten ließen, um dann Chemie hineinzuschütten, nur weil sie zu faul waren, den Saft zu Hause einzukochen.

***

»Sag des fei bloß nicht deiner Mutter!«

Auf dem Rückweg nach Altusried saß Markus hinten, auf der zur Ladefläche umgeklappten Sitzbank. Nachdem er seinen Vater davon überzeugt hatte, dass es nicht sinnvoll sei, die Saftkannen auf den Sitz zu stellen und anzuschnallen, hatte er sich bereit erklärt, diese hinten im Kofferraum festzuhalten.

»Was?«

»Das mit deinem Profiler. Die fällt uns in Ohnmacht.«

»Sie wird es so oder so erfahren. Ich bring ihr das schonend bei.«

Der Passat schnaufte gerade die letzte Steigung zwischen Krugzell und Altusried hinauf, als der Kommissar im Rückspiegel einen roten Schriftzug aufleuchten sah.

»Zefix!«

Markus blickte nach hinten. Er saß auf der Ladefläche, ohne Sitz, ohne Gurt, im völlig überladenen Auto.

»Kein Problem, alles Kollegen«, versuchte Kluftinger mehr sich selbst als seinen ohnehin nicht sonderlich aufgeregten Sohn zu beruhigen.

Die Polizeibeamten in Uniform, die ihren Streifenwagen hinter Kluftingers Auto abgestellt hatten, warfen ungläubige Blicke in den Laderaum. »So, guten Abend, Verkehrskontrolle. Führerschein und … « Der Beamte, etwa in Kluftingers Alter, stockte, als er diesen sah. »Du?«, fragte er ungläubig.

Seine junge Kollegin verstand nicht. Sie hatte den Fahrer noch nie gesehen. Sie war höchstens zwanzig, und seit die Verkehrspolizei vor einigen Jahren in die ehemalige Kaserne in der Stadt umgezogen war, kannte man sich untereinander nicht mehr so gut. Der Kollege half ihr auf die Sprünge.

»Schau, Mädchen, dieser Herr hier ist einer unserer hochdekorierten Kriminalbeamten.«

Sie nickte verständnisvoll.

»Du Herbert«, sagte Kluftinger zu seinem uniformierten Kollegen »das ist mir jetzt aber peinlich.«

»Peinlich. Soso. Dir ist schon klar, was dir jetzt eigentlich blüht, oder?«

»Ich kenn mich beim Bußgeld gar nicht mehr so aus«, murmelte Kluftinger verlegen. Trotz der kalten Luft, die durch das geöffnete Fenster strömte, schwitzte er.

»Überschreiten des zulässigen Gesamtgewichts, Fahren mit abgelaufener Hauptuntersuchung und … warte … « Er ging vor das Auto, kam wieder und fuhr fort » … Abgasuntersuchung, Befördern von Personen ohne Sitz und Sicherheitsgurt, ungesicherte Ladung im Innenraum, und so weiter. Da kommt schon was zusammen.«

»Willst du mir das jetzt abkassieren, oder was?«

»Wahrscheinlich sind auch noch deine Reifen abgefahren und dein Verbandkasten abgelaufen. Du bist mir ein schönes Vorbild. Lass das den Lodenbacher erfahren und er macht dich rund. Da ist nichts mehr bloß mit Bußgeld, das gibt Punkte.«

»Jetzt Herbert! Ich bin ja gleich daheim.«

Herbert schüttelte den Kopf. Dann schickte er seine junge Kollegin zum Streifenwagen. Sie solle sich ein bisschen aufwärmen.

»Ich kann dich so nicht fahren lassen. Nicht vor der jungen Kollegin. Ich mach dir ein Angebot: Du lädst die Hälfte von den Kannen … was hast du da eigentlich drin?«

»Apfelsaft«, tönte Kluftinger stolz. »Willst du ein bissle was davon? Wir haben eh so viel dieses Jahr.«

»Danke nein. Also, du lädst die Hälfte von deinem Saft hier aus. Kannst ihn ja nachher holen. Außerdem kommst du nächste Woche bei uns in der Verkehrspolizei vorbei und zeigst mir eine neue TÜV- und AU-Bescheinigung. So, wie der Karren rußt, wird das mit der Abgasuntersuchung eh eine größere Sache. Dann kann ich von mir aus noch ein Auge zudrücken. Aber spinnen tust du schon!«

»Ich hab an den TÜV gar nicht mehr gedacht. Du weißt ja, die Serienmorde. Da kommst du zu nix mehr.«

»Lenk nicht ab, Klufti. Und das nächste Mal gibt's kein Pardon mehr. Auch für dich nicht. Servus.«

Kluftinger versuchte sich zu erinnern, ob er dem Kollegen einmal auf die Füße getreten war, weil er ihn gar so hart anfasste. Allerdings fiel ihm, außer den standardmäßigen Reibereien zwischen Kripo und Verkehrspolizei, kein konkreter Vorfall ein. Markus schwante Böses, als er mit seinem Vater drei der sechs Kannen aus dem Auto hob. Er wusste, wie wertvoll dem der goldgelbe Saft war.

»Dann bleibst du da und passt auf den Saft auf, oder?«, ordnete sein Vater mehr an, als dass er fragte.

»Wieso bleibst du denn nicht hier? Schließlich hast du das Auto so voll geladen. Und Mama wär es bestimmt auch nicht recht, wenn ich hier im Nieselregen sitze.«

Kluftinger dachte kurz nach. Markus hatte Recht. Der Verweis auf seine Ehefrau und die zu erwartende Gardinenpredigt, wenn sie erfahren würde, dass er »den armen Markus« an der Straße hatte sitzen lassen, überzeugten ihn.

Missmutig setzte er die Kapuze seines zu klein gewordenen Arbeitsparkas auf und nahm auf drei Aluminium-Milchkannen Platz, die am Straßenrand standen.

»Und mach schnell!«, rief er seinem Sohn hinterher, als dieser losfuhr.

Als Kluftinger junior etwa eine halbe Stunde später zurückkam, war sein Vater nicht nur völlig durchgefroren und nass, er hatte auch mindestens ein halbes Dutzend ungläubiger Blicke von Bekannten über sich ergehen lasen müssen, die in der Zwischenzeit vorbei gefahren waren. Das würde bei der nächsten Musikprobe wieder zahllose Späße auf seine Kosten nach sich ziehen, denn in Altusried verbreiteten sich derartige Vorfälle wie ein Lauffeuer.

»Mir ist eine Kanne umgekippt, drum bin ich später dran«, entschuldigte sich Markus und hatte Mühe, beim Anblick, den die durchnässte Gestalt vor ihm bot, nicht zu grinsen.

***

»Ich find das fei nicht schlecht, dass unser Markus auch Beamter werden will. Da hat er immerhin ein sicheres Auskommen«, trällerte Erika fröhlich, als sie sich zu ihrem Mann in der Waschküche gesellte, der dort auf einem alten Herd den Saft einkochte.

Er konnte kaum glauben, was er da hörte. Scheinbar war sein Sohn ein besserer Psychologe, als er für möglich gehalten hätte. Denn seiner Mutter seine Pläne als gute Nachricht zu verkaufen, dazu gehörte schon ein hohes Maß an Einfühlungsvermögen. Kluftinger wünschte sich selbst etwas mehr davon.

Seine Frau fügte sogar noch hinzu: »Vielleicht kannst du da ein bisschen deine Beziehungen spielen lassen, wenn es so weit ist.« Den Kommentar, dass sie neuerdings wohl alles ganz toll finde, was ihr Sohn sich in den Kopf setze, verkniff er sich. Er hatte noch dutzende Liter Apfelsaft vor sich und konnte eine helfende Hand gut gebrauchen.

Als er um halb zwei Uhr nachts todmüde in sein Bett kroch, hatte er unzählige Liter Saft eingekocht, für kurze Zeit den Fall völlig vergessen und wieder einmal das unangenehme Gefühl, derjenige in der Familie zu sein, der am meisten arbeitete. Weil er wusste, dass diese Empfindung schon am Morgen, wenn Erika ihm das Frühstück bereitete, wieder vergangen sein würde, genoss er bis zum Einschlafen noch sein leises Selbstmitleid.

Herz, tröste dich, schon kömmt die Zeit,
Die von der Marter dich befreit,
Ihr Schlangen, ihr Drachen,
Ihr Zähne, ihr Rachen,
Ihr Nägel, ihr Kerzen,
Sinnbilder der Schmerzen,
Müßt in den Erntekranz hinein,
Hüte dich schöns Blümelein!

Irgendetwas kam Kluftinger seltsam vor an diesem Morgen in seinem Büro. Er brauchte ein paar Sekunden, dann fiel der Groschen: Seine Schreibtischplatte, das sah er sogar von der Türe aus, war unter einem Wust aus Papieren begraben. Er hatte kaum noch Zeit, vor der Morgenlage einen Blick darauf zu werfen, aber ein Seufzen über die viele Arbeit, nach der das aussah, war allemal drin. Ein wenig galt das Seufzen aber auch der Kiste Apfelsaft vom gestrigen Most-Abend, die er in sein Büro geschleppt hatte. Sein Rücken machte immer häufiger schlapp, eine Entwicklung, die er mit Besorgnis verfolgte. Dennoch hatte er gern eine Getränkekiste bei sich im Büro. Nicht nur, weil er sich dadurch im Vergleich zum Automaten immer ein paar Cent sparte. Er liebte das Gefühl, autark zu sein. Unabhängig vom Angebot und den Launen der Getränkeautomaten. Und außerdem schmeckte ein Selbstgemosteter einfach unvergleichlich.

Nach der morgendlichen Besprechung mit den Abteilungsleitern, an die sich eine morgendliche Besprechung mit den Mitarbeitern der Sonderkommission anschloss, wurde er zu einer außerordentlichen morgendlichen Besprechung in die Wache gebeten. Hier liefen sämtliche Notrufe ein, hier war die Funkzentrale und alle Einsätze wurden von der Wache aus kontrolliert. Die Kollegen nannten sie gern das »Herz« der Direktion. Hier war immer etwas los. In diesem Raum, der voller Telefone, Bildschirme, Computertastaturen und Funkmikrofone steckte, erwartete ihn bereits ein uniformierter Kollege mit hochrotem Kopf.

Es war Gerhard Rantich, der bei den Kollegen als äußerst cholerisch verschrien war. Irgendjemand war einmal darauf gekommen, dass man, wenn man den abgekürzten Vornamen vor seinen Nachnamen stellte »G. Rantich« lesen konnte, was sich wie »grantig« anhörte – und perfekt die vorherrschende Gemütsverfassung des Kollegen beschrieb. Kluftinger versuchte, ihm aus dem Weg zu gehen, denn im Gegensatz zu praktisch allen seinen Vorgesetzten verspürte er vor diesem etwa sechzigjährigen, großgewachsenen und breitschultrigen Kollegen einen Heidenrespekt.

Der Kommissar wollte gerade zu einem Gruß ansetzen, da polterte Rantich schon los: »Ja sag mal, spinnt's denn ihr? Ja glaubt's ihr, dass wir da herunten nicht schon genug Arbeit haben? Ja ihr … ihr … « Sein Herumgebrülle hatte Rantich atemlos gemacht, so dass er erst einmal tief Luft holen musste, um den Satz zu vollenden: »Ihr Rindviecher!«

»So, Gerdl, jetzt bleib mal in der Ruh!«

Kluftinger, der sich nicht gerne beleidigen ließ, setzte heute Morgen ganz auf Deeskalation.

»Worum geht's denn überhaupt?«

»Worum's geht? Schau dir das mal an.« Rantich zeigte auf einen Stapel Papiere und Notizzettel, der neben dem Telefon lag und Kluftinger an den Anblick auf seinem Schreibtisch erinnerte.

Rantich ging auf den Stapel zu, packte ihn mit einer fahrigen Bewegung und reckte die Papiere drohend in die Luft: »Alles wegen euch. Weißt du eigentlich, was wir hier alles zu tun haben? Und jetzt dürfen wir uns wegen euch auch noch irgendwelche Märchengeschichten anhören. Lauter Sagen, so ein Schmarrn! Also … also da hört's sich doch wirklich auf.«

Kluftingers Strategie schien aufzugehen: Rantich hatte etwas an Fahrt verloren. Er zeigte sich dem Kollegen gegenüber fürsorglich: »Ach so, ja, also wirklich: Das wollten wir natürlich zu allerletzt, euch noch mehr Arbeit machen. Aber eigentlich kannst du dich dafür beim Maier bedanken.«

Bei der Erwähnung des Namens »Maier« bekam das Gesicht von Kluftingers Gegenüber noch einmal für ein paar Sekunden eine tiefrote Farbe, dann schien die Luft raus zu sein. Statt einer weiteren Schimpftirade gab Rantich nur ein flaches »Ach so, der Maier« von sich und setzte sich.

Kluftinger, der es nicht eilig hatte, den Stapel auf seinem Schreibtisch zu bearbeiten, nahm neben ihm Platz.

»Was erzählen die Leut denn?«

»Ach, ganz unterschiedlich. Manche, die wollen einfach nur irgendwelche Sagen erzählen. Manche wollen unheimliche Begegnungen auf dem Dachboden an den Mann bringen; die würgen wir natürlich gleich ab. Die meisten notiere ich aber mit. Man weiß ja nie. Komische Kauze sind da dabei. Pass mal auf.«

Rantich raschelte mit den Blättern und legte die Stirn in Falten, während er sie durchsah.

»Da haben wir zum Beispiel einen, der hat seit Jahren einen Pudel, und jetzt meint er auf einmal, der hätte immer schon so komische rote Augen gehabt.«

Kluftinger grinste mitleidig. Er bedauerte die Kollegen, war gleichzeitig aber auch froh, dass die Anrufe von ihnen abgefangen wurden, bevor sie ihn erreichten. Quasi als Entschädigung beschloss er, wenigstens so lange sitzen zu bleiben, bis der Kollege sich seinen Frust von der Seele geredet hatte.

»Au ja, der war auch gut: Ein Bauer aus Stein. Weißt schon, bei Betzigau, wo der Dengelstein ist. Der will in der Nacht, in der diese Ärztin da ermordet worden ist, immer so ein komisches metallisches Klappern gehört haben, als hätte tatsächlich der Tod seine Sense gedengelt. Was geht bloß in den Köpfen von diesen Leuten vor?«

Nach drei weiteren Schilderungen war Rantich wieder zahm wie ein Lamm und verabschiedete Kluftinger sogar mit Handschlag und den Worten »Nix für ungut, gell«.

Zurück in seinem Büro erwartete den Kommissar nun eine ähnliche Arbeit wie Rantich. Das war der Fluch der neuen Technik: Seitdem die Polizei auch über Fax und E-Mail verfügte, passierten viele Dinge nicht mehr den Filter der Wache, sondern landeten direkt bei ihnen.

»Ich hab schon mal alles ein bisschen sortiert. Nach verschiedenen Sagen.«

Kluftinger hatte nicht gehört, dass seine Sekretärin den Raum betreten hatte.

»Vielen Dank, Fräulein Henske. Wissen Sie, was? Ich hab da was für Sie.«

Er hatte sich spontan entschlossen, seiner Sekretärin für ihre Fürsorge drei Flaschen seines Apfelsaftes zu überlassen.

»Och, das wär doch nicht nötisch gewesen, Herr Kluftinger. Aber vielen Dank auch.« Sandy Henske wurde ein bisschen rot, was im Kontrast zu ihren momentan mittelblond gefärbten Haaren reizend aussah, wie Kluftinger fand. Sie war etwas sprachlos ob der unerwarteten Großzügigkeit ihres Chefs und schon fast wieder an der Tür, als Kluftingers Blick erneut auf den Papierstapel auf seinem Schreibtisch fiel.

»Einen Moment noch.« Mit diesen Worten zog er aus der untersten Schublade seines Schreibtisches zwei Schnapsgläser.

»Den ersten Schluck müssen wir schon zusammen verkosten. Ist alles aus eigenen Äpfeln. Ohne jede Chemie. So was hatten Sie damals wahrscheinlich nicht, drüben im Osten.«

Noch bevor Kluftinger den Satz fertig gesprochen hatte, hätte er ihn gerne schon wieder ungesagt gemacht. Sandy Henske, die sich gerade noch so sehr über Kluftingers Aufmerksamkeit gefreut hatte, versteifte sich für einen Moment. Anspielungen auf die DDR konnte sie absolut nicht leiden. Zumal sie – gerade mal Anfang Dreißig – das Regime nur als Kind und Jugendliche erlebt hatte.

»Nee, Herr Kluftinger«, antwortete sie spöttisch, »man weiß ja, dass Äpfel eigentlich ne bayerische Erfindung und auch nur in der BRD gewachsen sind. Bei der Maueröffnung wussten wir erst gar nicht, was das ist, en Apfel. Nur die, die Westfernsehen hatten, waren bereits informiert.«

»Sandy«, versuchte Kluftinger, die Scharte mit der vertraulichen Anrede wieder auszuwetzen, »ich meine doch nur, dass damals alles sehr stark behandelt war in der Landwirtschaft wegen der Kolchosen … «

»LPGs, Chef, keene Kolchosen.«

»Genau. Und eigene Gärten hatte man ja auch nicht so.« Kluftinger merkte selbst, dass er sich immer tiefer hineinritt.

»Nee, nee. Wir hatten nisch mal Häuser. Und wir waren ja so froh, als uns die Wessis endlich die Erfindung der wassergespülten Toilette brachten. Dann waren die Höfe wieder hygienisch.«

Allmählich hatte Sandy Dampf abgelassen und sagte schließlich: »Sie meinen es sischer nisch böse, das weeß isch ja. Aber gerade hier in Bayern trifft man immer auf das Vorurteil, dass es bei uns nischt gab und wir wie im Mittelalter gelebt haben. Dabei gab's sogar Orangen aus dem befreundeten Ausland. Kuba und so. Und dann werd isch schon mal sauer. Nischt für ungut, wie man hier sacht, Chef.«

Mit zurückgefundenem Lächeln und drei Flaschen Saft in der Hand ging Kluftingers Sekretärin schließlich aus dem Zimmer. Einigermaßen beruhigt machte sich Kluftinger nun doch noch über seine Papiere her. Er wusste, dass er das alles Maiers Zeitungsgespräch zu verdanken hatte, aber je länger er las, desto weniger grollte er ihm. Viele der Mitteilungen schienen ihm interessant, auch wenn sie den Fall nicht einen Millimeter vorwärts bringen würden. Er hatte das Gefühl, mit jedem Tag tiefer in die mystische Vergangenheit seiner Heimat einzutauchen. Eine Vergangenheit, von deren Existenz er bisher nicht einmal wirklich gewusst hatte. Mit heimatlichen Sagen hatte er noch nie zu tun gehabt und es überraschte ihn, dass es so viele davon gab. Er erinnerte sich, dass sein Vater ihm als Bub manchmal gesagt hatte, er solle beispielsweise nicht allein ins Gschnaidt gehen, da gehe der Geist eines alten Einsiedlers um. Aber detaillierter wurden die Erzählungen nicht.

Warum eigentlich? In der Schule hatte er sich mit der Mythologie des klassischen Altertums befassen müssen, aber Allgäuer Sagen waren eigentlich nie auf dem Lehrplan gestanden. Verriet die Art der Sagen aber nicht eine Menge über den Landstrich selbst? Im Allgäu zum Beispiel, das hatte er in der kurzen Zeit festgestellt, kamen immer wieder Gewässer und Berge als Brutstätten des Unheils in den Geschichten vor. Kein Wunder, musste den Menschen vor Jahrhunderten die Naturgewalt hier noch viel mächtiger und unbarmherziger vorgekommen sein als heute. Und die Geräusche, die der Wald in einer dunklen, mondlosen Nacht macht, regten schließlich noch heute die Phantasie an, um wie viel mehr dann die der gottesfürchtigen, einfachen Menschen auf den Einödhöfen, ohne Telefon, Radio, Fernsehen oder sogar Zeitung?

Und noch etwas hatte Kluftinger in der Auseinandersetzung mit den Legenden seiner Heimat stutzig gemacht. Es gab Dinge, die sich niemand erklären konnte, auch heute noch nicht. Außer durch manche Sagen, die als Erklärung aber heute niemand mehr gelten ließ. Er hatte einmal in einem Sherlock-Holmes-Buch, von denen er als Kind zahlreiche verschlungen hatte, einen Satz gelesen, den er sich in seiner beruflichen Laufbahn immer wieder mal in Erinnerung rief. Der Schriftsteller Sir Arthur Conan Doyle hatte seinen Romanhelden sagen lassen: »Wenn man alles, was unmöglich ist, als Erklärung eliminiert, dann muss das, was übrig bleibt, egal wie unwahrscheinlich es auch sein mag, die Wahrheit sein.«

War auch er nicht manchmal viel zu schnell bereit, etwas beiseite zu schieben, nur weil es ihm nicht in den Kram passte oder zu unwahrscheinlich erschien?

Was war zum Beispiel mit dem Mönch in Buxheim? Hatte er ihm nicht erzählt, die Figur, die sie so intensiv betrachtet hatten, sei aus einem anderen Holz geschnitzt als das ganze übrige Chorgestühl? Warum? Er hatte eine Erklärung bereit gehabt, für die es allerdings keine historischen Belege gab. War sie deswegen weniger richtig?

Oder der Ort der Kraft, von dem seine Frau so schwärmte: Man hörte von Menschen, denen dieser Ort bei vielerlei Beschwerden geholfen hatte. War es Einbildung, wie er immer behauptete? Ließ sich der eigene Geist vom festen Glauben an das Übernatürliche in die Irre führen und seine Selbstheilungskräfte aktivieren? Oder war doch etwas dran?

Er kam nicht mehr zu einer Antwort auf die Frage, denn die Tür ging auf und seine drei Kollegen kamen herein.

»Und, was Interessantes dabei?«, fragte Strobl mit Blick auf die vielen Papiere in Kluftingers Händen. Offenbar wusste er, worum es sich dabei handelte.

»Na ja, interessant schon irgendwie. Aber ich glaub, uns hilft das nicht weiter.«

Die drei setzten sich in die Sofaecke und Kluftinger rollte seinen Schreibtischstuhl zu ihnen. Irgendetwas wollte er ihnen noch sagen, etwas, das ihm gerade durch den Kopf gegangen war … natürlich: der Mönch.

»Sagt mal, wir haben darüber wegen der Aufregung gar nicht mehr gesprochen. Aber was haltet ihr eigentlich von der Geschichte mit der Figur in Buxheim? Ihr wisst schon, die von dem Foto.«

»Passt irgendwie zum Rest«, sagte Strobl und zog die erwartungsvollen Blicke der Kollegen auf sich.

»Was heißt das: ›Passt zum Rest‹?«

»Na, in Rappenscheuchen haben wir den toten Raubritter, der für seine Sünden bezahlen musste. Und bei der Leiche der Frau finden wir das Foto des bußfertigen Sünders, der gerettet wurde, weil er seine Sünden bereute.«

»Ja, schon, aber warum haben wir bei der ersten Leiche nicht auch ein Foto gefunden?«, fragte Hefele.

Eine Minute lang schwiegen sie, dann atmete Kluftinger tief durch. »Haben wir ja«, sagte er und fixierte seine Kollegen.

»Nein, haben wir nicht«, protestierte Hefele, »Wir haben lediglich einen Zettel … «

»Jaja, ich weiß, so mein ich das nicht«, unterbrach ihn Kluftinger. »Was ich sagen will ist – und ich verstehe nicht, warum uns dieses Detail entgangen ist –, dass wir das Foto bei der ersten Leiche gefunden haben.«

Die Kollegen sahen sich verwirrt an.

»Rechnet mal nach: Der Sutter war zwar die erste Leiche, die wir *gefunden* haben. Aber das erste Opfer war die Heiligenfeld.«

»Verdammt, du hast Recht«, warf Strobl ein und schüttelte den Kopf.

»Ja, und ich frage mich, was mit uns los ist. So was darf uns doch nicht entgehen. Gerade in diesem Fall, wo absichtlich Spuren gelegt werden, dürfen wir nichts übersehen, nichts durcheinanderbringen.«

»Aber was macht es denn für einen Unterschied, ob das Foto bei der ersten oder der zweiten Leiche gelegen hat?«, wollte Maier wissen.

»Zunächst ist mal wichtig, dass wir die Reihenfolge genau vor Augen haben, wenn wir den Code unseres Täters entschlüsseln wollen. Und in diesem Fall scheint es mir, als wollte er uns gleich die Richtung vorgeben: Reuige Sünder werden verschont, so in dem Stil. Oder umgekehrt: Wer nicht bereut, wird bestraft.«

Die Kollegen hörten gebannt zu.

»Wir wollten uns doch um die Gemeinsamkeiten der beiden Fälle kümmern. Hat jemand irgendwas dazu beizutragen? Eugen? Roland?«

Kluftinger sah nur Strobl und Hefele an. Die beiden zuckten mit den Schultern.

»Ich hätte da vielleicht was«, meldete sich Maier ungefragt zu Wort.

Kluftinger ignorierte ihn: »Tja, schade, dann müssen wir wohl noch mal die Akten durchforsten.«

»Nein, nein, ich hab was, glaub ich.«

»Mei, wie die Zeit vergeht. Also, dann treffen wir uns in einer Stunde wieder hier, gut?«

»Ja Herrschaftszeiten, red ich denn Russisch: Ich ha-be et-was! Hallo!«

Maier war jetzt so laut geworden, dass es Kluftinger unmöglich war, ihn weiterhin zu ignorieren. Mit einem Seufzen erteilte er ihm das Wort.

»Also, jetzt passt mal auf. Diesmal bin ich, glaub ich, auf was gestoßen. Weil ich mir gedacht hab: Die zwei waren doch vor Gericht. Also bin ich dem mal nachgegangen und hab was gefunden. Jetzt stellt euch vor, die Verhandlungen waren beide im gleichen Sitzungssaal. Und bei der Nummer ist es mir eiskalt den Rücken runter gelaufen. Stellt euch vor: zwölf, was ja nur eins mehr als elf ist, was auf ihrer Stirn eingeritzt war.«

Maier lehnte sich zufrieden zurück und verschränkte die Hände hinter dem Kopf. Diesmal schien er sicher, ins Schwarze getroffen zu haben. Kluftinger erwiderte nichts und wollte aufstehen. Mitten in der Bewegung verharrte er jedoch einen Augenblick und ließ sich dann wieder in seinen Stuhl fallen.

»Du bist genial, Richard. Du bist wirklich genial.«

Maier schien selbst überrascht von dem Lob und brauchte ein paar Sekunden, bis er realisierte, dass sein Chef es ernst gemeint hatte. Dann sprudelte er förmlich los: »Ja, ich weiß auch nicht. Auf einmal war mir das klar. Das mit dem Sitzungssaal stand ja die ganze Zeit in den Akten, aber ich hab immer drüber gelesen. Erst wie du das mit den Kleinigkeiten … «

Kluftinger unterbrach ihn. »Wir haben den Wald vor lauter Bäumen nicht gesehen, Männer. Sacklzement, wir waren wie vernagelt. Natürlich: das Gericht. Es lag die ganze Zeit so offen vor uns und wir haben uns in abstruse Theorien gestürzt.« Bei dem Wort »wir« blickte er zu Maier.

Jetzt hatten auch die anderen verstanden.

»Klar, beide standen vor Gericht«, begann Strobl laut zu denken. »Wir haben uns immer auf die Anklage konzentriert, dabei hätten wir bei dieser Gemeinsamkeit anfangen sollen.«

Maier mischte sich wieder ein: »Es war ganz zufällig, dass ich drauf gekommen bin. Ich habe die beiden Blätter vor mir liegen gehabt und dann ist mir die Zahl ja eh schon ein paar Mal aufgefallen und … «

»Herrgottnochmal, jetzt lass uns halt mit deiner depperten Zahl zufrieden«, platzte Kluftinger der Kragen.

»Ja, aber du hast doch selber gesagt, dass … ich wollt doch nur erklären, wie … «

»Ja kapierst du's denn immer noch nicht? Es geht hier nicht um die Zahl, den Sitzungssaal und auch nicht darum, dass Sutter eine Krawatte hatte, die die gleiche Farbe hat wie ein paar Socken, die die Heiligenfeld in der elften Klasse mal getragen hat. Das Gericht ist die Gemeinsamkeit, verstehst du? Das Gericht!«

Kluftinger war etwas lauter geworden, als er eigentlich gewollt hatte. Immerhin war er Richard Maier dankbar, dass er die richtige Fährte gelegt hatte. Aber jetzt war doch sein Ärger über den Kollegen, vor allem über seine Aktion mit der Zeitung, aus ihm herausgebrochen. Dementsprechend in sich zusammengesunken saß Maier auf dem Sofa.

»Also Leute, Schluss mit dem Rumhängen! Jetzt ist wieder frischer Wind in die Ermittlungen gekommen.« Da er bereits ein schlechtes Gewissen wegen seines Ausbruches hatte, wollte er Maier mit irgendetwas betrauen, was dessen angeknackstes Selbstbewusstsein wieder aufrichten würde.

»Ich kümmere mich mal um die Gerichtsakten, Richard, wenn du vielleicht an der Sagensache dranbleibst?«

Der Angesprochene stand auf und schlurfte mit hängenden Schultern zur Tür. Kluftinger klopfte ihm beim Hinausgehen auf die Schulter und sagte: »Gute Arbeit, Richie. Gute Arbeit.«

Als Maier die Tür hinter sich geschlossen hatte, setzte sich Kluftinger sofort an seinen Schreibtisch und hob das Telefon ab. »Ich ruf gleich mal den Dr. Möbius an, dass der uns die Akten rüberschickt.«

Bei der Erwähnung des Namens Möbius wurden Kluftingers Kollegen hellhörig. Hefele stieß einen Pfiff aus, wie ihn normalerweise Frauen zu hören bekommen, wenn Männer ihnen auf unbeholfene Art signalisieren wollen, dass sie als potenzielle Sexualpartner in Frage kämen. Die Reaktion der Kollegen galt der Person des Staatsanwaltes, Dr. Möbius. Die Staatsanwaltschaft war formal die Behörde, die die Ermittlungen leitete. Sehr zu Kluftingers Freude wurde dies in Kempten, wenn auch von Staatsanwalt zu Staatsanwalt unterschiedlich, meist sehr unbürokratisch gehandhabt. In den meisten Fällen hieß das: Die Polizei hatte weitgehend freie Hand, die Staatsanwälte mischten sich nicht ein.

So war das auch im Fall von Dieter Möbius.

Das seltsame Gebaren der Kollegen bei der Nennung seines Namens hatte einen anderen Grund: Es kursierte das Gerücht, dass Möbius homosexuell sei. Es gab zwar keinerlei Beweise für diese Behauptung, aber Möbius entsprach scheinbar in vielen Punkten dem Schwulen-Klischee. Ob es seine zurückgegelten Haare, seine immer solariumgebräunte, glatte Haut, seine noblen Zweireiher, stets mit dem zur Krawatte passenden Einstecktuch, seine Vorliebe für edle Düfte oder seine etwas in den Sopran gehende Stimme war, wurde nicht weiter hinterfragt. Das Gerücht war irgendwann einmal in die Welt gesetzt worden und die Kemptener Polizeidirektion erwies sich in solchen Fällen stets als große Waschweiber-Ansammlung.

Kluftinger wusste von diesem Gerücht, doch er versuchte, es möglichst zu verdrängen. Die Vorstellung, einem homosexuellen Mann gegenüber zu sitzen, bereitete ihm einiges Unbehagen, auch wenn er nicht genau erklären konnte, weshalb. »Latente Homophobie« hatte sein Sohn das einmal genannt. Und Kluftinger hatte nicht widersprochen.

Sein Verdrängungsmechanismus, was Dr. Möbius und seine mutmaßliche sexuelle Orientierung anlangte, funktionierte natürlich nur, wenn niemand die Nennung des Namens mit anzüglichen Bemerkungen begleitete, wie es seine Kollegen gerne taten. Kluftinger ignorierte sie und wählte die Nummer des Gerichts.

»Ja, Kluftinger. Dr. Möbius bitte … danke … Dr. Möbius? Kluftinger hier, ich wollte … ja, freut mich auch, Sie mal wieder zu sprechen.«

Jetzt gab es für die Kollegen kein Halten mehr. Während Strobl Kluftinger Handküsse zuwarf, fing Hefele an, sich selbst zart über die Wange zu streicheln.

»Deppen«, zischte Kluftinger.

»Was? Nein, nein, ich hab mich gerade nur verschluckt.« Er lief knallrot an.

»Ich müsste mit ihnen dringend etwas besprechen. Zudem bräuchte ich Einsicht in ein paar Akten … Gleich jetzt? … Gern … Bis dann«, beendete er rasch das Gespräch und knallte den Hörer auf die Gabel.

»Bis dann, Schätzle«, säuselte Strobl, noch bevor Kluftinger irgendetwas sagen konnte.

»Man könnt nicht meinen, dass wir hier bei der Polizei sind, wenn man euch zwei Rindviecher anschaut«, brummte Kluftinger, dem die ganze Sache sichtlich peinlich war.

»Jetzt los, es gibt genug zu tun, hier braucht keiner rumsitzen, oder?«

Mit diesen Worten komplimentierte er seine Kollegen aus seinem Büro. Nach ein paar Sekunden öffnete sich die Türe noch einmal und Strobl streckte seinen Kopf herein: »Schönen Gruß an den Herrn Doktor, gell?«, sagte er und hauchte einen Kuss in die Luft.

***

Kluftinger war bereits auf dem Weg zu seinem Passat, als er sich im Hof, in dem nur einige Zivilfahrzeuge der Polizei und ein paar sichergestellte Autos und Unfallwagen standen, umsah, kehrt machte und zum Büro von Erwin Meggle ging. Dazu musste er zuerst die Autowerkstatt, die sich hinter der Polizeidirektion befand, samt der Waschhalle durchqueren. Ein Mädchen von vielleicht sechzehn Jahren wusch dort gerade einen Streifenwagen. Sie war ganz in einen blauen Overall gehüllt, die aschblonden Haare trug sie zum Pferdeschwanz. Er hatte sie bei der Begrüßung der neuen Mitarbeiter Anfang September bereits gesehen. Mit ihr erfüllte die Polizei als öffentlicher Arbeitgeber gleich mehrere »Quoten«: Sie wurde – als Mädchen in einem Männerberuf – zur KFZ-Mechanikerin ausgebildet. Dass sie in diesem Beruf noch ausbildeten, wo doch die Schließung der Werkstätten der Polizei erwogen wurde, sogar ein junges Mädchen, Tochter von Spätaussiedlern aus Kasachstan noch dazu: Lodenbacher war regelrecht ins

Schwärmen geraten ob des sozialen Engagements seiner Dienststelle.

Kluftinger lächelte ihr zu und klopfte an Meggles Tür. Das »Hä?«, das ihm von der anderen Seite entgegenschallte, deutete Kluftinger als Aufforderung, einzutreten. Meggle trug wie immer einen grünen Overall auf dem in großen, weißen Buchstaben das Wort »Polizei« prangte. Sein Arbeitsplatz erfüllte ihn mit großem Stolz. Auch nach gut fünfundzwanzig Jahren noch, die er sich als Werkstattmeister bereits um den Fuhrpark der PD Kempten kümmerte. Meggle, eigentlich immer gut gelaunt, war gerade mit seiner Brotzeit und der Lektüre einer Boulevardzeitung beschäftigt, als Kluftinger eintrat.

»Ja jetzat! Welch Glanz in meiner bescheidenen Hütte! Griaß di!« Meggle legte seine Wurstsemmel beiseite, fuhr sich mit der rechten Hand durch das Haar, das dem Mittfünfziger schon vor fünfzehn Jahren ergraut war, aber noch immer mit fülliger Lockenpracht glänzte.

»Was kann ich gegen dich tun?«

»Ich bräucht' einen Dienstwagen«, antwortete Kluftinger. Er hätte es nicht zugegeben, aber der Gestank in seinem Auto nahm Ausmaße an, die er nur noch schwer ertragen konnte.

»Und?«, grinste Meggle ihn an, der nicht zu verstehen schien.

»Ihr habt doch einen Haufen, bei der Kripo.«

»Nein, draußen steht keiner mehr.«

Meggle lachte kehlig und ging zu einem kleinen, in der Wand eingelassenen Tresor, in dem sich die Zweitschlüssel befanden. Wenn Not am Mann war, trieb er immer noch ein Auto auf. »Warte mal … die Ludmilla wäscht gerade einen. Die müsste so weit fertig sein. Den kannst du nehmen – Schlüssel steckt.«

Kluftinger bedankte sich und verabschiedete sich von Meggle, der ihm noch grinsend hinterher rief: »Und vorsichtig einparken, Klufti!«

***

Vor der barocken Kemptener Residenz angekommen, diesem prächtigen, in Gelb und Weiß strahlenden ehemaligen Sitz der

Fürstäbte der Stiftsstadt Kempten, steuerte Kluftinger den Streifenwagen zielsicher direkt vor den Eingang zum Land- und Amtsgericht Kempten, die hier ihren Sitz hatten. Beim Blick auf die Verkehrsschilder »Fußgängerzone, absolutes Halteverbot, ausgenommen Einsatzfahrzeuge der Polizei« lächelte er zufrieden.

An der Pforte wies man ihm den Weg in den zweiten Stock zum Zimmer von Dr. Möbius. Er ging durch die Vorhalle und sein Blick fiel auf die riesige Malerei, die die Stadt für eine Weile in helle Aufregung versetzt hatte:

Ein Westallgäuer Künstler hatte in den neunziger Jahren den Auftrag erhalten, die Geschichte der fürstäbtlichen Residenz und des Stifts Kempten auf der großen Wand im Eingangsbereich darzustellen. Allerdings hatte er andere Vorstellungen davon gehabt als die staatlichen Auftraggeber: Die offizielle Seite hätte gern ein beschönigendes Bild der kulturell herausragenden Fürstabtei gesehen, der Künstler hatte hingegen ein allegorisch-derbes Spektrum ihrer Schattenseiten und ihres Niedergangs gemalt. Die Kulturseiten der Presse waren einige Wochen voll gewesen mit der Diskussion über das Bild, das, so die offizielle Seite, angeblich auch von einem Großteil der Bürger abgelehnt worden sei. Kluftinger hatte die Diskussion damals verfolgt und seine Kenntnisse waren erst im Sommer im Rahmen einer Residenzführung aufgefrischt worden.

Jedes Mal, wenn er nun daran vorbei ging, kam er sich ausgesprochen kunstverständig vor. Grinsend warf er einen Blick auf die umstrittenste Figur im Gemälde: Die »Papsthure« mit entblößtem Oberkörper, die auf einer Sau ritt. Allzu fromme Bürger hatten die Farbe von den Brüsten abgekratzt – ein Ausdruck höchster Beschränktheit, wie Kluftinger fand. Seit dem Jahr 1775, als im Bereich des Stifts Kempten das letzte Todesurteil in einem Hexenprozess in Deutschland gefällt worden war, schien sich die Engstirnigkeit mancher kaum zum Besseren gewandelt zu haben. Bisweilen trieb hier allzu große Angst vor Neuem und Unbekanntem noch immer seltsame Blüten.

Mit einem Kopfschütteln stieg er die Treppe hinauf, vorbei am lateinischen Spruch am rechten Rand des Gemäldes, dessen Übersetzung er sich seit der Führung gemerkt hatte: »Campidonia sola judicat ense et stola. Fiat justitia. Einzig Kempten richtet mit Schwert und Stola. Es werde Gerechtigkeit.«

Mit dem Schwert der Scharfrichter und den Stolen der kirchlichen Herrscher war es zum Glück vorbei – an ihre Stelle waren Haftstrafen und Richterroben getreten. Aber noch immer versuchte man hier im Gerichtsgebäude, dem herrschenden Verständnis von Gerechtigkeit und Sühne nachzukommen, auch wenn die sich im Laufe der Jahrhunderte erheblich gewandelt hatten.

***

Kluftinger klopfte zaghaft an die Türe mit der Nummer 202 und öffnete nach einem etwas zu exaltierten »Herein« den Eingang zum Büro des Staatsanwalts. Schon auf den ersten Blick wirkte der Raum, trotz derselben schlichten Büromöbel, die wohl in allen Amtsstuben standen, edler, gediegener und gepflegter als die anderen Räume, die er hier kannte. Das lag allerdings nicht nur an der hohen, mit Stuck verzierten Zimmerdecke, dem uralten, runden Kachelofen in der Ecke und dem hohen Fenster als vielmehr an dem, der hier arbeitete. Der hatte offenbar Sinn für Ästhetik und ausgeprägten Ordnungssinn. Während in den Büros der Richter und Staatsanwälte sonst Schreibtisch, Ablagetische und bisweilen sogar der Boden mit Aktenstapeln bedeckt waren, lagen bei Dr. Möbius lediglich vier Ordner auf dem Tisch. Alles schien aufgeräumt, hell und übersichtlich. Leise, klassische Musik drang aus einer kleinen Stereoanlage. Eine moderne, gläserne Teekanne wurde von einem Teelicht golden beleuchtet. Auf einem Tischchen an der Seite stand ein Zimmerbrunnen, der unaufhörlich vor sich hin plätscherte. »Herr Kluftinger, grüße Sie!«

Dr. Möbius stand auf und kam dem Kommissar entgegen. Wie immer war er überaus adrett gekleidet: Zum makellosen Anzug – schwarz mit grauen Blockstreifen – trug er ein fliederfarbenes Hemd, darauf eine spiegelnd glänzende, Ton in Ton mit dem Hemd gehaltene Krawatte. Die Farbwahl sprach eindeutig für die Vermutung der Kollegen, dachte Kluftinger. Und erst dieser geschmeidige Gang, dieser weiche Händedruck …

»Herr Dr. Möbius, schön, dass Sie gleich Zeit hatten«, begann Kluftinger.

»Für meine Männer von der Polizei habe ich doch immer Zeit.«

Möbius hatte dies mit einem Lächeln gesagt, das seine strahlend weißen Vorderzähne völlig freilegte.

»Für meine Männer« hatte er gesagt. Aha, für Frauen wohl nicht? Das konnte ja heiter werden. Kluftinger sah Möbius beiläufig dabei zu, wie er sich wieder zu seinem Stuhl begab. Dabei fiel sein Blick, zufällig nur und lediglich für den Bruchteil einer Sekunde, auf Möbius' Hintern: Nicht schlecht für sein Alter – laut seinen Kollegen achtundvierzig – dachte der Kommissar anerkennend und erstarrte sofort wegen dieses Gedankens. Entsetzen und Scham ließen sein Gesicht knallrot anlaufen. Um Gottes Willen! Er war schockiert, dass ihm dieses Detail überhaupt aufgefallen war …

Ihm ging das Geschwätz der anderen Kollegen einfach nicht mehr aus dem Kopf. Sollte Möbius wirklich … ? Und wie sollte er ihm dann unterschwellig klar machen, dass er bei ihm gar nichts zu versuchen brauchte?

Er konnte sich kaum noch auf den Inhalt des Gespräches konzentrieren, das sich um den Fortschritt der Ermittlungen drehte. Dabei eröffnete ihm der Staatsanwalt, dass nach Maiers Missgeschick Presseauskünfte in Zukunft über ihn zu laufen hätten. Aus jedem von Möbius' Sätzen glaubte er eine ungewöhnliche Sanftheit herauszuhören, in seinen Bewegungen lag eine geradezu feminine Elastizität.

Kluftinger war das alles schon nach kurzer Zeit zu viel, er wollte hier raus. Die sexuellen Vorlieben seiner Mitmenschen waren ihm zwar egal – ein Punkt, in dem er sich eigentlich sehr tolerant fand. »D'Katz frisst d'Mäus', aber i mag's it« sagte er für gewöhnlich, wenn es um dieses Thema ging. Aber jetzt hatten die Kollegen so blöd dahergeredet …

»Wegen der Akten, haben Sie die schon besorgen lassen?«, fragte Kluftinger Dr. Möbius schließlich, um das Gespräch zu beenden.

»Die liegen bereits an der Pforte für Sie bereit. Es ist übrigens ein beträchtlicher Stapel. Vielleicht lassen Sie sich von einem der starken Herren unten an der Pforte helfen.«

Jetzt reichte es wirklich. Schon wieder die »starken Herren«. Und er wusste einfach nicht, wie man sich »so jemandem« gegenüber unbefangen benehmen sollte. Er reichte dem Juristen die Hand zum Abschied und zu seiner Freude bekam er lediglich einen weichen Händedruck und keinen Handkuss. Nachdem er den Raum verlassen hatte, durchmaß er eilig den langen Korridor. Er hatte es eilig, denn das ständige Gluckern des Zimmerbrunnens hatte dafür gesorgt, dass er dringend auf die Toilette musste. Er stand bereits am Urinal und wartete auf das erlösende Plätschern, als die Tür hinter ihm aufging. Er drehte den Kopf und seine Augen weiteten sich vor Entsetzen: Dr. Möbius betrat ebenfalls die Toilette. Er spürte, wie ihm heiß wurde. War er ihm etwa nachgegangen? Was, wenn er am Becken nebenan … ? Was, wenn er herüberschauen … ?

»Hoi, so trifft man sich … «, versetzte er nervös.

»Allerdings«, erwiderte der Staatsanwalt mit einem Lächeln. Einem irgendwie geheimnisvollen und doch vielsagenden Lächeln, wie Kluftinger fand.

Der Kommissar starrte auf die Kacheln an der Wand vor ihm und hoffte inständig, dass Möbius so viel Takt besitzen und in die Kabine gehen würde.

Umsonst, denn der platzierte sich nur ein Urinal weiter. Erste Schweißtropfen bildeten sich auf der Stirn des Kommissars. Aus den Augenwinkeln versuchte er, zum Nebenmann zu schielen, doch er konnte nicht erkennen, wohin der blickte. Die Muskeln in Kluftingers Körper verspannten sich – mit verheerender Wirkung: Er konnte nicht. Nicht mehr, jedenfalls. Erinnerungen kamen wieder hoch, denn er hatte dieses Problem nicht zum ersten Mal. Vor zehn, vielleicht zwölf Jahren war es urplötzlich und ohne Vorwarnung zum ersten Mal aufgetreten. Auf der Toilette der Universität Augsburg. Er und seine Kollegen hatten dort im Hörsaal dem Referat eines namhaften Kriminologen beigewohnt. In der Pause war Kluftinger aufs Klo gegangen, kurze Zeit später war ihm der Referent gefolgt. Und dann war plötzlich nichts mehr gegangen. Je mehr er gepresst, gezogen und gedrückt hatte, desto weniger hatte er das Gefühl gehabt, noch irgendetwas ins Laufen bringen zu können. Nie hatte er jemandem davon erzählt und mit den Jahren war es tatsächlich wieder besser geworden. Meist half ihm ruhiges, tiefes Durchatmen. Doch heute ging gar nichts.

Das muntere Plätschern zwei Meter neben ihm verriet, dass der Staatsanwalt über derlei Probleme nicht klagen konnte.

Herrgottnochmal, ist der die letzten zwei Wochen denn an keiner Toilette vorbeigekommen?, fluchte Kluftinger innerlich, weil ihm die Verrichtung seines Nebenmannes entschieden zu lange dauerte. Erst als der heruntergespült hatte und mit einem freundlichen – oder sogar mitleidigen, wie Kluftinger argwöhnte – »Machen Sie's gut!« das für Kluftinger heute allzu stille Örtchen wieder verließ, entspannte er sich und es lief auf einmal wie geschmiert.

***

»Blickt ihr da durch?«

»Bissle viel, wenn du mich fragst. Das dauert Tage, das alles zu durchforsten!«, stöhnte Hefele mit Blick auf die Gerichtsakten, die den großen, ovalen Tisch im Besprechungszimmer bedeckten. Jeder der acht anwesenden Kriminalbeamten – Kluftinger hatte von Lodenbachers Angebot Gebrauch gemacht und vier Kollegen aus anderen Abteilungen für seine Sonderkommission abgezogen – war seit einer halben Stunde in irgendein Schriftstück vertieft und versuchte, sich Notizen zu machen.

»Wir könnten die betreffenden Richter anrufen, dann könnten die uns über die Fälle das Wichtigste sagen«, warf Maier halblaut ein. Seine Stimme klang nicht so, als ob er erwartet hätte, dass dieser Vorschlag auf Gegenliebe stoßen würde.

Die restlichen sieben Kollegen hoben die Köpfe und sahen sich kurz an. Sie schienen Maier regelrecht dankbar für den Vorschlag zu sein, der ihnen allen auf der Zunge gelegen hatte. Aktenstudium gehörte nun einmal nicht zu den beliebtesten Aufgaben. Eifrig suchten sie nach den Namen der Vorsitzenden. »Bei dem Sutter war es Richter Hartmann, der die Verhandlung geleitet hat«, sagte Hefele.

Ein dicker Kollege mit Brille wurde hellhörig: »Hartmann? Kann das sein, dass das der gleiche ist, der bei der Heiligenfeld Staatsanwalt war? Der heißt nämlich auch so?«

»Könnt schon sein, der Hartmann wird halt auch mal Staatsanwalt gewesen sein.«

»Günter Hartmann?«, fragte Hefele und der Kollege nickte.

»Scharfrichter Hartmann? Das trifft sich ja gut. Dann geht's in einem Aufwasch«, freute sich der Kommissar. »Aber ich glaub, der ist schon pensioniert. Ich ruf am besten mal bei Möbius an, der müsste doch seine Telefonnummer wissen.«

»Schon wieder Sehnsucht?«, fragte Strobl und setzte einen mitleidigen Hundeblick auf, bevor er wie die anderen in Gelächter ausbrach.

»Deppen!«, brummte Kluftinger, den Hörer am Ohr. »Nein, Sie nicht, um Gottes Willen, Fräulein Henske. Die anderen, aber was erzähle ich Ihnen da, das wissen Sie ja selber am besten. Würden Sie bitte mal die Nummer von Staatsanwalt Dr. Möbius raussuchen? ... Ach, wissen Sie auswendig? Na umso besser ... ja, verbinden Sie mich doch gleich, danke.«

Während Kluftinger sich noch wunderte, dass seine Sekretärin, die sonst über kein gutes Zahlengedächtnis verfügte, die Nummer gleich parat gehabt hatte, sah er den drei Beamten mit versteinerter Miene eindringlich in die Augen.

»Kluftinger, Herr Dr. Möbius, entschuldigen Sie die Störung. Ich hab noch eine Bitte.« Noch immer fixierte der Kommissar seine Mitarbeiter. »Nein, die Akten sind komplett. Es geht mir um etwas anderes ... könnten Sie mir eine Nummer besorgen? Ich ... «

Kluftinger konnte seinen Satz nicht vollenden. Kehliges, schallendes Gelächter machte das Telefonieren unmöglich. Rasch presste er die Hand auf den Hörer, als Strobl mit hochrotem Kopf unter bebendem Lachen »eine Nummer besorgen« wiederholte.

»Raus mit euch, Kindsköpf, blöde!«, zischte Kluftinger, und die anderen schlichen sich wie Pennäler mit glucksendem Lachen aus dem Besprechungsraum. Dr. Möbius' Anmerkung, bei der Polizei gehe es ja recht lustig zu, quittierte Kluftinger verlegen mit der Bemerkung, dass ein gutes Betriebsklima sich vorteilhaft auf die Arbeit auswirke.

»Schon recht so, Herr Kluftinger. Und die Nummer lasse ich Ihnen gleich raussuchen«, erwiderte der Staatsanwalt und beendete das Gespräch.

Nach diesem Telefonat machte sich Kluftinger auf den Heimweg. Der Tag war anstrengend genug gewesen und das unreife Verhalten der Kollegen, bei denen er sich mit strenger Miene noch erkundigte, ob sie im Kindergarten nicht besser aufgehoben wären, hatte ihm den Rest gegeben. Als er schließlich im Auto saß, musste er bei dem Gedanken an seinen Ausspruch »Eine Nummer besorgen« allerdings selbst ein wenig grinsen.

O heimlich Weh halt dich bereit!
Bald nimmt man dir dein Trostgeschmeid,
Das duftende Sehnen
Der Kelche voll Tränen,
Das hoffende Ranken
Der kranken Gedanken
Muß in den Erntekranz hinein,
Hüte dich schöns Blümelein!

»Meine Herren, ich bitte Sie, zügig zu beginnen, ich bin in Eile!«

Mit diesem Satz betrat der Richter Kluftingers Büro. In den Augen des Kommissars allerdings war es weniger ein Betreten denn ein Erscheinen. Sein Auftritt nötigte allen Anwesenden sofort Respekt ab. Hätte sie das grußlose Eintreten bei anderen sicher pikiert, nahmen sie dem Richter gegenüber geradezu Haltung an.

»Maier«, preschte der erste von ihnen vor, streckte seine Hand aus und neigte devot den Kopf. Als der Richter die dargebotene Hand schüttelte, hatte er seinen Blick bereits abgewandt und schaute nun Hefele an, der sich ebenfalls beeilte, ihm die Hand zum Gruß entgegen zu strecken.

»Hefele, grüß Gott.«

Der Richter nannte seinen Namen nicht; er schien davon auszugehen, dass er den Anwesenden bekannt war. Zu Recht, denn obwohl Dr. Günter Hartmann inzwischen im Ruhestand war, waren Stationen seiner Karriere in Erzählungen unter den Kollegen noch immer präsent. Und wie zu seinen aktiven Zeiten wurde er in diesen Erzählungen nach wie vor bei seinem Spitznamen genannt: Scharfrichter Hartmann. Das war freilich übertrieben, und, wie bei solchen Spitznamen üblich, wusste keiner mehr, wer ihn aufgebracht hatte. Aber ein Körnchen Wahrheit lag schon darin. Denn Hartmann hatte sich besonders dadurch einen Ruf erworben, dass er mit seinen Strafen das gesetzlich zulässige Höchstmaß des Öfteren voll ausgeschöpft hatte – eine Tatsache, wegen der ihn die Angeklagten und deren Anwälte gefürchtet hatten, während die Polizisten ihn nach wie vor dafür schätzten. Zu oft hatten sich die Beamten bei laxeren Richtern um die Früchte ihrer mühevollen kriminalistischen Recherchearbeit gebracht gefühlt.

Bei Hartmann war das anders gewesen und vielleicht war der Respekt vor ihm auch deswegen so groß.

Es kann aber auch an seinem Äußeren gelegen haben, dachte sich Kluftinger, als er ihm die Hand gab und ebenfalls tiefer als eigentlich nötig den Kopf beugte.

»Kluftinger«, sagte der Kommissar, obwohl er schon mehrmals mit dem Richter zusammengetroffen war, wenn er als Zeuge in diversen Prozessen hatte aussagen müssen. Denn nur zu solchen Anlässen nahm er den Weg in den Gerichtssaal auf sich. Während andere Kollegen schon mal einer Verhandlung beiwohnten, an deren Gegenstand sie in irgendeiner Weise beteiligt gewesen waren, war für den Kommissar die Sache mit dem Abschluss der Ermittlungen definitiv zu Ende und er registrierte meist nicht einmal mehr das Strafmaß, das in dem jeweiligen Fall verhängt wurde.

»Ich weiß«, war die Antwort des Richters auf Kluftingers Vorstellung. Und auch, wenn das nicht den kniggeschen Höflichkeitsformen entsprach, empfand es Kluftinger doch geradezu als Auszeichnung, dass sich sein Gegenüber offenbar an seinen Namen erinnerte.

»Bitte«, sagte Kluftinger und wies auf den Stuhl vor dem Schreibtisch. In aller Ruhe legte der Richter sich daraufhin seinen schwarzen Mantel über den Arm und wartete, bis Maier ihm das Kleidungsstück abnahm, um es zuerst auf einen Bügel und dann an einen Kleiderhaken zu hängen. Darunter kam ein ebenso schwarzer, perfekt sitzender Anzug zum Vorschein, unter dem der Richter einen schwarzen Rollkragenpullover trug. Das Schwarz im Kontrast zu dem braunen Gesicht des schlanken Mannes und den weißen Haaren, deren Farbe sich in den Augenbrauen fortsetzte, verlieh ihm eine kultivierte Aura. Vielleicht war es auch seine betont aufrechte Haltung, verbunden mit der Tatsache, dass er kaum je lächelte. Nur die ausgeprägten Tränensäcke wollten nicht so recht zu der ansonsten sportlich-eleganten Erscheinung passen.

Nachdem Hartmann Platz genommen hatte, strich er sich seine Bundfaltenhose glatt, schlug seine Beine übereinander und öffnete mit einem geübten Griff sein Sakko. Anschließend sah er sich mit leicht hängenden Mundwinkeln im Zimmer um.

»Erst einmal vielen Dank, Herr Richter, dass Sie sich die Zeit genommen haben, heute hierher zu kommen«, eröffnete Kluftinger das Gespräch und ärgerte sich sofort darüber, dass er den Mann vor ihm »Richter« genannt hatte, wo dieser doch schon längst aus dem Staatsdienst ausgeschieden war. Hartmann hingegen schien die Bezeichnung als durchaus gerechtfertigt zu empfinden und nickte dem Kommissar mit leicht zur Seite geneigtem Kopf wohlwollend zu.

»Wie gesagt, vielen Dank noch mal«, wiederholte Kluftinger unsicher, weil er sich die ganze Zeit schon überlegte, wie er die erste Frage formulieren sollte. Die strenge Ausstrahlung des Richters bewirkte eine gewisse Anspannung beim Kommissar. »Ich nehme an, meine Kollegen haben Sie bereits informiert, worum es geht«, sagte er schließlich.

»Nein, zu meinem Leidwesen weiß ich nicht, was der Anlass meines Besuches hier ist«, erwiderte der Richter und klang dabei etwas indigniert.

Kluftinger warf Maier und Hefele einen scharfen Blick zu, was die mit einem entschuldigenden Achselzucken quittierten.

»Ach so … dann … nun, es … es ist Folgendes … «

»Wenn Sie bitte zur Sache kommen würden? Wie schon erwähnt: Ich habe wenig Zeit.«

»Dann lassen Sie es mich kurz machen: Sie hatten in zwei Fällen mit Prozessen zu tun, die uns seit Kurzem beschäftigen. Sie haben vielleicht davon in der Zeitung gelesen: Es handelt sich um … «

»Ich lese selten Zeitung. Jedenfalls nicht die lokale Presse. Aber bitte, fahren Sie fort.«

Kluftinger brachte die erneute Unterbrechung kurzzeitig aus dem Konzept. Er musste einen Moment nachdenken, um den Faden wieder aufzunehmen.

»Wie auch immer: Es handelt sich um eine gewisse Michaela Heiligenfeld und einen Gernot Sutter. Sind Ihnen die Namen noch ein Begriff?«

Ohne nachzudenken antwortete Hartmann: »Frau Heiligenfeld war die Abtreibungsärztin. Ich habe den Fall als Staatsanwalt betreut. Beim Namen Sutter muss ich leider passen. Wer war das?«

»Sie waren Richter, als der Fall verhandelt wurde. Er stand wegen Betruges vor Gericht: Kaffeefahrten und dergleichen.«

»Ah ja, ich entsinne mich. Freispruch, wenn ich mich nicht irre?«

Kluftinger nickte.

»Nun, wie kann ich Ihnen bei Ihren Fällen helfen?«

»Es wird Sie vielleicht erschrecken, aber beide sind ermordet worden.«

Im Gesicht des Richters war keine Regung zu erkennen.

»Nun, jedenfalls ist die einzige Gemeinsamkeit, die wir bisher entdeckt haben, jedenfalls die einzig relevante«, bei diesen Worten blickte er kurz zu Maier, der schuldbewusst den Kopf senkte, »dass sie beide vor Gericht standen. Wir wollen versuchen, hier anzusetzen, um etwas über ein mögliches Motiv herauszufinden.«

»Ihren Worten entnehme ich, dass Sie einen Zusammenhang vermuten, aber noch keinen gefunden haben. Nun, Ihr Vorgehen scheint dennoch klug. Ich werde Ihnen gerne alles erzählen, was ich weiß, auch wenn Sie sicher die Akten zu den Fällen vorliegen haben.«

»Vielen Dank. Natürlich liegen uns die Unterlagen vor. Vielleicht gehen wir die Fälle einfach der Reihe nach durch. Frau Heiligenfeld … «

»Ich erinnere mich natürlich sehr gut daran. Der Fall hat damals ja auch in den Medien für großes Aufsehen gesorgt. Wir sind durch einen Tipp auf die Ärztin aufmerksam geworden, die unerlaubte Abtreibungen vornahm. Ich will das nicht moralisch bewerten; die Rechtslage war aber eindeutig. Wir haben Anklage erhoben. Nun ja, wie Sie wissen, waren wir nur zum Teil erfolgreich. Frau Dr. Heiligenfeld wurde die Approbation entzogen, allerdings reichte es nicht zu einer Freiheitsstrafe.«

»Richtig, ja, so weit steht das ja auch in den Akten. Aber mich interessiert mehr Ihre Sicht der Dinge. Gab es jemanden, der besonders heftig gegen die Frau aufgetreten ist? Und ich habe auch was von Zeugenbeeinflussung gehört … «

»Also, zu Ihrem ersten Punkt: Alle waren damals in zwei Lager gespalten: die, die für die Ärztin waren, und die gegen sie. Natürlich gab es auf beiden Seiten auch mehr oder weniger leidenschaftliche Vertreter. Und ja: Frau Heiligenfeld hat meines Wissens auch Drohbriefe bekommen. Die Urheber konnten aber nicht ausfindig gemacht werden. Was den zweiten Teil Ihrer Frage betrifft: Es wurde damals gemunkelt, dass Zeugen beeinflusst worden sind. Wenn Sie meine persönliche Meinung hören wollen, dann glaube ich das auch. Allerdings haben wir in dieser Richtung nie jemandem etwas nachweisen können. Wissen Sie: Illegale Abtreibung geschieht ja nicht nur vor dem Gesetz im Verborgenen. Auch das soziale Umfeld der jeweiligen Frau ist meist etwas komplizierter, da kann man, wenn man denn wollte, leicht den Hebel einer Beeinflussung ansetzen. Aber wie gesagt: Das sind alles Spekulationen.«

»Hm. Gab es bei Herrn Sutter ähnliche Versuche?«

»Soweit ich mich erinnere, nein. Es gab da diesen einen tragischen Fall. Eine ältere Dame hat sich da in erhebliche Finanznöte gebracht, weil sie von Mitarbeitern von Herrn Sutters Firma immer wieder Produkte angedreht bekommen hat, die nicht nur meiner Meinung nach maßlos überteuert waren. Allerdings war das rechtlich einwandfrei, da war Herrn Sutter nicht an den Karren zu fahren. Eine erschreckende Wendung hat das Ganze bekommen, als sich die alte Frau, die irgendwann finanziell ruiniert war, aus ihrem Fenster gestürzt hat. Nach Meinung vieler hätte Herr Sutter das verhindern können, wenn er sich ein bisschen kulanter gezeigt hätte. Aber das ist nun wirklich keine juristische Kategorie.«

»Verstehe. Ihnen waren also auch hier die Hände gebunden.«

»Nicht auch. Im ersten Fall war ich ja der Staatsanwalt. Nur im zweiten Fall hatte ich die Entscheidung über das Strafmaß zu treffen. Allerdings waren mir nicht die Hände gebunden, wie Sie das nennen. Ich habe nach den juristischen Grundsätzen gehandelt. Das war alles. In diesen Kategorien denken wir Richter. Alles andere wäre nicht angebracht.«

»Natürlich. Gab es auch hier irgendjemanden, der besonders heftig gegen Sutter auftrat?«

Zum ersten Mal dachte Hartmann kurz nach, bevor er eine seiner druckreif formulierten Antworten gab: »Ja, jetzt, wo Sie es sagen. Ich erinnere mich an einen nahen Verwandten der alten Frau, der als Nebenkläger aufgetreten ist. Ohne Erfolg. Nach der Urteilsverkündung hat er Sutter angeschrieen, dass auch er sich der höheren Gerechtigkeit nicht würde entziehen können. Aber ich sehe hier leider keinen Zusammenhang zum ersten Fall.«

Kluftinger und seine Kollegen waren beim letzten Satz des ehemaligen Richters hellhörig geworden. Höhere Gerechtigkeit – das klang vielversprechend und verdiente eine nähere Betrachtung, da waren sie alle unausgesprochen derselben Meinung.

»Den Namen des Mannes … «

» … weiß ich nun wirklich nicht mehr, den finden Sie sicher im Sitzungsprotokoll.« Mit diesen Worten stand Hartmann auf und beendete von sich aus das Gespräch. »So, meine Herren, ich nehme an, dass es das war.«

Kluftinger bestätigte etwas widerwillig, nicht jedoch ohne seinen gewohnten Zusatz: »Wenn Ihnen noch irgendetwas einfällt …«

Zu mehr kam er nicht, denn der Richter fiel im ins Wort: »Herr Hauptkommissar, ich war lange genug in diesem Beruf tätig, um einschätzen zu können, was wichtig ist und was nicht. Außerdem ist mein Gedächtnis nicht so schlecht, wie mein fortgeschrittenes Alter Sie offensichtlich vermuten lässt. Was ich damit sagen will: Ich habe Ihnen alles gesagt, was relevant für Sie sein könnte. Dennoch biete ich Ihnen gerne an, falls Sie selbst noch Fragen haben, mich jederzeit zu kontaktieren. Ich werde dann natürlich alles tun, um Ihnen weiterzuhelfen.«

Der kurze Vortrag war nüchtern, ohne erkennbare Gefühlsregungen. Danach bat Hartmann Maier, ihm seinen Mantel zu bringen, verabschiedete sich mit einem Nicken und verließ den Raum.

Kaum hatte er die Tür hinter sich zugezogen, war eine gewisse Erleichterung bei den Polizeibeamten zu spüren. Ihre steife Haltung wich wieder dem gewohnten, lockeren Umgangston. Dennoch traute sich keiner, die sonst übliche und für die gerade gegangene Person meist wenig schmeichelhafte Nachbesprechung zu beginnen. Es war auch gar nicht nötig, denn Hefele fasste in einem Wort, das auf einen langen Seufzer folgte, die Gedanken der Anwesenden zusammen. Er verdrehte die Augen und sagte: »Richter!«

***

Kurz darauf kannten Kluftinger und seine Kollegen aus den Gerichtsakten den Namen des Mannes, der durch seinen Ausspruch am Ende der Gerichtsverhandlung für Aufsehen gesorgt hatte: »Heinz Brentano, damals wohnhaft in Buchenberg bei seiner Mutter, Metzgergeselle, geschieden, keine Kinder. Mittlerweile wohnt er allein am Bühl in Kempten in einem der Hochhäuser dort. Er hat kein Telefon, zumindest steht er nicht im Telefonbuch. Er war damals am Kemptener Schlachthof beschäftigt. Wo er jetzt arbeitet, kann ich dir nicht sagen«, fasste Strobl die Erkenntnisse, die aus den Akten herauszulesen waren, zusammen. Eugen hatte wie immer schnell und zuverlässig gearbeitet, fand Kluftinger. Er war eindeutig ein Kandidat für die Beförderungsliste.

***

»Ja Mahlzeit!«, raunte Kluftinger, als er und Richard Maier in den Hof des Schlachthofes einbogen. Der Grund dafür war ein kleiner grauer LKW, aus dessen offener Ladefläche mehrere Kuhgerippe ragten.

»Jetzt geht's nach Kraftisried, zum Suppe kochen«, merkte Maier an. Dort befand sich eine große Tierkörperbeseitigungsanlage, von der man gern im Scherz behauptete, man stelle dort aus Kadavern und Schlachtabfällen Fertigprodukte für die Küche her.

»Kluftinger, Kripo Kempten, grüß Gott.«

Die etwa sechzigjährige, für das profane Ambiente ein wenig zu schick gekleidete Dame, die in einem als Empfang dienenden, ziemlich in die Jahre gekommenen Glaskasten saß, nahm Haltung an. Offenbar gehörte sie zu jener Generation, die gegenüber der Autorität der Staatsgewalt noch nicht immun war. Hinter ihr hing ein verblasstes Schild mit der Aufschrift »Cambofleisch GmbH«.

»Was kann ich für Sie tun?«, fragte sie, indem sie sich in ihrem Stuhl aufrichtete und sich flüchtig durchs Haar streifte.

»Wir bräuchten eine Auskunft über einen Ihrer Mitarbeiter.«

»Natürlich. Kein Problem. Ich rufe jemanden von der Personalabteilung. Einen Moment.« Die Empfangsdame schob die Glasscheibe zu, während sie eine Nummer wählte. Als sich Kluftinger noch darüber wunderte, dass die Frau gar nicht gefragt hatte, um wen es sich denn handle, bog bereits eine attraktive, schwarzhaarige Dame im Businesskostüm um die Ecke, die sich als Frau Aigler vorstellte, um die beiden Polizisten abzuholen.

Sie erfuhren, dass Heinz Brentano noch immer bei der »Zerteilkolonne« arbeite, im Akkord. »Ich bringe Sie hin. Sie wollen ihn sprechen, nehme ich an. Dürfte ich Sie aber noch fragen, worum es sich dreht?«

»Wir möchten uns nur ganz unverbindlich mit Ihrem Mitarbeiter unterhalten. Routinearbeit.«

Dann wurden sie von Frau Aigler, die sich widerwillig mit der kargen Auskunft zufrieden gegeben hatte, über den Hof des Unternehmens zu einer großen Halle geführt. Dort standen zwischen LKWs, auf denen Rinder und Schweine angeliefert wurden, auch einige Kühltransporter von Metzgern; zwei Traktoren mit Viehanhängern rangierten gerade an eine Rampe. Als sie durch eine Tür die große Halle betraten, versuchten einige Männer verzweifelt, eine widerspenstige Kuh an einem Strick ihrer Verwertung zuzuführen. Kluftinger wandte sich ab. Er war ein leidenschaftlicher Fleischesser, aber in so drastischer Art die Herkunft der Produkte auf seinem Teller vor Augen geführt zu bekommen, war nicht nach seinem Geschmack.

Sie kamen in einen Vorraum, in dem sie Überschuhe anziehen und eine Plastikhaube aufsetzen mussten – Hygienevorschriften, die Kluftinger bereits aus einem Milchwerk kannte, in dem er vor einiger Zeit beruflich zu tun gehabt hatte. So ausgerüstet betraten sie eine riesige Fabrikhalle, in der höchstens fünf oder sechs Grad herrschten.

Was Kluftinger beim Eintreten sofort auffiel, war der strenge Geruch: Es roch nach Blut und rohem Fleisch. Hier in der Schlachterei zu arbeiten wäre eine Horrorvorstellung für Kluftinger gewesen.

Der Boden war klatschnass und wurde regelmäßig von einem Arbeiter abgespritzt, der wie alle hier mit weißen Gummistiefeln und einer dicken Gummischürze bekleidet war. Zudem herrschte ein ohrenbetäubender Lärm. Ein tiefes Brummen, wohl von den großen Förderbändern, bildete die Grundmelodie, darüber legten sich laute Rufe der Arbeiter, metallisches Klopfen, rumpelnde Edelstahlwannen, das Wetzen von Messern und schließlich ein Kreischen wie von einer riesigen Kreissäge. Von einem anderen, durch große Plastikvorhänge und Kunststofflappen abgeschirmten

Teil des Raumes kamen in regelmäßigen Abständen Rinderhälften, die an einem massiven Haken auf einer Schiene an der Decke aufgehängt waren, hereingefahren. Von diesem »Fleischlift« wurden sie ein Stückchen weiter von zwei Arbeitern abgenommen und auf ein riesiges Förderband gehievt.

Frau Aigler ging auf einen dunkelhaarigen Arbeiter zu, der sich gerade ein großes Stück Fleisch vom Förderband auf einen Arbeitstisch gezogen hatte, um es schließlich in handlichere Stücke zu zerteilen.

»Salvatore, wo ist denn der Brentano heute?«, schrie sie wenig damenhaft, um den Lärm zu übertönen.

Der groß gewachsene Italiener zog sich daraufhin zwei kleine Stöpsel aus den Ohren und rief: »Allo, Signora Aigler. Che bella! Wasse bitte?«

»Der Brentano, Heinz Brentano, wo steht der heute?«

»Einze? Isch er Knochensäge eute. Ganze Tag.«

Frau Aigler bedankte sich und wenig später standen sie vor einer schrill kreischenden Säge.

»Herr Brentano!«, schrie Frau Aigler direkt hinter dem kleinen, aber sehr kräftig wirkenden Mann an der Maschine. »Herr Brentano! Hören Sie!« Schließlich tippte sie Brentano auf die Schulter, woraufhin der erschrocken zusammenzuckte und sich dann so unvermittelt und mit einem derart versteinerten Gesicht umdrehte, dass Frau Aigler unwillkürlich einen Schritt zurückwich.

»Hey, des isch g'fährlich!«, schrie er aus voller Kehle. Im Mund hatte er ein zerkautes Streichholz. »Ah, Frau Aigler! Was wollen Sie?«, fuhr er zwar mit gemäßigter Aggressivität, aber nicht weniger laut fort. Sie bedeutete ihm, dass er seine Ohrenschützer doch abnehmen sollte.

»Zwei Herren von der Kriminalpolizei!«, rief die Frau ihm dann zu, während die Säge weiterlief. Dabei deutete sie auf Kluftinger und Maier, die ihm zunickten.

»I hab nix ang'stellt«, gab sich Brentano unbeeindruckt.

Mit den Worten »Ich lasse Sie allein. Wenn Sie etwas brauchen – ich bin im Büro drüben« verabschiedete sie sich.

Kluftinger besah sich Brentano nun genauer. Er war ein wenig kleiner als Kluftinger, einen Meter siebzig vielleicht, hatte aber ausgeprägte Muskelpakete an beiden Armen, die unter einem weißen Metzgerhemd mit dünnen blauen Streifen herausschauten. Er wirkte gedrungen, die Muskeln überproportioniert. Seine Füße steckten in weißen Gummistiefeln, darüber trug er eine blutverschmierte Gummischürze. Die Hände wurden von feinmaschigen Kettenhandschuhen vor Schnitten geschützt. Auf dem kurzen, dikken Hals ruhte ein rundes, ungepflegtes Gesicht: Er war schlecht rasiert, blaue Äderchen traten an den roten Wangen hervor, die Nase war wohl nach einem Bruch schlecht verheilt. Sie wirkte platt und verlieh ihm ein bulliges Aussehen. Die zusammengewachsenen, buschigen Augenbrauen, der tiefe Haaransatz und die stoppeligen, schmutzig-braunen Haare erinnerten an das Äußere eines zweitklassigen Vorstadtboxers. Sein Blick war stechend, die wulstigen Lippen, die noch immer das Streichholz festhielten, wirkten asymmetrisch.

Hier an der Säge war der Gestank besonders intensiv, zu dem feucht-blutigen Geruch der Halle kam das Aroma von verbranntem Gewebe, eine Folge der Temperaturen, die beim Zertrennen der Knochen entstanden. Im Hintergrund hörte Kluftinger Kühe, die regelrecht zu schreien schienen. Vielleicht kam es ihm aber auch nur so vor. In ihm machte sich der Ekel vor Fleisch breit. Er nahm sich in diesem Moment fest vor, Vegetarier zu werden, so sehr widerte ihn die Schlachthof-Atmosphäre an.

Brentano schien ungeduldig, er legte nicht einmal den Knochen, an dem er gerade gesägt hatte, in die Edelstahlwanne zurück. Noch immer lief die Säge weiter, auch als sich Kluftinger bereits vorgestellt hatte und die erste Frage stellte: »Herr Brentano, erinnern Sie sich an Gernot Sutter?«

Brentanos Miene verfinsterte sich. Die Augen verengten sich zu Schlitzen, er presste seine Lippen aufeinander und die Nasenflügel blähten sich leicht auf. Angestrengt presste er hervor: »Der Sutter? Die Drecksau!«

Nun geschah etwas, womit weder Maier noch Kluftinger gerechnet hätten: Brentano drehte sich wieder um und zersägte den Knochen, den er die ganze Zeit in der Hand gehalten hatte.

»Herr Brentano, wir haben noch weitere Fragen. Bitte hören Sie uns zu!«

»Ich muss schaffen. Wir kriegen Akkordlohn. Und über diese Drecksau von Sutter sag ich nix mehr, der hat meine Mama so beschissen, dass sie dran verreckt ist!«

Die wenigen Worte verrieten dem Kommissar einiges über sein Gegenüber: Zunächst schien die Ausdrucksweise die Einschätzung Kluftingers bezüglich Brentanos Intellekt und Umgangsformen zu bestätigen. Weitaus wichtiger aber war, dass der Metzger noch immer starken, tief empfundenen Hass gegen Sutter hegte. Und die Art, wie er das Wort »Mama« ausgesprochen hatte, ließ auf eine tiefe Beziehung zu seiner Mutter schließen. Noch bevor der Kommissar etwas entgegnen konnte, brach es noch einmal aus Brentano heraus, wobei er unablässig weiter sägte. »Dem wünsch ich nix Gutes, dem Sutter, der dreckigen Ratte!«

Kluftinger wurde langsam ungehalten. Er bedeutete Maier, auf den roten »Not-Aus-Knopf« an der Maschine zu drücken. Als der Lärm aufgehört hatte, fasste er Brentano am Arm und drehte ihn ein Stück. »Sutter ist tot, Herr Brentano. Ermordet. Wie aus den Gerichtsakten hervorgeht, haben Sie nach der Gerichtsverhandlung durch den ganzen Saal gebrüllt, dass es noch eine höhere Gerechtigkeit gebe und dass jeder irgendwann die Strafe bekäme, die er verdient. An Ihrer Stelle wäre ich etwas kooperativer«, raunzte er.

Brentano schien dieser Rüffel wenig zu beeindrucken. »Ja also, dann hab ich doch Recht gehabt. Zeit war's, dass dem einer die Gurgel durchschneidet und den Hals umdreht.« Brentano wurde mit jedem Wort lauter und erregter. »Hat ihn endlich der Sensenmann geholt, die Dreckratte!«

Der »Sensenmann«? Hatte er wirklich »Sensenmann« und »Gurgel durchschneiden« gesagt?

Kluftingers Blick wanderte zu Maier. Er wollte sich vergewissern, dass der alles mitangehört hatte. Seinen fragenden Blick beantwortete sein Kollege, indem er sein Diktiergerät hochhielt und dann Handschellen hervorzog und auf Brentano zuging.

Kluftinger schüttelte den Kopf und fasste Maier am Arm. »Langsam, Richie!«, flüsterte er.

»Sensenmann, Kehle durchschneiden – das ist er, nehmen wir ihn mit!«, antwortete Maier in aufgeregtem Flüsterton.

Kluftinger überlegte kurz und sagte dann: »Herr Brentano, bitte ziehen Sie sich um, Sie müssen uns aufs Präsidium begleiten – wir hätten da einige Fragen zu klären.«

Unbeirrt ging Brentano aber zu seiner Maschine und schaltete sie wieder ein.

»I hab nix ang'stellt! I geh net mit!«, wiederholte er gelassen.

Maier schaltete die Maschine wieder aus. Nun musste Kluftinger handeln.

»Sie sind vorläufig festgenommen, Herr Brentano!«, rief er bestimmt, griff den Metzger am Arm und zog ihn von seiner Säge weg. Als dieser sich wehren wollte, bog er ihm den Arm auf den Rücken und schob ihn vor sich her auf den Ausgang zu. Offenbar überrascht von der Kraft des Kommissars, erlahmte Brentanos Gegenwehr. Die beiden Kriminaler führten den Metzger unter den erstaunten Blicken der anderen Schlachthofmitarbeiter durch die Halle.

»Umziehen!«, zischte ihn Maier an. »Wir kommen mit, damit du uns nicht durchgehst!« Maier hatte die Angewohnheit, Verdächtige zu duzen, was Kluftinger eigentlich missfiel.

Die Beamten bugsierten den Metzger, der immer wieder beleidigt wiederholte, dass er doch nichts getan habe, zu seinem Spind, wo er seine Kleidung holte.

»Muss noch duschen«, brummte Brentano. Kluftinger und Maier wechselten einen Blick, zuckten die Schultern und sagten: »Aber schnell!«

Dann führten sie ihn in den angrenzenden Waschraum.

Dort entkleidete sich Brentano wortlos, aber mit finsterem Gesichtsausdruck. Es war eine peinliche Situation, wie der Mann nun nackt vor ihnen stand, während sie dafür Sorge zu tragen hatten, dass er nicht die Flucht ergriff. Kluftinger wäre gern vor die Tür gegangen, aber er traute Brentano nicht: Bisher hatte er so seltsam reagiert, dass man nicht wissen konnte, was er als Nächstes tun würde. Er versuchte daher ob der Blöße des Mannes in eine andere Ecke zu blicken. Nackte Männer waren kein Anblick, den er gerne mochte.

***

»Wir haben ihn! Wir haben Sutters Mörder!«, tönte Maier aufgeregt, als er zu Strobl und Hefele ins Büro kam.

»Richie, wir haben einen, der sich möglicherweise verdächtig gemacht hat. Wir haben ihn ja noch nicht einmal richtig vernommen! Außerdem wissen wir noch gar nicht, ob er die Heiligenfeld überhaupt gekannt hat«, versuchte Kluftinger die Euphorie seines Kollegen zu bremsen.

»Papperlapapp, so was spürt man doch. Und wie gesagt – ich hab seine Aussage auf Band. Das belastet ihn schwer.«

Kluftinger bat Maier, den Bericht über den Schlachthof-Besuch zu verfassen. So würde er erst einmal beschäftigt sein und sich ein wenig beruhigen. Strobl und Hefele beorderte er ins Vernehmungszimmer, nachdem er sie über ihren Abstecher ins Bild gesetzt hatte.

Brentano saß – von den Handschellen befreit, die ihm Kluftinger doch noch angelegt hatte, nachdem sich der Metzger auf dem Weg zum Auto recht aggressiv verhalten hatte – an dem großen Tisch im Besprechungszimmer. Wie immer bezog ein uniformierter Kollege als Wache vor dem Zimmer Position.

Der Verdächtige schaute mürrisch vor sich auf den Boden. Das würde ein harter Brocken werden, mutmaßte Kluftinger.

»Herr Brentano, Ihre Aussagen über Sutter und Ihr merkwürdiges Verhalten haben dazu geführt, dass Sie vorläufig festgenommen sind. Wir konfrontieren Sie nun mit dem Tatvorwurf, Herrn Gernot Sutter auf bestialische Weise umgebracht zu haben. Wo waren Sie am 25. September zwischen 18 und 24 Uhr?«, begann Kluftinger die Vernehmung.

»I sag nix, i hab die Ratte net um'bracht, obwohl er's verdient hätt!«

»Es wäre aber durchaus in Ihrem Interesse, etwas zu sagen. Sie sollten doch wenigstens versuchen, sich zu entlasten.«

»Sie können mir überhaupt nix!«

»Wir werden Ihnen beweisen, dass Sie zwei Morde begangen haben. Sie werden in eine Zelle gebracht, da können Sie sich dann überlegen, ob Sie weiterhin schweigen oder aussagen wollen!«

Kluftinger wies den »grünen« Kollegen an, Brentano in eine der Haftzellen im Keller der Polizeidirektion zu bringen.

***

Nur eine gute Stunde später riefen die Kollegen an, weil Brentano unbedingt Kommissar Kluftinger sprechen wolle. Kluftinger nahm Maier mit und begab sich in den Keller der Polizeidirektion. Dort ließen sie Brentano in ein kleines Vernehmungszimmer mit vergitterten Fenstern führen, das lediglich mit einem Tisch und vier Stühlen ausgestattet war.

»Sie wollten mich sprechen? Wir werden die Vernehmung mit Ihnen aufzeichnen, um danach ein Protokoll verfassen zu können. Sie sind des Mordes verdächtig – möchten Sie einen Anwalt anrufen?«

»Na. I hab kein' Anwalt und brauch au' kein'.«

Brentano hatte die eine Stunde in Haft offenbar bereits etwas gefügiger gemacht, auch wenn er sich nach wie vor brummig gab.

»Können Sie uns jetzt sagen, wo Sie am Abend des 25. September waren?«

»I hab drüber nach'dacht. I hab Videos ang'schaut mit'm Mehmet.«

»Wer ist das?«

»Den Mehmet kenn ich aus dem Wikingerkrug oben am Bühl. Der Mehmet ist in Ordnung.«

Den Wikingerkrug kannte Kluftinger nur wegen der häufigen Exzesse, Körperverletzungen und Pöbeleien, die in dieser Kneipe regelmäßig vorkamen.

»Wie heißt Mehmet denn noch?«, fragte Kluftinger nun, als hätte er ein Schulkind vor sich.

»Mehmet Erdogan.«

»Und wo haben Sie sich Videos angesehen?«

»Bei mir. Ich hab jetzt einen Flatschkrien und Dobbie Saraut.«

Kluftinger – selbst nicht eben beschlagen in technischen Dingen – vermutete hinter den Begriffen Video-Zubehör und ging nicht weiter darauf ein.

»Aha. Und wo wohnt dein Mehmet?«, schaltete sich Maier in die Vernehmung ein.

»Der Mehmet? Der hat hier in Kempten g'wohnt. Auch am Bühl. Aber jetzt isch der in der Türkei.«

»Dein Freund ist also auf Urlaub?«

»I weiß gar net, ob der wieder kommt, nach Deutschland, mein i. Der hat ein Haus in der Türkei.«

»Wir werden überprüfen, wo er sich aufhält«, brummte Kluftinger, und fügte leise hinzu: »Wenn es den überhaupt gibt.«

Er gab Richard Maier den Auftrag, Nachforschungen über Herrn Erdogan anzustellen. Wieder an Brentano gewandt, fuhr der Kommissar fort: »Waren Sie an diesem Abend noch irgendwo anders? In einer Videothek, einer Kneipe? Haben Sie Bier geholt?«

Brentano überlegte angestrengt. Nach einer Weile gab er ein lapidares »Na« von sich.

»Seit wann kennen Sie Frau Dr. Heiligenfeld?«, versuchte es Kluftinger mit einem anderen Thema.

»Wen?«

»Frau Dr. Heiligenfeld, Michaela Heiligenfeld aus Füssen.«

»Kenn i it.«

»Ach nein?« Kluftinger hatte befürchtet, dass er hier nicht gut weiterkommen würde. »Sie ist übrigens auf dieselbe abscheuliche Weise ermordet worden wie Gernot Sutter. Herr Brentano, es wäre besser, wenn Sie reden würden. Sie haben nichts zu verlieren. Früher oder später werden wir Ihnen ohnehin alles nachweisen können.«

Einen Versuch war es wert: Manchmal hatte die Einschüchterungstaktik schon funktioniert.

»Ich frage Sie nun direkt: Wo waren Sie zur mutmaßlichen Zeit des Mordes an Frau Dr. Heiligenfeld, also am 24. September zwischen 20 Uhr und dem nächsten Morgen?«

»Weiß ich nicht. I hab doch nix g'macht. I kenn die nicht mal.«

»Denken Sie nach, Herr Brentano«, forderte Kluftinger, der erkannte, dass dessen Widerstand allmählich brach.

»Da war i daheim. Allein. Aber i hab nix g'macht, Herr Kommissar! Kreuzkruzifix! Bloß weil i g'sagt hab, dass i dem Sutter den Tod wünsch, der Drecksau.«

»Besitzen Sie eine Sense?«

»Na.«

»Sicher?«

»I wohn im Hochhaus.«

»Gut – Sie bleiben bis auf Weiteres festgenommen, bis Sie bereit sind, genauere Angaben zu machen. Außerdem werden wir Ihr Alibi für den Mord an Herrn Sutter überprüfen. Wahrscheinlich werden Sie noch heute ins Gefängnis gebracht – in Untersuchungshaft.«

Mit diesen Worten überließ Kluftinger Brentano den uniformierten Kollegen und begab sich wieder nach oben in sein Kommissariat.

***

»Nix, gar nix. Das war wohl Brentanos Märchenstunde!«

Kluftinger wusste nicht recht, worauf Maier anspielte. »Hm?«

»Es gibt keinen Mehmet Erdogan in Kempten. Bis vor anderthalb Jahren war hier zwar eine Person dieses Namens gemeldet, seitdem ist Erdogan aber unbekannt ins Ausland verzogen«, triumphierte Maier.

»Das heißt also, Brentano hat für die Zeit des Mordes an Sutter zunächst mal kein Alibi, dafür aber ein sattes Motiv. Aber ich kann keinen Zusammenhang zur Heiligenfeld herstellen.«

»Sollen wir gleich eine Pressekonferenz anberaumen, in der wir die Ergreifung des Täters verkünden?«

»Auf keinen Fall! Wir haben mit Brentano zwar einen Verdächtigen und kriegen sogar vielleicht einen dünnen Haftbefehl, wenn wir uns beim Richter geschickt anstellen. Wir müssen ihm aber die Tat nachweisen – die Arbeit fängt also quasi erst an. Von Ergreifung kann noch keine Rede sein.«

»Aber es ist doch ein riesiger Erfolg … «

»Richard! Immer in der Ruhe bleiben, ja? Kümmere dich bitte um den Haftbefehl und lass Brentano erst mal ins Bühl verlegen!«

»In seine Wohnung?«, fragte Maier überrascht.

»In die JVA natürlich! Das neue Gefängnis ist auch am Bühl, oder?«, raunzte Kluftinger, der merkte, dass er allmählich Feierabend machen musste. Seine Nerven waren heute wirklich strapaziert worden.

»Richie, ich geh jetzt. Wenn alles erledigt ist, macht ihr auch Feierabend. Morgen Dienstbeginn für alle ab neun Uhr.«

»Aber … «

»Aber am Sonntag arbeiten wir dann auch, ja, Richard, keine Angst«, fiel Kluftinger ihm sogleich ins Wort. »Also, ich bin weg – bis morgen dann.«

Mit den Worten: »Ich bin übrigens die nächsten paar Stunden auch über Handy nicht erreichbar, Servus«, machte Kluftinger sich auf den Weg zur letzten großen Aufgabe, die an diesem Tag noch auf ihn wartete.

***

Ein Zwiespalt der Gefühle tobte im Kommissar, als er auf dem Parkplatz des großen neuen Erlebnisbades in Kempten stand und auf das Eintreffen seiner Frau und des Ehepaars Langhammer wartete. Einerseits hatten sie heute vielleicht den entscheidenden Schritt bei der Klärung der beiden Mordfälle getan. Andererseits wollte er die Freude darüber noch nicht richtig zulassen. Zu viele Fragen waren noch ungeklärt und er wusste nicht, wohin die Antworten führen würden. Überlagert wurde das alles im Moment aber von dem dumpfen Gefühl im Magen, das sich beim Anblick des riesigen Glasbaus vor ihm breit machte.

Er war nie ein großer Schwimmer gewesen. Genau wie er das Fliegen nicht mochte, hatte er auch mit dem Baden nicht viel am Hut, fühlte sich einfach wohler, wenn er festen Boden unter den Füßen hatte. Er war eben mehr für das Ergründliche. Er legte sich gerne einmal in die Liege im eigenen Garten, wo er sich keine Gedanken darüber machen musste, ob er vielleicht für ein so freizügiges Auftreten nicht schon zu sehr aus dem Leim gegangen war.

Außerdem wurden hier, im Angesicht der neuen Schwimmhalle, Erinnerungen heraufbeschworen, die er tief in sich vergraben hatte. Seine Grundschule hatte ein eigenes kleines Becken im Keller gehabt, eine für die damalige Zeit sehr fortschrittliche Einrichtung. Kluftinger aber hatte sie gehasst. Vor allem die Umkleidekabine. Weil seine Mutter stets darauf geachtet hatte, dass er auch warm genug angezogen war, hatte sie die langen Uniform-Unterhosen seines Vaters, der ebenfalls bei der Polizei gewesen war, etwas gekürzt und ihrem Sprössling angezogen. Und zwar von Oktober bis März. Ein gefundenes Fressen für die anderen, normal gekleideten Kinder, die ihn deswegen andauernd verlacht hatten. Und dann konnte er auch nicht tauchen. Nach etwa zehn Sekunden unter Wasser hatte er immer den hochroten Kopf aus dem Wasser strecken müssen, um wie ein Fisch auf dem Trockenen nach Luft zu japsen.

»Na, Sie können's wohl kaum noch erwarten?«

Eine Hand hatte sich auf seine Schulter gelegt und an der Stimme und den manikürten Nägeln erkannte er, dass es die von Dr. Martin Langhammer war. Kluftinger drehte sich um und versuchte ein Lächeln als Antwort auf Langhammers Vermutung, die nicht weiter von der Realität hätte entfernt sein können.

»Grüß dich«, sagte seine Frau, hauchte ihm einen Kuss auf die Wange und drückte ihm eine Ledertasche, begleitet von den Worten »deine Badesachen«, in die Hand.

Er hatte sie gebeten, ihm die Hose mitzubringen, da er das ganze natürlich wieder verschwitzt oder verdrängt hatte und ohne Badekleidung ins Büro gefahren war. Insgeheim hatte er darauf gehofft, dass seine Frau es auch vergessen würde, aber eigentlich wusste er, dass das eine trügerische Hoffnung war, denn in solchen Dingen war Erika absolut zuverlässig. Sie hatte immer die Koffer für ihre Urlaubsreisen gepackt und in all dieser Zeit hatten sie noch nie irgendetwas vergessen.

»Danke«, entgegnete er leise.

Schnellen Schrittes liefen die anderen auf den gewölbten, hell erleuchteten Glasbau zu, der auf Kluftinger wie ein Wal wirkte, in dessen gefräßig aufgesperrtes Maul sie nun traten, zum größten Teil fröhlich lachend.

Als sie die Tür hinter sich geschlossen hatten, umfing sie sofort schwül-warme Luft, deren Temperatur um mindestens dreißig Grad über der im Freien zu liegen schien. So jedenfalls empfand es Kluftinger, und ihm entging auch nicht der charakteristische, beißende Chlor-Geruch. Er dachte kurz daran, allmählich mit dem Vortäuschen einer Chlorallergie zu beginnen, was sein Badeproblem ein für alle Mal lösen würde.

Langhammer ging als Erster an die Kasse.

»Viermal bitte«, sagte er und sofort protestierte Erika Kluftinger.

»Kommt ja gar nicht in Frage. *Wir* laden *euch* heute ein. Das wisst ihr doch. Als kleines Dankeschön für das Quartier, das ihr uns zwei Obdachlosen gewährt habt, als unser Bad kaputt war. Bad gegen Bad, das war ausgemacht.«

»Ach, das war doch selbstverständlich. Ich würde trotzdem gern ... «

»Nein, nein und nochmals nein. Jetzt sag du doch auch mal was.« Erika stieß ihrem Mann den Ellenbogen in die Seite. Er hatte gerade die Preistafel studiert und auch wenn Langhammer wohl der Mensch war, von dem er sich am wenigsten gern einladen ließ – hier hätte er ihn zahlen lassen.

»Ja, also ... nein, das machen wir schon«, protestierte er halbherzig. »Viermal eine Stunde bitte.«

»Ach was. Jeweils zwei Stunden bitte. Mindestens«, mischte sich seine Frau ein.

Und Langhammer rief von hinten: »Vergiss die Sauna nicht!«

»Nein, ich denk schon dran. Mit Sauna, bitte.«

Als Kluftinger das Wort »Sauna« vernahm, erstarrte er. Er hatte sich innerlich mit dem Gedanken abgefunden, sein leicht aus der Form gekommenes Hinterteil und seinen recht ausladenden Bauch in einer Badehose zur Schau zu stellen, aber von einer Sauna war bisher nie die Rede gewesen.

»Nur dreimal. Für mich keine Sauna.«

Den fragenden Blick seiner Frau beantwortete er prompt: »Die Sauna ist mir viel zu heiß. Und ich weiß auch nicht, ob mein Kreislauf das im Moment mitmacht«, zischte er. Dass er schlicht und einfach damit Probleme hatten, sich vor anderen Menschen gänzlich zu entkleiden, behielt er für sich.

»Ach, Sie haben ja einen guten Arzt dabei«, tönte Langhammer aus dem Hintergrund. Gute Ohren hatte er also auch.

»Viermal«, sagte seine Frau zur Kassiererin in einem Tonfall, der deutlich signalisierte, dass die Diskussion damit beendet war.

***

Wenige Minuten später stand Kluftinger in einer der viel zu engen Kabinen und packte die Tasche aus, die ihm seine Frau mitgegeben hatte. Der Anblick der Badehose traf ihn unvermittelt und wirkte wie ein kleiner Schock: Gut, er hatte schon ein paar Jahre lang keine mehr angehabt, aber er war sich sicher, dass er noch andere zu Hause hatte. Die, die Erika ausgesucht hatte, war in seinen Augen der größte anzunehmende Hosenunfall: Auf dem in orange gehaltenen Grund waren diese psychedelisch anmutenden, braunen Kreise angebracht, wie sie für die Mode der siebziger Jahre typisch gewesen waren. Das Schlimmste aber war der Schnitt: Selbst für Kluftinger, der sich nie zu Boxershorts als Unterhosen hatte durchringen können, war diese Hose eindeutig zu knapp. Ob er sich eine an der Kasse ausleihen sollte? Er hatte am Eingang ein Schild gesehen, das auf diese Möglichkeit hinwies. Aber der Gedanke, in einem Kleidungsstück zu stecken, das bereits einmal den Intimbereich eines Fremden berührt hatte, fand er noch abstoßender als die Vorstellung, sich mit dieser Hose in der Öffentlichkeit zu präsentieren.

Mit einem Seufzer, der aus dem tiefsten Inneren zu kommen schien, machte er sich daran, sich umzukleiden. Und das stellte sich in dieser engen Kabine als besonders schwierig dar. Als seine nackten Füße zum ersten Mal den Kabinenboden berührten, setzte er sich blitzschnell auf das kleine Bänkchen und zog die Knie an die Brust. Mit den Augen inspizierte er den Boden: Ein feuchter, dickflüssiger Film, gesprenkelt mit Flusen und gekräuselten Haaren, bedeckte die weißen Kacheln und in Kluftinger stieg ein Ekelgefühl hoch, das ihn an den aufkeimenden Brechreiz erinnerte, den er in mit ähnlich schmierigem Belag ausgestatteten Freibad-Toiletten immer verspürt hatte. Wenn er sich vorstellte, was für bevölkerungsreiche Keim-Kolonien sich in jedem Tropfen dieser Flüssigkeit tummelten … Vor allem vor Fußpilz hatte er eine Heidenangst, seitdem er einmal gehört hatte, dass der auch den Knochen angreifen könne.

Im Folgenden achtete er also peinlich darauf, den Boden bis zur gänzlichen Umkleidung nicht mehr zu berühren, was ihm einige spektakuläre Verrenkungen abverlangte, besonders beim Anziehen der Badehose. Schließlich schlüpfte er wieder in seine Haferlschuhe, nahm Markus' altes Bussi-Bär-Badetuch, das sich ebenfalls in der Tasche befand, legte es sich fatalistisch seufzend um die Schulter, packte seine Kleidung ein und wollte nach draußen gehen. Da fiel sein Blick in den Spiegel.

Es war schlimmer, als er es sich vorgestellt hatte: Sein Bauchansatz, wie er ihn so gern verharmlosend nannte, hing vorne so weit über die Badehose, dass sie nur noch zum Teil zu sehen war. Die Gummizüge der Hose schnitten sich tief in seine bleichen Beine, was die nackte Haut drumherum besonders stark hervorquellen ließ. Hinten verdeckte der Slip gerade so viel, wie nötig war, um nicht als Exhibitionist am Eintritt in den Schwimmbereich gehindert zu werden. Kluftinger erinnerte sich wehmütig an die Zeit, als die Hose noch nicht ganz so eng gesessen hatte. Dass die orange Farbe seine Haut noch käsiger erscheinen ließ, registrierte er schon gar nicht mehr.

Vorsichtig öffnete er den Verschluss der Kabinentür und spitzte nach draußen. Sein Handtuch drapierte er so, dass es möglichst viel von seinem Körper verhüllte. Zaghaft lenkte er seine Schritte in Richtung der Schließfächer.

»Mami, guck mal, der komische Mann!«, hörte er hinter sich ein Kind rufen, worauf er knallrot anlief und nicht wagte, sich umzudrehen, um zu überprüfen, ob der Ausruf ihm galt.

»Ja wo bleiben Sie denn, mein Guter … « Langhammer erwartete ihn bereits am Eingang zu den Duschen. Er musterte den Kommissar von oben bis unten, zeigte auf seine Schuhe und sagte: »Mit denen können Sie aber nicht hinein.«

Das wusste Kluftinger natürlich, aber er wollte sie zumindest so nahe wie möglich an die Desinfektionsdüse stellen, die normalerweise in jedem Bad installiert war. Nachdem er seine Kleidung in einem Schließfach verstaut hatte, stapfte er mit Schuhen und Handtuch bis an den Eingang zum Duschbereich, lehnte sich hinein und erblickte tatsächlich eine solche Vorrichtung. Er zog seine Schuhe aus, trug sie bis zur Brause und suchte dann nach einem sicheren Ort, an dem er sie platzieren könnte. Sein Plan war, sie beim Hinausgehen unmittelbar nach der Desinfektion wieder anzuziehen. Er fand eine Ablage mit einigen Handtüchern, auf die er seine Schuhe stellte.

Nach einer Desinfektion, die länger dauerte als seine anschließende Dusche, folgte er dem Doktor, der bereits in der Türe zum Bad verschwunden war.

Als auch er das Hallenbad betrat, nahm er zwei Dinge auf einmal wahr: Erstens den schier unerträglichen Lärm, ein Gemisch aus spitzen Schreien, dumpfem Grollen und unaufhörlichem Plätschern. Zweitens: den Doktor. Braun gebrannt stand er in einer eng anliegenden, mintgrünen Short am Beckenrand, und obwohl er sogar ein paar Jährchen älter war als Kluftinger, erkannte er kaum ein Gramm Fett an seinem Körper. Er war nicht sehr muskulös, aber drahtig, was die zahllosen Kilometer erahnen ließ, die er in den letzten Jahren gejoggt sein musste. Als er sich umdrehte und Kluftinger sah, grinste er mit seinen perfekten, sicherlich bekronten Zähnen und winkte den Kommissar zu sich her. Kluftinger hasste ihn in diesem Moment mehr denn je.

Gleichzeitig mit dem Kommissar waren auch die zwei Frauen aus der Dusche gekommen.

»Wir wollen gleich mal das Dampfbad ausprobieren, kommt ihr mit?«, fragte Annegret, die einen schwarzen Badeanzug trug, der ebenfalls eine gute Figur erkennen ließ. Erika hatte zwar ein etwas veraltetes Modell mit blauen Blümchen an, aber auch sie brauchte sich nicht zu verstecken. Kluftinger hatte das Gefühl, der einzig übergewichtige Mensch der ganzen Welt zu sein. Er hoffte inständig, in den folgenden zwei Stunden keine weiteren Bekannten zu treffen.

»Ach nein, geht ihr mal, wir Männer erkunden erst einmal die restliche Badelandschaft«, antwortete der Doktor. »In einer halben Stunde wieder hier, gut?«

Kluftinger blieb auch gar nichts erspart. Er wusste nicht, wie er die halbe Stunde allein mit dem Doktor hier herumbringen sollte.

»Waren Sie auch noch nie hier?«, versuchte er, Konversation zu machen, auch wenn es ihn eigentlich nicht interessierte.

»Doch, doch. Ich dachte nur, die Frauen sollten mal ins Dampfbad gehen und wir machen ein paar … Männersachen, was?«

Bei diesen Worten blinzelte ihm der Doktor mit einem Auge zu. Kluftinger hatte keine Ahnung, was er ihm damit sagen wollte, aber er fragte auch nicht nach.

»Wissen Sie was? Jetzt gehen wir erst einmal auf die Aussichtsplattform, da haben wir einen tollen Überblick über das Ganze hier.«

Der Vorschlag gefiel Kluftinger, zumal er dann derjenige war, der auf die Leute herunterschauen konnte, nicht umgekehrt.

»Ihr Handtuch lassen Sie am besten hier.«

Kluftinger legte es widerstrebend neben die Treppe, die offensichtlich zu der genannten Plattform führte, nicht jedoch, ohne es vorher noch so hinter einen dort stehenden Blumenkübel zu schieben, dass es nicht gesehen werden konnte. Einen Handtuchklau hätte er heute wohl nicht mehr verkraftet. Dann folgte er dem Doktor auf die steile Treppe, die sich in mehreren Kurven nach oben schlängelte. Von hier aus betrachtet, sah das Bad wirklich sehr eindrucksvoll aus, mit seinen vielen beleuchteten Becken, den Bäumen, die überall herumstanden, und dem gewaltigen gläsernen Dachgewölbe. Kluftinger, der den Ausblick sichtlich genoss, merkte gar nicht, dass Langhammer vor ihm stehen geblieben war, und stieß gegen den Rücken des Doktors. Wie von der Tarantel gestochen, machte er einen Satz zurück. Nach Kluftingers Meinung hatten sie sich eindeutig mit zu viel Haut berührt.

»Nicht schlecht, was?«, sagte Langhammer und machte dabei eine ausladende Handbewegung, als würde das ihnen zu Füßen liegende Bad ihm gehören.

Kluftinger nickte.

»Also dann: wieder runter.«

»Schon?«

»Na, hier können wir schlecht bleiben«, sagte der Doktor und trat einen Schritt zur Seite. Statt auf die erwartete Aussichtsplattform blickte Kluftinger auf ein winziges Plateau und in ein etwa ein Meter hohes, schwarzes Loch. »Black Hole« stand passenderweise darüber. Und darunter etwas kleiner »122 Meter«.

Er brauchte ein, zwei Sekunden, dann begriff er.

»Sie glauben doch nicht im Ernst, dass ich da … «

»Natürlich, mein Guter, wie denn sonst. Macht einen Heidenspaß!«

Mit diesen Worten machte der Doktor einen Satz und sprang

mit Wucht auf den Eingang der Wasserrutsche zu. Zwei Sekunden später hatte ihn das schwarze Loch verschluckt.

Das hat er mit Absicht gemacht, war sich Kluftinger sicher. Er hatte jedoch nicht vor, sich in die unbekannte Tiefe zu stürzen, und wandte sich um, um den Rückweg über die Treppe anzutreten. Doch hinter ihm hatte sich bereits eine beträchtliche Schlange gebildet, an deren Spitze zwei junge Mädchen ungeduldig darauf warteten, an die Reihe zu kommen. Die Gedanken in Kluftingers Kopf überschlugen sich: Er versuchte die Furcht, die er vor dem Unbekannten hatte, gegen die Blamage abzuwägen, sich an allen Wartenden vorbei die enge Treppe nach unten zu zwängen. Er war, auch wenn sein Beruf manchmal brenzlige Situationen mit sich brachte, kein mutiger Mensch, jedenfalls privat, und wenn es darum ging, sich in irgendwelche Achterbahnen oder andere Höllenmaschinen zu setzen. Aber nun? Auch der Gedanke, sich auf seinem Weg nach unten etwa zwei Minuten lang an feuchtwarmen Körpern reiben zu müssen, war alles andere als verlockend.

»He, wird's bald«, rief der Mann hinter den beiden Mädchen gereizt. Noch weiter hinten begannen ein paar Jugendliche zu kichern.

Da fasste sich Kluftinger ein Herz, ging auf das Loch zu, setzte sich hin, holte dreimal tief Luft – und wurde von einem Tritt unsanft in die Röhre vor ihm befördert. Das Letzte, was er sah, bevor es dunkel wurde, war der Hinweis auf einem metallenen Schild: »Nur für sportlich geübte Schwimmer!«

Kluftinger hatte keine Zeit, darüber nachzudenken, ob er nicht doch mit dem Verweis auf diese Warnung den Rückweg hätte antreten können, denn schon wenige Sekunden, nachdem das Loch ihn verschluckt hatte, spürte er plötzlich keinen Boden mehr unter sich und stürzte fast in freiem Fall in die Tiefe. Sein Herz setzte einen Schlag aus und er tat etwas, wovon er nie einem Menschen erzählen würde: Er schrie. Er versuchte, den Fall etwas abzubremsen, indem er die Arme zu den Seiten ausstreckte, doch das hatte nur zur Folge, dass er sich in der Röhre drehte und nun, da das Steilstück zu Ende war und in eine scharfe Rechtskurve überging, auf dem Bauch liegend nach unten sauste. Dabei spritzte ihm Wasser in Mund und Nase und er verschluckte sich derart heftig, dass ihm kurzzeitig der Atem wegblieb und für den Bruchteil einer Sekunde Panik in ihm aufflackerte. Die wurde allerdings sofort von einem stechenden Schmerz abgelöst, als ein kurzer freier Fall ihn wieder auf den Rücken drehte und ihn unsanft auf seinem Steißbein landen ließ, bevor ihn abwechselnd scharfe Links- und Rechtskurven von einer Wand an die andere schmissen, wobei jede Richtungsänderung von einem dumpfen Schlag begleitet wurde.

Plötzlich hörte er Musik und zum ersten Mal seit dem Start sah er wieder Licht aus rosafarbenen Leuchtdioden, bevor ihn die Schwärze wieder verschlang und er die folgenden zehn nicht enden wollenden Sekunden in völliger Orientierungslosigkeit damit verbrachte, seinen Kopf von allen Wänden möglichst fern zu halten. Dann sah er das Licht. Am Ende des Tunnels schien es erst Stecknadelkopf groß auf, wurde immer größer und kündete die nahende Erlösung.

***

Langhammer stand seit geraumer Zeit neben dem Auslauf der Rutsche und wunderte sich, dass der Kommissar noch nicht angekommen war. Er wollte schon zur Treppe gehen, um nachzusehen, da kündigte ein Wasserschwall die Ankunft des nächsten Rutschenden an. Zwei Sekunden später folgte ein derartig gewaltiger Platscher, dass sogar der Bademeister herbeeilte: In einer riesigen Welle aus schäumendem Wasser schlug Kluftinger im Auffangbecken auf.

Er blieb zunächst auf allen Vieren im seichten Wasser des Beckens liegen und holte ein paar Mal tief Luft, um sich wieder zu orientieren. Als er den Doktor am Beckenrand erkannte, beeilte er sich, aufzustehen, wobei ihm kurzzeitig etwas schwarz vor Augen wurde, dann winkte er dem Doktor auf wackligen Beinen zu.

»Na, das war doch toll, oder nicht?«

»Ja, ganz toll«, log Kluftinger und hustete das restliche Wasser aus seiner Lunge.

»Sollen wir noch mal?«

»Nein, nein. Es gibt ja noch so viel zu tun hier, da können wir uns nicht mit Rutschen aufhalten, wenn wir das in zwei Stunden alles schaffen wollen.«

Und mit wiedergewonnener Trittfestigkeit stapfte Kluftinger voran, holte sich sein Handtuch und rubbelte sich umständlich sein Gesicht trocken.

»Trägt man denn jetzt wieder String?«

Er verstand die erneute Anspielung des Doktors nicht. Aber da der Akademiker es nun einmal liebte, sich nebulös auszudrücken, hatte er es sich abgewöhnt, nachzufragen. Daher setzte der Doktor hinzu: »Ich mein ja nur, weil Sie Ihre Badehose so betont sexy tragen.«

Kluftinger blickte an sich herunter und erschrak: Bei seiner Höllenfahrt hatte sich sein Slip so weit nach oben geschoben, dass eine seiner Backen nun völlig im Freien lag. Mit hochrotem Kopf zupfte er sich das winzige Stückchen Stoff zurecht.

Kluftinger sah sich um. Jetzt wollte er die Initiative ergreifen. Kluftingers Blick wanderte zu einer weiteren Treppe gleich neben jener, die sie hinaufgestiegen waren. »Riverboat« stand in geschwungenen Lettern darüber. Kluftinger sah einige Badegäste, vorwiegend Kinder und Jugendliche mit gemütlich aussehenden, dick aufgeblasenen Gummireifen anstehen. Möglicherweise wäre das etwas nach seinem Geschmack.

»Na, wie wär's mit einer Runde Riverboat, Herr Langhammer?«

»Aber immer, mein Guter!«

Nachdem er den Doktor davon hatte überzeugen können, dass es besser sei, keinen Reifen für zwei Personen zu nehmen, standen die beiden schließlich einträchtig vor dem Eingang zur Rutsche.

»Schönheit vor Alter, Herr Kluftinger.«

Der Kommissar ließ es langsam angehen in der breiten, flachen Röhre und fand Gefallen am Riverboat-Fahren. Bis von hinten Langhammer mit einem dumpfen Schlag auf ihn prallte. Wahrscheinlich hatte er den nötigen Sicherheitsabstand beim Starten nicht eingehalten. Der Doktor war als Kind bestimmt einer jener tollen Jungs gewesen, die alles besser, schneller und weiter konnten. Er hätte ihn gehasst.

»Aus der Bahn«, hatte er tatsächlich gerufen, dann trieben sie Reifen an Reifen auf ein Bassin in der Mitte der Rutsche zu. Mit der Strömung dümpelten sie ein paar Mal im Kreis, bis Langhammer meinte, dass ihm das zu langweilig sei, und mit einem »Juhu« in der Öffnung verschwand.

Kluftinger wollte ihm nach, doch die Strömung hielt ihn in seiner Ecke fest. Es dauerte mehr als fünf Minuten, bis er schließlich – nach zahlreichen Rempeleien pubertierender Badbesucher und höhnischen Blicken von Familienvätern wegen der ungelenken Zuckungen, mit denen er versuchte, ohne Aufstehen den Reifen aus dem Strömungskanal zu rudern – seinen Reifen vor die Öffnung bugsiert hatte, um die Fahrt mit dem »Riverboat« zum erfolgreichen Abschluss zu bringen.

Gerade noch rechtzeitig, denn unten gesellten sich ihre Frauen wieder zu ihnen. Mit vom Dampfbad leicht geröteten Wangen und aufgekratzt wie Schulmädchen, hakten sie sich bei ihren Männern unter und sagten: »Ab in die Sauna«. Kluftinger wurde keine Verschnaufpause gegönnt.

Der Saunabereich war sehr ansprechend gestaltet: Wie in einem römischen Bad blitzten überall marmorne Säulen und Rundbögen, an den Wänden prangten steinerne Früchte-Reliefs. Doch Kluftinger hatte dafür keine Augen, seine Gedanken kreisten nur um die ihm bevorstehende Entkleidung. Sie hatten die »Schleuse«, den Bereich, ab dem keine Kleidung mehr erlaubt war, noch nicht recht betreten, da hatte sich Langhammer seiner Hose schon entledigt. Die beiden Frauen taten es ihm gleich, wobei Erika sich dann wieder ihr Handtuch umband. Kluftinger, der sich mit einigen Verrenkungen gleichzeitig in sein Handtuch einwickelte und die Badehose auszog, brauchte etwas länger.

Als er nackt, nicht mehr ganz so, wie Gott ihn geschaffen hatte, aber doch mit dem, was er in den Jahren aus diesem Rohmaterial gemacht hatte, bei den anderen stand, sog Langhammer laut vernehmbar die Luft ein und sagte: »Ah, riechen Sie das? Die frischen Aufgüsse? Herrlich!«

Bei diesen Worten streckte und reckte er sich wohlig und völlig ungeniert.

Aha, Exhibitionist ist er also auch noch, dachte Kluftinger. Am liebsten hätte er Erika ermahnt, da doch bitteschön nicht hinzusehen.

»So, Männer, auf geht's, im Saunahaus ist bestimmt noch Platz«, rief Annegret voller Vorfreude und lief mit ihrem Mann voraus, wobei beide ihr Handtuch über dem Arm trugen.

Kluftinger hatte alle Mühe, nicht auf ihre munter wackelnden Hinterteile zu schauen.

»Und, g'fällt's dir auch ein bissle?«, fragte ihn seine Frau, deren sonst vertraute Nacktheit ihm in dieser Umgebung seltsam fremd vorkam. Er wusste, wie wichtig ihr dieser Abend war, und schwindelte deswegen: »Ja, sehr stilvoll, wirklich.«

Es würde sicher ausreichen, wenn er ihr mit etwas zeitlichem Abstand zu Hause erzählte, was er wirklich von diesem Ambiente hielt.

Als sie die Tür zum Saunahaus aufstießen, zweifelte er allerdings, ob er diesen Vorsatz würde halten können: Der Anblick, der sich ihm bot, hatte nichts mit intimer Saunaatmosphäre zu tun. Er erinnerte eher an einen dieser Mafiafilme, bei denen dutzende schwitzender Schwergewichte und junge, knackige Frauen in eine Dampfwolke gehüllt über krumme Geschäfte plauderten. Na ja, bis auf die knackigen Frauen vielleicht. Immerhin kam sich Kluftinger nun nicht mehr so dick vor wie noch vor einer halben Stunde. Er beschloss, einmal genauer darüber nachzudenken, warum die unförmigsten Menschen oft das größte Bedürfnis hatten, alle Hüllen fallen zu lassen.

»Fünfzig Plätze haben die hier«, flüsterte ihm Langhammer von hinten ins Ohr und sein Atem brannte so heiß in Kluftingers Nakken, dass er unwillkürlich einen Schritt nach vorne machte. Fünfzig Plätze, von denen weit über die Hälfte belegt waren – der Kommissar kam sich vor wie heute im Schlachthof bei den Rinderhälften. Das Ambiente allerdings war exquisit: Ein steinerner Ofen beheizte den mit viel Holz ausgestatteten Raum. Besonders die aus schweren Stämmen zusammengezimmerte Decke hatte es dem Kommissar angetan. Wehmütig dachte er, was für eine schöne Skihütte das hätte abgeben können.

Da Kluftinger nicht sicher war, welches Verhalten die Sauna-Etikette vorschrieb, richtete er seinen Blick beim Durchschreiten des Raumes stur nach unten und zählte die Holzlatten auf dem Boden. Bei Nummer siebenundvierzig blieb er stehen und sie setzten sich pärchenweise gegenüber. Der Doktor lehnte sich sofort zufrieden zurück, stützte die Ellenbogen auf und spreizte die Beine. Kluftinger begann mehr zu schwitzen, als es die Temperatur verlangt hätte. Sein Nacken versteifte sich und er konzentrierte sich darauf, dem Doktor auf jeden Fall nur ins Gesicht zu schauen.

Nur ins Gesicht, wiederholte er in Gedanken immer wieder. Dabei wurde sein Blick so stier, dass Langhammer ihn besorgt musterte: »Alles in Ordnung? So eine Sauna ist nicht für jeden Kreislauf geeignet.«

Obwohl es Kluftinger unerträglich heiß war und ihm der Schweiß in Bächen über die Stirn rann, sagte er: »Ja ja, ganz angenehm. Wenigstens nicht so heiß.« Den Doktor würde er hier allemal aussitzen. Und wenn er als Schrumpfkopf wieder herauskommen sollte.

Seine Stimme allerdings klang unnatürlich hoch, was daran lag, dass sein ganzer Körper angespannt war. Es gab keinen Fleck, an dem sein Blick hätte Halt finden können, ohne ungebührlich auf dem entblößten Körperteil eines Fremden zu ruhen. Sein Nacken schmerzte bereits. Er neigte seinen Kopf etwas und massierte ihn mit der Hand, da passierte es. Für den Bruchteil einer Sekunde streifte sein Blick über das Körperteil des Doktors, das er so offenherzig seiner Umwelt präsentierte und das Kluftinger so verzweifelt versucht hatte zu übersehen. Wie ein Blitz fuhr es durch seinen Körper, er riss seinen Kopf nach links, um kurz an Annegrets Oberweite hängen zu bleiben. Das Blut pochte in seinen Schläfen und für einen kurzen Moment wurde ihm tatsächlich schwindlig. In seiner Verzweiflung sah er keinen anderen Ausweg als die Arme auf seine Schenkel zu stützen und sein Gesicht in den Händen zu vergraben.

Jetzt begann sich auch seine Frau Sorgen zu machen.

»Geht's dir nicht gut?«, fragte sie.

»Ich … ich glaub, ich geh lieber raus«, sagte er und die anderen nickten zustimmend.

»Wir treffen uns dann im Bistro, ja?«

Gerade als er dachte, er hätte das Schlimmste überstanden und nun endlich einen Ausweg aus der Situation gefunden, öffnete sich die Türe.

Was nun passierte, spielte sich in nur wenigen Sekunden ab, aber Kluftinger kam es vor, als stehe er neben sich und betrachte alles in Zeitlupe. Gleichzeitig mit dem Öffnen der Tür erhob er sich von seinem Platz, wobei sich sein Handtuch im Zwischenraum zweier Holzlatten verfing und hängen blieb. Er merkte es nicht sofort und stand auf, den Blick auf die Gestalt im Türrahmen gerichtet, die ihm irgendwie bekannt vorkam, die er in dem schummrigen Licht der Hütte aber nicht sofort erkannte. Dennoch registrierte er, dass sie auf ihn zukam. Als sie vor ihm stand, hatte er sich ganz aufgerichtet und sein Handtuch glitt hinter ihm zurück auf die Saunabank. Gleichzeitig streckte die Gestalt vor ihm die Hand zum Gruß aus und er erkannte den Mann, dem sie gehörte: Es war Dr. Dieter Möbius, der Staatsanwalt.

Der homosexuelle Staatsanwalt, schoss es ihm durch den Kopf.

Und er stand nun völlig entblößt vor ihm. Wenn das die Kollegen erfahren würden, er würde … er müsste … er musste raus! Irritiert schlug er in die Hand des Staatsanwalts ein, während er mit der anderen sein Handtuch packte und es sich vor die Brust hielt, als wolle er sich den Schweiß abtupfen. Dann lief er auf den Ausgang zu, sah nur noch Brüste und baumelnde Geschlechtsteile, riss die Tür auf und warf sie hinter sich ins Schloss. Die kalte Luft, die ihn hier draußen – die Hütte stand etwa zwanzig Meter vom eigentlichen Hallenbad entfernt – empfing, wirkte wie eine Ohrfeige. Sofort war er wieder klar im Kopf. In die Sauna wollte er nicht mehr zurück und so schlug er den Weg ins Bistro ein.

Als er den ersten Schluck Pils getrunken hatte, begann er sich sogar ein bisschen wohl zu fühlen. Das änderte sich schlagartig, als er eine vertraute Stimme hinter sich hörte.

»Na so was, da geht man nischtsahnend ins Bad und wer sitzt da – der Chef.«

Er wusste schon, bevor er sich umdrehte, dass es Sandy Henske war, die sich offenbar sehr freute, dem Kommissar privat zu begegnen. Ihm allerdings war die Situation entschieden zu privat und er hoffte, Fräulein Henske würde es bei einem Gruß belassen und sich nicht länger aufhalten oder sich gar zu ihm setzen.

»Isch darf misch doch zu Ihnen setzen?«, sagte Sandy und

schnappte sich einen der Plastikstühle, ohne die Antwort auf ihre Frage abzuwarten.

»Eh schon wurscht«, brummte der Kommissar mehr zu sich selbst.

Nun sollte er also auch noch ein ungezwungenes Gespräch mit seiner jungen Sekretärin führen – und das praktisch nackt.

»Und, dun se schon feiern?«

»Hm?«

»Na, weschen dem Täter. Den ham Sie doch heude erwischt.«

»Mutmaßlicher Täter, Fräulein Henske. Erst wenn er verurteilt ist, ist es der Täter.«

»Na, jetz sei'n se mal nisch so kleinlisch. Wird er schon sein, nöwa?«

Kluftinger war überrascht, dass sie privat einen noch stärkeren sächsischen Dialekt sprach als im Büro.

»Isch wees noch jemand, der sisch da drüber freut«, sagte sie dann und fing plötzlich an zu winken. Kluftinger folgte ihrem Blick und sah Langhammers, seine Frau und den Staatsanwalt auf sich zukommen. Er wurde wieder etwas nervös und stand auf, wobei die Haut seiner Schenkel, die an dem billigen Plastik des Stuhls regelrecht festgeklebt war, ein schmatzendes Geräusch machte.

Er ging gleich einen Schritt auf den Staatsanwalt zu, um ihm die Sache von vorhin zu erklären. Doch der nahm gar keine Notiz von ihm, ging am Kommissar vorbei, beugte sich von hinten über Sandra Henske und küsste sie auf den Mund.

Jetzt war Kluftinger baff.

»Ich … hatte … wusste ja nicht … «, stammelte er.

Die Dinge waren eben nicht immer das, was sie auf den ersten Blick zu sein schienen. Den Satz gab er in Weiterbildungsseminaren gerne jungen Kollegen mit auf den Weg.

***

Als Kluftinger zu Hause seine nassen Socken auszog – irgendein Witzbold hatte es lustig gefunden, die Haferlschuhe unter der Dusche zu platzieren und das Wasser anzustellen – hatte er das

Gefühl, einen unendlich anstrengenden Tag gemeistert zu haben. Der letzte Satz des Doktors kam ihm noch einmal ins Gedächtnis. Vor dem Bad hatte er noch einmal sein Fenster heruntergekurbelt und Kluftinger zugerufen: »Man fühlt sich wie ein neuer Mensch.« Er hatte zwar genickt, tatsächlich aber fühlte er sich alt. Mindestens so alt wie sein Vater.

Ihr Bienlein ziehet aus dem Feld,
Man bricht euch ab das Honigzelt,
Die Bronnen der Wonnen,
Die Augen, die Sonnen,
Der Erdsterne Wunder,
Sie sinken jetzt unter,
All in den Erntekranz hinein,
Hüte dich schöns Blümelein!

»Wie – ein Gedicht?« Kluftinger verstand nicht, was Maier ihm sagen wollte. Er befürchtete sogar kurzzeitig, dass der als literaturbewandert geltende Kollege einige Verse zum Besten geben wollte, schließlich war Samstag und da lief im Kommissariat sowieso vieles anders: Die Kollegen ließen sich dann normalerweise Brotzeit liefern oder holten sich Pizza und sie hatten manchmal das Gefühl, gemeinsam in einem Ferienlager zu sein.

»Haben wir gefunden. Bei den Sachen.«

»Welchen Sachen?«

»Na, denen von der Heiligenfeld. Sag mal, hörst du mir eigentlich überhaupt nicht zu?«

Damit hatte Maier den Nagel auf den Kopf getroffen. Kluftinger war noch damit beschäftigt, den Blick, den ihm Sandy gerade beim Hereinkommen zugeworfen hatte, zu deuten. Für gewöhnlich grüßte sie ihn freundlich und kniff nicht wie eben verschwörerisch ein Auge zu. Er hoffte, sie würde nicht meinen, dass sie sich näher standen, nur weil sie nun ein paar unvorteilhafte körperliche Merkmale des anderen aus eigener Anschauung kannten. Vielleicht sollte es auch bedeuten, dass er Hefele nichts davon erzählen sollte. Der würde von den Neuigkeiten aus dem Liebesleben der Sekretärin ganz schön geknickt sein.

»Also, was ist das jetzt für ein Gedicht?«

»Du wirst staunen. Hör einmal zu: ›Es ist ein Schnitter, der heißt Tod, Er mäht das Korn, wenn's Gott gebot, Schon wetzt er die Sense … ‹«

Als Kluftinger das Wort »Sense« hörte, riss er Maier das Papier aus der Hand und las selbst. Bei jeder weiteren Zeile wurde er blasser. Bei der letzten saß er zusammengesunken hinter seinem Schreibtisch und starrte auf das Blatt vor ihm. Darunter standen nur ein paar Zahlen. Die gleiche kryptische Kombination, die sie in der Handtasche der Heiligenfeld gefunden hatten.

»Und das war bei ihren Sachen?«

»Bei ihren Sachen, ja. In einem Brief.«

Kluftinger dachte nach. Plötzlich hellte sich seine Miene auf.

»Die Spurensicherung … «

» … hat nichts gefunden. Keine Fingerabdrücke drauf außer denen von Frau Heiligenfeld.«

Kluftingers Mundwinkel sanken wieder.

»Immerhin, damit ist wohl einiges klar.«

»Was meinst du?«

»Na, ein Brief, auf dem die Fingerabdrücke des Absenders nicht drauf sind – so was gibt's doch eigentlich gar nicht. Außer, jemand will nicht, dass sie drauf sind. Es kommt also eigentlich nur eine Person in Frage, die das geschrieben haben könnte, vor allem wenn man die Sache mit der Sense bedenkt.«

»Der Mörder. Aber das ist eh klar.«

»Warum ist das klar?«

»Na, weil die Zeichen auch wieder drauf sind.«

»Aber warum schreibt er seinem Opfer vorher so ein Gedicht?«

Die beiden blickten sich an und zogen die Augenbrauen hoch.

»Um sie zu warnen wohl kaum«, vermutete Maier. »Dazu ist es zu unklar. Laut Poststempel datiert der Brief nur wenige Tage vor ihrem Tod. Aber sie hat ihr Verhalten in der Zeit nach unseren Erkenntnissen nicht geändert. Bedroht hat sie sich also nicht gefühlt.«

»Oder nicht mehr als sonst«, fügte Kluftinger hinzu.

»Wie meinst du das jetzt?«

»Immerhin wissen wir ja, dass sie seit dieser Abtreibungssache schon ein paar Mal bedroht worden ist.«

»Ach so, ja. Meinst du, es hat mit der Abtreibungssache gar nichts zu tun?«

»Doch, ich denke schon. Und die Sage soll uns auf die richtige Spur führen.«

»Also, ehrlich gesagt, das hab ich immer noch nicht so restlos verstanden. Hatte auch wenig Zeit, mich die letzten Tage darum zu kümmern.«

»Ja, das ging uns ja allen so. Aber noch was zu dem Gedicht: Ist das vom Mörder selbst verfasst oder gibt es das wirklich? Es klingt so altertümlich.«

Maier zuckte mit den Schultern.

»Ich kenn mich zwar mit Theaterstücken und Literatur ein bisschen aus, aber von dem Gedicht hab ich noch nie was gehört.«

»Also selbst gedichtet.«

Kluftingers Kollege fühlte sich geschmeichelt, dass sein Chef diesen Schluss zog, wandte aber ein: »Das wollte ich damit nicht sagen. Ich meine: Ich kenne es nicht. Muss aber nichts heißen.«

Kluftinger nickte, ging zur Tür und Maier hörte, wie er Sandy Henske in ungewohnt geschäftsmäßigem Ton anwies, bezüglich des Gedichtes ein bisschen im Internet zu recherchieren. Eigentlich war dies gar nicht die Aufgabe einer Sekretärin, aber erstens war sie immer sehr enthusiastisch, wenn sie mit Aufgaben betraut wurde, die eigentlich zur Ermittlungsarbeit gehörten. Und zweitens traute er ihr am meisten Computerkompetenz zu.

Als er sich wieder an seinen Schreibtisch gesetzt hatte, fuhr er fort: »Jetzt zu den Sagen: Das mit dem Racheteu … mit dem Racheengel haben wir ja schon angesprochen. Wenn wir davon ausgehen, dass der Mörder wirklich ein ›Rächer‹ ist und er uns mit den Hinweisen etwas sagen will, liegt es ja nahe, dass er uns mit den Sagen auch deutlich machen will, *warum* die beiden dran glauben mussten. Nehmen wir also die Heiligenfeld: In der Sage geht es um eine Frau, die bereit war, ihre eigenen Kinder umbringen zu lassen. Es liegt auf der Hand, was das mit der Ärztin zu tun hat: Sie hat illegal – oder sagen wir halblegal – Abtreibungen vorgenommen. Wer immer für ihren Tod verantwortlich ist, war offenbar der Meinung, dass sie vor Gericht zu gut abgeschnitten hat. Wobei die Frau in der Sage besser wegkommt als die Heiligenfeld. Aber so wörtlich ist das wohl nicht zu nehmen. Meiner Meinung nach sind die Sagen einfach ein Anhaltspunkt, der nötige Hinweis, warum sie sterben musste.«

»Und Sutter?«

»Ja, bei Sutter habe ich mich etwas schwerer getan, aber auch das liegt letztlich auf der Hand. Der Mörder hat in ihm wohl so etwas wie einen modernen Raubritter gesehen. Einen, der alte Frauen ausnimmt und so. Und wie Raubritter enden, das sieht man ja in der Sage.«

Die Tür ging auf und Strobl und Hefele kamen herein.

»Was ist denn mit der los?«, fragte Eugen Strobl und deutete auf die Tür.

»Mit wem?«, wollte Kluftinger wissen.

»Na, mit Sandy. Wir haben sie nur gebeten, einen Anruf für uns zu erledigen, da hat sie gemeint, das geht nicht, weil sie mit einer wichtigen Ermittlungsarbeit betraut ist. Die ist doch sonst nicht so.«

Kluftinger seufzte. Er wusste schon, warum er seine Sekretärin nur äußerst selten so eng in die Arbeit mit einband.

»Lass sie doch einfach«, verteidigte Hefele die Sekretärin, was Strobl wiederum veranlasste, ein vielsagendes Grinsen in Richtung seines Chefs zu schicken.

»Was macht ihr gerade?«, wollte Strobl wissen.

»Wir gehen die Sagen noch mal durch. Der Mörder hat uns damit sein eindeutiges Motiv geliefert, darin sind wir uns einig, denk ich.«

»Du sagst immer ›der Mörder‹. Wir wissen doch jetzt seinen Namen«, wandte Hefele ein.

»Schon. Einerseits passt das alles ganz gut, das mit seiner Mutter und so weiter. Aber was hat er denn mit der Heiligenfeld zu schaffen? Ich bin mir noch nicht sicher. Die Kollegen vernehmen ihn gerade, soviel ich weiß. Ich wollt sowieso gleich mal rübergehen. Das wird sich ja jetzt bald klären.«

Wie aufs Stichwort wurde die Tür aufgerissen, und Sandy stürmte herein, ihre Wangen vor Aufregung leicht gerötet. Sie legte Kluftinger das Blatt mit dem Gedicht, das er ihr gegeben hatte, auf den Schreibtisch, daneben platzierte sie den Ausdruck einer Internetseite. Darauf stand ebenfalls das Gedicht, allerdings schien es sich bei dem bei der Ärztin gefundenen Exemplar nur um die erste Strophe zu handeln. Kluftinger las sich konzentriert die weiteren dreizehn Strophen durch, nickte dann und sagte: »Also nicht selbst erfunden. Sehr gute Arbeit Fräulein Henske, danke.«

Doch die Sekretärin blieb stehen und sah den Kommissar mit großen Augen an.

»Ist noch was?«

Sie hatte offenbar damit gerechnet, dass er es selbst sehen würde, aber da das nicht der Fall war, tippte sie mit ihrem Finger ganz unten auf das Papier. Kluftinger folgte mit seinem Blick der Bewegung und zog plötzlich erstaunt die Augenbrauen nach oben.

»Sappradi! Auf geht's, Kollegen, wir haben zu tun.«

Mit diesen Worten schnappte er sich den Ausdruck und lief aus dem Zimmer.

***

Kurz bevor er den Raum erreicht hatte, in dem zwei Beamte den Tatverdächtigen vernahmen, hatten ihn seine Kollegen eingeholt.

»Was hast du denn auf einmal? Was hat Sandy denn gefunden?«

Statt einer Antwort reichte er ihnen den Zettel. Maier griff zu, las ihn und wurde blass. Kommentarlos reichte er ihn an Hefele weiter, der zusammen mit Strobl den Kopf darüber beugte. Gleichzeitig entdeckten sie die Stelle, die ihre Kollegen so in Aufruhr versetzt hatte: Unter dem Gedicht stand kleingedruckt »Autor: Brentano, Clemens. Romantik.«

Kluftinger war bereits im kleinen Vorraum des Vernehmungszimmers, in dem ein Kollege und eine der wenigen Beamtinnen der Sonderkommission Heinz Brentano in der Mangel hatten. Er steckte den Kopf zur Tür hinein und bedeutete einem von ihnen, herauszukommen.

Als sie die Tür hinter sich geschlossen hatte, schüttelte Martina Schütz, eine hübsche Brünette, die mit ihren Einsachtundfünfzig vielleicht etwas klein geraten war, den Kopf: »Ganz schön harte Nuss.«

»Habt ihr schon was?«, wollte Kluftinger wissen.

»Nichts Verwertbares. Er hat kein Alibi, so viel ist klar. Den angeblichen Freund, mit dem er den Videoabend verbracht haben will, haben wir immer noch nicht gefunden. Er kommt mir irgendwie komisch vor.«

»Haben Sie außer Ihren Vermutungen sonst noch was rausgefunden?«, entgegnete Kluftinger und es tat ihm im gleichen Moment Leid, dass er einen so harschen Ton angeschlagen hatte. Aber er war zu aufgeregt, er schien der Lösung nahe zu sein.

Die Kollegin wirkte kurzzeitig irritiert, fing sich aber gleich wieder und sagte: »Immerhin haben wir das, was in den Akten steht. Ist ja kein Unbekannter, unser Freund hier. Zahlreiche Körperverletzungen. Aber eben auch ein sturer Bock.«

»Irgendwas zu den Zahlenkombinationen?«

»Nö.«

»Lassen Sie mich mal rein.«

Die Kollegin öffnete die Tür, nickte dem Beamten, der an

einem kleinen Tischchen Brentano gegenüber saß, zu und ließ dann Kluftinger den Vortritt. Ihm folgten die anderen drei Kollegen. Brentano machte große Augen, als er die vielen Polizisten sah. Dann sagte er verächtlich: »Werden die zwei allein nicht mehr fertig mit mir?«

Kluftinger ignorierte den Metzger zunächst, flüsterte dem Kollegen, der ihn gerade noch verhört hatte, etwas zu, was Brentano sichtlich verunsicherte, und setzte sich ihm dann gegenüber.

Ganz ruhig sagte er: »Herr Brentano, ich weiß nicht, ob Ihnen die Rechtslage klar genug ist: Wenn Sie nicht gestehen, kann das Strafmaß deutlich schärfer ausfallen, als wenn Sie endlich zugeben, was Sie getan haben.«

Etwa zwanzig Sekunden taxierten sie sich gegenseitig, dann fing Brentano an zu brüllen: »Bluatsakra, i kann doch nix zugebn, was i nicht gmacht hab.«

»Wir wissen aber, dass Sie es waren. Gerade haben wir den endgültigen Beweis dafür erhalten«, erwiderte Kluftinger sachlich und leise.

Wieder sah Brentano verwirrt die anderen Kollegen an, die mit verschränkten Armen um den Tisch herum standen.

»Was? Was soll denn des? Isch des so ein Polizischtentrick?«

»Wir brauchen keine Tricks, Herr Brentano. Nicht für Sie.«

Dann nahm er den Computerausdruck aus der Tasche und schob ihn kommentarlos seinem Gegenüber hin.

Brentano begann zu lesen und blickte den Kommissar fragend an.

»Soll i Ihnen des jetzt aufsagen?«

Nun riss Kluftinger Geduldsfaden und er begann zu schreien: »Ja. Am besten lesen Sie mal den Namen vor, der da ganz unten steht.« Dabei zeigte er mit dem Finger auf den Autorenverweis. Brentano bekam große Augen: »Das … das ist nicht von mir. I kann gar it dichten, ehrlich.«

»Natürlich ist es nicht von Ihnen«, sagte Kluftinger nun wieder gefasst. »Es ist von einem berühmten Dichter der Romantik. Clemens Brentano, den kennt doch wohl jeder.«

»Ja also! Was wollens dann von mir? I sag ja, dass i des nicht g'schrieben hab.«

»Geschrieben nicht, Herr Brentano. Das ist uns schon klar. Aber verschickt, gell?«

»I versteh kein Wort.«

»Machen Sie ruhig so weiter. Sie tun sich damit keinen Gefallen, das kann ich Ihnen versichern. Aber das ist Ihr Problem.«

»Himmelherrgott, an wen soll i des denn verschickt haben?«

»An mindestens ein Opfer, Herr Brentano. Wir haben herausgefunden, dass Frau Heiligenfeld kurz vor ihrem Tod von Ihnen einen kleinen Brief mit diesem Gedicht bekommen hat.«

Brentano wurde blass.

»Vielleicht wäre es jetzt langsam Zeit für ein Geständnis?«

Es dauerte ein paar Sekunden, bis Brentano antwortete. Langsam, nicht mehr so selbstsicher wie zuvor, suchte er sich die Worte zusammen: »I … denk, es … es wär vielleicht besser, wenn i jetzt einen Anwalt anruf.«

Kluftinger nickte. Er schaute über die Schulter und die anderen Kollegen nickten ebenfalls. Dann erhob er sich und ging nach draußen. Bevor er die Tür hinter sich zugezogen hatte, rief ihn Brentano noch einmal zurück.

»Eins sag i Ihnen, Herr Kommissar. So wenig, wie i des Gedicht g'schrieben hab, hab i irgend jemand um'bracht.«

Der Kommissar sah ihm lange in die Augen und schloss dann die Türe.

***

»Das war's dann wohl, oder?«, wollte Maier in Kluftingers Büro wissen.

»Scheint wirklich so«, entgegnete der Kommissar. »Allerdings müssen wir schon noch ein paar Dinge erledigen. Zum einen haben wir immer noch kein Motiv für die Heiligenfeld-Sache. Zum anderen müssen wir wissen, ob Sutter auch so einen Brief erhalten hat.«

Die Kollegen pflichteten ihm bei. Kluftinger griff zum Telefon und wählte die Nummer von Sutters Frau. Er hatte den Lautsprecher seines Telefons eingeschaltet, so dass die Kollegen das Gespräch mithören konnten.

»Allo? Bei Sütter?«, meldete sich das französische Au-Pair-Mädchen.

Kluftinger warf Hefele einen vielsagenden Blick zu, den dieser mit einem Grinsen beantwortete.

»Guten Tag, Fräulein Jacqueline. Ist die Dame des Hauses auch zu sprechen?«, fragte er und bemühte sich dabei, besonders deutlich und langsam zu sprechen.

»Un moment, s'il vous plaît.«

Es dauerte ein paar Sekunden, dann meldete sich eine andere Stimme: »Herr Kommissar? Haben Sie ihn?«

»Grüß Gott, Frau Sutter. Sagen wir mal so: Es gibt eine sehr heiße Spur. Mehr kann ich Ihnen im Moment nicht sagen, ich hoffe, dafür haben Sie Verständnis.«

»Ja, sicher. Es reicht mir schon, wenn Sie mir sagen, dass Sie nahe dran sind. Das beruhigt.« Ihre Stimme zitterte ein wenig.

»Frau Sutter, ich brauche Ihre Hilfe. Können Sie sich erinnern, dass Ihr Mann kurz vor … nun ja, der schrecklichen Sache, also dass er da einen ungewöhnlichen Brief bekommen hat?«

Die Antwort kam nach einer kurzen Pause: »Nein, keine ungewöhnliche Post. Das wüsste ich. Die Privatkorrespondenz hat mein Mann komplett mir überlassen. Das wüsste ich definitiv.«

»Hm. Lassen Sie mich etwas konkreter fragen: Hat ihr Mann einen Brief bekommen, in dem nur eine Strophe eines Gedichtes enthalten war? Ohne Absender und sonstigen Text?«

»Nein, wirklich, Herr Kommissar, das wäre mir aufgefallen.«

Kluftinger seufzte. Vielleicht war die Spur doch nicht so heiß.

»Na gut, da kann man nichts machen. Trotzdem vielen Dank, Frau Sutter. Und alles Gute weiterhin. Sie hören bald von uns.«

»Warten Sie mal. Fragen Sie doch mal bei ihm im Büro. Die Frau Grenzmann kümmert sich doch jetzt da um alles, ich bin dazu noch nicht in der Lage. Aber wenn so ein Brief ins Geschäft gekommen ist, muss sie es eigentlich wissen.«

»Au ja, eine gute Idee, Frau Sutter, dankschön. Und noch mal alles Gute für Sie.«

»Noch was, Herr Kluftinger … «

»Ja?«

»Sie erinnern sich doch an Ihr Versprechen?«

»Ja, Frau Sutter. Ich erinnere mich daran. Und es gilt nach wie vor.«

»Danke, Herr Kommissar.«

Kluftinger hängte den Hörer ein.

»Kann mal jemand bei der Grenzmann anrufen, dass die in die Firma kommen soll? Die wird am Samstag ja wahrscheinlich nicht im Geschäft sein, oder?«

Strobl seufzte: »Nein, da arbeiten ja nur so arme Schweine wie wir. Sag mal: Was hast du der Sutter eigentlich versprochen?«

Kluftinger winkte ab: »Ach, nichts Wichtiges. Kümmert euch lieber um die Sekretärin.«

***

Etwa eine Stunde später stand der Kommissar mit Eugen Strobl in den Räumen der Firma »Steinbock-Touristik«. Die Sekretärin war heute etwas dezenter gekleidet und weniger geschminkt, was wohl auch daran lag, dass sie sie direkt aus ihrer Wohnung ins Büro zitiert hatten. Ohne Schminke sah die Frau wesentlich älter und faltiger aus, fand Kluftinger. Von ihrer unsympathischen Erscheinung hatte sie hingegen nichts eingebüßt.

»Also, ich weiß zwar nicht, was ich Ihnen noch zeigen soll, was Sie nicht schon beim letzten Mal gesehen haben, aber Sie müssen es ja wissen«, eröffnete sie genauso wenig kooperationsbereit wie beim letzten Mal das Gespräch.

»Ja, das müssen wir«, erwiderte Kluftinger. Und in seinem sachlichsten Amtston fuhr er fort: »Wir benötigen Einsicht in die Korrespondenz, die Herr Sutter vor seinem Tod geführt hat.«

»Also, ob ich das jetzt gleich finde, weiß ich nicht.«

»Dann sehen Sie doch einfach mal nach.« Kluftinger wollte sich, entgegen seinen Gepflogenheiten, als unbequemer Polizeibeamter präsentieren.

Widerwillig betrat Frau Grenzmann das ehemalige Büro ihres Chefs. Es sah nun etwas anders aus als bei Kluftingers letztem Besuch: Den Tisch zierte ein mit Zigarettenstummeln überquellender Aschenbecher, daneben lag ein roséfarbener Schminkspiegel.

»Würden Sie uns nun die Briefe heraussuchen?«, fragte er ungeduldig.

»Die Briefe oder auch die E-Mails?«

»Zunächst mal die Briefe. Dann sehen wir weiter.«

Gerda Grenzmann setzte sich auf den Schreibtischstuhl und kramte in einer Schublade. Während sie suchte, sah sich Eugen Strobl etwas in dem Büro um, wanderte vor den Aktenschränken hin und her, las wahllos einige der Bezeichnungen, die die Ordner darin trugen. Er zuckte regelrecht zusammen, als die Sekretärin plötzlich mit ihrer schrillen Stimme die Stille durchschnitt: »Was machen Sie da? Sie wollen doch die Briefe sehen. In den Akten werden Sie die nicht finden.«

Kluftinger wurde langsam misstrauisch. Es war offensichtlich, dass ihre Anwesenheit die Sekretärin nervös machte. Während sie die Schublade durchwühlte, blickte sie immer wieder argwöhnisch auf und beobachtete die beiden Kommissare.

»Sagen Sie mal, Frau Grenzmann, wer führt eigentlich die Geschäfte, seit Herr Sutter nicht mehr da ist?«

Dass er das Thema auf die aktuellen Geschäfte lenkte, schien sie einen Augenblick zu verunsichern, dann antwortete sie: »Also, direkt führen tut sie niemand. Ich … ich kümmere mich so um einiges, halte den Laden am Laufen, bis klar ist, was damit geschehen soll.«

Sie klang auf einmal gar nicht mehr so unfreundlich.

Kluftinger wollte gerade nachhaken und fragen, ob sie nun in dem Büro ihres ehemaligen Chefs residiere, da kam sie ihm zuvor: »Da! Da sind sie. Gut, dass ich alles aufgehoben habe.«

Mit diesen Worten reichte sie Kluftinger die Briefe. Es war ein Packen mit etwa achtzig Umschlägen. Kluftinger teilte ihn ungefähr in der Mitte und reichte Strobl eine Hälfte.

»Darf ich fragen, wonach Sie suchen?«, wollte die Sekretärin wissen.

»Ja, das dürfen Sie«, antwortete Kluftinger. Dann widmete er sich wieder seinen Briefen. Die Sekretärin fragte nicht weiter nach.

»Hab ihn!«, rief Kluftinger nach etwa einer Minute konzentrierten Suchens.

Er hielt einen Umschlag hoch und bat Strobl, ihm eine der Plastiktüten zu geben, die sie sich vor ihrem Besuch beim Erkennungsdienst besorgt hatten.

»Bist du sicher?«, erkundigte sich Strobl.

»Der gleiche Umschlag. Kein Absender. Maschinenschrift. Außerdem hab ich einen Blick hinein riskiert. Die ersten Zeilen sind die gleichen.«

Die Sekretärin schien erleichtert, als die Polizisten sich wieder verabschiedeten.

»Wenn Sie noch etwas brauchen, melden Sie sich doch«, gab sie ihnen ungewohnt zuvorkommend mit auf den Weg nach draußen.

Als sie die Tür geschlossen hatten, sagte Kluftinger zu seinem Kollegen: »Gib doch Hoffmann und Berners, weißt schon, vom Dezernat Wirtschaftskriminalität, Bescheid, dass sie sich den Laden hier mal vorknöpfen. Ich bin sicher, die werden hier fündig. Und ich würde zu gerne sehen, wie sie dieser Vogelscheuche ein bisschen auf die Füße treten.«

Auf der kurzen Fahrt zurück in die Direktion konnte Kluftinger es nicht erwarten und packte den Brief, diesmal mit Handschuhen, ganz aus.

»Und? Wie beim anderen?«, fragte Strobl, der vom Fahrersitz immer nur einen kurzen Blick auf das Stück Papier werfen konnte.

»Nicht ganz, Eugen. Nicht ganz«, antwortete Kluftinger und fügte nach einer kurzen Pause hinzu: »Die Zeichen sind auch wieder drauf. Aber auf dem hier befinden sich zwei Strophen des Gedichtes.«

***

Missmutig zog Kluftinger die Wohnungstür hinter sich zu. Er wäre lieber im Büro geblieben, aber seine Anwesenheit war nicht mehr unbedingt vonnöten gewesen, so dass seine Kollegen ihn gedrängt hatten, endlich nach Hause zu gehen, damit er seinen wichtigen Termin nicht verpasse.

Erika wartete bereits vor der Haustüre, weil er noch einmal hinaufgegangen war, um seinen Trommelschlegel zu holen. Grantig stapfte er in Lederhosen und Kniestrümpfen die Treppe hinunter, über dem Leinenhemd spannte sich die weinrote Weste mit den Messingknöpfen.

»Hast du jetzt alles? Schaust wirklich schneidig aus in Tracht«, schmeichelte Erika ihrem Mann vor dem Haus. Sie wusste, dass er die Großtrommel in der Blaskapelle ungern schlug – und das lag auch an der Kleidung, die bei jedem Auftritt Pflicht war. Heute, am Samstag vor dem Erntedankfest, stand wie jedes Jahr ein Platzkonzert vor dem Altusrieder Rathaus auf dem Programm: Der »Alternative Markt« wurde eröffnet, ein Spektakel, zu dem sich alljährlich mehr Besucher einfanden als die Gemeinde Einwohner hatte.

Doch es war nicht nur der bevorstehende Auftritt, der dem Kommissar im Magen lag.

»Müssen wir unbedingt *da* die Kartoffeln und das Kraut kaufen?«, jammerte er und dachte mit einem mulmigen Gefühl an die hundertdreiundzwanzig Euro und achtundachtzig Cent, die sie letztes Jahr in Bio-Gemüse »investiert« hatten, wie er danach gemeckert hatte, denn kaufen konnte man das bei dieser Summe wirklich nicht mehr nennen. Die Antwort kannte er bereits. »Ja, mein Lieber. Die schmecken besser und sind viel gesünder.«

»Komisch. Ich krieg von den Preisen immer Sodbrennen«, brummte er, als sie hinter der Kirche die Marktstände erreicht hatten. Das Erste, was er sah, war ein nicht enden wollender Strom von Menschen, die sich über die sonst so ruhige Straße schoben. Wie Heuschrecken fielen sie jedes Jahr hier ein, dachte er verächtlich. Dann bemerkte er die Auslage des ersten Stands: Neben indianischen Traumfängern und glasierten Tonkugeln wurden dort auch die Salzkristalllampen angeboten, die ihn in letzter Zeit geradezu zu verfolgen schienen. Daneben lagen auf einem Tapeziertisch grobe Schafwollpullover neben Socken und Wollknäueln in den verschiedensten Größen.

»Ui, schau, da kaufen wir dir ein Paar, dann muss ich die alten nicht mehr stopfen«, rief Erika vergnügt und beschleunigte ihren Schritt.

Kluftinger warf einen misstrauischen Blick auf die Strümpfe: Es gab sie in einem schmutzigen Weiß und erdigem Braun – Farbe war an diesem Stand offenbar verpönt. Schon beim Anblick spürte er das furchtbare Kratzen des groben Stoffes. Auch für den ausgewiesenen Wollsocken-Fan war das eine Spur zu viel.

»Was kostet denn da ein Paar?«, fragte Erika und löste damit einen längeren Vortrag über die Vorteile unbehandelter Bio-Schafwolle aus. Kluftinger wusste aus leidvoller Erfahrung: Je länger der Vortrag, desto teurer das Produkt. Der Referent war ein etwa vierzigjähriger Mann, dessen schütteres, blondes Haar in langen Strähnen auf seine Schulter hing. Er trug einen Norwegerpullover, der bereits ziemlich ausgeleiert war. Die Schafwolle sei völlig naturbelassen und mit einer natürlichen Wollwachsschicht versiegelt, deshalb dürfe man die Sachen auch nicht allzu oft waschen und wenn, dann am besten ohne Seife, erklärte er. Auch er habe seinen Pullover noch nie gewaschen, nur gelüftet und ausgeschüttelt.

Das könnte hinkommen, dachte Kluftinger. Möglicherweise traf das auch auf den Verkäufer zu.

»Ich brauch' die nicht, die kratzen sicher«, rief Kluftinger seiner Frau zu und ging einfach weiter in Richtung Marktplatz.

Als Erika ihn an einem Wagen mit Gamswurst wieder einholte, hielt sie ihm zwei Paar Socken unter die Nase.

»Riech mal!«

»Stinkt nach Schaf und kratzt höllisch. Ich hab dir doch gesagt, dass die mir zu dick sind. Waren sie wenigstens billig?«

»Zwölf Euro das Paar. Aber das sind sie auch wert.«

Vierundzwanzig Mark für ein Paar Strümpfe, die er nie anziehen würde! Er bekam eine Gänsehaut.

»Au weh, unser Dorfsheriff! Heute ganz in Tracht! Hat man euch die Pistolen gestrichen oder warum hast du jetzt einen Schlagstock dabei?«

Eduard Schauer, der Filialleiter der LVA, hatte Kluftinger so fest auf die Schulter geklopft, dass der beinahe ausgeholt hätte, um zurückzuschlagen. Der Trommelschlegel, auf den Schauer gerade angespielt hatte, hätte ihm dabei wahrscheinlich gute Dienste geleistet.

Der Kommissar begnügte sich mit einem »Griaß di, Edi«, zeigte auf seine Frau und sah mit einem »Du, ich muss … « zu, dass er weiterkam. Nach Späßen über seine Aufmachung war ihm heute überhaupt nicht zumute, schon gar nicht, wenn sie von Menschen kamen, die in roten Arbeitsklamotten über den Markt liefen.

Am Ende des Platzes gelangten sie schließlich zu dem Stand mit den Kartoffeln und dem Spitzkraut. Kluftinger studierte gerade die Preisliste, die bei ihm einen trockenen Mund verursachte, als er von hinten eine bekannte Stimme vernahm.

»Die schöne Erika nebst ihrem Göttergatten! Das ist mal eine tolle Überraschung!«

Von wegen Überraschung: Kluftinger war auf die Begegnung mit dem Doktor durchaus vorbereitet. Auf dem Markt traf man sie alle.

»Ah, der Musikus in voller Montur!«

Kluftinger seufzte und drehte sich grantig um. Beim Anblick des Ehepaars änderte sich seine Stimmung aber schlagartig und er hatte Mühe, ein lautes Lachen zu unterdrücken: Der Doktor trug zu einer langen Wildlederhose mit Rupfenbesatz und großen Hirschhornknöpfen eine Art Sakko, das aussah, als wäre es aus alten Mehlsäcken zusammengenäht worden. Annegret trug ein mit groben Schnüren gebundenes, beige-grünes Landhausmieder, unter dem nicht nur ihre üppige Oberweite, sondern auch eine über und über mit Rüschen verzierte Bluse hervorquoll. Das war also Langhammers Kommentar zum Thema Tracht.

»Immer biologisch-dynamisch einkaufen, Erika, sehr gut! Das ist Lebenskraft pur, direkt vom Feld auf den Teller! Ich habe mir bereits einen Zentner Kartoffeln liefern lassen!«

Kluftingers »Und den Rupfensack hast du gleich angezogen« war leise genug, dass der Doktor es nicht hören konnte.

***

Zehn Minuten später schob Kluftinger in Blaskapellentracht einen mit zwei Säcken Kartoffeln und zwanzig Kilo Kraut bepackten Sackkarren über den Markt nach Hause. Erika hatte sich derweil Langhammers angeschlossen, um »ein bissle zu bummeln«.

Mürrisch lavierte er seine Fracht durch die Menschenmassen, blieb immer wieder im Kopfsteinpflaster hängen, wich geschickt den zahllosen Eltern mit Kinderwagen aus, die die Vorfahrt gänzlich für sich beanspruchten, und knallte schließlich mit hochrotem Kopf gegen den Bordstein, worauf einer der Kartoffelsäcke herunterfiel. Schimpfend ging er in die Knie; einerseits, um den Sack aufzuheben, andererseits, um vor den Blicken von Bürgermeister Dieter Hösch in Deckung zu gehen, der ihm entgegenkam. Umsonst.

»Kann ich dir helfen?«, rief Hösch freudig aus, als er ihn erspäht hatte.

Sicher würde er gleich wieder eine Eselsbrücke finden, um ihn über den Fall auszufragen, dachte der Kommissar.

»Na, heute noch musikalisch aktiv, wie? Sicher eine schöne Abwechslung, wo du doch im Moment so viel um die Ohren hast?«

»Schön ist was anderes, Dieter.«

»Was machen denn die Ermittlungen?«, wollte der Gemeindechef wissen.

Diesmal hatte er nur zwei Sätze gebraucht, das dürfte neuer Rekord sein, dachte Kluftinger.

»Doch, ja, mal sehen, vielleicht haben wir da was … «, gab er sich zugeknöpft. Zwar hegte er keinerlei Groll gegen den aus Bremen stammenden Bürgermeister – allzu gern unterhielt er sich aber auch nicht mit ihm, da er immer das Gefühl hatte, von ihm ausgehorcht zu werden.

»Was Konkretes?«

»Nicht zu konkret, mehr eine Spur vielleicht … aber jetzt genießen wir erst einmal den Markt, gell?«

»Freilich, Kluftinger, freilich!«

Stolz ließ Hösch den Blick über »sein Wohnzimmer« schweifen, wie er den Marktplatz immer nannte. Für einen kurzen Moment glaubte Kluftinger, mit seiner Ablenkungstaktik den richtigen Knopf gedrückt zu haben.

»Nachdem ich die Sache mit den Sagen in der Zeitung gelesen hab, hab ich mich ein bisschen schlau gemacht. Stell' dir vor – man sagt, an der Kapelle Richtung Krugzell soll es früher Pudelerscheinungen gegeben haben. Wusstest du das?«

Kluftinger traute sich nicht, dem Bürgermeister direkt zu sagen, dass er diese vergleichsweise unspektakuläre Geschichte bereits mehrmals gehört hatte.

»Ein Pudel?«, fragte er daher zaghaft, wofür er sich sogleich selbst verfluchte, denn nun erzählte Hösch nicht nur in epischer Breite die Geschichte vom Kapellenpudel, sondern auch alle anderen unheimlichen Begegnungen mit Schweinen, Pferden und sonstigem Getier, über die er gelesen hatte. Während der ganzen Zeit ruhte Kluftingers Blick auf dem noch immer auf dem Pflaster liegenden Kartoffelsack, den er zu gern aufgehoben hätte, um endlich die Sackkarre zurückgeben zu können.

»Und? Könnte dir das möglicherweise weiterhelfen?«, wollte Hösch am Ende seines Vortrags wissen.

»Bitte?«

»Könnte dich das weiterbringen im Fall?«

»Möglicherweise … doch … bestimmt.« Wieder brachte Kluftinger es nicht fertig, dem Bürgermeister die Wahrheit zu sagen. Ungern gestand er sich ein, dass er einer Generation angehörte, die vor Amtsträgern noch beachtlichen Respekt hatte.

Erfüllt vom Stolz über Kluftingers Reaktion und den Massenansturm, den »seine Gemeinde« heute wieder erlebte, packte Hösch den Sack nun allein und hievte ihn auf den Karren. Die anerkennenden Blicke der vorbeischlendernden Altusrieder und Höschs freundliches Kopfnicken führten dem Kommissar eindrucksvoll vor Augen, wie der Bürgermeister selbst aus derart beiläufigen Aktionen noch Pluspunkte für die in Kürze anstehende Wahl herausholte.

Dass sein Trachtenanzug bei dieser Aktion staubig geworden war, schien Dieter Hösch gar nicht zu bemerken. Er streckte Kluftinger die Hand zum Abschied hin.

»Du Dieter, dein Bauch … «, setzte Kluftinger an.

Der Bürgermeister schaute reichlich irritiert, rang sich dann aber ein Lächeln ab: »Ja – war auch schon einmal weniger, gell – so geht es eben!«

»Nein, wegen dem Sack!«

Hösch wurde rot und wusste nicht, was er antworten sollte.

»Ich meine, du hast dich mit dem Sack schmutzig gemacht – am Bauch.«

Sichtlich erleichtert wischte sich der Bürgermeister fahrig über sein Sakko und verabschiedete sich schnell.

***

Kluftinger saß ganz hinten auf dem Podest, das für das Standkonzert aufgebaut worden war, und wartete darauf, dass es endlich losging. Wenigstens musste er die schwere Trommel heute nicht tragen wie sonst bei den Umzügen – sie stand auf einem Gestell vor ihm.

»Du, Klufti! Hast du neulich verdeckt ermittelt auf deinen Milchkannen? Oder habt ihr wieder einen Wasserschaden gehabt?«

Paul, der erste Posaunist, hatte sich zu ihm umgedreht. Er hatte keine Ahnung, woher er das mit dem Wasserschaden wusste. In einem Dorf war einfach nichts geheim zu halten.

»Nein, die Erika hat mich rausgeworfen, weil ich immer so schlechte Witze gemacht hab!«, raunzte der Kommissar zurück.

Paul zog erschrocken den Kopf ein: »Entschuldigung! Man wird ja noch fragen dürfen, oder?«

»Ja, ja! Isch scho recht. Ich hab's halt auch stressig in letzter Zeit.«

Endlich erschien der Dirigent auf dem Podest und das Standkonzert konnte beginnen. Heute war es ausnahmsweise einmal eine Wohltat für Kluftinger. So hatte er wenigstens für die nächste halbe Stunde seine Ruhe.

Als er zwischen dem Defiliermarsch und »Allgäu mein, wie schön bist du« seine Frau im Publikum erblickte, stellte er mit Befremden fest, dass ihr Blick voller Stolz war.

***

»Einen Zwetschgendatschi und einen Kaffee für mich, Erika.«

»Nach so einer musikalischen Leistung muss man sich natürlich stärken, nicht wahr?«, trällerte Dr. Langhammer. »Für mich eine Joghurtschnitte und einen Rooibuschtee, Annegret!«

Kluftinger blieb mit dem Doktor allein auf einer Bierbank vor dem Rathaus zurück.

»Und? Was gefunden auf dem Markt?«, versuchte er die Konversation zu beginnen.

»Ja, verschiedene Kräutertees. Ich sag immer: Kräutertee – Gesundheitsfee. Und Ihre Erika hat sich eine Salzkristalllampe gekauft. Ein tolles Stück, wenn auch zugegebenermaßen nicht ganz billig. Aber ich hab ihr zur teureren geraten. Je reiner das Salz, desto besser die Wirkung!«

Es war wie verhext: Jedes Mal, wenn sich Kluftinger vornahm, dem Doktor ohne jegliche Ressentiments eine neue Chance zu geben, schaffte der es, seine guten Vorsätze mit einer Bemerkung zunichte zu machen.

»Ist die Medizin eigentlich nicht eher an Wissenschaftlichkeit und Fakten interessiert als an Aberglaube und Hausmittelchen?«, sagte Kluftinger, um sich wenigstens ein bisschen zu rächen.

»Und? Die alte Kräutermedizin, wenn Sie das meinen, mein Lieber, ist mittlerweile ein anerkannter Bereich im Fächerkanon der Humanmedizin. Das hat mit Aberglauben nichts zu tun«, konterte Langhammer in belehrendem Ton.

»Aber Sie glauben doch nicht wirklich an diesen Schwingungshumbug und an die Luftvitamine – Sie als ... «, er machte eine kleine Pause, verschluckte ein Lachen und fuhr dann fort » ... Wissenschaftler.«

Das kleine Scharmützel zwischen Kluftinger und dem Doktor fand ein rasches Ende, als die beiden Frauen mit Kaffee und Kuchen zurückkamen. Vollkornkuchen natürlich. Schließlich sei Weißmehl ein regelrechter Sargnagel und lege sich direkt auf die Hüften, wie der Doktor zu berichten wusste.

Davon, dass die Körner Kluftingers Verdauung so nachhaltig durcheinander brachten, dass er am Abend mehrmals das Wohnzimmer verlassen musste, um seine Blähungen loszuwerden, hatte ihm Langhammer allerdings nichts gesagt.

O Stern und Blume, Geist und Kleid,
Lied, Leid und Zeit und Ewigkeit!
Den Kranz helft mir winden,
Die Garbe helft binden,
Kein Blümlein darf fehlen,
Jed' Körnlein wird zählen
Der Herr auf seiner Tenne rein,
Hüte dich schöns Blümelein!

Zum Erntedankfest geht man in die Kirche. Das hatte Kluftinger immer so gehalten und daran würde auch sein gespanntes Verhältnis zum Pfarrer nichts ändern. Den Besuch der sterbenslangweiligen Zeremonien des Geistlichen betrachtete er als sein Opfer, das ihm später, »droben«, wie er sich ausdrückte, das eine oder andere Jahrtausend Fegefeuer ersparen würde. Heute war sein Opfer gleich doppelt groß, denn er besuchte die Frühmesse um sieben, weil der heilige Sonntag für ihn heute ein ganz normaler Arbeitstag war. Den Erntedankaltar hatte der Pfarrer aber doch ganz ordentlich hingekriegt, urteilte er während des Gottesdienstes gönnerhaft und freute sich gleichzeitig darüber, dass er trotz des Streits den Pfarrer so großherzig loben konnte. Das hätte der umgekehrt sicher nicht fertig gebracht.

***

Er hatte kaum die Bürotür geschlossen, da stürmte schon sein Chef Dietmar Lodenbacher hinter ihm herein. Kluftinger wunderte sich zunächst, dass der Direktionsleiter am Feiertag ebenfalls im Dienst zu sein schien, doch ein Blick auf seine Kleidung zeigte ihm, dass es nur ein kurzer Abstecher sein konnte: Lodenbachers Beine steckten in grobkarierten Knickerbocker-Hosen, dazu trug er Kniestrümpfe und weiße Lederslipper sowie ein farblich abgestimmtes Tweedsakko. Seinen Kopf zierte eine beige Schirmmütze. In dieser Aufmachung hätte er gut in einen Gangsterfilm über Al Capone gepasst, fand Kluftinger.

»Do deafan S' ned so gnau hischaung«, begann Lodenbacher, als er den skeptischen Blick des Kommissars registrierte. »Mia homm heid a Nostalgie-Goifturnier. Motto: Gauner und Ganoven. Des passt – wos moanan S'?« Er lachte kurz und laut auf, dann wurde er schlagartig wieder ernst. »I bin bloß vorbeikemma, dass i Eahna sog, dass mia den Soock jetzt nacha zuamocha kenna.«

Kluftinger verstand, was Lodenbacher ihm mitteilen wollte, aber in der Aufmachung genoss er in seinen Augen nur wenig Autorität. Noch weniger als sonst jedenfalls.

Ein paar Minuten später, in denen Lodenbacher ihn darauf einschwor, jetzt endlich »Neegl mit Kepf z'mocha«, Brentano endlich ein Geständnis zu entlocken und damit die Sache endgültig zum Ende zu bringen, verließ er das Büro wieder, und Kluftinger verabschiedete ihn mit einem »Golf Heil«, weil er nicht wusste, was er seinem Chef sonst hätte wünschen sollen. Das heißt: Gewusst hätte er es schon, aber »Gute Besserung« hätte der wahrscheinlich nicht besonders komisch gefunden.

Nacheinander trudelten auch seine Kollegen ein, jeder mit dem gleichen ungläubigen Blick und Sätzen wie »Habt ihr g'rad den Lodenbacher gesehen?« auf den Lippen. Als Kluftinger ihnen mit dem Ausspruch »Wird ma fertig, kut ma hoim« signalisierte, dass sie um so mehr von ihrem Sonntag haben würden, je schneller sie heute fertig werden würden, wurden sie wieder ernst.

»Lies dir doch mal die Sage mit dem Dengelstein noch mal durch«, bat Maier seinen Chef. »Ich finde, da sind einige Parallelen drin zu dem Gedicht. Wegen der Sense. Ich hab auch ein paar interessante Fakten drumrum gefunden. Wusstest du zum Beispiel, dass der von den Germanen als Kult- und Gerichtsstätte benutzt worden ist?«

Kluftinger war sich zwar nicht sicher, ob sie das wirklich weiterbringen würde, aber er wollte zumindest einmal einen Blick riskieren.

»Wo steht die?«, fragte er.

»Vier, sieben, drittens, zwölf«, antwortete Maier.

Kluftinger verstand nur Bahnhof.

»Hä?«

»Vier, sieben, drittens, zwölf«, wiederholte Maier.

»Ja ja, gehört hab ich's schon, nur kapiert hab ich's nicht.«

»Ich hab doch so ein altes Sagenbuch in so schwierig lesbarer Frakturschrift … «

»So?«, fragte Kluftinger scheinheilig und ein wenig schuldbewusst.

» … und das ist so komisch unterteilt. Und die Sage, die ich meine, steht im vierten Buch, Kapitel sieben, dritte Sage auf Seite zwölf.«

»Das hättest ja auch … «

Kluftinger stockte mitten im Satz. Sein Mund blieb offen stehen und seine Augenlider schlossen sich. Ein paar Sekunden blieb er wie erstarrt stehen, dann begann er zu fluchen: »Himmelherrgott! Ja, Bluatsakrament, des gibt's doch gar nicht!«

Ratlos sahen ihn seine drei Kollegen an. Maier blickte etwas ängstlich drein, denn ihn beschlich das ungute Gefühl, dass er Ursache für den plötzlichen Wutausbruch des Kommissars sein könnte.

Kluftinger lief um seinen Schreibtisch herum, riss eine Schublade auf, wühlte dutzende Zettel hervor, warf sie auf den Schreibtisch, legte sie wieder zurück, fluchte, riss die nächste Schublade auf, bis … »Ich hab's!«

»Was hast du?«, fragte Strobl und sah seinen Chef gespannt an. Kluftinger wedelte mit einem Zettel vor ihren Gesichtern herum.

»Die Zahlen. Ich hab mir die doch extra nochmal notiert, damit ich sie schnell zur Hand habe. Die Kombination! Herrschaft, versteht ihr denn nicht?«

Langsam dämmerte es auch den anderen.

»Na klar, das sind … «

»Sagen!«, beendete Kluftinger Strobls Satz.

»Wir hatten es die ganze Zeit vor uns und haben es nicht gesehen. Herrschaft, wie vernagelt kann man eigentlich sein?«

»Richard, hol mal dein Sagenbuch, schnell.«

Während Maier in sein Büro rannte, überlegte der Kommissar, ob ihm dieser Zusammenhang aufgefallen wäre, wenn er das Büchlein, das er zuerst gehabt hatte, nicht gegen das von Maier eingetauscht hätte. Vielleicht war das auch eine Art ausgleichende, göttliche Gerechtigkeit.

»Hier!« Maier warf ihm das Buch von der Tür aus zu und Kluftinger vergaß sein schlechtes Gewissen sofort wieder.

»Also, jetzt lasst mal sehen: Bei der Heiligenfeld hab ich mir die Zahlenkombination III/2:4. (32) notiert. Also Buch drei, Kapitel zwei, vierte Sage auf Seite 32, das wäre in diesem Buch … «

Die anderen hielten den Atem an, während der Kommissar blätterte. Als das Rascheln aufhörte, hob er den Kopf, blickte sie an und sagte: »Die Zwölf Knaben. Treffer!«

Ein paar Sekunden war es still. Dann schlug Hefele vor: »Probier's jetzt mal mit der vom Sutter.«

Kluftinger las wieder vor: »Also, das wäre dann fünftes Buch, siebtes Ka … « Er stockte.

»Was ist, wieder was gefunden?«, fragte Maier ungeduldig.

»Nein, nix. Diese Zusammenstellung hört bei Buch vier auf.« Die anderen ließen sich enttäuscht in die Sessel zurückfallen.

»Kruzinesen. Also nix?«

Der Kommissar schüttelte den Kopf. »Nicht ganz. Es geht eigentlich schon weiter. Aber die haben den ganzen Wälzer offenbar in mehrere Publikationen getrennt.«

»Dann besorgen wir uns eben die anderen«, sagte Maier voller Tatendrang.

»Am Sonntag?«, versetzte Strobl mit einem verächtlichen Grinsen.

»Auch wieder wahr.«

Die Männer schienen einen kurzen Augenblick ratlos zu sein, dann ergriff Kluftinger die Initiative: »Also, ich werd das jetzt mal den Kollegen mitteilen, die Brentano gerade verhören. Ihr bringt bitte in Erfahrung, ob die, die seine Wohnung durchsucht haben, ein Buch gefunden haben, das zu den Zahlen passt. Wär doch gelacht, wenn uns das nicht weiter bringt. In einer halben Stunde treffen wir uns hier wieder. Alles klar?«

***

Dreißig Minuten später fanden sich die Kollegen mit enttäuschten Gesichtern wieder im Büro ihres Chefs ein. Die Beamten beim Verhör hatten auch mit dieser Information nichts aus Heinz Brentano herausbekommen; ebenso wenig war in seiner Wohnung passende Literatur aufgetaucht. Der Kollege, der bei der Durchsuchung vor Ort gewesen war, hatte sogar gesagt: »So was ist mir noch nie unter gekommen. Der hat, vom Telefonbuch einmal abgesehen, nicht ein einziges Buch daheim stehen.«

»Schade eigentlich«, fand Maier. »Aber ist das denn so wichtig?«

Eine berechtigte Frage, dachte der Kommissar, er hatte sie sich ebenfalls gestellt und bereits bejaht.

»Solange Brentano schweigt«, sagte er, »müssen wir uns unsere Informationen eben selbst zusammensuchen. Und wenn der Mörder einen Zahlencode hinterlassen hat, den wir jetzt entschlüsseln können, dann sollten wir das auch tun. Wer weiß, wohin uns das noch führt.«

Maier nickte und auch die Umstehenden signalisierten Zustimmung.

»Also gut. Richard und Roland, ihr schaut mal, ob ihr jemand von der Stadtbücherei erreicht. Oder den Stadtarchivar. Eugen, wir fahren noch mal nach Kaisersmad, vielleicht hat die Urban da was auf Lager. Wer zuerst was findet, ruft die anderen an. Bis später, meine Herren.«

***

»Jetzt hab dich doch nicht so, der tut nix.« Ungeduldig sah Kluftinger auf seine Armbanduhr. Dann blätterte er geschäftig in einem kleinen Block, als ob er etwas suchen würde. »Wenn du vielleicht heute noch klingeln würdest? Oder möchtest du den Sonntag lieber im Auto verbringen?«

Als sie vor dem Haus von Frau Urban angekommen waren, hatte wie beim letzten Mal Tyras, der Dobermann, gleich neben der Türe gelegen und auch Strobl, der ihn zum ersten Mal sah, gehörigen Respekt eingejagt. Kluftinger hatte, schon bevor sie in den Hof eingebogen waren, seinem Kollegen aufgetragen, »gleich mal zu klingeln«, schließlich wolle man ja keine Zeit verlieren, heute am Feiertag. Strobl hatte erst genickt, war sich beim Anblick des riesigen Vierbeiners aber plötzlich nicht mehr ganz so sicher, ob er den Schutz des Wagens preisgeben wollte.

»Herrschaft, ich müsst's doch wissen. Der tut wirklich nix«, drängte Kluftinger seinen Kollegen und sah ihm dann mit Spannung, in die sich ein bisschen Schadenfreude mischte, zu, wie er sich, den Hund immer im Blick, langsam auf die Haustür zu bewegte.

Kluftinger war beinahe enttäuscht, denn es passierte gar nichts. Es wäre bestimmt amüsant gewesen, zu sehen, was Strobl wohl getan hätte, hätte der Hund sich bewegt oder wäre gar auf ihn zugelaufen. Aber der machte keinen Mucks. Strobl zog an der Klingel und winkte dem Kommissar, doch endlich auch auszusteigen.

Just in dem Moment, in dem der Kommissar die Türe ins Schloss fallen ließ, stellten sich die Ohren des Dobermanns auf und er hob seinen Kopf. Als er auf die Haustür zuging, sprang das Tier plötzlich auf und stürzte mit gefährlich klingendem Gebell auf Kluftinger zu. Der blieb sofort wie angewurzelt stehen und wurde kreidebleich. Bis in die Zehenspitzen spürte er den Adrenalinstoß, der durch seinen Körper jagte. Doch etwa zwei Meter vor ihm machte der Hund plötzlich Halt, setzte sich hin und starrte den Kommissar wieder nur an. Schweißperlen bedeckten Kluftingers Stirn, seine Augen waren weit aufgerissen.

»Keine Angst, der tut nix«, rief ihm Strobl von der Haustür aus zu und konnte dabei nunmehr seine Schadenfreude nicht verbergen.

Dann hörten sie, wie im Innern die Dielen knarzten und jemand einen Schlüssel in der Türe drehte. Kluftinger wischte sich den Schweiß von der Stirn, stellte sich neben Strobl und versuchte zu lächeln. Als die Tür sich geöffnet hatte, erstarb dieses Lächeln gleich wieder: Vor ihnen stand Richter Günter Hartmann. Der Hartmann, der vorgestern erst bei ihnen gewesen war und sie auf Brentanos Spur gebracht hatte.

»Aber … wie?« Kluftinger war sprachlos. Die Gedanken in seinem Kopf überschlugen sich.

»Guten Tag, meine Herren. Na, selbst am heiligen Sonntag im Dienst? Haben Sie noch irgendwelche Fragen?«, begann der Richter, der im Gegensatz zu den Polizeibeamten über den Besuch nur wenig überrascht schien.

Kluftinger war noch immer sprachlos, deswegen ergriff Strobl das Wort.

»Was machen Sie denn hier?«

»Ich? Na: wohnen!«

Jetzt hatte auch Kluftinger seine Sprache wieder gefunden.

»Also, grüß Gott Herr Hartmann. Wir sind nur etwas überrascht. Wir wollten eigentlich gar nicht zu Ihnen … «

»Ach so, entschuldigen Sie. Dann wollten Sie zu meiner Frau? Bitte, kommen Sie doch herein.«

Hartmann trat einen Schritt zur Seite, um den Beamten Platz zu machen.

Hatte er gerade »meine Frau« gesagt?

»Ist Frau Urban etwa … ich meine … «, stammelte Kluftinger.

Jetzt verstand der Richter. »Ach so. Ja ja, das ist meine Frau. Hier.«

Er zeigte auf das kleine Schildchen, das unterhalb des Klingelgriffes angebracht war. Tatsächlich, da stand es: Hiltrud und Günter Urban-Hartmann.

Kluftinger wusste noch immer nicht, wie er diese Information bewerten sollte. Eine dumpfe Ahnung machte sich in ihm breit, allerdings noch so diffus, dass er mit dem Gefühl nichts anfangen konnte.

»Wissen Sie«, versuchte der Richter seine Verwirrung aufzulösen, »wir haben uns zwar seinerzeit für den Doppelnamen entschieden. Aber mal ehrlich: Urban-Hartmann, das klingt nicht gerade berauschend. Na, und so verwenden wir meist nur unsere Geburtsnamen. Außer, es wird ganz offiziell. Das machen viele so.«

Das stimmte. Kluftinger hatte sogar ein Beispiel dafür in seiner Abteilung: Hefele hieß eigentlich Hefele-Beitlich, aber so nannte ihn keiner, nicht einmal er sich selbst. Auch nicht vor seiner Scheidung. Dennoch irritierte ihn das Auftauchen des Richters unter diesen Umständen dermaßen, dass er sich immer noch nicht ganz gefangen hatte.

Hartmann war inzwischen vorausgegangen, hinter ihm die zwei Polizisten und zum Schluss trottete auch noch der Hund ins Haus.

»Was hältst du davon?«, zischte Kluftinger seinem Kollegen ins Ohr, als sie durch den dunklen Hausflur gingen.

»Von ihm?«, flüsterte Strobl. »Ich weiß auch nicht, irgendwie komisch. Ich meine, dass er letztes Mal nichts gesagt hat.«

»Ganz komisch. Ich … «

»Bitte, meine Herren«, unterbrach der Richter das Getuschel der Beamten und hielt die Tür zum Wohnzimmer auf. Dort saß Frau Urban am Tisch und sah sie an. Kluftinger fiel auf, dass sie kein Buch vor sich liegen hatte, keine Zeitschrift, kein Nähzeug oder dergleichen. Sie saß einfach nur da.

»Guten Tag, Frau Urban. Ich hoffe, wir stören Sie nicht allzu sehr am Sonntag.«

»Was gibt es denn?«, wollte sie wissen, ohne die eben geäußerte Befürchtung des Kommissars mit einer Höflichkeitsfloskel zu zerstreuen.

»Wir haben eine wichtige Frage.«

Der Richter stellte sich hinter seine Frau und legte ihr die Hände auf die Schultern. Neben ihnen nahm auch der Hund Platz. Alle drei starrten die Polizisten an. Sie wirkten wie ein Gemälde von Otto Dix.

»Es geht um Ihre Sagenbücher. Haben Sie zufällig eines, das nach diesem Muster aufgeteilt ist? Ein altes?«

Kluftinger kramte in seinen Taschen nach dem Zettel mit den Zahlenkombinationen, fand ihn schließlich reichlich zerknüllt in seiner Gesäßtasche, legte ihn vor ihr auf den Tisch und strich ihn etwas glatt.

»Nein«, kam es wie aus der Pistole geschossen von Hiltrud Urban.

Kluftinger hatte erwartet, dass sie etwas länger nachdenken, den Zettel vielleicht in die Hand nehmen würde oder dergleichen. Irritiert blickte er zu Strobl.

»Wollen Sie nicht einmal nachsehen?«, fragte der.

»Hören Sie, Herr Klöpferer … «

Kluftinger verzichtete darauf, sie erneut zu korrigieren.

»Ich kenne meine Bücher sehr genau. Ich habe sie jahrelang studiert. Ich habe kein solches Werk in meinem Haus.«

Kluftinger ließ nicht locker: »Können Sie uns vielleicht wenigstens sagen, aus welchem … «

In diesem Moment klingelte sein Handy. Sofort fletschte der Hund die Zähne und begann bedrohlich zu knurren. Kluftinger lief rot an. Er hatte vergessen, es auszuschalten, als sie ins Haus gegangen waren.

»Ich habe Sie doch schon das letzte Mal gebeten, Ihr Telefon abzustellen«, tadelte ihn Frau Urban und wieder kam er sich vor wie einst als Schüler, wenn seine Lehrerin Frau Höppner ihn wegen schludrig erledigter Hausaufgaben gemaßregelt hatte. Wie sie presste Frau Urban die Lippen so fest aufeinander, dass sie ganz weiß wurden.

»Es … tut mir Leid, ich … ich hab's gleich«, stotterte der Kommissar und durchsuchte hektisch seine Taschen. Als er das Telefon schließlich in der Hand hielt und es gerade ausschalten wollte, stutzte er. Auf dem Display leuchtete die Nummer seines Chefs Dietmar Lodenbacher auf. Sollte der nicht eigentlich beim Golfturnier sein?

Auch wenn das die Stimmung nicht gerade verbessern würde, entschloss sich Kluftinger, das Gespräch entgegenzunehmen.

»Hallo?«

»Herr Kluftinger, Gott sei Dank. Bitte, Sie müssen sofort kommen.«

Er braucht einen Moment, um die Stimme zu identifizieren. Es war nicht die seines Vorgesetzten, wie er erwartet hatte. Außerdem klang sie seltsam gebrochen, irgendwie atemlos. Kein Zweifel: Es war die Stimme des Staatsanwalts Dieter Möbius.

»Herr Möbius, was ist los? Was gibt es?«

»Bitte Herr Kluftinger, kommen Sie sofort ins Büro. Es ist etwas … etwas Fürchterliches passiert.«

Kluftinger schluckte. Möbius kämpfte hörbar mit den Tränen.

»Ich bin sofort da«, antwortete er deshalb kurz entschlossen.

Als er das Handy wieder in seine Jacke gleiten ließ, blickte er in vier fragende Gesichter. Sogar der Hund schien das Gespräch aufmerksam verfolgt zu haben.

»Wir müssen leider sofort gehen. Entschuldigen Sie die Störung.«

Dann nickte er Strobl zu, machte auf dem Absatz kehrt und eilte zur Tür.

Als er den Wagen wendete, bemerkte der Kommissar, dass das Richterehepaar nicht an die Tür gekommen war, die noch immer offen stand. Dann gab er Gas.

»Vorsicht!«, schrie Strobl im selben Moment aus vollem Hals, aber Kluftinger hatte schon reagiert. Mit einem Knirschen fraßen sich die Reifen in den Kies.

»Kreuzkruzifix, des war knapp!«, keuchte Kluftinger.

Ein weißer Ford Escort Kastenwagen war in dem Moment auf den Hof eingebogen, in dem sie hinausfahren wollten. Die Autos waren nur wenige Meter voneinander entfernt zum Stehen gekommen. Trotzdem konnte Kluftinger den Fahrer des anderen

PKW nicht identifizieren. Die Sonne schien direkt auf dessen Windschutzscheibe und blendete ihn. Dennoch meinte er, die schemenhafte Gestalt hinter dem Steuer zu kennen.

»Wer war jetzt des?«, fragte der Kommissar, als sie schließlich auf der Straße mit weit mehr als hundertfünfzig Sachen und einem Magnet-Blaulicht auf dem Dach in Richtung Kempten rasten.

»Vielleicht der Sohn. Vom Alter her könnt's hinkommen«, vermutete Strobl.

»Irgendwoher kenn ich den. Ich … «

»Würdest du mir jetzt vielleicht mal sagen, warum wir hier so durch die Gegend rasen?«, unterbrach Strobl seinen Gedankengang.

»Wenn ich das bloß wüsste, Eugen. Wenn ich das bloß wüsste … «

***

In seinem Büro bot sich Kluftinger ein seltsames Bild: Staatsanwalt Möbius saß vor dem Schreibtisch, den Kopf hatte er in die Hände gestützt. Er schluchzte leise, während Sandra Henske, die hinter ihm stand, ihm tröstend über den Kopf strich. Lodenbacher stand in einer Ecke des Raumes und machte ein betroffenes Gesicht. Er schien sehr nervös. Als er Kluftinger und Strobl sah, lief er ihnen aufgeregt entgegen.

»Kluftinga, stoin S' Eahna voar, da Bruada ist vaschwundn und jetzt hod sei Frau den Briaf gfundn. Jetzt miass ma wos dua. Homm S' wos rausgfundn?«, sprudelte er in tiefstem Niederbayerisch hervor. Kluftinger wurde aus den spärlichen Informationen seines Chefs nicht schlau. Er bat ihn, den Sachverhalt in Ruhe darzulegen.

Lodenbacher atmete ein paar Mal tief durch und setzte dann erneut an: Herr Möbius habe heute Morgen einen Anruf von seiner Schwägerin bekommen. Sie sei in Sorge gewesen, weil ihr Mann nicht vom Joggen zurückgekommen war. Also habe sie ihren Schwager angerufen und zusammen hätten sie ihn gesucht – ohne Ergebnis.

»Dieter ist die ganze Strecke abgelaufen: nischt!«, schaltete sich nun Sandy ein. »Er hat aber das Fahrrad seines Bruders im Graben gefunden, stellen Sie sich vor!«

Lodenbacher überließ ihr kommentarlos das Wort. »Und zu Hause ham sie den Brief hier gefunden – is das nich schrecklisch?«

Sandy reichte Kluftinger ein Blatt Papier. Eine dunkle Ahnung stieg in dem Kommissar auf. Und tatsächlich, der Brief sah sehr vertraut aus: oben stand eine Zahlenkombination, darunter das Brentano-Gedicht, diesmal die ersten drei Strophen.

Er ging um seinen Schreibtisch herum und setzte sich.

»Damit hat sich Brentano als Täter wohl gerade eben erledigt«, sagte er leise.

»Sunst homm S' koane Sorgn? Mia miassn den Vermisstn findn!«, warf Lodenbacher hysterisch ein. Auch Sandy sah ihn herausfordernd an. Nur Dr. Möbius saß noch immer teilnahmslos und zusammengesunken vor ihm.

»Ich weiß Herr Lodenbacher, ich weiß! Eins nach dem anderen!«, brummte Kluftinger zurück. Er wusste, dass für manche Menschen seine Gelassenheit in bestimmten Momenten geradezu als Provokation erschien, aber in verzwickten Situationen war es wichtig, die Ruhe zu bewahren. Er griff zum Telefon und wählte die Nummer von Hefeles Handy.

»Kluftinger. Du, habt ihr das Buch bekommen? ... Ja? ... Und die Nummern stimmen überein? ... Bestens, wo seid ihr jetzt? ... Fünf Minuten, ok, aber beeilt euch bitte!«

Kluftinger legte den Hörer auf und wandte sich an Möbius: »Herr ... Herr Dr. Möbius, ich brauche jetzt Ihre Mithilfe, hören Sie? Es ist wichtig, dass Sie stark sind ... für Ihren Bruder.«

Kluftinger tat sich mit derart emotional aufgeladenen Situationen immer schwer, aber er fand, dass er es diesmal ganz gut hingekriegt hatte.

Möbius hob zum ersten Mal, seit der Kommissar das Zimmer betreten hatte, den Kopf.

»In fünf Minuten werden wir wissen, auf welche Sage die Zahlen auf dem Brief an Ihren Bruder verweisen. Die Kollegen haben es gerade bekommen. Das bringt uns bestimmt weiter.«

»Ausgerechnet Horst ... «, stammelte der Staatsanwalt, dessen

Augen rot und geschwollen waren. Er hatte offensichtlich geweint.

Horst war offenbar der Name des Vermissten. Für ihn ging es nun ums blanke Überleben, das war Kluftinger klar. Wenn er nicht längst vom »Sensenmann« geholt worden war. Dem Kommissar wurde für einen Moment ganz schwummrig, als er sich das schlimmste aller möglichen Szenarien ausmalte.

»Herr Dr. Möbius, gibt es etwas in der Vergangenheit Ihres Bruders, das … das ein solches Verbrechen … verstehen Sie mich richtig … in der verqueren Sicht des Mörders … rechtfertigen könnte?«

Möbius schüttelte den Kopf.

»Wir wissen noch nicht, auf welche Sage der Brief hinweist, es ist aber sehr wahrscheinlich, dass es wieder darum geht, Rache zu üben oder einer vermeintlichen Gerechtigkeit zum Durchbruch zu verhelfen. Versuchen Sie sich zu erinnern, Herr Möbius – auch eine Kleinigkeit kann wichtig sein.«

»Ich wüsste wirklich nichts.«

»Es muss aber etwas geben. Vielleicht sollten wir Ihre Schwägerin … «

»Bloß nicht … dazu ist sie im Moment nicht in der Lage«, wandte Möbius ein, der nun etwas an Fassung zurückgewonnen hatte.

»Zwoa Kollegn san scho drauss bei iahra, wenn se da Mörda … da Entfüahra doch no moidn daat«, flüsterte Lodenbacher dem Kommissar ins Ohr.

In diesem Moment wurde die Türe schwungvoll aufgestoßen und Maier und Hefele stürmten herein.

»Was gibt's denn? Wir haben uns extra beeilt! Der Stadtarchivar war so nett und ist ge … «, sagte Maier und brach abrupt ab, als er sich der seltsamen Besetzung im Büro bewusst wurde. Hefele warf einen eifersüchtigen Blick auf Sandy und den Staatsanwalt, hielt sich aber mit einer Bemerkung zurück, als er dessen Verfassung sah.

Kluftinger ließ sich sofort die Bücher geben. Es waren kleine, dünne Heftchen, gut und gerne achtzig Jahre alt, schätzte Kluftinger. Die Umschläge zierte ein Holzschnitt, der zwei Kinder und eine Fee beim Beerenpflücken zeigte. Unter der Oberfläche aber, auf der sich diese idyllische Szene abspielte, lauerten drohend Hunde und Drachen. Ein Bild, das sehr gut zu diesem Fall passte, fand Kluftinger.

Er nahm den Brief, den Möbius' Bruder bekommen hatte, und las flüsternd vor: »II/5:9.(57)«. Er suchte sich das zweite der acht Hefte heraus, schlug das fünfte Kapitel auf und fand auf Seite 57 die neunte Sage, die den Titel »Der Tuffstein zu Oberthingau« trug. Er stutzte kurz, weil die Sage in Frakturschrift geschrieben war, und begann dann in gedämpftem Ton zu lesen. Atemlos lauschten die Umstehenden seinen Worten:

»Im Jahr des Herrn 1654 geschah es, daß einmal des Nachts bei dem Bauern Johann Frey in Oberthingau ein fremder alter Pilgersmann Einkehr hielt und diesen aufforderte, im Vorzeichen der Pfarrkirche einen Ölberg zu errichten. Zu diesem Ende soll er zum Müller in der nahen Eschenau gehen und von demselben den Tuffstein, der am Hange oberhalb der Mühle sei, zu kaufen begehren. Der Bauer tat dem so; allein der Müller zeigte sich nicht willfährig und wies ihn, so oft jener auch während der nächsten drei Jahre sein Begehren wiederholten mochte, stets barsch ab, ja verhöhnte und verlachte ihn sogar wegen seines frommen Vorhabens. Er hülfe nicht und wolle den Stein zu seinem eigenen Zwecke, daß er ihm Ehr verschaffe. Da erklärte der stets vergeblich Bittende endlich dem Müller, wenn er auf seinem Eigentume weiterhin beharre, seine Hilfe versage und nur seinen eigenen ehrgeizigen Willen sehe, und so das Unternehmen hindere, so werde er nach der Aussage des fremden Pilgrims bald sterben. Allein der Müller lachte nur ob dieser Drohung und erwiderte, der Stein werde ihn doch wohl kaum erwürgen, und jetzt lasse er den Stein erst recht nicht her, und wenn ihm auch hundert Gulden dafür bezahlt würden. Es dauerte aber nicht lange, da wurde der Müller im Walde beim Holzfällen von einer Fichte zu Tode geschlagen, die auf ihn niederfuhr und ihm den Schädel spaltete.«

Kluftinger unterbrach kurz und schaute in die ratlosen Gesichter der Anwesenden, die gebannt zuhörten, dann fuhr er fort:

»Schließlich die Witwe des Müllers, die einen neuen Mann genommen und dem zwei stumme Buben gebar, war desgleichen eigenſinnig und gab den Stein nicht her. Als der fremde Pilgrim wieder durch die Gegend von Thingau kam, verſprach er die Heilung der kranken Buben, würden ſie den Stein nun geben. Der Müller ging drauf ein, und der große Stein ließ ſich ganz mühelos heben. Der Pilgrim zerſchlug den Stein und in einem Hohlraum fand man ſäuberlich in Holz geſchnitzt die Bildniſſe unſerer Gottesmutter und die Figur des gekreuzigten Gottesſohnes. In kurzer Zeit war der Ölberg errichtet und die Bilder zur Verehrung aufgeſtellt. Des Müllers Buben aber konnten von da an, wie es der Pilger verheißen hatte, deutlich reden, alſo daß an ihnen, als den erſten, durch die Bilder Gottes Gnade und Wunder kund ward. Noch immer kann man die Gnadenbilder in der Pfarrkirche zu Oberthingau ſehen.«

Als Kluftinger geendet hatte, sagte eine Weile keiner etwas. Maier, dem Strobl mittlerweile flüsternd umrissen hatte, warum sie alle hier waren, war der erste, der das Wort ergriff: »War Ihr Bruder vielleicht Müller? Oder Baustoffhändler – ich meine wegen des Steins?«

Alle Köpfe ruckten herum und schauten Maier mit einer Mischung aus Mitleid und Unverständnis an. Doch Möbius antwortete ohne Umschweife: »Sie haben Recht, zumindest ungefähr. Er ist Bauingenieur.«

Die restlichen Anwesenden waren erleichtert, dass Möbius die Vergangenheitsform in Maiers Frage überhört hatte.

»Meinen Sie, dass es etwas mit seinem Beruf zu tun haben könnte – gab es einen Vorfall, an den Sie sich erinnern?«, hakte Kluftinger nach.

Möbius schüttelte den Kopf: »Ganz sicher nicht. Horst und ich sind nicht nur Brüder, wir sind gute Freunde. Er erzählt mir alles.«

»Wenn Sie die Sage hören – fällt Ihnen eine Parallele zum Leben Ihres Bruders ein? Hat er etwas nicht hergegeben, das ein anderer dringend gebraucht hätte?«

Wieder schüttelte Möbius den Kopf.

»Irgendwas muss es sein. Etwas hier drin weist uns den Weg zu Ihrem Bruder. Bitte, denken Sie genau nach.«

Möbius gab sich sichtlich Mühe. Er legte die Stirn in Falten, schien in den hintersten Winkeln seiner Erinnerung nach einer Antwort zu suchen.

»Ich fürchte … nein. Da ist nichts. Mein Bruder ist nicht sehr wohlhabend. Ich denke nicht, dass er etwas besitzt, was ein anderer so dringend wollen könnte.«

»Na ja, wir dürfen uns vielleicht auch nicht so ganz genau an den Wortlaut halten. Gibt es im übertragenen Sinn etwas, was Ihr Bruder nicht hergeben wollte?«

Möbius schien auch mit dieser Fragestellung wenig anfangen zu können.

»Hat er vielleicht in irgendeiner Situation jemandem etwas verweigert. Nichts Materielles, meine ich. Eine Dienstleistung? Hilfe vielleicht?«

Beim letzten Satz zuckte Möbius zusammen. Es war eine kaum wahrnehmbare Bewegung, aber Kluftinger hatte sie bemerkt.

Der Staatsanwalt schien zu zögern. Kluftinger, der das Gespräch nun allein in der Hand hatte, bohrte nach.

»Herr Möbius, ist es das? Trifft das zu, was ich gerade gesagt habe?«

Möbius zögerte. Er schien etwas zu wissen, gleichzeitig aber innerlich mit sich zu kämpfen, ob er die Information preisgeben sollte.

»Herr Möbius, wir können auch unter vier Augen sprechen, wenn Ihnen das lieber ist. Sollen uns die Kollegen allein lassen?«, fragte Kluftinger, der dabei die anderen fixierte – kein Lachen, nicht einmal ein Grinsen auf ihren Gesichtern.

Möbius blickte in die Runde und nickte. »Ja, das wäre vielleicht besser. Entschuldigen Sie, meine Herren … «

Die Angesprochenen verließen den Raum, nur Kluftinger, Sandra Henske, der Hefele beim Hinausgehen einen wehmütigen Blick zuwarf, und Lodenbacher blieben zurück. Kluftinger sah ihn fragend an. Lodenbacher stand ungerührt da und machte keine Anstalten zu gehen.

»Entschuldigung, Herr Lodenbacher, wenn Sie auch … «, versuchte der Kommissar, ihn zum Verlassen des Raumes aufzufordern.

»Herr Kluftinga, da Herr Dr. Möbius legt gwiess Weart drauf, doss i weida bei dem Gspräch dabei bin, oder? Schliaßle bin i der … «

»Ich würde wirklich gern mit Herrn Kluftinger allein sprechen. Bitte haben Sie Verständnis, Herr Lodenbacher.«

Lodenbachers Mund blieb offen stehen, sein Gesicht nahm eine tiefrote Farbe an.

»Bitte«, sagte er beleidigt. »I woaß zwor net, wos de Hoamlichduarei soi, ober bittschön!«

Schmollend zog Lodenbacher die Tür hinter sich zu.

»Fahren wir also fort«, lenkte Kluftinger angesichts der Brisanz der Ereignisse das Gespräch wieder auf den Fall. »Sie können sich möglicherweise eine Parallele zwischen Ihrem Bruder und der Sage denken?«

»Wissen Sie, als Sie das mit der Hilfe gesagt haben … «

Wieder zögerte Möbius.

»Herr Möbius, sagen Sie mir, was Sie wissen. Es geht um das Leben Ihres Bruders.«

»Ich habe ihm geschworen, unter keinen Umständen jemandem von der Geschichte zu erzählen, aber … «

Er war sichtlich in einem Dilemma.

»Nun gut, ich mache es letztlich für ihn. Mein Bruder ist begeisterter Bergsteiger – und er liebt extreme Touren, auch im Himalaya. Es war vor vielleicht fünfzehn Jahren, da kam mein Bruder zu mir. Er war sehr bedrückt, seit er von einer seiner Reisen nach Nepal zurückgekommen ist. Er hatte eine Expedition hinter sich, bei der sein Bergkamerad verunglückt ist. Sie hatten zu zweit einen Siebentausender bestiegen. Ich sagte ihm immer wieder, er könne nichts dafür, dass der andere die Strapazen des Aufstiegs so schlecht verkraftet hatte, dass er tot zusammenbrach. Was hätte er denn auch tun sollen – allein auf siebentausend Metern, noch dazu ohne wirkliche medizinische Ausbildung?«

Kluftinger griff nicht ins Gespräch ein, er nickte nur. Er wusste, dass Möbius nun an einem Punkt angekommen war, an dem er von sich aus erzählte.

»Wie gesagt, eines Tages kam mein Bruder zu mir. Er habe etwas auf der Seele, sagte er, was er eigentlich niemandem erzählen könne. Und er nahm mir das Versprechen ab, mit niemandem darüber zu sprechen. Der Kamerad, von dem ich eben sprach, war körperlich weniger fit als mein Bruder und hatte bereits die Tage vor dem letzten Gipfelanstieg mit der Kondition zu kämpfen gehabt. Hinzu kamen starke Erfrierungen an den Füßen. Zwei Stunden vor dem Gipfel ist er mehrmals im Schnee zusammengebrochen, er war mit seinen Kräften am Ende. Mein Bruder wartete immer wieder und half ihm weiter, bis der andere im Schnee liegen blieb. Horst hatte damals nur eines im Sinn: den Gipfel. Und das, obwohl er auch schon ziemlich angeschlagen war. Wegen des Gipfels hatten sie all die Strapazen auf sich genommen, und jetzt war er noch knappe zwei Stunden entfernt. Er war zum Greifen nahe. Also ließ er seinen Kameraden zurück. Er packte ihn in eine Wärmedecke ein und versprach ihm, bald zurück zu sein.

Horst beeilte sich und schaffte den Anstieg in etwas mehr als einer Stunde. Oben angekommen, kehrte er sofort um. Nach zwei Sunden fand er seinen Freund. Sein Gesicht war blau, er war erfroren. Wenn er vorher bei ihm geblieben wäre – er hätte ihn vielleicht retten können. Wahrscheinlich nicht, ich weiß es nicht. Zumindest redete er sich das danach immer ein. Schließlich musste mein Bruder seinen Kameraden einfach im Schnee liegen lassen. Ihn hinunterzubringen, daran war gar nicht zu denken. Im Basislager kam er mit letzter Kraft an – und erzählte allen, dass der Kamerad einfach tot zusammengebrochen war. Er wusste immer, dass er Schuld auf sich geladen hatte. Ich riet ihm, er solle beichten, ihn vielleicht oben im Schnee zu bergen versuchen – das alles aber reichte ihm nicht. Er fragte mich um juristischen Rat. Er wollte wissen, was ihm im Falle einer Selbstanzeige passieren würde. Dabei habe ich damals gerade mit dem Referendariat begonnen – ich hatte keine Ahnung. Und letztendlich hat er dann auch nichts unternommen.«

Möbius wirkte erleichtert, nachdem er geendet hatte. Sandy Henske hatte während seiner ganzen Erzählung seine Hand gestreichelt.

»Wer außer Ihnen weiß von dieser Geschichte?«, fragte Kluftinger nach.

»Nur ich, Herr Kommissar, ich bin mir sicher, dass er es nicht einmal seiner Frau erzählt hat.«

»Und Sie haben niemandem gegenüber jemals etwas erwähnt?«

Möbius schüttelte energisch den Kopf. Für Kluftingers Gefühl etwas zu energisch.

»Überlegen Sie genau. Eine Andeutung vielleicht?«

Keine Antwort.

»Ich muss Ihnen nicht darlegen, wie wichtig nun das kleinste Detail sein kann.«

»Weißt du denn wirklich nischt? Es geht doch um Horst!«, hakte auch Sandy nach.

Mit starrem Blick saß der Staatsanwalt da. Ihm schien die Tragweite seiner nun folgenden Worte bewusst zu werden. Er schüttelte den Kopf. »Aber die Schlüsse, die Sie daraus ziehen werden … Ich meine, es kann nicht sein, dass … «

»Kümmern Sie sich nicht um die Schlüsse! Die werden wir später ziehen. Erst müssen Sie einmal erzählen.«

Zaghafter als zuvor, setzte der Staatsanwalt erneut an.

»Nun … es war ein Vertrauensbruch an meinem Bruder. Aber wie gesagt, er fragte mich um juristischen Rat. Also habe ich irgendwann auch jemanden um Rat gefragt. Was sollte ich denn tun? Auch mir ließ es keine Ruhe, verstehen Sie? Ich kannte ja so viele gute, erfahrene Juristen. Trotzdem gab es für mich nur eine Person, an die ich mich wenden konnte: meinen damaligen Mentor am Gericht. Er war der beschlagenste Jurist und gleichzeitig der Mensch mit dem ausgeprägtesten Gerechtigkeitssinn. Und ich darf sagen, er war für mich so etwas wie ein väterlicher Freund. Jedenfalls sagte er, dass sich Horst unbedingt stellen müsse. Nur so könne er mit der Sache abschließen. Auch für sich. Er legte aber auch völlig klar, dass ihm ohne eine Aussage bei der Polizei nie etwas passieren könnte. Dennoch bohrte er immer wieder nach. Eines Tages wollte er sogar selbst mit meinem Bruder sprechen, um ihn zu einer Selbstanzeige zu überreden.«

Kluftingers Mund war trocken geworden bei den letzten Sätzen. Er hatte eine furchtbare Ahnung. Aber konnte das wirklich sein? Er brauchte jetzt einen Namen.

»Der Name, Herr Möbius. Der Name!«

Noch einmal zögerte der Staatsanwalt. »Hören Sie, Herr Kluftinger. Ziehen Sie nicht die falschen Schlüsse daraus. Ich halte es für unmöglich, dass … «

»Herrgottnochmal, der Name!«, rief Kluftinger, sprang dabei auf und schlug mit seinen Handflächen auf den Tisch.

»Es war … Richter Hartmann.«

Kluftinger durchfuhr es wie ein Blitz: Obwohl er es geahnt hatte, wurde ihm für einen kurzen Moment ganz schlecht, und er setzte sich wieder. Das musste es sein. Alles passte zusammen. Hartmann kannte alle Opfer – und er kannte ihre Geschichten. Hatte er sich als Racheengel aufgespielt? Kluftinger sträubte sich dagegen, diese Tatsache zu akzeptieren. Er wollte nicht glauben, dass ein Richter, ein Mann der Gerechtigkeit, zu so etwas fähig war. Andererseits …

Doch die wichtigste Frage, die es nun zu klären galt, war, wo sich Möbius' Bruder befand. Lebte er noch oder hatte ihn der Mörder, also vielleicht Hartmann, bereits auf dieselbe bestialische Weise gerichtet wie Sutter und Heiligenfeld? Immerhin – es gab noch eine kleine Chance, Horst Möbius lebend zu finden. Aber die Zeit drängte. Möglicherweise ging es um Sekunden. Der Kommissar sprang auf und ging zur Tür, die sich in diesem Moment öffnete. Beinahe hätte Kluftinger sie ins Gesicht bekommen, so schwungvoll hatte Willi Renn sie aufgestoßen. Der hatte einen roten Kopf. Er war völlig außer Atem. Kluftinger ließ ihn gar nicht erst zu Wort kommen.

»Willi, jetzt nicht, ich hab's eilig. Es geht um Leben und Tod!«

»Bei mir auch, bei mir auch. Stell dir vor! Wir haben gute Chancen, euren Täter anhand der Faserspuren zu überführen.«

»Willi, wir haben ihn, glaub ich, schon gefunden.«

»Ach so!«

Willi klang beinahe enttäuscht.

»Jetzt hab ich gedacht, ich hab eine Sensation. Und? Arbeitet er bei der LVA oder ist er da nur Kunde?«

»Wer?«, fragte Kluftinger hastig.

»Na, der Mörder. Die Fasern, die ich gefunden habe, führen schnurstracks zur Landwirtschaftlichen Vertriebsgenossenschaft. Es handelt sich um Mikrofasern mit einem speziellen Kevlarkern und Teflonbeschichtung. Und die wiederum stammen von Arbeitsbekleidung einer kleinen Firma aus der Schweiz, die es in Deutschland bisher nur bei der LVA gibt. Exklusivvertrieb. Und die LVA hat Arbeitskleidung aus genau diesem Material. In Rot. Mir hat das keine Ruhe gelassen, mit der Faser. Das war echte Detektivarbeit, die hat mich ein paar Nächte gekostet, das kannst du mir glauben. Na, wie bin ich?«

»Sensationell, Willi. Du musst mir unbedingt einmal erzählen, wie du das herausgefunden hast. Aber er arbeitet nicht bei der LVA. Er ist Jurist.«

»Jurist? Aber wie gesagt, die Fasern … «

»Also die Leute, die ich bei der LVA kenne … warte … « Kluftingers Augen weiteten sich. Er schlug sich mit der Hand gegen die Stirn. »Himmelarsch, ich Volldepp! Logisch! Der Heini im weißen Escort – der kam mir doch gleich so bekannt vor! Jetzt weiß ich wieder, wo ich den schon gesehen hab. Ich muss wie vernagelt gewesen sein.«

Kluftinger hastete durch die Tür, rempelte Willi Renn dabei mit dem Bauch an und eilte im Laufschritt zum Büro seiner Mitarbeiter.

Strobl, Maier und Hefele saßen still in ihrem Zimmer, als ihr Vorgesetzter hereinkam. Von Lodenbacher keine Spur – der schmollte wahrscheinlich in seinem eigenen Zimmer.

»Leut, wir haben's! Großeinsatz zur Festnahme von Richter Hartmann in Kaisersmad! Erkennungsdienst, Streifenwagen, das ganze Programm. Ihr kommt mit. Zusätzlich Fahndung nach einem weißen Escort Kastenwagen, wahrscheinlich zugelassen auf Hartmann, seine Frau oder seinen Sohn!«

Ratlos, aber angestachelt von der Aufgeregtheit ihres Chefs sprangen die Polizisten auf und machten sich an die Arbeit.

***

Kluftinger saß mit schweißnassen Händen auf dem Beifahrersitz. Sein Fuß gehorchte ihm nicht mehr; unaufhörlich wippte er im Takt der Blaulichtsirenen. Immer wieder schüttelte er den Kopf.

»Geht das nicht schneller?«, schrie er Maier an, der am Steuer saß. Maier reagierte gar nicht, sondern fuhr konzentriert hinter den Polizeiwagen her, die durch die inzwischen dunklen Straßen Kemptens rasten.

Eine Hand legte sich von hinten auf Kluftingers Schulter. Sie gehörte Eugen Strobl.

»Komm, mach dich nicht verrückt. Ohne dich wären wir gar nicht so weit gekommen.«

»Ohne mich? Da hättet ihr ihn wahrscheinlich schon. Ich bin ein Riesendepp!«

»Das bringt doch jetzt nix.«

»Dass mir nicht gleich aufgefallen ist, dass dieser Typ im Kastenwagen der gleiche war, der mir damals die Sensen gezeigt hat … «

»Komm, dir ist es ja schließlich noch eingefallen, während … «

Der Kommissar ließ seinen Kollegen gar nicht erst ausreden: »Das ist verdammt noch mal mein Beruf, dass mir solche Sachen einfallen. Und ich? Sitz auf der Lösung und rühr meinen Arsch nicht weg. Ich könnt mich ohrfeigen. Wenn wir zu spät kommen … «

»Jetzt mal den Teufel nicht gleich an die Wand«, mischte sich nun auch Hefele in das Gespräch ein. »Der Eugen hat schon recht: Du hast die Sache mit den Sagen überhaupt erst aufgedeckt.«

Kluftinger entspannte sich etwas. Hefele hatte Recht. Die Sache mit den Sagen war ihm aufgefallen. Trotzdem: Der Gedanke, dass sie vielleicht zu spät kommen würden, um noch einen dritten Mord zu verhindern, ließ ihm das Herz bis zum Hals schlagen. Er hatte das Gefühl, dass sich der Wagen in Zeitlupe bewegte, obwohl sie den Ortsausgang inzwischen mit gut und gerne hundertfünfzig Stundenkilometern hinter sich gelassen hatten. Vor allem wollte er nicht wahrhaben, dass er die Hinweise, die ihm jetzt wie grelle Warnschilder vorkamen, nicht gesehen hatte. Die Tatsache, dass der Richter mit beiden Fällen zu tun gehabt hatte, hatte er als glücklichen und bequemen Zufall für die Ermittlungen gesehen, statt durch diesen »Zufall« alarmiert zu sein. Aber alles Lamentieren half nun nichts mehr. Für diese Selbstzerfleischung würde er später noch genügend Zeit haben. Jetzt galt es, ein Menschenleben zu retten – falls sie nicht schon zu spät kamen.

»Wer war denn eigentlich der Typ, den wir im Auto gesehen haben?«, wollte Strobl noch wissen.

»Das war der, der mir damals in der LVA die Sensen gezeigt hat. Schon komisch, wie … « Er beendete seinen Satz nicht, sondern schrie plötzlich: »Da!« Diesmal zuckte Maier doch etwas zusammen. Die versprengten Lichter des kleinen Weilers Kaisersmad tauchten am Horizont auf. Sekunden später quietschten Reifen, Dreck spritzte durch die Gegend, Staub wirbelte auf und legte einen Dunstschleier über das bäuerliche Anwesen, auf dessen Hof nun ein halbes Dutzend Polizeiwagen mit Blaulicht hielt. Türen wurden aufgerissen und uniformierte Beamte stürmten heraus, die Waffen im Anschlag. Auch Kluftinger sprang aus dem Auto, noch bevor Maier richtig angehalten hatte.

»He, Vorsicht … «, hörte er ihn noch rufen, dann war er draußen.

Das Erste, was er sah, war der Hund. Diesmal ganz und gar nicht ruhig, sprang er mit gefletschten Zähnen direkt auf Kluftinger zu. Geifer tropfte ihm von den Leftzen und immer, wenn ein Blaulicht auf seine Augen fiel, schimmerten sie tief und unheimlich. Der Kommissar rührte sich nicht, er stand wie angewurzelt da, als der Hund näher kam. Er hörte sein tiefes Knurren, sah die Atemwolken, die aus seiner Schnauze stoben, sah, wie er fünf Meter vor ihm zum Sprung ansetzte. Doch er blieb reglos stehen. Erst ein ohrenbetäubender Knall löste seine Erstarrung. Unwillkürlich riss er die Arme hoch und duckte sich. Als nichts passierte, richtete er sich wieder auf und sah den Hund: Hechelnd lag er vor ihm auf der Seite, ein Bein grotesk nach hinten ausgestreckt, mit einem leisen Wimmern seine Schnauze leckend. Kluftinger blickte mit weit aufgerissenen Augen nach rechts, in die Richtung, aus der das Pfeifen in seinem Ohr kam, die Nachwirkungen des Schusses.

Dünne Rauchschwaden drangen aus der Waffe, die Hefele in der Hand hielt und nun mit versteinertem Gesicht langsam sinken ließ. Kluftinger nickte ihm dankbar zu. Sie würden es nie erfahren, aber es war gut möglich, dass er ihm in diesem Moment das Leben gerettet hatte.

Ein, zwei Sekunden nach dem Schuss löste sich auch die Erstarrung der anderen Beamten, dann stürmten sie auf den Eingang des Bauernhauses zu. Noch bevor sie ihn erreicht hatten, wurde die Tür von innen geöffnet und der Richter tauchte als Schattenriss im Türrahmen auf.

»Stehen bleiben!«, schrie einer der Beamten, doch Hartmann sprintete los.

»Stehen bleiben oder wir schießen!«, schrie ein anderer Polizist, doch Hartmann schien sie gar nicht zu hören. Seine Augen waren starr auf den Hund gerichtet, der neben Kluftinger lag.

»Nicht schießen«, rief Kluftinger, der erkannte, dass es der Richter nicht auf ihn abgesehen hatte.

»Tyras! Um Gottes willen«, schrie Hartmann mit schriller, sich überschlagender Stimme. Er war nur noch wenige Meter vom Kommissar entfernt, dann lief er gegen eine Wand aus sechs Armen, die ihn mitten im Lauf stoppte. Wie ein Besessener tobte der Richter, strampelte, jaulte, versuchte sich dem Griff der Polizisten zu entziehen.

»Beruhigen Sie sich, verdammt«, schrie der Beamte, der ihn von hinten unter den Achseln gepackt hatte. Hartmann zappelte noch einige Sekunden im harten Griff der Polizisten, dann erschlaffte sein Körper und er begann zu weinen.

Kluftinger seufzte: Von weinenden Männern hatte er allmählich wirklich genug. Er ging einen Schritt auf den Richter zu und sagte: »Sie sind festgenommen wegen des Mordes an Gernot Sutter und Michaela Heiligenfeld.« Er sagte die Worte ohne Emotion, aber in seinem Inneren brodelte es. Er verachtete den Richter dafür, dass ausgerechnet er, ein Mann des Gesetzes, sich außerhalb des Rechtssystems gestellt hatte. Es waren diese Vorfälle, die dem Vertrauen der Öffentlichkeit in das Rechtssystem, an das Kluftinger glaubte, irreparable Schäden zufügten. Als er ganz nah beim Richter stand, fragte er mit einer Schärfe, die ihn selbst überraschte: »Wo ist Horst Möbius?« Noch einmal versuchte Hartmann, sich dem Griff der Beamten zu entziehen, doch als er einsah, dass es keinen Sinn hatte, brach er zusammen.

Die Polizisten lockerten ihren Griff und ließen ihn zu Boden gleiten. Was nun passierte, überraschte Kluftinger. Er hatte gedacht, dass ein Geständnis aus dem verzweifelten Mann herausbrechen würde, eine Art Beichte, wie er es nach solchen Zusammenbrüchen schon zur Genüge erlebt hatte. Das weinerliche Flehen um Verständnis, um Gerechtigkeit, die die Täter ihren Opfern verwehrt hatten, als sie sich noch stark und als Herr der Lage fühlten.

Doch der Richter tat nichts dergleichen. Stattdessen rutschte er auf den Knien zu seinem am Boden liegenden Hund, der sich inzwischen gar nicht mehr rührte. Als Hartmann begriff, dass er tot war, sah er Kluftinger mit stierem Blick an und schrie: »Mörder!«

Der Schrei ging dem Kommissar durch Mark und Bein. Ausgerechnet Hartmann hieß ihn einen Mörder. Er schluckte. »Bringt ihn rein«, brachte er mit belegter Stimme hervor und sah zu, wie ihm die Kollegen Handschellen anlegten. Dann ging auch er auf das Haus zu und blieb nach wenigen Schritten bereits wieder stehen. Im Licht des Flurs, das durch die geöffnete Tür nach draußen drang, stand ein Schatten. Die ausgemergelte Gestalt erkannte er als Hiltrud Urban. Was ihm eine Gänsehaut über den Rücken jagte, war die Art, wie sie dastand. Zwei Polizisten hatten sich links und rechts neben ihr postiert, wussten aber offenbar nicht so recht, wie sie weiter vorgehen sollten. Denn Frau Urban stand einfach nur da und starrte nach draußen. Völlig regungslos. In diesem Moment graute es dem Kommissar mehr vor ihr, als es ihm vor dem Hund gegruselt hatte.

Er versuchte, sich von seinem Gemütszustand nichts anmerken zu lassen, und machte ein paar Schritte auf die Frau zu. Als er vor ihr stand, setzte er zum gleichen Satz an, den er bereits ihrem Mann gesagt hatte: »Frau Urban, Sie sind verhaftet wegen … «

Weiter kam er nicht, denn ansatzlos ließ sie ihre Hand in Kluftinger Gesicht klatschen. Der Kommissar war wie betäubt von dem plötzlichen Schmerz. Mehr noch aber fuhr ihm der Schreck in die Glieder. Während er wie angewurzelt dastand, sprintete hinter ihm Maier vorbei und packte Hiltrud Urban unsanft an den Schultern. Innerhalb weniger Sekunden hatte er ihr Handschellen angelegt und stieß sie nun vor sich in Richtung Wohnzimmer.

»Wo ist Horst Möbius?«, stellte Kluftinger noch einmal seine Frage von eben, nachdem das Ehepaar unsanft in zwei Stühle am Tisch gestoßen worden war. Doch er erhielt keine Antwort. Bevor Kluftinger die Frage wiederholen konnte, tippte ihm Strobl von hinten auf die Schulter und flüsterte ihm etwas ins Ohr.

»Kruzifix«, zischte Kluftinger. Dann wandte er sich wieder den beiden vor sich zu: »Wo ist Ihr Sohn? Ist er mit seinem Wagen weg? Hat er Möbius bei sich?«

Wieder gaben sie keine Antwort.

Die Verzweiflung über seine ohnmächtige Lage wuchs sich zur Panik aus. Unkontrolliert begann Kluftinger zu schreien:

»Zefixnoamal, wo ist Ihr Sohn? Machen Sie's doch nicht schlimmer! Es ist vorbei! Vorbei, hören Sie?«

Jetzt mischten sich auch die anderen Polizisten ein. Von allen Seiten schrieen sie auf das Ehepaar ein, bellten mit hochroten Gesichtern immer wieder dieselben Fragen: »Wo ist Ihr Sohn? Wo ist Möbius?«

Sie hielten schlagartig inne, als die beiden ihre Münder öffneten und anfingen zu reden. Doch sie beantworteten nicht etwa die Fragen der Polizisten – sie beteten. Ganz leise begannen sie, im Chor das »Vater Unser« aufzusagen.

Kluftinger verlor erneut die Beherrschung: »Gerechtigkeit ist eine Sache Gottes, Herr Hartmann. Aber ganz bestimmt nicht Ihre«, sagte er und er war so in Rage, dass er dabei spuckte.

Als Kluftinger die höhere Gerechtigkeit ins Spiel brachte, sah der Richter zum ersten Mal auf.

»Gerechtigkeit?«, fragte er leise, »Sie haben keine Ahnung, was Gerechtigkeit ist. Fiat justitia!«

Kluftinger kamen die Worte bekannt vor. Es waren dieselben, die auf dem großen Gemälde im Foyer des Gerichtsgebäudes standen.

Es war mucksmäuschenstill in dem Zimmer. Die Beamten hielten den Atem an. Man hätte eine Sense über feuchtes Gras mähen hören können, dachte der Kommissar. Sein Sarkasmus funktionierte noch, was er für ein gutes Zeichen hielt.

»Schluss mit dem Geschwätz. Sie werden mir jetzt sagen, wo Möbius ist.«

Der Richter sah ihn lange an, dann antwortete er: »Sie werden Gottes Gerechtigkeit nicht aufhalten.«

Kluftinger hatte das dumpfe Gefühl, dass er Recht hatte. Doch er wollte sich nicht einfach so in sein Schicksal fügen.

»Bringt sie weg«, trug er den Kollegen auf, die das Ehepaar sofort packten und nach draußen schoben.

»Eugen, sei so gut und fahr mit. Vielleicht kriegst du sie auf der Fahrt weich. Wir müssen alles versuchen. Roland? Gib eine Fahndung nach dem Wagen und dem Sohn raus. Und die sollen das Haus noch mal auf den Kopf stellen. Außerdem sollen ein paar Kollegen nach Oberthingau fahren und sich dort bei der Kirche auf die Lauer legen. Wenn es nach dem gleichen Muster abläuft, taucht er dort wieder auf, wo die Sage spielt.« Und als wollte er sich selbst Mut machen, schob er noch nach: »Den finden wir schon.«

Als er nach draußen ging, stieg Hiltrud Urban gerade in den grün-weißen Bus ein. Kluftinger ging an ihnen vorbei und nickte Strobl noch einmal zu. Als er sah, dass der Richter ihn anstarrte, streckte er seinen Arm aus, zeigte mit dem Finger auf den Richter und sagte noch einmal: »Wir finden ihn, Hartmann!«

Hartmann schüttelte nur den Kopf. Sein letzter Satz, bevor er ebenfalls im Bus verschwand, ließ dem Kommissar das Blut in den Adern gefrieren: »Geben Sie sich keine Mühe. Seine Sense ist schon gedengelt.«

***

Kluftinger fühlte sich elend, als er hinter Maier und Hefele im Wagen Platz nahm. Zwar hatten sie den Fall soeben gelöst. Doch noch kam nicht einmal ein Anflug von Zufriedenheit auf. Nur ein Gedanke beherrschte die drei Kommissare im Auto: Der bevorstehende Mord musste verhindert werden. Um jeden Preis!

Wie ein Mantra wiederholte Kluftinger im Geiste den Satz, den Hartmann gesagt hatte: »Seine Sense ist schon gedengelt.« Hieß das, dass es noch nicht zu spät war? Dass Möbius noch am Leben war? Hoffnung flackerte kurz in ihm auf, die aber sofort wieder von heftigen Zweifeln verschüttet wurde: Wie nur sollten sie ihn jemals finden? Wo konnten sie den Bruder des Staatsanwaltes versteckt haben? Würden sie im Präsidium mehr aus dem Ehepaar herausbekommen?

Keiner sagte ein Wort. Doch plötzlich, als Maier den Wagen gerade auf die Betzigauer Kirche zusteuerte, brach Kluftinger das Schweigen: »Bieg links ab, Richard!«, rief er aufgeregt.

»Warum? Wir fahren doch nach … «

»Es klingt vielleicht verrückt, aber ich hab da so ein Gefühl. Bieg einfach links ab!« Den letzten Satz bellte der Kommissar wie einen Befehl. Sein Herz schlug ihm auf einmal bis zum Hals und seine Hände waren feucht. War das die Lösung? War der Gedanke, der ihn vor ein paar Sekunden wie ein Blitz durchzuckt hatte, der Schlüssel?

Maier wagte nicht, noch einmal nachzufragen, so scharf hatte sein Chef die Anweisung formuliert. Ratlos las er auf dem Wegweiser, der an der Abzweigung stand, dass sie nach Stein fuhren, einem Weiler am Rande des Kemptener Waldes.

»Gib Gas, Richard! Immer geradeaus!«, drängte Kluftinger. Er hatte sich nach vorn gebeugt und starrte zwischen den beiden Vordersitzen hindurch auf die kurvige Straße, die das Scheinwerferlicht aus der Dunkelheit herausschälte.

Mit über hundert Sachen rasten die Polizisten durch kleine Ansammlungen von Bauernhöfen, bis Maier den Wagen abrupt vor einem Verbotsschild abbremste.

»Fahr zu!«, schrie Kluftinger.

»Ja wohin denn überhaupt?«, fragte Maier verzweifelt.

»Wohin geht es denn hier wohl?«

»Nur noch zum Dengelstein und dann weiter in den Wald.«

»Also? Mensch, Richard, fahr jetzt endlich!«

»Du, das ist eine Forststraße, da können wir doch nicht einfach … «

»Fahr weiter, schnell!«, schrie jetzt auch Hefele. Dann drehte er sich zu seinem Chef um und fragte: »Meinst du wirklich, dass … «

Kluftinger war erleichtert, dass es Roland nun offenbar ebenfalls gedämmert hatte. Vielleicht war sein Gedanke doch nicht so abwegig gewesen.

»Ja, jetzt schreit's halt nicht gleich so!«, wurde nun auch Maier laut, trat aber gleichzeitig das Gaspedal bis zum Anschlag durch. Mit quietschenden Reifen schoss das Auto los und Kluftinger wurde heftig in den Sitz gedrückt. Statt sich darüber zu beklagen, sagte er lediglich: »Na also … «

Die enge Teerstraße verlief am Waldrand, rechts breiteten sich ausgedehnte Wiesen aus.

»Obacht!«, rief Kluftinger, als im Lichtkegel der Scheinwerfer ein Feldhase auftauchte, der die Straße kreuzte. Das Ruckeln des Autos zeigte, dass der Ruf zu spät gekommen war. Reflexartig bremste Maier den Wagen, worauf Kluftinger ihn anwies, sofort weiterzufahren.

»Aber wir können doch nicht einfach … «, sagte er geschockt.

»Willst du ihn wiederbeleben?«

Maier trat wieder aufs Gas.

Nach einer Minute, in der niemand etwas gesagt hatte, flüsterte Kluftinger seinem Kollegen plötzlich zu: »Fahr langsam, Richard.«

Im Licht der Scheinwerfer reflektierten die Rücklichter eines Wagens: Dort, nur wenige Meter vor ihnen, in einer Kurve, stand, halb im Graben, ein weißer Ford Escort.

Ein paar Sekunden blieb es still, dann sagte Hefele leise: »Respekt!«

Maiers Mund stand ein paar Sekunden offen, dann wagte er einen Vorstoß: »Würde mir vielleicht mal jemand erklären, woher ihr das wusstet?«

Da Kluftinger keine Anstalten machte, dieser Bitte zu entsprechen, setzte Hefele zu einem Erklärungsversuch an: »Also, wenn ich das Gleiche denke wie du … « Mit diesen Worten wandte er sich unsicher zu seinem Chef um, der ihn mit einem Kopfnicken ermunterte, weiterzusprechen. Er war sicher, dass sie die gleiche Idee gehabt hatten.

»Also, wir wussten es ja gar nicht. Es war nur so ein Gefühl, aber … «

» … es gab so viele Hinweise darauf, dass es stimmen musste«, schaltete sich Kluftinger ein. »Den Ausschlag hat Hartmann gegeben, als er gesagt hat, dass die letzte Sense schon gedengelt wird. Da hat bei mir irgendwas Klick gemacht. Dengeln, Dengelstein – das hab ich alles schon mal gehört. Und dann ist es mir wieder eingefallen: Eine der Sagen hat sich auch darum gedreht. Außerdem hat, ich glaube es war Eugen, davon erzählt, dass das früher mal ein Richtplatz war. Und dann war da noch dieser … «

Er blickte zu Hefele, um ihn die Schilderung des letzten Puzzleteilchens zu überlassen. Dankbar fuhr der fort: » … dieser Bauer aus Stein, der angerufen hat, dass er in einer Mordnacht diese komischen Geräusche gehört hat. Als würde jemand eine Sense dengeln.« Kluftinger nickte ihm zu.

Unter ungläubigem Kopfschütteln lenkte Maier das Auto an den Straßenrand. Dann räusperte er sich und sagte voller Bewunderung: »Ihr seid der Hammer!«

Doch Kluftinger wollte davon nichts hören: »Das kannst du sagen, falls wir noch nicht zu spät gekommen sind«, wandte er ein und lenkte damit die Aufmerksamkeit seiner Kollegen wieder auf das Auto vor ihnen.

Maier schaltete die Scheinwerfer aus und sie verließen langsam den Wagen.

»Ich hab schon gedacht, ich kann gar nix mehr!«, seufzte der Kommissar.

Wortlos zogen sie ihre Waffen und näherten sich dem Kombi. Die rechte hintere Klapptür war angelehnt, Kluftinger riss sie ruckartig auf, die Waffe in der rechten Hand. Während Hefele seinen Vorgesetzten mit entsicherter Pistole Deckung gab, leuchtete Maier mit einer großen Taschenlampe in den Laderaum. Wie sie erwartet hatten, war er leer, ebenso die Fahrerkabine. Lediglich ein paar schmutzige Decken lagen als Knäuel auf der Ladefläche. Kluftinger winkte Maier mit der Taschenlampe näher heran, hob eine der Decken auf und betrachtete sie. »Blut!«, war alles, was er sagte.

»Richard, bleib du hier beim Auto. Pass aber auf, vielleicht kommt er. Gib per Funk durch, dass sie mit ein paar Wagen kommen. Und sag, dass sie leise sein sollen. Zugriff erst, wenn wir das Kommando dafür geben.«

Kluftinger, dessen Herz bis zum Hals pochte, war absolut konzentriert. Seine Kollegen wussten, dass er in solchen Situationen funktionierte wie ein Schweizer Uhrwerk.

»Komm«, sagte er zu Hefele, der ihm mit gezogener Waffe folgte. Leise bewegten sie sich auf die Bäume zu, hinter denen sich auf einer kleinen Lichtung der Dengelstein befand, ein riesiger Findling, den die letzte Eiszeit hier zurückgelassen hatte. Die Taschenlampe ließen sie sicherheitshalber aus; das Mondlicht musste genügen. Keiner wusste, was sie in der Dunkelheit vor ihnen erwarten würde.

***

Als die Nacht seine Kollegen endgültig verschluckt hatte, setzte Maier den Funkspruch ab und bewegte sich mit wackeligen Knien wieder auf den weißen Lieferwagen zu. Er lauschte auf jedes Knacken im Wald. Dieser Platz war ihm ohnehin unheimlich, seit er wusste, dass hier keltische Blutopfer- und Gerichtsriten stattgefunden hatten. Nun, im Halbdunkel des Mondscheins, schien jeder Baum, jeder Busch ein frühzeitlicher Häscher zu sein, der jeden Moment auf ihn zustürzen konnte, um ihn oben auf dem Dengelstein zu schlachten. Maier versuchte sich zu beruhigen, indem er fast lautlos eine Melodie summte. Er entschied sich für »Moonriver« – etwas Besseres war ihm nicht eingefallen.

Plötzlich erstarrte er. Sein Mund wurde trocken und er bekam kaum noch Luft. Er riss seine Augen weit auf: Schritte! Er hörte eindeutig Schritte. Leise, aber deutlich nahm er das Knirschen von Schuhen auf dem Kiesweg wahr. Es waren keine hastigen, schnellen Schritte, eher bedächtige. Als schleiche sich jemand heran. Dann hielt er den Atem an: Es waren zwei Menschen, die da langsam durch den Wald schlichen, da war er sicher.

Was sollte er tun? Die beiden Kollegen sah er nicht mehr, Funkgeräte hatten sie keine mitgenommen. Sicher, er hatte Schulungen hinter sich, wo er das Verhalten in solchen Fällen theoretisch gelernt hatte. Aber hier, mitten in der Dunkelheit des Waldes – würde er diese Kenntnisse anwenden können?

»Überblick verschaffen … «, murmelte er mechanisch vor sich hin. »Unbedingt Überblick verschaffen und Schrecksekunde nutzen.« Noch immer hörte er deutlich die langsamen Schritte, bildete sich ein, dass sie immer lauter wurden. Kamen sie auf ihn zu? Dann fällte Maier eine Entscheidung. Er hob seine Taschenlampe und richtete sie auf den Waldweg. Seinen Finger legte er auf den Einschaltknopf, die Waffe in der anderen Hand zielte in die gleiche Richtung. Vielleicht würde es ihm so gelingen, die Täter zu überraschen. Er schaltete das Licht ein.

***

Nur am Rande nahmen Kluftinger und Hefele den schwachen Lichtschein hinter sich wahr. Obwohl sie langsam gingen, atmeten sie schwer. Jeder ihrer Schritte, die sie mit Bedacht setzten, um nicht zu viel Lärm zu machen, brachte sie tiefer in das ungewisse Dunkel der Nacht – und damit näher zum Dengelstein. Sie waren nicht mehr weit von ihrem Ziel entfernt, als sie plötzlich ein Geräusch vernahmen: Es war ein Hämmern, wie von Metall auf Stein. Beide blickten sich für einen Moment in die Augen, dann rannten sie los.

Der Waldboden knackte unter ihren Schritten, Zweige peitschten in ihre Gesichter. Obwohl sie nicht sehen konnten, wohin sie traten, liefen sie, so schnell sie konnten. Immer näher kam das unheimliche Klopfen, immer heller wurde der silbrige Schein, der von der Lichtung in den Wald drang.

Dann hatten sie den Waldrand erreicht. Sie kniffen ihre Augen zusammen, doch sie sahen nur den riesigen Felsen, der im Mondlicht bläulich schimmerte. Das Geräusch war nun aber so klar, dass es keinen Zweifel mehr gab: Jemand dengelte eine Sense. Hier, mitten in der Nacht, mitten im Kemptener Wald.

Auch wenn das metallische Hämmern den beiden Kommissaren einen eiskalten Schauer über den Rücken jagte: In Kluftinger keimte wieder Hoffnung auf. Da die Sense noch gedengelt wurde, standen die Chancen gut, Möbius doch noch lebend zu finden. Aber die Zeit drängte.

Gleichzeitig gaben sie ihre Deckung preis und rannten los.

***

»Polizei! Stehen bleiben!«, schrie Maier in die Nacht, doch seine Stimme zitterte dabei. Trotzdem hatte er bei seinem Gegenüber eine Schrecksekunde erzeugt. Ein dunkles, vom Schock des plötzlichen Lichtscheins geweitetes Augenpaar fixierte den Kommissar. Auch Maier erschrak, denn irgendwie hatte er gehofft, dass er sich die Geräusche nur eingebildet hatte. Auf den Anblick, der sich nun bot, war er nicht vorbereitet gewesen.

Sein Gegenüber hatte den Schock inzwischen überwunden und wandte sich um. Beinahe hätte er noch einmal seinen Ruf von eben wiederholt, doch er hatte sich wieder unter Kontrolle. Er senkte die Waffe und sah mit pochendem Herzen dem Reh dabei zu, wie es wieder im Wald verschwand.

***

Nun kam es auf jede Sekunde an. Sie liefen gebückt von der gekiesten Forststraße nach rechts auf einen kleinen Weg, vorbei an zwei Hinweistafeln, suchten Schutz im Schatten, den der Findling warf – und erstarrten. Zuerst sah es Kluftinger, kurz darauf Hefele. Vor ihnen tat sich ein grauenhaftes Szenario auf. Vor einer kleinen Nische in dem riesigen Felsblock stand im fahlen Mondlicht, mit dem Rücken zu ihnen, eine dunkle Gestalt, die mit einem kleinen Hämmerchen auf eine Sense einschlug. Kluftingers Atem gefror. Es sah aus, als ob der leibhaftige Tod hier seine Arbeit verrichtete. Links neben der Gestalt, am Boden, zeichneten sich schwach die Konturen eines Bündels ab, das Kluftinger erst auf den zweiten Blick als gefesselten Menschen erkannte. Wie hypnotisiert starrte der Kommissar darauf, wagte nicht, zu atmen, riss die Augen weit auf – und seufzte schließlich erleichtert: Er hatte eine Bewegung wahrgenommen. Sie waren also noch nicht zu spät.

Kluftinger atmete schwer. Jetzt erst konnte er seine Aufmerksamkeit auch auf die Geräusche richten. Neben dem Hämmern war eindeutig leiser Gesang zu vernehmen. Der Kommissar brauchte eine Weile, bis er das Lied, das der »Sensenmann« brummte, erkannte: Es war das schönste Kirchenlied, das er kannte: »Lobet den Herren«! Er sah zu Hefele. Bildete er sich das nur ein? Aber auch Hefele schien es zu hören.

Plötzlich fing das am Boden liegende Bündel an zu wimmern. Das musste Möbius sein. Die Gestalt mit der Sense raunte ihm etwas zu, Möbius aber jammerte weiter. Ohne sein Dengeln zu unterbrechen, versetzte ihm der andere einen Fußtritt und stimmte wieder seinen Gesang an: »Kommet pfuhauf, Pfalter und Harfe wacht auf, laffet den Lobgefang hören.« Es war ein näselnder, grotesker Gesang und der Kommissar erinnerte sich wieder an die Hasenscharte des jungen Mannes mit der Tonsur, den er zum ersten Mal in der LVA gesehen hatte.

Kluftinger konnte sich als erster aus der Erstarrung lösen. Vielleicht waren es die letzten Verse, die ihn endlich wieder zum Herrn der Lage machten. Sie würden zuhauf kommen, aber was diese Gestalt erwartete, war nicht der Lobgesang von Psaltern und Harfen.

»Geh du linksrum, an den Büschen vorbei. Kümmere dich um Möbius, ich nehm ... «, er wollte »den Sensenmann« sagen, schreckte aber vor dem Wort zurück und fuhr fort, » ... Hartmanns Sohn! Zugriff auf mein Zeichen.«

Leise pirschte er sich von hinten an die dunkle Gestalt heran. Ein Blick zu Hefele zeigte ihm, dass der bereits in Position war. Er selbst war ebenfalls nur noch zehn Meter von dem Felsen entfernt. Er schloss die Augen, atmete tief durch und stieß dann einen gellenden Pfiff aus.

»Halt, Polizei!«, schrien Kluftinger und Hefele gleichzeitig. Sie mussten versuchen, die Überraschung des Täters auszunutzen. Mit gezogener Waffe stürzte Kluftinger auf ihn zu. Doch der Mann zuckte nicht wie erwartet zusammen, er drehte ihm nur langsam sein Gesicht zu, was Kluftinger für einen kurzen Moment aus dem Konzept brachte. Er schaltete die Taschenlampe ein und richtete das gleißende Licht auf das Gesicht des Sensenmannes. Nur für einen Augenblick nahm der Kommissar die zur Fratze verzerrten Züge des jungen Mannes wahr, dann hatte er ihn erreicht und versuchte, ihn gegen den Fels zu drücken. Er konnte ihm gerade noch den Hammer aus der Hand schlagen, bevor er begann, wie wild um sich zu schlagen. Der erste Schlag traf Kluftingers linke Hand, worauf ihm die Taschenlampe entglitt, in hohem Bogen gegen den Felsen flog und klirrend zerbrach. Nur noch das Mondlicht beschien sie jetzt. Im Augenwinkel nahm der Kommissar das Flackern von Hefeles Taschenlampe wahr, der offenbar versuchte, Möbius vom Felsen wegzuziehen. Er hoffte, dass er ihm hier bald zu Hilfe kommen würde, denn der junge Hartmann setzte beinahe übermenschliche Kräfte frei. Kluftinger versuchte, seinen Kopf an den Fels zu drücken, doch Hartmann löste sich aus seinem Griff und sprang einen Schritt zur Seite. Mit Entsetzen sah Kluftinger, wie er die Sense packte und ausholte. Instinktiv ließ er sich fallen und hörte das Zischen, als das Mordgerät über seinen Schädel fegte.

Hartmann hatte offenbar nicht mit der schnellen Reaktion des Kommissars gerechnet, denn er geriet ob der Wucht seines Streiches ins Wanken. Diese Sekunden nutzte der Kommissar, um blitzschnell wieder auf die Beine zu kommen. Auch Hartmann hatte sich gefangen und holte erneut zum Schlag aus. Mit gefletschten Zähnen und einem markerschütterndem Schrei rannte er auf Kluftinger zu. Der Kommissar riss den Arm nach oben, um die Sense schon im Ansatz der Bewegung zu stoppen. Doch Hartmann war stärker, als er vermutet hatte. Der Stahl der Sense bohrte sich in seinen rechten Arm und hinterließ einen brennenden Schmerz. Er ließ die Waffe fallen. Ein Schuss löste sich und hallte durch die Nacht.

Kluftinger wich zurück und geriet ins Stolpern. Auf dem Boden liegend sah er mit schreckgeweiteten Augen, wie Hartmann erneut Schwung holte. Verzweifelt blickte er sich um. Wie konnte er ihn stoppen? Da nahm er rechts von sich eine Bewegung wahr. Ein Busch raschelte und Hefele trat hervor. Er hob die Waffe, doch er hatte kein freies Schussfeld.

»Schieß!«, schrie Kluftinger trotzdem, auch wenn die Gefahr bestand, dass er ihn treffen oder die Kugel am Felsen abprallen und zum tödlichen Querschläger werden würde. Doch Hefele folgte seiner Anweisung nicht, er steckte die Waffe in den Gürtel und rannte unkontrolliert brüllend auf Hartmann zu. Der war so überrascht, dass er nicht mehr dazu kam, seinen Schlag auszuführen. Zusammen krachten beide an den Felsen und Hartmann ließ die Sense fallen.

»Lieber Gott, steh mir bei!«, rief der Entwaffnete plötzlich mit schriller Stimme, was Kluftinger eine Gänsehaut über den Rücken jagte. Dann rappelte er sich hoch und sah gerade noch, wie Hartmann Hefele gegen den Felsen schmetterte, dass dieser aufheulte. Fieberhaft suchte Kluftinger den Boden nach seiner Waffe ab, doch es war zu dunkel, um sie zu finden.

Hartmann wollte sich wieder nach seiner Sense bücken, da sprang Hefele ihm auf den Rücken und versuchte, ihm die Luft abzudrücken. Mit ihm taumelte der junge Mann rückwärts gegen den Felsen. Mehrmals stieß er mit dem Rücken dagegen, bis die Schmerzen für Hefele zu groß wurden und er loslassen musste. Langsam sank er an der Felswand entlang zu Boden. Hartmann kümmerte sich gar nicht um ihn und wankte angeschlagen nach vorn, um seine Sense wieder aufzunehmen. Nach ein paar Schritten blieb er erstarrt stehen: Vor ihm, im Schein des Mondlichts, stand Kluftinger. In seinen Händen lag die Sense, deren Stahl silbern blinkte. Ein paar Sekunden fixierten sich die beiden, dann lief Hartmann los. Kluftinger zögerte nicht: Mit einem langgezogenen »Neeeeeein!« holte er aus, ließ die Sense über den Boden zischen und mähte Hartmann von den Beinen. Im Fallen schlug er mit dem Hinterkopf gegen einen Stein und blieb reglos liegen.

Pfeifend sog Kluftinger den Atem ein. Er starrte ein paar Sekunden auf den am Boden liegenden Mann, dann war er sicher, dass er bewusstlos war. Erst jetzt wurde ihm klar, dass er noch immer die Sense in der Hand hielt. Angewidert warf er sie ins Gras. Es hatte sich ausgezahlt, dass er seinen Rasen noch auf die traditionelle Art mähte. Mit einem einzigen Hieb hatte er Hartmann von den Beinen geholt, wobei er peinlich darauf geachtet hatte, ihn nur mit dem Holzstiel, nicht mit der scharfen Klinge zu erwischen.

***

Maier war schockiert. Auf einmal hatte ein Schuss die Stille der Nacht zerrissen. Was war geschehen? Hatten sie ihn? Oder er sie? Sollte er die wenigen Meter zum Dengelstein rennen und seinen Kollegen zur Hilfe kommen? Oder hier warten, um dem Täter den Fluchtweg abzuschneiden?

In diese Gedanken hinein sah er die Blaulichter am Waldrand aufflackern. Mit Erleichterung nahm er das Eintreffen seiner Kollegen wahr, die – ganz und gar nicht leise – mit Festbeleuchtung heranpreschten. Maier wies ihnen den Weg zum Dengelstein, stieg in den letzten Wagen und kam nach weniger als einer Minute ebenfalls an dem Felsen an.

Sofort kümmerten sich die uniformierten Polizisten um die verletzten Kollegen und den noch immer gefesselten Möbius. Als einer Kluftingers Wunde verbinden wollte, entzog der abwehrend seinen Arm, hatte er im Moment doch Wichtigeres zu tun. Er lief zum Waldrand, drehte ihnen den Rücken zu und blieb stehen.

Hefele und Maier sahen sich ungläubig an. Wie konnte er in so einer Situation …

»Seitdem wir in Kempten weggefahren sind, muss ich schon biseln!«, rief er ihnen zu.

***

»Wie konnten Sie das nur zulassen?«

Kluftinger war fassungslos. Jetzt erst, mit einer Stunde Abstand zu den dramatischen Ereignissen dieser Nacht, wurde ihm die volle Tragweite, die tragische Dimension des Ganzen bewusst. Der Richter hatte seinen eigenen Sohn zum tödlichen Werkzeug gemacht.

Er revidierte seine Frage, weil ihm klar wurde, dass Hartmann es nicht zugelassen hatte. Er hatte es angezettelt, geplant. Wie hatte Markus gesagt? »Wir suchen einen intelligenten Menschen.« Das war der Richter, im Gegensatz zu seinem leicht zurückgebliebenen Sohn, ohne Zweifel. Aber es war eine dunkle, diabolische Intelligenz. Eine Intelligenz, die Kluftinger anwiderte, vor der er sich fürchtete.

Übernächtigt und mit einem pulsierendem Schmerz in seinem rechten, blutenden Arm, gingen ihm diese Gedanken durch den Kopf, als er zusammen mit Strobl im kalten Licht der Neonlampen, die das fensterlose Verhörzimmer II erhellten, den Mann vor sich taxierte. Seine Kollegen bearbeiteten zur gleichen Zeit Hiltrud Urban in einem anderen Zimmer. Hartmann hatte es abgelehnt, einen Anwalt hinzuzuziehen. »Ich habe das Gesetz studiert«, war seine Antwort auf die Frage nach einem Rechtsbeistand gewesen.

Kluftinger setzte erneut an: »Warum haben Sie Ihren Sohn zum Mörder gemacht?«

Der Richter schwieg lange. Er schien genau abzuwägen, welche Information er preisgeben wollte und welche rechtlichen Folgen das nach sich ziehen würde. Dann starrte er Kluftinger in die Augen und sagte: »Ich habe keinen Sohn.«

Der Kommissar hielt dem Blick des Richters stand und versuchte, darin zu lesen: Wollte er jetzt seinem Sprössling alles in die Schuhe schieben? Ihn zu seiner Entlastung vor ihren Augen verstoßen? Aber er hatte doch praktisch schon alles zugegeben. So dumm konnte er nicht sein. Nicht nach allem, was er bis dahin ausgeheckt hatte.

Die Türe ging auf und Sandy kam herein. Sie war bis jetzt im Büro bei Möbius geblieben. Dann hatte sie Kaffee für alle gekocht. Sie war wirklich die gute Seele dieses Kommissariats.

Als sie die Türe leise geschlossen hatte, sah Kluftinger, dass sie ein braunes Fläschchen in der Hand hielt. In der anderen trug sie Verbandszeug. Sie nickte ihm zu und er wandte sich wieder um. Er musste kurz überlegen, wo er stehen geblieben war. »Sie wollen jetzt also alles auf Ihren Sohn abwälzen? Das wird Ihnen keiner abnehmen, Hartmann.« Das »Herr« sparte sich Kluftinger mittlerweile. Nicht zu glauben, dass er ihn noch vor ein paar Tagen ehrfurchtsvoll mit »Herr Richter« angesprochen hatte.

Während er dies sagte, machte sich Sandy an seinem Ärmel zu schaffen, krempelte das Hemd hoch und untersuchte die Wunde. Kluftinger zog seinen Arm weg, doch sie packte ihn und hielt ihn fest. Es passte ihm gar nicht, dass sie ausgerechnet jetzt, während er dieses so wichtige Verhör führte, seinen Arm verarzten wollte.

»Sie verstehen gar nichts«, fuhr Hartmann fort, während Sandy ein paar Tropfen aus der mitgebrachten Flasche auf ein Tuch träufelte. »Ich habe keinen Sohn. Unsere Ehe war kinderlos.«

»Aber … «, Kluftinger verstand nicht, was das zu bedeuten hatte, doch der plötzlich aufwallende, brennende Schmerz in seinem Arm ließ ihn ins Stocken geraten. Seine Haut fühlte sich an, als hätte jemand darauf ein Feuer angezündet. Ein kurzer Seitenblick zeigte ihm, dass Sandy die mit der Tinktur getränkte Binde auf die Wunde gepresst hatte. Mit hochrotem Kopf entzog er den Arm nun endgültig seiner Sekretärin und gab ihr durch Kopfnicken deutlich zu verstehen, dass sie sich entfernen solle. Da sie ihr Werk offenbar ohnehin als vollendet ansah, schlüpfte sie widerspruchslos durch die Tür.

Kluftinger besann sich auf den letzten Satz des Richters: Seine Ehe war kinderlos. Was sollte das nun wieder bedeuten? Sie hatten seinen Sohn doch erwischt. Auch Strobls Blick verriet, dass er keine Ahnung hatte, worauf Hartmann hinaus wollte. Der Richter schien sich über die Ratlosigkeit in den Augen der Polizisten regelrecht zu freuen. Mit einem süffisanten Lächeln sagte er schließlich: »Wenn Sie Ihre Arbeit etwas gründlicher gemacht hätten, meine Herren, dann hätten Sie das sicher herausgefunden. Aber die Unfähigkeit der Polizei, die ich als Richter ja aus nächster Nähe erfahren durfte, habe ich natürlich einkalkuliert.«

Die Adern auf Kluftingers Schläfen traten hervor. Er zählte innerlich bis drei, denn er wollte sich auf keinen Fall provozieren lassen.

»Tja, wir haben Sie, oder nicht?«, sagte er, als er sich wieder im Griff hatte.

Hartmann spannte seine Kiefermuskulatur an.

»Das schon, aber Ahnung haben Sie trotzdem keine.«

»Erleuchten Sie uns«, warf Eugen Strobl beleidigt ein.

»Meine Frau ist vergewaltigt worden, vor dreißig Jahren.«

Der Richter hatte den Satz geradezu ausgespuckt. Strobl und Kluftinger blickten sich an. Der Abend hielt noch immer Überraschungen bereit.

»Wir waren völlig verzweifelt damals, meine Frau hat den Schock nie überwunden. Unser Leben war zerstört. Unwiderruflich. Und wissen Sie, was das Schlimmste ist? Der Kerl läuft noch immer frei herum. Man hat ihn nie überführen können. Niemand weiß, wer es getan hat. Nicht einmal ich als Richter konnte dagegen etwas unternehmen.«

»Und Ihr Sohn … «

» … ist nicht mein Sohn, richtig. Wir wollten ihn nicht, aber er ist auch ein Geschöpf Gottes. Damals haben wir den göttlichen Plan, der hinter all dem stand, nicht durchschaut. Aber sehen Sie, wie sich jetzt alles gefügt hat?«

Kluftinger schauderte. Er schien tatsächlich zu glauben, dass ein höherer Ratschluss hinter all diesen schrecklichen Ereignissen steckte. »Dass Sie Ihr … dass Sie das Kind Ihrer Frau zum Mörder gemacht haben?«

»Nicht zum Mörder. Zum Richter!«

Langsam dämmerte es dem Kommissar. Er begann zu verstehen, was Hartmann mit seinem Feldzug bewirken wollte.

»Sie meinen, weil Ihre Frau einmal etwas Schreckliches erlitten hat, sollten auch andere leiden?«

»Nichts! Sie haben nichts begriffen«, schrie der Richter plötzlich. »Mir ging es nicht um Rache. Rache ist allein Gott vorbehalten. Mir ging es um Gerechtigkeit. Weil das menschliche Gesetz manchmal nicht ausreicht, Unrecht zu sühnen, deswegen musste ich handeln. Wir haben es am eigenen Leib erlebt. Aber letztlich war es uns wohl so bestimmt.«

»Meinen Sie … also«, Kluftinger wusste gar nicht, wie er die Frage formulieren sollte, »Sie meinen tatsächlich, Sie hätten einer höheren Gerechtigkeit gedient?«

Er nickte.

Kluftinger dachte nach. Vielleicht wollte er auf Unzurechnungsfähigkeit plädieren. Ein Schachzug, der ihm angesichts der Absurdität seiner Taten durchaus gelingen könnte. Aber er wollte ihn nicht so einfach davonkommen lassen.

»Sie waren doch Richter, Sie haben das Gesetz vertreten … «

»Ja, aber eben dieses Gesetz hat mir auch Grenzen auferlegt. Grenzen, die ich immer schwerer akzeptieren konnte. Haben Sie denn noch nie das Gefühl gehabt, dass ein Verbrecher, den sie durch mühsame Ermittlungen ausfindig gemacht haben, wegen der Unzulänglichkeit unserer Gesetze viel zu gut davon kam? Vielleicht sogar als freier Mann den Gerichtssaal verlassen hat?« Er schaute den Kommissar durchdringend an. »Nehmen Sie mich: Mich kriegen Sie bestenfalls wegen Beihilfe, vielleicht sogar Anstiftung dran. Nach maximal fünfzehn Jahren bin ich wieder draußen. Dasselbe gilt für meine Frau. Und dem Jungen wird wegen seines Geisteszustands gar nichts passieren. Na, kennen Sie dieses Gefühl? Können Sie es jetzt nachvollziehen?«

Natürlich kannte der Kommissar dieses Gefühl. Und manchmal, zu Beginn seiner Karriere, hatte es ihn auch noch in Rage versetzt. Aber er hatte sich im Laufe der Zeit abgewöhnt, darüber nachzudenken. Er war nur ein kleines Rädchen im Getriebe der Verbrechensbekämpfung und er gab sein Bestes, dass dieses kleine Rädchen wie geschmiert lief. Alles andere war nicht seine Sache. Letztlich oblag es der Gesellschaft, die Normen festzulegen, nach denen die Strafen bemessen wurden. Und dieser gesellschaftliche Konsens war einem steten Wandel unterworfen. Durften Kinder früher von ihren Eltern ungestraft misshandelt werden, so war nun sogar schon eine Ohrfeige verboten. Ein Fortschritt, sicherlich, aber wer garantierte, dass es nicht auch wieder in die andere Richtung gehen würde?

Diese Wandelbarkeit des Gerechtigkeitsbegriffes schien der Richter aber nicht akzeptieren zu wollen: »Es hat mich krank gemacht, verstehen Sie? Ich bin der Meinung, man kann einen Rechtsbruch nicht absolut sehen und sanktionieren. Es kommt immer darauf an, welchen Schaden jemand durch diesen Rechtsbruch erleidet. Aber darum kümmert sich das Gesetz einen Dreck. Schlimmer noch: In bestimmten Fällen wird das Gesetz zum Komplizen. Was glauben Sie zum Beispiel, ist eine intakte Gesundheit wert? Meinen Sie nicht, die wäre höher anzusiedeln als ein materiell erlittener Schaden? Sofern aus dem keine Gesundheitsschäden resultieren, versteht sich. Unser Rechtssystem sieht das aber oft genug anders. Glauben Sie, es kann eine Entschädigung für die seelischen Höllenqualen geben, die ein Vergewaltigungsopfer durchmacht? Nein. Und kann dem Täter keine Tötungsabsicht nachgewiesen werden und war er vielleicht auch noch betrunken, dann hat er nicht viel zu erwarten. Aber das Opfer, mein Lieber, das Opfer führt ein anderes Leben. Es wird immer Opfer bleiben. Und dagegen musste ich etwas tun.«

Der Kommissar schüttelte nur den Kopf. Ihm fiel wieder das Bild im Gericht ein: Willkür und Blutgericht wären die Folgen, wenn sich jeder selbst zum Richter berufen würde.

»Ich würde ja gerne sagen, dass Sie mir Leid tun, aber eigentlich tun mir nur Ihre Opfer Leid. Ist Ihnen nicht klar, dass Sie selbst zum Täter geworden sind?«

»Ach hören Sie doch auf. Das waren die Täter, nicht ich, nicht wir.«

»Herrgottnochmal, Sie sind krank, Hartmann!«

»Ich würde es bevorzugen, wenn Sie in meiner Gegenwart nicht fluchen.«

Kluftinger war so perplex, dass es ihm kurzzeitig die Sprache verschlug. Das war nun wirklich der Gipfel der Bigotterie.

»Glauben Sie im Ernst, dass Gott Ihre Taten gutheißt?«, fuhr er ihn an, wobei er ihm so nahe kam, dass der seinen Atem spüren konnte.

»Sie verstehen es immer noch nicht, oder? Wie kann ich es Ihnen erklären, damit Sie es mit Ihrem schlichten Gemüt erfassen können? All das, was wir getan haben, haben wir als Werkzeuge Gottes getan.«

›Werkzeuge Gottes‹, der Mann redete wie ein Inquisitor aus dem Mittelalter.

Dann lächelte er bitter. »Sie begreifen es ja doch nicht ... «

»Reden Sie, ich möchte es verstehen.«

»Es waren kleine Zeichen, Puzzleteile, wenn Sie so wollen, die sich zu einem Bild zusammengefügt haben. Und am Ende war alles klar.«

Kluftinger sagte nichts. Er wollte, dass Hartmann weiter erzählte.

»Meine Frau war schon immer sehr gläubig, ganz im Gegensatz zu mir. Auch ich war einmal ein arroganter Jurist, der sich mit Winkelzügen behalf. Aber als dieser schreckliche Vorfall passiert ist, da habe auch ich zum Glauben gefunden. Gott hat uns Kraft gegeben. Wofür, das wussten wir damals natürlich noch nicht. Und dann kamen die Zeichen.«

Strobl sah seinen Chef fragend an, doch der zuckte nur mit den Schultern.

»Wissen Sie, wie oft ich an diesem Gemälde in der Residenz vorbeigegangen bin? Fiat Justitia, dieser Satz hat sich in mein Gedächtnis gebrannt. Ich bin mir auch sicher, dass Sie nicht wussten, dass es einen Kemptener Fürstabt gegeben hat, der ›von Brentano‹ hieß. Auch der ist auf dem Gemälde, auch ihn sah ich jeden Tag. Und dann, eines Tages, der Fall Sutter. Eine alte Frau – ein Opfer, das aus Gram gestorben ist. Sie können sich vorstellen, dass ich wie elektrisiert war, als ihr Sohn, der Brentano, dem Sie dank Ihres Spürsinns einen Aufenthalt in Untersuchungshaft beschert haben, im Gerichtssaal plötzlich von der göttlichen Gerechtigkeit anfing. Ich wusste, dass die Worte eigentlich mir galten, nicht Sutter.

Und dann kam das letzte Puzzleteil. Bei meiner Pensionierung bekam ich einen Gedichtband geschenkt, weil ich Lyrik sehr mag. Näher als mit einem vollendeten Gedicht können die Menschen der Sprache Gottes nicht kommen. Nun ja, als ich diesen Band durchblättere, stoße ich auf diese unglaublichen Zeilen.«

Hartmann schloss die Augen und holte tief Luft, bevor er weiter redete: »Es ist ein Schnitter, der heißt Tod. Er mäht das Korn, wenn's Gott gebot … Ich war aufgewühlt. Wieder habe ich gespürt, dass diese Worte mir galten. Und dann kam die Gewissheit und sie traf mich wie ein Donnerschlag, das können Sie mir glauben. Das Gedicht war von Clemens Brentano! Wie hätte ich da noch an Zufall glauben können?«

Hartmann hatte das alles leise, mit fester Stimme und im Brustton der Überzeugung vorgetragen. Kluftinger hatte keinen Zweifel: Der Mann spielte nicht, er glaubte, wovon er sprach. Und dem Kommissar jagte ein Schauer über den Rücken, denn auch er fand diese Zufälle eigenartig. Noch vor zwei Wochen hätte er das alles als Hirngespinste eines Irren abgetan, aber in diesen zwei Wochen war zu viel passiert.

Er dachte nach: Der Richter hatte ein Geständnis abgelegt, das Motiv war klar. Nur das »Wie« stand noch ungeklärt im Raum. »Ihre Taten zu beurteilen ist nicht meine Aufgabe. Mein Beruf ist es, Fragen zu stellen. Fragen wie diese: Wie haben Sie Ihren Sohn davon überzeugt, zu tun, was er getan hat? Ich nehme an, er war Ihr ausführendes Organ?«

»Überzeugt? Den muss man nicht überzeugen. Wir haben gesagt, was zu tun ist, und er hat gehorcht. Wissen Sie, er ist, wie soll ich sagen, schlichter Natur. Wie Sie sehen, passt auch das in den wunderbaren Plan.«

»Sie haben gesagt, ›wir haben befohlen‹. Also war Ihre Frau von Anfang an mit dabei? Sie müssen sie nicht belasten, das wissen Sie ja.«

»Es geht hier nicht darum, zu belasten. Wir unterstehen nicht mehr Ihrer Gerichtsbarkeit, auch wenn Menschen uns aburteilen. Natürlich war es meine Frau. Ich habe zu dem Jungen ja nie einen Draht entwickelt. Aber meiner Frau frisst er aus der Hand. Die hat ihm sagenhafte Geschichten erzählt – vom Dengelstein und so fort – und irgendwann wusste auch er, dass es seine Bestimmung ist, mit der Sense zu richten.«

»Haben Sie nie davor zurückgeschreckt, Ihren … nun, den Sohn Ihrer Frau zu einem Mörder zu machen?«

»Ich habe viel Geduld, aber strapazieren Sie sie nicht über die

Maßen. Wir haben ihn nicht zum Mörder gemacht, sondern zum Werkzeug einer höheren Gerechtigkeit. Sie sollten vielleicht einmal wieder in die Kirche gehen, dann wüssten Sie, was das bedeutet.«

»Ach ja?«, fauchte Kluftinger zurück. »›Du sollst nicht töten‹ heißt es in der Bibel, nicht wahr? Mir scheint, Sie haben das ein oder andere vergessen!«

»In der Bibel steht auch ›Auge um Auge, Zahn um Zahn‹. Ich halte mich gern an den alttestamentarischen, zürnenden Gott«, erwiderte der Richter ungerührt.

Kluftinger schnaufte. Es war nicht seine Aufgabe, den Mann zu bekehren. Er brauchte nur noch ein paar Informationen, dann würde er sich nie wieder mit ihm befassen müssen. Dann würde die Gerechtigkeit ans Werk gehen, an die *er* glaubte.

»Eine Frage habe ich noch: Ich nehme an, die Kollegen der Spurensicherung werden am Dengelstein Spuren von Michaela Heiligenfelds Blut finden. Wir haben nämlich bisher nicht feststellen können, wo sie getötet wurde.«

Hartmann widersprach nicht.

»Aber was war mit Sutter? Den haben Sie nicht dort … exekutiert.«

»Die Wege des Herrn sind unergründlich. Sutter war stärker, als der Junge gedacht hat. Er hatte dafür keine Zeit mehr. Er musste sofort handeln. Es gab einen Kampf, ich nehme an, Sie werden Spuren bei der Leiche gefunden haben.« Kluftinger fiel die Platzwunde auf Sutters Stirn wieder ein und er nickte.

Hartmann ergänzte noch: »Ich finde, angesichts seines geistigen Zustands hat er gut improvisiert.«

Kluftinger zog sich der Magen zusammen, als der Richter ihn für sein Vorgehen lobte.

»Wie viele standen noch auf Ihrer Liste, Hartmann?«

Hartman antwortete mit einer Gegenfrage: »Wie viele Strophen hat das Gedicht?«

Kluftinger begriff, was er sagen wollte. Er hatte genug gehört. Auf einmal machte sich der Schmerz in seinem Arm wieder bemerkbar. Er fühlte sich leer und ausgebrannt. Er gab Strobl ein Zeichen und sie gingen nach draußen. Bevor er die Tür öffnete, drehte sich Kluftinger noch einmal um. »Wieso dieser ganze Sagen-Firlefanz?«, wollte er wissen.

»Hätten Sie sonst verstanden?«

»Wenn es ein göttlicher Plan war, Hartmann, und wenn Ihre Liste noch länger war: Wieso sitzen Sie dann jetzt hier?«

Das ratlose Gesicht des Richters war das letzte, was der Kommissar sah, bevor er die Tür hinter sich schloss.

***

»Was hat er damit gemeint: ›Hätten Sie sonst verstanden?‹«, fragte Eugen Strobl seinen Chef, als sie auf der Couch in seinem Büro Platz nahmen.

»Ich vermute, dass wir sonst nicht verstanden hätten, warum sie sterben mussten. So hat er es vermutlich gemeint.«

Eine ganze Weile blieb es still im Zimmer. Dann sagte Strobl: »Vielleicht hat er Recht.«

Kluftinger antwortete nicht. Er war völlig erschöpft. Es war kurz nach Mitternacht. Eigentlich hatte er sich seinen Sonntag anders vorgestellt.

Die Türe ging auf, Maier und Hefele kamen herein. Sie ließen sich mit einem Seufzen ebenfalls in die Sessel plumpsen. Hefele wirkte irritiert.

»Hat euch die Urban nichts gesagt?«, wollte der Kommissar wissen.

»Doch, das ist es ja gerade. Alles. Sie hat nicht einmal ansatzweise versucht, sich irgendwie rauszureden. Wir könnten ihr nichts anhaben, hat sie immer wieder gesagt.«

Kluftinger und Strobl nickten. Dann sagte ein paar Minuten keiner mehr etwas. Sie hingen einfach nur ihren Gedanken nach, versuchten, das eben Gehörte zu verarbeiten.

»Wisst ihr was, Männer?«, durchbrach Kluftinger plötzlich das Schweigen. »Ich geb einen aus.«

»Ja, da schau her. Ganz neue Töne«, freute sich Hefele. »Hast du hier irgendwo einen Flachmann versteckt?«

»Nein, mit Alkohol kann ich leider nicht dienen. Aber ich hab was Besseres. Flüssiges Gold sozusagen.«

Seine Kollegen sahen mit ratlosen Blicken, wie er hinter seinem Schreibtisch verschwand und eine Flasche Apfelsaft hervorzog.

»Kluftinger Gold, aus eigener Mostung. Da geht nix drüber!«

»Genau: Heute wird mal nicht aufs Geld geschaut«, spottete Strobl. Dennoch nahm sich jeder ein Glas und hielt es unter die Flasche.

»Ach, wird hier ohne misch gefeiert?« Sandy war unbemerkt ins Büro gekommen.

»Nein, nein, Fräulein Henske. Nehmen Sie sich ein Glas.«

»Wie geht's dem Arm?«

Er brannte immer noch wie Feuer.

»Merkt man kaum noch«, antwortete der Kommissar.

Sie hoben die Gläser und prosteten sich zu. Zum ersten Mal an diesem Tag waren sie ausgelassen. Und Kluftinger tat aus dieser Euphorie heraus etwas, was er unter normalen Umständen nicht gemacht hätte: Er ging zum Telefon, tippte eine Nummer ein, wartete und sagte dann: »Ja. Kluftinger. Herr Lodenbacher, wenn Sie wollen – wir stoßen hier gerade ein bisschen auf das Ende der Ermittlungen an ... Ja, bis gleich.«

Kurze Zeit später erschien ihr Chef etwas misstrauisch, weil er offenbar selbst nicht so recht glauben konnte, dass ihn die Kollegen zu einem Umtrunk einluden. Auch er war sichtlich froh, dass nun alles zu Ende war, und ließ sich in der allgemeinen Hochstimmung zu ungewohnten Äußerungen hinreißen: »Auf meine besten Männer«, sagte er mit erhobenem Glas in feierlichem Hochdeutsch und schob, als er den strafenden Blick von Sandy Henske bemerkte, nach: »Und de beste Sekretärin.« Es blieb nicht die einzige Flasche Apfelsaft, die an diesem Abend geleert wurde. Und Sandy steuerte sogar noch eine Packung Salzstangen bei. Obwohl es bereits sehr spät war und alle mitgenommen und erschöpft waren, wollten sie noch nicht nach Hause. Als hätten sie Angst vor dem Loch, in das sie nach dieser aufwühlenden Zeit fallen würden, saßen sie blass auf dem Sofa und freuten sich über den gemeinsam erreichten Erfolg. Daheim hätten sie zwar auch davon erzählen können, verstanden hätte man sie aber nicht. Ihre Lieben hätten geduldig zugehört und ihre Ausführung mit Einwürfen wie »Um Gottes Willen« oder »Wirklich?« quittiert. Doch was es wirklich bedeutete, das konnten nur die Kollegen nachvollziehen, die dabei gewesen waren.

Etwa um eins verabschiedeten sich Dietmar Lodenbacher und Sandra Henske. Sie wolle noch bei Möbius vorbeischauen. Es war ausgerechnet Hefele, der ihr auftrug, ihm einen schönen Gruß auszurichten. Und Lodenbacher wies sie alle an, morgen nicht vor elf Uhr im Büro zu erscheinen.

Als sie gegangen war, sagte Strobl: »Apropos Möbius: Gibt es da was, was wir wissen müssten?«

Kluftinger verstand nicht. »Wie – was ihr wissen müsstet?«

»Na, ihr scheint ja inzwischen sehr intim zu sein«, ergänzte Maier.

»Sag mal, spinnt's ihr, oder was?«

»Komm, kannst doch dazu stehen«, stimmte auch Hefele in den Chor mit ein.

»Wahre Liebe gibt's eh nur unter Männern, das weiß doch jeder«, stichelte Strobl weiter. »Und wie er dir um den Hals gefallen ist, als du mit seinem Bruder zurückgekommen bist, also das war doch nicht nur Dankbarkeit, oder?«

Kluftinger lief rot an. Ihm war es auch unangenehm gewesen, dass der Staatsanwalt seine Verbundenheit gleich so deutlich hatte zeigen müssen. Aber dass seine Kollegen immer noch auf diesem Thema herumritten …

»So, Schluss jetzt. Wir gehen jetzt alle heim«, sagte er schließlich und beendete damit ihre traute Runde.

Als er das Licht ausschaltete, fügte er noch hinzu: »Und mit dem Moster muss ich auch noch ein Wörtchen reden. Ich glaub, der hat mir da vergorenen Saft angedreht, so wie der auf euch wirkt.«

Epilog

Seit den dramatischen Ereignissen am Dengelstein waren sechs Wochen vergangen. Kluftinger hatte erst Tage später zu spüren bekommen, wie sehr ihn der Fall wirklich mitgenommen hatte. Appetitlosigkeit hatte ihn geschwächt, was von einer Erkältung gnadenlos ausgenutzt worden war. Und obwohl die Ermittlungen längst abgeschlossen waren, hatte er an manchen Tagen immer noch Probleme einzuschlafen.

Manchmal wachte er dann mitten in der Nacht auf und hing seinen Gedanken nach.

»Nicht schon wieder«, ächzte er, als er wieder einmal im Bett hochschreckte. Er lag da und starrte an die Decke. In den Schatten glaubte er unheimliche Gegenstände zu erkennen: Sensen, Vogelscheuchen …

»So wird des nix«, sagte er zu sich selbst und setzte sich auf. Die Leuchtanzeige des Radioweckers zeigte 3.53 Uhr. Sein Blick wanderte im Zimmer umher, glitt über die Schrankwand, den Korbstuhl, das Fenster …

Er hatte das Gefühl, als ziehe ein eisiger Windhauch durchs Zimmer. Dort, am Fenster, auf Augenhöhe mit ihm, saß ein Vogel. Nicht irgendein Vogel: Es war eine Krähe. Blauschwarz glänzte ihr Gefieder im Mondlicht. Was Kluftinger aber wirklich erschreckte, war nicht der Vogel an sich. Auch wenn er in letzter Zeit auf Krähen einigermaßen allergisch reagierte. Nein, es war etwas anderes: Der Vogel starrte ins Zimmer herein. Kluftingers Herz machte einen Satz und begann zu rasen. So etwas hatte er noch nie gesehen. Ob er Fieber hatte? Er wischte sich mit der Hand übers Gesicht, um seine Temperatur zu fühlen.

Nein, er durfte sich nicht so gehen lassen. Er legte sich wieder hin. Sicher, es waren schlimme Wochen gewesen, aber sie lagen hinter ihm. Nicht einmal die Kollegen redeten noch davon. Er schloss die Augen. Versuchte an etwas Angenehmes zu denken. An das Weiß, das die Landschaft bald überziehen würde, an die sanften Hügel, die er dann beim Skifahren hinuntergleiten würde, an Abhänge und gefährliche Schluchten, an Schneebretter und Lawinen …

Er zuckte zusammen. Wieder schaute er auf den Wecker: 4.21 Uhr. Anscheinend war er kurz weggedöst und dann wegen einer dieser Zuckungen, die einen manchmal im Schlaf heimsuchten, wieder aufgewacht. Meistens traten sie auf, wenn man von einem Sturz oder etwas Ähnlichem träumte. Wovon hatte er geträumt? Er versuchte sich zu erinnern. Von Schnee? Er wusste es nicht mehr.

Wieder setzte er sich auf. Und hatte das Gefühl, einen Schlag in die Magengrube zu bekommen: Die Krähe saß noch immer am Fenster und stierte mit ihren dunklen Augen ins Schlafzimmer. Das war nicht mehr normal. Vögel machen so etwas nicht, sagte er sich. Er wollte aufstehen, doch seine Beine fühlten sich schwer an. Sein Mund war trocken und seine Halsschlagader pochte.

Dann schloss er die Augen, atmete dreimal tief durch und schlug die Decke zurück. Im selben Moment breitete die Krähe ihre Schwingen aus und erhob sich mit einem kehligen Krächzen in den Nachthimmel.

Dem Kommissar war speiübel. Noch bevor der Vogel weggeflogen war, hatte er ein leuchtend rotes Funkeln in seinen Augen gesehen.

***

»Mei Erika, ich hab vielleicht einen Schmarrn geträumt heut Nacht.« Kluftinger lag im Bett und blinzelte aus kleinen Augen ins Schlafzimmer. Seine Frau hatte sich über ihn gebeugt und mit einem Kuss auf die Wange geweckt. Sie war schon angezogen und ihr Atem roch nach Zahnpasta.

»Wie spät ist es denn?«, wollte er wissen.

»Halb elf, du Schlafmütze«, antwortete sie liebevoll. Sie freute sich darüber, dass er endlich wieder einmal ausgeschlafen hatte.

»Halb ... Zefix, ich wollt doch heut in die Kirche gehen. Warum hast du mich denn nicht g'weckt?«

»Kommt ja gar nicht in Frage. Dann gehst du halt nächsten Sonntag. Viel wichtiger ist doch, dass du dich mal wieder richtig erholst!«

Sie hatte Recht, das war wichtiger. Auch für sie. Es tat ihm Leid, dass er ihr durch seine seelische Verfassung Kummer bereitet hatte. Aber nun schien das überwunden: So lange hatte er seit Jahren nicht geschlafen.

Er streckte sich und gähnte zufrieden und erholt.

»Aber trotzdem: So einen Schmarrn wie ich geträumt hab. Von Vogelaugen und ... «

»Lass gut sein, das will ich gar nicht hören. Sonst krieg ich auch noch Albträume. Iss halt nicht immer so spät, du weißt genau, dass dir das nicht gut tut. Noch dazu die fetten Krautkrapfen«, sagte sie und streichelte dabei über seinen Bauch. Er war sich nicht sicher, ob sie damit nur auf seine Träume oder auch auf sein Gewicht anspielte.

»Ja ja, schon gut. Wenn's halt schmeckt.«

»Das schmeckt am nächsten Tag auch noch.«

»Apropos schmecken: Gibt's schon Frühstück?«

»Natürlich. Und noch eine Überraschung wartet auf dich. Schau mal raus ... «

Er setzte sich auf und blickte nach draußen: Die Tannen in ihrem Garten waren von einer dünnen, weißen Schicht überzuckert. Und von oben schwebten unaufhörlich neue Flocken zur Erde.

»Endlich!«, seufzte der Kommissar. Es war Mitte November und die letzten Tage schon sehr kalt gewesen. Nur richtig geschneit hatte es noch nicht, auch wenn die weiße Pracht im wahrsten Sinne des Wortes in der Luft lag.

»Isch des nicht ein Traum?«

Ungestüm zog er seine Frau an sich und umarmte sie.

»He, Vorsicht, nicht dass du dich am Morgen schon überanstrengst.«

»Du, pass auf, sonst ... «

Mit einem Jauchzen sprang Erika aus dem Bett und rannte zur Tür hinaus. Kluftinger fühlte sich wie ein Teenager.

Er stand auf und ging zum Fenster. Er liebte diesen Anblick. Er war kein Mensch, der die Hitze mochte. Aber er liebte den Schnee. Wenn andere »Winterschlaf« hielten, sich in ihren Häusern verkrochen, dann zog es ihn nach draußen. Er öffnete das Fenster und sog die kalte Luft in seine Lungen. Sie war klar und frisch. Alles wirkte so sauber, so friedlich.

Dann übersprang sein Herz einen Schlag und seine Knie wurden weich. Bis in den Nacken kroch die Gänsehaut und ließ seine Härchen zu Berge stehen. Er konnte sich nicht rühren, starrte nur auf die Stelle auf dem Fensterbrett.

Dort lag, umrahmt von glitzernden Eiskristallen, eine große, pechschwarze Feder.

***

Erntelied

Es ist ein Schnitter, der heißt Tod,
Er mäht das Korn, wenn's Gott gebot;
Schon wetzt er die Sense,
Daß schneidend sie glänze,
Bald wird er dich schneiden,
Du mußt es nur leiden;
Mußt in den Erntekranz hinein,
Hüte dich schöns Blümelein!

Was heut noch frisch und blühend steht,
Wird morgen schon hinweggemäht,
Ihr edlen Narzissen,
Ihr süßen Melissen,
Ihr sehnenden Winden,
Ihr Leid-Hyazinthen,
Müßt in den Erntekranz hinein,
Hüte dich schöns Blümelein!

Viel hunderttausend ohne Zahl,
Ihr sinket durch der Sense Stahl,
Weh Rosen, weh Lilien,
Weh krause Basilien!
Selbst euch Kaiserkronen
Wird er nicht verschonen;
Ihr müßt zum Erntekranz hinein,
Hüte dich schöns Blümelein!

Du himmelfarben Ehrenpreis,
Du Träumer, Mohn, rot, gelb und weiß,
Aurikeln, Ranunkeln,
Und Nelken, die funkeln,
Und Malven und Narden

Braucht nicht lang zu warten;
Müßt in den Erntekranz hinein,
Hüte dich schöns Blümelein!

Du farbentrunkner Tulpenflor,
Du tausendschöner Floramor,
Ihr Blutes-Verwandten,
Ihr Glut-Amaranthen,
Ihr Veilchen, ihr stillen,
Ihr frommen Kamillen,
Müßt in den Erntekranz hinein,
Hüte dich schöns Blümelein!

Du stolzer, blauer Rittersporn,
Ihr Klapperrosen in dem Korn,
Ihr Röslein Adonis,
Ihr Siegel Salomonis,
Ihr blauen Cyanen,
Braucht ihn nicht zu mahnen.
Müßt in den Erntekranz hinein,
Hüte dich schöns Blümelein!

Lieb Denkeli, Vergiß mein nicht,
Er weiß schon, was dein Name spricht,
Dich seufzerumschwirrte
Brautkränzende Myrte,
Selbst euch Immortellen
Wird alle er fällen!
Müßt in den Erntekranz hinein,
Hüte dich schöns Blümelein!

Des Frühlings Schatz und Waffensaal
Ihr Kronen, Zepter ohne Zahl,
Ihr Schwerter und Pfeile,
Ihr Speere und Keile,
Ihr Helme und Fahnen
Unzähliger Ahnen,
Müßt in den Erntekranz hinein,
Hüte dich schöns Blümelein!

Des Maies Brautschmuck auf der Au,
Ihr Kränzlein reich von Perlentau,

Ihr Herzen umschlungen,
Ihr Flammen und Zungen,
Ihr Händlein in Schlingen
Von schimmernden Ringen,
Müßt in den Erntekranz hinein,
Hüte dich schöns Blümelein!

Ihr samtnen Rosen-Miederlein,
Ihr seidnen Lilien-Schleierlein,
Ihr lockenden Glocken,
Ihr Schräubchen und Flocken,
Ihr Träubchen, ihr Becher,
Ihr Häubchen, ihr Fächer,
Müßt in den Erntekranz hinein,
Hüte dich schöns Blümelein!

Herz, tröste dich, schon kömmt die Zeit,
Die von der Marter dich befreit,
Ihr Schlangen, ihr Drachen,
Ihr Zähne, ihr Rachen,
Ihr Nägel, ihr Kerzen,
Sinnbilder der Schmerzen,
Müßt in den Erntekranz hinein,
Hüte dich schöns Blümelein!

O heimlich Weh halt dich bereit!
Bald nimmt man dir dein Trostgeschmeid,
Das duftende Sehnen
Der Kelche voll Tränen,
Das hoffende Ranken
Der kranken Gedanken
Muß in den Erntekranz hinein,
Hüte dich schöns Blümelein!

Ihr Bienlein ziehet aus dem Feld,
Man bricht euch ab das Honigzelt,
Die Bronnen der Wonnen,
Die Augen, die Sonnen,
Der Erdsterne Wunder,
Sie sinken jetzt unter,
All in den Erntekranz hinein,
Hüte dich schöns Blümelein!

O Stern und Blume, Geist und Kleid,
Lieb, Leid und Zeit und Ewigkeit!
Den Kranz helft mir winden,
Die Garbe helft binden,
Kein Blümlein darf fehlen,
Jed' Körnlein wird zählen
Der Herr auf seiner Tenne rein,
Hüte dich schöns Blümelein!

Clemens Brentano (1778–1842)

Michael Kobr, geboren 1973 in Kempten, aufgewachsen in Kempten und Durach. Im Hauptberuf ist er Realschullehrer für Deutsch und Französisch. Mit großer Leidenschaft, wie er versichert. Doch wenn der gebürtige Kemptener, wohnhaft in Memmingen mit seiner Frau und Tochter, am Abend alles erledigt hat, wenn er die Arbeiten seiner Schüler durchkorrigiert hat, dirigiert ihn seine zweite große Leidenschaft an den Computer. Michael Kobr ist begeisterter Krimi-Autor. Zusammen mit seinem Freund und Autoren-Kollegen Volker Klüpfel sorgt er für Furore in der Krimi-Szene. »Milchgeld« tauften die beiden ihr Erstlingswerk, in dem Kommissar Kluftinger im Allgäu nach einem Mörder sucht. Das zweite Buch, »Erntedank«, fand wieder Eingang in die Bestsellerlisten und spätestens seit »Seegrund« gehört Kluftinger zur ersten Riege der »Kult-Kommissare«. Krimis haben es dem Lehrer Kobr schon seit längerem angetan. Am liebsten liest er französische Autoren, vor allem Georges Simenon. Noch lieber aber trifft er sich abends mit Volker Klüpfel, um die Szenen für den »neuen Klufti« zu besprechen. Die beiden kennen sich schon seit der gemeinsamen Schulzeit in Kempten. Die Idee, Bücher zu schreiben, hatten sie auf einer langen Autofahrt, weil ihnen »langweilig war«. Und nun sind sie als viel gefeiertes Autorenteam auf zahlreichen Lesungen unterwegs.

Volker Klüpfel, geboren 1971 in Kempten, hat viele Jahre in Altusried gewohnt. Wer dort aufwächst, verfällt für gewöhnlich der Schauspielerei mit Leib und Seele. Bei Freilichtspielen und vielen Inszenierungen im Theaterkästle wirkte er mit. Eine weitere Leidenschaft heißt allerdings: Krimis schreiben. Volker Klüpfel, Kulturredakteur der Memminger Zeitung, studierte vor seinem Einstieg in den Redakteursberuf Politikwissenschaft, Journalistik und Geschichte in Bamberg, arbeitete als Praktikant bei einer Zeitung in den USA und beim Bayerischen Rundfunk. Volker Klüpfel begeistern an Krimis vor allem dunkle, mystische Motive. Besonders die Werke der schwedischen Krimiautoren wie Henning Mankell haben es dem Allgäuer angetan. Ob seiner eigenen Werke war er zunächst skeptisch, »ob die nicht nur die Verwandtschaft kauft«. Seitdem aber die drei ersten Werke des Autorenduos Klüpfel/Kobr, »Milchgeld«, »Erntedank« und »Seegrund«, die Bestsellerlisten erklommen haben, ist auch er restlos überzeugt von dem Qualitäten seines Protagonisten: Kommissar Kluftinger, ein beleibter, Kemptener Kommissar mittleren Alters, der sich granteInd, aber ungeheuer liebenswert durch die mysteriösen Kriminalfälle ermittelt. Zuletzt erschien »Laienspiel«, der vierte Fall für »Klufti«, wie Klüpfel und Kobr ihren Kommissar auch nennen.

Übrigens: Schon tüftelt er mit seinem Autor-Kollegen Michael Kobr am nächsten Kluftinger-Fall.

PIPER

Volker Klüpfel, Michael Kobr

Laienspiel

Kluftingers neuer Fall. 368 Seiten. Broschur

Lodenbacher, der Chef von Kommissar Kluftinger, tobt. Ausgerechnet bei ihnen im schönen Allgäu hat sich ein Unbekannter auf der Flucht vor der österreichischen Polizei erschossen. Verdacht: er plante einen terroristischen Anschlag. Bloß wo? Nun muss Kluftinger nicht nur mit Spezialisten des BKA, sondern auch noch mit den Kollegen aus Österreich zusammenarbeiten. Doch das ist nicht sein einziges Problem. Er soll mit seiner Frau Erika und dem Ehepaar Langhammer einen Tanzkurs absolvieren. Dabei hat er gar keine Zeit, denn er steckt mitten in den Endproben für die große Freilichtspiel-Inszenierung von »Wilhelm Tell« … Kluftingers neuer Fall von dem Allgäuer Autoren-Duo Volker Klüpfel und Michael Kobr.

»Klüpfel und Kobr erzählen mit Detailreichtum, komödiantischem Überschwang, Intelligenz und Vitalität! Klufti ist ein liebenswert altmodischer Held.«
Spiegel Online

01/1685/01/R

SERIE PIPER

Anne Holt

Was niemals geschah

Kriminalroman. Aus dem Norwegischen von Gabriele Haefs. 384 Seiten. Serie Piper

Eine beliebte Talkmasterin wird mit gespaltener Zunge tot aufgefunden, eine junge Politikerin hängt gekreuzigt an der Schlafzimmerwand: Sorgsam inszenierte Ritualmorde, die es in der Vergangenheit schon einmal gegeben hat – wieder beginnen Kommissar Yngvar Stubø und die Profilerin Inger Vik fieberhaft zu ermitteln. Doch was, wenn der Mörder ein raffiniertes Spiel spielt und kein herkömmliches Motiv vorhanden ist? Ein meisterhafter Thriller, in dem Anne Holt die Abgründe menschlicher Eitelkeiten erkundet.

»Lange nicht hat das Rätselraten um die (perfide) Lösung so düster gekitzelt.«

Westdeutsche Allgemeine

05/2290/01/L

Arne Dahl

Rosenrot

Kriminalroman. Aus dem Schwedischen von Wolfgang Butt. 400 Seiten. Serie Piper

Dag Lundmark war Leiter der rasch und effektiv durchgeführten Razzia. Winston Modisane mußte dabei sterben – aber war der Tod des Südafrikaners wirklich unvermeidlich? Paul Hjelm und Kerstin Holm ermitteln in einem Fall, der im Milieu illegaler Einwanderer beginnt und in der trügerischen Idylle eines schwedischen Sommers atemlos endet. Ein Fall, der mehr mit ihnen selbst zu tun hat, als sie wahrhaben wollen …

»Der schwedische Bestsellerautor Arne Dahl zählt unbestritten zu den Größten seines Fachs: Seine Thriller sind nicht nur packend, sondern auch modern, international und sensibel.«

Iris Alanyali, Die Welt

05/2291/01/R

SERIE PIPER

Heinrich Steinfest

Tortengräber

Ein rabenschwarzer Roman. 288 Seiten. Serie Piper

Klaus Vavras tägliche Freuden sind es, Croissants zu essen und Frauen am Telefon anzuschweigen. Seine beiden Gewohnheiten bringen ihn in ernste Gefahr: Vavra kann es nämlich nicht unterlassen, die auf einem Geldschein – den er natürlich beim Croissant-Kauf bekommen hat – gekritzelte Nummer zu wählen und wie gewohnt zu schweigen. Wenige Minuten später stürmt die Polizei seine Wohnung. Und damit beginnt eine ebenso mord- wie wendungsreiche und hoch komische Rallye quer durch Wien.

»Heinrich Steinfest verfügt über ein schamlos bloßlegendes Sprachbesteck.«
Der Standard

05/2136/01/L

Gisa Pauly

Die Tote am Watt

Ein Sylt-Krimi. 352 Seiten. Serie Piper

Ein furchtbarer Mord auf der Ferieninsel Sylt! Eine vermögende Witwe wird erdrosselt aufgefunden. Eigentlich müsste der Täter per DNA-Analyse schnell zu überführen sein, weshalb Hauptkommissar Erik Wolf auf eine rasche Lösung hofft. Mamma Carlotta jedoch, seine italienische Schwiegermutter, die derzeit zu Besuch ist, hält wenig von solchen modernen Ermittlungsmethoden. Viel lieber verlässt sie sich auf ihre weibliche Intuition. Mit italienischem Charme und zum Schreck der Beamten mischt sie sich in die Ermittlungen ein. Dabei bringt sie sich selbst in Lebensgefahr …
Atmosphärisch, spannend und humorvoll erzählt Gisa Pauly von Mamma Carlottas erstem Fall, bei dem das italienische Temperament mit dem norddeutschen mehr als einmal zusammenprallt.

05/2079/01/R